KU-530-022

MROCZNA SERIA

TOMASZ KONATKOWSKI

WILCZA
WYSPA

wydawnictwo wab

Copyright © by Wydawnictwo W.A.B., MMVIII
Wydanie III
Warszawa MMXV

Wyjrzała oknem
– Tu już tak zostanie,
tu kurortu nie będzie.

Miron Białoszewski,
Przyszła Berbera na nowe mieszkanie,
z tomu *Odczepić się*

***

Chłopak zrozumiał, że zaraz umrze. Zobaczył ich twarze.

Ci dwaj byli z nim od początku. Wysoki i niski. Cały i połówka. *Helan och Halvan.* Tak ich nazwał, choć właściwie żaden z nich nie był przesadnie gruby lub chudy. To oni go tu przywieźli i wsadzili do małego pokoju bez okien. Ten wysoki, dziś ubrany w czarny sweter i dżinsy, był zawsze nieco łagodniejszy, pod warunkiem że się go nie denerwowało i że nie był naćpany. Znał kilka słów po angielsku. *Eat. Drink. Toilet.* W kominiarce na twarzy zawsze wyglądał trochę śmiesznie. Teraz już nie. Był poważny. Niższy mężczyzna, w szarym polarze z kapturem, miał z kolei obojętną, ponurą minę.

Trzeciego z nich, krótko ostrzyżonego faceta w skórzanej kurtce, nie widział wcześniej. Może go słyszał. Parę razy zza ściany dobiegały rozmowy kilku osób, więcej niż dwu. Tak mu się przynajmniej wydawało, rozpoznawał przytłumione głosy, intonację, lecz nie poszczególne słowa czy zdania. Rozmawiali przecież w tym dziwnym języku, z którego znał tylko parę słów, kilkanaście użytecznych zwrotów. Zdążył się też nauczyć przekleństw. Na pewno ich używali,

7

kobieta również. Nie pamiętał, kiedy usłyszał ją za ścianą. Wczoraj? Ale kiedy się skończyło wczoraj? Nie wiedział zresztą nawet, ile dni tu spędził. Wiedział jedynie, że na zewnątrz wciąż wieje silny wiatr. Zbyt silny jak na ten kraj.

Skrępowali mu ręce taśmą i podnieśli z krzesła. Popchnęli lekko w stronę drzwi. Potem korytarzem, do następnych drzwi.

Wysoki włączył światło na schodach. Zeszli, minęli kotłownię z oliwkowozielonym piecem. Kątem oka chłopak zarejestrował uchylone okienko, tuż nad metalowym regałem zawalonym jakimiś torbami i pojemnikami. Wejście dla kota. Zdał sobie z tego sprawę w nagłym przebłysku zrozumienia. Zawsze cieszyły go takie małe odkrycia, ale to było już nikomu niepotrzebne. Weszli do ostatniego pomieszczenia. Znowu ktoś włączył światło, z sufitu zwisała goła żarówka w oprawce. Tu nie było okien. Na podłodze leżała płachta czarnej folii. Jak w tamtym horrorze, który oglądał w zeszłym roku. Niższy przyniósł lampę bez klosza, właściwie mały reflektor na czarnym statywie. Podłączył go do gniazdka w kącie.

Ten w kurtce założył czarne rękawiczki i wyjął coś z torby. Małe srebrne urządzenie. Kamera. Wysoki spojrzał na niego ze zdziwieniem. Nie, może to tylko jakaś drobna wątpliwość. Wyglądało na to, że wie, co ma się wydarzyć. Chyba się po prostu bał. Samego faktu, który za chwilę miał nastąpić, a może tego, co będzie potem. Powiedział coś, wskazując kamerę. Mężczyzna w skórze wzruszył ramionami i rzucił kilka zdań. Wyciągnął z torby foliowy worek, a z niego pistolet i podał wysokiemu. Ten wziął go po chwili wahania. A może wcale się nie wahał? Facet z kamerą stanął przy lampie i nacisnął włącznik na kablu. Chłopak zerknął jeszcze raz. Zanim oślepił go blask reflektora, zobaczył pomarańczową diodę na obudowie kamery.

Niski, który go przez cały czas przytrzymywał, popchnął go mocniej. Młody człowiek upadł na kolana. Usłyszał kolejne zdanie w języku, którego nie znał. Podniósł głowę, spojrzał przed siebie. Dlaczego ściany w tym pomieszczeniu są czyste i białe? Dlaczego nie są to stare cegły, tynk ociekający wodą, jak w tamtym głupim filmie?

– *Det är för tidigt* – powiedział chłopak. – *Inte nu.*

Ciało

1

Pałac Kultury powinien zostać zburzony – powiedział komisarz Adam Nowak, odwracając wzrok od Wisły.

Siedzieli na zarośniętym drzewami, dzikim brzegu. Dzikim, ale oddalonym zaledwie o kilkadziesiąt metrów od wału, którym biegła ścieżka, równoległa w tym miejscu do ulicy Nowodworskiej. Naprzeciwko, po drugiej stronie leniwie płynącej rzeki, znajdował się Park Młociński.

Rowery stały nieopodal, oparte o drzewa. Ten, który dostał od Kasi w prezencie, Nowak nazywał „komunijnym". Sam zresztą zażądał taniego modelu z supermarketu. Nie jeździł od wielu lat, więc nie chciał zaczynać od czegoś „wypasionego".

– Momencik – odparła Kasia. – Czy możesz przybliżyć mi skomplikowany proces myślowy, który doprowadził cię do tej zaskakującej konkluzji?

– Z wielką przyjemnością, kobieto mego życia. Wróciliśmy niedawno z wycieczki do Paryża, prawda?

– No. Podobało ci się, ale zanim wyjechaliśmy, musiałam ci przypominać trzy razy dziennie, żebyś wreszcie poprosił tego twojego Michalskiego o urlop.

– Już nie Michalskiego, tylko Morawskiego. M za M. Michalski pracuje teraz w CBŚ – wyjaśnił. – Nieważne. Chodzi mi o to, że w Warszawie jest dziura. W przestrzeni i w czasie. W środku miasta i w historii, tak to sobie wykoncypowałem. Powiem więcej, ta dziura z sowieckim pałacem wynika z tej dziury w historii.

– Co takiego? Czyli według ciebie ta dziura w czasie to powstanie?

– Tak... Nie. Nie to miałem na myśli. Raczej to, że Hitler i Stalin zakłócili ciągłość istnienia miasta. A samo powstanie... Zobacz, to jest wydarzenie, które stanowi punkt odniesienia w historii. Jeżeli mieszkasz w Warszawie, ma na ciebie wpływ, czy tego chcesz, czy nie, niezależnie od tego, co sądzisz o słuszności jego rozpoczęcia. To coś, co jest symbolem tego miasta i zawsze nim pozostanie. Podobnie pałac jest punktem orientacyjnym na planie Warszawy. Czyli również punktem odniesienia, ale takim zwykłym, w sensie topograficznym. Zwykłym i niezbyt urodziwym.

– Ciekawe. Ale jeszcze niedawno mówiłeś, że to interesująca budowla, ładniejsza od nowych biurowców.

– Masz rację, od tego hotelu z otworem na samolot pałac na pewno jest ładniejszy – odparł. – Ja go nawet lubię, jako ciekawostkę, ale czasami trzeba coś całkowicie zniszczyć, żeby móc wszystko zacząć od nowa. Rozumiesz, o co mi chodzi?

– Nie – mruknęła. – Wyjaśnij.

– Pałac to symbol naszej bezsilności. Przyzwyczailiśmy się do niego, psioczymy na niego, myślimy o wielkomiejskim centrum, które tam było przed wojną... I nie możemy nic zrobić, żeby zagospodarować przestrzeń wokół niego. Taka proteza z martwą tkanką dookoła. Dlatego czasami myślę, że dobrze by było, gdyby tak nagle... pffff... – Pstryknął palcami. – Gdyby zniknął. Można by wtedy zacząć od zera. Jak w Paryżu z planem Hausmanna.

– Co? Te wielkie aleje, burzenie wszystkiego i zaczynanie od zera? Nie powiesz mi, że Place de la Concorde to szczyt ludzkiego geniuszu i planowania. – Wzruszyła ramionami. – To jest dopiero dziura, pałac przy tym to pikuś. Ogromna przestrzeń, nikomu do niczego niepotrzebna, chyba że do parad wojskowych. Nie lubię takich miejsc, wolę wąskie uliczki, w których można się zagubić. I wiesz co? Nie czepiaj się już pałacu, bo cię przestanę lubić. Pogadaj z moim tatą. Uważa, że z tym budynkiem trzeba się nauczyć żyć. I mówi, że z dokładnością do detali to porządny amerykański drapacz chmur z lat dwudziestych. Poza tym Pekin to już oficjalnie zabytek. Możesz go sobie znikać.

– No dobra, nie będę przecież kłócić się z nie-teściem... Wiem, wiem, mam tak nie mówić. Ale to go śmieszy.

– Tak – rzuciła jakoś bez przekonania. – Śmieszy... Wiesz co? – Oczy Kasi zalśniły nagle. – Uruchomiłam wyobraźnię. Film katastroficzny: taka wielka baba, kula na grubym łańcuchu, i ziuuuu... – Sama jesteś baba. To się nazywa... No... Nie wiem. Po angielsku *wrecking ball*, w każdym razie. Neil Young napisał taką piosenkę.

– Neil Young, jasne. Twój jedyny idol. Napisał piosenkę, opłynął świat dookoła, poleciał w kosmos i jako pierwszy wyhodował brokuły. Następne skojarzenie będzie z futbolem, tak?

– Oczywiście. Do prac rozbiórkowych najlepiej nadawałby się Zidane. – Nowak pochylił głowę. – Bum!

Kasia westchnęła. Odgarnęła włosy z czoła, od dwu tygodni rude i proste, sięgające szyi. Fajna zmiana. Nie zmieniły się za to oczy, które zawsze wyglądały na lekko zmrużone i wesołe. Odkręciła bidon i wypiła kilka łyków napoju izotonicznego. Popatrzyła na Adama Nowaka, mężczyznę jej życia, miejmy nadzieję.

– No, rusz cielsko. Wyłazimy z tych krzaczorów i jedziemy do domu. Głodna jestem.

„Rusz-cie dupy!". Nowak przypomniał sobie okrzyk ze stadionu przy Konwiktorskiej. Kasia chwyciła kierownicę. Zanim ruszyła z rowerem, spojrzała jeszcze na Nowaka.

– Czekaj. A palma?

– Co? Jaka palma?

– Palma na rondzie de Gaulle'a – wyjaśniła. – Też ci się podobała. Już przestała?

– Tak – burknął. – To łysa pała, nie żadna palma. Kwiatkami obsadzić. Francuzi tak robią, każde rondo to dzieło sztuki, nawet w małych miasteczkach. Widzieliśmy koło lotniska, prawda?

Jesienią ubiegłego roku Nowak przeprowadził się na Białołękę (no dobrze, na Tarchomin, a właściwie Nowodwory... dla większości mieszkańców nowych osiedli i tak to nie ma żadnego znaczenia). Do

Nowego Miasta, jak mówił. A przede wszystkim do Kasi. Zabrał ze sobą ciuchy, większość książek i wszystkie płyty. Całą resztą zaopiekowało się młode małżeństwo z dwuletnim synkiem – telefon od nich odebrał dwie godziny po umieszczeniu ogłoszenia w internecie. Opłata za wynajem z nawiązką pokrywała miesięczną ratę kredytu, który ciągle spłacał. Miał nadzieję, że sąsiadka z dołu nie znienawidzi go do końca życia za tupiącego dzieciaka nad głową.

Przeprowadzka od Wicka do Wacka, jak mawiała jego babcia, z osiedla Piaski w okolice piaskarni. Długo rozmawiał z Kasią, zanim zdecydował się na ten krok. Nie, nie „zdecydował się", to była wspólna decyzja, wspólna odpowiedzialność. Wiedział, co będzie się działo w pierwszych tygodniach i miesiącach: dopasowywanie się do przyzwyczajeń, podział przestrzeni na prywatne kawałki, drobne konflikty terytorialne – widelce źle włożone do suszarki, linia demarkacyjna w szafie z ubraniami. Półeczka w łazience. Połączenie księgozbiorów. Za to płyty to zupełnie inna sprawa. Nie zamierzali ich ustawiać we wspólnych regałach, są w końcu jakieś granice. Ale kiedyś, jeżeli Bóg pozwoli, nastąpi ten moment, w którym ich przestrzeń nie będzie podzielona na osobne księstwa, jak Włochy przed zjednoczeniem, lecz stanie się czymś wspólnym, bo nie ona jest w końcu najważniejsza.

Przestrzeń... Te drzewa, ulice i bloki były teraz jego miejscem na ziemi. Kolejnym w granicach Warszawy, całkiem fajnym. Dobrym do życia. Ciekawe, że rzadko spotykało się tu ludzi starszych. Większość mieszkańców miała najwyżej trzydzieści, trzydzieści pięć lat – znacznie więcej niż budynki, w których żyli. Peryferie miały jednak swoją historię, deweloperzy nie stawiali bloków na ziemi niczyjej. Jakieś drewniane płoty, stare chałupy jeszcze tu i ówdzie można znaleźć, choćby na Mehoffera. Opuszczone pasieki, szklarnie i fabryczki. Krzyż wotywny z 1906 roku. A niedaleko cmentarz. Nowak uczył się tych ulic, miejsc, oswajał je, poznawał, nawet odkrywał. Dobrze, że nie robił tego sam, i nie chodziło tylko o Kasię. Nie-teść uwielbiał zaskakiwać ich różnymi ciekawymi informacjami o Warszawie i okolicach, przy dowolnej okazji zresztą. Wyczytał na przykład co nieco o drewnianym dworze i o pałacu, w którym teraz mieściło się seminarium duchowne, o jego poprzednich lokatorach. Jednym z nich był carski oberpolicmajster, a innym administrator tramwajów konnych. Tak, komunikacja szynowa zawsze musiała powrócić w rozmowie, w końcu ojciec Kasi, Jan Żurek, był emerytowanym pracownikiem Tramwajów Warszawskich. O policmajstrach Nowak wolał z nim nie gadać.

– *I love Kasia* – przeczytał na blaszanym pawiloniku przy Nowodworskiej. – To nie ja! Wprawdzie zgadzam się z treścią, ale nie jestem autorem.

– Nie podejrzewam cię o to, komisarzu. Jesteś zwolennikiem prawa i...

– ...i porządku – dokończył. – Ale jestem również zdolny do odczuwania głębszych emocji. Wzruszyłem się tym kocim grobem, który odkryliśmy między drzewami.

– Ja też.

Jechali powoli, obok siebie, bo ruch był niewielki. Minęli krzyż, skręcili w Książkową, potem Topolową. Na pustym trójkącie zieleni spokojnie łaziły gadatliwe kawki i ponure wrony. Po drugiej stronie był ich dom. Blok. Dom.

– Wiesz co? – rzucił. – Skoczę jeszcze po zakupy.

– Rozumiem. Zainspirowała cię ta sterta śmieci w lesie. Duża sterta, ze dwadzieścia butelek. Jak się nazywało to, za przeproszeniem, wino?

– „Keleris”. Kultowa pozycja, ma wiernych wyznawców.

– Hm. Ale kupisz coś innego, prawda?

– Jasne. „Komandosa” czy „Goliata”?

2

Jak to: nie ma postępów? – spytał podinspektor Morawski.

Nowak wkurzył się. Od rana był zły. Najpierw nieduża, „hormonalna" kłótnia z Kasią o jakiś drobiazg. Potem poszukiwanie kluczyków do jego służbowej octavii. A potem to, co zwykle, czyli cholerny, pieprzony, znienawidzony korek na moście Grota. „Zrób coś, Hania, bo to nie do wytrzymania". Jedyny pożytek z korka to możliwość wysłuchania płyty do końca. Dziś była to *Ecstasy* Lou Reeda. Z premedytacją nie przepuścił faceta, który usiłował wepchnąć się przed niego swoim służbowym seicento, oklejonym reklamami jakiegoś soczku, z sąsiedniego pasa, oddzielonego w tym miejscu linią ciągłą. Przez półotwarte okno usłyszał kilka „kurew", opatrzonych przymiotnikami. A może to są imiesłowy? Nieważne, na pewno pochodziły od czasowników.

A teraz jeszcze ten dziadyga. Skąd oni go wytrzasnęli? Nagle zaczęły być istotne statystyki, liczby i metryka produktywności sekcji na jednostkę czasu. Słupki mają ładnie wyglądać. Powerpoint rulez.

– Dlaczego nie możemy znaleźć tego Hindusa?

Nowak postanowił nieco podrażnić się z przełożonym.

– Trzeba przy nich uważać z mówieniem „Hindus". To staroświeckie słowo. Nie każdy obywatel Indii jest wyznawcą hinduizmu.

– A ten biznesmen... – Morawski wymówił to słowo z wyraźną ironią, jakby przypuszczał, że wszyscy biznesmeni, zwłaszcza zagraniczni, to złodzieje. – Ten biznesmen jest muzułmaninem? Żydem?

– Nie. Hindusem. Ale nie mówi w hindi, tylko w malajalam...

Morawski nie był w najlepszym humorze, od razu poczerwieniał na twarzy. Nie przeklinał, może zabraniał mu tego światopogląd. Musiał zatem zdusić złość w sobie. Cóż, najkrótsza droga do wrzodów. A może nawet do raka.

– Dobrze. Dlaczego zatem nie możemy znaleźć tego obywatela Indii... przypomnijcie, jak się nazywa?

Z tym był pewien problem. We wszystkich dokumentach służbowych biznesmen podpisywał się V.S. Srinivasan, w paszporcie miał wpisane Srinivasan Visvanathan Sankaran. W dokumentach dochodzeniowych ktoś go wpisał pod imieniem Viswanathan (przez „w"), Srinivasan podano jako nazwisko.

Nowak zaryzykował i zaczął to wyjaśniać.

Morawski walnął pięścią w stół już po podaniu pierwszej wersji.

– Do rzeczy! Co zrobiliśmy?!

– Wysłaliśmy do niej naszego psychologa. Psycholożkę...

– Daj spokój z polityczną poprawnością. Do rzeczy, powtarzam.

– Psycholog próbuje ustalić, jak się układało w ich małżeństwie, czy nie było powodów do rozstania. Zdrady, przemocy domowej. Pamiętacie, jak w zeszłym roku szukaliśmy jednego Turka? Analiza powiązań gospodarczych, przesłuchiwanie wspólników, podsłuch... – Nowak westchnął. – Wszystko bez sensu. Okazało się, że facet zainscenizował porwanie. Chciał po prostu uciec od żony. Nie możemy sobie po raz drugi pozwolić na marnowanie czasu i środków.

Odpowiednio przekazany banał potrafi uspokoić każdego szefa.

– I co?

– I nic. Nie był to idealny związek, ale żaden w końcu nie jest. Oczywiście sprawdzaliśmy też, czy kobieta nie ukrywa tego, że kontaktowali się z nią porywacze. Nic na to nie wskazuje. Nawet mówiła o tym: boi się, że z jej mężem stało się to, co z ich wspólnym znajomym trzy lata temu.

Właśnie dlatego policja nie potraktowała tej sprawy jak zwykłego zaginięcia. W kwietniu 2004 roku bandyci udający funkcjonariuszy porwali pod Raszynem młodego biznesmena z Indii. Żądali dwóch milionów euro okupu, w czasie negocjacji udało się obniżyć kwotę do ośmiuset tysięcy. Nic to nie dało, porywacze nie zgłosili się po pieniądze. Przesłali za to trzy palce porwanego. Znaleziono je w butelkach, we wskazanych miejscach na terenie Warszawy. Żona porwanego w dramatycznym apelu zwracała się do bandytów z prośbą o uwolnienie męża. Bez skutku.

Większość podejrzanych tworzących wówczas gang obcinaczy palców znalazła się w areszcie. Zorganizowali blisko dwadzieścia porwań. Dwadzieścia? Tak naprawdę znacznie więcej, bo nie we wszystkich przypadkach zastraszone rodziny uprowadzonych zgłaszały się na policję. Proces bandytów trwał. Nie, właściwie to nie trwał, ciągnął się od miesięcy, wstrzymywany przez spory proceduralne i małą wojnę między sądem i prokuraturą. Nikt z policjantów nie wątpił, że Hindus nie żyje, mimo że oskarżeni ani słowem nie zająknęli się w zeznaniach na ten temat. Nic dziwnego. Pozbawienie wolności, nawet ze szczególnym udręczeniem, jest cokolwiek łagodniej karane niż zabójstwo.

– Przesłuchaliście tych, których złapaliśmy?

– Tak – wtrącił Zakrzewski. – Niczego nie udało się z nich wyciągnąć. Ani o tym zdarzeniu, ani o porwaniu z 2004. Wydaje się, że o tym Sriva... o tym Hindusie, nic nie wiedzą.

– Zaginął raptem dwa tygodnie temu, więc to nie oni. W końcu interes z porwaniami może prowadzić każdy gang. Chyba że ktoś przejął ten biznes. Oczywiście jeżeli w ogóle mamy tu do czynienia z porwaniem.

Morawski spojrzał spode łba na policjantów biorących udział w spotkaniu.

– Macie kontakt z wywiadem kryminalnym?

– Tak. – Nowak powoli przyzwyczajał się do tego, że musiał udzielać odpowiedzi na oczywiste pytania. – Przekazałem pytanie podinspektorowi Gruszczyńskiemu.

– Może Hindus zalazł komuś za skórę w tych... gdzie on mieszkał?

– W Falentach.

– No właśnie. Może wyrzucił kogoś z fabryki, nie wiem, uwiódł żonę, przejechał psa? Zabić człowieka można z byle powodu. Kto jak kto, ale wy o tym doskonale wiecie.

– Sprawdzamy to, oczywiście. Policjanci z komisariatu w Raszynie pomogli nam zrobić wywiad. Ale...

– Ale jak to pod Warszawą, nowi mieszkańcy, ci „miastowi", są obcy – przerwał Nowakowi Zakrzewski. – Tacy, którzy tylko pobudowali domy, codziennie jeżdżą do pracy, wożą dzieci do szkół w Warszawie. Rzadko utrzymują kontakty z miejscowymi, z ludźmi, którzy mieszkają tam od lat. Chyba że miejscowi prowadzą warsztat samochodowy, sklep... Albo wynajmują się jako ogrodnicy.

– Jasne, i zabił ogrodnik – parsknął Morawski. – Pytajcie zatem innych „miastowych".

– Robimy to – rzucił Zakrzewski ostro. – Wiemy, co powinniśmy robić.

– Nie jestem tego pewien.

– To już nie nasz problem, podinspektorze – Zakrzewski zaakcentował przedrostek „pod".

Nowak postanowił rozładować konflikt.

– Rozpoczęliśmy też badanie jego interesów. To delikatna kwestia, jak zwykle, bo chodzi nie tylko o kontakty z polskimi firmami, ale także z innymi biznesmenami z Azji, w szczególności z Indii. Ta społeczność jest dosyć zamknięta, a większość nie ma do nas w ogóle zaufania. Uważają, że pozwoliliśmy umrzeć ich porwanemu rodakowi. Według nich polska policja i w ogóle nasze państwo, czyli urzędnicy na każdym szczeblu, są skorumpowani do szpiku kości.

– I co, nie mają racji? – rzucił pod nosem Zakrzewski.

– Słucham? – warknął podinspektor.

– Nie, nic. Przepraszam.

– Na szczęście pomaga nam kilka osób, z którymi współpracowaliśmy już przy okazji poprzedniego porwania, więc nie działamy w próżni – dodał Nowak. – Ale to, co kolega powiedział o miejscowych i miastowych, potwierdza się. Sąsiedzi to akurat „miastowi", ludzie, którzy wyprowadzili się z Warszawy góra pięć lat temu. Pamiętają, że krytycznego dnia, czyli w środę 9 maja, pan Srinivasan wyjechał swoim samochodem do siedziby firmy w Sękocinie. Dzwonił potem do żony, jechał na spotkanie w Warszawie, w restauracji na Marszałkowskiej, a właściwie na Armii Ludowej. Spotkał się z innymi Hindusami, którzy akurat przylecieli do Polski z Frankfurtu. Frankfurtu nad Menem, dla ustalenia uwagi. Potem miał wrócić do pracy, ale tam nie dotarł. Jego samochodu również nie znaleziono.

– Jaki to był samochód? Wprowadziliście jego dane do bazy?

Zakrzewski otwierał już usta, ale Nowak go ubiegł.

– Oczywiście. Nowa toyota RAV4.

– Niezłe auto. Czyli mogli go napaść tylko po to, żeby ukraść samochód. Ale żeby od razu zabijać? – Morawski pokiwał głową. Szykował się do wypowiedzenia kolejnej odkrywczej uwagi. – Takich spraw może być coraz więcej. Polska to nie ziemia obiecana. Jeżeli nawet ktoś tu przyjeżdża po to, żeby zarobić pieniądze, trafia na zdeterminowanych bandytów, którzy gotowi są na wszystko. Jak w Ameryce sto lat temu. Biedny imigrant, a tym bardziej bogaty, musiał oddać część zysku makaroniarzom.

Nowak westchnął cicho. Nie chciał wyprowadzać przełożonego z błędu. To nie Sycylijczycy stworzyli zorganizowaną przestępczość w Stanach Zjednoczonych. Wprost przeciwnie, musieli sami zdobywać miejsce na terenie już częściowo opanowanym przez inne grupy etniczne.

Po spotkaniu Zakrzewski nie był w zbyt dobrym nastroju.

– Co się stało?

– Daj spokój. Dobrze wiesz, co się dzieje. Jestem na wylocie. Morawski chce się mnie pozbyć przy najbliższej okazji. Tylko czeka na pretekst. Szukanie haka już się zaczęło. Na pewno znajdzie się powód, żeby mnie wykopać. Nic się nie zmieniło.

– Wszystko musiało się zmienić, żeby nic się nie zmieniło.

– Co? – parsknął Zakrzewski. – Tak... W sumie masz rację. Wszystko i nic. Morawski to ten sam typ człowieka co kiedyś. Spolegliwy, nijaki, bierny, mierny, wierny. Taki, co pośle policjantów z hamburgerami, gdy poproszą go o to kumple z podstawówki.

Nowak nawet nie protestował przeciw użyciu słowa „spolegliwy". Zresztą i tak nikt go już nie używa poprawnie.

– Chwała nam i naszym kolegom? – rzucił tylko.

– Tak. – Zakrzewski machnął ręką. – Kurde, przecież nigdy nie byłem pierdolonym esbekiem! Nie mam sobie nic do zarzucenia. A cholera wie, co ten facet robił dwadzieścia lat temu. Może się okazać, że i na niego jest teczka. Że są zdjęcia z jakiejś demonstracji. Że podpisał coś... albo nie podpisał wtedy, kiedy powinien. W końcu ten prokurator, który teraz jest komendantem głównym, podobno też nie ma czystych rąk. Niektórzy tak mówią, w każdym razie. W tym jeden z twoich ulubionych oszołomów, więc... – Karol przerwał. – No i sam widzisz, kurwa, o czym ja tu ci opowiadam. Gry i gierki. Jak zwykle. Kurwa, nie mogę się denerwować. Wiesz, że przytyłem trzy kilo przez ostatni tydzień?!

Nowak spojrzał na kolegę. Trzy kilogramy dla tak zwalistego faceta nie znaczyły zbyt wiele.

– Nie widać tego po tobie – odpowiedział dyplomatycznie. – Chcesz przejść na emeryturę?

– Widzisz, cały problem polega na tym, że jeszcze nie. Mogę, ale nie chcę. Sam nie wiem, co mnie tu trzyma.

– Dobre wynagrodzenie. Szacunek w społeczeństwie. Ciekawi ludzie, których możesz codziennie spotkać.

– Aleś się dowcipny zrobił, jak szczypiorek na wiosnę. – Zakrzewski machnął ręką. – Idę do kibla, rzeczywiście muszę pomyśleć o emeryturze.

Na biurku Nowaka zadzwonił telefon.

– Jest zgłoszenie z komisariatu rzecznego – powiedział sierżant Piotr Kwiatkowski. – Na Wiśle pływa ciało. Klub żeglarski przy Wale Miedzeszyńskim.

W taki upał jak dziś miasto potrafiło człowieka nienawidzić. Jak widać, inni mieli jeszcze mniej szczęścia.

3

Nowak nie musiał pytać, dlaczego wzywają „terror", jak niektórzy nazywali Wydział do Walki z Terrorem Kryminalnym i Zabójstw. Nie do każdego ciała pływającego w wodzie przyjeżdża ekipa z Komendy Stołecznej Policji. Musiało istnieć podejrzenie popełnienia przestępstwa. I to zapewne najcięższego z opisanych w kodeksie karnym przestępstw przeciwko życiu.

– Wał Miedzeszyński 375. Co to jest, Yacht Klub? – spytał Nowak, który przypominał sobie charakterystyczny budynek z wieżą, położony naprzeciw bloku, w którym kiedyś pomieszkiwał z Elą, swoją byłą małżonką.

– Nie, harcerska stanica wodna „Nurt" – odparł Drzyzga. – Nieco dalej. Pięćset dziesiąty kilometr biegu Wisły.

– Skąd wiesz?

Marcin uśmiechnął się.

– Spędziłem tam kawałek młodości. Potem ci opowiem.

Nowak wyglądał przez okno radiowozu, patrząc na ponure betonowe klocki, które w sezonie zmieniały się w restauracje i kluby. Pamiętał, że kiedy tu mieszkał, fala powodziowa regularnie zalewała większość basenów i ośrodków wypoczynkowych. Pamiętał również, że w pobliżu jednego z nich zastrzelono byłego ministra sportu. Westchnął i spojrzał na prawo. Wille Saskiej Kępy były zasłonięte przez niedawno postawione ekrany dźwiękochłonne. Postanowił, że przyjadą tu z Kasią na spacer. Odczarują te okolice, w końcu nie można wciąż żyć wspomnieniami, trzeba z żywymi naprzód iść, i tak dalej.

Minęli gustowny budyneczek przystani „Neptun" i dojechali do Yacht Klubu. Blok po drugiej stronie nie zmienił się zbytnio, tylko balkony zostały osłonięte różowopomarańczowymi płytami. Za to na budynku klubu wielki transparent reklamował restaurację „Róża Wiatrów" i koncert zespołu The Doorsz. Drzyzga skręcił i zjechali po stromym, brukowanym podjeździe, ich auto zatrzęsło się na wystających kostkach.

– Jak w supermarkecie – mruknął. – Niedawno na takiej jodełce oderwała mi się rura wydechowa.

Skręcili w lewo przy niebieskim baraczku. Harcerze wynajmowali sporą część budynku sklepom specjalizującym się w sprzęcie motorowodnym oraz warsztatom naprawiającym motocykle. Szybkie łodzie, motory... Fajnie, jak w *Miami Vice*. Jakie Miami, taki *vice*. Obok zobaczyli reklamy hurtowni materiałów budowlanych oraz instalacji sanitarnych.

Zaparkowali za bramą, obok oznakowanego radiowozu i volkswagena prokuratora Jerzego Jackiewicza, wezwanego z Pragi Północ, z Jagiellońskiej. Stał razem z dwoma policjantami, tuż przy pomoście. Jeden z funkcjonariuszy był w mundurowej koszuli, a drugi, młodszy i niższy stopniem, w czarnej koszulce i czapce z daszkiem. Na wodzie kołysała się łódź... motorówka, ponton? Nowak nie wiedział, jak to nazwać. W każdym razie coś z kabiną. Wzdęte, sinoszare ciało pływało kilka metrów od końca pomostu, do którego zostało przywiązane liną. Zgodnie z procedurą – i zdrowym rozsądkiem – trzeba było zabezpieczyć zwłoki przed przemieszczaniem się.

Drzyzga najwyraźniej czuł się tu jak u siebie w domu. Po zdawkowej wymianie uprzejmości z prokuratorem serdecznie przywitał się z aspirantem z komisariatu rzecznego i z drugim policjantem, chyba sternikiem.

– Aspirant Piotr Brzozowski – przedstawił się funkcjonariusz. Był to sympatyczny gość z brodą, może nieco młodszy od Nowaka. Od razu wzbudzał zaufanie.

– Adam Nowak. Dlaczego nas wezwaliście?

– Rana postrzałowa na potylicy. Zwłoki pływają plecami do góry, więc nie widać, czy są inne obrażenia. Właściwie rzecz ujmując: nie widać, które ze śladów na plecach są wynikiem użycia przemocy.

– Kto zauważył ciało?

– Administrator ośrodka, czyli bosman. Zobaczył, że na wodzie unosi się jakiś rozdęty obiekt. Tak się przynajmniej wyraził, kiedy do nas zadzwonił. Wysłałem łódź, żeby sprawdzili, czy to znowu nie jest martwa świnia, jak parę dni temu. Niestety, tym razem nie. To ciało mężczyzny. Jest nagie, nie będziemy musieli go rozbierać.

– O której je zauważył?

– Dziś, około dziesiątej, kiedy przyszedł do pracy. Sprzątał teren.

– To harcerze sami nie mogą posprzątać? – spytał Drzyzga.

– Nie ma ich tu codziennie. Na szczęście dziś nie było żadnych dzieciaków. Miałyby dodatkową atrakcję. Sprawność patologa.

– Właśnie, kiedy przyjedzie medyk? – rzucił prokurator, trochę zniecierpliwiony. – Zróbmy to szybko. Jest niemiłosiernie gorąco.

23

– Wyjechali razem z nami. Powinni już tu być. – Nowak odruchowo spojrzał na zegarek. W tym momencie usłyszeli turkot opon na podjeździe. Po chwili pojawiła się furgonetka z technikami i dyżurnym lekarzem.

– O, jest twój imiennik. Znaczy, hm, sąsiad z listy płac...

Przywitali się z Robertem Nowackim i doktorem Krzysztofem Marczakiem. Drugi z techników przygotował foliową płachtę i rozłożył ją na pomoście.

– Panowie, rękawiczki i maski.

Policjant w bluzie wsiadł do łodzi i podpłynął do zwłok. Popychał je lekko, podczas gdy technik ciągnął linę w stronę brzegu. Z trudem wciągnęli nabrzmiałe ciało na pomost. Nowak otarł pot z czoła i spojrzał w niebo. Brzozowski to zauważył.

– Ma być gorąco aż do przyszłego tygodnia. Dziś może będzie burza. Wiecie, że trupy często wypływają po burzy?

Fotograf robił zdjęcia wyłowionego z rzeki ciała, zaczynając od kilku ogólnych ujęć. Zwłoki ciemniały, nabierały powoli koloru niewiele jaśniejszego od czarnej płachty, na której leżały.

– Dobrze, że jest dzień. Mamy zepsuty reflektor – powiedział Brzozowski.

– Nie pierwszy raz – odparł Drzyzga. – Pamiętasz, jak kiedyś musieliście przenieść ciało do komisariatu, żeby zrobić zdjęcia? Lekkie naruszenie procedury.

– Nie żadne naruszenie, ale elastyczne dopasowanie się do sytuacji. Tego oczekuje od nas społeczeństwo – mruknął aspirant. – Oczywiście, że pamiętam. Nieźle to wyglądało w holu. Zgroza. Trzeba było potem przez całą noc wietrzyć komisariat.

Lekarz przystąpił do oględzin.

– Piątek, 25 maja 2007 roku – powiedział. – Zwłoki młodego mężczyzny rasy białej. Długość ciała... – spojrzał na technika mierzącego trupa.

– 183 centymetry.

– Wiek w chwili śmierci: wstępnie, podkreślam: wstępnie, można oszacować na siedemnaście do dwudziestu dwu lat. Włosy ciemne, krótkie. Ślady długotrwałego przebywania w wodzie. Uszkodzenia na całej powierzchni ciała, zwłaszcza na brzuchu i przedniej części kończyn dolnych.

Przebieg oględzin nie był nagrywany, lecz patolog starał się mówić równoważnikami, by prokurator mógł łatwo sporządzić notatki. Lekarz ujął dłoń trupa.

– Brak paznokci. Brak małego i serdecznego palca lewej dłoni. Odcięte. Ciemniejsze zabarwienie kikutów świadczy o tym, że amputacji dokonano niedawno.

Nowacki pobrał odciski palców i dłoni, śliskich, od dawna pozbawionych naskórka. Medyk przykucnął przy głowie trupa. Ujął zwłoki za prawe ramię i przechylił je lekko na bok, tak by widać było twarz. Przytrzymał lekko głowę i przyjrzał się uważnie.

– Rana postrzałowa na czole, prawdopodobnie wylotowa. – Odwrócił głowę trupa. – Tak, zgodnie ze wstępnymi obserwacjami, rana wlotowa w potylicy. Broń przyłożono bezpośrednio do ciała. Prawdopodobnie pistolet, kaliber... 9 milimetrów.

Wskazał palcem otwór u podstawy czaszki, jakieś dziesięć centymetrów powyżej karku.

– Widzicie? Egzekucja jak z NKWD, strzał w tył głowy – lekarz pozwolił sobie na osobisty komentarz. Odczekał, aż fotograf zrobi zdjęcia ran, po czym kontynuował: – Odróżnienie podbiegnięć krwawych od naturalnego zabarwienia zwłok oraz uszkodzeń mechanicznych od ran tłuczonych niemożliwe bez dodatkowych badań histopatologicznych.

Od strony baraku dobiegły jakieś głosy. Nowak spojrzał w tamtą stronę. Dwu facetów w roboczych kombinezonach z ożywieniem dyskutowało, gapiąc się na policjantów. Umilkli, kiedy spostrzegli wzrok komisarza. Po chwili wrócili do przerzucania paczek z wełną mineralną.

Nowacki musiał pomóc lekarzowi przewrócić ciało na drugi bok. Przyjrzał się dokładniej pociemniałej skórze na ramieniu.

– Tatuaż – powiedział.

Popatrzyli uważnie.

– Pentagram. Bez żadnych napisów.

Fotograf zrobił kilka dodatkowych zbliżeń fragmentu skóry.

Policjanci milczeli. Pierwszy odezwał się prokurator Jackiewicz.

– Jak pan ocenia, kiedy mógł nastąpić zgon? A raczej, jak długo zwłoki przebywały w wodzie?

– Trudno powiedzieć – odparł lekarz. – Jest bardzo gorąco, więc ciało wrzucone do wody powinno wypłynąć po paru dniach, najdalej po tygodniu. Z drugiej strony jednak widać, że musiało przebywać w wodzie kilka tygodni. Sądzę, że co najmniej cztery, może sześć. Oczywiście mogło pływać znacznie dłużej i po prostu nikt go wcześniej nie zauważył.

– Czy mogło być tak, że ciało wrzucono do wody w jakimś worku, który został po pewnym czasie rozdarty przez gałęzie, ostre kamienie?

– Raczej gałęzie niż kamienie – zauważył Brzozowski.

– Tak, mogło tak być. – Medyk skinął głową. – Nie znalazłem żadnych uszkodzeń spowodowanych krępowaniem zwłok, nie mówiąc o śladach lin czy fragmentach worka, w który były owinięte.

– Te palce... – powiedział prokurator Jackiewicz. – Sądzą panowie, że to ofiara porwania? Gang obcinaczy?

Nowak próbował dopasować wygląd chłopaka, a raczej to, co z tego wyglądu pozostało, do zdjęć porwanych ludzi, tych do dziś nieodnalezionych. Nie znalazł w pamięci nikogo podobnego.

– Może. To bardzo prawdopodobne – przyznał. – Sprawdzimy.

– Porwanie zakończone zabójstwem. Ktoś nie zapłacił okupu. Drugie przypuszczenie: mord rytualny. Satanistyczny? Ten tatuaż...

– Mord rytualny? Z użyciem broni palnej? I ucinaniem palców? – Mina Drzyzgi wyrażała powątpiewanie. – Nie wydaje mi się to prawdopodobne.

– Dlaczego nie? Pistolet jest tylko rekwizytem. Chora wyobraźnia, zwłaszcza skrzywiona przez alkohol czy narkotyki, może się posłużyć dowolnym narzędziem. Porachunki subkultur...

– To już nie te czasy, kiedy punki lały się z metalowcami, a metalowcy z depeszami. – Nowak przypomniał sobie młodość i ściany pomazane hasłami i kontrhasłami.

– Sataniści jednak istnieją. W Rudzie Śląskiej kilka lat temu zamordowali dwie osoby – zauważył Jackiewicz.

– Ale zabójstwo było znacznie bardziej okrutne. A to tutaj wygląda na robotę profesjonalistów.

– Cóż, skoro pan uważa, że szatan przegrał na całej linii... Sprawdźcie jednak to środowisko.

– Nie przegrał. Wprost przeciwnie, odniósł zwycięstwo: udało mu się przekonać świat, że nie istnieje – Nowak zacytował kwestię z ulubionego filmu.

To nie był jednak dzień na inteligentne żarty. Prokurator zignorował odpowiedź komisarza. Popatrzył w górę, nad ich głowami zaskrzeczała znużona upałem rybitwa.

– Skoro bandyci postanowili pozbyć się zwłok przez wrzucenie ich do Wisły, jak mogli je zabezpieczyć przed wypłynięciem?

– Kamienie... – powiedział Nowak. – Głośno myślę: a może ciało zostało wrzucone do rzeki w worku razem z jakimś dodatkowym obciążeniem, na przykład właśnie kamieniami. Kiedy gazy gnilne wzdęły ciało, kamienie pozostały na dnie. Nurt wody mógł łatwiej rozerwać worek, torbę czy płachtę, w której były zwłoki.

– Może – odparł Drzyzga. – Na razie wiemy tylko, że ten chłopak został wrzucony do wody martwy.

– Tak... Oczywiście o tym, czy ofiara była wcześniej duszona lub torturowana, dowiemy się dopiero w trakcie sekcji i dalszych badań.

Nowak wzdrygnął się. Miał nadzieję, że to nie on zostanie wydelegowany do Zakładu Medycyny Sądowej. Udział w sekcji nigdy nie należy do przyjemności, nawet jeżeli widziało się wcześniej kilkadziesiąt trupów. Sekcja zwłok wyciągniętych z rzeki jest wyjątkowo koszmarna. Ten kolor ciała, ten smród, wyczuwalny mimo maski na twarzy... Nic dziwnego, że prokurator się spieszył. Jego również czeka jeszcze jedno spotkanie ze zwłokami, przecież będzie musiał się pojawić na sekcji.

Podjechała karetka, odgniatając ślady w zielonej, niedawno skoszonej trawie. Ciało zostało ostrożnie zapakowane w foliowy worek.

– Dobra. Marek, możesz wracać na patrol – aspirant Brzozowski wydał dyspozycję swojemu człowiekowi.

– Fajne te riby – rzucił Drzyzga, patrząc na odpływającą łódź.

– Riba? Śmieszna nazwa.

Brzozowski nie odpowiedział od razu. Spojrzał tylko na Drzyzgę z miną: „Kogo mi tu przyprowadziłeś?!".

– Nie riba, tylko rib. Ponton o wzmacnianej konstrukcji.

– Aaa, jasne... – Nowak przyjrzał się łodzi.

– Lepsze niż zwykła motorówka, prawda? – powiedział Brzozowski. – Zamknięta, ogrzewana kabina. No i silnik, 150 koni.

– Łapiecie ścigantów? Na Wiśle?

Drzyzga westchnął ciężko.

– Przepraszam, kolega niezorientowany. Adam, kiedy ostatnio widziałeś na Wiśle ślizgacze albo skutery?

– No, kiedyś były zawody, między mostami. Marszałek chyba też w nich startował... Waldemar Marszałek... – Nowak przypomniał sobie czytane z wypiekami na twarzy w bardzo wczesnej młodości komiksy z kapitanem Żbikiem. *Dwanaście kanistrów*, *Zakręt śmierci*.

– Zawody ciągle są, w lipcu, między Gdańskim a Śląsko-Dąbrowskim – odparł aspirant. – Na Wiśle to nie bardzo da się pościgać, jest za płytka, zwłaszcza w lecie. Jeżeli ktoś się spieszy, nie wybierze właściwej trasy. A jeżeli nie wybierze właściwej trasy, może łatwo zamulić śrubę. Czasami znajdują się miłośnicy wyścigów na Zalewie Zegrzyńskim, ale zawsze ich łapiemy. Zresztą na zalewie nie bardzo jest dokąd uciec.

Nowak popatrzył na łódź, odpływającą już powoli w stronę komisariatu na Wybrzeżu Szczecińskim.

– Jak to? Ten rib nie ma śruby?

– Ano nie ma – pospieszył z wyjaśnieniem Drzyzga. – Turbina, *jet*. Działa na zasadzie odrzutu. Silnik strugowodny, tak się to nazywa w katalogach.

– Dobra, panowie, spotkajmy się w komisariacie. – Aspirant sięgnął po marynarkę, która dziś służyła mu chyba tylko do przechowywania dokumentów. – Nie wiem, czy będzie czas na rozmowę o silnikach. Traficie do mnie?

– Weź nie żartuj – rzucił Drzyzga. – Chyba że się po drodze rozpuścimy.

Skąd go znasz? – spytał Nowak, kiedy jechali wzdłuż Wisły, w drugą stronę, na Wybrzeże Szczecińskie. Sięgnął po butelkę z wodą, ale zaraz ją odłożył. Miała już temperaturę wyższą niż temperatura otoczenia i zaczynała się odkształcać.

– Kogo? Piotra Brzozowskiego? Kumplujemy się od dawna – powiedział Drzyzga. – Czasami razem pływamy. Na zalewie, na Mazurach. Mamy plan na dłuższą morską wyprawę, ale jakoś nie udaje się zgrać urlopów.

– Nie wiedziałem, że jesteś żeglarzem.

– Nie wiesz o mnie wielu rzeczy. Nie musisz.

Nowak spojrzał ze zdziwieniem na kolegę. Kolegę? Co to dziś oznacza? A co to znaczy dla policjantów? Diabła tam, policjantów, ludzie potrafią kłamać i mieć swoje sekrety nawet wtedy, gdy ze sobą mieszkają od kilkudziesięciu lat. Drzyzga czasami potrafił rzucić ledwie kilka zdań w ciągu godziny, choć z reguły nie były to głupie zdania. A teraz, kiedy był w jakimś sensie na swoim terenie, stał się pewny siebie, gadał więcej.

– No, co się tak naburmuszyłeś? – Marcin roześmiał się. – Znowu filozofujesz? Myślisz o mrocznych tajemnicach oficerów policji?

– Sorry. Nie wyspałem się – burknął Nowak, zły, że tak łatwo go rozpracować. Ale w końcu jest tylko prostym człowiekiem.

– Ruszyłbyś tyłek i też gdzieś z nami popłynął.

– Jakiś taki nieżeglowny jestem.

– Taaa... Jak Wisła w Warszawie. Czekaj... Przecież ty urodziłeś się w Radzyminie, prawda? Nie mów, że nie jeździłeś nad zalew!

– Jeździłem... Oczywiście, że jeździłem. Z rodzicami i z kolegami. Z koleżankami też.

– Na tak zwane łono?

– Zgadza się. Ale głównie po to, żeby popływać albo poleżeć.

– Poleżeć, jasne. Przecież mówiłeś o koleżankach.

– Żeglować jakoś mi się nigdy nie chciało.

– Nic straconego. Zastanów się w każdym razie. – Drzyzga spojrzał na Nowaka. – Planujemy jakiś wyjazd we wrześniu. Może jeszcze zrobimy z ciebie mężczyznę.

4

Jak to? Nie dość, że znasz połowę personelu komisariatu rzecznego, to jeszcze na dodatek bywałeś na tej przystani?

– Pewnie. Przecież ci mówiłem, że to moje okolice. Nie przypominasz sobie?

– Nie.

– No, chyba ci wspominałem, że chodziłem do Władysława IV. Ostatnio mówiłem, na pewno, przy okazji tego faceta, którego zgarnęliśmy w Piasecznie.

– A! Czekaj, przypominam sobie. Tego, który chciał wymusić dwadzieścia tysięcy haraczu w sklepie?

– Tak. Okazało się, że to nauczyciel z Władka. Dokładniej mówiąc: z gimnazjum. Prowadził zajęcia z wuefu... I werbował członków swojego gangu. Kurde, za moich czasów dyrektor mawiał: „nie ma przeciętniaków wśród władysławiaków". Rozumiesz, od Korczaka do Broniarka. A tu proszę. Jak widać, nie ma przeciętniaków w żadnej dziedzinie.

Siedzieli w obszernej sali odpraw komisariatu rzecznego. Przystawili kilka niebieskich krzeseł do stolika umieszczonego pod ścianą, na której wisiało wielkie godło państwowe.

– I co? Byłeś harcerzem? W czasach licealnych?

– Ano tak.

– Czyli mundurowy od wczesnej młodości.

– Nie takiej wczesnej. – Drzyzga skrzywił się. – Byliśmy faktycznie jedyną drużyną w normalnych harcerskich mundurkach, tylko zamiast czapek mieliśmy berety. Drużyną lądowo--wodną. Niektórzy się z nas śmiali i mówili „ziemno-wodną". Inni harcerze mieli jednakowe żeglarskie bluzy, a reszta to już co kto lubi. Na apelach wyglądali jak zbieranina ze statku wielorybniczego.

– Cztery piwka na stół... – rzucił Nowak.

– Harcerz nie pije. – Marcin roześmiał się. – Tak, rozumiem, o co ci chodzi. Ale raczej, kurde, „suchego przestwór oceanu". Bo to była właściwie drużyna z Mickiewicza, ja trafiłem tam trochę po znajomości.

– Zaraz, ale przecież nie żeglowaliście po Wiśle. – Nowak był kompletnie niezwiązany z wodą, ale nie przypominał sobie, by kiedykolwiek widział na Wiśle żaglówkę.

– Nie no, jasne. Pływało się po zalewie. Albo na Mazurach. Robiliśmy taki mały konwój: do jednej łódki doczepiało się silnik i taka niby-motorówka ciągnęła jeszcze jedną, dwie łodzie. Jezu, co to się działo, zanim udało się nam dopłynąć. Silnik się męczył, woda go zalewała, urywała się śruba... Radzieckie ustrojstwa, oczywiście. Jak one się nazywały? Czekaj... *Wietieroki*. Żeby toto ponownie odpalić, trzeba było wykonać parę magicznych sztuczek...

Do sali wszedł Brzozowski razem z prokuratorem.

– Mam już protokół oględzin.

Nowak i Drzyzga szybko przeczytali podsunięty formularz i złożyli swoje podpisy.

– Zastanawialiśmy się, gdzie mogły zostać wrzucone zwłoki. Co o tym sądzisz?

Brzozowski potarł brodę.

– Nie mam pojęcia. Nie da się tego określić. Kiedyś zwłoki faceta, który utonął przy ujściu Świdra, wypłynęły koło Bydgoszczy. Przedostały się nawet przez tamę we Włocławku.

– Kawał drogi... Czy coś może zatrzymać ciało płynące rzeką?

– Dowolna przeszkoda naturalna. Złamany konar, filar mostu – wyliczał policjant. – No i pogłębiarki, a raczej ich refulery. To takie pływające rurociągi do odprowadzania piasku na brzeg.

Prokurator wydawał się nieco znudzony tą rozmową.

– Panowie! Spotykamy się dziś na sekcji. O szesnastej na Oczki. Postanowienie o wszczęciu śledztwa dotrze do was wkrótce. Sprawdźcie, czy uda się wam już teraz określić tożsamość tego człowieka.

Drzyzga lekko wzruszył ramionami, jakby nie chciał słuchać rzeczy oczywistych.

– Wyjdziemy na papierosa? – spytał, kiedy prokurator już odjechał.

– Palisz? – zdziwił się Nowak. – Od kiedy?

– Od wczoraj – odparł Drzyzga. – Idziemy? Piotr?

– Ja rzuciłem. Ale dobra, wyjdę na pięć minut. Powiem tylko dyżurnemu, żeby wiedział, gdzie mnie znaleźć.

Wyszli przed budynek komisariatu, a raczej na jego tyły, od strony Portu Praskiego. Przy hangarach stało kilka terenowych quadów i przykryty płachtą poduszkowiec. Mała policyjna motorówka odpływała w stronę jednego z basenów portowych, między ponure baraki magazynów. W oddali pracowały żurawie budowlane, stawiające nowe bloki przy Jagiellońskiej.

Drzyzga otworzył paczkę silk cutów.

– Wiesz, co to jest? – wskazał na mały drewniany budynek, stojący na pomoście po drugiej stronie.

– Nie.

– Dawna przystań statków pasażerskich.

– O... kiedy przestały pływać? Już po wojnie, prawda?

– Tak, ale nie wiem dokładnie kiedy – odparł Brzozowski. – Pojedź sobie na Czerniakowską, na ogrodzeniu komendy Straży Miejskiej jest wystawa starych zdjęć znad Wisły. Może tam coś przeczytasz.

– Jak się domyślam, w porcie nie ma żadnego ruchu?

– Na wodzie raczej nie. Tylko kaczki. W dzikiej części portu żyją dwa bobry i jeden chudy lis, który czasami do nas przyłazi.

– A na lądzie?

– Hurtownie, magazyny – powiedział aspirant. – Wietnamskie przede wszystkim. Wjazd jest od Zamoyskiego. Od Sokolej parkingi i znów budy z towarem. A, jest też Urząd Żeglugi Śródlądowej. Tylko z samą żeglugą trochę gorzej.

– Czasami coś przepłynie – dodał Drzyzga. Zaciągnął się i kaszlnął. – Parę lat temu płynęły zbiorniki do browaru w Leżajsku. Tankofermentatory, takie ogromne beki.

– W przyszłym tygodniu mają przypłynąć flisacy. Wyruszyli tratwą... nie, nie tratwą, galarem, spod Oświęcimia, mają dotrzeć do Gdańska. Taka okazjonalna atrakcja, na nic więcej nie można liczyć. Co najwyżej na tramwaj wodny, ma ruszyć w czerwcu.

Nowak przypomniał sobie Sekwanę w Paryżu, barki towarowe, przepływające co chwila statki wycieczkowe. No i barki mieszkalne. Opowiedział o tym.

– Paryż... – westchnął Brzozowski. – Wiecie co? Czasem myślę, że policja to jedyna instytucja w Warszawie, która zdaje sobie sprawę z istnienia Wisły. No, może jedyna oprócz wodociągów.

– Nie gadaj. Każdy kierowca ma do czynienia z rzeką. Zwłaszcza jeżeli los go rzucił na Białołękę, jak mnie.

– No tak – roześmiał się aspirant. – Ale nie myślisz wtedy o Wiśle, tylko o mostach. A raczej o ich braku.

Nowak i Drzyzga wrócili do wyjścia przez schludny budynek komisariatu. Marcin zapukał jeszcze po drodze w szybę akwarium z rybkami, które niespecjalnie się tym przejęły. Brzozowski rzucił krótkie „do zobaczenia" i schował się w swoim biurze.

Słońce było wciąż bezlitosne. Za chwilę mieli wejść do rozgrzanego niemiłosiernie radiowozu; co z tego, że nie spędzą w nim zbyt wiele czasu.

Wybrzeżem Szczecińskim pędziły samochody, z hukiem wjeżdżając na... most? W zasadzie nawet dwa: dwie jezdnie rozpięte nad wejściem do portu i do przystani komisariatu. Skoro jest w Warszawie tunel wzdłuż Wisły, może istnieć także taki nieoczekiwany most, równoległy do rzeki. Po prawej, za zielonymi koronami drzew, kościuszkowiec wyciągał dramatycznym gestem rękę w kierunku lewego brzegu. „Pięć piw poproszę", jak złośliwie mawiają mieszkańcy Pragi. Poniżej, u podnóża stromej skarpy, siedziało dwu półnagich wędkarzy w płóciennych czapkach. Twardziele.

– Wiesz co? – powiedział Drzyzga. – Kiedy będę już miał dosyć roboty w centrali, jeszcze przed emeryturą złożę podanie o przeniesienie właśnie tutaj. Przydam się do czegoś. A przynajmniej sobie popływam.

No proszę. Następny, który mówi o emeryturze.

– Albo zrobisz sobie rajd quadem między mostami.

– Tak – roześmiał się Drzyzga. – Zawsze to bardziej aktywny wypoczynek niż przejście szlaku orlich gniazd, nie? Zaliczyłeś go kiedyś?

– Co? W Jurze? A... rozumiem. Próbowałem, ale chyba nie dotarłem do ostatniego etapu. Już nie pamiętam. Byłem wtedy młody i nietrzeźwy.

5

Nowak pamiętał za to, że gdy pierwszy raz pojawił się w budynku na Oczki pod numerem 1, zastanawiał się, co było wcześniej w tym ładnym neoklasycystycznym pałacyku. Zdziwił się, kiedy udało mu się odcyfrować rzymskie cyfry nad wejściem do kaplicy. 1928. Budynek był znacznie młodszy, niż na to wyglądał. Od samego początku mieścił się w nim Zakład Medycyny Sądowej.

Komisarz pamiętał również, że zachował się wówczas jak student na pierwszych zajęciach w prosektorium. Po prostu zwymiotował. Nie był w stanie znieść nie tylko widoku ludzkich wnętrzności. Najbardziej wstrząsnął nim odgłos towarzyszący przecinaniu ciała, jazgot podczas piłowania czaszki, wreszcie mokry, groteskowy dźwięk przy wyciąganiu poszczególnych organów przez lekarza. W końcu dawno temu zakwalifikował siebie jako tak zwanego słuchowca.

Od tego czasu widział dziesiątki ludzkich zwłok. Często znacznie większe obrzydzenie niż to, co było w środku, budził ich stan zewnętrzny. Wnętrzności są tylko wnętrznościami, nie są ani dobre, ani złe. Widok ran zadanych przez człowieka to kontakt ze złem w stanie czystym.

Sekcja musiała odbyć się jak najszybciej, zwłoki wyciągnięte z wody rozkładają się bardzo łatwo. Smród gnijącego ciała jest tak nieznośny, że nawet intensywnie działająca wentylacja nic tu nie pomoże. Dlatego ciała topielców badane są dopiero pod koniec dnia.

– Przejrzeli panowie listę zaginionych? – spytał prokurator Jackiewicz. – Jest ktoś podobny?

– Zbieramy nazwiska z komend wojewódzkich. Z całej Polski. W końcu możemy być pewni tylko jednego: ciało wrzucono do Wisły poniżej... – Nowak przypomniał sobie szkolne lekcje geografii – ... powyżej Saskiej Kępy. Oczywiście odsiewamy wszystkich spoza przedziału wiekowego, ale na razie nikogo nie dopasowaliśmy.

– Tatuaż?

Nowak pokręcił głową.

– Nie.

– A sataniści, sekty? – Prokuratora ciągle najbardziej interesowała ta możliwość. Byłaby okazja do nagłośnienia sprawy w mediach. Do zabłyśnięcia, do wyrobienia sobie nazwiska.

– Jakie sekty? – komisarz żachnął się. – Najpierw musimy ustalić tożsamość ofiary.

– Tak, oczywiście. Nalegam jednak na zwrócenie uwagi na taką możliwość.

Przeszli do dużej, starej sali sekcyjnej. Dominował tu kolor zielony, szarozielony właściwie, no i biały. Białe ściany i białe, zimne, energooszczędne światło. Ciekawe, ilu prokuratorów, sędziów, policjantów (nie mówiąc o milicjantach) przewinęło się przez to pomieszczenie. Ile ciał wyłowionych z Wisły leżało na stołach. Dziś publiczność przybyła w komplecie: oprócz Nowaka i prokuratora byli Drzyzga, Brzozowski, Robert Nowacki z laboratorium. Za chwilę miał się rozpocząć ponury i fascynujący spektakl z udziałem doktora Marczaka i jego asystenta. Nowak nie zapamiętał nazwiska młodego mężczyzny w okularach.

Zwłoki leżały już na stole z kwasoodpornej stali, przytrzymywane metalowymi szynami. Pozostałe trzy stanowiska były wolne. Było zimno, wentylacja pracowała dość głośno, mimo to odór rozkładającego się ciała był trudny do zniesienia.

– Wydał pan decyzję co do badań dodatkowych? – Medyk spojrzał na prokuratora.

– To są zwłoki NN – powiedział Jackiewicz. – Śledztwo może potrwać wiele miesięcy. Sugerowałbym pobranie wycinków do badań histopatologicznych i zabezpieczenie narządów do badań toksykologicznych. No i przeprowadzenie badań identyfikacyjnych, to jest ustalenie kodu genetycznego.

– Zabezpieczenie organów... Możemy je przechowywać przez sześć miesięcy. Proszę o tym pamiętać. Chciałbym uniknąć zapytań o udostępnienie materiałów w czasie procesu, który jak się domyślam, może rozpocząć się nawet za kilka lat. Jeżeli w ogóle kiedykolwiek się rozpocznie.

Doktor Marczak miał powody do takich wątpliwości. Zdarzały się różne przypadki: poza takimi, o jakich wspomniał, większość wiązała się z błędnym ustaleniem tożsamości. Kiedyś na przykład zidentyfikowano zmarłego mężczyznę tylko na podstawie okazania. Facet wrócił do domu cały i zdrowy parę dni później, już po własnym pogrzebie. Na tyle zdrowy, żeby złożyć pozew przeciwko zakładowi o zadośćuczynienie za utratę zdrowia związaną z traumatycznymi przeżyciami.

– Proszę wpisać okres przechowywania narządów do protokołu sekcji.

– Bez wątpienia to uczynię... – Doktor wydawał się nieco poirytowany. – Coś więcej?

– Zdjęcia rentgenowskie czaszki, uzębienia i klatki piersiowej. Resztę pozostawiam panu.

– Dobrze. Badanie mózgu, jak przypuszczam, odpada. Jeżeli zwłoki długo przebywały w wodzie, niewiele z niego zostało. Z oczywistych powodów pobierzemy fragmenty skóry wokół rany wlotowej. Powinniśmy znaleźć ślady prochu.

Doktor Marczak umieścił głowę ofiary na podpórce. Wykonał pierwsze cięcie, od ucha do ucha poprzez czoło, po czym odsunął dwa płaty skóry, jeden na twarz, drugi w kierunku potylicy.

– Brak podbiegnięć krwawych – oznajmił. – Brak ran tłuczonych. Przystępuję do badania mózgu.

Suchy głos medyka ustąpił teraz miejsca nieprzyjemnemu wizgowi elektrycznej piłki. Lekarz odłożył sklepienie czaszki do metalowej rynienki i zajął się opisywaniem wyglądu zewnętrznego mózgu. Zgodnie z przypuszczeniami nie było właściwie czego opisywać, z czaszki wylała się tylko lepka maź. Nie trzeba było odcinać mózgu od rdzenia kręgowego, nie mówiąc o wykonaniu przekroju i pomiarze kanału wydrążonego przez kulę. Technik robił szczegółowe zdjęcia głowy zamordowanego.

– Ciekawe, jak zginął ten człowiek – powiedział Nowak. – Jak wyglądały jego ostatnie chwile. W czasie oględzin powiedział pan „egzekucja jak z NKWD". Może też kazali mu uklęknąć nad rowem...

Lekarz oderwał wzrok od trupa i spojrzał na komisarza.

– No, rzeczywiście, takie są opowieści i relacje z drugiej ręki, tak to sobie wszyscy wyobrażają, ale pewności żadnej nie ma. Być może miejscem egzekucji w Katyniu była willa zajmowana przez enkawudzistów. Tak przynajmniej wyczytałem w pewnym artykule – wyjaśnił. – Podobno jeńcy byli rozstrzeliwani w piwnicy, a do lasku wożono już tylko trupy.

– Willa, powiada pan? – odezwał się komisarz. – Zabijanie w zamkniętym pomieszczeniu jest kłopotliwe. A co z krwią?

– Krwi może być, o dziwo, stosunkowo mało, zwłaszcza jeżeli kula wyjdzie ustami. Oczywiście wszystko zależy od rodzaju użytej broni, pocisku, odległości od ciała. Tutaj jednak otwór wylotowy jest w czole, pistolet musiał być przyłożony pod kątem.

Doktor odstawił na bok naczynie z tym, co było kiedyś mózgiem. Pojemnik z formaliną okazał się niepotrzebny.

– Jakiś czas temu znaleziono zwłoki żołnierza GROM-u, z dziurą w potylicy. Pierwsze podejrzenie: zabójstwo. I wiecie, co się okazało? To był otwór wylotowy. Pistolet był trzymany w ustach.

– Samobójstwo?

– Nieumyślne. Chłopcy bawili się w pewną odmianę rosyjskiej ruletki.

Pod plecy ofiary trafiła plastikowa podkładka. Doktor Marczak dokonał kolejnego cięcia, w kształcie litery Y, od uszu z obu stron szyi do mostka. Zbadał stan mięśni, stan krtani i tchawicy. Nie stwierdził żadnych uszkodzeń, nie wykrył obecności ciał obcych. Kość gnykowa nie była złamana. Nic nie wskazywało na to, że ofiara została uduszona przed otrzymaniem strzału w głowę.

Nowak wiedział, co będzie dalej. Badanie klatki piersiowej i jamy brzusznej. Odwrócił wzrok, kiedy lekarz wydobywał z ciała i wykładał na metalową nadstawkę kolejne organy, a raczej to, co z nich zostało.

No jak Boga kocham, nie mogę w to uwierzyć. Nie i już. Kurwa mać! – Nowak walnął pięścią w stół. W życiu kibica sacrum miesza się z profanum. Sobota, dzień sądu. To gorsze niż wczorajsza sekcja.

– Przestań. Zniszczysz mi notebooka.

– Przepraszam. Widzisz to? – wskazał na ekran. – Cztery do zera. Cztery do zera!

Kasia popatrzyła na stronę z relacją z meczu Miedź Legnica–Polonia Warszawa.

– Cóż, dwa lata związku z tobą nauczyły mnie wiele o futbolu. Wciąż nie uważam się za eksperta, ale wydaje mi się, hm, że Miedź Legnica nie jest potęgą, prawda?

Spojrzał na nią złym wzrokiem.

– Nie ma szans na utrzymanie, jest ostatnia w lidze. Nie licząc Zawiszy, który i tak spada. Ostatnia! Na jesieni było w Warszawie 5:0, nie mieli wtedy nic do powiedzenia. Teraz w Polonii grali w zasadzie ci sami piłkarze co wtedy. Najlepsza paka, jaką można zebrać.

No, i jak to się mogło stać?! Nie chcieli wygrać? Obstawili wynik u buka? Byli pijani? Sponsor nie chce ekstraklasy?

– A może po prostu zlekceważyli przeciwnika?

– Może. Chciałbym w to wierzyć. Matko Boska...

– Robisz się religijny, kiedy mówisz o piłce nożnej.

– Bo trzeba wierzyć w cuda. I nie tracić czujności, bo wtedy, kiedy wierzysz, że szczęście jest blisko, tak jak teraz, pojawia się archanioł z mieczem. I to, psiakrew, nie ognistym, ale miedzianym.

– Fatalizm to stała cecha twojej osobowości. Pamiętam twój stosunek do świata i ludzi sprzed dwu lat, kiedy się poznaliśmy. Nic się nie zmieniło.

– Pieprzyć fatalizm! Od paru tygodni rysuję sobie tabelkę, przeliczam punkty, patrzę, jaki jest układ spotkań w ostatnich kolejkach, rozważam warianty, a tu proszę: gówno. Po choler te zwycięstwa z Lechią, Jagiellonią i Zagłębiem! No ja się pytam: po co? – Nowak westchnął ciężko. – Może przerzucić się na inny sport? Curling? O, wiem, rugby! Kurde... Pamiętasz Turniej Sześciu Narodów?

Najważniejszą zmianą w ich wspólnym mieszkaniu było zainstalowanie Cyfry+. Kasia nie miała pojęcia, że po to, by oglądać wszystkie możliwe mecze, potrzebne są aż trzy dekodery. Nowak po namyśle zdecydował się na tę platformę, która nadaje Premier League. No i polską ekstraklasę, do której przecież miała awansować Polonia po niesamowitym pościgu rozpoczętym z ostatniego miejsca w tabeli.

– Pamiętam. Byłam przerażona – westchnęła. – Do tej pory nic cię nie było w stanie oderwać od meczu ligi angielskiej czy francuskiej. Teraz gapiłeś się zafascynowany przez dwie godziny na trzydziestu facetów o wyglądzie... powiedziałabym, drwali, ale obraziłabym drwali. Raczej klocków. Mogę z tobą raz na kilka tygodni pójść na Polonię, mimo że czasami uszy mi więdną, ale jeżeli teraz zaczniesz chodzić na rugby, to wybacz, nie zamierzam ci towarzyszyć.

– Nie znasz się. Ta gra nabiera znacznie więcej sensu, jeżeli tylko zrozumiesz jej zasady.

– A rozumiesz, na czym polega spalony?

– Jeszcze nie – odparł. – Ale to bardzo mądra, ciekawa gra, wymagająca niesamowitej kondycji i umiejętności współpracy w zespole. Taktyka jest tam ważniejsza niż w futbolu. Rugbiści Folc AZS AWF pojawili się jako goście na meczu Polonii z Lechią. Grają na AWF-ie, niedaleko od poprzedniego mieszkania Nowaka. Spacerował przecież tyle razy z Kasią po Lesie Bielańskim, widział boisko za ogrodzeniem. Może kiedyś?

– Ty masz jakąś obsesję – zawyrokowała Kasia. – Piłki różnego kształtu. Kule. Balony. A teraz jajo. Nie wiem, co o tym sądzić. Zgłoś się do policyjnego psychologa.

– Tere fere – rzucił Nowak i przyciągnął Kasię do siebie. – Nie mam żadnej obsesji.

– Pewnie, że nie.

Nie była jakoś ani specjalnie przekonana co do tego, co mówił, ani też zainteresowana jego czułościami.

– Co się dzieje? – Nowak odsunął się nieco i popatrzył na Kasię.

– Nic.

– Jak to: nic? Jak zwykle jakieś nic przez wielkie „N"? Znowu chcesz mi coś powiedzieć?

Milczała przez chwilę.

– Wiesz, właśnie mi się przypomniało to, co kiedyś powiedziałeś. Mówiłeś, że chciałbyś pójść na mecz z synem, że wyobrażasz sobie taką sytuację, że by ci się to podobało. Zrealizowałbyś się jako mężczyzna. Coś się zmieniło? Dalej tak uważasz?

Dzieci. Temat, którego zawsze się bał, zwłaszcza w poprzednim życiu, w małżeństwie z Elą zakończonym spokojnym rozwodem. Przynajmniej w chwili podjęcia zgodnego postanowienia o rozstaniu wydawało się, że jest to spokojny rozwód. Wyważona, nieco bezduszna decyzja o zerwaniu kontraktu, o przerwaniu projektu, w którym zmaterializowały się wszystkie możliwe czynniki ryzyka i który nie miał już szans na sukces. Chyba bali się wtedy rozmawiać o dzieciach. Zresztą Bogiem a prawdą oboje bali się rozmawiać o czymkolwiek, zaczynać dyskusję, wymianę myśli.

Ale w tym związku, z Kasią, wszystko musiało się udać. Pora kiedyś przejść od rozmów niezobowiązujących do bardziej poważnych. Trudno, nawet teraz.

– Dlaczego milczysz?

– Po prostu nie wiem, co ci odpowiedzieć. Wydaje się zresztą, że odpowiedź tak właśnie brzmi: nie wiem.

– Jasne. A kiedy będziesz wiedział? Nie chciałabym powtarzać banalnych zdań typu „mój zegar biologiczny tyka", ale tak niestety jest.

– Jestem policjantem – powiedział po chwili. – To nie jest dobry zawód dla... dla ojca.

– Co ty wygadujesz?! Nie masz kolegów, którzy są szczęśliwymi mężami i ojcami?

– Mam – przyznał.

– To zacznij jeszcze raz, próbując nie opowiadać głupot o tym, że możesz któregoś dnia nie wrócić do domu, bo stracisz życie na służbie. Albo o tym, że w każdej chwili mogą do ciebie zadzwonić i przeszkodzić w czytaniu synkowi powieści o Indianach.

– Ale to wszystko prawda – zaprotestował.

– Może, ale ten argument mi nie wystarcza. Próbuj dalej.

– Co mam próbować?! – Nowak wybuchnął w końcu. – Nie chcę unieszczęśliwiać kolejnego człowieka. Nie mam pojęcia, czy byłbym dobrym ojcem, starałbym się, to jasne, ale nie ma żadnej pewności, żadnej gwarancji. O tym, jak wygląda dobra rodzina, wiem tylko z filmów. Mówiłem ci, że mój ojciec nie dostałby nagrody za całokształt. Matka zresztą też. Nie widzę konieczności posiadania potomstwa, podobnie jak nie muszę budować domu na wsi ani kupować nowego samochodu. Po co? Świat jest wystarczająco zaludniony. W Warszawie też jest tłok. Nie widzę takiej potrzeby, rozumiesz?

Kasia popatrzyła na niego z wyrzutem.

– Nie krzycz.

– Przepraszam – zreflektował się. – Nie chciałem...

– I nie gadaj głupot. Ani ty, ani twój brat nie skończyliście chyba najgorzej, prawda? Nie jesteście rodziną Soprano.

– Cóż, dziewięćdziesiąt procent gospodyń domowych nie wydałoby swojej córki za policjanta... – Nowak skrzywił się. – Ale ja rzeczywiście nie narzekam. Brat też. Ale on, w odróżnieniu ode mnie, od początku miał pewność, że chce założyć rodzinę. I zrobił to, chociaż poza Polską.

– Pewności, gwarancji nie ma nigdy. W moim poprzednim związku... – Kasia machnęła dłonią. – W małżeństwie nie byłam tego pewna. Odkładaliśmy tę decyzję.

– To rozumiem. My mieliśmy tak samo.

– A skoro nie wiedziałam, skoro nie byłam pewna, to dla dobra wszystkich, także tych jeszcze nienarodzonych, decyzja mogła być tylko jedna. Myślałam więc trochę podobnie jak ty. Teraz za to uważam, że mógłbyś być ojcem mojego dziecka. Nadajesz się na ojca. Chciałabym, żebyś to wiedział.

– To miłe.

– Tylko tyle masz do powiedzenia?

– Mówię zupełnie szczerze – popatrzył na nią. – A ty? Czego chcesz naprawdę? Jesteś przekonana, że chcesz mieć dzieci, czy nie chcesz po prostu wykluczyć takiej możliwości?

– Możliwości! – Żachnęła się. – Cóż, ja też nie mogę powiedzieć, że wiem. Ale chciałabym, żebyśmy się nad tym zastanowili. I na pewno nie „dzieci". Jeżeli już, to dziecko. Byle nie zdarzyły się bliźniaki. – Uśmiechnęła się. – I niech ci się to za bardzo nie kojarzy z polityką. Pamiętasz Agnieszkę, którą kiedyś zaprosiliśmy z mężem na włoszczyznę? Niedawno urodziła bliźniaki po zapłodnieniu *in vitro*. Jej życie dość gwałtownie zmieniło się w lekki koszmar. Właściwie to nawet nielekki: wszystko podwójnie.

Umilkła. Wstała, podeszła do okna i przymknęła drzwi na taras. W zasadzie to na balkon, bo trochę jednak wystawał.

– Wiesz, nie lubię takich rozmów – powiedział Nowak i od razu zdał sobie sprawę, że popełnił błąd.

– Co mnie to obchodzi, że nie lubisz! – krzyknęła. – Chcesz, jak zwykle, uciec od odpowiedzialności. Wiem, że masz jej dużo na co dzień, może to cię przytłacza.

– Nie, dlaczego tak...

– W ogóle nie lubisz rozmawiać – przerwała mu. – Pe
go, że musisz przesłuchiwać tych wszystkich bandziorów, z
się z przełożonymi. Adam, nieważne, pamiętaj: teraz rozmawiasz ze
mną! Ze swoją kobietą. Prawie ślubną.

– Ślubną. Faktycznie, prawie.

– Chyba oboje nie jesteśmy przekonani do instytucji małżeństwa, prawda? Ślub jest fajny. Wesele nieco mniej...

– No – odparł Nowak. – Zwłaszcza pod względem muzycznym,
o ile się odpowiednio wcześnie o to nie zatroszczysz. Ale najgorszy
jest rozwód, jeżeli już do niego musi dojść. Może dlatego nie lubię
takich rozmów, bo mi się przypominają godziny spędzone na kolejnych rozprawach w sądzie. Odpowiadanie obcym ludziom na pytania o zainteresowania współmałżonka, jakość życia seksualnego
i o wysokość zarobków. Ludziom, których kompletnie nie interesują
twoje problemy i którym nigdy w życiu dobrowolnie nie opowiedziałabyś nawet kawału, bo i tak by nie zrozumieli.

– Przecież wiem. Też przez to przeszłam. – Wzruszyła ramionami. – Już zdołałam zapomnieć.

– Socjalistyczne państwo od sześćdziesięciu lat dba o naszą moralność. Pcha się ludziom do łóżek i decyduje o tym, kiedy powinni w nich zostać. Dba o to, żeby rodziny się nie rozpadały. Co mu
zresztą w niczym nie przeszkadza pobierać opłatę sądową zależną
od dochodu.

– Wiesz co? Po pierwsze, nie zmieniaj tematu, twój wykład jest
nam do niczego niepotrzebny.

– Sama zmieniłaś temat.

– Akurat. Po drugie, ta opłata już się w zeszłym roku zmieniła.
Jak w kościele: jedna „cołaska” wynosi sześćset złotych.

– Skąd wiesz?

– Mam w pracy dwie dziewczyny, które się właśnie rozwodzą. –
Kasia westchnęła. – Dobrze, przepraszam, że ci zawracam głowę.
Mam PMS-a, jestem nerwowa. Idź sobie posłuchać Neila Younga,
czy co tam lubisz robić najbardziej. Nie musisz się teraz zastanawiać

nad problemem ojcostwa, nie musisz dziś podejmować decyzji. Ale pamiętaj o tym, co mówiłam, miej to gdzieś z tyłu głowy. Nie chcę, żeby nam się ta rozmowa rozwodniła; nie chcę, żebyśmy udawali, że problem nie istnieje. Mam niewiele czasu na podjęcie ostatecznej decyzji.

– Mam? Mamy!

– Tak, to prawda. Mamy. Wiesz przecież, że nawet decyzja na „tak" nie oznacza, że nam się to szybko uda.

– Wiem – wskazał na ścianę. – Tam wisi kalendarz. Jest na nim podany rok. Ja też umiem odejmować.

Nowak obudził się około trzeciej w nocy. Może dlatego, że usłyszał jazgot motocykli, których właściciele oficjalnie rozpoczęli wiosnę. Po chwili dołączyło wycie policyjnej syreny.

Dwa lata to kawał czasu. Co można zrobić w ciągu dwu lat? Spaść i awansować do ekstraklasy. Albo, niestety, nie awansować. Urodzić co najmniej dwoje dzieci. Wydać dwie płyty, jak Neil Young (a licząc nagrania archiwalne, to nawet cztery). Gdzie po dwu latach znajomości znaleźli się Katarzyna Żurek, córka Jana, oraz Adam Nowak, syn Andrzeja? Byli w jednym łóżku, to całkiem dobre miejsce. Zawsze spali razem; żadna, nawet najpoważniejsza rozmowa czy kłótnia nie mogła tego zmienić. Kasia leżała na prawym boku, odwrócona do niego tyłem. Miała odkryte plecy, światło osiedlowych latarni wpadające przez żaluzje tworzyło na jej ciele siatkę linii, jak na pop-artowych obrazach, jak na ciałach tancerek w słynnym paryskim kabarecie, którego nazwy nie pamiętał (a w którym oczywiście nie byli). Jak w teledysku Roxy Music. *The Main Thing*. Kasia była piękniejsza niż te wszystkie tancerki. Była tu i teraz, z nim. Sięgnął i przejechał palcem wzdłuż wyraźnej linii kręgosłupa, nadającej kształt cieniom. Trafił na poprzeczny pasek materiału, zmienił zatem kierunek eksploracji i delikatnie nakreślił linię równoległą do niego, między bielizną a ciałem. Oddech Kasi stał się płytszy.

– Adam... Mmm... Nie teraz. Rano.

– Rano – powiedział cicho i pocałował Kasię w ramię. – Dobrze.

Rano, czyli wtedy, gdy będzie jaśniej. Obrócił się na drugi bok i odsunął nieco, by nie przeszkadzać jej we śnie. Jej i sobie. Błądził przez chwilę myślami po różnych miejscach, aż wreszcie trafił tam, gdzie nie chciał się znaleźć. *The Main Thing.* Roxy Music z czasów, kiedy ich muzyka nadawała się już tylko jako miły podkład przy uprawianiu seksu. Piosenka wykorzystana w spocie reklamowym. Wystąpił w nim diaboliczny Pierluigi Collina, sędzia ekstraordynaryjny. Sędzia piłkarski. Piłkarski...

Na litość boską, jak można dać sobie strzelić cztery bramki! W Legnicy?!

Ojciec

1

Sędzia nas wyruchał – stwierdził Zakrzewski grobowym głosem.

Nowak przeraził się. Usiłował zrozumieć, co Karol ma na myśli. Czy był proces, w którym mieli zeznawać jako świadkowie, a w którym przedstawiciel władzy sądowniczej potraktował ich w tak, hm, nieprzyjemny sposób? Może uniewinniono jakiegoś bandytę, bo dowody przedstawione przez prokuraturę uznano za niewystarczające?

– Sędzia? Który sędzia?

Zakrzewski popatrzył na kolegę.

– Jasne, już na dobre utknąłeś w drugiej lidze. Ekstraklasa skończyła rozgrywki, nie zauważyłeś? Chodzi o mistrzostwo Polski. Mecz był w sobotę, na Łazienkowskiej, z Zagłębiem.

– Aha. Ale Legia nie grała o mistrzostwo, nieprawdaż? – spytał złośliwie.

– A idź w cholerę. Nie, nie grała, ale Zagłębie owszem. I wygrało, mecz i całą ligę. Miało wygrać.

– To jest twoje prywatne zdanie...

– Nie tylko moje. Kurde, już kilkadziesiąt osób zawieziono do prokuratury we Wrocławiu, a tu ciągle to samo. Włączasz telewizor i wiesz, jak się skończy.

– Byłeś na meczu?

– Nie. Byłem u syna po drugiej stronie Wisły. Mogliśmy oglądać nawet bez fonii, wszystko słychać.

– Bluzgi też?

– Bluzgi, bluzgi... Miło też było, chociaż trochę smutno. Fabiańskiego żegnali, odchodzi do Arsenalu.

– No i powodzenia – tym razem Nowak mówił szczerze. – Przynajmniej się chłopak rozwinie. Uniknie polskiej myśli trenerskiej i bagienka ligowego.

– Akurat z bramkarzami w Polsce zawsze było nieźle. A ten Dowhań, który w Legii trenował Fabiańskiego i Boruca, był też kiedyś u was, prawda? W sezonie mistrzowskim, z Wdowczykiem?

– Tak.

Zakrzewski pokiwał głową z politowaniem.

– Po raz kolejny zastanawiam się, dlaczego kibicujesz Polonii. I wiesz, co myślę? Robisz to ze snobizmu. Tak, jesteś pieprzonym snobem. Przecież to widać. Ciągle słuchasz jakiejś dziwnej muzyki i opowiadasz o tym przy byle okazji. Nie wiem po co. Tu i tak jest mało kobiet, na których możesz zrobić wrażenie. Tak samo chodzisz na mecze słabej drużyny tylko dlatego, żeby poczuć się lepszym od innych.

– Bez snobizmu świat nie ruszyłby do przodu. Siedziałbyś sobie cały czas przed telewizorem z puszką piwa w dłoni i zmieniał się w meduzę.

– Ta... – mruknął Karol. – Nie jest to najgorszy ze scenariuszy.

To nie był dobry dzień dla komisarza Zakrzewskiego. Choć prawdę mówiąc, odkąd razem pracowali, ten facet nigdy nie miał dobrego dnia.

– Zobaczysz, Polonia jeszcze będzie mistrzem. Za mojego życia. Założymy się? O sto złotych... Sto jednostek waluty polskiej w momencie egzekucji? – Nowak przypomniał sobie sformułowanie ze swojej umowy kredytu mieszkaniowego.

– Jasne. Za twojego życia już raz była. Ile jeszcze musisz czekać? Pięćdziesiąt cztery minus siedem... co najmniej czterdzieści siedem lat. Nie dożyjesz. – Zakrzewski spojrzał na kolegę z błyskiem w oku. – Ożeż w mordę, ty cwany jesteś strasznie. Zejdziesz z tego świata i nawet jeżeli wygram, to i tak nie będę mógł wyegzekwować od ciebie stówki. Nieważne, będę gnębił twoich spadkobierców, tylko ich najpierw sobie zrób.

– E tam. Umrzesz wcześniej niż ja. Mogę ci ufundować wykucie kółeczka na nagrobku. No wiesz, żebyś miał gustowne „L" w imieniu.

– Aha, dzięki. Ja ciebie też.

Nowak wypił kolejny łyk kawy rozpuszczalnej. Skrzywił się. Bez mleka i cukru, a wsypał trzy łyżeczki. Poniewiera cokolwiek i doprowadza serce do niebezpiecznego telepania, ale w końcu twardym trzeba być, Warszawa tego oczekuje.

– Jedziesz dziś do tej Hinduski? – spytał Zakrzewski. Ano właśnie. Nie tylko Warszawa, ale i okolice.

– Tak – odparł Nowak. – Z tym że to nie jest Hinduska.

– Jasne, jasne. Jak mówią jej sąsiedzi? Hindusowa?

Tym razem nie chodziło o religię ani o skomplikowane zasady konstruowania egzotycznych nazwisk. Żona zaginionego V.S. Srinivasana była Polką, miała na imię Barbara, z domu Zawistowska. Żona Hindusa, zatem Hindusowa.

– Rozmawiałeś z nią wcześniej, czy tylko Anna?

– Jasne, że rozmawiałem. W końcu prowadzimy dochodzenie. Psycholog to za mało.

– To dlaczego Morawski wysyła mnie, a nie ciebie?

– Widocznie uznał, że byłem nieprzyjemny – burknął Zakrzewski. – Może baba się poskarżyła. Nie wiem.

– W to, że potrafisz być nieprzyjemny, akurat niewątpię...

– Nie pierdziel. Jak mam być przyjemny, skoro widzę, że kobiecie chodzi przede wszystkim o kasę. Brak męża to dla niej przede wszystkim brak pieniędzy. Nigdzie nie pracuje, a dzieci trzeba nakarmić i ubrać, nie mówiąc już o tych szkółkach i przedszkolach, do których je wysłała. Złapała Pana Boga za nogi, a raczej jakiegoś pogańskiego Sziwę czy coś. Teraz źródełko wyschło.

– Dzieci? Mają dzieci?

– Dwoje. Chłopiec i dziewczynka, standard. No, przynajmniej nasz krajowy. – Zakrzewski machnął ręką. – Ale mówię ci, to kolejna polska babka, która znalazła sobie jakiegoś brudasa po to, żeby skorzystać z jego pieniędzy. Nie musi go kochać, byle było wygodnie.

A Hindus przygruchał sobie ładną europejską kobietę, i wszyscy są zadowoleni.

– Lecisz stereotypami.

– Ta, jasne. A ten Murzyn, na którego leciały studentki? Bo działacz, bo poeta, bo ma długiego kutasa. A tu proszę, zarażał je AIDS. Tak się kończy poszukiwanie egzotyki. Multi-kulti, kurwa mać. Stereotyp to ty jesteś. Naczytasz się swojej gazetki, jesteś liberalny i kochasz całą ludzkość. Przecież mówiłeś, że byłeś w Paryżu, prawda? To mniej więcej wiesz, jak to wygląda naprawdę. Nie wystarczają ci Ruscy, Ukraińcy, Ormianie i Azerowie? I kłopoty z nimi?

Nowak westchnął. Komisarz – wciąż komisarz – Karol Zakrzewski na pewno nie był polską wersją Jean-Marie Le Pena. Na pewno nie służył w Algierii, za to był kiedyś w Milicji Obywatelskiej. Nic dziwnego, że to nie Zakrzewskiego wysyłano teraz pod Warszawę. Może zresztą wkrótce ześlą go tam na stałe i to niekoniecznie za poglądy. Za całokształt.

Nowak po dłuższym oczekiwaniu skręcił w końcu z alei Krakowskiej w lewo, w drogę prowadzącą w stronę Falent, czyli w aleję Hrabską. Jechał wśród drzew, między stawami. Stawy Raszyńskie, te położone bliżej drogi, niedaleko kościoła, stanowiły rezerwat przyrody. Niesamowita sprawa: chroniony obszar, przez który przebiega najbardziej ruchliwa droga w Polsce. Stada mew i kaczek przelatywały z jednej strony szosy na drugą, nic sobie nie robiąc z setek samochodów tkwiących w korku w stronę Janek i w stronę Warszawy. Ci z kierowców, którzy nie mieli klimatyzacji lub nie musieli udawać, że ją mają, mogli usłyszeć przez otwarte okna wrzaski i skrzeczenie ptaków. Nowak był tu z Kasią już dwa razy, żeby je poobserwować. Bardzo to lubiła, a on wciąż – zawsze – uwielbiał z nią podróżować, nawet tak blisko. Nie czuł się wcale dodatkiem do jej nowej cyfrowej lustrzanki. Wypatrzyli chyba kilkanaście gatunków, niektórych nawet nie potrafili nazwać. W końcu policjant nie musi być ornitologiem. Powinien być psychologiem, obserwatorem, pomocnikiem, stanowczym i dobrym ojcem. A nie, ojcem to niekoniecznie.

Droga, którą jechał, nie kojarzyła mu się jednak z niczym przyjemnym. To właśnie tu porwano trzy lata temu hinduskiego biznesmena, o którym rozmawiali ostatnio na odprawie. Być może także na tej drodze uprowadzono męża kobiety, z którą wkrótce będzie rozmawiać. Nowak miał szczerą nadzieję, że jest inaczej, że jeżeli nawet ma do czynienia z przestępstwem, to jest ono zupełnie innej natury, na przykład gospodarczej. Ucieczka przed prawem, i to niekoniecznie polskim. Bigamia. Byle nie znowu obcięte palce, worek na głowie, ślady tortur, ciało wrzucone do rzeki albo zakopane w lesie. Właśnie, do rzeki. Nie było potrzeby okazywania zwłok znalezionych na przystani pani Barbarze Srinivasan, czy jak ona tam się nazywała. Zaginiony biznesmen miał trzydzieści dziewięć lat, był więc prawie dwa razy starszy od chłopaka, którego ciało pływało w Wiśle. No i jedno było można stwierdzić na pewno mimo daleko posuniętego rozkładu zwłok: ten człowiek nie był Hindusem.

Nowak wjechał w ulicę o bardzo warszawskiej nazwie – Rozbrat – po czym zaczął krążyć po osiedlu domków położonych przy ulicach o kwiatowych nazwach. W końcu znalazł właściwy adres. Duży, jasnożółty dom z zielonym dachem nie miał w sobie nic hinduskiego na pierwszy rzut oka. Niezbyt ładny, standardowy podwarszawski projekt, ale też niespecjalnie brzydki. Wysokie poddasze mieściło co najmniej kilka pokoi, część z drzwiami wejściowymi wystawała nieco z fasady, dzieląc dom na dwa skrzydła. Ogród był duży, dobrze utrzymany. Drzewka i wysokie krzewy częściowo osłaniały go od ulicy, a kolejny rząd oddzielał jego tylną część, tworząc z jednej strony coś w rodzaju bramy. Do budynku przylegał duży podwójny garaż. Na trawniku leżało kilka kolorowych plastikowych zabawek. Dało się tu żyć. Oczywiście pod warunkiem, że się żyło.

Nacisnął dzwonek przy furtce. Gdzieś we wnętrzu głośno rozbrzmiała monotonna, przytłumiona melodia. Nowak zobaczył sylwetkę, która pojawiła się w oknie. Chyba kuchennym, bo za paskami żaluzji dojrzał stojące na parapecie lub blacie miski i dzbanki. Po chwili drzwi otworzyły się i na progu pojawiła się szczupła blondynka w brązowej spódnicy za kolana oraz białej bluzce, ozdobionej drewnianymi koralami, pasującymi do koloru spódnicy. Kobieta atrakcyjna, choć zmęczona.

– Tak, słucham pana?

– Dzień dobry. Adam Nowak, dzwoniłem do pani. – Sprawdził, czy przypadkiem w zasięgu wzroku (i słuchu) nie ma jakichś wścibskich sąsiadów. – Komisarz Nowak z Komendy Stołecznej Policji. Wydział do Walki z Terrorem Kryminalnym. – Poprzestał na pierwszej części nazwy.

– A tak... Dzień dobry – powiedziała kobieta zrezygnowanym tonem, jakby nie była przekonana, czy wypowiadanie codziennego powitania ma sens, jeżeli nie wierzy się w jego dosłowne znaczenie. – Dzień dobry – powtórzyła i nacisnęła guzik. – Niech pan wejdzie.

Zamknęła za nim drzwi.

Nowak przyjrzał się zdjęciom wiszącym na ścianie holu. Umieszczone były tak, że wchodzący gość musiał zwrócić na nie uwagę. Duża panoramiczna fotografia przedstawiała kilkadziesiąt słoni stojących w równym szeregu, na grzbiecie każdego siedziało trzech mężczyzn ubranych na biało. Czaszki słoni były okryte kolorowymi, ozdobnymi płachtami, nabijanymi metalowymi guzami różnej wielkości. Inne zdjęcia również przedstawiały widoki z Indii: świątynie, uroczystości religijne, krajobrazy. Drugi rząd fotografii takiego samego formatu, oprawionych w jednakowe ramki, przedstawiał sceny z życia rodzinnego. Państwo Srinivasanowie sami, z rodzicami (jak się należało domyślać), z dziećmi. Portret uśmiechniętego kilkuletniego chłopca i nieco nadąsanej dziewczynki o lekko egzotycznej urodzie. Poniżej zaczynała się cała seria fotografii, powiedzmy, biznesowych.

– To pani mąż, prawda? – Nowak wskazał na zdjęcie, na którym były premier Jan Krzysztof Bielecki przekazywał uśmiechniętemu Hindusowi srebrzystą statuetkę. Na dalszym planie widać było kilka osób z rękami złożonymi do oklasków.

– Tak.

Cóż, Shahrukh Khan to nie był. Ale piękno zewnętrzne nie jest przecież najważniejsze. Każda potwora znajdzie swego amatora, jak mawiała jego babcia. Sam się zresztą z tego czasami cieszył.

– Odbiera nagrodę przyznawaną przez jakieś stowarzyszenie – dodała pani Barbara. – Rozwój współpracy Polska–Azja czy Polska–Indie. To było dwa lata temu.

Kolejne zdjęcie przedstawiało kilku mężczyzn w charakterystycznych białych sweterkach ozdobionych kolorowym herbem. Jeden z nich, właśnie V.S. Srinivasan, trzymał w ręku kij o dziwnym kształcie. Krykiet, oczywiście. Ha, właśnie w grach zespołowych najbardziej się uwidaczniają różnice kulturowe. Rugby dla Polaka jest w porządku, to całkiem fajna gra, jeżeli się zrozumie podstawowe reguły, według których trzydziestu facetów walczy o nadmuchiwane jajo. Ale długie rozgrywki polegające na rzucaniu piłki i jej odbijaniu w różnych kierunkach? Mecze, które mogą trwać po pięć dni? Z zaplanowaną czterdziestominutową przerwą na obiad, no i popołudniową herbatkę. Nie, globalizacja musi mieć swoje granice. Ciekawe, czy na trybunach są krykietowi ultrasi i hoolsi, czy istnieją krykietowe afery korupcyjne. Kto wie? W końcu to sport, wywołuje emocje, a na dodatek bukmacherzy przyjmują zakłady. Przed paroma miesiącami w telewizji wspominano nawet o śledztwie w sprawie zagadkowej śmierci trenera reprezentacji Pakistanu.

– Przejdźmy do salonu, jeżeli mamy spokojnie rozmawiać. Bo przyszedł pan porozmawiać, prawda? A może chce mi pan przekazać jakąś wiadomość? – Kobieta spojrzała pytająco na komisarza.

– Obawiam się, że niestety nie mam żadnych nowych wiadomości.

– I uważa pan, że rozmowa ze mną pomoże je panu uzyskać? – Nie czekała na odpowiedź. – Proszę usiąść.

Ściana ze zdjęciami oddzielała nie tylko hol od salonu, ale także nowoczesność od tradycji, Europę od Azji. Po tej stronie było więcej Indii. Na centralnym miejscu widniał portret dwojga starszych osób w tradycyjnych strojach. Nowak widział już twarze na fotografii, to byli rodzice zaginionego Hindusa. Obok kilka obrazów religijnych, przedstawiających hinduistycznych bogów. W każdym domu jest miejsce na święte obrazki, niezależnie od religii. W mieszkaniu Andrzeja Nowaka wciąż nad wejściem do kuchni wisiał obrazek przedstawiający Matkę Boską Karmiącą, a przecież ojciec komisarza nie chodził od kościoła od wielu lat. No, chyba że na mszę żałobną, gdy zmarł któryś z jego sąsiadów lub kolegów.

Na półce nad kominkiem stało kilka przedmiotów, w tym ozdobna pozłacana figurka słonia. Wszystkie meble – stolik, szafka, stołki, a w zasadzie siedziska – można było określić jako „kolonialne". Takie sprzęty Nowak widział tylko raz, w sklepie na Młocinach, do którego udali się kiedyś z Kasią w poszukiwaniu oryginalnego prezentu dla jednej z jej koleżanek.

– Chce pan, żebym po raz kolejny opowiedziała, co się działo tego dnia, kiedy mój mąż nie wrócił do domu? – Nie patrzyła na niego. Zerkała na blat stolika, na którym leżała paczka miętowych cukierków. Wytrząsnęła jeden z pudełka i włożyła do ust. – To, co już wielokrotnie opowiadałam pana kolegom i tej kobiecie, którą do mnie przysłaliście?

Głośno rozgryzła cukierka i sięgnęła po następnego. Spojrzała wreszcie na komisarza.

– Może się pan poczęstuje? – Kiedy odmówił, wskazała podbródkiem w stronę kuchni, jakby przypomniała sobie o konwenansach, które warto zachować nawet wobec policjanta. – Napije się pan czegoś?

– Nie, dziękuję – powtórzył. – Pani Barbaro, nie chciałbym zajmować pani zbyt wiele czasu, wiem, że cały dom jest teraz na pani głowie. Jest mi bardzo przykro, że nie mogę przekazać pani żadnych nowych informacji na temat losu pani męża.

– Nic nie wiecie, naprawdę nic? Samochodu też nie udało się wam znaleźć?

– Niestety. Sprawdzamy tak zwane dziuple, czyli warsztaty, w których...

– Wiem, o co chodzi – przerwała. – Tu w okolicy dzieją się różne rzeczy. Słyszałam, że policjanci, którzy objeżdżają warsztaty samochodowe i sprawdzają dowody rejestracyjne, sugerują niektórym mechanikom, że mogą do nich przyjeżdżać rzadziej. Albo w ogóle. Rozumie pan?

– Od kogo pani to słyszała?

– Od znajomej. Nie pamiętam od której. Ale sprawdzacie, to dobrze. – Powiedziała to nawet bez specjalnej ironii. – I co?

– Niestety nic. Nie mamy też żadnych doniesień z posterunków granicznych o próbach wywiezienia auta. Nie zarejestrowano również wyjazdu pani męża. Nie dotarły informacje o wykorzystaniu kart kredytowych. – Nowak starał się mówić oficjalnie, urzędowo, językiem funkcjonariusza. To czasami pomaga, uspokaja rozmówcę, daje złudzenie, że procedury działają, że wszystkie czynności wykonywane są rutynowo. Panujemy nad sytuacją.

– Lepszy brak informacji niż złe wiadomości, prawda? – Rozluźniła się nieco. – Jem te cukierki, żeby nie palić papierosów. Zamiast nikotyny dostarczam organizmowi aspartamu. Słodziku – dodała na wszelki wypadek.

– Nie będę pani męczył pytaniami dotyczącymi tego, co pani robiła 9 maja. To już wiemy. Zależy mi na tym, żeby ustalić kontekst. Kontekst, czyli to, co działo się wokół pani męża, a także i pani, w ostatnim czasie. Rzeczy nowe i niespodziewane. Jakieś charakterystyczne zdarzenia, osoby, których pani wcześniej nie widziała...

– Osoby, zdarzenia...? – Pokręciła głową. – Nie. Tylko codzienne zajęcia. Nie spodziewałam się niczego złego. Nie miałam żadnych powodów do złych przeczuć, jeżeli można to tak ująć. Jeśli przeczucia mają tu jakiekolwiek znaczenie.

– Czy mąż coś mówił na temat prób wymuszenia haraczu, zastraszania, szantażowania przez kogokolwiek?

– Nie, nigdy. Jeżeli nawet coś takiego miałoby miejsce, na pewno by mi o tym nie powiedział.

– Nie powiedziałby? A dlaczego? – Związek dwojga ludzi polega na zaufaniu, Kasia codziennie go do tego przekonywała. Zresztą w zasadzie niepotrzebnie, w końcu uważał tak samo. Na ogół.

– Jak to dlaczego? – Kobieta spojrzała na niego ze zdumieniem. – Żeby nie sprawiać mi przykrości. Żebym nie miała powodów do obaw. Był prawdziwym mężczyzną, który uważa, że ze wszystkimi problemami musi radzić sobie sam. Ma pan żonę, panie komisarzu? Mówi pan jej wszystko o swojej pracy, o problemach? O groźbach? O ludziach, których pan spotyka? Naprawdę wszystko?

– Powiedzmy – mruknął Nowak, odpowiadając na wszystkie jej pytania jednocześnie. – Czy grożono kiedykolwiek pani lub pani mężowi?

– Nie. – Zawahała się.

– Słucham? Co pani chciała powiedzieć?

– Nic.

– Jednak proszę o odpowiedź. Przecież pani wie, że to może być ważne.

– To? Na pewno nie. – Odgarnęła ciemne włosy z czoła i spojrzała na podobiznę jakiegoś bóstwa, może Wisznu. – No dobrze. Kiedy się tu wprowadziliśmy, pięć lat temu, mieliśmy kilka nieprzyjemnych telefonów.

– Nieprzyjemnych?

– Wrogich. Rasistowskich. Jakiś facet obrzucał nas obelgami. Mówił, że nie chce na polskiej wsi brudasów i ich dziwek. Zadowolony pan?

– Te telefony... Skończyły się? A może ktoś dzwonił w ciągu ostatnich dni, już po zaginięciu męża?

– Nie, nikt nie dzwonił. A wtedy, parę lat temu, telefony szybko się skończyły. Mam wrażenie, że ktoś z miejscowych chciał kupić tę działkę i był nieco zdenerwowany tym, że sprzedano ją cudzoziemcowi.

Nowak odnotował to w pamięci.

– Podejrzewa pani kogoś? O te telefony?

– Nie. – Wzruszyła ramionami. – Nie przywiązywaliśmy do tego wagi. Nie mamy zresztą żadnych problemów z sąsiadami, bezpośrednimi i tymi dalszymi. Spokojnie żyjemy obok siebie.

Obok siebie, powtórzył w myślach Nowak.

– Kto zarządza firmą pod nieobecność pani męża? – komisarz zmienił temat.

– Wiceprezesi. Przecież to już chyba wiecie, prawda?

Nie odpowiedział.

– Tomasz Bieżański i Davinder Sharma. Polak i obywatel Indii, jak się pan zapewne domyśla.

– Zna ich pani?

– Oczywiście. Obaj mieszkają w Raszynie, często przyjeżdżali do nas na spotkania. Prywatnie, z rodzinami. Czasami zamykali się z mężem w gabinecie i rozmawiali o interesach.

– Wie pani coś na temat tych rozmów? Czy orientowała się pani w szczegółach pracy pani męża? Opowiadał o kontaktach biznesowych, umowach, propozycjach, które otrzymywał?

– Nie. Z reguły nie.

– Z reguły?

– Cóż, wspominał o kontrakcie, który miał podpisać z jakąś znaną firmą. Chodziło o produkcję i dystrybucję odzieży z ich marką. Ale nie powiedział mi, o jaką firmę chodzi. Wiem tylko jedno. – Pani Barbara uśmiechnęła się. – Ubrania miały być szyte w Indiach i stamtąd sprowadzane. Na pewno nie w Polsce, szycie tutaj przestało się opłacać.

– Czy wie pani coś na temat osób, z którymi spotykał się pan Srinivasan... – Nowak spojrzał na rozmówczynię. Nie zareagowała, więc chyba mógł używać takiej formy nazwiska – ...z którymi się spotkał w restauracji 9 maja? Czy spotkanie dotyczyło tego kontraktu?

– Nie wiem. Może. To byli jacyś jego koledzy z Niemiec. Mąż mieszkał tam przez rok i prowadził interesy we Frankfurcie.

– Frankfurcie nad Menem?

– Tak. Właściwie to pod Frankfurtem. V.S. pracował wtedy jako jeden z dyrektorów firmy handlowej.

Powiedziała „Wi-Es", po angielsku. Ładne zdrobnienie.

– W jakiej branży? Też odzież? Tekstylia?

– Nie. Przyprawy, niech pan sobie wyobrazi. – Sięgnęła po kolejnego cukierka.

– Nie zna pani nazwisk tych ludzi?

– Nie. Już to mówiłam pana koledze. Wyjątkowo nieprzyjemny facet. Nie przekazał panu tych informacji?

Nowak zignorował pytanie.

– Co pani teraz robi? Pracuje pani?

Milczała przez chwilę.

– Rozumiem, o co pan pyta. – Nowak wyczuł w jej głosie irytację. – Nie, nie pracuję, nie jestem nigdzie zatrudniona. Na razie mamy oszczędności, więc jak pan widzi, nie przymieramy głodem. Mieliśmy wspólne konto. Pomagają mi znajomi i współpracownicy męża. Moi rodzice. Ojciec V.S. także.

– Jak się państwo poznali?

– Byłam asystentką dyrektora, właściwie menedżera na Polskę, sieci sklepów z odzieżą sportową. Mąż prowadził negocjacje dotyczące sprzedaży tego, co produkowała jego firma. Dresów, koszulek, spodenek.

– Nie pracowała pani w firmie swojego męża?

– Nie, nie zmieniłam pracy ani po ślubie, ani później. Odeszłam dopiero trzy miesiące przed urodzeniem pierwszego dziecka. Wiktora. Potem nie podjęłam pracy zawodowej. – Spojrzała w okno. – Nie musiałam. V.S. nalegał, żebym została w domu.

– I co? – zaryzykował. – Odpowiadała pani rola gospodyni domowej?

Spojrzała na niego z zaskoczeniem.

– A co to pana obchodzi?! – wybuchła.

– Przepraszam, nie...

– Niech pan posłucha: potrafię zarobić pieniądze. Potrafię zdobyć środki na utrzymanie dzieci. Jeżeli będzie to konieczne, pójdę do pracy, i to wcale niekoniecznie do firmy mojego męża!

– Przepraszam. Już pani mówiłem: interesuje mnie kontekst, dlatego o to wszystko pytam. Chciałbym ustalić, co się mogło stać z panem V.S. Srinivasanem.

– A ja chciałabym panu uwierzyć. Bo jak na razie przyjeżdżają do mnie tylko bezduszni, wścibscy funkcjonariusze i dopytują się, czy mój mąż nie prowadził jakichś podejrzanych interesów. Na dodatek bardzo ciekawi ich to, czym się może zajmować żona Hindusa, kiedy tego Hindusa już nie ma. Traktujecie mnie jak utrzymankę, pozbawioną nagle źródła pieniędzy!

– Pani Barbaro...

Widać było, że kobieta z trudem powstrzymuje się od płaczu.

– Panie komisarzu, będę bardzo wdzięczna, jeżeli pan już sobie pójdzie. Proszę wrócić wtedy, kiedy będzie pan miał jakiekolwiek informacje. Nie, nawet nie informacje. Niech to będą przynajmniej pomysły, gdzie ich szukać. Wtedy panu chętnie pomogę.

Nowak wyszedł z poczuciem, że – jak to często bywało do tej pory w jego życiu – spieprzył ważną rozmowę z kobietą. Z tym że akurat za przeprowadzenie tej rozmowy płaciło mu państwo. Na szczęście nie był to całkowicie stracony czas: Nowak nie okłamał pani Barbary, naprawdę liczył się kontekst. Komisarz wiedział teraz, skąd zniknął Hindus, jakie miejsce opuścił, z własnej woli lub na skutek działania osób trzecich. Dom, żona, dzieci, które zresztą akurat dziś były w przedszkolu albo na jakichś zajęciach. A także przedmioty, które wiązały się z obecnością tego człowieka, a które tym bardziej podkreślały jego nieobecność. Rozejrzał się jeszcze raz po okolicy. Domy w różnych kolorach i różnej wielkości. Ogrodzenia, którymi ludzie oddzielają się od innych i ograniczają swoją prywatną przestrzeń: zwykła siatka, drewniane malowane sztachety, metalowe pręty albo misterna kowalska robota. Za jednym z nich, prawie naprzeciw domu Srinivasanów, stał postawny mężczyzna w zielonych ogrodniczkach i przyglądał się komisarzowi. Po chwili odwrócił głowę. Nowak podszedł do płotu. Z drugiej strony natychmiast pojawił się nieduży, ujadający pies.

– Cicho, Edi! Spokój! – rzucił mężczyzna i potarł wąsy. – Tak, słucham?

– Jestem z policji – wyjaśnił Nowak, choć mina gościa wskazywała, że nie musiał tego mówić. – Pan tu mieszka?

– Nie. Ogrodem się zajmuję. Państwa Świerczewskich nie ma w domu.

– Pracował pan też u państwa Srinivasanów?

– U nich? – Facet wskazał głową dom Hindusa. – Czasami. Ale nic nie wiem – zastrzegł od razu. – Dwa tygodnie temu nie wrócił do domu. I to wszystko, co słyszałem.

– Był pan tu tego dnia, kiedy zaginął? Pracował pan u nich albo u sąsiadów?

– Nie. Robiłem u siebie na polu.

Nowak zastanawiał się, jak sformułować następne pytanie.

– Czy były jakieś... jakieś powody, dla których pan Srinivasan mógłby nie chcieć wracać do domu?

– Co?

– Konflikty, kłótnie. Jakieś problemy.

– Problemy? Tu ludzie nie mają problemów. Mają pieniądze, więc nie mają problemów. Nie, proszę pana, żadnych kłótni. A jeżeli się kłócili, to i tak bym nic nie zrozumiał. Rozmawiali ze sobą po angielsku chyba. Chociaż on już dość dobrze radził sobie po polsku. Tak śmiesznie, ale gadał.

– A co mówią ludzie? – Nowak znowu źle zadał pytanie.

– Co mówią ludzie? Ludzie, proszę pana, mówią różne rzeczy. Zależy, co kogo interesuje. Nie?

– Tak. A co mówią na ten temat?

– Pierdoły wygadują. Że facet miał kochankę i z nią wyjechał do Kanady. Takie tam.

– Dlaczego pan uważa, że to pierdoły?

– Dlaczego? – Facet przez chwilę kopał jeden z kamieni ułożonych wzdłuż chodnika prowadzącego do wejścia. – Dlatego że nikt tego nie może wiedzieć. Bo skąd? Ktoś coś tu widział, podsłuchał? Ktoś go znał? Nic z tych rzeczy. Pierdoły, mówię panu. Ja też lubię czasami pogadać. Zwłaszcza po kielichu. Ale głupot nie wymyślam.

– Tak? A pan co o tym sądzi?

– Jak nie wiadomo, o co chodzi, to chodzi o pieniądze. Tak mówią, nie? No i tak jest.

– To znaczy?

– No nie wiem, co to znaczy! – Facet zirytował się. – Od tego jesteście, żeby to sprawdzić. Ubezpieczenie, za samochód albo za wypadek, udawany, wie pan. Może ucieka przed izbą skarbową. Przed wspólnikami.

Do kogo ten gość jest podobny? Nowak miał niejasne wrażenie, że już go kiedyś widział.

– Może pan podać nazwisko?

– A pan może podać swoje?

Komisarz westchnął ciężko.

– Adam Nowak, z Komendy Stołecznej.

– Jacek Badyn. Stąd.

Policjanci z Raszyna potwierdzili, że kontakt państwa Srinivasanów z otoczeniem był dość ograniczony. Rzeczywiście toyota V.S. Srinivasana poruszała się standardową trasą z domu do pracy i z powrotem. Tak jak wspomniała Barbara Zawistowska, często spędzali wolny dzień w centrum handlowym w Jankach, na zakupach połączonych z pójściem do restauracji i do kina. Poza tym biznesmen starał się uczestniczyć w lokalnym życiu, chciał zostać zauważony. Kilkakrotnie wspomagał miejscową szkołę, choć nikt nie przypuszczał, że kiedykolwiek pośle do tej podstawówki swoje dzieci. Podarował komplet strojów piłkarskich czwartoklasistom, pomógł nawet w założeniu drużyny dziewczęcej. Bend It Like Beckham. Na szczęście nie zajął się popularyzacją krykieta. Ci, którzy pracowali kiedykolwiek w domu państwa Srinivasanów, czy to w ogrodzie, czy przy drobnych pracach remontowych, wypowiadali się o Hindusie raczej niezbyt pochlebnie. Może dlatego, że był bardzo wymagający: nie płacił dopóty, dopóki nie był zadowolony z efektów pracy.

– Ale wie pan, nikt nie lubi bogatych. Bogatszych od siebie – podsumował aspirant, który rozmawiał z Nowakiem.

Racja. Nawet premier za nimi nie przepada.

2

Nowak czytał raporty, które dostał z PG. Z Wydziału do Walki
z Przestępczością Gospodarczą, czyli z pomarańczowego budynku
koło Cmentarza Wolskiego. Właściwie to nawet nie były raporty, ale
wstępne informacje, które udało się uzyskać z urzędów. Opisywały
historię działalności firm prowadzonych przez V.S. Srinivasana, wy-
mieniały nazwiska polskich oraz indyjskich wspólników i współpracowników.

Wizyta w komendzie powiatowej w Pruszkowie też niewiele
pomogła. Nie mieli żadnych informacji na temat prób wymuszenia
haraczu przez lokalnych gangsterów. Co oczywiście nie oznacza, że
takich wymuszeń nie było. W trosce o bezpieczeństwo swoje i rodziny każdy był skłonny zapłacić, z wyjątkiem tych, którzy jednak
ryzykowali i zgłaszali się na policję. Wspólnicy Srinivasana nabrali
wody w usta w tej sprawie. Ani słowa o tym, czy płacą komuś za
ochronę, oczywiście nie licząc firmy, której pracownicy pilnowali
terenu zakładu i magazynów. Firma ochroniarska – może to właśnie
była odpowiedź na pytanie o haracz? Jedyny dotychczasowy kontakt
Hindusa z policją to zgłoszenie kradzieży jego poprzedniego samochodu, też całkiem fajnego, saaba 9-3, w październiku 2004 roku.
Auta nie odnaleziono.

Zadzwonił telefon.

– Witam pana, panie komisarzu. Pozdrowienia z trupiarni. Mam
ciekawą informację. Chodzi o to ciało znalezione w piątek.

W głosie doktora Marczaka brzmiała eksycytacja. Podniecenie
człowieka, który właśnie dokonał interesującego odkrycia, ale bardziej charakterystyczne dla detektywa niż naukowca. Zresztą może
prawdziwy uczony nie różni się od detektywa. Najlepszy kryminał,
jaki Nowak przeczytał, był popularnonaukową relacją opisującą
proces odkrywania struktury DNA.

– Zrobiłem jeszcze jedno badanie, o którym nie było mowy
w trakcie sekcji. Prześwietlenie kończyn górnych i dolnych.

– I co, znalazł pan jakieś złamania? Obrażenia wewnętrzne? – Nowak wyobraził sobie strzaskane rzepki kolanowe. Filmowy symbol gangsterskich porachunków.

– Nie. Gwoździe ortopedyczne. Potocznie zwane „drutami", choć tak naprawdę druty to co innego... W każdym razie ten chłopak miał niedawno poważne złamanie kości piszczelowej. Niedawno, czyli jakieś kilkanaście miesięcy temu. Pewnie wypadek samochodowy albo uraz w trakcie uprawiania sportu, na nartach, w górach. Może po prostu poślizgnął się na schodach. W każdym razie jednego jestem pewien: zabieg został profesjonalnie wykonany. – Marczak przerwał na chwilę. – Piętnaście, może nawet jeszcze dziesięć lat temu powiedziałbym, że operację przeprowadzono za granicą. Dziś na szczęście to się zmieniło.

– Świetnie. Mamy zatem kolejny materiał do identyfikacji zwłok. Problem w tym, że nie wiemy, kogo szukać. – Nowak zastanowił się. – Może pan jeszcze zrobić coś więcej, nie wiem, ustalić producenta tych elementów?

– Oczywiście. Jeżeli tylko prokurator pozwoli na ponowne otwarcie zwłok, możemy nawet te gwoździe wyjąć. Nie wiem tylko, czy to rzeczywiście potrzebne.

Marczak miał rację. To kwestia tego, od czego zacząć wyszukiwanie. Łatwiej porównać dane zaginionych osób ze znalezionym ciałem niż szukać w szpitalach wszystkich nóg z endoprotezami. Prędzej czy później trafi na policję zgłoszenie o zaginięciu. Jeżeli człowiek, zwłaszcza młody, miał poważną operację, istnieje spore prawdopodobieństwo, że jego rodzina może mieć dostęp do wyników badań lekarskich lub zdjęć rentgenowskich.

Na obudowie telefonu zaczęła migać czerwona dioda. Czekała kolejna rozmowa.

– Chwileczkę – rzucił Nowak. Nacisnął przycisk. – Tak?

– Panie komisarzu, jest zgłoszenie... – mówił sierżant Kwiatkowski.

– Morderstwo?

– Nie, zaginięcie. Ale...

– To momencik. – Przełączył ponownie na rozmowę z Marczakiem. – Przepraszam bardzo, drugie połączenie. Jest pan tam?

– Jestem, jestem.

– Myślę, że powinniśmy powiadomić prokuratora – powiedział Nowak. – Wspomniał pan o tym, że zabieg mógł zostać wykonany za granicą. Jeżeli okaże się, że te druty to polski produkt, może uda się ograniczyć poszukiwania do krajowych klinik.

– Wtedy też nie będzie pewności. Może coś eksportujemy na Litwę albo do Estonii... Czaszka denata ma pewne parametry odpowiadające typowi nordycznemu albo subnordycznemu – wyjaśnił lekarz. – Dlatego tak sobie gdybam.

– OK. Dziękuję panu bardzo.

Subnordycznemu. Przełączamy się z powrotem na sierżanta, typ mazowiecki.

– Panie komisarzu, mamy zgłoszenie z Wilanowa. Dzwonił jakiś... jakiś Szwed. Zaginął jego syn.

Na litość boską, od kiedy to Nowak prowadzi referat do spraw cudzoziemców... Zaraz. Szwed. Nordyczny.

– No i? Dlaczego ma to nas interesować? Porwanie?

– Nie, panie komisarzu. Ten Szwed podał rysopis chłopaka. Jest parę ciekawych znaków szczególnych.

– Tak?

– Tatuaż na ramieniu. Metalowe elementy w nodze, wstawione po wypadku.

Przez chwilę Nowak miał wrażenie, że sierżant podsłuchiwał jego rozmowę.

– Elementy?

– Jakieś śruby po złamaniach, tak mi przekazano.

Świetnie. Sprawy rozwiązują się same, chciałoby się powiedzieć, ale nie jest to niestety prawda. Nawet jeśli uda się szybko zidentyfikować ofiarę, odpadnie tylko żmudne przeszukiwanie bazy Posigraf ze zdjęciami osób zaginionych. Trzeba jednak jeszcze ustalić, kto przyłożył chłopakowi pistolet do głowy i nacisnął spust. Kto i dlaczego, chociaż to „dlaczego" policjantowi potrzebne jest tylko do tego, żeby udzielić odpowiedzi na pytanie „kto". Na razie nie mamy takiej wiedzy, jak mawiają politycy w telewizorze. Nie posiadamy takiej wiedzy, panie pośle, ale jeśli już ją zdobędziemy, to będzie ona porażająca. W każdym razie wiemy, gdzie zacząć szukać. Nowak zadzwonił ponownie do Zakładu Medycyny Sądowej, aby uzgodnić z lekarzem przygotowanie okazania zwłok.

Mężczyzna w jasnoszarym garniturze stał pod oknem. Patrzył przez podwójne, rozdzielone kratami szyby na podwórko, na którym zaparkowała furgonetka. Nie ruszał się. Nie rozmawiał z nikim, ani z policjantami, ani z prokuratorem, ani ze znajdującym się trzy kroki od niego młodym, elegancko ostrzyżonym człowiekiem w niebieskiej koszuli z krótkim rękawem.

O szyby zabębniły pierwsze krople wiosennego deszczu. Nie zmyją niczego, rozmażą tylko Warszawę na zewnątrz. Na pewno nie wytrąciły mężczyzny z dziwnego stanu, w który zapadł. Nowak przyglądał się profilowi rysującemu się na tle okna. Wąskie, zaciśnięte usta, wyrazisty nos, jasne brwi, bardzo jasne włosy. Magnus Rytterberg. Magnus. Imię, które natychmiast zalecało zachowanie odpowiedniego dystansu.

Drzwi chłodni otworzyły się.

– Proszę – powiedział doktor Marczak. – Jesteśmy gotowi.

Facet w koszuli zbliżył się do Szweda i coś do niego powiedział. Ten nie zareagował. Mężczyzna powtórzył i dotknął ramienia Rytterberga. Szwed powoli odwrócił wzrok od szyby i spojrzał na obcą rękę ze zdziwieniem. Nie, nie ze zdziwieniem, raczej tak, jakby jej dobrze nie widział, jakby dopiero musiała nastąpić akomodacja oka, dopasowanie ostrości widzenia do bliskich odległości. Rzeczywiście, nawet poprawił na nosie srebrną oprawkę okularów. Skinął głową i nie patrząc na pozostałych, ruszył w stronę lekarza.

Weszli do chłodni i zbliżyli się do metalowych szaf. Doktor chwycił za uchwyt jednej z szuflad i wyciągnął ją do końca. Metalowe szyny szczęknęły w przestronnym pomieszczeniu. Marczak odsłonił twarz topielca, a właściwie zamordowanego topielca.

Szwed długo na nią patrzył. Jego twarz nie zdradzała żadnych emocji.

– Długotrwałe przebywanie zwłok w wodzie zniekształciło rysy. – Medyk niespodziewanie przerwał milczenie. – Ale po sekcji zrobiliśmy, co się dało.

Mężczyzna w niebieskiej koszuli trząsł się z zimna. Przetłumaczył półgłosem słowa lekarza.

Rytterberg powiedział coś po szwedzku. Spojrzał w oczy Nowakowi, który stał z jego lewej strony.

– *It's him* – dodał, zanim asystent powiedział to samo po polsku.

– Proszę pokazać jeszcze tatuaż.

Marczak ponownie przykrył zwłoki, po czym lekko odsunął materiał na lewym ramieniu.

Szwed pokręcił głową. Nowak i Drzyzga spojrzeli na siebie ze zdziwieniem. Magnus Rytterberg zobaczył ich reakcję i znów się odezwał:

– *It's him, it's him.*

Prokurator zanotował coś i wyszedł. Szwed odprowadził go wzrokiem, po czym równym, zamaszystym krokiem ruszył do wyjścia. Jego buty stukały miarowo o posadzkę.

– *Mister* Rytterberg... – powiedział Nowak i spojrzał na stojącego obok asystenta. Ten rozłożył ręce i nic nie mówiąc, szybko ruszył za swoim pracodawcą, chyba nie tylko po to, żeby pomóc, ale również żeby uciec od niskiej temperatury. Doktor Marczak wsunął zwłoki do szuflady i westchnął.

– Dziś 1 czerwca, dzień dziecka – powiedział. – Niezbyt fortunny termin na coś takiego.

Stanęli na korytarzu, czekając na głównych aktorów, bez których nie zakończy się procedura. Pierwszy zjawił się prokurator z dokumentami w dłoni. Spojrzał pytająco na policjantów. Zanim zdążyli coś powiedzieć, z korytarza po lewej wyszedł facet w koszuli.

– Przepraszam bardzo, ale pan Rytterberg źle się poczuł. Rozumieją panowie, że to w pełni wybaczalne, zważywszy okoliczności, w jakich...

– Tak. – Nowak przerwał jego wywód. – Proszę przekazać panu Rytterbergowi, że musi podpisać protokół z okazania zwłok.

– Oczywiście. Zaraz powinien się tu pojawić.

– Chcemy też prosić o dodatkowe materiały, które mogą być w jego posiadaniu – włączył się prokurator. – Zdjęcia rentgenowskie, wyniki badań. Zwykłe zdjęcia.

– Jeżeli to potrzebne. Ale... – Mężczyzna popatrzył na nich zdziwiony. – Pan Rytterberg rozpoznał przecież zwłoki swojego syna Gustava.

– Oczywiście wierzymy mu – pospieszył z wyjaśnieniem Jackiewicz. – Potrzebujemy jednak pewności także z medycznego punktu widzenia.

– Mam nadzieję, że nie będą panowie żądać pobrania próbki DNA. Sądzę, że nie należy aż tak absorbować człowieka, który właśnie dowiedział się o śmierci swojego jedynego syna.

– Nie – wtrącił doktor Marczak. – Zdjęcia powinny wystarczyć.

Szwed wrócił. Nie wyglądał już tak godnie i poważnie jak poprzednio. Miał rozpięty guzik pod szyją i poluzowany krawat. Na koszuli widać było ślady wody. Powiedział coś ostro do swojego asystenta. Ten zwrócił się od razu do prokuratora z prośbą o przekazanie dokumentów. Rytterberg wyciągnął pióro i energicznie podpisał wszystkie kopie. Powiedział coś jeszcze po szwedzku, popatrzył na zebranych, skłonił lekko głowę i wyszedł.

– Ale... – powiedział Drzyzga.

– Pan Rytterberg jest gotów dostarczyć wszelkie niezbędne dokumenty i wziąć udział w przesłuchaniach, ale pod warunkiem, że odbędą się one u niego w domu. Oczywiście w obecności prawnika – powiedział asystent.

– Czyli pana?

– Nie... – Mężczyzna uśmiechnął się smutno. – Obawiam się, że to już nie moja rola. Proszę, zostawiam wizytówkę... swoją i pana Rytterberga. Panie prokuratorze?

Wracając do domu, Nowak zadzwonił do swojego ojca.

– Dawno nie byłeś – poskarżył się Andrzej Nowak. – Przyjedźcie z Kasią. Albo sam przyjedź. Nie masz teraz daleko.

Ojciec miał sześćdziesiąt siedem lat i wciąż mieszkał w Radzyminie; od ośmiu lat, czyli od śmierci żony, samotnie. No, przynajmniej w tej chwili samotnie. Przez wiele lat pracował jako frezer i ślusarz, nawet po przejściu na wcześniejszą emeryturę. Teraz zajmował się głównie spacerami, oglądaniem telewizji i czytaniem książek. Już zrozumiał, że nie oznacza to marnowania czasu, że nie musi wstawać codziennie wczesnym rankiem, by zdążyć do fabryki w Warszawie na poranną zmianę.

– Mam dużo roboty. Sprawy zagraniczne, tato. Cudzoziemcy giną w Warszawie.

– Ruscy?

– Nie, tato, nie tylko Ruscy.

– Nie musisz mówić. Nawet wolałbym, żebyś nie opowiadał ze szczegółami.

– Nie zamierzam. Dobrze się czujesz?

Standardowe pytanie, część rytuału w kontaktach rodzinnych.

– Krępel mnie napierdziela – burknął ojciec.

– Słucham?

– W krzyżu mnie boli. Nic nowego, od zawsze tak jest. Za często pogoda się zmienia. Te upały to nawet znoszę nieźle, ale najbardziej nie lubię wiatru.

– Mam się czymś przejmować?

Ojciec zirytował się.

– A przejmuj się, czym chcesz. Nie musisz.

– Tato...?

– Dobra, dobra. Nic się nie dzieje.

– Na pewno?

– Oj, na pewno, na pewno, na litość boską, no...!

– Co taki jesteś zły?

– Nie na ciebie. Pokłóciłem się z sąsiadem.

– Z którym? Z Władkiem?

– Tak.

– Znowu gadaliście o polityce?

– Nie. Tym razem zeszło na religię. Sąsiad postanowił się nawrócić i zaczął też prawić kazania innym. Nie wytrzymałem. Nazwałem go talibem.

Nowak wyobraził sobie ponurego tęgiego siedemdziesięciolatka w turbanie. Parsknął śmiechem.

– Talibowie nie piją alkoholu, tato.

– Tak! – Ojciec również się roześmiał. – Nie masz pojęcia, jacy upierdliwi potrafią być starzy faceci. Na szczęście niedługo powymierają i wy, młodzi, będziecie mieć spokój.

– Nie jestem młody. Poprzedni ustrój mnie też zdążył skutecznie zepsuć.

– Twój syn mógłby być już lepszy – zauważył Andrzej Nowak.

– Ale go nie mam, prawda?

Ojciec znów przez chwilę milczał. To akurat dziedziczne.

– W krzyżu boli, a każdy musi dźwigać swój krzyż – powiedział w końcu. – Niezły dowcip, nie? Wiem, wiem, beznadziejny. Dobra, Adam, już nie zanudzam. Pomyśl o sobocie.

– Nie wiem, czy...

– Wpadniesz, kiedy chcesz.

3

Stał kiedyś wyżej. Na wale. Nie na ulicy, tylko na nasypie, ma się rozumieć. Tak mi się wydaje... – powiedział Nowak. – Pamiętam, że kiedyś poszedłem... Poszliśmy na spacer. Była zima, luty, pochmurno. Gołe drzewa, czarne gałęzie, w ogóle ponuro i smutno. Ten krzyż z daleka wyglądał jakoś tak groźnie. Mrocznie. Tak jakby wewnątrz wału leżały jeszcze szkielety.

– Brr. Może rzeczywiście jeszcze jakieś leżą – odparła Kasia.

Przyjechali ścieżką rowerową wzdłuż Wału Miedzeszyńskiego. Stali w zagłębieniu między wałem a niedużą sztuczną górką, zasłaniającą osiedle charakterystycznych domów o ścianach z klinkierowej cegły. Na małym placyku znajdował się biały postument, a na jego szczycie czarny metalowy krzyż, którego ramiona kończyły się złotymi liśćmi. Tablica na cokole głosiła: „Poległym w obronie Ojczyzny w bitwie ze Szwedami 28, 29 i 30 lipca 1656 roku".

– Taki masz teraz pomysł na wycieczki? Będziemy jeździć w miejsca, w których znaleziono zwłoki, i szukać w okolicy zabytków i pomników? Na dodatek jeszcze ci Szwedzi...

– Nie mów, że nie lubisz Saskiej Kępy.

– Pewnie, że lubię. I mam żal do ciebie, że mnie tu dotąd nie zabierałeś. Przecież znasz te strony.

– A mówiłaś kiedyś, że chcesz przyjechać? Trzeba było poprosić. Nikogo nie powinno się uszczęśliwiać na siłę.

– O, ho, ho, poprosić. Nasz związek jest demokratyczny, a ty usiłujesz zrobić z niego oświeconą dyktaturę. – Kasia roześmiała się. – Co jeszcze chcesz mi pokazać? Ten budynek z kolumnadą już kiedyś widziałam, więc to nie było dla mnie odkrycie, panie komisarzu.

Kasia mówiła o willi Zalewskich stojącej między Wałem a ulicą Rzymską. Monumentalne dzieło Bohdana Pniewskiego z 1930 roku, wielki i reprezentacyjny budynek, do dziś urzekający bryłą i harmonią szczegółów. Jeden z pomników epoki, która zaczęła się po odzyskaniu niepodległości i bezpowrotnie skończyła 1 września 1939 roku.

– Panie komisarzu? Mówię do pana!

– Tak... Zamyśliłem się.

– Widzę. Nie pierwszy raz – powiedziała. – Mam dość miasta i historii. Możemy jakoś przedostać się nad rzekę? Byle nie do tej przystani z trupem.

– Tak. Chyba tak, jeżeli jeszcze nie zagrodzili drogi. Jedziemy do przejścia.

Wrócili do Afrykańskiej i przejechali na drugą stronę. Pedałowali wzdłuż barierki, mijając kolejne przystanie pełniące obecnie funkcję hurtowni materiałów budowlanych. W dole między drzewami zobaczyli wrak statku. Zniszczony, pocięty, zapaskudzony przez ludzi i zwierzęta. Z tym że psy i koty raczej nie zbierają złomu i nie używają farb w sprayu.

– Podobno ma ponad sto lat – powiedział Nowak. – Tylnokołowiec. Kiedyś pływał między Sandomierzem a Warszawą.

Zjechali nieco dalej, w miejscu, w którym wykładany kostką chodnik skręcał w stronę rzeki i urywał się, dając początek polnej drodze. W zasadzie leśnej, bo teren nad rzeką był porośnięty gęstym łęgiem. Zwolnili na ostrym łuku.

– Prosto? – krzyknęła Kasia.

– Tak. Nie! – Nowak zobaczył, że już skręcała w lewo. – Prosto główną drogą. Do rzeki!

Drzewa skończyły się, ustępując miejsca krzewom. Minęli stojącą wśród traw taksówkę. Nowak spojrzał uważnie. Pusta. Czyli wędkarz. Trzęśli się na wysuszonych przez słońce koleinach. Dojechali do Wisły tak blisko, jak tylko się dało. Po lewej, całkiem niedaleko, widzieli pylony mostu Siekierkowskiego. W powietrzu czuć było zapach rzeki, w zaroślach darło się jakieś stworzenie.

– Nareszcie coś fajnego – mruknęła dziewczyna. – Wyciągam aparat.

– Może znajdziesz kaczki z młodymi. Albo inne ptaszyska. Posiedzę tutaj, dobrze? – Rozejrzał się i znalazł w miarę suche miejsce.

– Hę?

– Powiedzmy, że zapalę wirtualnego papierosa.

Usiadł i zapatrzył się na drugi brzeg, na zarośla po stronie Siekierek. Zastanawiał się nad Rytterbergiem. Nie był w stanie zrozumieć, jak funkcjonuje taki człowiek. Nie, no jasne, jako policjant musiał rozmawiać z ludźmi z różnych środowisk i w różnym wieku. Wściekłymi, zastraszonymi i całkiem zwykłymi, tymi dobrymi i z gruntu złymi. Bogatymi i biednymi. Ale Rytterberg... to naprawdę był ktoś inny. Pochodził z innej kultury, choć to nie powinno być najważniejsze. Gówniarz z nożem w ręku czy gangster z pistoletem też byli dla Nowaka obcy, mimo że mówili po polsku. No właśnie.

W środę rozmawiał z Davinderem Sharmą, wspólnikiem zaginionego V.S. Srinivasana. Zarówno on, jak i Nowak posługiwali się dość kiepskim angielskim, ale... jakoś dało się dogadać. Trudno powiedzieć, że komisarz odczytał z wąsatego, uśmiechniętego oblicza hinduskiego biznesmena jego intencje i odczucia. Ale był to normalny facet, którego życie organizuje się przede wszystkim wokół pracy i zarabiania pieniędzy. Ten Szwed natomiast... Patrzył na świat z góry. Z wyższością, ale nie była to pycha, lecz... hm, wyższość, jaką może okazywać marionetkarz swoim lalkom. Manipulant. Inwestor. Człowiek umieszczający inne osoby i firmy w szufladkach, które sam pooznaczał i odpowiednio poustawiał. Magnus.

Magnus... Nowak przypomniał sobie, że kupował kiedyś chleb o tej nazwie w piekarni na Reymonta. Ekspedientka zapewniała, że zawiera dużo magnezu.

Jan Żurek ucieszył się z odwiedzin. Jak zwykle zresztą. Zapytał, gdzie byli na wycieczce. Kiedy usłyszał odpowiedź, natychmiast odezwał się w nim instynkt przewodnika, którym zresztą czasem bywał. Zbiórka w sobotę o siódmej rano na stacji WKD Warszawa Ochota, i tak dalej. „Emeryt wiedzie emerytów", mawiał.

– Wiecie, że zanim Kępa była Saska, miała inne nazwy? Kępa Solecka, Kawcza, Holenderska. Bo tam się osiedlali Flamandowie i Fryzowie, którzy uciekali przed prześladowaniami religijnymi. Później pojawili się Szkoci. Czekaj – zwrócił się do Nowaka. – Kasia coś mi wspominała, że znaleźliście niedawno właśnie na Saskiej Kępie jakiegoś martwego Szkota.

– Nie Szkota, tylko Szweda – sprostował Nowak.

– A, Szweda. Też tam byli, i to nie raz. Poszliście pod pomnik?

– Pod krzyż? Tak.

– Postawili go w 1916, w czasie pierwszej wojny. Wtedy budowano Wał Gocławski i wykopano szczątki żołnierzy pod starym wałem przeciwpowodziowym.

– Jak to, panie Janie, byli tu nie raz? – spytał Nowak po chwili. – Nie tylko wtedy, w czasach potopu?

– Ucz się historii, Adam. Słyszałeś o wojnie północnej? O wielkiej, czyli trzeciej wojnie północnej? A o wojnie o sukcesję polską?

– Tato... może... – próbowała wtrącić Kasia.

– Zamilcz, córko, mam misję edukacyjną. Będę surowy jak minister oświaty. Trzeba uświadamiać młode pokolenie warszawiaków, nawet jeżeli nie jest już takie młode, a na dodatek przyjezdne. Więc?

– Nooo... Słyszałem. To właściwe słowo – powiedział Nowak niepewnie.

Jan Żurek rozpoczął mały wykład. Pojawił się w nim król Stanisław Leszczyński, dwukrotny władca Polski, w tym raz ze szwedzkiego nadania. Wojska szwedzkie, saskie i rosyjskie wkraczały i pustoszyły Warszawę i okolice, zanim ostateczny zwycięzca, August III Sas, mógł we względnie spokojnych czasach, po zdobyciu tronu, użyczyć swojego imienia prawobrzeżnej kępie i uczynić z niej miejsce odpoczynku, rozrywek i szeroko rozumianych uciech cielesnych.

– Jeszcze trzydzieści lat temu ludzie się śmiali, że Szwedzi zemścili się za przegraną wojnę z Polską, stawiając hotel Forum. Kakaowe pudełko w samym centrum. Dziś już spowszedniał, nie?

– Zemsta? To chyba zadośćuczynienie za potop. Poza tym hotel nie jest już kakaowy, a teraz inaczej się nazywa.

– Masz rację. To my powinniśmy im coś podesłać. Za te wszystkie spalone kościoły, za trzy okupacje. Trzy! Tyle razy wkraczali do Warszawy w czasie potopu. Grabili, ile się da. – Oczy starszego pana błyszczały. Był w swoim żywiole.

– Tato – powiedziała wreszcie Kasia. – To prawda, że Adam jest policjantem. Musi znać wszystkie istotne dla śledztwa fakty, ale czy naprawdę powinien sięgać czterysta lat wstecz, żeby odkryć, kto zabił młodego Szweda? Czy do tego potrzebna jest historia? Ktoś się mści za potop?!

– Historia? W Warszawie nie da się bez niej żyć – roześmiał się Żurek. – Nikt sobie nie poradzi bez historii. Zarobić się pewnie da, ale ustalić, skąd wziął się trup, na pewno nie!

Usłyszeli dzwonek minutnika. Kasia pobiegła do kuchni i po chwili pojawiła się z odkrytym żaroodpornym naczyniem.

– Ryba w pomidorach. Bez cebuli i kaparków, ze względu na tatę. Uwaga na ości.

– Mówiłaś, że to filet – zdziwił się Nowak.

– Strzeżonego Pan Bóg strzeże... – Żurek uniósł palec z powagą.

– Filet filetowi nierówny – dodała Kasia. – Nie ponoszę w każdym razie odpowiedzialności za doprowadzenie pośrednio lub bezpośrednio do śmierci, uszkodzeń ciała ani poważnych szkód fizycznych bądź środowiskowych.

– Miałaś ostatnio do czynienia z prawnikami?

– A owszem. Smacznego!

Przy deserze (skromne herbatniki zbożowe z takąż kawą) stary tramwajarz kontynuował swoją misję. Skądinąd spełniał się w niej lepiej niż telewizja publiczna.

– No dobra. Mam dla was jeszcze zagadkę. Historyczną, a jakże. I językową. Zwłaszcza dla ciebie, drogi Adamie. – Żurek wskazał Nowaka palcem. – Jak się nazywa sześciokątna betonowa kostka? Taka, z której układało się kiedyś jezdnie?

– Trelinka?

– A nieprawda! – ucieszył się ojciec Kasi. – Wszyscy tak mówią, a to błąd. Trylinka, młody człowieku, trylinka. Nazwa pochodzi od inżyniera Trylińskiego, który zresztą mieszkał przed wojną na Saskiej Kępie. Władysław Tryliński. On to wymyślił i opatentował.

– Można opatentować sześciokąt?

– Wszystko teraz można opatentować albo zastrzec – powiedziała Kasia. – Nazwy, całe zdania. Hasła reklamowe, kształty, nawet kolory.

– Tak, ale to było siedemdziesiąt lat temu! – dodał Żurek. – Polak też potrafi. A to nie był jego jedyny wynalazek, żelbetowe podkłady kolejowe to też jego pomysł. O tym powinni uczyć w szkołach, o takich drobiazgach. Przecież życie składa się z drobiazgów, prawda?

Mówią, że chcą uczyć patriotyzmu, miłości do ojczyzny, psia ich mać. No to niech opowiadają o tym, co zrobiliśmy pożytecznego, a nie wciąż o tym, jak potwornie cierpieliśmy i cierpimy.

– Nie denerwuj się, tato...

– Ja już mam prawo się denerwować. – Żurek machnął ręką. – Dodatkowy konik na starość. Przynajmniej nie marudzę o tym, że kiedyś było lepiej, nieprawdaż, kochani?

4

Lepiej już, kurwa, nie będzie – burknął Nowak do siebie w poniedziałek przed południem. Zakrzewski położył mu rano na biurku listę osób, które należy przesłuchać w związku z zaginięciem Hindusa z Falent. Byli to głównie pracownicy firmy produkcyjno-handlowej z Sękocina. „Masz", powiedział, „twoja część, dwadzieścia pięć osób". No właśnie. Będzie chyba musiał zrobić sesję wyjazdową – co to jest, do cholery, Policja Podmiejska! Były jeszcze inne powody kiepskiego humoru komisarza Nowaka: Polonia przegrała 2:4 z ŁKS Łomża. Zaprzepaściła tym samym szansę awansu do ekstraklasy. Nic już nie pomoże, żadne punkty, porażki przeciwników, walkower w ostatniej kolejce. No, chyba że o ostatecznej liście drużyn zadecyduje Prokuratura Okręgowa we Wrocławiu, która wciąż bada aferę korupcyjną w polskim futbolu. Niech was szlag trafi. Już parę miesięcy temu wszyscy żartowali na trybunach, że warto uwzględnić w tabeli 5:1 z jesiennego sparingu z tą samą drużyną. Prorocze słowa. Dobrze, że przynajmniej reprezentacja wygrała w sobotę z Azerbejdżanem.

– Co się stało? – spytał Drzyzga.

– Nic.

Samochód toczył się – a jakże – po trylince, którą była wyłożona ulica Obornicka. Jechali powoli, rozglądając się dookoła.

– Jak się nazywa ta ulica, na którą jedziemy? – Marcin spoglądał na plan. – Sasanki, Poziomki, Stokrotki?

– Sam jesteś Poziomka. Biedronki! Skojarz sobie z supermarketem. Gdzie teraz? W prawo, w lewo?

Pojechali w prawo, prawie do muru, za którym widoczna była dzwonnica kościoła św. Anny. Zawrócili, cały czas jadąc po sześciokątnych kostkach, dodatkowo spowalniani przez progi umieszczone co kilkadziesiąt metrów. Otaczały ich polskie kontrasty: obok nowoczesnych willi, wielkich rezydencji z kolumnadami sięgającymi pierwszego piętra, obok niby-pałacyków i zameczków upstrzonych najdziwniejszymi detalami widzieli małe, eleganckie domy z pięknymi ogrodami. Widzieli też stare, pokryte „barankiem" klocki, ledwo otynkowane pudełka z lat sześćdziesiątych i siedemdziesiątych ubiegłego stulecia, jakieś chaty ze spadzistymi dachami z blachy. Trafiła się też drewniana chałupa. Słowo „rezydencja" w niektórych wypadkach było całkiem na miejscu, bo parę budynków ozdobiono godłami obcych państw i ich flagami; stało przy nich po kilka samochodów z niebieskimi tablicami rejestracyjnymi. Podobnie jak na Saskiej Kępie, mieszkało tu wielu dyplomatów. Na Biedronki pojawiły się również nieduże apartamentowce, być może z mieszkaniami na wynajem dla obcokrajowców. Gdzieś między budynkami, za rozstajem dróg (gdzie przydrożny Chrystus stał, ma się rozumieć), zaczynała się droga prowadząca między działkami, wśród pól i nieużytków, ku kominom elektrociepłowni.

– Czekaj – powiedział Drzyzga, zerkając w lusterko. – Flaga.

Znów zawrócili i zaparkowali naprzeciw bramy. Nowak zobaczył wystający ponad budynek maszt, na którym powiewał długi proporzec. U góry niebieski pas, u dołu żółty.

– Jesteś pewien? Nie ma krzyża. To wygląda na rezydencję ambasadora Ukrainy.

– Kolory się zgadzają. Adres też.

Magnus Rytterberg nie był dyplomatą. Pełnił funkcję prezesa polskiego oddziału wielkiej firmy budowlanej. Korporacja nie tylko prowadziła działalność nazywaną obecnie deweloperską, polegającą na kupowaniu ziemi i budowaniu osiedli mieszkaniowych, ale zajmowała się również budownictwem drogowym i przemysłowym.

Nazwa „Svea-Brick" pojawiała się często wśród firm starających się o kontrakty na realizację wielkich przedsięwzięć, takich jak budowa obwodnic, autostrad i lotnisk. „Sprawa polityczna", stwierdził Morawski, kiedy dowiedział się, z kim mają do czynienia. Dokładniej rzecz biorąc, powiedział: „Wydaje się, że ta sprawa może mieć drugie dno i wiele dodatkowych wątków; w szczególności może wiązać się z kontaktami Magnusa Rytterberga ze światem przestępczym, a zatem również z ludźmi związanymi z szeroko pojętymi kręgami osób sprawujących władzę w ciągu ostatnich kilkunastu lat". Podinspektor najwyraźniej uwielbiał oglądać transmisje z komisji śledczych.

Dom Rytterberga raczej nie był dziełem jego firmy. Zapewne został wynajęty na czas nieokreślony. Biała brama wejściowa porośnięta od góry bluszczem trochę nie pasowała do reszty, może postawiono ją po to, by jak najwięcej zasłoniła. Sam budynek był prosty, a jednocześnie lekki: trzy przenikające się prostopadłościany nie sprawiały wrażenia ciężkiej bryły, szare ramy okienne harmonizowały z balustradami z jasnego metalu i taflami przejrzystego szkła na tarasach. Dom na pewno należał do najładniejszych na ulicy. Wydawało się, że teren na jego tyłach kończy się gwałtownie i opada w dół – między iglastymi krzewami nie było widać płotu, zatem ogród schodził pewnie nad samo Jezioro Wilanowskie. Nowak pamiętał, że gdzieś tam w dole, na wyspie, mniej więcej na tej wysokości, jest pomnik bitwy pod Raszynem.

Trzeba przyznać, że lokalizacja była świetna. Jednocześnie w Warszawie i na wsi, pod rezydencją królewską i na przecięciu szlaków komunikacyjnych. Nowak przypomniał sobie, że ojciec Kasi i jego znajomi z branży wspominali o planowanej budowie linii tramwajowej do Wilanowa. No, ale pan Rytterberg pewnie nie korzystał z komunikacji miejskiej. Chyba że to jakieś ludzkie panisko, Szwed, stary socjalista? Kto go tam wie.

Zasiedli w salonie, a raczej w jadalni. Podobnie jak na zewnątrz, nie było tu zbędnych elementów. Nie wiadomo, czy Rytterberg wybrał dom już urządzony zgodnie z jego gustem, czy sam dobierał meble. Na pewno dało się zauważyć skandynawskie przywiązanie do funkcjonalności i prostoty. Duży stół, proste tapicerowane krzesła. Jedyne, co zwracało uwagę jako zaskakujący detal, to mała biała lampka, stojąca na parapecie. Nowak zauważył, że pozostałe części domu były niewidoczne – nawet przesuwne drzwi do kuchni zostały zamknięte.

Facet, z którym Rytterberg pojawił się w piątek w kostnicy, miał jednak dziś do odegraniaa swoją rolę. Zgodnie z procedurą w trakcie formalnego przesłuchania osoby nieposługującej się językiem polskim musi być obecny tłumacz. Wtedy poznali nazwisko, które musiało trafić do protokołu: Benedykt Zawadzki. Benedykt! Na takie imię musiały pracować całe pokolenia. Obok siedział z ponurą miną adwokat, Stanisław Kosiorowski, na pierwszy rzut oka rówieśnik Rytterberga. Miał złote okulary i był kompletnie łysy.

Po kilku wstępnych formalnościach prokurator zaczął zadawać pytania. Zawadzki przekazywał je Szwedowi ściszonym głosem. Prawnik siedział w milczeniu, czasami tylko coś notował.

– Kiedy ostatnio widział pan swojego syna, Gustava Rytterberga?

– Około dwa miesiące temu.

– Ile? – zdumiał się Jackiewicz. – Dwa miesiące? Przecież pan z nim mieszkał, prawda? Jak to możliwe?

Rytterberg zwracał się bezpośrednio do prokuratora, udzielając odpowiedzi po szwedzku. Patrzył na niego także w trakcie tłumaczenia odpowiedzi przez Zawadzkiego.

– Wyjechałem do Sztokholmu tuż po Wielkanocy. Proszę pamiętać, że nie tylko jestem szefem polskiego oddziału Svea-Brick, lecz również członkiem zarządu całej korporacji. Poza tym zatrzymały mnie w Szwecji inne sprawy natury służbowej i osobistej.

– I od tego czasu nie kontaktował się pan z synem? Telefonicznie, mailem?

– Nie.

Widząc zdziwienie na twarzy Jackiewicza, Rytterberg dodał:

– Syn był już dorosłym człowiekiem. Podjęliśmy decyzję, że... – Biznesmen nieznacznie uniósł dłoń. – Stwierdził, że sam potrafi zdecydować o swoim życiu, zatem mu w tym nie przeszkadzałem.

– Miał tylko osiemnaście lat, prawda? Kiedy je skończył, w styczniu?

– W grudniu. Był dorosły, zapewniam pana.

– A szkoła? Czy pański syn jeszcze się uczył? Jeżeli tak, to czy szkoła nie była zaniepokojona jego nieobecnością?

– Syn uczył się eksternistycznie w... – tłumacz zawahał się – ... w szwedzkim gimnazjum. W liceum. Chwileczkę...

Zapytał Rytterberga o coś. Ten udzielił odpowiedzi.

– Po polsku można powiedzieć, że w liceum, w trzyletnim liceum, w Szwecji to się nazywa *gymnasieskola*. Gusten był w ostatniej klasie.

– Gusten? – zdziwił się prokurator.

– To zdrobnienie od Gustav.

– A matura? – spytał Nowak. Prokurator zgromił go wzrokiem, Zawadzki jednak przetłumaczył.

– Nie ma egzaminu. *Studentexamen* to tylko certyfikat ukończenia szkoły. Odpowiedniego programu i orientacji, czyli profilu. Tak to się nazywa w Szwecji.

Magnus Rytterberg splótł przed sobą na blacie stołu leżące do tej pory spokojnie dłonie.

– Gustav zamierzał przenieść się do Sztokholmu, żeby kontynuować naukę na uniwersytecie.

Udało się ustalić, że Anja Rytterberg, żona Magnusa i matka Gustava, również przebywała w Szwecji. Pracowała tam. Została poinformowana o śmierci syna i we wtorek, czyli nazajutrz, miała pojawić się w Polsce. Biznesmen najwyraźniej nie chciał poruszać spraw dotyczących jego małżeństwa. Prawnik usiłował wtrącić się do rozmowy, mówiąc do Rytterberga coś po angielsku, ale ten nie zamierzał korzystać na razie z niczyjej porady.

Nowak słuchał suchych, na pozór beznamiętnych odpowiedzi w nieznanym języku. Wydawało mu się, że rozumie pojedyncze słowa, może dlatego, że to język germański. Matka. Dziwne. Jak to możliwe, że matka nie interesuje się losami swojego syna?

Jak się należało spodziewać, Gustav Rytterberg nie zwierzał się ojcu ze swoich problemów i planów. Umowa między nimi mówiła tylko o tym, że chłopak miał przedstawiać wyniki osiągane w szkole, za którą płacił ojciec. Większość liceów w Szwecji jest bezpłatna, ale najwyraźniej nie to. Chłopak realizował program „biznes i administracja", choć bardziej skłaniał się w kierunku nauk społecznych, skądinąd dość szeroko rozumianych: Gustava interesowały języki obce, lingwistyka. Nie, syn nie czuł się sfrustrowany, zagrożony, osaczony. Depresja? Czy kiedykolwiek mówił o samobójstwie?! Panowie wybaczą... Oczywiście, że nie. Przecież rozmawiali ze sobą, mimo wszystko. O Polsce również. Owszem, miał polskich znajomych, rówieśników. Dziewczyna? Tak, była jakaś dziewczyna. Karolina. Nie znam nazwiska, nie przedstawił mi jej. Narkotyki? W żadnym wypadku. Jeżeli chodzi o alkohol, dorosły człowiek potrafi kontrolować jego spożycie; tak, młody człowiek również. Zdrowie? W ubiegłym roku Gusten miał poważny wypadek na nartach, w Norwegii, skomplikowane złamanie nogi. Ręce, dłonie? Nie, na szczęście nie.

– Czy pana syn kiedykolwiek wracał do domu z jakimiś okaleczeniami? W szczególności samookaleczeniami?

Nowak westchnął. Szwed po przetłumaczeniu pytania uniósł brwi. Po chwili pokręcił głową i powiedział coś.

– Pan Rytterberg nie rozumie, skąd takie pytanie.

Prokurator uważnie przyglądał się Szwedowi. Podobnie policjanci. Ze względu na stan zwłoki nie zostały okazane w całości.

– Gustav Rytterberg miał obcięte dwa palce. Mały i serdeczny palec lewej dłoni.

Szwed uderzył kantem prawej dłoni w stół. Powiedział coś głośno i wyraźnie, ze złością patrząc na twarze zebranych. Wybuch gniewu nie wyglądał na udawany.

– Pan Rytterberg pyta, czego jeszcze panowie mu nie powiedzieli. I dlaczego nie przekazano mu tej informacji w trakcie okazania w Zakładzie Medycyny Sądowej.

– Właśnie mówimy – zauważył Jackiewicz.

– Samookaleczenia? To absurdalne – brzmiała odpowiedź Szweda. – Pytałem panów o coś. Proszę mi powiedzieć, czy syn był torturowany?

– Badania lekarskie nie pozwalają na wyciągnięcie takich wniosków – oświadczył prokurator. – Panie Rytterberg, czy ktoś mógł porwać pańskiego syna? Czy ktoś kontaktował się z panem w sprawie okupu, czy ktoś pana szantażował?

– Nie.

Jeżeli Szwed udawał, że nie wie, o co chodzi, był dość przekonujący.

– Czy ktoś mógł chcieć wpłynąć na pana decyzje związane z prowadzoną przez pana działalnością, z pełnioną przez pana funkcją? Ktoś z firmy albo spoza niej?

– Nie.

– Czy otrzymywał pan pogróżki związane z prowadzonymi ostatnio przedsięwzięciami lub przetargami, w których reprezentował pan swoją firmę?

Tym razem Szwed nie odezwał się ani słowem, za to mecenas Kosiorowski zareagował natychmiast.

– Pan Magnus Rytterberg nie uważa za stosowne zajmowania się sprawami niezwiązanymi z meritum śledztwa, czyli tragiczną śmiercią jego syna. W szczególności odnosi się to do kwestii dotyczących działalności gospodarczej przedsiębiorstw, których jest prezesem lub udziałowcem. Pan Rytterberg chętnie udzieli wszelkich informacji, jak również udostępni niezbędne dokumenty osobiste oraz przedmioty należące do zmarłego, nalega jednak na nieporuszanie tematów objętych tajemnicą handlową. Przekazanie danych o znaczeniu biznesowym może odbyć się tylko po wydaniu nakazu prokuratorskiego lub sądowego, jedynie w zakresie prowadzenia działalności na terytorium Rzeczpospolitej Polskiej i wyłącznie za zgodą zarządu firmy pana Rytterberga.

Spodziewali się tego. Po co zaraz ten ambaras, panie mecenasie, trochę za wcześnie pan z tym wyskoczył, ale komunikat został zrozumiany.

– Wróćmy do sprawy samookaleczeń – powiedział prokurator Jackiewicz. – Ten tatuaż na ramieniu, pentagram. Czy pański syn kiedykolwiek miał związek ze środowiskiem satanistów...?

Co o tym sądzisz? Czy też uważasz, jak prokurator, że to sprawka Nieczystego? – spytał Drzyzga, kiedy już siedzieli w samochodzie.

– A ty?

– Co to, żydowski dowcip? Odpowiadasz pytaniem na pytanie. – Drzyzga pokręcił głową. – Nie, to nie szatan. Moim zdaniem narkotyki. Chłopak musiał zadrzeć z dilerami. Mógł sam coś rozprowadzać na naszym rynku, przecież wiesz, że sporo idzie przez Bałtyk, zresztą w obie strony. Te palce to kara. Może taka pierwsza nagana, po której nastąpiła druga, już ostateczna.

– W takim razie odstęp między okaleczeniem a wykonaniem wyroku był dość krótki – przypomniał Nowak. – Tak twierdzi lekarz sądowy. Palce... Faktycznie wygląda to na karę. Za co? Za dotknięcie czegoś albo kogoś. Przestroga dla innych?

– Nie. Zwłoki nie miały być odnalezione zbyt szybko.

– Przestroga jest zawsze dla żywych. Może dla Magnusa Rytterberga? Czuję, że tak naprawdę chodzi o niego. Rozumiesz? Może to głupie, ale myślę, że ten facet jest po prostu zbyt ważny, żeby śmierć jego syna była tylko... Tylko pojedynczą śmiercią, tragedią rodzinną.

Drzyzga zerknął na kolegę.

– A ja myślę o czymś innym. Zastanawiam się, czy da się to jakoś połączyć z tym facetem, o którego niedawno pytała nas szwedzka policja. Wiesz, tym Polakiem, którego zwłoki znaleziono w walizce, w lasku w Sztokholmie.

– Nie wiem. Sprawdzimy. W końcu obcokrajowcy bywają ofiarami morderstw. Dlaczego akurat ma być to ważne? Polska–Szwecja 1:1 w trupach?

– No nie... Przegiąłeś.

– Faktycznie, troszkę. A co sądzisz o Rytterbergu? – spytał Nowak.

– Zimny skurczybyk – powiedział. – To chyba cecha narodowa. W końcu Szwed.

– E tam. Zimni Skandynawowie... Nie bardziej zimni niż ty. Chociaż ostatnio jakiś bardziej ludzki jesteś.

Marcin roześmiał się półgębkiem.

– Znów chcesz walczyć ze stereotypami.

– Wiesz, pamiętam taki żart, rysunek w gazecie: „Dlaczego w Szwecji nie ma chuliganów". Wyobraź sobie: łysy, gruby osiłek w dresie siedzi zamyślony i studiuje instrukcję montażu. Ma przed sobą składany kij bejsbolowy w pudełku z napisem IKEA.

– Dobre...! – Drzyzga zacisnął dłonie na kierownicy i zahamował ostro. Na środkowy pas Sobieskiego wcisnął się znienacka jakiś duży fiat. Gierek kontratakuje.

– Dobre, ale nieprawdziwe. Chuligani są wszędzie, zwłaszcza wtedy, kiedy dorwą się do alkoholu. W sobotę pijany Duńczyk uderzył sędziego pod koniec meczu ze Szwecją. Będzie walkower jak nic.

– Alkohol? A tam nie ma jakiegoś monopolu państwowego?

– W Szwecji faktycznie chyba jest – zastanowił się Nowak. – Ale dobrze, to był pojedynczy przykład, na dodatek z Danii. Jest jeszcze coś. Zobacz: najlepszym szwedzkim napastnikiem jest Zlatan Ibrahimović. Henrik Larsson też nie ma skandynawskiej urody. Chwytasz? Definicja Szweda się cokolwiek rozszerzyła. Tak myślę.

Tej nocy Nowakowi przyśnił się Jacek Kosmalski, stojący na polu karnym boiska przy Konwiktorskiej. Zegar za bramką – nieczynny od zawsze, z małymi przerwami, o których już nikt nie pamiętał – tym razem działał. Pulsujący czerwonym światłem wynik 2:4 kłuł w oczy.

– No co ja mogę? – mówił napastnik. – Panie komisarzu, ja nic nie mogę. Znajdę panu tego Hindusa. On tu grał, był dobrym skrzydłowym, tylko się stoczył. Hazard, dziwki, narkotyki. Wierzyciele już go wozili do lasu w bagażniku. Ale znajdę go, kurde, jak słowo daję. Tylko potrzebna mi piłka, bez piłki nic nie zrobię.

Nowak popatrzył w stronę Kamiennej, na której siedzieli kibice zgodnie milczący na znak protestu przeciwko kiepskiej grze. Na płocie wisiał transparent w ukraińskich barwach narodowych z jakimś napisem mówiącym o św. Annie i św. Paraskewie.

– Policja! – wrzasnął. – Oddajcie piłkę, do cholery jasnej!!!

5

Nowak i Drzyzga odwiedzili sąsiadów Rytterberga. Jeden z nich okazał się znanym piosenkarzem z lat siedemdziesiątych. Nie życzyli mu rychłego powrotu na scenę – Boże uchowaj – ale podobnie jak wszystkich, pytali go o podejrzane samochody, które mogły się kręcić po okolicy. Nikt nic nie zauważył, jak zwykle. Podobnie jak kobieta, która raz na dwa dni sprzątała dom, oraz kierowca Szweda.

Policjanci mieli numer komórki, której używał Gustav Rytterberg, jedyny, jaki znał jego ojciec. Skierowali już zapytanie do Ery, żeby ustalić listę rozmów w ostatnich tygodniach, a szczególnie to, czy – i gdzie – komórka mogła być używana już po śmierci Szweda. Nie udało się ustalić numeru seryjnego aparatu, ale to akurat da się wyciągnąć z danych operatora. To ważne, bo jeżeli nawet nikt nie dzwonił z numeru Gustava, ktoś może nadal używać telefonu, który w jakiś sposób do niego trafił.

Rytterberg po konsultacji z prawnikiem wpuścił policjantów do pokoju, w którym mieszkał jego syn. To nie było przeszukanie z nakazu prokuratora, raczej dobrowolna pomoc w śledztwie udzielona przez pana Magnusa Rytterberga celem udostępnienia przedmiotów należących do ofiary, jak skwapliwie wyjaśnił mecenas Kosiorowski, który nie omieszkał dodać, że dom nie jest własnością jego pracodawcy.

Policjanci zabrali komputer. Ciężki jest los współczesnego gliniarza. Nie da się powęszyć w notatkach, wytypować podejrzanego i przeprowadzić z nim skomplikowaną rozgrywkę psychologiczną, zakończoną spektakularnym zatrzymaniem, najlepiej w eleganckim salonie, w którym zbiorą się w komplecie wszyscy podejrzani, gotowi wysłuchać finałowej przemowy demaskującej zbrodniarza. Nic z tych rzeczy. Na ogół wyciągasz pijanego bandytę z jego barłogu, gonisz po błocie koło jakiejś hurtowni na przedmieściach albo... Albo tak jak tutaj. Musisz pisać wnioski do firm telekomunikacyjnych i pieczętować dyski do zbadania przez specjalistów. Pamiętnik ofiary ujawnia straszne tajemnice rodzinne... Tak, pamiętnik, teraz się pisze blogi. A, jeszcze są banki. Najwięcej o człowieku wie przecież jego bank. No, chyba że ktoś jest wyjątkowo sprytny i nie założy sobie konta!

Nowak ruszył do domu nieco wcześniej niż zwykle z przyczyn oczywistych: tego dnia Polska grała z Armenią. Zadzwonił do ojca. Piłkarska środa, trzeba pogadać.

– To jak, wpadniesz w sobotę? Gdybyś chciał, to przyjechałbyś i dziś. Obejrzelibyśmy mecz – powiedział Andrzej Nowak z lekkim wyrzutem. – To mogą być moje ostatnie eliminacje, że tak powiem.

– Co ty gadasz!

– Kiedyś trzeba skończyć.

– Poczekaj chociaż, aż awansujemy do Euro.

– Już awansowaliśmy, na te w 2012 roku. Przecież jesteśmy gospodarzami... – Andrzej Nowak ożywił się. – A słyszałeś, że jeden poseł, no, ten dziadyga z Samoobrony, co jeździ hummerem, mówił, że powinniśmy sprzedać Włochom prawa do Euro?

– Czym on jeździ, to jego sprawa. Z tym że on nie tylko jeździ, ale i po pijanemu obraża policjantów. Zdrowy rozsądek jak widać również – powiedział komisarz. – Czekaj, tato... Nie zmieniajmy tematu. O futbolu zawsze zdążymy pogadać. Powiedz lepiej, jak się czujesz.

– Jak zwykle. Żołądek mnie ostatnio trochę boli. Ale to nic groźnego, chyba. Muszę po prostu jadać lżejsze rzeczy, a jeszcze się do tego nie przyzwyczaiłem. Siedemdziesiąt lat polskiej kuchni robi swoje, rozumiesz.

– Na pewno nic poważnego? – zaniepokoił się Nowak. – Idź do lekarza. Może cię skieruje na jakieś badania.

Jak wydobyć zeznania od własnego ojca, na dodatek przez telefon?

– Daj spokój. Wiesz, ile się czeka na byle prześwietlenie. – Chwila ciszy w słuchawce. – Ale może w końcu się zdecyduję.

– Rozmawiałeś z Piotrem?

Brat komisarza pracował i mieszkał w Holandii, w Eindhoven, laboratorium Philipsa.

– Tak. Ale nie o żołądku.

Nowak zamyślił się. Cholera, jeszcze tego brakowało, żeby ojciec się rozchorował. Trzyliterowe słowo nie padło w rozmowie, ale to było coś, czego ojciec i syn się obawiali. Od powolnej i spodziewanej śmierci zachowaj nas, Panie.

Polska niespodziewanie przegrała! Nowak kręcił głową z niedowierzaniem po kolejnej zmarnowanej „setce" Saganowskiego, po niewykorzystanej okazji Krzynówka, po głupim faulu Bąka i rewelacyjnym strzale Mchitarjana. Jak to się mogło stać? Gdzie jest ta walcząca o każdy metr boiska drużyna ze Smolarkiem jako główną gwiazdą? Leo, co się dzieje?

Była jedna metoda na uniknięcie załamania nerwowego: kolacja z ukochaną kobietą, z towarzyszeniem butelki wina. Zasiedli przy małym kuchennym stole, nie w głównej części salonu. Komisarz opowiedział Kasi o wizycie w pokoju chłopaka. O telefonie do Andrzeja Nowaka postanowił tym razem nie mówić.

– Przyglądałem się jego półkom z płytami....

– Zawsze to robisz, prawda?

– Prawda, w ten sposób cię przecież wybrałem.

– Cha, cha. Na swoją zgubę.

– Jasne. Więc patrzyłem na płyty, na plakaty, które miał na ścianach, na naszywki na torbach. Ciężko przeczytać te napisy, ale parę udało mi się rozszyfrować. – Nowak się zamyślił. – Współczuję tym artystom. Jeżeli już raz trafisz do tego getta, musisz się poruszać w ramach konwencji, nie ma ucieczki. Albo jakiś demon ze wschodu czy z północy, albo Mortuary, Obituary, Rigor Mortis... Coś związanego ze śmiercią, najlepiej po łacinie lub angielsku.

– Akurat z tym wszystkim masz trochę do czynienia.

– Tak, ostatnio zwłaszcza z *mortuary*. Wiesz co? – Nowak pstryknął palcami. – Gdybym miał założyć kapelę blackmetalową, nazwałbym ją *Mortgage*. Brzmi świetnie, a nikt by się nie połapał, o co chodzi.

– Złowroga nazwa dla sporej części społeczeństwa.

Nowak roześmiał się i dolał wina do kieliszka Kasi, do swojego również.

– Nawet prehistoryczne Black Sabbath źle mi się kojarzy. Kiedy miałem kilka lat, w piwnicy mojego bloku nieco starsi gówniarze spotykali się i pili tanie wino, a na suficie pisali zapałkami LEGIA MISTRZ i właśnie BLACK SABBATH. Potem szli do wojska, zapuszczali wąsy i zakładali rodziny.

– I to ci tak przeszkadza? Jesteś obrzydliwy. – Pokręciła głową. – Czyli co, Ozzy Osbourne jest dla ciebie symbolem PRL-u?

– No. Ozzy i Eddie Gierek, nieprawdaż? – Nowak uniósł kieliszek. – Zdrowie demonów! Już ci kiedyś mówiłem, że całe zło w polskim futbolu pochodzi z lat siedemdziesiątych XX wieku... W ogóle całe zło w Polsce pochodzi z tamtej dekady.

– Hm. Ja też pochodzę z lat siedemdziesiątych. Jestem zła?!

– Mylisz kierunek implikacji, kobieto. Podstawowy błąd logiczny. A podobno jesteś analitykiem.

– Za to ty mówiłeś, że patrzysz czasami na kalendarz. Mamy rok 2007, przypominam ci delikatnie. Wróć do rzeczywistości i nie myśl o Gierku. – Kasia spojrzała na radio, które szumiało w tle. – I już nie gadaj, tylko włącz jakąś muzykę.

Nowak wstał i podszedł do regalika z płytami, do „swojego" regalika. Co by tu...? Wyjął płytę w czarnej okładce, z czterema dużymi białymi literami tworzącymi nazwisko wykonawcy. Włożył dysk do odtwarzacza i od razu przeskoczył do utworu numer 2. Po chwili rozległ się monotonny rytm wybijany przez perkusję i – chyba – ludzkie dłonie. Potem gitara i zaskakująco czysty głos starego człowieka.

You can run on for a long time
Run on for a long time
Run on for a long time
Sooner or later God'll cut you down
Sooner or later God'll cut you down

– Kto to jest?
– Jak to kto? Człowiek jak skała. Ojciec nas wszystkich.
– Karol Wojtyła? – Kasia spojrzała na Nowaka z udawanym zdziwieniem. – Nie, jesteś przecież policjantem. Feliks Dzierżyński?
– Głupi żart – mruknął Nowak. – Johnny Cash, kobieto. Przecież musiałaś słyszeć ten głos. Pamiętasz, mieliśmy nawet iść do kina na film o nim. *Walk the Line*.
– Mieliśmy, rzeczywiście. Ale nie poszliśmy. Nie miałeś czasu, tylko dyżur domowy. Musiałeś mieć tego dnia włączoną komórkę.
– O ile sobie dobrze przypominam, to ty nie miałaś czasu.
– Nie zaczynaj...
– Przepraszam. Nie zaczynam. Ale nie miałaś!
Kasia spojrzała na niego złym wzrokiem.
– Naprawdę chcesz się kłócić?
– Nie, nie chcę. Wygrasz na pewno. – Wziął w rękę drewniany młynek i zagrzechotał nim. – Może pani życzy sobie trochę popieprzyć?
– Niechętnie – odparła.
Nowak westchnął. Zmieńmy temat.
– Twojemu tacie spodobałby się następny kawałek – powiedział ugodowo.
– Jest o tramwaju?
– Nie, o lokomotywie. *Like the 309*. Ostatnia piosenka, którą napisał. Smutna. Zresztą cała płyta jest smutna, głos już mu się często łamie. Płyta przedśmiertna i pośmiertna zarazem.

– Pośmiertna. – Kasia spojrzała na Nowaka. – Johnny Cash miał dzieci?

– Masz ci los...

– Tak po prostu pytam, z ciekawości. – Była rozdrażniona.

– Miał, chyba pięcioro. Głównie córki.

Kasia odłożyła widelec i otarła usta. Po Wielkanocy została im cała paczka żółtych serwetek z gustownymi kurczakami, wystarczy chyba jeszcze na dziesięć kolacji.

– Zapytałam, bo domyślam się, dlaczego go lubisz. Może sam nie chcesz być ojcem, ale potrzebujesz ojca. Autorytetu, wzoru.

– Może. – Wzruszył ramionami. – Może chciałbym mieć takiego ojca, taką rodzinę jak ty.

– Sam powiedziałeś „ojciec nas wszystkich".

– No tak. Coś w tym jest. Ty za to powiedziałaś „Karol Wojtyła". Wszyscy potrzebują ojca, takiego kogoś, kto jest zawsze, do kogo się można zwrócić. I nie musi to być ktoś święty, a przynajmniej nie przez całe swoje życie. Ważne, że taki facet na starość zostaje w pewnym sensie kaznodzieją, misjonarzem czy mędrcem, do którego pielgrzymują młodzi. Wszyscy go biorą na poważnie. – Nowak przerwał. Pomyślał o swoim ojcu, który wcale nie pracował na to, by zostać autorytetem. I nie został, ale jak się okazuje, nie było to wcale najważniejsze.

– Jestem za stary na to, żeby wieszać sobie plakaty na ścianach, ale zdjęcie Casha bym sobie chętnie przykleił – dodał. – Albo umieścił na tapecie w komputerze. Jutro znajdę. No dobra, dosyć tego. Myślę o tym, żeby powoli zmierzać w kierunku naszej sypialni. To był stresujący dzień.

– Przez Szwedów czy przez Ormian?

– Przez wszystkich.

Kobieta

1

Anja Rytterberg była wykładowcą akademickim, politologiem. Miała czterdzieści pięć lat. Nowak porównywał w myślach kształt jej głowy, nosa, ust ułożonych w naturalny uśmiech, z twarzą Gustava Rytterberga widoczną na zdjęciach, które przekazał jego ojciec. Pewnie po niej chłopak odziedziczył ciemne włosy.

Rozmawiali po niemiecku. Nowak czuł się w tym języku zdecydowanie lepiej niż w angielskim. Zaniedbał naukę na studiach, a potem już nie miał czasu ani ochoty. Pora iść na jakiś regularny kurs, a nie tylko zadowalać się znajomością tekstów piosenek sprzed trzydziestu lat i staroświeckich kryminałów za złotówkę, kupowanych w przejściu pod Dworcem Zachodnim.

Anja Rytterberg zaskoczyła Nowaka dość szybko.

– Panie komisarzu, mam wrażenie, że pan nie wie najważniejszego. Nie jestem pierwszą żoną Magnusa Rytterberga. Mikaela Svensson zmarła jedenaście lat temu w Malmö.

– Jedenaście lat temu? Czyli...?

Kształt głowy. Uśmiech. Ciemne włosy. Pudło, panie komisarzu.

– Zgadł pan. Nie jestem matką Gustena. Biologiczną matką – poprawiła się. – Mikaela była moją najbliższą przyjaciółką. Polubiłyśmy się dlatego, że byłyśmy do siebie bardzo podobne. I fizycznie, i pod względem charakteru; wiele osób myślało, że jesteśmy siostrami. Magnus nigdy nie miał problemów z rozróżnieniem nas. I to, że wybrał właśnie ją, było jasne od samego początku.

Uśmiechnęła się smutno.

– Bardzo długo mieszkali ze sobą bez ślubu. Zawarli małżeństwo dopiero wtedy, gdy Gusten miał sześć lat. Wie pan, to wcale nie jest rzadki przypadek w moim kraju.

Nowak pamiętał hasła lewicowych partii, które chciały zalegalizować konkubinat. Jeżeli jest zalegalizowany, czym się różni od małżeństwa? Podpisami świadków? Aprobatą Pana Boga? Zresztą... W kraju, w którym żyjące ze sobą od wielu lat pary odwlekały ślub – kościelny, a jakże! – tak długo, jak się tylko dało, ze względu na możliwość przepadku ulgi remontowej, żadna rewolucja nie jest straszna. Poradzilibyśmy sobie.

– Opowiem coś panu. Jest taka średniowieczna szwedzka ballada, *Herr Mannelig*. – Anja Rytterberg uformowała z palców piramidkę. Zaczynała wykład. Nowak podejrzewał, że studenci lubili jej słuchać. – O czarownicy, córce górskiego trolla, która przychodzi do rycerza, pana śpiącego spokojnie w swoim zamku. Przychodzi w konkretnym celu: prosi, błaga, ale i obiecuje. Dwanaście pięknych koni, dwanaście murowanych młynów, złoty miecz, biała koszula. Wszystko to może dostać rycerz, jeżeli powie „tak". Jeśli zgodzi się zostać jej mężem.

Urwała. Czekała na pytanie. Nowak przyglądał się jej bez emocji. Postanowił ich nie okazywać, zachować się jak Szwed. Stereotypowy, ma się rozumieć.

– I co rycerz na to? – rzucił w końcu.

– Mówi „nie". Bo córka trolla z gór nie jest chrześcijanką. Pochodzi z innego świata niż Herr Mannelig.

– Niech zgadnę. Trollica odchodzi wściekła i wzywa na pomoc ojca, który zamienia rycerza w kamień albo niszczy jego oddziały w górach w czasie wojny. W każdym razie czarownica powraca, żeby się zemścić na rycerzu, który jej nie chce.

Pani Rytterberg uśmiechnęła się sucho.

– W słowiańskiej bajce pewnie tak by się stało. U nas odrzucony potwór odchodzi do swojego świata. Tam, gdzie musi zostać, ze swoim cierpieniem i odrzuconą hojnością. Nie wiemy, co było dalej. Pieśń się kończy.

– Dlaczego mi to pani opowiedziała?

Uniosła głowę.

– Nie rozumie pan? To ja byłam takim trollem dla bogatego rycerza z innej bajki. Tyle że nie kazał mi wracać do mojej jaskini. Nie pochodziłam z jego świata, ale znałam kogoś, kto do niego trafił, czyli Mikaelę. Byłam namiastką kobiety, którą kiedyś kochał. Wybrał mnie wyłącznie dlatego, że tak było mu wygodnie.

– I co, odpowiadała pani ta rola? Zgodziła się pani na nią? – Nowak zdał sobie sprawę, że całkiem niedawno zadał podobne pytania innej kobiecie.

– Nie, panie komisarzu. Nie zgodziłam się na nią. Sama ją wybrałam. – Jej spojrzenie stało się nieco twardsze.

Nowak zastanowił się.

– Powiedziała pani, że Magnus Rytterberg był bogaty. To tak istotne w pani kraju? Wydawało mi się, że Szwecja jest krajem... hm, socjalistycznym. Panuje... – znów miał problemy ze znalezieniem właściwego słowa. *Gleichgewicht? Gleichheit?* Chyba jakoś tak. – Panuje równość?

– Proszę nie żartować, przecież zawsze są jakieś różnice. Tak, rzeczywiście, według konstytucji wszyscy mamy równe prawa, takie same obowiązki i takie same możliwości. Ja na przykład pochodzę z klasy średniej, moja matka była nauczycielką, ojciec urzędnikiem państwowym. Magnus to człowiek ze starej, bogatej rodziny.

– Arystokratycznej?

– Nie. To się raczej dziś już nie liczy, może poza dworem królewskim. Ale niech pan sobie wyobrazi: najpierw Sigtuna, potem prywatna Stockholm School of Economics...

– Sigtuna?

– Och, skrót myślowy. Sigtuna to nazwa miejscowości. Tak mówimy na tamtejszą ekskluzywną szkołę z internatem. Sigtunaskolan Humanistiska Läroverket. Nasz król również tam uczęszczał.

Stara, bogata rodzina. Ciekawe, czy przodkowie Magnusa Rytterberga wzbogacili się na wojnach z Polską?

– Skoro wspomnieliśmy o edukacji... Czy brała pani udział w wychowaniu syna?

– Oczywiście. Pełniłam funkcję... – zamyśliła się. – Tak, to dobre określenie. Pełniłam funkcję matki. To wynikało z umowy, którą nieformalnie zawarliśmy, ze zobowiązań, które wzięłam na siebie, chcąc żyć z Magnusem Rytterbergiem.

Umowa. Znowu. Tego samego słowa użył Szwed, mówiąc o kontaktach z synem.

– Decyzje męża były najważniejsze – dodała. – Ale ja byłam przez cały czas obecna w życiu jego syna. Nie wiem, czy mnie kochał, ale byliśmy ze sobą zżyci. Miał świadomość, że zawsze może na mnie liczyć. Powiedział mi to wprost, w szpitalu, kiedy leżał unieruchomiony po tym wypadku w Norwegii.

– A czy pan Rytterberg kochał Gustena?

– Czy go kochał? Tak, na swój sposób go kochał. Był dla niego... surowy? Nie, to niewłaściwe słowo. Oschły. Okazywał mało uczuć. Mówią, że to nasza szwedzka cecha narodowa. Ludzie z południa Europy są bardziej przyzwyczajeni do okazywania emocji. Nie tylko Hiszpanie czy Włosi, wy, Polacy, również.

Oschłość, powściągliwość, dystans wobec innych jako cechy narodowe? To były cechy pojedynczych ludzi, a nie ras czy nacji. Nowak coś na ten temat wiedział, przynajmniej tak mu się zdawało.

– Pani nie ma jednak nic przeciwko temu, żeby ujawniać swoje uczucia przed policjantem z obcego kraju. A ja nie jestem przecież Kurtem Wallanderem.

– O! Widzę, że pan zna naszą literaturę popularną. – Znów się uśmiechnęła. Piękna, odrzucona kobieta.

– Przeczytałem jedną książkę. Też umiecie się męczyć i pić do lustra. W odróżnieniu od Polaków możecie jednak pomyśleć, że kiedyś działo się lepiej, bo można było zostawić otwarte drzwi, a przestępcy nie byli tacy brutalni jak dziś.

– Dobre podsumowanie. – Westchnęła. – Wie pan, łatwo mi to wszystko opowiadać, bo, pan wybaczy, jest pan dla mnie... neutralny.

Jak Szwecja, pomyślał Nowak.

– Neutralny?

– Tak. Jest pan urzędnikiem państwowym, realizującym pewną procedurę. Zadaje mi pan pytania po to, żeby wyjaśnić pewne fakty. Ja odpowiadam dlatego, żeby panu pomóc, przecież również chcę, żeby to straszne morderstwo zostało wyjaśnione, żeby jego sprawcy zostali pojmani i ukarani. Ale także dlatego, żebym sama dla siebie mogła przeprowadzić wewnętrzną inwentaryzację. Też mam fakty do uporządkowania. To dobra okazja. Och, oczywiście, nie to miałam na myśli... Słuszna, odpowiednia. – Ona też szukała właściwego słowa. – Panie komisarzu, przecież pan wie, o co chodzi.

Nowakowi było miło, że może przydać się jako terapeuta. Istniały jednak inne powody tego, że ponownie znalazł się w domu przy ulicy Biedronki.

– Czy pani mąż mógł, albo wciąż może, być z jakiegoś powodu szantażowany? Z powodów biznesowych, obyczajowych?

– Biznesowych? Nie mam pojęcia, prawdę mówiąc. Świat kontraktów budowlanych i handlu nieruchomościami na wielką skalę nie jest moim światem, jak się pan domyśla. Kiedy człowieka można szantażować? Wtedy, kiedy zrobił coś, co jest karalne, niedozwolone przez prawo; coś, co chce za wszelką cenę ukryć. Pan wybaczy, ale mąż doskonale wiedział, że wielu rzeczy w waszym kraju... w żadnym kraju nie da się załatwić bez łapówki. Haraczu dla miejscowych, jak się kiedyś wyraził, może to nie jest politycznie poprawne, ale tak powiedział. Jestem w stanie sobie wyobrazić, że Magnus zawarł taką transakcję, a ktoś groził, że ją ujawni. Oczywiście szantażysta żądałby wówczas tego samego: pieniędzy, jeszcze więcej pieniędzy.

– To są tylko pani przypuszczenia, prawda?

– Przypuszczenia uzasadnione jedynie słowami, które Magnus kiedyś wypowiedział, gdy był bardzo, bardzo zmęczony.

– Kiedy to się stało?

– Nie pamiętam. Rok, może pół roku temu. Wiem, że mówił to tutaj, w tym domu. Przecież pan wie, że tam, gdzie w grę wchodzą wielkie pieniądze, motywacje ludzi nie zawsze są proste. Czasami to jest gra, współzawodnictwo bez przekraczania reguł moralnych. A czasami sumienie po prostu znika.

– Do tego nie potrzeba wielkich pieniędzy – zauważył Nowak. – Małe mogą być równie dobrym usprawiedliwieniem dla przestępcy.

Nowak podniósł ze stołu małą czarną filiżankę w kształcie sześcianu. *Swedish design, Made in Slovenia*? Nie, to chyba coś bardziej eleganckiego. Była już pusta. Opróżnił ją dwukrotnie w czasie rozmowy. Anja Rytterberg wypiła tylko dwa łyki.

– Pytałem jeszcze o motywy obyczajowe.

– Och, proszę dać spokój. – Kobieta uniosła na moment obie ręce na wysokość twarzy. – Kto się dziś tym przejmuje? Może polityk w czasie kampanii wyborczej. Jeżeli nie jest przestępcą, gwałcicielem, pedofilem, może spać spokojnie. Ludzi interesują tylko kochanki i kochankowie gwiazd filmowych.

– I piłkarskich – dodał Nowak. – Przepraszam za pytanie, ale czy pan...

– Tak. – Nie pozwoliła mu dokończyć. – Tak. I niech pan nie pyta, skąd to wiem.

Miała pogodną twarz nawet wtedy, gdy mówiła bolesne dla siebie rzeczy. Pogodną, wyciszoną, jak dzisiejszy ciepły dzień, piątek po Bożym Ciele. Tu, w Wilanowie, nie było słychać za oknem hałasu miasta, zresztą mniejszego niż zwykle. Tylko ptaki. Dobre miejsce.

– To dlaczego pani tu w ogóle jest? Śmierć syna, przygotowania do... – Tym razem zapomniał, jak jest „pogrzeb". – ...do ceremonii. Rozumiem to. Ale dlaczego pani czuje się częścią rodziny, której nie ma?

Milczała. Nowak nie chciał się zastanawiać nad tym, czy było to właściwe pytanie. Jest człowiekiem z południa, więc może pytać bez skrupułów. Po chwili Anja Rytterberg spojrzała na policjanta.

– Naprawdę pan się nie domyśla?

Domyślał się. Czekał, aż sama to powie.

– Wciąż kocham mojego męża. Powinnam być tutaj razem z nim. To wszystko.

Kobieta. Kolejna kobieta. Beata Pacholska, szwaczka. Pewnie o dwadzieścia lat młodsza od Szwedki. Zwyczajnie ubrana i bardziej nerwowa. Z gorszą pracą. Nie wiadomo, czy mimo długiego weekendu nie musiała brać zwolnienia przy okazji wizyty w Pałacu Mostowskich.

– Wie pani, dlaczego się spotykamy?

Dziewczyna spojrzała nerwowo na komisarza.

– Zginął właściciel firmy, Hindus, tak?

– Na razie zaginął. To pewna różnica.

– No i?

Nowak westchnął ciężko. *Herr* Flick z Gestapo. To my zadajemy pytania!

– Pani Beato, czy były jakieś powody, dla których pan V.S. Srinivasan mógł zniknąć? Problemy, kłopoty?

– Problemy? Pewnie, że były. Wszyscy mówili, że mają zamknąć szwalnię. Bo się nie opłaca. Bo Turcy i Chińczycy ściągają tani, gotowy towar. Po co płacić Polakowi?

– A kontrakt z firmą sportową? Adidas, Nike, Puma, Reebok, Kappa, Umbro? – Przypominał sobie koszulki różnych drużyn piłkarskich. A, jeszcze jedna nazwa. – Tico?

– Co? Jaki kontrakt? Na takim zadupiu, w takiej fabryczce?

– Fabryka może być w dowolnym miejscu. Nie wszyscy wiedzą, gdzie się zaczyna zadupie – burknął Nowak. – Nic pani nie słyszała o takich planach?

– Nie. Przecież powiedziałam, wszyscy opowiadali tylko o tym, kiedy Hindus zamknie interes i będzie tylko sprowadzał tani towar z Indii. Czy z tego, no... z Pakistanu.

– Czyli wszyscy wiedzieli, że mogą stracić pracę?

– No tak.

– Ile osób łącznie tam pracowało? – spojrzał na listę. – Trzydzieści, czterdzieści?

– Pewnie tyle będzie. Może nawet trochę więcej, ale nie więcej niż pięćdziesiąt naraz. Duża firma, jak na tę branżę, nie?

– Pięćdziesiąt?

– No, ludzie przecież odchodzili i przychodzili.

– Czy ktoś kiedykolwiek groził panu Srinivasanowi?

– Groził?

Cierpliwości, komisarzu, cierpliwości. To nie jest zła praca.

– Nie wiem, chciał uzyskać zaległą wypłatę, odszkodowanie? Mówił, że go zabije, podpali, porwie mu dzieci?

– Nic takiego nie było. – Pokręciła głową. – A co do wypłaty, to nie. Hindus płacił w terminie.

– A ktoś, kto właśnie odszedł, został wyrzucony? Był taki wypadek?

– Był. Jeden magazynier.

– Wynosił towar?

– Tak. I pił.

– Pamięta pani nazwisko?

– Nowak. – Spojrzała na komisarza. – Jak pan.

– To nie rodzina, zapewniam. – Nowak ponownie zerknął na listę. – Przypomina pani sobie imię?

– Piotr. Albo Paweł.

Na wydruku wśród zwolnionych pracowników faktycznie figurował Paweł Nowak. Komisarz postawił przy nim wykrzyknik.

– A wspólnicy? Kłócili się między sobą o coś?

– Przecież nie wchodziłam do gabinetu, prawda? – żachnęła się. – Nie wiem. Mówią, że ten Polak, Bieżański, jest tylko figurantem. Załatwiał wszystkie formalności, pozwolenia, bo było mu łatwiej, wie pan, obywatelstwo i te sprawy. A teraz bierze tylko prowizję od zysków.

Bieżański. Trzeba będzie z nim pogadać. Nowak podkreślił jego nazwisko.

– Będzie pani tam pracować dalej?

– A kto to może wiedzieć? Wszyscy się boją, że firma się zwinie.

Pulchna dziewczyna popatrzyła na komisarza.

– Był pan kiedyś bez pracy? – powiedziała to tak, jakby nie do końca była przekonana, że to, co robi policjant, jest również pracą.

– Nie. A co to ma do rzeczy?

– Ludzie zapierdzielają dwa kilometry przez las z autobusu, deszcz nie deszcz, śnieg nie śnieg. Tylko żeby dojść na budowę, do fabryki, tam, gdzie jest robota. No więc ja też. Za tysiąc czterysta miesięcznie. To i tak nieźle, wie pan?

Wieczorem Nowak wszedł na główną stronę serwisu YouTube i wpisał w okno wyszukiwarki „Herr Mannelig". Wyświetliło się kilkanaście tytułów, z których pierwszy zawierał słowa „In Extremo". Brzmi nieźle. Miejmy nadzieję, że to nie death metal. Kliknął i po chwili filmik zaczął się ładować. Nagranie było nawet nie najgorszej jakości, chyba z jakiegoś festiwalu pod gołym niebem. „I jeden szczegół wzrok twój przykuł, ogromne morze ludzkich głów", jak śpiewał w zamierzchłych czasach Lombard (Nowak serdecznie nie znosił tej piosenki). Perkusista wybijał rytm przez pół minuty, a po chwili przy mikrofonie pojawił się półnagi mężczyzna z jakąś trąbką, piszczałką czy inną szałamają. Lekko fałszując, zagrał główny motyw utworu. Po chwili kamera pokazała twarz innego mężczyzny, blondyna z kolczykiem w uchu. Wokalista mocnym, zachrypniętym głosem zaczął śpiewać pieśń o rycerzu i nieszczęśliwej trollicy. Nie, nie zachrypniętym, raczej gardłowym, modulowanym w trakcie wędrówki powietrza między płucami a ustami, jak u tybetańskich mnichów lub tuwińskich śpiewaków. Potem zrobiło się hardrockowo, lecz „średniowieczność" utworu słychać było do końca dzięki piszczałce i fletowi. Folk metal? Jeżeli tak ma wyglądać muzyka zgodna z normami Unii Europejskiej, Nowak był w stanie to zaakceptować. Zespół wykonywał pieśń po szwedzku. Okazało się, że są Niemcami i śpiewają także po islandzku, hebrajsku, norwesku i po łacinie! Między innymi. Nowak z rezygnacją dopisał w pamięci kolejną nazwę do listy wykonawców, z którymi powinien się bliżej zapoznać. Ciężko pogodzić się z tym, że nie na wszystko starczy życia.

W poniedziałek odbyło się kolejne spotkanie z Magnusem Rytter-bergiem. Tym razem bez prokuratora – ekipa składała się z jednego zrelaksowanego policjanta i jednego troszkę sfrustrowanego. Komisarz Drzyzga miał przynajmniej kawałek długiego weekendu, komisarz Nowak niekoniecznie.

Na stole w jadalni stała karafka z whisky. I dwie proste szklanki, obie puste, choć jedna z nich była najwyraźniej niedawno używana.

Policjanci zwrócili dokumenty, które przekazał im Rytterberg. Zdjęcia rentgenowskie ponad wszelką wątpliwość potwierdzały, że ciało wyłowione z Wisły było ciałem jego syna.

– W środę nabożeństwo żałobne. Tutaj, w Warszawie. Ciało Gustava... Jego prochy zostaną przewiezione do Szwecji i pochowane na cmentarzu w Malmö, tam, gdzie jego matka.

– Wyjeżdża pan?

– Oczywiście. Chyba nie muszę tego zgłaszać ani panom, ani prokuratorowi?

– Nie musi pan – pospieszył z zapewnieniem Drzyzga. To on wziął na siebie ciężar prowadzenia rozmowy. Musieli rozmawiać po angielsku, był to jedyny język, który każdy z nich trochę znał.

– Miałem udać się nieco wcześniej na uroczyste spotkanie kierownictwa firmy, ale z powodu tej tragedii zmuszony byłem pozostać w Polsce.

– Uroczyste? Jakaś szczególna okazja?

– Tak. Czy panowie wiedzą, jaki dzień był w ostatnią środę?

– 6 czerwca? Rocznica inwazji... lądowania aliantów w Normandii – powiedział Nowak.

– Tak, to prawda – odparł Szwed. – Ale dla nas, Szwedów, jest to święto narodowe, dzień niepodległości. Rocznica zakończenia unii kalmarskiej. Szwecja i Dania rozłączyły wtedy swoje państwa. W 1523 roku.

Drzyzga chrząknął. Czy wypadało gratulować z powodu czegoś, co zdarzyło się prawie pięćset lat temu?

– Co pana skłoniło do przeniesienia się do Polski? – zapytał Nowak.

– Wiedzą panowie, na czym polega, a właściwie polegał, sukces szwedzkiego socjalizmu?

Policjanci spojrzeli na siebie. Nie wyglądało to na odpowiedź na ich pytanie.

– Nie wiemy – odparł Nowak.

– Musi nam pan to wyjaśnić – dodał Drzyzga. – Urodziliśmy się w kraju, w którym socjalizm w żadnym wypadku nie odniósł sukcesu.

– Socjaliści na całym świecie zawsze popełniali zasadniczy błąd. Wiedzieli, że do sukcesu tego systemu potrzebna jest zmiana mentalności społeczeństwa, zatem na siłę starali się ludzi zmieniać. Zwykle kończyło się to całkowitą klęską. U nas się udało z jednego prostego powodu: Szwedów wcale nie trzeba było zmieniać. Jesteśmy spokojnymi ludźmi, którzy potrafią rozważyć „za" i „przeciw" w każdej sytuacji i zgodzić się na taki kompromis, który zapewni największe bezpieczeństwo, nawet jeżeli trzeba ponieść pewne koszty.

Nowak nie był pewien, czy dobrze zrozumiał słowa Rytterberga.

– Bezpieczeństwo? A co z dążeniem ludzi do sukcesu? – Nie wiedział, jak powiedzieć „przedsiębiorczość". – Pan wybaczy, ale skądś się przecież biorą tacy ludzie jak pan.

– No właśnie. I tu zbliżamy się do odpowiedzi na pytanie, co mnie sprowadza do waszego kraju. Można to opisać jako chęć przezwyciężenia tego, co ciąży na nas od lat. *Jantelag.*

– Słucham?

– Prawo Jante. Taka nieformalna reguła, a raczej zbiór reguł, który określa nasze stosunki z innymi ludźmi. Nie można wywyższać się ponad innych, nie można uważać, że jest się lepszym, mądrzejszym, sprawniejszym niż inni. To wzmacnia poczucie bezpieczeństwa, lecz skutecznie hamuje konkurencję w każdej dziedzinie, prawda? Na szczęście nie wszędzie; ale nawet w szkołach wszelkie współzawodnictwo bywa ściśle kontrolowane. Nie dziwią się więc panowie, że wielu Szwedów wybiera nieco bardziej pasujący do ich charakteru, choć niepozbawiony ryzyka świat. Tak jak ja wybrałem nowy, nieznany i potencjalnie niebezpieczny kraj i rynek.

– U nas jest coś takiego jak „polskie piekło" – powiedział Nowak. – Mniej więcej o to samo chodzi. Nie wyskakuj zbyt wysoko, bo cię natychmiast usadzą.

– Tak, i czasami zajmujemy się skutkami tego piekła – wtrącił Drzyzga. – W Polsce trudno odnieść sukces. W łagodnym wydaniu oznacza to donosy, ale bywają także ludzie, którzy chętnie sprowadzą co bardziej przedsiębiorcze osoby na ziemię, i to dość gwałtownie. Gangsterzy, rozumie pan?

– O, zapewniam, że też ich mamy. Choć większość z importu, z szeroko rozumianego Wschodu.

Drzyzga do tego właśnie zmierzał.

– Tak? Zetknął się pan z nimi?

– Nie, oczywiście, że nie. – Marcin podniósł głowę i popatrzył na Rytterberga. To wcale nie było oczywiste. – Jeżeli już z czymś się zetknąłem, to z korupcją. Z układami, jak to nazywacie w Polsce.

– Po której stronie?

– Słucham?

– Czy proponowano panu wartości, korzyści... łapówkę... – Nowak usiłował znaleźć odpowiednie angielskie słowo. Cholera, Drzyzga był lepszy w te klocki. Marcin zauważył, że kolega ma kłopoty językowe, i postanowił mu pomóc.

– A może to pan musiał komuś ją wręczyć? – podjął. – Obiecać coś w zamian za sukces pańskiej firmy w negocjacjach, zwycięstwo w przetargu, sprzedaż atrakcyjnych gruntów?

– Pan pozwoli, że nie odpowiem. Powiem tylko, że nigdy nie przyjąłem ani nie dałem łapówki, jak to pan bezpośrednio, lecz trafnie określił.

– Odpowiedź na to pytanie mogłaby nam bardzo pomóc – zauważył Nowak. – Śmierć pańskiego syna może być przecież zemstą za jedną z takich nieudanych... transakcji. Może nawet w Szwecji.

– Nie.

Krótko, mocno. Ale bez uzasadnienia.

– A tutaj, w Polsce?

– Już panowie o to pytali.

– Pytamy zatem po raz kolejny. Polskie piekło może być groźniejsze, sam pan to zauważył. Więc?

– Nie mogę udzielać informacji dotyczących uwarunkowań prawnych działania mojej firmy.

– Nikt nie pyta pana o „uwarunkowania prawne". Pytamy o korupcję, o szantaż.

– Nie. Nic nie mogę powiedzieć.

„Nie mogę" zarówno po polsku, jak i po angielsku mogło być różnie rozumiane. Magnus Rytterberg ewidentnie odmawiał współpracy i wykręcał się od odpowiedzi.

– Polskie piekło, powiedzieli panowie? Hm, mamy takie określenie, które nie jest raczej dla was, Polaków, zbyt pochlebne. Wszyscy, którym to mówiłem, traktują to jednak jako dobry dowcip, więc... Chodzi o *polsk riksdag*.

– Polski parlament? – domyślił się Nowak.

– Tak. Tak mówimy, kiedy panuje chaos, zwłaszcza na spotkaniach, gdy zamiast dyskusji jedna osoba przekrzykuje drugą, usiłując narzucić swoje zdanie i zmusić innych do słuchania.

– Trafne – potwierdził Drzyzga. – Mamy nawet z tego codzienne transmisje w telewizji.

„Szwedzki mądrala", tak dało się podsumować ich odczucia po tej rozmowie. Zastanawiali się, dlaczego nagle stał się taki wylewny, oczywiście jak na swoje skandynawskie możliwości. Unikał tematów związanych ze śmiercią syna, unikał odpowiedzi na ich pytania, wolał mówić o socjalizmie. Może to była reakcja obronna na tragedię rodzinną. Szklanka na stole... Czy pił? Nie, tego nie mogli na razie stwierdzić.

Podczas kolejnej wizyty w Sękocinie Zakrzewskiemu przypadli Davinder Sharma i główna księgowa. Nowak mógł porozmawiać z rodakiem.

– Już panu wszystko mówiłem. Jestem dyrektorem technicznym. To oznacza, że muszę załatwiać wszystkie umowy, wszystkie kwestie prawne z krajowymi kontrahentami, dostawcami, bankami, z urzędami, z inspekcją pracy, z ZUS-em. Zawsze jest coś do roboty. Ci, którzy mówią, że jestem tylko figurantem Hindusa, niech się zamienią ze mną na pracę. Proszę bardzo. Już, zaraz, od dziś. Raz w roku dwa tygodnie urlopu z wyłączonym telefonem to wszystko, na co mogę sobie pozwolić, a tak robota od rana do wieczora.

– Z kontrahentami pan rozmawia... Z kimś jeszcze?

– Jak to?

– Wie pan, o co mi chodzi.

Tomasz Bieżański twardo spojrzał na komisarza.

– To, co mieliśmy zapłacić, już zapłaciliśmy. Teraz nie musimy.

– Zdaje pan sobie sprawę, że niezgłoszenie przestępstwa jest przestępstwem?

Bieżański tylko się roześmiał.

– Nie ze mną te numery. W wypadku gróźb ściganie następuje na wniosek pokrzywdzonego! Ech, panie komisarzu, od ilu lat pracuje pan w policji?

– Od trzynastu.

– Tak długo? To o czym my w ogóle rozmawiamy! Nie jest już pan chyba zupełnym naiwniakiem, prawda?

Nowak wykonał niezdecydowany ruch ręką. Niech facet mówi.

– I nie zdarzyło się panu nigdy natknąć na ścianę, jak to mówią? Na to, że ludzie nie chcą składać zeznań? Że boją się policji? I nie chcą zgłaszać wymuszenia czy pobicia, bo to nie ma żadnego sensu? – Bieżański oskarżająco wymierzył palec w komisarza. – Woli pan mieć złamaną szczękę, zmiażdżone palce i szereg obrażeń wewnętrznych? Czy wybrałby pan jednak spokój, kosztem pewnej ilości pieniędzy? Ma pan dzieci?

– Nie.

– Ale rozumie pan, że ich życie może być dla rodziców najcenniejsze?

Tak. Może tylko dla pewnego Szweda nie. Dla niektórych Polaków zresztą również.

– Wie pan co, mieszkam pod Nadarzynem. Widziałem kiedyś, że do mojego sąsiada, dwa domy dalej, przyjechali bandyci. Nie złodzieje, bandyci. Widziałem, jak tłukli go w kuchni, jak przewrócili go i jeszcze kopnęli parę razy. Potem odjechali. Zrobiłem to, co zrobiłby normalny obywatel normalnego kraju. Wziąłem komórkę i wybrałem 112.

– I co?

– Owszem, radiowóz przyjechał. Nie wiem, czy sąsiad im coś opowiedział, czy nie, wolałem z nim na ten temat nie rozmawiać. Tylko że zaraz potem ktoś zadzwonił na moją komórkę i dość dobitnie mi zakomunikował, że powinienem uważać na żonę i dzieci. To był nowy telefon, który miałem od trzech dni. Skąd ten człowiek miał mój numer, jak pan myśli? Ile kosztuje przekazanie takiej informacji?

– A kto do panów dzwonił? Wtedy, kiedy płaciliście? – spytał po prostu Nowak, nie komentując w ogóle ostatniej wypowiedzi.

– To byli ludzie z „Pruszkowa" – Bieżański ciężko westchnął. – Dawno po tym, jak szefostwo gangu zostało rozbite. Mieli już własny interes. Musieli się jakoś przeorganizować, nie? Zresztą wy chyba więcej wiecie na ten temat.

Nowak nie odpowiedział.

– Nieważne. W każdym razie wpadli, trzy lata temu. Nie na wymuszaniu, to był napad na bank. Jakoś nie było wtedy problemu z ich złapaniem. „Wojas", pamiętam doskonale pseudonim z „Wiadomości".

– Skąd pan wie, że to oni?

– Bo od tego czasu nie mieliśmy żadnych telefonów.

„Wojas" – mruknął Nowak, wsiadając do samochodu.

– Siedzi – odparł Zakrzewski. – A co?

– Nasz Hindus płacił mu haracz.

– Każdy komuś płaci.

– Podobno od czasu, kiedy go złapano, już nikt im nie zawraca głowy.

– Nie wierzę.

– Może faktycznie swoje już zapłacili.

– Mówię: nie wierzę. Ciągłe raty są bardziej opłacalne. Jedna firma upada, druga przejmuje jej zobowiązania.

– Nic nie wiemy na ten temat.

– No to się, kurwa, dowiedzmy.

3

Nabożeństwo żałobne odbyło się w środę, 13 czerwca, w kościele ewangelickim przy placu Małachowskiego. Wielką, niegdyś największą świątynię w Warszawie odwiedziło całkiem niedawno dwu kolejnych papieży. Przyszła pora i na dwu oficerów policji. Urna z prochami Gustava Rytterberga stała pośrodku rotundy, na czarnym stoliku, przed ołtarzem ozdobionym kwiatami; pod nią leżały goździki i róże przyniesione przez uczestników ceremonii. Nabożeństwo odprawiano po angielsku. Pastor mówił w krótkim kazaniu o Bogu, o powadze śmierci, niezależnie od tego, w jaki sposób nastąpiła. Opowiadał także o nadziei, obietnicy nowego życia po śmierci, życia w jedności z Panem. Nowak dosyć szybko przestał słuchać duchownego, a z oczywistych powodów nie potrafił zaśpiewać psalmu, więc zajął się tym, co było dla niego najistotniejsze. Przyglądał się ludziom, których zresztą nie przyszło zbyt wielu. Magnus Rytterberg, jego żona, kilkoro ludzi w ciemnych garniturach lub kostiumach, w wieku i o wyglądzie menedżerskim, jeżeli można to tak określić. Jakaś trzymająca się na uboczu starsza kobieta. Młodzi ludzie – trzy dziewczyny, dwóch chłopaków. Wszystkich widział już wcześniej, przed wejściem, gdy witali się z Rytterbergami.

Nowak trącił w ramię Drzyzgę, który siedział z zamkniętymi oczami. Czyżby jakimś cudem udało mu się zasnąć w niewygodnej ławce?

– Zrobiłeś zdjęcia? – szepnął.

– Jasne. Powinny wyjść.

Światło wpadające przez witraże przestawało razić ostrym, miejskim blaskiem, tak jakby łagodniało po przejściu przez kolorowe szybki, dopasowywało się do powagi miejsca i chwili. Było spokojne, ale ludzie nie. Rytterberg, ten zimny Szwed, jak go określili po przesłuchaniu, nie panował nad sobą zupełnie. Widać było, że jest roztrzęsiony. Jego niewzruszony wyraz twarzy gdzieś zniknął, a razem z nim szef wielkiej firmy, Magnus Rytterberg. W kościele pojawił się człowiek zagubiony, słaby, samotny jak ten, którego dotyczył czytany właśnie fragment z Pisma Świętego. Obcy w obcym kraju. Anja Rytterberg z niepokojem spoglądała na męża. W pewnej chwili ścisnęła go za ramię, nachyliła się i coś powiedziała. Popatrzył na nią przez moment, jakby czegoś nie zrozumiał, a potem skinął głową. Może z wdzięcznością.

Nabożeństwo nie było długie. Wyszli na zewnątrz. Popołudniowe burze przeszły i nie zostawiły po sobie śladu poza paroma kałużami i zerwanymi liśćmi. Za drzewami, na tle wielkiego gmachu poczty, widać było trzy żółto-czerwone autobusy, jeden za drugim, jadące do skrętu w Kredytową. Remont Krakowskiego Przedmieścia przedłużał się, a objazdy dawały się już wszystkim we znaki. To nie było dobre miejsce na uroczystości, zwłaszcza w dni powszednie – ciężko dojechać, trudno zaparkować. Szlaban przy wjeździe na parking został jednak tym razem podniesiony na dłużej. Przed wejściem do kościoła i pod ścianą Zachęty stało kilka samochodów, w tym trzy volvo i jeden saab na dyplomatycznych numerach. Saab? Ten zaginiony Hindus miał kiedyś saaba... Zbieg okoliczności.

Nowak przyjrzał się ludziom wychodzącym ze świątyni. U dołu schodów zobaczył młodą, ubraną na czarno kobietę w ciemnych okularach. Szła szybko w stronę taksówki, która czekała na nią pod liceum Reja, po lewej. Nie zauważył jej wcześniej. Czyżby u protestantów też był zwyczaj stania przy wyjściu albo przed kościołem?

– Zrób zdjęcie! – rzucił cicho do Drzyzgi, wskazując na taksówkę.

Macte animo, zachęcał ozdobny napis na fasadzie budynku szkoły. Śmiało! Dziś bardziej zrozumiałe byłoby hiphopowe graffiti z hasłem „Ruchy, ruchy, ziom!". Zatem śmiało, komisarzu. Drzyzga zaczął rozmawiać ze starszą kobietą, która brała udział w nabożeństwie. Nowak podszedł do grupy młodych ludzi. Jedna z dziewczyn, drobna blondynka, szlochała cicho, druga próbowała ją pocieszać. Pozostali trzymali się nieco z boku i patrzyli z zakłopotaniem.

– Adam Nowak, Komenda Stołeczna Policji. Byliście... Byli państwo znajomymi Gustava Rytterberga? – Nowak wolał nie używać zdrobnienia „Gusten". – Prowadzę śledztwo w sprawie jego śmierci.

Blondynka zdążyła otrzeć łzy i spojrzała na komisarza znad okularów.

– Tak, znaliśmy – odezwała się druga dziewczyna.

– Nie będę zabierać zbyt wiele czasu teraz – wyjaśnił Nowak. – Ale może podadzą mi państwo nazwiska i telefony kontaktowe. Chciałbym z wami porozmawiać.

– Agnieszka Drawska. To jest...

– Karolina Wrona – wtrąciła blondynka, wciąż trzymając w ręku chusteczkę.

Karolina. To o niej wspominał ojciec zamordowanego. Komisarz zanotował ich adresy i numery telefonów.

– A państwo? Czy mogą mi państwo podać swoje nazwiska? – zwrócił się do pozostałych.

Milczeli, jeden z chłopaków, wysoki i długowłosy, rozłożył ręce.

– *I am sorry, but I don't speak Polish.*

– Pan chce znać nasze imiona i nazwiska? – powiedział drugi po polsku, nawet całkiem poprawnie, choć z lekkim akcentem *à la* Franz Smuda. – Tak?

– *Yes. May I have your names... Please*? – powiedział Nowak po chwili.

Zanotował ich personalia. Szwedka, Niemiec – ten, który trochę znał polski – oraz Anglik.

– *I will... contact you.*

Nie wiedział, czy użył poprawnego zwrotu. Czy powinien powiedzieć *contact with you?* Nieważne, i tak go zrozumieli.

Kobieta, z którą rozmawiał Marcin Drzyzga, nazywała się Joanna Kowalewska-Lindstedt. Mieszkała w Warszawie, była emerytowanym wykładowcą uniwersyteckim, anglistką. Uczyła młodego Rytterberga na prywatnych lekcjach.

Komisarz zaparkował na Polnej koło sklepu „Stajnia". Bardziej niż akcesoria oraz kubki, koszulki i dziecięce stroje z końmi i konikami wszelkiej maści interesował go budynek po drugiej stronie ulicy, a właściwie dwa budynki... Na szarej ścianie pierwszego z nich widniała tablica Mendelejewa, która zapewne nie zawierała odkrytych w ostatnim dwudziestoleciu pierwiastków. Druga budowla, połączona z poprzednią, była niebieska jak główna wieża akademika widoczna z tyłu. Sala kinowa Riviery oraz Remont – dwa miejsca, gdzie Nowak kiedyś chodził na koncerty rockowe. Czego tu się wtedy nie słuchało... Wtedy, czyli dwadzieścia lat temu. Kto dziś pamięta o grupie Szelest Spadających Papierków? Albo o Wahehe Divagazione Universale, nie mówiąc o kapeli Ivo Partizan?

W czasach, kiedy dysk CD był dopiero nowinką techniczną, a państwowe radio nadawało dla fonoamatorów specjalne audycje, z których można było przegrać sobie nowe płyty, inaczej przeżywało się muzykę i to, co jej dotyczyło. Bardziej liczyła się nawet ta otoczka niż dźwięk. Zdarzenie towarzyskie i przekonanie, że obcuje się z awangardową sztuką, z czymś, co pozostaje poza głównym nurtem, jest pod spodem tego wszystkiego, co serwują oficjalne media. Jednak próbę czasu przetrwało to, co było najlepsze muzycznie. Na przykład The Swans. Albo Jean-Jacques Burnel z Republiką. I oczywiście Laura a její tygři! I jeszcze...

Nowak porzucił wspomnienia. „Widzisz, mogłeś być kimś, a zostałeś policjantem", mruknął do siebie, powtarzając słowa swojego brata. Ruszył wzdłuż sklepów w alei Armii Ludowej, w dole, w głębokim wąwozie hałasowały samochody. Dotarł w końcu do indyjskiej restauracji. Kartka na drzwiach informowała, że firma poszukuje kucharzy, pomocy kuchennej i kelnerów. Może w następnym wcieleniu, pomyślał Nowak. Pchnął drzwi.

Spodziewał się, że po drugiej stronie owionie go zapach curry i innych przypraw, a z głośników będzie płynąć indyjska muzyka. Było tylko to drugie, i to w wersji pop. W restauracji panował półmrok, światło było tu inne, nie tak protestanckie jak w wielkim zborze na placu Małachowskiego. Przeciskało się między drewnianymi, rzeźbionymi ekranami zasłaniającymi okna, odbijało od smukłych lamp i wazonów, zanim zostało wchłonięte przez obity wzorzystymi materiałami sufit.

Nowak podszedł do baru, za którym siedział przystojny mężczyzna o egzotycznej urodzie. Ciekawe, ile ten facet może mieć lat, trzydzieści pięć, czterdzieści? Skoro nawet Nowak uznał go za przystojnego, coś musiało w tym być. Pewnie jego atrakcyjność wynikała z wymieszania cech różnych ras. Coś swojskiego, a jednocześnie obcego. Trzeba by przyprowadzić tu eksperta płci żeńskiej.

– Dzień dobry – powiedział Nowak półgłosem. – Komisarz Adam Nowak, Komenda Stołeczna Policji. Jestem umówiony z właścicielem.

Mężczyzna wyszedł zza baru i wyciągnął dłoń.

– Witam pana. Nazywam się Damoder Singh – przedstawił się po polsku.

– Singh? – powtórzył Nowak. – Ale...

– Pan Wadha nie może się z panem spotkać, więc upoważnił mnie do udzielenia odpowiedzi na wszelkie pytania, do udostępnienia dokumentów i tak dalej. – Polszczyzna Singha była zaskakująco dobra.

– Dokumentów? – Nowak skrzywił się. – Nie jestem ani z inspekcji handlowej, ani z urzędu skarbowego. Jestem z policji.

Był zły. Umawiał się przecież z właścicielem. Miał nadzieję, że ten znał osobiście V.S. Srinivasana, a może i jego rozmówców z ostatniego spotkania. Trudno, może z tego człowieka też da się coś wyciągnąć.

Usiedli przy stoliku naprzeciwko siebie.

– Napije się pan czegoś? Może kingfishera? Piwo z Indii. Polecam.

– Nie mogę. Prowadzę – odparł Nowak ze smutkiem.

– To wobec tego indyjska herbatka. – Singh wydał dyspozycje dziewczynie za barem.

– A pan jest kim? – spytał komisarz. Hm, ostatnio takie pytanie zadał Nowakowi listonosz, który przyniósł polecony zaadresowany do Kasi.

– Jestem kierownikiem restauracji. Coś w rodzaju head waitera i jednocześnie administratora, zwłaszcza wtedy, kiedy pan Wadha jest nieobecny.

– Czy pan Wadha nie chciał się ze mną spotkać, czy coś mu akurat wypadło?

– Musiał wyjechać z miasta w ważnych sprawach służbowych.

– A może po prostu nie chciał rozmawiać z policją? Na przykład dlatego, że nie ma do niej zaufania, bo już się zdążył z nią kiedyś zetknąć? Wiem, że kilka lat temu został napadnięty i brutalnie pobity na progu swojego domu. Przez nieznanych sprawców, oczywiście.

Singh spojrzał uważnie na komisarza.

– Odrobił pan lekcje, jak mawiają Amerykanie. To prawda, pan Wadha i jego rodzina bardzo to przeżyli i woleliby już nie wracać do wspomnień.

Nowak postanowił dotrzeć do rozmówcy w inny sposób. Facet nie wyglądał na typowego człowieka biznesu.

– Proszę zrozumieć, prowadzę ważne śledztwo. W sprawie zaginięcia konkretnej osoby, rodaka pana Wadhy... pana Wadha. Pomijając już prywatny dramat pana Srinivasana i jego rodziny, osobiście mi zależy na rozwiązaniu tej sprawy.

Nowak wypił łyk herbaty z mlekiem i przyprawami – z kardamonem? imbirem? – z filiżanki, która pojawiła się na stole. Dobre. To chyba produkt kolonialny, połączenie Anglii z Indiami.

– Pan Wadha docenia wysiłki obecnego rządu polskiego, zmierzające do likwidacji korupcji. Także, a może przede wszystkim, w policji. Szkoda tylko, że te starania koncentrują się na zwalczaniu przeciwników politycznych na najwyższym szczeblu, a nie dotyczą tego, co decyduje o bezpieczeństwie przeciętnego obywatela. A także zwykłego cudzoziemca, który wybrał ten kraj jako miejsce do życia.

– Mówi pan jak rzecznik prasowy – stwierdził Nowak. – To właśnie chciał przekazać pan Wadha? Taki komunikat, który pan przed chwilą wygłosił?

– Tak. I ja się z nim oczywiście zgadzam.

– Ja też.

– Nic dziwnego. Pan zajmuje się przecież zabójstwami, prawda?

– Zabójstwami i terrorem kryminalnym. W tym porwaniami ludzi.

– No właśnie. Gdyby pan się ruszył poza Pałac Mostowskich, zmieniłby pan zdanie. Za granicą administracyjną Warszawy jest już inny świat, świat małego miasteczka. Każdy zna każdego. Wszyscy wiedzą wszystko o swoich sąsiadach. Każdy zna też policjantów, to miejscowi ludzie. Każdy może do nich dotrzeć. Niby o to chodzi, prawda? Ale... każdy może dotrzeć. Rozumie pan?

Nowak nie zaprzeczył. Prawie dokładnie to samo mówił przedwczoraj w Sękocinie Tomasz Bieżański.

– Przepraszam bardzo, ale nie przyszedłem tu dyskutować o korupcji i układach. Mam pracę do wykonania – przypomniał. – Czy znał pan V.S. Srinivasana, biznesmena z branży tekstylnej?

...mającego weksle zaprotestowane u Grynblata i Rozenwassera, dodał w myślach, ale zaraz skarcił się za niefrasobliwość.

– Spotkałem go kilka razy. Brał udział w różnych imprezach organizowanych przez indyjską społeczność w Warszawie.

– Społeczność?

– *Expats*. Obywatele Indii, którzy mieszkają w Polsce. I tacy, którzy postanowili się tu osiedlić na stałe, jak na przykład pan V.S. Srinivasan. W Warszawie i okolicach to łącznie kilkaset osób. Oczywiście nie wszyscy bywają naszymi gośćmi.

– Jakie to były imprezy?

– Towarzyskie i kulinarne. Niedzielne spotkania Indian Club. Czasami golf w Wilanowie, z naszym kateringiem.

– W Wilanowie?

– W Wilanowie lub w Powsinie.

– Tylko Hindusi?

– Tak. Spotkania nie są związane z religią, więc bywają na nich przedstawiciele wszystkich wyznań. Ale oczywiście z okazji świąt religijnych organizujemy również spotkania dla zainteresowanych.

– Pan też na nie przychodzi?

– To mój obowiązek – odparł. – Poza tym szanuję wszystkie tradycje.

Nowak spojrzał na niego z zaciekawieniem.

– Skąd pan zna tak dobrze polski?

– Jestem w połowie Polakiem – powiedział Singh. – W tej lepszej połowie, jeżeli można tak powiedzieć.

– Dobrze – westchnął Nowak z lekkim zniecierpliwieniem. – Czy pamięta pan, z kim spotykał się V.S. Srinivasan? Może właśnie 9 maja, w dniu, w którym zaginął?

– Niestety, nie pamiętam. Nie przypominam sobie żadnej charakterystycznej sytuacji ani osoby.

– A pan Wadha zapewne znał V.S. Srinivasana?

– Tak, choć nie wiem, czy blisko. Ale nie sądzę, żeby usłyszał pan od niego coś ciekawego. Powiem tak: nie słyszałem ani bezpośrednio od pana V.S. Srinivasana, ani też od pana Wadhy niczego, co mogłoby wiązać go z działalnością przestępczą, ani jako ofiarą, ani oczywiście jako sprawcą czegoś poważniejszego niż przekroczenie prędkości. Za to obaj mogliby długo mówić o kłopotach z polskimi biurokratami w różnych urzędach.

– Hm, pan pozwoli, że to ja zdecyduję, co jest ciekawe, a co nie – stanowczo odparł Nowak. – Kłopoty? Coś konkretnego?

– Och, pozwolenia, kontrole... Nie przypominam już sobie.

Ten też nic nie pamięta. Znakomicie.

– Proszę przekazać panu Wadha, że nie uniknie spotkania z policją. Musimy go wezwać na przesłuchanie.

– Przekażę. A pana serdecznie zapraszam do naszej restauracji. Proszę wpaść kiedyś z żoną na *chicken masala*. Albo *palaak paneer*. Albo na baraninę, jeżeli państwo lubią. Najlepsze *rogangosh* w Warszawie. Zapewniam.

– Dziękuję. Pan pozwoli, że porozmawiam teraz z resztą personelu.

Nowak podszedł do swojej octavii. Sfrustrowany sięgnął ręką za wycieraczkę, żeby wyrzucić ulotki reklamowe. Rozejrzał się. Długowłosy facet szybko chodził od samochodu do samochodu, wyciągając przy każdym z zielonej płóciennej torby kilka kolorowych karteczek. Komisarzowi coś przyszło do głowy.

– Chwileczkę! – zawołał do niego. – Można cię o coś zapytać?

Młody człowiek zatrzymał się i odwrócił w stronę Nowaka. Przyjrzał się uważnie komisarzowi, który podszedł do niego, wciąż trzymając w ręku ulotki.

– Tak? Nie musi pan się denerwować, szefie. Może pan wyrzucić. Dzisiaj to szkoła językowa, nie agencja towarzyska.

– Jestem z policji.

– O-ho-ho. – Chłopak wzruszył ramionami. – Nie zaśmiecam miasta, ani nie niszczę własności prywatnej. Śmiecą ci, którzy rzucają te ulotki na ziemię. Poza tym od pilnowania takich głupot jest Straż Miejska.

Nowak machnął ręką.

– No właśnie. Ja mam ważniejsze sprawy na głowie. – Jego rozmówca spojrzał zaciekawiony. – Często tu bywasz?

– Codziennie.

– Codziennie? To świetnie. Czy przypominasz sobie czarną toyotę RAV4, która tu czasami parkowała?

– Nie zwracam uwagi na wszystkie samochody, chyba że to coś ciekawego. RAV4? To taka prawie terenówka?

– Przyjeżdżał tu nią pewien Hindus. – Srinivasan musiał tu bywać dość często, więc może ktoś coś zauważył.

– Hindus? Zaraz. – Chłopak uderzył ręką w biodro. – Tak! Pamiętam, wie pan? Mogę nawet powiedzieć dlaczego. Miał nalepkę na szybie, kalkomanię.

Kalkomanię? Kto używa dziś kalkomanii, może modelarze?

– Jaką nalepkę?

– Przedstawiała Wisznu.

– Skąd wiesz, że Wisznu?

– A wiem. Interesuję się tym. – Chłopak odgarnął długie włosy z czoła. Miał na nadgarstku opaskę w barwach flagi etiopskiej, w barwach rastafarian. Religioznawca pełną gębą. – Kiedyś sprzedawałem książki. *Bhagawadgita, taka jaką jest* i inne.

Rzeczywiście, od wielu lat w ruchliwych miejscach Warszawy, na przykład na Marszałkowskiej, można było spotkać młodych ludzi niosących sterty książek i usiłujących zainteresować przechodniów religiami Wschodu. Tacy sprzedawcy byli tu wcześniej, niż dotarła do Polski moda na *new age*.

– Czarny był, prawda? Samochód, znaczy. Mówił pan zresztą. Miał jakąś podwarszawską rejestrację – kontynuował chłopak. – Może z Pruszkowa? Nie pamiętam.

– Widziałeś kierowcę?

– Tak. Raz go widziałem.

– Był sam?

– Nie. Przyjechał z jakąś kobietą.

– Białą?

– Nie. Też chyba Hinduska. Ładna, strasznie ładna. Młodsza od niego. Nie wiem o ile lat, bo to inna rasa. Może o dziesięć? Ale w każdym razie młoda.

– Jak się zachowywali? O czym rozmawiali, może coś usłyszałeś?

– Nie mówili po polsku, po angielsku też nie. A jak się zachowywali? No, jak kobieta i mężczyzna, rozumie pan, co mam na myśli.

– Kiedy to było?

– O, dawno. Śnieg leżał jeszcze, to pamiętam. Byli ciepło ubrani.

– Śnieg? Zeszłoroczny?

– Tegoroczny. Styczeń, luty.

Nowak dał chłopakowi wizytówkę. Dopisał na niej numer swojego telefonu komórkowego.

– Teraz ty dostałeś kawałek papieru. Jeżeli przypomnisz sobie coś ciekawego, zadzwoń.

Młody człowiek spojrzał na kartkę.

– To coś poważnego? Jakiś gangster?

– To zawsze jest coś poważnego. Dzięki za pomoc.

4

Pogarda. Całkowita pogarda dla wszystkiego, co żyje. Nawet nie wobec jakiegoś wyimaginowanego społeczeństwa, po prostu pogarda dla ludzi. Wiele miesięcy pobytu w areszcie nie zmieniło go ani fizycznie, ani psychicznie. Nie miał nowych tatuaży. Stare, przynajmniej te widoczne na rękach i na szyi, przedstawiały smoki oraz – o dziwo – jakieś muzułmańskie symbole. Miecz, półksiężyc, arabska kaligrafia. *Newage*, w katalogu wzór numer dwadzieścia trzy.

Mariusz Cichoń, ksywka „Opalacz". Nie dlatego, że często korzystał z solarium. Jego ulubionym narzędziem tortur była pięćsetwatowa opalarka. Tanie narzędzie produkcji chińskiej, może nawet kupione w hurtowni należącej do człowieka, którego porwał i nad którym się znęcał.

Nowak usiadł naprzeciwko skutego więźnia. Dwaj strażnicy z bronią stali dość blisko, gotowi do ewentualnej interwencji.

– Nie znasz żadnego Hindusa?

– Już mówiłem. Nie.

Nowak pokazał zdjęcie V.S. Srinivasana. Cichoń przyglądał mu się przez chwilę.

– Czarnuch jak każdy inny. Hindus?

– Tak.

Cisza.

– No i?

– No i co? Nie znam, nie widziałem.

– Nie było go na waszej liście?

– Na jakiej liście?!

– Osób wyznaczonych do porwania.

– Porwania najpierw musicie udowodnić. Czekajcie do procesu.

– Falenty. Koło Raszyna. Ktoś może tam jeszcze działać?

– Falenty. – I jakieś nieartykułowane parsknięcie albo przekleństwo. – Nawet nie wiem, gdzie to jest.

Akurat. Zresztą nie potrzebujesz mapy, żeby zabić człowieka. Mapę bierze kierowca, ty tylko zostawiasz kobietę w domu, całujesz synka na pożegnanie i jedziesz na robotę. Grill się przełoży na następny tydzień, wtedy zrobisz sobie wolne.

– Tam, gdzie porwaliście tego drugiego, trzy lata temu. Tego, którego palce rozesłaliście po Warszawie.

Cichoń nie dał się sprowokować. Patrzył komisarzowi prosto w oczy. Zapamiętywał go i chyba dopisywał do listy, do swojej listy.

– Większość z was siedzi. Ale nie wszyscy. Ktoś może działać dalej na własną rękę. „Moryc"? „Śmigło"? „Cesarz"?

Znów milczenie. Obcinacze 2.0, tak to nazwał Drzyzga. Żaden biznes nie znosi próżni. Zawsze znajdzie się konkurencja gotowa do zajęcia niszy na rynku. Nikt z aresztowanych nie chciał tego potwierdzić. Wiedzieli, że i tak dostaną duże wyroki, chyba że obrońcy znajdą luki w pracy prokuratury i policji, na co się niestety zanosiło. Ze współpracy ze śledczymi bandyci nie mieliby nic, wprost przeciwnie. Wciąż bali się zemsty tych, którzy byli na wolności. W areszcie śledczym można zginąć, nawet jeszcze przed procesem.

Nowak wyciągnął drugie zdjęcie. Gustav Rytterberg.

– Kolejny czarnuch – powiedział. – Sczerniał po tym, jak go wyciągnięto z Wisły. Znaleźliśmy go 25 maja. Niedawno.

Odrobina zainteresowania, jakiś błysk w oczach po tym, co Nowak powiedział. Ale na samo zdjęcie żadnej reakcji.

– Konkurencja? Naśladowcy? Czy jednak koledzy? – pytał dalej. Na wszelki wypadek nie wspomniał o obciętych palcach.

– Koledzy? Czy ty wiesz, co mówisz? – Cichoń parsknął tylko. Nowak najwyraźniej nie był dla niego partnerem do rozmowy.

– Wiem.

– Nie wiesz i tyle. Nie znam go. – Machnął palcem w kierunku zdjęcia. – Nie zawracajcie mi dupy aż do procesu. Koniec widzenia.

Weszła do domu i świat od razu stał się nieco lepszy. Bez facetów, dla których jesteś tylko śmieciem, tylko ścierwem, tylko psem, mimo że takie określenia pasują wyłącznie do nich. Ścierwo, które myśli, że świat należy do nich. Uwielbiają ci to okazywać. Utną ci palec, rękę, nogę, bo jesteś dla nich rzeczą, która liczy się o tyle, o ile może przynieść zysk. Walnął zaciśniętą pięścią w oparcie fotela. Nie. Otrząsnął się. Znowu wpadał we wściekłość. Nie chciał przerzucać na Kasię napięcia, frustracji i agresji. Mają przecież siebie, to jest dom, rodzina zastępcza, ale przecież lepsza niż wiele innych rodzin. Tamci bandyci są daleko, mimo że w tej samej dzielnicy.

Nowak wstał.

– Pięknie dziś wyglądasz – powiedział i przytulił ją do siebie. – Ładnie ci w tym kolorze.

– Dzięki – mruknęła. – Nareszcie mogę usłyszeć parę miłych słów. Myślałam już, że powiesz „małpa w czerwonym".

– Coś się stało? Trudny dzień w pracy?

– Tak. Spotkaliśmy się z klientem. Komitet projektu. Nasz kierownik i ich kierownik skoczyli sobie do gardeł. Prawie dosłownie.

– Byłaś przy tym, jak rozumiem?

– Byłam.

– Znaczy stres.

– Znaczy stres, tak. Ale nie przesadzajmy, górnicy mają gorzej. Policjanci być może też.

– Cóż mogę powiedzieć? Niniejszym pocieszam.

– Dzięki. Czekaj, mam coś dla ciebie. – Sięgnęła do torebki. – Znalazłam w empiku, leżało przy kasie.

Kasia podała mu zafoliowaną wizytówkę. Biały napis na czarnym tle głosił: *Criminal Amigos. Tribute to Johnny Cash*. Obok podany był numer telefonu.

– O! To intrygujące. Pewnie jakiś zespół, który gra w knajpach. Ale fajnie, że grają Johnny'ego. Ciekawe, czy stare kawałki, czy te ostatnie. – Nowak wskazał półkę z płytami.

– Wiedziałam, że cię zainteresuje. Jako policjantowi nazwa też ci się chyba wydała godna odnotowania. Zadzwonisz?

– Jasne. Ale nie dzisiaj. – Pstryknął palcami. – A wiesz, jak się nazywa węgierski zespół grający covery Red Hot Chili Peppers? Erös Pista!

– Ereszpiszta? A co to takiego?

– Nie wiesz? Taka węgierska pasta paprykowa, produkt eksportowy, wypala przełyk po zażyciu niewielkiej ilości. No, rozumiesz, pikantna czerwona papryka... *red hot*... Czerwona jak ty. Jaki kolor dziś założysz do łóżka? – zapytał. – Też czerwony?

– A chcesz?

– Pewnie. A jaki kolor ja mam wybrać?

– Błękit mundurowy – roześmiała się. – Ty lepiej kolorami się nie zajmuj. I ani słowa o małpach, przypominam.

– „Nie będę się zatem kopał z koniem, ani walczył z orangutanem".

– Pan Zagłoba! Walczył z małpami w *Potopie*.

– Co? Z jakimi małpami?

– Nie pamiętasz?

– A... Czekaj. – Nowak wysilił pamięć. – „Puszczaj, chamie, daruję cię zdrowiem?". Nie, to z *Ogniem i mieczem*, kiedy był w kij związany i budził go wieprz.

– Źle, źle, wszystko pokręciłeś. Braki w oczytaniu, panie komisarzu.

– Znasz prawo Lema? Nikt nic nie czyta, a jeżeli nawet czyta, to nic nie rozumie, a jeżeli rozumie, to i tak wszystko zapomina. Ja zapominam. *Potop* przeczytałem w podstawówce. A filmu nie pamiętam. Kiedy walczył z małpami?

– Kiedy wojska Czarnieckiego szły odbijać Warszawę. Wiesz, że jest tablica na skarpie, poniżej św. Anny, nad Mariensztatem?

– Jaka tablica?

– Z małpami właśnie. I z informacją, że w tym miejscu walczył z nimi Onufry Zagłoba. Ojciec mi ją pokazał, kiedy miałam chyba pięć lat. Na tyłach Bednarskiej, na ścianie muru. Ale od Bednarskiej chyba nie da się tam wejść. Pójdziemy kiedyś na spacer, pokażę ci.

Zawsze i wszędzie, droga pani. No, prawie zawsze.

– Ale nie dzisiaj, prawda? – spytał znowu.

– Nie, nie, nie. Zostajemy tutaj.

5

Kiedy ostatnio go widziałaś?

– Pod koniec kwietnia.

– Pod koniec? Kiedy dokładnie? W jakich okolicznościach?

Karolina Wrona odgarnęła jasne włosy z czoła. Ciąg metalowych pierścieni przebijał jej lewe ucho. W prawym był jeden kolczyk z małą trupią czaszką. Za to twarz dziewczyny była całkiem ładna. Owalna, z kształtnym, zmysłowym, leciutko spłaszczonym nosem. Wyglądała jak typowa... Szwedka. Może dlatego podobała się temu chłopakowi, który zresztą nie przypominał typowego mieszkańca Skandynawii.

– Już to mówiłam.

Pierwsze przesłuchanie, w obecności rodziców i psychologa, odbyło się w piątek na Komendzie Stołecznej. Dziewczyna kończyła osiemnaście lat dopiero za trzy miesiące, więc w świetle prawa była wciąż nieletnia.

– Proszę, powtórz. Przypomnij mi to.

– 25 kwietnia, w środę. W piątek wyjeżdżałam z rodzicami na długi weekend. Spotkaliśmy się tutaj, na Bródnie. W parku, to znaczy w lesie. Chciał się pożegnać.

– Pożegnać?

– No po prostu, przed wyjazdem.

– Ostatnio mówiłaś, że nie byliście ze sobą bardzo blisko. – Nie widział w tej dziewczynie rozpaczy. Szwed nie był na pewno jej pierwszą miłością, jeżeli tu w ogóle można mówić o miłości. Nie trzeba być psychologiem, żeby to zauważyć, choć to właśnie psycholog musiał wyrazić zgodę na kolejne spotkania.

– Chcieliśmy tylko pogadać, i już.

– A potem, kiedy wróciłaś, zniknął?

– Zniknął. Dzwoniłam do niego, ale nie odpowiadał. Byłam pod domem.

– Pod domem?

– Nie znałam za dobrze jego rodziców, nie miałam do nich telefonu. Ich zresztą wtedy też nie było, podobno pojechali razem do Szwecji. Myślałam, że wyjechał z nimi.

– Gustav mówił coś na temat wyjazdu z Polski?

– Nie, nie mówił. Wcześniej zawsze uprzedzał, że jedzie do Sztokholmu albo na wakacje, więc się trochę zaniepokoiłam.

– Nie przyszło ci do głowy, żeby zgłosić to na policję?

Parsknęła tylko.

– Na policję? I co miałabym powiedzieć, że mój przyjaciel jest Szwedem i że nie widziałam go od kilku tygodni? Wyśmielibyście mnie. Już sobie wyobrażam te głupie miny i całą polewkę. Albo... – urwała.

– Albo co?

– Nic.

– Co chciałaś powiedzieć?

– Nieważne.

Hm, a jednak. Incydent z Lublina został nagłośniony przez wszystkie media. I słusznie. Tylko że teraz przez jakiegoś bandytę w mundurze komisarz Nowak musi się zajmować tak zwanymi *public relations*.

– Chcesz powiedzieć, że policjanci gwałcą studentki na komisariatach?

– A co, to nieprawda? I nie strzelacie do motocyklistów?

– Strzelamy tylko do tych, którzy nie zatrzymują się do kontroli. Do tych, którzy uciekają... – Nowak spróbował inaczej: – Słuchaj, dziewczyno, nie mogę odpowiadać za wszystkich. Wiesz, że w policji pracuje sto tysięcy osób? Niedługo pójdziesz na studia, dowiesz się, co to jest statystyka. Nie wszyscy ludzie są dobrzy.

Spojrzała na niego uważnie, ale nie odpowiedziała. Odczekał chwilę.

Miał nadzieję, że nie będzie musiał wyjaśniać podstaw rachunku prawdopodobieństwa, bo po dwudziestu latach było z tym jeszcze gorzej niż z językami obcymi.

– Jak się poznaliście? – spytał w końcu.

– Przez Jochena. A raczej przez Agnieszkę, widział ją pan po nabożeństwie. Chodziła kiedyś z Jochenem.

– Jochen? To ten Niemiec, tak?

– Tak.

– Byliście razem z Gustavem w Szwecji?

– Nie. Mieliśmy jechać w tym roku do Sztokholmu. Ale najpierw do Roskilde. Wie pan, co tam jest?

– Wiem. Festiwal rockowy. Ale to w Danii, prawda? Poza tym Roskilde to chyba mainstream, nie? – Wskazał plakaty wiszące na ścianie, stanowiły one jedyną dekorację tego pokoju. – Widzę, że ty raczej słuchasz ciężkiego metalu. Ciemnego.

Coś w rodzaju uznania przemknęło przez jej oczy.

– Marduk. To Szwedzi, wie pan? Nagrali kawałek o powstaniu warszawskim. *Warschau.*

– Co?!

– O destrukcji, o śmierci, o wojnie.

– Ta, wierzę – powiedział Nowak sceptycznie. Pod zdjęciem zespołu widniał napis *Fuck Me Jesus.* – Inteligentne chłopaki, na pewno. Podoba ci się to?

Heavy metal. Black metal. Dzięki metalowi wewnątrz ciała zidentyfikowano młodego Szweda. Czy także metal pomoże znaleźć jego zabójcę? Prokurator byłby szczęśliwy.

– Mówi pan jak moi rodzice. Widzą to... – Zatoczyła ręką koło. – Widzą to i mówią: szatan, sataniści, sekta, zabiją cię, zniszczą. A ja tylko czytam i słucham. Pewnie, że chodzi o zło. Ale zło tkwi w człowieku, a sztuka jest po to, żeby to wydobyć. Pokazać to, co najgorsze, także po to, żeby się coś takiego już więcej nie mogło stać. Rozumie pan? Miał pan rację, nie wszyscy ludzie są dobrzy. Naprawdę to nikt nie jest dobry, przynajmniej nie do końca. Imię Bestii jest człowiek.

– Z tym się mogę nawet zgodzić – odparł Nowak, choć nie użyłby słowa „sztuka". – Ale tylko trochę. Czy to, co stało się z twoim chłopakiem, nie dowodzi, że muzyka w niczym nie pomaga? Zginął, z jakiegoś powodu. I tyle. Trzeba to wyjaśnić.

Nowak czuł się tak, jakby mógł się czuć ojciec słuchający dorastającej córki w trudnym wieku. Przynajmniej tak to sobie wyobrażał. Podszedł do okna. Wychodziło na rozległe podwórko, a w zasadzie przestrzeń między blokami osiedla „Zielone Zacisze". A tutaj, czy tutaj dało się żyć? Chyba tak. Przeprowadzka zmienia człowieka. Jego zmieniła. Przy przeprowadzce robi się remanent starych rzeczy i wyrzuca niepotrzebne drobiazgi gromadzone przez lata; przedmioty, które kiedyś były ważne. Czy sporządza się również remanent poglądów i upodobań? Nowak znów popatrzył na plakaty. Nie, w tym wieku remanenty robi się gwałtownie, z dnia na dzień, nie potrzeba do tego zmiany miejsca zamieszkania. Spojrzał na dziewczynę.

– No i co ty na to?

Wzruszyła ramionami.

– Co mogę powiedzieć? Niczego nie zmienię, prawda? W ogóle do czego pan zmierza? – Jak wielu młodych ludzi, nie wymawiała starannie „w ogóle". Brzmiało to jak „wogle".

– Zło. W jakiś sposób się jednak objawiło. Widać ktoś nie słuchał muzyki po to, żeby je zrozumieć.

– Zastrzelono go, tak? – spytała.

Tej informacji nie ukrywano. O obciętych palcach poinformowano tylko Magnusa Rytterberga.

– Tak. Znaliście kogoś, kto ma broń? Pistolet?

– Nie.

– A może ktoś znał was. Ktoś, kto się z wami kontaktował.

– Słucham?

– Narkotyki – odparł Nowak. – Braliście coś? Razem albo sami?

– Nie.

– Nie musisz się bać. Nie powiem rodzicom – skłamał. – Z prawnej strony też nic ci nie grozi. Pamiętaj, że najważniejsze jest dla mnie zabójstwo Gustava Rytterberga.

Czekał na odpowiedź. Rozmawiał oczywiście wcześniej z rodzicami Karoliny. Pytał już ich o narkotyki. Oboje twierdzili, że starają się kontrolować córkę i obserwować jej zachowanie. Nie widzieli żadnych nakłuć po igłach, rozszerzonych źrenic. Pani Wrona zaglądała nawet do torebek, plecaków i szuflad, czasem doprowadzając córkę do szału.

– Parę razy trawa na imprezie.

– Na imprezie? Czy na koncercie?

– Czy to ważne? Raz na imprezie po koncercie – rzuciła.

– Nic?

– Nic – zawahała się. – Raz. Ecstasy. Na urodzinach koleżanki. Tylko raz, nie chciałam tego powtarzać.

– Kto przyniósł? Ty? Gustav?

– Skąd! Ktoś z zewnątrz. Nie pamiętam kto.

– Gustav też coś brał? Próbował?

– Nie. On... starał się być czysty. Nawet tej trawy nie chciał próbować. Ale nie krzyczał na mnie. Powiedział, że mam sama postanowić i że ma nadzieję, że to będzie właściwa decyzja.

– Znasz ludzi z tego środowiska? – Nowak wskazał plakaty. – Muzyków?

– Nie. Tylko fanów. Bo?

– Bo? To szwedzkie imię czy pytanie?

– Pytanie – parsknęła.

Bo to potencjalny rynek. Jeżeli nie ma zapotrzebowania na towar, można je stworzyć. A jeśli jest rynek w dowolnym stadium rozwoju, są na nim i sprzedawcy. Proste. Ale Nowak nie powiedział tego.

– Był czysty. A co z alkoholem?

– Szwedzka choroba, i polska też, nie?

– Znowu nie odpowiedziałaś.

– Bo nie ma o czym mówić. Piliśmy piwo, wino, wódkę. Nie zawsze, czasami.

– Na imprezach, tak?

– Tak. Ale on nie lubił wódki. Mówił, że... że jego ojciec czasami pije, kiedy jest sam.

Nowak spojrzał na dziewczynę.

– Pije? Upija się?

– No, chyba tak. Pije więcej niż kieliszek.

– Czy Gustav coś mówił o...

– O przemocy domowej, tak się to teraz nazywa? Nie. Ani wobec niego, ani wobec matki. O samej matce zresztą też mówił niewiele.

– Znasz pana Rytterberga? Rozmawiałaś z nim? On pamiętał twoje imię.

– Tak? To ma dobrą pamięć. Tylko raz go spotkałam. Wychodziłam wtedy od Gustava. Zaczęli się kłócić. Po szwedzku, więc nic nie zrozumiałam. Raczej go unikałam.

Nowak pokazał Karolinie zdjęcia z nabożeństwa i poprosił o pomoc w zidentyfikowaniu kilku osób. Tajemniczej kobiecie z taksówki dziewczyna przyglądała się nieco dłużej. Odrobinę zbyt długo.

– Nie znam jej.

– Naprawdę? – Proste środki czasami bywają skuteczne. – Potwierdziłabyś to przed prokuratorem? Przed sądem?

– Tak. Nie wiem, kto to jest. – Spojrzała mu w oczy.

Metody może i skuteczne, ale nie tym razem. Niestety, w samych oczach nie można odczytać fałszu, wbrew temu, co mówią sobie zakochani i politycy. Nowak odwzajemnił spojrzenie. To dopiero początek, tu jest więcej tajemnic. *Fuck Me Jesus.*

– Mam coś podpisać? – Dziewczyna spojrzała na komisarza. – To było przesłuchanie?

– Nie. Raczej wywiad środowiskowy.

Znów było duszno. Także w sali, w której siedzieli.

– Dostaliście informacje przekazane przez Interpol oraz policję niemiecką? – spytał podinspektor Morawski. – Osobiście to załatwiłem.

Jasne, i pewnie bez tłumacza.

– Zdążyłem tylko do nich zajrzeć – przyznał Nowak.

– A ja przeczytałem w całości. – Zakrzewski chyba czuł się dziwnie w roli nadgorliwego podwładnego. – Ciekawe rzeczy. Ci dwaj faceci, z którymi spotkał się w restauracji... Z którymi, jak przypuszczamy, Śrini... Srinivasan spotkał się w knajpie...

– Jak to: przypuszczamy?

– No, do tej pory wiedzieliśmy tylko tyle, że to jego dawni wspólnicy, z którymi prowadził interesy w Niemczech, prawda? Teraz mamy więcej informacji. Hindus mógł rozmawiać przy szklance kumysu, czy co oni tam zwykle piją, na całkiem ciekawe tematy.

– Do rzeczy.

– Więc ci jego wspólnicy to... – Karol zajrzał do wydruku. – ... Mahmud Salim i Ali Zeenan Khan. Chyba muzułmanie, prawda? No cóż, na razie ludzi z takimi nazwiskami jeszcze wpuszczają do Polski. O tym pierwszym wiemy niewiele, poza tym, że przyjechał do Niemiec w 1989 roku. No, właściwie to wiemy całkiem sporo, mamy tu całą jego karierę. Najważniejsze, że nie wchodził w konflikty z prawem. Jego ojciec jest obywatelem niemieckim, pochodzenia pakistańskiego. Ten drugi jest nieco bardziej interesujący: był właścicielem firmy transportowej. A.Z. Khan Transporte GmbH.

– No i? Oszustwa, przemyt?

– Przemyt, ale nie towarów. Ludzi. Uciekinierzy z Pakistanu i z rosyjskiego Zakaukazia. Czeczeni. Dwa razy samochody tej firmy zostały zatrzymane po przekroczeniu granicy. Kierowców wtedy wyrzucono z pracy, mieli procesy sądowe i zostali skazani. Nigdy jednak nie udowodniono, że właściciel firmy wiedział o prawdziwym ładunku. Ale najciekawsze jest to, gdzie zostały zatrzymane te tiry. – Zakrzewski postukał w papier. – W Karlskronie oraz w Ystad.

– W Szwecji.

– Tak. W miejscowościach, do których przypływają promy z Polski, choć nie tylko.

– A tych ludzi przemycano z terytorium Polski?

– Jak najbardziej. Z terenu III Rzeczpospolitej.

– Sprawdziłeś daty? Na pewno trzeciej? – rzucił Nowak.

– Bądź łaskaw oddalić się... dziadu.

– Panowie! – krzyknął Morawski.

Zakrzewski tylko machnął ręką.

– Kierowcy twierdzili, że kontaktował się z nimi tylko polski pośrednik, który dostarczał ludzi na umówione miejsce, gdzieś na Pomorzu.

– Polak?

– Tak. Nie udało się ustalić jego tożsamości. Być może któryś z tych, których posadziliśmy w związku z eksportem dziewczyn ze Wschodu do burdeli w Niemczech. Niemcy zwracali się do nas z prośbą o pomoc. Przesłuchiwaliśmy handlarzy ludźmi, pośredników. Tych po wyrokach i tych oczekujących na procesy. Żaden nie przyznał się do współpracy z kierowcami z tej firmy.

– A kierowcy, byli Polakami?

– Pierwszy z nich to Litwin, ale obywatel Niemiec. Drugi był Estończykiem. O, rzeczywiście był. Już nie jest. Zmarł w więzieniu.

– Zabójstwo?

– Nie. Rak wątroby – obwieścił Zakrzewski.

Morawski westchnął. Nadmiar pracy z pewnością go przytłaczał. Może podinspektor nie miał tylu obowiązków na poprzednim stanowisku, gdzie wygrzewał swoje dupsko, jak to obrazowo ujął kolega Karol.

– A co z tym Szwedem? Przesłuchujecie znajomych i krewnych?

Drzyzga wspomniał o kobiecie, którą zauważyli pod kościołem ewangelickim.

– Sprawdzaliśmy w korporacji taksówkowej, zamówienie było na nazwisko Piotrowska. Nie było wcześniejszych zgłoszeń, przed mszą... przed nabożeństwem. Taksówkarz zawiózł ją pod Arkadię, czyli nie wiemy nic.

Morawski był zirytowany.

– Prokurator twierdzi, że zaniedbujemy wątek satanistyczny. Mówił, że ty, Adam, nie jesteś do niego przekonany. Do wątku, nie do prokuratora. – Podinspektor usiłował zażartować. – Nalega na przeprowadzenie rozpoznania w tym środowisku.

– Skoro nalega, to musimy się zgodzić – powiedział Nowak. – Szatana ignorować nie można.

Przypomniał mu się ksiądz, urzędnik kurii, z którym kontaktował się w trakcie jednego śledztwa. Jakżeż on się nazywał, Gellert? Może przydatne będą egzorcyzmy. Tylko że po śmierci chyba nie są już one nikomu potrzebne.

Czego ty znowu słuchasz? Znowu cofnęło cię w czasie? – Kasia rzuciła jakieś torby w przedpokoju. Odstawiła parasol i zdjęła buty, zostawiając je pod drzwiami. – Brr.

– Biały rock z Południa. Lynyrd Skynyrd. – Nowak nie wiedział, czy jego kobieta wzdrygnęła się z powodu pogody, czy muzyki. Ściszył trochę odtwarzacz.

– Z Południa. Znowu jakieś prawicowe dziady. Najpierw Johnny Cash, teraz to. Co będzie dalej? Kopnij mnie, Jezu, przez bramkę życia? Wróciłem do czwartej żony po raz trzeci, żeby dać jej drugą okazję do zrobienia ze mnie głupka pierwszej klasy?

– Co... – usiłował jej przerwać.

– Zaparkowałem na dwu miejscach przy krawężniku twojego serca? Na stacji miłości trafiłem na dystrybutor samoobsługowy?

– Co to jest, na litość boską?!

– Tytuły piosenek country. Podobno wszystkie prawdziwe. Krążyły kiedyś po internecie, kolega mi podesłał. Jeżeli dalej będziesz się rozwijał w tym kierunku, skończysz jako wyborca Ligi Polskich

Rodzin. Chodź, konserwatywny darmozjadzie, pomóż swojej kobiecie z tymi siatami, a zbawionym będziesz. Zanieś je do kuchni.

Spełnił jej żądanie i wrócił na fotel. Z głośnika zabrzmiało *Sweet Home Alabama*.

– To znam! – zawołała Kasia znad kuchennego blatu.

Wstał i poszedł do niej.

– Wszyscy to znają – odparł. – A wiesz, że to odpowiedź na *Alabamę* i *Southern Man* Neila Younga? Rozumiesz, Neil napisał takie kawałki krytykujące uprzedzenia rasowe, zaściankowość i ciemnogród. Cóż robić... – Nowak wzruszył ramionami. – Wybitni artyści mają na ogół postępowe poglądy, a niektórzy nawet mocno lewicowe. Więc chłopcy z Południa postanowili mu złośliwie, ale twórczo odpowiedzieć.

– Mhm.

– Ale co ciekawe, oni się podobno nawzajem bardzo szanowali. Neil czasami grał *Sweet Home* na koncertach. A Ronnie Van Zant przed śmiercią nosił koszulkę z podobizną Younga. Niektórzy wręcz twierdzą, że został w niej pochowany.

– Fascynujące. – Westchnęła. – Zawsze masz dużo do powiedzenia na mało istotne tematy.

Pierwsze ostrzeżenie? Wieczór dopiero się zaczynał.

– Muzyka jest bardzo istotnym tematem. Bez muzyki nie dałoby się przeżyć w tym mieście. W ogóle ciężko by było wytrzymać.

– Nie mów, że ci tak źle. Masz mnie. Nie musisz uciekać w głąb samego siebie, ze słuchawkami na uszach.

– Nie mam słuchawek. Nie wygłupiaj się, dziewczyno. Kocham cię.

– Tak. Zasadniczo – mruknęła.

– Czego znowu chcesz? Poważnej dyskusji o dzieciach?

– Adam... – westchnęła. – Przestań. Muszę jeszcze popracować. Nie mam dziś ani czasu, ani chęci na awantury. Dopiero wróciłam do domu. Pobądźmy przez chwilę razem, niech poczuję, że ciebie mam.

– I nawzajem.

– I nawzajem. Zróbmy kolację. Razem. Zostaw tych południowców.

– Dobrze. Co mogę dla pani zrobić?

– Zwłoki ci niestraszne, prawda? To weź nóż i pokrój mięso. Zrobimy kurczaka z zieloną pastą curry. Kupiłam mleko kokosowe. I nie udawaj oburzonego proletariusza, hipokryto. Nie marudź, że to zbyt ekskluzywne.

– Moja kochana, od ponad roku już nie ośmielam się tak mówić. Doceniam drobne przyjemności, które, eee... wiążą się z naszym pożyciem. Poza tym, kurna, schabowego jadłem wczoraj w stołówce.

Po kolacji Kasia schowała się w swoim oliwkowozielonym gabinecie, żeby klepać w klawiaturę. Nie, nie „klepać", po prostu pracowała, trochę szacunku dla cudzej pracy, panie komisarzu. Nowak wziął butelkę portera i wyszedł na taras. Samochody szurały oponami po mokrej, błyszczącej w świetle latarni nawierzchni. Myślał o tym, co będzie dalej z ich związkiem, który zaczął się dla nich obojga dość niespodziewanie w trakcie śledztwa w sprawie tramwajowego mordercy, dwa lata temu, kiedy poznał Kasię prawie przypadkiem, odwiedzając jej ojca. Oboje byli wówczas sami, oboje kogoś potrzebowali, no i dostali od losu to, czego szukali. Nowak zastanowił się, czego tak naprawdę poszukiwał w życiu... Szybko, choć z niejakim zdziwieniem, znalazł odpowiedź na to pytanie. Bezpieczeństwa. Nie miłości, lecz bezpieczeństwa. Zaskakujące wyznanie jak na kogoś, kto pracuje w policji. Ktoś, kto ma zapewniać bezpieczeństwo współobywatelom, sam potrzebuje go bardziej niż inni. Tylko że jego zadaniem, przynajmniej obecnie, wcale nie było dawanie ludziom poczucia bezpieczeństwa, ale szukanie tych, którzy całkiem konkretnym osobom podarowali spokój, i to ostateczny.

Jak mówił Rytterberg, bezpieczeństwo wymaga kompromisów i poniesienia pewnych kosztów. Nowak czuł się bezpiecznie w związku z Kasią. Ten jego fatalizm, o którym tak często wspominała, wyłaził jednak co jakiś czas: poczucie zagrożenia, tego, że ktoś może mu odebrać jego prywatny świat, który zdążył sobie poukładać. Trzeba było ten fatalizm odwrócić albo jakoś wykorzystać. Może po prostu raz w tygodniu dać sobie samemu kopa w dupę, żeby nie przestawać zwracać uwagi na innych ludzi; na to, czego pragną.

Nowak znów się zamyślił. Nie-teść miał rację. Historia była ważna. Niekoniecznie ta przez wielkie „H", nawet niekoniecznie ta zaklęta w pamiątkach po kimś, w samych ludziach, w miejscach – ta, którą tak lubił poznawać, łażąc po Warszawie, czy to służbowo, czy z Kasią. Nie, to nie to. Nad każdym człowiekiem wisi jego własna historia, jego przeszłość, rodzina. Chcesz tego czy nie, rodzina cię definiuje, a jeżeli jej nie masz, to tym bardziej określa cię jej brak. Zapełniaj miejsce w życiu, buduj relacje z innymi, walcz. Może nie czeka cię kolejna porażka, może zbudujesz własny dom, który nie jest skazany na upadek. *Broken Homes*, jak to było w tym równie połamanym kawałku PJ Harvey i szepczącego Murzyna z krzywymi zębami. A może ze złotymi? Nieważne, ważny jest dom. Jak do niego trafić? Czy trzeba skądś uciec, żeby tam dotrzeć? Niektórzy uciekają od własnej historii i wcześnie giną, jak Gustav Rytterberg. A niektórzy próbują uciec i zostają policjantami. To wcale nie najgorsze wyjście.

Zasadniczo.

Szkielety

1

Jedzie już pan do centrali, panie komisarzu?

– Tak. Jeszcze nie wjechałem na most.

– W takim razie wpadnie pan na Zamek Królewski, co? Pałac pod Blachą, dokładniej.

– Co się dzieje?

– Robotnicy znaleźli jakieś zwłoki w wykopie.

Nowak zaklął. Właściwie nie wiadomo dlaczego, w końcu sprawa jak każda inna. Pod Zamkiem, zwłoki? Jezu. Kochanka króla Stasia czy co? Raczej ktoś, kto wracał z imprezy na Starówce i dostał w łeb od kolegi.

Dziedziniec Pałacu pod Blachą był całkowicie rozkopany. Głębokość wykopów w paru miejscach sięgała kilku metrów. Nowak przelazł między stertami ziemi i plastikowych, karbowanych niebieskich rur. Zajrzał do świeżego rowu. Jeden rzut oka na jego wnętrze wystarczył, żeby uruchomiła się procedura pod tytułem „To nie moja sprawa". Nie moja, choć interesująca, nawiasem mówiąc.

– Panowie, od kiedy tu pracujecie? – zwrócił się do pięciu facetów stojących przy koparce.

– No, od dzisiaj – powiedział brygadzista. – A co?

– Kierownik budowy nie przekazał wam żadnych poleceń? Na litość boską, przecież to obiekt zabytkowy, nie hipermarket. Ktoś z Zamku... – Nowak wskazał czerwoną bryłę na szczycie skarpy. – Ktoś musi sprawować nad tym nadzór.

– Słucham?

– Przecież to nie jest sprawa dla wydziału zabójstw. Nie zajmujemy się katalogowaniem kości sprzed... sprzed kilkuset lat – rzucił bezpiecznie. – Nie macie jakiejś standardowej procedury powiadamiania, ja wiem, konserwatora zabytków? Tym się powinni zająć archeolodzy.

– Skąd mogliśmy wiedzieć? Kości to kości. Tu leżą ludzie. Może i zabici.

– Trzydzieści lat – burknął Nowak. – Tyle trzeba, żeby się przedawniło zabójstwo. Trzydzieści, nie trzysta.

– Na szczęście panowie zadzwonili też do kierownika. – Nowak usłyszał kobiecy głos. – Ale niestety najpierw zdążyli poinformować policję. Przepraszam za kłopot. I dzień dobry!

Piękna kobieta. Blondynka, wystające kości policzkowe, biała cera, wysokie czoło. Wyglądała jak Małgorzata Braunek z czasów *Potopu*. Czemu, Panie, dajesz tak wiele, ale w tak nieodpowiednim czasie?! Miała trzydzieści, trzydzieści kilka lat. Komisarz przedstawił się.

– Doktor Grażyna Lothe. Sprawuję nadzór archeologiczny nad tą budową. A teraz przepraszam...

Zeskoczyła do wykopu.

– Pani uważa, to się może obsunąć! – rzucił brygadzista.

– To mnie odkopiecie.

Sięgnęła na dno po żółtawą czaszkę błyszczącą w porannym słońcu.

– Widzi pan? – zawołała. – Calvarium, prawie nieuszkodzone. Tylko jedna dziura na sklepieniu.

– Co to jest calvarium?

– Kompletna czaszka, bez żuchwy. Niesamowite. Wielka głowa, mocne kości. Mężczyzna. Żołnierz?

– Może szwedzki? – rzucił Nowak.

Popatrzyła na niego z zaskoczeniem.

– Może szwedzki. To nie byłby pierwszy taki przypadek. Tego od razu nie stwierdzimy. Trzeba dokonać pomiarów antropologicznych. Ale to później. Teraz przede wszystkim musimy rozgrzebać tamto. – Wskazała osypującą się ścianę wykopu, z której wystawało kilka podłużnych kości. – Panowie, dajcie mi jakąś drabinę albo kawałek deski. Chcę wrócić.

Robotnicy przyciągnęli prowizoryczną drabinę zbitą z desek, leżącą pod ogrodzeniem, i spuścili na dół.

– Pan mi poda rękę, panie komisarzu – rzuciła Grażyna Lothe. – Proszę mnie chwycić za rękaw, bo się troszeczkę uświniłam.

Z przyjemnością spełnił jej prośbę. Na twoje rozkazy, kobieto... Ekhem.

– Czaszkę zabieram na wszelki wypadek. – Spojrzała podejrzliwie na budowlańców, po czym zwróciła się do Nowaka. – Musi pan wypełnić jakieś kwity?

– Słucham?

– Protokół zgłoszenia, czy coś podobnego.

– A tak, rzeczywiście – ucieszył się. Nie musiał tego wypełniać na miejscu, ale... Poprawi to statystyki Morawskiego, a jemu pozwoli pogadać z panią doktor.

Grażyna Lothe wydała dyspozycje robotnikom, po czym sięgnęła po telefon komórkowy, żeby ściągnąć studentów do pracy. Ruszyli. Dwoje ludzi z czaszką w tak zwanej reklamówce. Ciekawa para. Kierowcy samochodów stojących w korku na Grodzkiej mogli mieć powody do zastanowienia. Jeżeli oczywiście któryś z nich gotów był rozglądać się na boki.

– Teraz to wszystko jest pod kontrolą – powiedziała, kiedy już siedzieli w jej gabinecie, wypełnionym książkami. – Podczas odbudowy Zamku było nieco gorzej. Zwłaszcza dużo się działo wtedy, kiedy rozkopany był dziedziniec główny, w 1974 roku. Izolowano i wzmacniano fundamenty, budowano komory ciepłownicze, akumulatorownię. Budowlańcy czasami w ogóle nie chcieli wpuszczać na regularne badania, robiono tyle, ile się dało, w dużym pośpiechu. Rozumie pan, odbudowa to sprawa propagandowa.

– Mówi pani, jakby pani przy tym była. Ale przecież nie może pani tego pamiętać, prawda?

– Skoro tu pracuję, muszę znać historię tego miejsca, także tę najnowszą. – Uśmiechnęła się. – Przez wiele lat pracowała tu moja mama. Archeologia to w moim przypadku choroba dziedziczna.

– Ja chyba widziałem na własne oczy zamek przed odbudową. Ruiny, tę ścianę z oknem. Dziadkowie mnie tu raz przywieźli. Ale niczego już nie pamiętam. Bardziej utkwiły mi w pamięci ruchome schody przy placu Zamkowym.

– To i Gomułkę może pan pamięta – roześmiała się. – Żartuję, przecież nie jest pan taki stary. Ja urodziłam się już po odbudowie.

Trafił zatem z określeniem jej wieku. W górną granicę, ma się rozumieć.

– Wie pan, to było jeszcze spokojne przedsięwzięcie. Jak się czyta wspomnienia profesora Żurowskiego z czasów budowy trasy W-Z, wtedy dopiero włosy stają dęba. Ogromny obszar, na którym nie można było prowadzić badań, bo wszyscy się spieszyli, żeby zdążyć na czas. Coś, co odkopano jednego dnia, następnego było niszczone przez jakąś piekielną machinę. Czyli po prostu przez ludzi.

Westchnęła.

– Teraz też nie jest lekko. Tu akurat mamy nieźle, bo Pałac pod Blachą to zabytek, więc archeolodzy są najważniejsi. Jednak w większości wypadków wykonawca się czepia, nie mówiąc o inwestorze, który musi finansować prace wykopaliskowe, na czym mu przecież specjalnie nie zależy.

– Ale takie znalezisko jak to dzisiejsze trzeba komuś zgłosić, prawda?

– Trzeba. Oczywiście nie zawsze tak się robi, jak się pan zapewne domyśla. Ale jeżeli zgodnie z prawem kierownictwo budowy poinformuje konserwatora, a ten każe wpuścić archeologów, to już nie ma wyjścia, strony muszą współpracować.

– Jak to wygląda, na miejscu, takie prace? – Nowak wyobraził sobie stado studentów z miotełkami. Powiedział to.

– Ha! Najpierw trzeba wykopać. Więc przede wszystkim machanie łopatą, gdy koparka zrobi już głębszy wykop. No i musi być ktoś z dobrym aparatem, z umiejętnościami rysowania.

– Aparatem? Badawczym?

Roześmiała się. Nowak miał szczęście spotykać kobiety, które potrafiły się pięknie śmiać.

– Nie, proszę pana. Nie badawczym, choć taki też by się przydał. Fotograficznym. Cyfrowym.

– Jasne. To po co rysowanie?

– Choćby po to, żeby przedstawić ornamenty na ceramice, na ozdobach metalowych czy kościanych. Na zdjęciu widać... coś. Plamę. To może być brud, cień, korozja, ale niekoniecznie. A rysownik przygląda się, dotyka i widzi. Jest w stanie to coś nie tylko zobrazować, ale zinterpretować. Zdarza się, że błędnie. – Zerknęła na Nowaka. – Archeolog musi umieć widzieć rzeczy, dostrzegać powiązania, jak policjant.

– Pani praca jest lepsza. No i nie musi pani użerać się z ludźmi.

– Jak to nie muszę? Sam pan widział, co się działo. To zresztą łagodny przypadek. – Pokiwała głową. – Rzeczywiście, żmudna i czasami niewdzięczna robota, ale fajna. Jeżeli ktoś ma wyobraźnię, może ją łatwo uruchomić przy byle okazji. A ja to lubię. O, na przykład: znaleźliśmy skorupę, kawałek talerza. Był na nim kawałeczek sygnatury... i co się okazało? To fragment talerza na zupę z zastawy króla Stanisława Augusta. Albo taka historia... Znaleziono w skrzydle południowym hiszpańską monetę, *maravedi* z XVII wieku.

– Maravedi?

– Nazwa chyba arabska. – Wzruszyła ramionami. – Ale skąd się wziął ten pieniążek, kto go przywiózł? Poseł z dworu cesarskiego, jakiś artysta, a może podróżnik? Jeden przedmiot, jeden drobiazg, a można by wymyślić intrygę i napisać kryminał historyczny nie gorszy od tych wszystkich kodów Leonarda.

– No, pamiętam z dzieciństwa *Historię żółtej ciżemki*. W podstawówce trzy razy zaprowadzili nas na to do kina. – Nowak uśmiechnął się. – A wie pani, że w muzeum na Pawiaku jest strażnik... W każdym razie kiedyś był, nie wiem, czy jeszcze tam pracuje. Często prosił turystów o drobne monety. Kolekcjoner. Może jakiś jego przodek służył w straży zamkowej?

– Tak? No widzi pan. Mówiłam, odrobina wyobraźni i przedmiotom można wymyślić całą historię.

– Tylko potrzebna jest jeszcze wiedza.

– Zgadza się. A wiedzę oczywiście budujemy, analizując znaleziska. Trochę jak wasze laboratorium kryminalistyczne, z którym zresztą czasami współpracujemy. Analizy materiałowe, rekonstrukcja twarzy.

– A tak, słyszałem. Ostatnio Kopernik.

– Tak, tak, to było spektakularne, rzeczywiście, choć stuprocentowego potwierdzenia, że to jego czaszka, wciąż nie mamy. Brak DNA do porównania. Zaraz, niedawno też coś interesującego się pojawiło. Na Uniwersytecie Medycznym w Poznaniu rekonstruują twarz jakiegoś zakonnika, który ma zostać beatyfikowany. Zresztą, po co ja to panu opowiadam...

– To ciekawe – zaprotestował. Wcale nie chciał jechać do centrali.

– Wiem, wiem, że ciekawe. Ale nie będę już tyle gadać, tylko panu coś pokażę. Gdzie to może być... O, jest.

Sięgnęła na półkę i wyciągnęła małą książeczkę, katalog wystawy w Muzeum Historycznym.

– Tutaj, proszę. Pan sobie obejrzy te twarze. Ostatni książęta mazowieccy. To wasi eksperci tak ich ładnie namalowali. Właściwie to chyba nie wasi, tylko jeszcze milicyjni. Ale wszystkich ekspertów się nie pozbyliście, prawda?

Dwa rysunki rzeczywiście przypominały policyjne portrety pamięciowe. Twarz księcia Janusza była trochę plebejska, atletyczna. Miał duże oczy, wyraziste brwi, nos... mazowiecki. Pełne usta. Sprawiał wrażenie człowieka lubiącego życie i potrafiącego z niego korzystać. Albo mogącego przywalić... Rysownik pozwolił sobie na naszkicowanie bitelsowskiej fryzury z gustownym przedziałkiem pośrodku.

Książę Stanisław miał dłuższy, bardziej szlachetny nos, twarz raczej prostokątną, nieco końską szczękę, a raczej żuchwę. Gdyby nie długie włosy, byłby trochę podobny do ministra edukacji. Węższe usta i cienkie brwi nadawały mu nieco okrutny wygląd. Pierwsze wrażenie: ten człowiek też potrafi cię zniszczyć, choć nie od razu. I będzie nawet bardziej brutalny niż brat.

Nowak opowiedział o swoich wrażeniach.

– Trafne – powiedziała Grażyna Lothe z uznaniem. – Obaj lubili wypić i zabawić się z kobietami. Wie pan, że za ich śmiercią kryje się tajemnica? A przynajmniej takie krążyły pogłoski.

– Jak to?

– Podejrzewano morderstwo z miłości. Było śledztwo, Zygmunt Stary powołał nawet specjalną komisję!

– No proszę. Tak jak dziś.

– Prawda? Jedną z podejrzanych była Katarzyna Radziejowska, wojewodzianka z Płocka.

– No i?

Archeolog przybrała poważną minę i powiedziała:

– Nie sztuką ani sprawą ludzką, lecz z woli Pana Wszechmogącego z tego świata zeszli. – Roześmiała się. – Gruźlica. Albo skutki nadużywania alkoholu. Ostatnie badania w krypcie robiono w latach pięćdziesiątych, więc teraz raczej nie ma szansy na ponowne otwarcie. Ale we Włoszech otwierają groby, żeby ustalić przyczyny zgonu najsławniejszych Medyceuszy, więc kto wie... Można by rozpocząć ponowne śledztwo.

– A kiedy zmarli?

– Stanisław w 1524, a Janusz w 1526 roku.

– No to już się przedawniło, niestety.

Pojechał do Pałacu Mostowskich z zanotowanym numerem telefonu doktor Lothe, która pobiegła nadzorować studentów i zniecierpliwionych robotników. Przecież mieli na głowie swój harmonogram, a z wynagrodzeniem za czas przestoju było gorzej.

W centrali czekała na niego inna wiadomość zza grobu – o szwedzkim księciu, który niekoniecznie chciał odziedziczyć państwo swojego ojca. Prokurator zarządził badanie toksykologiczne zachowanych organów wewnętrznych Gustava Rytterberga. Wykryto ślady zażywania kokainy.

Szkielety? Są, w mojej szafie – powiedział Zakrzewski.

– Jakie?

– Martwe, jak to szkielety.

Szli korytarzem Komendy Stołecznej na spotkanie sekcji dochodzeniowej. Karol zdążył przed chwilą wrócić z kolejnego papierosa. Nowak cierpliwie czekał, aż kolega wyjawi powody swojego zdenerwowania.

– Powiem ci jedno: nie próbuj kłócić się z Morawskim. – Zakrzewski zniżył głos, kiedy mijali otwarte drzwi jednego z pomieszczeń. Nawet w Pałacu ściany mają uszy. – To człowiek, który jest w stanie posunąć się do wszystkiego. A jeżeli nie on, to jego przełożeni.

– Sugerujesz, że...

– Że na ciebie też znajdą haka.

– Na mnie? Jestem zwykłym wyrobnikiem. Młodszym od ciebie, więc przynajmniej nie ma powodów, żeby mnie lustrować.

– Wiekowo się łapiesz. Mogłeś współpracować.

– Ale nie współpracowałem. Raz o mało co nie dostałem pałą od zomowca, ale uciekłem. Strasznie za mną bluzgał. Może to byłeś ty?

– Ja? Na pewno nie. Poszukaj wyżej.

– W zasadzie mógłbym zostać kombatantem. – Nowak zamyślił się. – Tylko nie mam świadków.

– Jak większość obecnie rządzących – burknął Zakrzewski. – Nieważne, rozumiesz, chodzi o to, że na każdego coś się znajdzie. Wytropimy czarnego kota w ciemnym pokoju nawet wtedy, kiedy go tam nie ma. Sam mi to kiedyś powiedziałeś.

Nowak miał rzeczywiście zwyczaj rzucania złotych myśli, choć rzadko pamiętał ich autora, chyba że była nim jego świętej pamięci babcia.

– Co się stało, powiesz wreszcie?

– Pamiętasz zabójstwo tego narkomana z Gocławia?

– Tego, którego wypchnęli przez okno?

– Tak. Znaleźliśmy wtedy mordercę i jego pomocnika. Diler i jego kumpel. Sąd nie potrafił udowodnić im winy, ale życie samo wymierzyło karę przynajmniej dilerowi. Został zabity trzy miesiące później. Drugi sprawca stracił za to wzrok w jednym oku.

– Jak to stracił wzrok... – Nowak zrozumiał. – Po tym, jak mu przywaliłeś? Jezu... W czasie przesłuchania?!

– W czasie zatrzymania.

– Kiedy to było? Pięć lat temu?

– Siedem.

– Siedem? Nie za dużo czasu upłynęło?

– Jasne, że nie będzie procesu z oskarżenia prywatnego. Przynajmniej o to mogę być spokojny. Ale prokurator może się tym zainteresować. Oczywiście jeżeli ktoś będzie bardzo chciał, żeby się zainteresował. – Zakrzewski zakasłał nerwowo. – Ten skurwiel zadzwonił do mnie i mówił, że powiadomił prokuraturę.

– Co?!

– Tak, zadzwonił.

– Tutaj?

– Do domu. Nie wiem, skąd miał numer. To już powinno dać mi do myślenia, ale nie dało. Kurwa mać! Postraszyłem go.

– I co? Zaskarżył cię?

– Nie. Ale nagrał to. Nie dziwię się, to ostatnio modne, prawda? Już dotarło do szefa. Morawski mi to wczoraj puścił. Kurwa, co za syf. I nie mów mi, że trzeba ponosić odpowiedzialność za to, co się robi.

– Karol – powiedział Nowak. – Nie rób niczego głupiego.

Zakrzewski zatrzymał się na chwilę i patrzył na niego bez słowa. Pokręcił głową.

– Co ty gadasz? Gdybym nawet chciał, jak mógłbym coś zrobić... teraz? Teraz to już jest zdecydowanie za późno. Mogę się tylko cieszyć, że jeszcze się tym nie zajęła żadna gazeta. Ani ta żydowska, ani ta niemiecka. Widocznie odkładają to na później, jeżeli nie będę chciał odejść sam. Zobacz, kurde, ja też jestem zwykłym wyrobnikiem, jak sam powiedziałeś, ale widocznie za długo tu pracuję, zbyt wielu ludzi znam.

Ciekawe, czego Zakrzewski nie powiedział. Nowak nie był tak naiwny, by przypuszczać, że chodzi wyłącznie o jakiegoś pobitego bandziora. Jakoś nie mógł uwierzyć, że tyle osób było tak bardzo zaangażowanych w to, żeby udupić jednego funkcjonariusza policji kryminalnej, który w każdej chwili może odejść na emeryturę. Któraś z tych osób musiała mieć ważne powody, może swoją szafę pełną szkieletów, albo dokumentów. Trudno. Do czego to doszło, trzeba pocieszać byłego milicjanta.

– I tak przecież myślałeś o emeryturze – powiedział Nowak po chwili.

– Tak. Ale niekoniecznie o najniższej.

Weszli do sali, w której miało się odbyć zebranie. Morawski już na nich czekał, nerwowo przekładając papiery na stole. Obok postawił laptopa, ale jego ekran był ciemny. Po chwili w pokoju pojawił się Marcin Drzyzga z dziwnie ponurą miną.

– Obcinacze siedzą – zaczął podinspektor. – Grupa markowska rozpracowana, wszyscy w areszcie. „Mokotów" w komplecie. To w sumie kilkadziesiąt osób. Kto może stać za porwaniem tego Szweda?

– Młodzi, bezwzględni bandyci gotowi do roboty zawsze się znajdą – powiedział Nowak. – Wystarczy, że jest jeden z doświadczeniem i z głową do organizacji, a gang się odradza bardzo szybko.

Nowy narybek. Przez kilkanaście miesięcy, a przy odrobinie szczęścia przez kilka lat, mogą sobie pożyć tak jak żaden z ich rówieśników. To wybór kariery. Po co wydawać kasę na tuning starego seicento, skoro można mieć nowiutkie bmw? Po co szukać żony w kasie supermarketu, skoro można mieć je wszystkie? Po co harować w Londynie albo Dublinie, skoro praca czeka na miejscu? Czasami trzeba tylko kogoś pobić, postraszyć, podpalić mu dom. Porwać i torturować. I w końcu zabić.

– Celna uwaga, ale co z tego wynika? Fakty, interesują mnie fakty. Czy mamy sygnały o nowej fali porwań cudzoziemców, czy coś mówiono o Szwedzie? Wywiad kryminalny przekazał wam jakieś informacje?

– Nie. Codziennie o to pytamy.

– Może to dopiero początek. Pierwsza akcja, która się nie udała, próba generalna – powiedział Drzyzga. – Chcieli zacząć od spektakularnego porwania: dziecko grubej ryby, Gustav Rytterberg. Ale przesadzili, chłopak zaczął się rzucać, może któregoś z nich rozpoznał. Musieli go zabić. Ojciec nie dowiedział się nigdy o porwaniu. Dlatego nie mieliśmy żadnego sygnału.

– Może. Nie mamy jednak żadnych dowodów na to, że tak było. A sataniści, Adam? Rozmawiałeś z kimś? – podinspektor był uparty.

– Eee... Zbieram materiały.

– Na litość boską, zajmij się tym wreszcie! Sprawa jest dość delikatna i bardzo, powtarzam: bardzo, nam zależy na jej szybkim rozwiązaniu. Chyba nie muszę mówić, że może to mieć daleko idące konsekwencje.

Nam? Morawski utożsamiał się z różnymi grupami ludzi. Ciekawe, kogo tym razem miał na myśli.

– Ambasada Szwecji naciska?

– Ambasada? Nie. Chociaż też pytali. Standardowo.

– Spróbuję ustalić, kto dostarczał narkotyki Gustavowi Rytterbergowi – powiedział Nowak.

– Dostarczał za życia, że tak powiem – wtrącił Drzyzga. – Bo porywacze mogli też mu przecież coś dawać, zmuszać do przyjmowania różnych środków.

– Kokainę, żeby zmusić do uległości? Bez sensu. I kosztowne.

– Zależy, kto stoi za porwaniem. Może rzeczywiście wyznawcy szatana – Marcin nie ukrywał wątpliwości. – A może chodzi o szantaż. Może Rytterberg wiedział o porwaniu syna.

– W czasie przesłuchania wyglądał na zaskoczonego. – Nowak mówił o reakcji Szweda na informację o obciętych palcach.

– Może. Ale nie mam zaufania do tego człowieka. Nie rozumiem go. A ty rozumiesz?

Podinspektor przerwał ich dyskusję. Był zniecierpliwiony. Agenda spotkania przewidywała jeszcze jeden punkt.

– Dobrze. A teraz sprawa, przez którą mamy na głowie ambasadę Indii. Tak, tym razem indyjski MSZ interesuje się przebiegiem sprawy, bo to nie pierwszy taki przypadek, jak doskonale wiecie. I dwa stowarzyszenia biznesmenów, a wczoraj męczyli nas dziennikarze z „Wyborczej". Zaginięcie V.S. Srinivasana. Coś nowego?

– Rozmawiałem z Pawłem Nowakiem – powiedział Zakrzewski.

Jeżeli podinspektor nie chciał słuchać swojego podwładnego, nie dał tego po sobie poznać. Zresztą nie mógł nie chcieć.

– Kim jest Paweł Nowak?

– Magazynier zwolniony w zeszłym roku z pracy za wynoszenie materiału, no i za pijaństwo.

– Każdy pijak to złodziej – mruknął Nowak pod nosem.

– No i czego się dowiedzieliśmy?

„My?", zdawała się mówić mina Zakrzewskiego.

– Pracuje teraz w Maximusie pod Nadarzynem, u Turka. Zrobił kurs operatora wózka widłowego, i dlatego było mu łatwiej znaleźć pracę.

– Nie miał sprawy karnej?

– Nie. Zresztą chyba u Hindusa pracował na czarno, więc nikomu nie zależało na rozgłosie. Mówiąc nowocześnie: do CV mu tego nie dopisali. – Zakrzewski zajrzał do notatek. – Nie wygląda na faceta, któremu byście mogli spokojnie pożyczyć stówkę, ale też nie wygląda na mordercę.

– A kto wygląda? – Morawski czekał na więcej informacji. – Zaraz powiesz, że miał rozbiegane oczy i pewno był onanistą.

– Nie zwracałem na to uwagi. Ten Nowak, zły Nowak, jest żonaty i ma dwoje dzieci. Tak jak Hindus zresztą. Dalej nie lubi brudasa... to jego słowa, nie poprawiajcie mnie. – Zakrzewski zwrócił się do Nowaka. – Ale rozumie, dlaczego go wyrzucił z roboty. I od roku nie był w Sękocinie.

– Coś jeszcze?

– Krążyły pogłoski, 'że Hindus przystawia się do niektórych pracownic. Zapytałem do których, ale nie umiał albo nie chciał odpowiedzieć.

– Ciekawe... Były takie sygnały? Rozmawialiście przecież ze szwaczkami.

– Żadna tego nie mówiła. Może się wstydziły. Ale moim zdaniem koleś chce się odegrać na Srinivasanie, i tyle.

– No to trzeba te kobiety przepytać raz jeszcze. Adam, rozmawiałeś z właścicielem restauracji?

– Tak, krótko, ale w końcu się udało. Nie zna ani tych biznesmenów, z którymi Srinivasan się spotkał w dniu swojego zaginięcia, ani kobiety, z którą go widziano w zimie. Mówi, że lubi pogadać z każdym klientem, niezależnie od jego narodowości, ale nie chce wnikać w życie prywatne. To osobista sprawa każdego z nich...

Morawski spojrzał z irytacją na komisarza.

– A czy są jakieś podstawy, żeby podejrzewać tego Hindusa o pomoc w przemycie ludzi do Europy Zachodniej?

– Raczej nie w Sękocinie. Żaden obcokrajowiec, poza Sharmą, nie był zatrudniony w fabryce. Nikt tam nie mieszkał na co dzień, ochroniarze nie widzieli żadnych podejrzanych transportów.

Nowak przypomniał sobie *Ziemię obiecaną* Reymonta i spór w fabryce przy wielkiej maszynie parowej. Dwie osoby wkręcone w tryby. Polak i jakiś Niemiec, który zbałamucił jego córkę. Kessler? Podarte łachmany ciał na tłokach okrwawionych... Ziemia obiecana. Nie dla każdego przyjezdnego. Pewnie nie dla Srinivasana.

Jochen Hartmann był cokolwiek zaskoczony faktem, że komisarz polskiej policji zna język niemiecki. Klaus Hartmann, ojciec chłopaka, pracował w ambasadzie, w Wydziale Ekonomicznym. Poznał Magnusa Rytterberga już w Warszawie, razem brali udział w jakiejś akcji charytatywnej na rzecz Centrum Onkologii.

– Chodzisz do polskiej szkoły, Jochen?

– Tak. Ojciec postanowił mnie wysłać do polskiego liceum. Silke też ma tam iść.

– Silke? Twoja siostra?

– Tak.

– I co, jak sobie radzisz?

– Na początku było ciężko. Język jest trudny. Jak to mówicie? *Scheleschtschontzy.* Śmiesznie brzmi, jak się słucha, gorzej, kiedy musisz się tego nauczyć.

– A koledzy? – Nowaka naprawdę ciekawiło to, jak obcy człowiek może dopasować się do innego społeczeństwa. Zwłaszcza do polskiego, za którym on sam przecież specjalnie nie przepadał.

– Jakoś idzie. Porozumiewamy się. A co, myśli pan, że moi polscy koledzy chcą się zemścić za powstanie? Albo za 1 września?

– Tego nie powiedziałem.

– Wie pan co? Wy przestaliście już obchodzić 1 września. Dla was jest ważniejszy 17 września, tak zauważyłem. Nawet historyk w szkole więcej o tym mówi. Chyba nie dlatego, żeby nie robić mi przykrości.

– Tak? Może masz rację. Przez wiele lat ta data oficjalnie dla nas nie istniała, więc wciąż to odreagowujemy. Jesteśmy bardzo wyczuleni na kłamstwa. Może młodsi ludzie już wszystko będą traktować jednakowo.

Właśnie, kłamstwa. Zostawmy te przekomarzania. *Ich bin schon dein Freund, nicht wahr, Jochen?* Teraz pora na trudniejsze pytania.

– Kto wam dostarczał narkotyki?

– Dostarczał?! – Chłopak był zdumiony. – Co pan w ogóle mówi?

– Posłuchaj, Jochen, nie twierdzę, że jesteś narkomanem ani że ktokolwiek z twoich kolegów czy koleżanek nim jest. Nie chcę cię zamknąć za posiadanie narkotyków, zresztą pewnie ich nie masz. Chciałbym wiedzieć, kto zabił Gustava i dlaczego to zrobił. Potrzebuję każdej informacji. Wiem, że na imprezach pojawiają się dragi, ale mnie interesują ludzie, nie chemia.

Niemiec rozważał najwyraźniej, co jest bardziej opłacalne: współpraca z policją czy późniejsze kłopoty. Decyzja była szybka.

To pragmatyczny i poczciwy naród, z czym pewnie by się nie zgodził kolega Zakrzewski.

– Mówili o nim Maks.

– Maks? To był Polak?

– Tak. – Chłopak spojrzał ze zdziwieniem. – Chyba tak. Rozmawiali z nim po polsku.

– Ktoś go zaprosił?

– Skąd! Kontaktowali się z nim przez telefon, zresztą głównie SMS-ami.

– Kontaktowali? Oni?

– No dobrze, kontaktowaliśmy się – wyrzucił z siebie w końcu Jochen Hartmann. – Ale ja nie mam tego numeru.

– A możesz go uzyskać?

– Postaram się.

Nowak był pewien, że Jochenowi wystarczy jeden telefon do któregoś z kolegów, by mieć ten numer.

– Dobrze, postaraj się i przekaż mi go w dowolny sposób, jak najszybciej. Będę niezmiernie wdzięczny. Jeszcze jedno. Znasz tę kobietę? – Nowak pokazał chłopakowi zdjęcie pasażerki taksówki.

– Nie.

To jedyna rozmowa, która tego dnia przyniosła jakieś informacje. Z Rytterbergiem nie było kontaktu. Wyjechał już do Malmö. Anja Rytterberg miała dołączyć do męża dopiero dwa dni później, więc Nowak zdołał z nią porozmawiać. Ona również nie potrafiła zidentyfikować kobiety z fotografii. Miała tylko wrażenie, że gdzieś ją widziała. Może na jednym ze spotkań towarzyskich, tych w większym gronie. Golf? Nie, panie komisarzu, nie brałam udziału w turniejach golfowych. Proszę porozmawiać z Magnusem.

Nowak obudził się pierwszy. Kasia jęknęła z wyrzutem, wymamrotała coś i przewróciła się na drugi bok. Telefon dzwonił głośno. Jakiś czas temu Nowak zamienił melodyjkę *You'll Never Walk Alone* na *Golden Brown* Stranglersów. Na wyświetlaczu widniało: „numer prywatny".

– Halo? – spytał. – Słucham.

Cisza. Tylko szum deszczu za oknem.

– Kto mówi?

Minęło kolejne dziesięć sekund, zanim po drugiej stronie ktoś odłożył słuchawkę.

3

Pani wsiada i się zapnie, dobrze? O tak. I teraz mówię, proszę słuchać: do samej góry hamulce nie działają. Będzie znak. Wtedy podnosi się te dźwignie do góry.

Kasia wsiadła do pomarańczowych sanek, które powoli rozpoczęły wspinaczkę na szczyt Górki Szczęśliwickiej. Facet w białym podkoszulku o dziwo przedziurkował bilet z paskiem magnetycznym i powtórzył szybką instrukcję obsługi wagonika kolejki grawitacyjnej. Nowak jechał za Kasią w jednostajnym tempie, odchylony do tyłu. Bolały go plecy. Ha, znowu sytuacja, w której nie ma kontroli nad rzeczywistością. Przynajmniej do szczytu. Słońce prażyło niemiłosiernie, rozgrzewając zielony igielitowy stok. Wyciąg krzesełkowy po drugiej stronie zbocza był nieczynny.

Zaczął się zjazd. Na początku było fajnie, a potem jeszcze fajniej. Nowak o mało co nie wyleciał z krzesełka na ostrym zakręcie, siatka otaczająca tor faktycznie była potrzebna. Ale nie przesadzał z hamowaniem, bez hamulców jest zawsze więcej uciechy. Kasia chyba doszła do tego samego wniosku, bo słyszał, jak głośno krzyczy jakieś trzydzieści metrów przed nim.

– Zjedziemy potem jeszcze raz? Jejku, parę złotych, a kupa uciechy – powiedziała rozentuzjazmowana, kiedy już spotkali się na dole.

– Z przewagą kupy – rzucił jeden z dwu facetów, którzy nabyli właśnie bilety. – Żartuję! Tak, tak, wiem, jak to się robi, nie musi pan tłumaczyć – zwrócił się do gościa z obsługi. – Jak już raz tu się przyjdzie, to chce się wracać.

Ciekawe. Wyglądali na miłośników szybkiej jazdy samochodem, ale najwyraźniej subaru impreza czy mitsubishi evo pozostawały wciąż poza zasięgiem przeciętnego obywatela. Rząd musi coś z tym zrobić!

Okrążyli siatkę oddzielającą stok od reszty parku i zeszli do dużego pawilonu mieszczącego w sezonie stację narciarską. Wejście do wyciągu było zamknięte, podobnie jak sklepy ze sprzętem narciarskim. Wydawało się, że letnie słońce docierające do wnętrza budynku nie tylko spowodowało, że reklamy nart, wiązań i smarów mocno przyblakły, ale również roztopiło śnieg na zdjęciach.

– „Dancing i striptease, w każdą sobotę dancing w stylu lat 80., muzyka na żywo" – Nowak przeczytał plakat na ścianie. – Przyjdziemy?

– Która część występów cię bardziej interesuje?

– Oczywiście striptiz. Lata osiemdziesiąte to obciach. No, może nie do końca. Tylko...

– Wiem, wiem. David Bowie oraz Kanadyjski Artysta, Nigdy-Nie-Wymawiaj-Jego-Imienia.

– No co ty. David Bowie w latach 80. to był dopiero obciach. Ale działy się też dobre rzeczy. Poczekaj... Killing Joke, The Smiths, Spear of Destiny, The Pogues, Talking Heads, Pixies... – Przypominał sobie to, czego słuchał wtedy, i to, co polubił dopiero po latach. – A choćby Madness i U2.

– No i Dead Can Dance. Cocteau Twins.

– O tak, to brzdąkanie było fajne, podobało się niektórym inteligentnym i stosunkowo ładnym kobietom. Aua! – Kasia dała mu kuksańca w bok. – Natomiast jeżeli chodzi o Neila, to ten okres znam słabo, ale...

– Przestań!

„Pub na Górce" mieścił się, jak sama nazwa wskazuje, na piętrze, a właściwie na dachu pawilonu. To tu właśnie, na tarasie przed małą knajpką, miał się odbyć koncert Criminal Amigos, jak Nowak dowiedział się od młodego człowieka, który odebrał telefon podany na tajemniczej wizytówce. Wcale nie było pewne, czy występ dojdzie do skutku, bo jeszcze przed południem padało. Wczoraj burza, dziś deszcz, do tego te nocne wiatry. Coś złego działo się nawet z pogodą.

Zespół dopiero rozstawiał sprzęt, a widzowie przenosili metalowe krzesła i okrągłe, zielone stoliki. Grupa młodych ludzi o zdecydowanie rockandrollowym wyglądzie, zapewne krewni i znajomi członków zespołu, rozsiadła się wygodnie na ławach. Jeden z chłopaków zapalił fajkę i w powietrzu rozszedł się przyjemny zapach tytoniu. Nowak i Kasia weszli do knajpki. Skromny podest pokryty szarą wykładziną zapewne stanowił arenę okazjonalnych występów i striptizu, ściana za nim pokryta była malowidłem przedstawiającym snowboardzistów na stoku. Wokół okien wisiały kolorowe żarówki, kojarzyły się z iluminacją przygotowaną na święto religijne... Może hinduskie.

– Ty prowadzisz, prawda?

– Ja prowadzę, a ty pijesz – powiedziała z rezygnacją Kasia.

– Jest zniżka dla studentów. Może twój MBA się liczy?

– Wezmę bezołowiowe.

– Nie ma – wyjaśniła sympatyczna ruda dziewczyna w koszulce w paski. Dziewczyna? Kobieta. Ale bez wątpienia jej znajomi cały czas myślą o niej jako o dziewczynie. Wiek jest w oczach, nie w dowodzie.

– To co, na koncercie rockowym bez piwa? Buuu. – Kasia zmarszczyła nos.

– Może pani napije się tego, co lubią Niemcy. Napój rowerzystów. Piwo ze sprite'em. Albo z fantą – zaproponowała barmanka.

– Niemcy?

– Przyjeżdżają tutaj często całą grupą. Anglicy też przychodzą, ale oni to raczej mieszają piwo z wódką i colą. Górale, którzy pracują obok na budowie, też lubią coś podobnego.

– Jak to podobnego? A, rozumiem, bez coli? – spytał Nowak.

– Jak najbardziej. A reszta w innych proporcjach. – Kobieta roześmiała się. – Wódkę wlewają od razu do dzbana.

Wrócili na taras. Nowak przysunął stolik i dwa krzesła, bo koncert już się zaczynał. Czterech ludzi: wokal, gitara, bas, bębny.

Spojrzał na wokalistę. Chłopak wyglądał co najmniej jak młody Michael Madsen w tych swoich czarnych okularkach, w czarnej marynarze i białej koszuli, z miną, którą najkrócej można określić słowem *cool*. Cały był *cool*, zwłaszcza z akustyczną gitarą. Hm, *cool*. Pewnie nikt już tak dziś nie mówi...

Kapela rozpoczęła od *Folsom Prison Blues*. Rozkręcali się z każdym kolejnym kawałkiem i po pewnym czasie, kiedy grali *Get Rhythm* czy *Ring of Fire*, brzmieli już jak pociąg towarowy przemierzający Stany Zjednoczone. *Boom-chicka-boom*. Pociągu wcale nie zagłuszały samoloty startujące z Okęcia, widoczne ponad zielonymi koronami drzew, za budynkiem. Zespół nie ograniczał się do Casha, inne chłopaki z Sun Records też były reprezentowane, w tym oczywiście ten najważniejszy, Król. Bardzo przyjemnie zabrzmiał *Heartbreak Hotel* czy *Devil in Disguise*, nie mówiąc o *Blue Suede Shoes*.

– A co to? Nie znam... Coś o wysyłaniu do Arkansas...

– Ray Charles – skromnie powiedziała Kasia. – Tytułu nie pamiętam.

– O! – spojrzał na nią z uznaniem. – Skąd...

– Przypominam, że nie tylko ty słuchasz muzyki. A ten kawałek akurat znam z kolejnego filmu, na który nie miałeś czasu ze mną pójść.

– Jakiego filmu?

– *Ray*.

Jak szaleć, to szaleć. Zjedli po solidnej porcji smażonej kiełbasy z frytkami. Za siedem złotych, stać na to nawet pracownika budżetówki.

Druga część koncertu podobała się Nowakowi nieco mniej. *Hound Dog* był świetny, ale nie lubił tej aranżacji *Whiskey in the Jar*. Wszyscy kopiowali interpretację Phila Lynotta z Thin Lizzy, nawet Metallica. Nic dziwnego, gitarzysta – skądinąd sympatyczny koleś, wyróżniający się szopą jasnych włosów – miał szansę wykazać się w solówce. Ale w irlandzkim kawałku powinien być wykop, ciemne piwo i whiskey, a nie otępiająca umysł heroina. Przypomniało mu się wspólne wykonanie tego utworu przez Poguesów i Dublinersów. Trzy razy szybsze; może to rzeczywiście kwestia innych używek. Mniejsza z tym. Razem z resztą publiczności bił brawo i wywoływał zespół do bisów. Zagrali jeszcze raz *Blue Suede Shoes* i *Johnny B. Goode*. Standardy, które docenia się na starość, po latach poszukiwań w różnych dziwnych obszarach. Nowakowi od pewnego czasu nie chciało się już odkrywać muzyki, szukać nowych dźwięków. Czasami wieczorem włączał laptopa Kasi i buszował po sieci, ale kończyło się to z reguły oglądaniem teledysków sprzed dwudziestu lat. Jeżeli zdarzały mu się jakieś odkrycia, to tylko przez przypadek, tak jak z tym In Extremo.

– Kurczę, kupiłbym płytę tej kapeli. Pewnie jeszcze niczego nie wydali...

Nowak zerknął w stronę baru i zobaczył wchodzącego do środka mężczyznę w niebieskiej koszulce polo, który przed chwilą pojawił się na tarasie. Nowak przyjrzał mu się uważnie.

Kasia to dostrzegła.

– Co...? – rzuciła półgłosem. – Praca?

– Tak. Poczekaj chwilkę.

– Jasne – mruknęła bez przekonania. – Poczekam.

Nowak wszedł do knajpki. Facet w koszulce stał przy barze i zamawiał piwo. Kobieta za barem przyjęła zamówienie, gość czekał. Rozejrzał się i napotkał wzrok Nowaka. Proces identyfikacji przebiegł szybko z obu stron. Facet nie zaklął pod nosem, ale na jego twarzy pojawiła się rezygnacja. Może coś więcej.

– Dzień dobry, Mały.

– Niech pan tak do mnie nie mówi. Witam, komisarzu.

– Ty też tak do mnie nie mów.

– Co, wstydzi się pan?

– Ja? Wstydzę się od czterdziestu lat. Twoja łomża już czeka. Pogadamy chwilę?

– A musimy?

– Trzeba dbać o klientów, nawet wtedy, kiedy się ich nie lubi. Usiądziemy?

– A musimy? – powtórzył mężczyzna.

Mały, czyli Andrzej Malanowski. Członek jednego z odłamów grupy mokotowskiej. Brał udział w pozbawieniu wolności ze szczególnym udręczeniem, czyli w porwaniu dla okupu pewnego chińskiego handlowca – już nie handlarza, handlowca. Zatrzymano wtedy szesnaście osób z całego gangu, Malanowski był płotką, szeregowym żołnierzem, przynajmniej na razie.

– Czy musimy? Powinniśmy. Kiedy wyszedłeś?

– Miesiąc temu.

– I co robisz?

– A co, jest praca dla mnie?

– Tak, rozumiesz, zakładamy szwadrony śmierci. Minister wymyślił. Będziemy likwidować bandytów bez potrzeby angażowania prokuratury i sądów. Tylko wiesz, nikomu nie mów, bo to tajne.

– Chce pan czegoś konkretnego, czy tylko tak ogólnie powkurwiać, jak to policjant?

Nowak pokiwał głową.

– To na pewno. Ale właściwie to bym chciał o coś zapytać.

– To ciekawe, bo ja nie odpowiadam.

– Tak, tak, mnie na pewno nie odpowiadasz. No to ja pytam, dobrze?

Malanowski milczał.

– Porwania cudzoziemców. Jest jeden taki człowiek. Nazywa się V.S. Srinivasan.

– Jest? Wietnamczyk?

– Nie, Hindus. I nie wiemy, czy jeszcze jest. Ani gdzie jest. Może coś jesteś w stanie nam powiedzieć?

– Wam?

Malanowski nie wypił nawet łyka swojego piwa. Był zdenerwowany.

Nowak domyślił się, że nie przyszedł tu posłuchać muzyki, zachęcony nazwą zespołu. Pewnie chciał się z kimś spotkać.

– Nie znam żadnego Hindusa – burknął w końcu.

– To jak z tą pracą? Masz coś na widoku? Czy chcesz dołączyć do grona emigrantów i opuścić naszą udręczoną ojczyznę? Ucz się języków, będzie ci łatwiej.

Przestępca nie odpowiedział.

– A może właśnie zacząłeś pracować w biznesie budowlanym?

– Co?

– Może Azjaci już wam nie wystarczą. – Nowak wciąż nie wiedział, czy są jacyś „wy". Ale zapytać nie zaszkodzi. – Od Chinoli niewiele wyciągniecie.

Malanowski słuchał.

– No i co? – spytał Nowak.

– Co: i co?

– Europejczycy są nieco bogatsi, przynajmniej taka jest średnia. Znałeś jakiegoś Szweda?

– Szweda? – Trudno ocenić, czy Malanowski był zaskoczony pytaniem.

– Szweda. Wypłynęła jedna taka sprawa.

– Wypłynęła? Nie znam żadnego Szweda. – Facet wreszcie się napił ze swojej szklanki.

– Trudno. Ale jeżeli sobie przypomnisz albo spotkasz kogoś, kto robił coś związanego ze Szwedami, to daj znać. Wiesz, gdzie mnie szukać.

Cisza. Mały gapił się przez szybę na zielony stok.

– A ty? Gdzie mieszkasz? – dopytywał Nowak.

– Na Pradze.

– Adres.

– Mam.

– Podaj adres, mówię.

Malanowski niechętnie podał adres swojego mieszkania na Ratuszowej.

– Pan zanotuje, bo wyleci z pamięci – dodał.

– Nie bój się, nie zapomnę. Z kim się dziś umówiłeś?

– Z nikim.

– Tu niedaleko mieszka sporo Chińczyków. Jednego już porwałeś. Czekasz na następnego?

– Porwałeś! – Malanowski żachnął się. – Kierowałem samochodem. Dowoziłem mu nawet żarcie.

– Jaaasne. Nic dziwnego, że facet spędził trzy tygodnie na internie. Pałeczki też mu przywiozłeś?

Nowak kątem oka obserwował wejście. Nie zobaczył nikogo poza młodymi ludźmi oraz spacerowiczami, którzy przyszli zachęceni dźwiękami koncertu. Widział ich już wcześniej na tarasie.

– Wie pan, straciłem apetyt. Łomża się ostatnio coś pogorszyła. Może pan dopić.

– O, to miłe. Dziękuję.

– Pójdę już sobie.

– Z Bogiem.

Malanowski wyszedł z pubu i popatrzył przez chwilę na publiczność. Nowak ruszył za nim. Przestępca obejrzał się akurat wtedy, kiedy Kasia zamachała ręką do komisarza. Nowak zaklął pod nosem. Nie! Dlaczego to zrobiłaś, kobieto? Zostałaś zapamiętana. Po co?!

Nowak poczekał, aż Mały wejdzie na schody. Przyłożył do twarzy dłoń z rozczapierzonymi skrajnymi palcami. Gest podpatrzony w MTV: zadzwonię. Pokazał palcem na siebie i na szklaną budkę nad wyjściem, po czym ruszył za przestępcą.

Malanowski trzymał w dłoni komórkę. Jedną ręką szybko naciskał klawisze, ale tak, jakby szukał jakiegoś numeru, a nie wysyłał SMS-a. Rzeczywiście, po chwili podniósł telefon do ucha. Szybko coś powiedział, potem jeszcze raz, nieco głośniej, i przerwał połączenie.

Malanowski szedł wzdłuż ogrodzenia. Minął asfaltowe boisko, na którym trwał zacięty mecz koszykówki, i poszedł w kierunku jeziorka, między drzewami, wzdłuż placu zabaw z tunelami i pająkami splecionymi z grubych lin. Skręcił obok placyku opanowanego przez skejterów. Nie oglądał się, ale podążający za nim w odległości kilkudziesięciu metrów komisarz i tak mógł łatwo ukryć się w tłumie spacerowiczów. Nowak podejrzewał, że Malanowski mógł zmienić miejsce spotkania na knajpę położoną prawie przy samej Drawskiej. Facet jednak nie zatrzymał się przy pubie, tylko zszedł na dół, na parking. Rozejrzał się jeszcze, wyjął kluczyki z kieszeni, wyłączył alarm i wsiadł do samochodu. Nowak zapamiętał numery białego forda mondeo. Wrócił do pubu na dole i rozejrzał się w poszukiwaniu znajomych lub podejrzanych twarzy. Podszedł do baru i kupił butelkę ice tea, po czym spokojnie ją wypił. Obserwował ludzi przy stolikach. W ciągu kilkunastu minut nikt nie wstał i nie opuścił lokalu w pośpiechu. Nowak wyjął w końcu komórkę i zadzwonił do Kasi.

– Adam? Co...

– Czy coś się działo? – przerwał jej. – Widziałaś kogoś?

– Kogoś? Widziałam wielu ludzi.

– Kogoś, kto się rozglądał, szukał innej osoby...

– Nie – westchnęła. – Za to przyszedł jeden aktor z telenoweli.

– O! Kto taki?

– Nie mam pojęcia.

– To skąd wiesz, że to aktor? Byli paparazzi?

– Tak, dwudziestu – mruknęła. – Widziałam, że jakaś dziewczyna poprosiła go o autograf. A skoro człowieka nie znam, musi być z telewizji.

4

Nowak patrzył na wieżowce w centrum Warszawy. Centrum widziane z mostu Grota naprawdę robiło wrażenie. La Defense, z zachowaniem proporcji. Faktycznie, bez Pekinu panorama Śródmieścia byłaby nudna. Wisło, rzeko nasza, przywracasz nam właściwą perspektywę patrzenia na miasto. W sobotę miał pójść z Kasią na wianki właśnie nad Wisłę. Nawet niekoniecznie po to, żeby słuchać jakichś koncertów, ale żeby zobaczyć rzekę w nocy, iluminację mostów, wreszcie jakieś życie nad tym opustoszałym szlakiem komunikacyjnym, biegnącym przez środek miasta. Zapowiadała się jednak burza, obejrzeli zatem *Green Street Hooligans* w telewizji. Po raz pierwszy od wielu tygodni skorzystali z tego, że mają w domu dekoder i stację nadającą całkiem świeże filmy, których wcześniej nie udało się im zobaczyć w kinie, tak jak tego nieszczęsnego *Walk the Line*. Na które w telewizji też się jakoś nie załapali, nawiasem mówiąc. Oglądało się ciężko, bo burza co chwilę przerywała sygnał. A film opowiadał o chuliganach piłkarskich z Anglii, choć scenariusz mocno dopasowano do gustów amerykańskiego widza. Nowak wyjaśniał Kasi, skąd się biorą chuligani. Z biedy i z powodu braku innych rozrywek? Nie zawsze.

– Rozumiesz, są ludzie, którzy lubią latać na paralotni albo strzelać do siebie z pistoletów z farbą. Są też tacy, którzy lubią tłuc się po gębach za pomocą pięści, kijów i kastetów. Niby ich sprawa, nie? Skoro się na to godzą obie strony, jeżeli się umówią na jakieś reguły, to ich święte prawo, niezależnie od tego, jak kretyńskie to się wydaje z zewnątrz. Całe nieszczęście jednak w tym, że niektórzy wiążą to w dziwny sposób z piłką nożną. Bo łatwiej jest się identyfikować z jakimiś barwami, a przez to cierpią normalni kibice i mieszkańcy miast.

– Tacy jak ty?

– Tacy jak ja, ale bardziej dzieciaki, które boją się wyjść na ulicę w koszulce swojego klubu, bo ktoś je może nie tylko pobić, ale i zabić. Nikt po Warszawie nie chodzi w koszulce Polonii, wiesz? Dlatego moja instytucja, oczywiście przez wszystkich niezwykle lubiana, jest od pilnowania tego, żeby kretyni się nie bili na stadionach i na ulicach – mówił Nowak. – Tylko niestety nie zawsze to nam dobrze wychodzi.

– No wiem, sama widziałam napisy na murach...

– A najgorsze tak naprawdę jest to, że bojówki pseudokibiców to ludzie związani z gangami. Regularni bandyci. Stadiony, a raczej ich okolice, to miejsce rekrutacji do gangów. Bijesz dla przyjemności? Dobrze. A zrobisz to za pieniądze? Jest jeden Hindus, który nie chce płacić...

Nieważne, to było w sobotę. Porzućmy ten frustrujący temat, bo za chwilę ze złości wpierdolimy się komuś w tył jego niestuningowanego samochodu. Pomyślmy o czymś przyjemniejszym, a też związanym z piłką. Do Polonii miał przyjść na bramkę Radek Majdan, więc wszyscy zastanawiali się, czy Doda będzie pojawiać się na Konwiktorskiej. A reszta świata też wcale nie interesuje się treścią Traktatu Europejskiego, ale fascynuje tym, kiedy Thierry Henry oficjalnie przejdzie do Barcelony. Doda... Nowak westchnął. Wiedział, że istnieje świat, w którym funkcjonują Kasia Cichopek, Maciej Zakościelny, Tomasz Kammel i tajemniczy amant, którego Kasia ostatnio widziała w parku, ale jakoś nigdy nie musiał się interesować plotkami z tych kręgów. Czas zmienić zdanie. To, w jakiej formie jest pierwszy bramkarz drużyny, której się kibicuje, jest w końcu bardzo istotne.

Zaczęło się lato. Dzień był ciepławy, ale nie zmieniało to humoru kierowców tkwiących w korkach, które w ten poniedziałek były wyjątkowo duże.

Nowak podjechał pod biały, piętrowy klocek komisariatu w Raszynie, stojący przy samej alei Krakowskiej. Był tu nie pierwszy raz, ale znowu zapomniał nazwiska tego aspiranta, z którym miał się spotkać. Nożeż... A! Ciesielski. Jarosław Ciesielski. Jak mógł tego nie zapamiętać...

Facet siedział za biurkiem, w mundurze, tak jak ostatnio, kiedy mówił Nowakowi o bogatych i biednych. Miał rozpiętą koszulę i poluzowany krawat, miał też zmęczone oczy i nieświeżą cerę. Na biurku leżały sterty papierów, na korkowej tablicy wisiały odbite na ksero podstawowe procedury i notatki z listą paragrafów kodeksu karnego i kodeksu wykroczeń, razem z informacją o tym, w jakich wypadkach sprawy toczą się z oskarżenia prywatnego. Do tego lista poszukiwanych oraz kilka telefonów. Nowak zauważył numery do wydziałów konsularnych kilku ambasad.

Spytał o dziuple. O to, czy nie ma przypadkiem sygnałów, że policjanci tolerują niektóre z nich, za odpowiednią opłatą, oczywiście.

Ciesielski spojrzał na komisarza.

– Wiem, że tu w okolicy dzieją się różne rzeczy. Różni ludzie robią różne interesy. Od tego jesteśmy, żeby to kontrolować. Ale jeżeli ma pan na myśli takie coś, to źle pan trafił. Nie ten komisariat.

– Jest pan pewien?

– Tak.

Ciekawe. Facet ręczy za tych, którzy nawet nie są jego podwładnymi.

– Jeżeli dowiemy się, gdzie jest samochód, łatwiej będzie ustalić, co się stało z człowiekiem.

– Zapewniam, mamy wszystkie warsztaty na oku.

– Liczę na to. Nie wyślemy naszych ludzi do każdego blacharza.

Ciesielski popatrzył najpierw w okno, za którym widać było tylko gałęzie rosnącego pod komisariatem drzewa, a potem na komisarza.

– Myśli pan, że to przez samochód?

– Nie wiem. Miałem nadzieję, że od pana się czegoś dowiem. Auto może być na tym terenie. Przeglądaliśmy nagrania z monitoringu alei Krakowskiej. Nic. Zniknął. Samochód nie zapadł się pod ziemię.

– Domyślam się.

– A może został zatopiony? – zasugerował Nowak. – Stawów macie tu sporo, prawda?

– Nikt nie widział samochodu w wodzie. Żaden z patroli, nie było też zgłoszeń od mieszkańców. Może powinniście poszukać z powietrza? Śmigłowiec drogówki tutaj czasami lata. Nic zresztą dziwnego, ta cholerna Krakowska.

– Już ich o to prosiliśmy. Wiedzą, czego szukać przy okazji patroli. A wy? Znaleźliście coś w lesie? Spalony wrak, części?

– Nic. Ani nikogo. Czyli co, śmierć za toyotę? – Ciesielski wciąż domagał się odpowiedzi od komisarza.

– Kto wie – powiedział Nowak. – Może u nas już jest jak w RPA, gdzie kradzież auta oznacza kulę w łeb dla kierowcy na skrzyżowaniu. A pan co myśli?

– Też tak sądzę. Samochód – odparł aspirant. – Jacyś gówniarze go namierzyli. Mówię „gówniarze", bo zrobili to nieprofesjonalnie. Oprócz samochodu mają teraz trupa na koncie. Nie ich branża, więc się trochę przerazili. Zabrali ciało do bagażnika i odjechali. Auto może być w dowolnym miejscu, a zwłok pewnie nie ma już w ogóle.

Nowak również uważał, że Hindus nie żyje. Do jego żony nikt nie dzwonił w sprawie okupu. Chyba że porywacze czekają, aż sprawa nieco przycichnie, a dochodzenie straci impet, i odezwą się w jakimś niespodziewanym momencie. Tylko że to kosztowne rozwiązanie. Jak długo można przetrzymywać człowieka?

– Jacyś gówniarze? Z tych okolic? – spytał w końcu. – Przecież ktoś musiał go obserwować, znać rozkład dnia. Dlaczego nikt niczego nie widział?

– Może dlatego, że nie patrzył. – Ciesielski wzruszył ramionami. – Co pan właściwie chce zasugerować?

– Myślę, że to zrobił ktoś stąd. Ktoś, kto wiedział, jaki jest rozkład dnia Srinivasana. Może sąsiad.

– Przesłuchiwaliśmy już sąsiadów. Macie wszystkie protokoły. Możecie zresztą pytać dalej.

– Jestem nietutejszy – westchnął Nowak. – Też podmiejski z pochodzenia, ale nietutejszy. Wolałbym zapytać pana, a pan powinien wiedzieć.

Ciekawe, jakoś wciąż nie przeszli na ty. Dystans był zbyt duży. I nie chodziło wcale o dystans między Raszynem a centrum Warszawy.

– Czy nasz Hindus prowadził podwójne życie? Zdradzał żonę?

Oczy Ciesielskiego zwęziły się nieco. Zdziwienie, może zaskoczenie.

– Czy zdradzał żonę? A co to ja jestem, policja obyczajowa? Nic nie wiem na ten temat. Skąd w ogóle takie pytanie?

– Jeden z byłych pracowników firmy Srinivasana twierdzi, że, tu cytuję, przystawiał się do niektórych szwaczek. Był z tego znany? Miał taką reputację?

– Nie słyszałem nic takiego. – Aspirant spojrzał na blat biurka. – Pan porozmawia z jego żoną. Jeżeli będzie chciała na ten temat cokolwiek powiedzieć.

Roman Kowalski nie pracował już na Bemowie, jak wtedy, dwa lata temu, gdy Nowak go poznał. Awansował i siedział teraz w Komendzie Stołecznej w wydziale kryminalnym. Ciągle mieszkał na Duracza z żoną Magdą i dwoma synami. Czyli bez zmian, tylko chłopaki były o dwa lata starsze. Filip kończył w tym roku dwanaście lat, a Michał siedem, więc właściwie Roman miał zmiany na co dzień w dużej dawce.

– Maks. Znasz człowieka o takiej ksywce?

– Znam co najmniej pięciu. Coś więcej?

– Diler. Dostarcza towar młodzieży z dobrych domów.

– I wtedy przestają być z dobrego domu – rzucił Kowalski. – Może nie od razu, ale dość szybko.

– Daj spokój. Kto jest bez winy, niech pierwszy rzuci kamieniem.

– Proszę bardzo. Dawaj kamień.

– Bardzo śmieszne. Więc?

– Nie kojarzę faceta. Masz więcej danych?

– Dostarczał towar cudzoziemcom, w tym pewnemu Szwedowi, który od pewnego czasu nie żyje. Wyłowiliśmy go z Wisły. – Nowak wyciągnął kartkę z numerem przekazanym przez Jochena Hartmanna. – Mam numer tego Maksa.

– Masz telefon? Czyli masz wszystko. Dawaj. Poszukam go w swoich notatkach.

– Poradzę sobie, oczywiście – powiedział Nowak. – Ale gdybym wiedział o nim więcej już przed pierwszym spotkaniem, byłoby lepiej.

Kowalski wziął papier i zgiął się przed komputerem. Musiał odjechać krzesełkiem od biurka na znaczną odległość, bo był dość wysoki. Najwyraźniej nie pasował do standardowego wyposażenia komendy.

– W bazach szukałeś, nie? Poczekaj, mam tu też swoje arkusze. Tylko to ścierwo musi się zrestartować. – Walnął w obudowę komputera. – Wolne jak krowa. Już się boję, co to będzie, jak dostaniemy nowy system. Wiesz, ten zintegrowany z unijnymi bazami danych. Musimy go mieć przed wejściem do Schengen, a to przecież raptem za pół roku. Nowy system, a już teraz wszystko tak wolno działa... No dobrze. Maks, Max, zobaczymy... I ten numer... – Kowalski wklepał numer telefonu. – Nie mam. Już go dopisuję. Jeżeli się czegoś dowiesz, jestem żywotnie zainteresowany.

– Dobrze. To opowiadaj teraz o szatanie.

– Proszę bardzo. Nie ma szatana ani satanistów. Są tylko narkotyki spożywane przez ludzi o dziwnych zainteresowaniach, pojedynczo lub w grupie, z alkoholem lub bez. Ci ludzie potrafią potem robić dziwne rzeczy. W wersji bardziej sympatycznej kończy się to rozkopywaniem grobów i łamaniem krzyży na cmentarzach, albo lekkimi obrażeniami po jakiejś bójce.

– Jeżeli to jest wersja bardziej sympatyczna, to dziękuję bardzo.

– W wersji poważniejszej kończy się to okaleczeniami, w tym samookaleczeniami. Zabójstwo, jak wiesz, to zawsze sensacja na cały kraj.

– Okaleczenia? Jakie?

– Cięcia. Zdarzają się powierzchowne rany, które mają układać się w jakiś wzór. Czyli jeżeli używane są jakieś narzędzia, to raczej noże, czasami dość bogato zdobione, nawiasem mówiąc. Bagnety.

– A broń palna?

– Broń to nieco inny kaliber, że się tak wyrażę. Pistolet nie jest narzędziem żadnej subkultury. Chyba że ludzi z gangów, a to już bardziej twoja działka.

– A spotkałeś się z uciętymi palcami?

– Jesteś kibicem piłkarskim, przecież wiesz, że czasami w Krakowie w ruch idą siekiery, prawda?

– Nie żartuj, tylko mów.

– Palce... – Kowalski pokręcił głową. – Trzeba mieć mentalność wieśniaka, żeby używać siekiery. Obcinanie palców to raczej stara metoda stosowana przez porywaczy. Jako dowód, że mają człowieka i mogą z nim zrobić wszystko. Zresztą wiesz o tym doskonale.

– A jako kara? Za zrobienie czegoś, czego nie powinno się robić? Na przykład za przywłaszczenie sobie czegoś albo kogoś: pieniędzy, towaru, kobiety? Długi związane z hazardem?

– Nie przypominam sobie. Poszukam.

– Daj mi jakieś nazwiska. Tych satanistów od okaleczeń.

– Dostaniesz.

– Dzięki. Pozdrów Magdę.

– Nie dziękuj, nie ma za co, sam zobaczysz. Pozdrów Kasię. Bierzecie ślub?

– Nie, dalej żyjemy w grzechu. Cześć.

5

Magnus Rytterberg wciąż przebywał w Szwecji. Jego żona Anja wróciła do Polski, żeby zorganizować przeprowadzkę swoich rzeczy do Sztokholmu. Chciała się tam przenieść na stałe. Nowak nie pytał, czy oznaczało to separację z mężem. Teraz, kiedy nie było już osoby, która sprawiała, że ci ludzie wciąż mogli być nazywani rodziną.

– Narkotyki?! – Kobieta była zdumiona. – Gusten? Nigdy.

– Skąd może pani o tym wiedzieć, skoro nie widywała go pani na co dzień?

Z tego, co zdołał się do tej pory dowiedzieć, można było sądzić, że Gustav i jego macocha (takiego określenia musieli używać w dokumentach) byli przyjaciółmi, dość bliskimi mimo odległości, która ich często dzieliła, odległości całkiem dosłownej, mierzonej w kilometrach. W pewnym sensie ta kobieta występowała jednocześnie w roli matki, starszej siostry i koleżanki Gustava Rytterberga.

– Rzeczywiście, nie mogę być pewna, ma pan rację. Ale to po prostu nie pasuje do tego, co o nim wiedziałam.

– Dlaczego? – zdziwił się Nowak. – Domyśliłem się już, że to był inteligentny człowiek. Dopiero szukał dla siebie miejsca. Uczył się nie tylko wiedzy książkowej, szkolnej, ale i samego życia. Uważa pani, że nie mógł eksperymentować z narkotykami?

– A pan eksperymentował?

– Nie.

– No właśnie. A dlaczego?

– Dwadzieścia kilka lat temu nie było tak łatwo o narkotyki jak teraz. – Nowak uśmiechnął się. – Ograniczona dystrybucja. Poza tym w Polsce zawsze najpopularniejszy był alkohol etylowy.

Nowak nie wspomniał swoich przeżyć z dostępnym wówczas pod Warszawą piwem „Nadbużańskim". Język niemiecki nie zawiera słów, które mogłyby je opisać.

– Proszę posłuchać – dodał. – Nie twierdzę, że Gustav był uzależniony od kokainy. Wiemy tylko, że próbował jej, i to nie raz.

– Inaczej nie umiem sobie tego wytłumaczyć. Eksperyment... – Zamyśliła się. – Tak, to by do niego pasowało. Nie ufał innym, a raczej nie wierzył obiegowym opiniom. Wszystko musiał sprawdzić.

– Jego dziewczyna, Karolina, zna ją pani?

– Nie widziałam jej nigdy. Ale wspominał mi, że spotkał w Polsce fajną dziewczynę. Mówił, że jest strasznie... Nie chcę użyć niewłaściwego określenia... Niewinna? Nie chodziło o seks. Chodziło o to, że jest taka... nieukształtowana. Że może się zmienić jeszcze w bardzo różne kobiety.

– Karolina twierdziła, że Gustav starał się być „czysty". Tak powiedziała. To znaczy nie brał narkotyków.

– Może brał, ale ukrywał to przed nią. Po to, żeby sama nie chciała próbować. Nieukształtowana oznacza także bezbronną.

Nowak musiał poruszyć jeszcze jeden niebezpieczny temat. Nazwa tej substancji już padła.

– Przepraszam za pytanie, ale czy pani mąż nadużywał alkoholu?

Spojrzała na niego gwałtownie. Po chwili spuściła wzrok i zaczęła przesuwać spodeczek, na którym leżały płaskie szwedzkie pierniczki.

– Tak. Od śmierci Mikaeli pił coraz częściej.

– Czy...

– Nie. – Wiedziała, o co chciał ją zapytać. – Nie bił mnie. Nie bił też Gustava. Czasami płakał. Czasami rzucał jakimiś drobiazgami, które miał akurat pod ręką. Agresję kierował przeciwko przedmiotom. A kiedy nie był w depresji, po prostu zabierał się do pracy zawodowej albo do czynności domowych, do zajęć w ogrodzie.

Socjalistyczna terapia przez pracę. Jak to mówił Egon Bondy? „Dali mi motyczkę i codziennie chodzę okopywać buraki! I faktycznie zdrowieję, a zdrowie to dla poezji mogiła, kurwa fiks!".

– Pije dalej?

– O ile wiem, nieregularnie. Nie ma ciągów.

– Leczył się?

– Tak.

Nowak wstał i podszedł do okna. Wyjrzał do ogrodu. Wiatr targał krzewami, drzewami i kwiatami na klombach. Dawno niekoszona trawa falowała jak Bałtyk. Szwedzka pogoda. Słońce, chmury i ten dziwny wiatr. Rok 2007 był jak dotąd rokiem niespokojnego powietrza.

– Czy pani mąż miał pozwolenie na broń albo samą broń?

Anja Rytterberg była nieco zdziwiona tym pytaniem.

– Tu, w Polsce? A nie macie tego w aktach?

– Nie mamy – powiedział Nowak. Dopiero niedawno wpadł na pomysł, żeby to sprawdzić. Rzeczywiście nie było takiego dokumentu.

– Nic mi na ten temat nie wiadomo. Dlaczego Magnus miałby czuć się zagrożony? Polska nie jest krajem, w którym cudzoziemcowi grozi niebezpieczeństwo.

– To zależy od koloru skóry cudzoziemca – zauważył Nowak.

– Ma pan na myśli rasizm?

– Niekoniecznie.

– Polacy chyba nie są rasistami w większym stopniu niż inne narody europejskie?

– Chyba nie – odparł.

Byli tacy, którzy twierdzili coś innego. Czarnoskórzy studenci mogli wciąż zostać znieważeni albo pobici czy wyrzuceni z tramwaju przez jakiegoś łysego ćwoka. Określenie „żyd" często stanowiło obelgę, nie tylko wśród mniej wykształconych kiboli. A przecież Polacy nie byli urodzonymi antysemitami, jak chcieli niektórzy. Prawda, jak zwykle, leżała pośrodku, podobnie jak Polska w Europie. Nowak nie chciał wdawać się w rozważania na temat tego, jaki jest stosunek Polaków do innych nacji, bo musiałby opowiadać o Rzeczpospolitej Obojga Narodów, zaborach, przedwojennej Polsce i o PRL-u. Oraz, nie daj Boże, o Unii Europejskiej.

– Trochę od rasy jednak zależy – dodał. – Stereotyp jest taki, że biznesmen z Europy Zachodniej jest bogatszy i działa w innej branży. To nie Wietnamczyk, któremu można zniszczyć stoisko na stadionie, albo Hindus, któremu podpali się hurtownię.

– Mój kraj zawsze był otwarty na imigrantów. Ale niewiele się przez to zmieniło... Mamy taki sam problem jak Francja czy Belgia, tylko na mniejszą skalę; mniejszą, bo nigdy nie mieliśmy kolonii. Przybysze z zewnątrz nie integrują się ze społeczeństwem. Oficjalnie oczywiście nie są dyskryminowani, ale osoba pochodzenia arabskiego czy azjatyckiego ma nieco więcej problemów, żeby zdobyć dobre stanowisko, żeby dobrze wypaść na rozmowie o pracę. – Anja Rytterberg spojrzała na komisarza. – Prawdę mówiąc, imigranci zmusili nas do tego, żebyśmy zastanowili się nad sobą, żebyśmy przestali być zamknięci w naszym świecie, w naszych czerwonych, żółtych i niebieskich domkach krytych szalówką. Ale to jest dobry świat, nie chcemy go stracić. Tak, wiemy, że musimy się otworzyć na wymianę ludzi, idei, religii. Chcielibyśmy mieć odrobinę świeżej krwi, trochę egzotyki, czy nawet dobrą kuchnię bez konieczności rezygnowania z tego, co dla nas jest wartością. Rozumie pan, o czym mówię?

– Myślę, że tak.

– Chyba wy też zaczynacie mieć podobne problemy, przynajmniej w niektórych rejonach Polski.

– Hm, tak, z dokładnością do szalówki. Tak, rozumiem panią – powtórzył Nowak. – Obcy są fajni i ciekawi, ale w Europie wciąż nikt nie chce mieć meczetu pod oknem, prawda?

– Tak, w skrócie można by to tak ująć.

– Pani Rytterberg, wdaliśmy się w dyskusję na temat imigrantów, ale wróćmy do pytania o broń. Mówiliśmy o Polsce. Czy pan Rytterberg miał pozwolenie na broń w Szwecji?

– Nie. Nigdy nie widziałam w domu pistoletu.

– A pani, może pani ma broń, pistolet?

Anja Rytterberg roześmiała się.

– Ja?! Panie komisarzu, proszę nie przesadzać. Broń może mieć tylko ktoś, kto się boi.

– Albo ktoś, kto to lubi – zauważył Nowak.

Dopiero teraz do niej dotarł możliwy sens pytań zadawanych przez Nowaka.

– Dlaczego pan pyta o pistolet? – podniosła wzrok na komisarza. – Czy chce pan dać do zrozumienia, że... Nie, to irracjonalne...

– Proszę powiedzieć.

– Może to, że sprawcą mógłby być ktoś z nas? To chce pan zasugerować? Podejrzewa pan kogoś z nas?

Anja Rytterberg mówiła w obcym dla siebie języku, ale emocje, drżenie głosu były bardzo wyraźne. Zdradzały zdziwienie i zmieszanie wynikające z tego, że kobieta nie pojmowała, jakie skomplikowane wnioskowanie mogło doprowadzić policjanta do powzięcia takich podejrzeń.

– Proszę się nie denerwować – zapewnił Nowak. – Niczego takiego nie sugeruję. Wiemy przecież, jak zginął państwa syn, chciałem tylko się dowiedzieć, czy narzędzie zbrodni nie było dostępne gdzieś całkiem blisko, nadspodziewanie blisko.

Oraz sprawdzić, czy Magnus Rytterberg się czegoś albo kogoś bał. Ale tego już komisarz nie powiedział.

– Czy uważa pani za możliwe, że mąż zataił przed panią i policją fakt porwania Gustava?

– A to było porwanie?

– Nie mamy żadnych dowodów – przyznał Nowak. – Ale to całkiem prawdopodobne.

Milczała tym razem nieco dłużej.

– Mógł to ukryć przede mną, mógł walczyć o życie swojego syna, naszego syna – powiedziała w końcu. – Może chciał to rozwiązać sam, może próbował negocjować. Na pewno nie liczył się z możliwością porażki. Jak zwykle zresztą.

Nowak opuszczał wilanowski dom Rytterberga z przekonaniem, że udało mu się ledwie naruszyć powierzchnię szklanej bańki, w której żyli Magnus, Anja i Gustav Rytterberg. Obszaru, w którym były chmury, śnieg i jakieś tajemnice. Nowak był w pewnym sensie imigrantem, który musi zrozumieć, jakie zasady fizyki panują w tej dziwnej bańce.

Przypomniał sobie stary kawałek Stranglersów. *Sweden (All Quiet on the Eastern Front)*. Szwecja, jedyny kraj, w którym chmury są interesujące.

Jak zapytać kobietę, czy mąż ją zdradza i czy molestuje dziewczyny zatrudnione w swojej firmie? Czy pani mąż ten tego? Kapewu, wicie-rozumicie? *Nudge, nudge, wink, wink.* A pani, czy pani się puszcza?

– Cześć.

– Cześć, Adam. O co chodzi?

– O tego Hindusa i jego żonę.

Nowak rozmawiał z samochodu. Jechał znowu do Falent.

– Momencik... – powiedziała Anna Perkowska, psycholog. – Hindusa? Już wiem. Przepraszam, jestem ostatnio troszkę zapracowana. Nie tylko policja mnie zatrudnia.

– Wiem, wiem.

– Rozmawiałam z nią. Pamiętam, że Zakrzewski na samym początku sugerował, że chodzi o wyłudzenie odszkodowania za samochód.

– Żebyś wiedziała, ile takich prób jest ostatnio. Dlatego po każdym zgłoszeniu kradzieży ubezpieczonego auta trzeba robić regularne dochodzenie. Czy pani dobrze zarabia? Czy pani chciała sprzedać samochód? Czy pani mąż ostatnio zmienił pracę?

– Dlaczego mówisz „pani"? Seksizm – stwierdziła. – Ale do rzeczy. Nie wyczułam w niej fałszu, kłamstwa. Była naprawdę przerażona. Bała się.

– Bała się o los męża czy bała się kogoś?

– Bała się o męża, a także o swoją przyszłość. O to, co będzie, kiedy okaże się, że on już nigdy nie wróci. Cały świat jej się zawalił, ale tak naprawdę wciąż istnieje szansa, że następnego dnia mąż pojawi się w domu, jak gdyby nigdy nic. Rozumiesz? Ta niepewność może się przedłużyć na miesiące, lata. Nie da się żyć w stanie permanentnego zawieszenia, to nie do zniesienia.

Zawieszenie samochodu Nowaka musiało za to znosić nieco mniej równą drogę. Europa, psia mać.

– Mówiła coś o jakości ich małżeństwa?

– O jakości... Ładnie to ująłeś. Usiłowałam o to wypytywać, ale wszelkie pogłoski zbywała jako „ploty". Sądzę, że pani... Barbara, tak? Że pani Barbara wolałaby się dowiedzieć, że jej mąż miał jakiś płomienny romans i za parę dni wróci skruszony do domu. Mimo że byłoby to dla niej upokarzające, że mogłoby się skończyć nawet rozwodem.

– Ale wtedy zostałaby sama i tak. Chyba że...

– Nie wydaje mi się, żeby oszukiwała męża. A jeżeli tak, to potrafi to bardzo dobrze ukryć. – Anna przerwała na moment. – Sam wiesz, że rozwód jest wyjściem ostatecznym. Zawsze jest jeszcze jakaś szansa. Śmierć takiej szansy nie daje.

Death is not the end, przypomniał sobie Nowak. Wcale nie wiadomo, czy to optymistyczny tytuł. Zaparkował pod domem pani Zawistowskiej-Srinivasan. Zza ogrodzenia po drugiej stronie rozległo się szczekanie, po chwili ktoś uciszył psa. Ponury facet łypnął na komisarza znad ogrodzenia. Jak on się nazywał? Badyn. Chwileczkę, zaraz się panem zajmę, najpierw kobiety i dzieci.

Dzieci.

– Dzień dobry – powiedziała zza ogrodzenia kilkuletnia dziewczynka. Miała wielkie, brązowe oczy, śniadą cerę i ciemne, kędzierzawe włosy. – Taty nie ma. Wyjechał do Śrilanki.

– Dokąd?

– Do Śrilanki. A ja pana nie wpuszczę.

– Bardzo słusznie – pochwalił Nowak. – Należy pilnować domu i nie ufać obcym. Jest mama?

– Tak. – Na progu pojawiła się już Barbara Zawistowska. – Dzień dobry, panie komisarzu.

– Dzień dobry.

– Mamo, mogę jeszcze zostać w ogrodzie? – zapytała dziewczynka.

Jej matka spojrzała na niebo. Było ładnie, słonecznie, ale znów na zachodzie pojawiły się szare chmury. Zbliżał się deszcz. I burza. Polska, kraj, w którym chmury także są interesujące.

– Tylko nie siadaj na trawie, bo się przeziębisz. Proszę – zwróciła się do komisarza. – Niech pan wejdzie.

– Jak córka ma na imię? – spytał Nowak, patrząc na dziecko, które pobiegło do drugiej części ogrodu, za zieloną bramę wyciętą w żywopłocie.

– Ania. Ma też drugie imię. Bhagyalakshmi.

– Ładne. – Zawsze lepsze niż Sandra albo Sabrina. Na szczęście zostawił to spostrzeżenie dla siebie. – Czy coś oznacza?

– To imię bogini szczęścia i bogactwa. Syn też ma dwa imiona – dodała. – Wiktor Ajay. Niezwyciężony.

– Niezwyciężony i zwycięski.

– Tak.

Usiedli. Barbara Zawistowska poczęstowała go herbatą. Mocny i cierpki darjeeling nalany z małego imbryka był bardzo smaczny.

– Czy ktoś do pani dzwonił? W sprawie męża?

– Przecież wiecie. Monitorujecie mój telefon.

– Nie od początku. Dopiero po tygodniu od zniknięcia pani męża prokurator złożył wniosek, a sąd zatwierdził kontrolę i utrwalanie rozmów.

– Więc ten pierwszy tydzień się nie zmienił, prawda? – Pokręciła głową. – Boże...

Nowak powstrzymał się od komentarza.

– Może ktoś dzwonił na komórkę, może niekoniecznie do pani, ale do kogoś z rodziny...

– Nie – przerwała. – Korespondencji też nie było.

Dobre imię policji znów miało zostać narażone na szwank.

– Pani Barbaro, proszę się nie obrazić, ale muszę zapytać o to wprost: czy coś pani wiadomo o innych kobietach w życiu pani męża?

Nie zareagowała tak, jak się obawiał. Nie krzyknęła, nie wyprosiła go z domu. Miała gotową odpowiedź.

– Nie było ich. Flirtował z jakąś Veeną, to była siostra któregoś z jego kolegów, mieszkających w Polsce. W marcu dowiedziałam się, że się z nią spotykał, od życzliwego człowieka.

– Kto pani o tym powiedział? Kto był tym życzliwym człowiekiem?

– Jeden ze znajomych męża.

– Hindus?

– Tak. – Westchnęła. – Davinder Sharma, jego wspólnik.

– Czy ona miała męża?

– O ile wiem, nie. Panie komisarzu... – Barbara Zawistowska westchnęła ciężko. – Przeszliśmy mały kryzys. Wyjaśniliśmy sobie wszystko. Naprawdę staraliśmy się, żeby było dobrze.

– Starali się państwo czy tak to miało wyglądać na zewnątrz?

Skrzywiła usta. Znów musiała się poczuć dotknięta. Trudno. Czasami trzeba zadać pytanie. Łzy policjantowi niestraszne.

– Widział pan moją córkę, prawda? Jest jeszcze syn. Dzieci były... są dla nas najważniejsze.

Mógł zinterpretować tę odpowiedź w dowolny sposób. Nie miał pewności, który z nich był właściwy.

Po wyjściu z domu Srinivasanów komisarz podszedł do ogrodzenia posesji państwa Świerczewskich. Jacek Badyn nawijał właśnie wąż ogrodowy na bęben. Wścibski obywatel musi wiedzieć, co się dzieje, a niczego nie da się tak łatwo udawać jak pracy. Przekombinował tym razem: dziś podlewanie miała przecież zapewnić natura.

– Może pan opowiedzieć coś ciekawego?

– Hę?

– Może ktoś przyjeżdżał do pani Barbary? Ktoś, kogo pan do tej pory nie widział?

– Nie. Tylko policjanci z Raszyna. I dekarz. Naprawiał dach. Jak to dekarz.

– Skąd był, pamięta pan nazwę firmy?

– Z Pruszkowa. Jakaś zagraniczna nazwa, Euro-coś.

Nowak zanotował w pamięci ten fakt.

– Państwo Świerczewscy są w domu?

– Teraz? Jest tylko pan inżynier.

Adam Świerczewski okazał się dość niesympatycznym, a na dodatek mocno zagrypionym mężczyzną w wieku komisarza. Nie, z całym szacunkiem, życie uczuciowe pani Srinivasan i jej męża jest mu nieznane i prawdę mówiąc, nie interesowało go zbytnio. Składali sobie wizyty towarzyskie średnio dwa, trzy razy w roku. Rzadko? Tak bywa. Inni ludzie, inna branża; a pan przyjaźni się z sąsiadami, komisarzu? Za to nasze dzieci czasami razem się bawiły. Podejrzane samochody na ulicy? Tu nie. Na końcu ulicy jest fryzjer, a obok sklep ogrodniczy, tam często coś przyjeżdża.

Kasia nie wróciła jeszcze do domu. Wysyłali do siebie SMS-y. „Czy widzisz tęczę? Jest gdzieś na Pradze". Odpisał: „Albo i dalej. To chyba zależy, skąd się patrzy". Na to ona: „Oschły komisarz! Najpiękniejsza tęcza w tym roku, a ty analizujesz".

Nowak posłuchał wiadomości w radiu. Ten dzień miał jeszcze jeden szwedzki akcent: Sven Goran Eriksson został menedżerem Manchesteru City. Potem włączył *Twelve* Patti Smith. O dziwo, same covery, w dość zaskakującym zestawieniu. Dwanaście piosenek, które podobały się doświadczonej kobiecie. Najciekawsze w tej kolekcji było *Smells Like Teen Spirit* z niespodziewanym monologiem w środku, o niebo lepsze niż oryginał napisany przez tego faceta, który władował sobie kulkę w łeb i dzięki temu został idolem młodzieży. E tam, czepiasz się, komisarzu. Zdziadziałeś. A ten stary, narkotyczny kawałek przecież uwielbiasz, prawda? *White Rabbit*. Nie wiesz, gdzie jest Hindus? Kto zabił Szweda? Spytaj trzymetrową Alicję, powinna to wiedzieć.

Potop

1

Magnus Rytterberg nic nie wie. Narkotyki? Magnus Rytterberg kategorycznie zaprzecza. Magnus Rytterberg nie prowadził interesów z obywatelami Indii. Skąd to pytanie? Magnus Rytterberg zgłasza poważną wątpliwość co do metod pracy polskiej policji. Magnus Rytterberg odmawia współpracy bez udziału swojego adwokata.

Magnus Rytterberg nie rozpoznaje kobiety ze zdjęcia. Kategorycznie zaprzecza wszelkim podejrzeniom o zatajenie faktu porwania jego syna. Nic takiego nie miało miejsca.

Nowak wyglądał przez okno i obserwował ruch na parkingu pod budynkiem biurowym. Podwarszawski biznes. Kręci się, to dobrze. Słuszną linię ma nasza władza. Odwrócił się i popatrzył na sympatycznego, wąsatego Hindusa w nieokreślonym wieku. No, w całkiem dobrze określonym, czterdzieści dwa lata. Na szczęście w tym śledztwie cudzoziemcy byli nieco bardziej rozmowni.

– Veena. Kim jest Veena?

Davinder Sharma zastanawiał się przez chwilę. Wyglądało to tak, jakby myślał o tym, komu i jak bardzo może zaszkodzić, odpowiadając na pytanie. W szczególności o tym, jak bardzo zaszkodzi sobie.

– Veena to jest... to jest taki indyjski instrument. Muzyczny instrument – Sharma dobierał słowa po polsku.

– Ale także imię żeńskie – powiedział Nowak ze zniecierpliwieniem.

– Veena, tak. Kobiece imię.

– Przyjaciółka pana Srinivasana.

– Veena Bopardikar. Ona była... siostra pan Prasad Bopardikar, importer żywności.

– Była?

– Jest. *May we speak English?*

Nowak westchnął. Rozmowa stanie się jeszcze mniej płynna, bo obaj będą popełniać błędy. Przypomniał mu się stary dowcip o zomowcach, którzy uczyli się sześciu języków. Rozpoznawania sześciu języków. Zakrzewski pewnie by powiedział: „Jesteś w Polsce, ucz się polskiego, dziadu".

– Ona przyjechała tutaj w odwiedziny. Studiuje w Anglii, kończy studia medyczne.

– Ile ma lat?

– Dwadzieścia cztery.

– Czy jest... piękna?

– O, to łatwe pytanie.

– A odpowiedź?

– Oczywiście, że tak. Wszystkie kobiety z Indii są piękne. Wszystkie kobiety z Polski też. – Sharma skłonił się kurtuazyjnie.

– Tak pan uważa? – mruknął Nowak. – I pan Srinivasan też tak sądził?

– On... No tak, spotkał się z nią parę razy. Tu, jak była w Polsce. A za granicą, w Niemczech, w Anglii? Niestety o tym nic nie wiem.

W Anglii. *It's a brimful of Asha on the 45.* Jak się nazywała ta kapela? Cornershop. Kasia musi mieć to gdzieś na swoich półeczkach z brytyjskim rockiem. Nowak spojrzał na Hindusa, który siedział przy stole nad filiżanką herbaty.

– Można wiedzieć, dlaczego pan powiedział pani Barbarze o tych spotkaniach? Z powodów moralnych?

– Nie... Tak. Właściwie tak, powody moralne.

– Męska nieuczciwość jest stara jak świat. A gdzie męska solidarność? Chyba że pan robił to dla dobra swojego kolegi i wspólnika.

Hindus zastanawiał się przez moment.

– Dla dobra, tak, w pewnym sensie tak. Dla dobra jego rodziny i jego dzieci, więc również jego samego. Taka kobieta jak pani Barbara nie zasługuje na to, by ją oszukiwano.

Ciekawe.

– Wielu ludzi tak uważa – dodał po chwili Sharma.

– Wielu, to znaczy kto?

– Och, wszyscy, którzy się z nią zetknęli.

– Czy pani Veena jest teraz w Polsce?

– Nie wiem nic na ten temat. Proszę skontaktować się z panem Bopardikarem. Podać panu jego numer telefonu?

– Będę bardzo wdzięczny.

Nowak zanotował numer kolejnego biznesmena. Zmieniamy się w policję nie tylko peryferyjną, ale także imigracyjną. Albo taką jak w Egipcie, która musi pilnować turystów przed ekstremistami.

– Czy zna pan jakiegoś Szweda, panie Sharma? Czy robił pan interesy ze szwedzkimi przedsiębiorstwami?

Hindus zmarszczył brwi.

– Nie.

– A poza biznesem? Może spotkał pan kogoś podczas partii golfa?

– Nie przypominam sobie – powiedział niepewnie Davinder Sharma. – Golf? Tak, na zawodach... na spotkaniach są obcokrajowcy. To znaczy inni niż obywatele Indii. Ale interesy? Nie. Niekoniecznie.

Nowak znowu popatrzył na parking. Przeszedł po nim ochroniarz w ciemnym mundurze i bejsbolówce. Bejsbol? Faktycznie, facet był w wieku Stana Musiała. No, może jednak troszkę młodszy.

– Komu panowie płacą za ochronę?

– Jak to komu? Firmie ochroniarskiej. „Magnum 44". Widział pan jej pracowników przy wejściu.

„Magnum" brzmiało prawie jak „Magnus".

– Nie o to pytam. Dobrze pan wie, o co mi chodzi.

– Mieliśmy problem parę lat temu. Policja jednak go rozwiązała. Dziękujemy.

– A teraz?

– Nie – pokręcił głową Hindus. – Jest bezpiecznie. Wszelkie problemy zgłaszamy do miejscowego komisariatu.

Jest bezpiecznie.

– Jakie problemy?

– Och, drobne kradzieże. Dewastacja. Ktoś nam swastykę namalował na murze. I zaczął pisać „Polska dla...", ale mu się chyba skończyła farba. – Sharma uśmiechnął się. – Akurat swastyka to dla mnie... to dla nas dobry znak. Wie pan o tym?

– Słyszałem – odparł Nowak. – A czy ktoś dzwonił z pogróżkami? Do firmy, do pana?

– Już mówiłem: nie – odpowiedział szybko Sharma.

– Może jednak?

Sharma znów się zastanawiał, co ma powiedzieć.

– Wczoraj ktoś dzwonił. Nie wiem kto. Milczał przez pół minuty i nie odpowiadał na pytania.

Znamy takich. Przypadek? A może jakaś nietypowa akcja telemarketoidów?

– Nic nie mówił? Żadnych rasistowskich haseł, pogróżek?

– Nie, nic nie mówił.

– Zboczeniec?

– Ależ skąd. Nie dyszał do słuchawki, wie pan. – Sharma roześmiał się nerwowo.

Nowaka czekała jeszcze tego dnia, 27 czerwca, krótka rozmowa z panem Wadha, urzędowo wezwanym na komendę. Zakrzewski pojechał do Opaczy, żeby zadać kilka pytań panu Bopardikarowi. Udało się ustalić, że Veena ostatnio była w Polsce w kwietniu, w okolicach Wielkanocy. Obaj Hindusi kategorycznie odrzucili określenie „kochanka". Pan V.S. Srinivasan był szanowanym członkiem indyjskiej wspólnoty. A kobiet nie wolno obrażać w żadnej kulturze, panie komisarzu. Ciekawe, kolejni ludzie byli gotowi ręczyć za innych, za to, co działo się w ich duszach i umysłach, gdziekolwiek akurat się mieściły. Skąd tyle zaufania? Może to kwestia innej religii? Nowak musiał w końcu zapytać pana Wadha o zdarzenie sprzed paru lat, o to pobicie. Facet nie chciał o tym rozmawiać. Stwierdził, że ci, którzy to zrobili, na pewno już zostali ukarani, i wcale niekoniecznie za to, co mu zrobili. Na pewno już są w więzieniu, panie komisarzu. No dobrze, to gdzie w takim razie zniknął Srinivasan? Ktoś inny najwyraźniej jeszcze nie jest w więzieniu.

Nowak już zbierał się do wyjścia z pracy, kiedy zadzwonił telefon.

– Halo? Pan komisarz Nowak?

Poznał głos od razu. Słyszał go niedawno i miał z nim związane miłe wspomnienia natury, hm, wizualnej.

– Grażyna Lothe z Zamku Królewskiego. Był pan u nas w zeszły wtorek.

– Pamiętam, oczywiście, że pamiętam! – wykrzyknął, może nawet zbyt radośnie.

– Miło mi. Pomyślałam, że zainteresuje pana, co to za kości znaleźliśmy. Oczywiście jest za wcześnie, żeby ogłaszać to w prasie, bo przed nami całe miesiące badań, ale... No właśnie, wszystko wskazuje na to, że miał pan rację. To najprawdopodobniej groby szwedzkich żołnierzy. Można nawet mówić o cmentarzu, o miejscu pochówku.

– Żołnierze? Z potopu czy z wojny północnej? – zapytał, chcąc chyba wywrzeć wrażenie na pani archeolog. Podświadomie. Nie, skąd, całkiem świadomie.

– O, proszę, coraz ciekawsze przypuszczenia. – Kobieta roześmiała się po drugiej stronie. – Cóż, potop to właściwie jedna z wojen północnych. Rozumiem, o co pan pyta, ale niestety nie umiem jeszcze udzielić odpowiedzi, czy to siedemnasty, czy osiemnasty wiek. Ale te czaszki, kości... To na pewno ludzie z północy.

– Typ nordyczny lub subnordyczny?

– Fiu, fiu, no proszę. Zna się pan także na antropologii. Zero siedem, zgłoś się.

Nowak wyjaśnił, że usłyszał te określenia od medyka sądowego.

– Aha, teraz rozumiem. No widzi pan, też ma pan ciekawą pracę, wbrew temu, co pan mówił. Mieliśmy trochę materiału do porównań, bo znaleźliśmy już kiedyś podobne szczątki na Zamku... My, to znaczy archeolodzy, a wręcz moja rodzina, bo mama brała w tym udział. Pod północną ścianą biblioteki królewskiej.

– Mogę sobie wyobrazić, jak pani doszła do wniosku, że to był Szwed – powiedział Nowak. – Badania antropologiczne, pomiary czaszek, jakichś standardowych parametrów, porównanie ze zdefiniowanymi typami, prawda? Ale skąd wiadomo, że to żołnierze?

– Kości mają masywną budowę, duże rozmiary, ostre urzeźbienie, występuje pełna ossyfikacja. Wniosek jest prosty: płeć męska w wieku *maturus*. Czytam teraz notatki antropologa – powiedziała. – Silne urzeźbienie pól przyczepów mięśniowych świadczy o znacznym rozwoju umięśnienia typu siłowego. Czyli sprawni, mocni mężczyźni. Poza tym, panie Adamie, skąd grupa martwych Szwedów pod Zamkiem? To musieli być żołnierze. Jak pan sam zauważył, byli tam wielokrotnie.

– Jasne.

– Chociaż, powiem panu, że są też szkielety z innych miejsc w naszym mieście, więc będziemy mieli z czym porównywać. Wiele lat temu znaleziono na Wawrzyszewie szczątki jeńców z okresu potopu.

– I co dalej? Z badaniami?

– Mnóstwo pracy. Trzeba opisać każdą kosteczkę. Spróbować policzyć, ile osób było tam pochowanych. Na razie przypuszczamy, sądząc z liczby kości, że sześć, może osiem. Ale znaleźliśmy tylko trzy większe fragmenty czaszek.

– A jakieś przedmioty, odzież?

– Mówimy na to „artefakty". Elementów odzieży czy obuwia nie udało się na razie odnaleźć, ale to wszystko pewnie dawno temu zgniło w ziemi. Nie ma też elementów metalowych, co świadczy o tym, że pochówku dokonano bez ubrań i wyposażenia. Mogło też być tak, że rozkopano kilka wcześniejszych grobów, a potem wszystkie szczątki złożono w jednym miejscu.

Policjant musiał zadać następne pytanie.

– Jakaś broń?

– No, czego jak czego, ale broni nie spodziewałabym się znaleźć na wojnie. Na pewno szybko się nią zaopiekowano. – Przerwała. – Dobrze, panie komisarzu. To przepraszam bardzo, że panu przeszkodziłam. Ale znalezisko jest niezmiernie ciekawe, i... sam pan rozumie.

– Dziękuję, dziękuję. Proszę dać znać, jak już będzie wiadomo więcej. Powodzenia w kopaniu.

– W kopaniu...!

Roześmiała się ponownie.

– Co się stało?

– Nic, nic, prześladuje mnie wciąż pewna historia, którą opowiadali mi studenci. Pracowali na terenie Cytadeli. Szef wykopalisk wynajął koparkę, ale bez operatora, bo tak było taniej. No i któryś z nich musiał szybko nauczyć się obsługi maszyny. Wykopali z trudem dół, ale tak wąski, że mieściła się w nim tylko jedna osoba, i to na stojąco. Zbyt wiele nie mogła zrobić i trzeba było ją wciągać z powrotem... A w nocy spadł deszcz i cały profil się zawalił. Oszczędność nie zawsze jest cnotą, prawda?

Tego dnia telefon zadzwonił jeszcze raz. Ale znacznie później.

– Halo? Kto mówi?

Cisza, ponownie cisza. Nowak odczekał chwilę.

– Droga pani, jeżeli potrzebuje pani kogoś, z kim może pani porozmawiać w nocy, sugeruję telefon do Radia Maryja. Tam może się pani pomodlić na antenie, a kto wie, może nawet porozmawiać z ekspertem.

Prowokacja zadziałała.

– Słuchaj, psie. – Głos był zdecydowanie męski i nie miał w sobie moherowej miękkości, choć na pewno został czymś wytłumiony. – Chciałbyś, żeby coś się stało tobie albo twojej dziewczynie? Wiemy, gdzie mieszkasz. No?

Nowak nie odpowiedział.

– Wiem, że słuchasz. Nie namierzysz mnie. Telefonu za moment już nie będzie.

– Stać cię na komórkę, palancie? – spytał wreszcie.

Tym razem po drugiej stronie zaległa cisza.

– No? Stać cię. A teraz się naucz rozmawiać. Chcesz mnie straszyć, dobrze. Ale przynajmniej powiedz, o co chodzi.

– O cudzoziemca.

– O cudzoziemca. Świetnie. Nie zamkniemy Saszki. Coś jeszcze?

– Przestań lecieć w chuja, bo daleko nie zajdziesz. Dobrze wiesz, o kogo chodzi. Staraj się nie dowiedzieć za dużo. Rozumiemy się? – Rozmowa została zakończona.

Nowak popatrzył na wyświetlacz. Nie, kurwa, nie rozumiemy się. O którego cudzoziemca? O Hindusa, którego ciała wciąż nie ma, czy o Szweda, który jest już w postaci prochu po drugiej stronie Morza Bałtyckiego oraz kilku preparatów w Zakładzie Medycyny Sądowej? A może chodzi o Magnusa Rytterberga? Nasz przedsiębiorca mógł mieć znajomych wśród przedstawicieli różnych klas społecznych. Pieniądze rodzą popularność, bogatemu podobno diabeł dzieci kołysze... Albo zabija.

2

Nowakowi udało się szybko znaleźć namiary na firmę z Pruszkowa, która zajmowała się uszczelnianiem dachu domu państwa Srinivasanów. Poprosił właściciela firmy Euro-Roof o ustalenie terminu spotkania z pracownikiem, który wykonywał usługę w Falentach. Euro-Roof. Jejku, jak za Balcerowicza, kiedy co druga firma miała w nazwie „euro". Zaparkował na Kraszewskiego niedaleko kościoła i ruszył do małego kantorku, mieszczącego się na parterze pawilonu. Takie fajne sklepiki i zakłady usługowe, o dziwo, chyba teraz łatwiej znaleźć w Warszawie na parterze starych kamienic niż na przedmieściach. Nowak pchnął drzwi wejściowe, rozległo się elektryczne kocie miauknięcie. Cha, cha, cha. A, jasne, że kot to niby dachowiec. Rzeczywiście, firma miała nawet czarnego kocura w logo.

Nowak nie był w ogóle przygotowany na to, kogo spotka.

– Dzień dobry, panie komisarzu – krzyknął serdecznie łysy facet siedzący przy komputerze. Na ekranie było otwarte okno z pasjansem. Facet wstał i wyciągnął rękę. – A może już nie komisarzu, może pana awansowali? Inspektorze? Nadinspektorze? Kariera? Dwa lata temu pana ostatnio widziałem, przecież! A potem raz w telewizorze.

Nowak gapił się na wysokiego wąsacza. Złodziej. Były złodziej.

– Nie pamięta mnie pan? Piekara jestem, Tomasz Piekara. Szukał pan wtedy tego zboka, który zabijał ludzi w tramwajach. Ja go widziałem, jechałem dziewiątką razem z nim! – Facet wyginał się jak strach na wróble, a raczej jak nadmuchiwany reklamowy potwór, którego czasami stawiano na stadionach albo koło stacji benzynowych.

Komisarz westchnął. Nic się nie zgadzało, nawet numer tramwaju.

– Piekara. Tak, pamiętam pana. Mieszkał pan z żoną i dziećmi gdzieś na Kole? Czy na Powązkach?

– Prawie, prawie. Koło cmentarza ewangelickiego, na Długosza. Dalej tam mieszkamy! Najlepsza rzecz w tym mieszkaniu to widok z okna, wie pan, zwłaszcza na jesieni, aż do Wszystkich Świętych, bo wtedy jest ładnie, są liście na drzewach, żółto tak. Rozumie pan, cmentarz to najlepsza rzecz w okolicy; niezłe, prawda? – Nowak spróbował otworzyć usta. – Wiem, wiem, o co pan chce zapytać! Nie, nie, nie robię już w tej branży, przez którą miałem z wami problemy. Poza tym zdrowie już nie te, mam czterdzieści cztery lata, pan ma mniej, komisarzu, co nie? No właśnie. Po dachach jeszcze mogę chodzić, nie mam lęku przestrzeni, nigdy nie miałem, ale na rękach już się nie podciągnę... Na drążku, wie pan. Nie więcej niż dwa razy, potem już ból w kręgosłupie. Ale, ale, pan siądzie! – Piekara przysunął bliżej drugie krzesło. – Pan uważa, bo oparcie się trochę rusza, ale ja swojego nie oddam, przez ten kręgosłup, rozumie pan...

Nowak źle znosił spadający na niego słowotok Piekary. I wcale nie był pewien, czy dekarz zupełnie porzucił swój dodatkowy zawód.

Odwiedzał teraz prywatne domy nieco zamożniejszych ludzi, wchodził do środka, widział, co jest do zabrania. Jeżeli nawet nie przez niego, to przez kolegów, którzy chętnie podzielą się procentem od zysków.

– Właśnie. Dziwne, że się znów spotykamy, prawda? Bo znowu ktoś zginął, a co najmniej zaginął, i znowu pan jedzie tym samym tramwajem.

– Tramwajem, cha, cha. No co pan, panie komisarzu. Przypadek, przypadek. Tak bywa w życiu, trup może znaleźć się wszędzie.

– Na razie trupa nie ma – zauważył Nowak.

– Nie ma trupa, nie ma zbrodni.

Niekoniecznie. Rzadko to się zdarza, ale jednak się zdarza. Można dostać dożywocie za zwłoki rozpuszczone w kwasie. Za wiele zwłok zakopanych w nieznanych miejscach. Ciało jest zawsze głównym dowodem, ale nie jedynym.

– Panie Piekara, wie pan, o czym chciałem porozmawiać?

– Jasne, że wiem, o tym Hindusie, co zaginął, prawda? Szkoda faceta, a zwłaszcza szkoda dzieciaków, żony. Wiem, co mówię, bo wiem, co się dzieje, kiedy w domu nie ma ojca. Ja się staram, żeby już zawsze był, zawsze! Poza godzinami pracy, ma się rozumieć.

– Słusznie. Tam rzeczywiście nie ma ojca, przynajmniej chwilowo. Może jednak pan coś pamięta, coś charakterystycznego, coś, co pan usłyszał, zobaczył. Liczę na pański zmysł obserwacji – dodał Nowak.

– No... Meble ciekawe. – Piekara pogładził swoją łysinę. – Z Indii. Drogie drewno, rzadko spotykane.

Aha. Nie ma to jak oko fachowca.

– Dzieci mają tam dobrze. Mają swoje pokoje, mają zabawki, jakich dusza zapragnie. – Piekara spojrzał na komisarza. – Wie pan, jeżeli coś miałbym stamtąd ukraść, to właśnie zabawki. Ale oczywiście nie ukradłem, no przecież... Nie mógłbym zabrać. Jak lazłem na poddasze, do okna, to się potknąłem o radiowóz.

– O co?!

– No, o zabawkę, radiowóz. Chłopak zostawił przed drzwiami, mało sobie nogi nie złamałem, wziuuu... Tak pojechałem na tym czymś, taki nieduży, resorowiec, wie pan. Od razu pomyślałem: kara boska za złe myśli. Jeszcze mi gipsu na nodze brakuje do tego wszystkiego.

– Rozmawiał pan z właścicielką?

– Tak, jasne. Pani Barbara. Piękna kobieta, pewnie pan uważa tak samo, nie? No, piękna jest, ale jej się ostatnio nie szczęści, bo...

– Podsłuchał pan jakąś rozmowę? – przerwał Nowak.

– Nie, no podsłuchiwać nie chciałem, co mnie obchodzi, co ludzie mówią... Chociaż tak właściwie to coś usłyszałem, bo pani, jak ona tam się nazywa, Barbara Zawistowska, tak? Tak, po mężu też ma drugie nazwisko, nieważne... No więc rozmawiała z kimś przez telefon. O pieniądzach mówiła.

Hm, o pieniądzach. Może o tym, żeby zebrać jakąś sumę na okup dla bandytów?

– A o czym konkretnie rozmawiała? I z kim?

– Z kim? Z matką. Mówiła o tym, że jej zaczyna brakować na życie, nie, nie na życie, na dzieciaki. No i że nic, nic się nie dzieje, że tak żyje w niepewności, że ta niepewność ją zabija. – Piekara westchnął. – Straszna sprawa. A coś udało się wam ustalić?

– A wcześniej? Bywał pan tam wcześniej, jeszcze zanim pan Srinivasan zaginął?

– Raz byłem. Też przy naprawie, bo ten dach to nie nasza robota, znaczy nie my go kładliśmy. Inaczej, kurna, nie trzeba by go naprawiać, nie? A byłem jakoś tak w marcu, jak padało i trochę im się lało do dziecinnego pokoju, do jednego z nich, tego córeczki.

– I co wtedy?

– Co wtedy? Nic wtedy. Nic szczególnego.

– Jakiś samochód, który stał w pobliżu, ktoś, kto obserwował dom?

– Nie, nie, samochodom się nie przyglądam, nie moja branża.

– Trudno. Jeżeli pan sobie coś przypomni, to...

– Tak, jasne. Dam znać, zadzwonię czy jak. Jeżeli tu jeszcze będę. Wie pan, wszyscy pouciekali, do Anglii, tam robią, albo w Irlandii. Brat wyjechał do Southampton, tam jest mnóstwo Polaków, ze dwadzieścia tysięcy! Southampton, no, słyszał pan na pewno, tam gra Rasiak, no i Saganowski... Tam w ogóle wszystkich ludzi jest dwieście tysięcy, z czego Polaków, ile powiedziałem, dwadzieścia tysięcy? Tak, dwadzieścia. Nieźle, nie? Ale ja na razie nie wyjeżdżam, raz, że dekarzy u nas brakuje, dwa, że nie znam języka. No dobra, brat też zna słabo, ja przecież mogę się trochę nauczyć, prawda? Oglądam filmy z napisami, zawsze coś tam człowiek załapie. *The end* przede wszystkim, he, he. Ale musiałbym zostawić żonę z dzieciakami na parę miesięcy... Co ja mówię, chyba na paręnaście miesięcy co najmniej. Albo, kurde, zabrać całą rodzinę. Ania nie chce jechać. Ania, żona, też ją pan poznał przecież. A pan? – Piekara nagle spojrzał na komisarza.

– Co: ja? – Nowak nie zrozumiał.

– Pan nie chce wyjechać? Czytałem w gazetce, wie pan, w takiej, co ją rozdają koło WKD, że policjantów też na Wyspach szukają, w Szkocji na przykład. Język pan trochę zna? Chyba tak, na pewno. W policji za dobrze nie zarabiacie, prawda? Pan, oficer z długim stażem, to ma jakieś dodatki pewnie, premie, ale taki, za przeproszeniem, zwykły krawężnik... Ja przepraszam, nikogo nie obrażam, ale taki posterunkowy to... No, co mu zależy, żeby tu zostawać? Nie?

Ano tak. Ciekawe, jak jest po angielsku HWDP.

Nowak wracał do Warszawy, był już między Ryżową a Łopuszańską, kiedy zadzwonił telefon. Zerknął kątem oka na wyświetlacz. Ojciec.

– Cześć, Adam. Słuchaj, dzwonię ze szpitala...

Sooner or later God'll cut you down. Nowak gwałtownie skręcił w prawo i zatrzymał się, wywołując groźne trąbienie jakiegoś nissana navara, któremu zajechał drogę. Pobocze służyło tutaj wyżej zawieszonym samochodom i ich niecierpliwym kierowcom jako dodatkowy pas.

– Jak to ze szpitala? Co się stało?

– Nic, nie denerwuj się, no kurczę, wiedziałem, że się będziesz denerwować. – Ojciec westchnął gdzieś po drugiej stronie. – Mówiłem ci, że chcę iść na badania. Przyjechałem do lekarza, żeby się zapisać. No i zostałem. Jest miejsce, chociaż czas teraz niedobry, bo strajk. Ale będę miał przynajmniej z głowy. Może się czegoś dowiem.

– Zaraz, jak to przyjechałeś? Gdzie jesteś?

– W Wołominie.

– W Wołominie? Gdzie?

– Na piątym piętrze. Tu, koło chirurgii.

– Koło chirurgii?

– No, na internie.

– Wszystko trzeba z ciebie wydobywać.

– Oj, jak zwykle z igły widły. – Ojciec rozzłościł się. – Badania robi się w szpitalu. Mam jakiś problem z kichami, to jestem na wewnętrznym. Proste, nie?

Nowak pokręcił głową. Niereformowalny facet.

– Proste. Nie krzycz na mnie. Mogę do ciebie przyjechać, potrzebujesz czegoś?

– Właściwie to nie.

– A niewłaściwie? Przecież sam powiedziałeś, że przyjechałeś niespodziewanie.

– Co? – Ojciec zawahał się. – No, piżama jakaś by się przydała. Możesz wyciągnąć ode mnie z szafy, jest na drugiej półce od góry. Jakieś kapcie może. Kosmetyki, krem do golenia.

– Piżama? A w czym teraz chodzisz?

– E, no widzisz, bo miałem ze sobą dres, ten domowy. Wiesz, tak na wszelki wypadek, gdyby jednak chcieli mnie od razu przyjąć.

Jasne, czyli znalazłeś się w szpitalu wcale nie tak przypadkowo. Ech...

– Dobra. Przyjadę. Niedługo. Skoczę tylko do Radzymina do domu po te rzeczy.

Do domu. Śmieszne, Nowak miał już co najmniej trzy miejsca, które nazywał domem.

– Kapcie mam jakieś stare...

– Mogę kupić gdzieś po drodze. Jaki masz rozmiar?

– Ósemka.

– Masz dziś jakieś badania?

– No co ty. Dopiero mnie przyjęli. Lekarz mnie musi obejrzeć podczas obchodu i dopiero zarządzi, co dalej.

– Dobra. To do zobaczenia.

– Adam, czekaj! Przywieź ładowarkę do komórki. Tu jeden facet ma, ale to straszna maruda, nie chcę go o nic prosić. Taki chłopek--roztropek.

– Dobrze, tato. Do zobaczenia. Trzymaj się.

– Trzymam się, trzymam. Nie przesadzaj.

Nowak popatrzył przed siebie, na pobocze. Nożeż... Stary, pogięło cię! Nigdy nic nie mówisz. Nigdy nie chcesz, żeby się nad tobą użalać, nie chcesz być zależny od innych. Ale są, kurde, sytuacje, w których nie ma wyjścia. Znajomość paru faktów naprawdę się przydaje, mówię ci, nie tylko jako policjant. Bez informacji, bez wiedzy, nie będzie lepiej na pewno. Zróbmy z tego kawałek rodziny, jeszcze się da. Nie jesteśmy Szwedami.

Komisarz zatelefonował do Drzyzgi.

– Marcin? Mój ojciec jest w szpitalu. Muszę do niego jechać. Coś się dzieje?

– Coś poważnego?

– Cokolwiek.

– Pytam, czy to coś poważnego? Z twoim ojcem?

– Nie, na szczęście chyba nie. Mów.

– Zawsze coś się dzieje – odparł Marcin. – Namierzamy tego dilera. Chciałbym zaaranżować jakieś spotkanie. Może przez Karolinę albo przez tego Niemca.

– Niemiec nam pomoże. Możesz to skoordynować?

– Mogę. Chociaż to ty ostatnio z nim gadałeś. Wie, że znasz niemiecki, i ma do ciebie zaufanie.

– Trudno. Chłopak uczył się polskiego. Dasz sobie radę.

Nowak przerwał rozmowę i popatrzył przez szyby swojego auta. Z lewej mijał go ciasny sznur samochodów jadących w kierunku Warszawy. Z prawej strony łany zboża falowały targane silnym wiatrem, który najwyraźniej polubił Mazowsze. Pole. Złośliwcy, którzy twierdzą, że Warszawa to jedna wielka wieś, uzyskaliby w tym miejscu potwierdzenie swoich głupich uwag. Nad żytem krążyły wrony i mewy walczące z groźnymi podmuchami. Kilkanaście metrów nad ziemią wisiała rudobrązowa pustułka, pracowicie machając skrzydłami. W pewnym momencie na pozór niezdarnie rzuciła się w dół, rozkładając atak na trzy etapy. Opadła na ziemię, pewnie wypatrzyła jakiegoś gryzonia.

Komisarz zatrzymał się na parkingu przed bramą szpitala powiatowego, ozdobioną biało-czerwonymi flagami i transparentem z napisem „Strajk". Wysiadł i spojrzał wokoło. Na przystanku podmiejskich autobusów stały dwie osoby. Niebiesko-żółta wiata była oklejona ogłoszeniami, w tym reklamami zakładów pogrzebowych. Nowak wciągnął powietrze do płuc. W powietrzu unosił się zapach marihuany, bo chyba nie był to aromat świeżo skoszonych szpitalnych trawników. Nowak rozejrzał się w poszukiwaniu źródła. Na chodniku przed bramą stał polonez nieokreślonego koloru i nieokreślonego typu, a w nim siedziało dwu facetów w nieokreślonym wieku. Policjanci czy złodzieje? Nieistotne, przynajmniej tym razem. Ruszył do głównego budynku. Napis „Strajk" widniał w wielu oknach i nad głównym wejściem. Nowak kupił foliowe ochraniacze na buty i wjechał na piąte piętro. Na szczęście ojciec nie leżał na chirurgii, tylko na oddziale wewnętrznym. Z jednej strony dobrze, z drugiej – źle. Oddział chirurgiczny był odnowiony, ładnie pomalowany, z nowymi posadzkami, oświetleniem, wyposażeniem. Drzwi naprzeciw stanowiły wejście do zwykłego szpitalnego świata. Było tu wprawdzie czysto i schludnie, ale także ponuro, jak w każdym szpitalu. Nowaka mijały stare kobiety i mężczyźni, z pokojów biła woń środków antyseptycznych, potu, moczu i nieświeżej odzieży. Zapach choroby.

Andrzej Nowak nie był w najlepszym nastroju, i to nie tylko z powodu faktu, że przez parę dni będzie musiał leżeć w szpitalu i znosić niezbyt przyjemne badania. Oprócz zamiłowania do futbolu przekazał synowi jeszcze jedną cechę, która teraz była doskonale widoczna: chęć kontroli nad własnym życiem, nad tym, co się dzieje i co się może wydarzyć. Był po prostu wściekły, że coś nagle przestało zależeć wyłącznie od niego. Ucieszył się oczywiście z drobiazgów, które przyniósł mu syn, w tym ze sterty dzisiejszych gazet. No, dwu gazet i jednego tygodnika. Facet, który dawno temu regularnie czytywał „Kulisy", „Perspektywy" i „Sportowca", odkładane przez kioskarkę do teczki, ma prawo do lektury również na starość.

Stali przy oknie, na korytarzu. Spróbowali wyjść na balkon, ale wciąż nieprzyjemnie wiało.

– Tato, obiecaj mi: jeżeli się czegoś dowiesz, niezależnie od tego, co to będzie, powiedz mi wszystko. Nie ukrywaj wyników.

Oto ilu słów trzeba użyć, żeby uniknąć krótkiego słowa „rak".

– Dobrze.

– Obiecujesz?

– Jak Boga kocham – obruszył się ojciec. No, przynajmniej nie opuszczało go poczucie humoru.

– Jak się nazywa twój lekarz?

– Nie pamiętam. Nie wiem – powiedział Andrzej Nowak. – Będę wiedzieć wieczorem. Dam ci znać. Nie denerwuj się, mówię ci. Nie denerwujcie się oboje. Powiedziałeś Kasi, że jestem w szpitalu?

– Tak, dzwoniłem do niej. Zmartwiła się. Pozdrawia serdecznie.

– Dzięki.

– A ty? Zadzwoniłeś do Piotra?

– Nie.

– Nie? Dlaczego?

– On ma swoje problemy na głowie. Ty też, wiem, ale... Po pierwsze, dzieciaki. Po drugie, ty jesteś na miejscu w Polsce. W Warszawie, całkiem niedaleko. W sumie, jak się dobrze zastanowić, to nie mieszkałeś nigdy dalej niż trzydzieści kilometrów ode mnie.

– Zadzwonię do niego.

– Jak chcesz.

– Zrobię to.

Który z braci był bliżej ojca, nie tylko w sensie dosłownym? Trudno powiedzieć. Pewnie jednak Adam. Piotr zawsze chciał uciekać, jak najdalej, od domu, od rodziny, od przeznaczenia. My mamy w dupie małe miasteczka. *There is only one good thing about small town, you know that you want to get out.* Też w pewnym sensie chciał sprawować kontrolę nad swoim życiem, napisać jego program w taki sposób, żeby nie brał pod uwagę warunków początkowych. W programie mieściło się założenie szczęśliwej rodziny i ucieczka od problemów życia codziennego w kraju, w którym... Zadyma trzyma i marsza ładnie gra orkiestra.

– Pewnie będzie chciał mnie zabrać do siebie, na wycieczkę. A mnie, prawdę mówiąc, nie chce się ruszać tyłka nawet do Warszawy. – Ojciec machnął ręką na zachód. Daleko, na horyzoncie, ponad zieloną powierzchnią utworzoną przez korony drzew widać było sylwetki wieżowców w centrum stolicy. PKiN, koreański biurowiec na Chłodnej, parę innych budynków.

– Dobra, tato, obiecuję, że zabiorę cię jesienią na mecz. Na Polonię albo na mecz kadry. Z Kazachstanem gramy na Legii.

– Na Legii? Poświęcisz się?

– Przecież gra reprezentacja. Mogę nawet skakać wtedy, kiedy będą krzyczeć: „kto nie skacze, ten z policji".

– Nie wygłupiaj się. Na meczu Polski? Kogo to obchodzi?

– E, to gówniarze. Głównie podwarszawscy kibice – burknął komisarz.

– Tak jak ty – Ojciec roześmiał się.

Pomilczeli przez chwilę. To im zawsze dobrze wychodziło, razem i osobno. Za to pożegnali się serdecznie.

Nowak wsiadł do windy. Po chwili dołączył do niego jakiś wysoki facet w szlafroku i piżamie. Musieli swoje odczekać, bo urządzenie nie reagowało na naciskanie guzika do zamykania drzwi. Jeżeli to szwedzki produkt, to chyba jeszcze z czasów budowy hotelu Forum. Nadjechała druga winda. Wyszło z niej dwu młodych ludzi, chyba braci. Obaj byli niscy, krępi. Spojrzeli na faceta, który stał obok komisarza. Ich twarze rozpromieniły się. Zablokowali drzwi, które właśnie zaczęły się zamykać.

– Cześć, *padre*.

– Cześć chłopaki – powiedział mężczyzna. Szczupły, z dość długimi włosami. Na oko z pięćdziesiąt lat. – Wy do mnie?

– Nie, do sąsiada. Nawet nie wiedzieliśmy, że tu jesteś. Co się stało? Połamało cię?

– Ano połamało.

Nowak z zainteresowaniem przyjrzał się uczestnikom rozmowy. Nie widział ich wcześniej, na pewno. Spróbował sklasyfikować ich zawodowo. Niższa liga, na pewno, ale już ze sporym doświadczeniem. Pewnie z tej samej branży, co Piekara, albo miłośnicy starych i nowych samochodów.

3

Przyjdzie? – spytał Nowak.

– Powinien przyjść. Niemiec do niego zadzwonił i poprosił o gram koki. Dostawa ekspresowa, priorytet średni. Może nawet kurierem.

– Nie potrzebujemy kuriera. Potrzebny nam diler. Im bliżej źródełka, tym lepiej.

– Przyjdzie. Nie obawiaj się. Robienie interesów z Niemcami to ważna sprawa, prawda? Nikt ich nie olewa.

Siedzieli w samochodzie zaparkowanym między szarymi blokami z wielkiej płyty na Smoluchowskiego, naprzeciwko centrum kulturalnego ojców barnabitów, połączonego z lecznicą. Dziś wiał ciepły, miły wietrzyk, doskonale pasujący do letniego dnia i białych cumulusów na niebie. Lekko poruszał liśćmi dwu wysokich topoli rosnących koło betonowego śmietnika ozdobionego akronimami haseł adresowanych bez wątpienia do warszawskiej policji. Do pierwszej klatki bloku numer sześć weszła grupa szczupłych dziewczyn w czarnych spódnicach i białych bluzkach. Piątek, 29 czerwca, koniec roku szkolnego. Jochen Hartmann również był ubrany w marynarkę i koszulę z gustownym krawatem. Stał oparty o barierkę przy lecznicy i rozglądał się niepewnie.

– Dobra. Ja spadam. Idę udawać, że palę. Właściwie to nawet zapalę naprawdę – powiedział Drzyzga. – Miej oczy z tyłu głowy.

– Nie omieszkam.

Od strony Modzelewskiego na podwórko wjechał rowerzysta. Chłopak w oliwkowym T-shircie i bojówkach, na głowie dredy, spięte z tyłu. Alarm? Rowerzysta minął Jochena i skręcił w lewo, za blok. Alarm chwilowo odwołany.

Po chwili jednak rowerzysta pojawił się ponownie, tym razem z prawej. Rozglądał się przez moment i znowu pojechał za blok. Robił kółeczka.

– Rowerzysta. Jest za blokiem numer pięć – powiedział Nowak do mikrofonu.

– Widziałem – w słuchawce rozległ się głos Marcina Drzyzgi. – Czekamy?

– Czekamy.

Po chwili Jochen sięgnął do kieszeni i wyjął telefon komórkowy. Nowak usłyszał melodyjkę. *Lili Marleen*? Urocze.

Niemiec powiedział coś do telefonu. Skinął głową. Koniec rozmowy. Chłopak był mocno zestresowany całą akcją, widać to było na jego twarzy, kiedy spojrzał na Nowaka i dał znak ręką, wskazując ponownie przejście za budynkiem.

– Za blokiem – powiedział Nowak. – Idę.

Podążał w odległości około piętnastu metrów za Jochenem. Niemiec zatrzymał się na chwilę, spojrzał w prawo i podniósł prawą dłoń do góry. To nie było pozdrowienie z czasów jego pradziadka, lecz gest powitania. Nowak wszedł na trawnik i przywarł do ściany bloku. Ostrożnie wychylił głowę.

Stali na boisku do siatkówki. Facet nie zsiadł z roweru, oparł się tylko o jeden ze słupków. Transakcja najwyraźniej zakończyła się pomyślnie, bo chłopak machnął dłonią na pożegnanie. Nowak ruszył biegiem.

– Stój! Policja! – krzyknął.

Diler – Maks albo jego kurier – szybko zrozumiał, co się dzieje. Natychmiast odbił się nogą od ziemi i zaczął pedałować prosto przez trawnik. Nie wjeżdżał na górę, w stronę pawilonów, tylko pędził na podwórko między blokami. Nowak przeskoczył betonową przeszkodę, pewnie kawałek fundamentu jakiejś budowli, i znalazł się tuż za nim. Z lewej nadbiegał Drzyzga, rowerzysta go jeszcze nie widział. Marcin zdążył w ostatniej chwili. Rzucił się z boku na rower – szarża godna Pucharu Sześciu Narodów w rugby – i zdołał trącić go w bagażnik. Rower zachwiał się na asfalcie, chłopakowi jednak udało się utrzymać na siodełku. Po chwili jednak musiał gwałtownie zahamować przed starszą panią, która zupełnie znikąd pojawiła się na chodniku. Zapiszczały opony, chłopak wychylił się do przodu. Rowerzysta nie zdołał utrzymać równowagi i upadł. Staruszka wypuściła z rąk siatki z zakupami z pobliskiej Biedronki. Brzęknęło szkło.

– Policja. Jesteś zatrzymany – powiedział Nowak. Drzyzga oglądał swój otarty łokieć.

– Podstawiliście tego Szkopa? Niesamowite – stęknął diler. – Macie agentów wśród cudzoziemców?

– Tak. I za granicą też – burknął Nowak. – Idziemy.

– Nie macie gdzie robić tych swoich podchodów, tylko tutaj? – spytała kobieta. – Kto mi teraz zapłaci za zakupy?

– Ryzyko życia w wielkim mieście, proszę pani. Życzę miłego dnia. – Drzyzga ukłonił się elegancko.

Z dilerem nie poszło łatwo.

– Ty jesteś Maks, a to jest twoja komórka. – Nowak podniósł z blatu stołu telefon.

– *Ich bin Max und das ist mein Handy.* Co to jest, lekcja języków obcych?

– Nie bądź bezczelny. Już wiemy, jak się nazywasz.

– Świetnie.

– Maksymilian Kucharski. Wiesz, lubię twoje nazwisko, kojarzy mi się z jedną piosenką. Imię też masz ładne.

– No i?

– No i tak sobie myślę, że mamy na ciebie haka. Złożymy zawiadomienie do prokuratury.

– Trudno, ryzyko zawodowe. – Maks wzruszył ramionami. Popatrzył na policjanta. – Chyba że możemy tego jakoś uniknąć.

Ano właśnie. Pojętny chłopak, inaczej nie wybrałby tak ryzykownej branży. Ryzykownej ze względu na wymagających pracodawców i zdesperowanych klientów. Pomówmy o jednych i drugich.

– Dla kogo pracujesz?

– Dla siebie.

– Jasne. Każdy robi, co potrafi. – Nowak zatoczył ręką koło. – Ja na przykład czasami muszę siedzieć tutaj. Ale nie o to mi chodzi. Od kogo bierzesz towar? Kto ci płaci? Kto ustala ceny? Dostajesz ryczałt czy prowizję?

– Ho, ho. Czyżby pan chciał pracować w tej branży? – Diler głośno wciągnął nosem powietrze. – Za stary pan jest. Wszyscy od razu się domyślą, że jest pan gliniarzem. Selekcjoner nie wpuści pana do klubu.

– A w klubach jeszcze handlujecie? – Chłopak nie odpowiedział. Pewnie tak; zależy, z kim jest związany właściciel. – Wiesz, zrobię sobie taką tekturkę na szyję, z napisem: „NIE JESTEM Z POLICJI". Niezłe, nie? Dobra. Zapytam cię jeszcze raz: dla kogo pracujesz?

– Po co wam to? Jeżeli powiem i ktoś się o tym dowie, mogę stracić znacznie więcej niż pół roku życia w więzieniu. Pół roku, w końcu nie byłem do tej pory karany, nie? Ale mogę mieć przesrane całkowicie i do końca. Jeżeli już raz ktoś zacznie z wami współpracować, jest naznaczony na całe życie. To jak z narkotykami.

– A co to za współpraca? Na razie tylko pytam.

– Dlaczego to was tak interesuje? – Maks domyślił się, że chodzi o coś więcej niż tylko dodanie kolejnego zatrzymanego dilera do statystyk. Bycie bohaterem notki na stronach internetowych Komendy Stołecznej również nie było specjalnym wyróżnieniem.

– Szukamy powodów, dla których zginął Gustav Rytterberg. On i jego dziewczyna byli twoimi klientami.

– Rytterberg? Ten Szwed?

– Tak. Pamiętasz go?

– Pamiętam. – Maks odchylił się na krześle. – Mówi pan, że zginął? Co się z nim stało?

– Smutny los. Kula w łeb i do Wisły.

Maks gapił się na komisarza. Nie ze zdumieniem, raczej zastanawiał się, co powinien powiedzieć.

– Co kupował i w jakich okolicznościach? – dopytywał Nowak.

– Amfa... chyba raz. Kokaina kilka razy. Chciał też kwasku. Sprzedałem mu dwa papierki. Dwa, czyli pewnie chciał odlecieć razem z kimś.

– Z kim?

– Z dziewczyną? Nie wiem. – Chłopak wzruszył ramionami.

– Widziałeś ją?

– Chyba miał ze dwie. Blondyneczkę taką pamiętam. Ubierała się tak... Ja wiem, gotycko?

– W stylu lat osiemdziesiątych?

– Nie, no skąd! Przesadziłem trochę, fakt. Na czarno, po prostu, makijaż też sobie robiła ostry. Dlatego zdziwiłem się, że włosów też nie farbowała.

– Gdzie dowoziłeś towar?

– Gdzieś na Wilanów.

„Na" Wilanów? A co to za forma?

– Do Wilanowa? Gdzie?

– Na Biedronki, tam jego stary miał niezłą, wyjebaną chatę. Na jakieś imprezy, tam było paru obcokrajowców. – Maks podniósł głowę. – Wie pan? On chyba miał jeszcze jedną laskę. Taką całkiem niezłą, żadna tam dziewczynka w koszulce z metalowymi malowidłami. I to chyba dla niej był ten kwasek.

– Była starsza od niego?

– Tak, chyba tak. Na pewno starsza, przecież to też był gówniarz.
Gówniarz? Ty jesteś niewiele starszy. Dwadzieścia cztery lata.
Dziś nie kończyłeś roku szkolnego, chyba że cię zatrzymali w ostatniej klasie.

– Pamiętasz może imię, nazwisko?

– Nie.

– Gdzie to było?

– Gdzie co było? – spytał Maks. – Gdzie ich spotkałem? Chyba tam, na tej Biedronki, w willi.

– Poczekaj chwilę – powiedział Nowak. Wyszedł z pokoju przesłuchań i znalazł zdjęcie wykonane po nabożeństwie żałobnym. Wrócił i położył je przed chłopakiem.

– Czy to była ta kobieta?

Maks patrzył długo na fotografię.

– Nie wiem. Może. Wiek się zgadza. Ale nie wiem.

– Trudno. – Nowak był nieco rozczarowany. – Czy Szwed płacił? Były z nim jakieś problemy? Może sam chciał się zająć jakimś biznesem? Proponował ci towar sprowadzany z zagranicy?

– Płacić płacił. A towar? Nie, nigdy. Nie jest tak łatwo wejść na rynek, nawet jeżeli ma się bogatego tatusia. Konkurencji się nie akceptuje.

– Kupował coś od innych dilerów?

Maks roześmiał się.

– A skąd ja to niby mam wiedzieć? Ze spotkania związku zawodowego?

Nowak westchnął.

– No dobrze. To teraz zapytam ponownie: dla kogo pracujesz? Czyj towar rozprowadzasz?

– Upierdliwy pan jest.

– Upierdliwy, ale cierpliwy. Taki mam zawód. – Nowak jeszcze raz podniósł komórkę. – Mamy twoją historię rozmów i listę numerów. Zaoszczędzisz nam trochę pracy. Podatnicy będą ci wdzięczni.

Diler jeszcze się przez chwilę zastanawiał.

– Odbieram towar od jednej osoby – powiedział w końcu. – Jest na liście jako Gruby.

Zakrzewski za to chyba ostatnio schudł.

– Jeszcze trzy miesiące. Do końca kwartału tu robię – powiedział.

– Jak to?

– Emerytura. Dostałem propozycję nie do odrzucenia.

– Już?

– No co się, ksiądz, dziwisz. Już.

– W amerykańskim filmie dostałbyś dzień przed odejściem na emeryturę jakąś poważną, polityczną sprawę do rozwikłania... – Nowak roześmiał się.

– Bardzo zabawne. Może to, co mamy, jest wystarczająco polityczne – rzucił Karol. – Udupili mnie. E tam, sam się udupiłem. Gdyby nic na mnie nie mieli, mógłbym jeszcze walczyć, ale powiem ci szczerze, że już nie mam siły. Szkoda zdrowia. Nie chcę, żeby dzieci się za mnie wstydziły, kiedy przeczytają gazetę.

Nowakowi coś się przypomniało.

– Wiesz, w internecie jest taki gość, który na każdym forum internetowym, nawet poświęconym cyckom Britney Spears, zamieszcza tekst pod tytułem „Policyjni zwyrodnialcy z pijanego gangu". Wyciąga różne doniesienia z całej Polski, o nadużyciach w policji.

– I co, uważasz pewnie, że to dobrze?

– Obsesje bywają groźne, ale... Tak, kurde, uważam, że to dobrze. Ktoś musi nas pilnować.

– Nie mów tego przy innych. Nie można obsrywać własnego gniazda.

– Obsrywać? Nie przesadzaj.

Solidarność zawodowa bywa nadużywana. Nie tylko wśród policjantów. Lekarze, prawnicy...

– Wciąż jesteś idealistą – westchnął Zakrzewski. – Wciąż ci się wydaje, że możesz naprawić ludzkość.

– A w życiu! – żachnął się Nowak. – Taki głupi to nie jestem.

– Nie, stary, źle to powiedziałem. Wciąż wierzysz, że dobrzy z natury ludzie nie są zdolni do okrucieństwa. Przekroczyłeś kiedyś granice obrony koniecznej?

– Granicę między przemocą zbędną a niezbędną? – Nowak roześmiał się. – To tak jak granica między wojną sprawiedliwą a niesprawiedliwą, o której usiłowano mnie uczyć w szkole.

Zakrzewski gapił się na kolegę ze zdumieniem.

– Co za pierdoły wygadujesz? Nie rozumiesz, o co mi chodzi?

– Rozumiem. Trudno, akceptuję przemoc. Nie jesteśmy od głaskania ludzi po głowach.

– Akceptuję? Student, zawsze student... – Zakrzewski chwycił Nowaka za ramię. – Nie mówię o odstępstwach od procedur. To normalna rzecz. Ale czy przekroczyłeś kiedyś granicę? Tę granicę? Nie miałeś dość faceta, który na ciebie pluje, bluzga i który by cię chętnie zabił? Który przed chwilą omal nie zamordował swojej żony? Nie uderzyłeś go raz i drugi, i trzeci?

– Nie. Jeszcze nie.

– A ja, jak widzisz, tak. I kurwa, nie żałuję tego. Facet był winny zabójstwa, choć nie udowodniono tego w sądzie. Granica... – Karol puścił rękę kolegi. – Wiesz co, stary? Nie życzę ci, żebyś ją kiedykolwiek przekroczył.

Zakrzewski miał rację.

Nowak z zajęć na socjologii pamiętał jeszcze opis eksperymentów, które spokojnych studentów zmieniały we wściekłe, okrutne zwierzęta. Ludzie byli słabi. Każdy musiał się liczyć z tym, że kiedyś znajdzie swoje Abu Ghraib.

„Telefony, w mojej głowie wciąż". Kto to? Pani Krystyna Jakubowska, sąsiadka Nowaka z bloku na osiedlu Piaski. Sąsiadka z szóstego piętra, dodajmy. Niedobrze. Mieszkanie Nowaka było na siódmym. Czyżby coś się stało?

– Woda! – poskarżyła się pani Krystyna. – Woda leci z pańskiego mieszkania, konkretnie z kuchni! Mam już pół miednicy, postawiłam na drabinie. Ale i tak to nic nie daje, leci po ścianach!

– Zadzwoniła pani do gospodarza domu?

– Oczywiście, panie Adamie. Zaraz wyłączą. Niech pan dzwoni do swoich lokatorów, jak najszybciej, już...!

Jezus Maria z Józefem świętym, jak mawiała jego babcia. Jeszcze tego brakowało. Poinformował lokatora, który powiedział, że natychmiast wraca do mieszkania. Nowak powiedział kolegom, co się stało.

– Nie przejmuj się – powiedział Zakrzewski. – Wiedzą, że jesteś policjantem?

– Nie.

– Nie? Zresztą to nie ma znaczenia. Nie wiedzą, to się dowiedzą. Powiedz tylko jedno: czy ten facet nie jest, nie daj Boże, prawnikiem?

– Chyba pracuje w banku. A żona w jakiejś firmie kosmetycznej.

– No to dobrze. W razie kłopotów prawnika z domu nie wyrzucisz, chyba że znasz lepszego adwokata. A tak to masz spokój. Możesz obciążyć kosztami remontu, a potem wywalić – powiedział Zakrzewski. – Jeżeli nie będą chcieli się szybko wyprowadzić, powiedz, że sprowadzisz kolegów i zrobią szybką eksmisję.

– Ty byś tak zrobił, nie? Nic dziwnego, że chcą cię wyrzucić z Firmy.

– Srała baba, prawo i sprawiedliwość. Nie bądź taki świętojebliwy. Nie masz deputatu węglowego, ale masz władzę. Korzystaj, póki ci jej nie zabiorą.

– Dobra, dobra. Wcale nie zamierzam ich wyrzucać, ale za remont będą musieli zapłacić. U mnie i u sąsiadki. Taka jest umowa.

Drzyzga spojrzał na nich z błyskiem w oku.

– A za pięć lat powiesz sąsiadce: proszę się nie niepokoić, przez parę tygodni będzie tu mieszkać kilku sympatycznych dżentelmenów z Anglii. To poważni, pracujący ludzie, miłośnicy sportu i kultury fizycznej. Dumni synowie Albionu, jak powiedziałby redaktor Szpakowski. Proszę tylko na wszelki wypadek nie wychodzić na balkon i nie stawać pod oknami.

– Sąsiadka już to przeżyła – powiedział Nowak. – Jestem czwartym właścicielem tego mieszkania. Dwóch lokatorów temu rzygowiny często leciały z okna. Tylko że dżentelmen mieszkał tam przez pięć lat, więc to były raczej mistrzostwa Polski, nie Europy. Długodystansowe. Panowie, spadam, bo mi wszystko zatonie.

Nowak podjechał pod swój żółty blok. Broniewskiego 87. Przez dłuższy czas jedyny ocieplony i otynkowany wśród bloczysk stojących po południowej stronie torów tramwajowych. Dziś sąsiednie bloki cieszyły oczy (a częściowo, hm, waliły w gały) żółtym, niebieskim i pomarańczowym w różnych odcieniach. Po drugiej stronie Galla Anonima, za pętlą, też już było kolorowo, choć tam władze spółdzielni raczej nie poszły w paski. Preferowały najwyraźniej duże przestrzenie, pokryte mało kontrastowymi barwami. Nieważne, było weselej.

Nawiasem mówiąc, mniej więcej rok, dwa lata temu strasznie wkurzył Nowaka jeden hiphopowy artysta, który postanowił nakręcić swój teledysk na tle bloków osiedla Piaski. Bo wiesz, są różne sprawy, i ty tego nie rozumiesz, bo nie wiesz, lecz zrozumiesz, jak pożyjesz i popatrzysz, bo świat jest taki, jaki jest, a ty żyjesz tutaj i teraz, jesteś sam, choćbyś nie był, lecz są zasady, które się łamie, i ludzie, i miasto, a w nim różne sprawy. Szarość jest w duszy, nie w kolorze domu, w którym mieszkasz.

W jego mieszkaniu też było wesoło. Lokator, Andrzej Liberda, już zdążył dojechać z Mokotowa. Klęczał teraz w przedpokoju z jakimiś szmatami, ręcznikami i zbierał wodę z parkietu. Pokrywała równą warstewką całą podłogę. W kuchni, na terakocie, było jej nieco więcej. Źródło nieszczęścia stanowiła pralka, a raczej rura odprowadzająca wodę. Końcówka leżała luźno w szafce pod zlewem, z której wyciągnięto już kosz na śmieci, służący teraz jako dodatkowe naczynie. Rura już chyba przestała pluć wodą. No dobrze, wiemy, co się stało, koniec dochodzenia. Nie trzeba wzywać laboratorium kryminalistycznego w postaci hydraulika ze skrzyneczką. Polskiego hydraulika, ma się rozumieć. Trzeba spisać protokół oględzin. Ale najpierw zeznanie.

– Bardzo przepraszam, panie Adamie, nigdy nie było z tą pralką problemu. Żona nastawiła pranie na szesnastą, rozumie pan, żeby było gotowe, jak wrócimy do domu, no i właśnie... Chyba wibracje... wie pan.

Liberda popatrzył na niego tak, jakby miał nadzieję, że komisarz mu pomoże w sprzątaniu. W końcu to jego mieszkanie. Nowak miał to jednak w dupie. Zasadniczo. Niech się facet męczy. Udzielimy pouczenia.

– Cybant. Niech pan pójdzie na stację benzynową i kupi cybant.

– Co to jest?

Ziehband. Lepiej znać niemiecki.

– Metalowa opaska zaciskowa. Taka ze śrubką. Założy pan tę rurę na... na rurę, i przykręci. Nie powinno się już zsunąć.

– Aha. A jeżeli chodzi o straty, to... – Lokator rozejrzał się.

– Umówmy się tak, że zwróci mi pan koszt wymiany parkietu w przedpokoju. Mam nadzieję, że nie trzeba będzie tego robić teraz. Wyschnie i już. Policzymy to. Ile tu jest metrów, najwyżej osiem, prawda? Pomnożymy to przez cenę jakiejś taniej klepki z Castoramy. Z sąsiadką z dołu niech pan dojdzie do porozumienia we własnym zakresie, dobrze?

– No... Dobrze. Trudno. Ale co do ceny, to...

– Ustalimy – uciął Nowak. – A szafkami kuchennymi proszę się nie przejmować.

Zostawił faceta z podwiniętymi rękawami i ponurą miną. No i ciuchami kiszącymi się w zamkniętej pralce. Miejmy nadzieję, że się nimi zajmie.

Diabli nadali z temi suplikatorami, jak pragnę zdrowia.

4

Nowak znowu był na wiadukcie Trasy Toruńskiej. Właściwie był to fragment dawno zdemontowanego mostu Syreny, daru Ludowego Wojska Polskiego dla Warszawy, którego przęsła okazały się tak dobrej jakości, że po raz kolejny wykorzystano je w trakcie remontu. Od dwu dni trasa biegła objazdem po starych, wąskich jezdniach. Nigdy nie było wiadomo, na co się trafi. W środę nie było korka, dziś, w poniedziałek, już się zrobił.

Klęski, same klęski. Ogień i woda. Na Żeromskiego płonął gazociąg, a Nowak miał zalane mieszkanie. Ojciec w szpitalu, na szczęście tylko na badaniach, na nieszczęście jeszcze nie wiadomo, jaki będzie ich wynik. To, że miasto chciało dać trzysta sześćdziesiąt milionów na budowę nowego stadionu Legii, należało traktować jako wydarzenie pozytywne. Należało, choć Polonia dostała tylko około dwadzieścia milionów.

„A jak mi ktoś powie o tobie źle, a jak mi ktoś powie o tobie źle, zapierdolę chuja, łeb mu się zabuja, zajebię go!", Nowak podśpiewywał wesołą piosenkę ze stadionu. Oczywiście uważał ją za głupią, wulgarną, chuligańską, demoralizującą i złą. Dlatego śpiewał ją tylko przy goleniu. I w wannie. I na balkonie. I w samochodzie. Czasami jednak zapominał, że ma otwarte okna. Nic dziwnego, że kobieta siedząca na miejscu pasażera w oplu na sąsiednim pasie patrzyła na niego z przerażeniem i zarazem z politowaniem.

– Przepraszam. – Skłonił się elegancko i skupił na drodze. Czyli na światłach hyundaia toczącego się pół metra przed nim.

Zadzwonił telefon. Nowak nacisnął klawisz.

– Panie komisarzu... Mamy ciało. W lesie, w ziemi. Mężczyzna, zwłoki są czarne, w stanie rozkładu, ale wygląda na to, że to nie Polak.

– Gdzie?

– Pod Młochowem. Już panu wyjaśniam...

Hura! Mamy prawo do koguta. Nowak wyciągnął lampę i włączył sygnał.

Kobieta z opla pokręciła głową i powiedziała coś do prowadzącego samochód mężczyzny. Nowak nie wiedział, czy było to słowo „burak", czy „wieśniak".

Przeleciał na sygnale aż do Bitwy Warszawskiej, a potem przecisnął się Szczęśliwicką i Dickensa do Grójeckiej. Aleja Krakowska była jak zwykle zatłoczona, ale o tej porze tylko w stronę centrum. Jechał bez przeszkód trasą katowicką i szybko dotarł do Młochowa. Zatrzymał się przy pawilonie, w pobliżu remizy strażackiej, tuż przy murze parku. Połączył się z Zakrzewskim, który wyruszył na miejsce wcześniej. Ten kazał mu jechać dalej i uważać na zawieszenie. Faktycznie, asfalt na ulicy Źródlanej skończył się dość szybko i Nowak wjechał w polną drogę, biegnącą skrajem lasu, potem krótkim, malowniczym odcinkiem między polami, pod gałęziami drzew. Wjechał znowu w las – zauważył, że porusza się wzdłuż zielonego szlaku turystycznego. Dotarł do rozstaju dróg, gdzie zobaczył policyjne samochody. Wysiadł i podszedł do radiowozu.

– Tam – powiedział funkcjonariusz siedzący za kierownicą.

Nowak poszedł we wskazanym kierunku i rozejrzał się. Technicy z laboratorium. Lekarz sądowy. Prokurator. Policjanci z Nadarzyna. Jeden z nich przytknął rękę do czoła i skłonił się ponuro.

– Kto nie skacze, ten z policji – rzucił pod nosem komisarz.

– Co? – spytał Zakrzewski.

– Nic. Kto go znalazł?

– Leśnicy. Grodzili teren dla paintballowców – wyjaśnił Karol. – Jakaś firma organizuje takie imprezy i wydzierżawiła teren od nadleśnictwa. Wiesz, żeby nie straszyć turystów i nie niszczyć więcej lasu, niż trzeba. *All inclusive*, płacisz za wypożyczenie pistoletu, kombinezonu, za kulki, nawet za piwo i kiełbasę na ognisko. Jutro miał być pierwszy turniej.

– To chyba sobie nie postrzelają, niestety.

Podeszli bliżej miejsca znalezienia zwłok. Biało-czerwona taśma odgradzała małą polankę między drzewami. Dwaj młodzi policjanci w mundurach stali oparci o łopaty jak znudzeni robotnicy na budowie. Obserwowali medyka i techników przy pracy.

– Teren był zryty przez dziki. Tak powiedzieli leśnicy. Zwierzęta dokopały się do nogi i nadgryzły ją. Ale chyba im nie smakowała, nieświeża była.

– Dziki jedzą padlinę? – zdziwił się Nowak.

– Podobno żrą wszystko. – Zakrzewski wzruszył ramionami.

Ciało leżało w płytkim zagłębieniu. Nagie zwłoki wyglądały paskudnie, były czarne i brudne od ziemi. Do naturalnego koloru skóry doszły skutki działania wody, robaków, drobnoustrojów i dzików, a teraz również słońca, które przeświecało przez korony drzew.

Medyk podniósł głowę. Tym razem nie doktor Marczak, ale Michał Jaworski. Dało się go łatwo rozpoznać mimo maski na twarzy. Szopa ciemnych włosów była... prawie taka sama jak u leżącego u jego stóp trupa.

– Cześć. – Lekarz pozdrowił Nowaka i od razu przystąpił do wyjaśnień. – Ciało leży w ziemi od paru tygodni. Ten człowiek został zastrzelony. Znaleźliśmy ranę wlotową w klatce piersiowej. Dobra wiadomość jest taka, że nie ma rany wylotowej, więc kula musiała utkwić w ciele. Kaliber broni to dziewięć milimetrów.

– Tak jak w wypadku tego Szweda – powiedział Nowak.

– Jakiego Szweda? – zdziwił się Jaworski.

– Znaleźliśmy niedawno jednego trupa w Wiśle – wyjaśnił komisarz. – Czy ten człowiek miał jeszcze jakieś inne obrażenia, rany, zmiażdżone albo obcięte części ciała? Palce?

– Nie. Wszystkie palce są na miejscu. Jeżeli chodzi o złamania, rany i tak dalej, musimy poczekać do sekcji. – Lekarz popatrzył na ciało. – Jak widzicie, ręce i nogi były skrępowane taśmą do pakowania. Usta też ma zaklejone. Karol mówił, że domyślacie się, kto to jest.

– Tak.

– Nie da się go w tym stanie pokazać rodzinie. Trzeba zidentyfikować go w inny sposób. Ma rodziców, rodzeństwo? Dzieci?

– Są dzieci.

Policjant z Nadarzyna, stojący dotychczas z boku, włączył się do rozmowy.

– Starszy aspirant Wojdyga – przedstawił się. – Kto poinformuje jego rodzinę? W ogóle gdzie jest ta rodzina? Gdzieś tu, w okolicy?

– W Falentach – powiedział Nowak. – Tam mieszka pani Barbara Srinivasan. Jeszcze nie ma pewności, że to jej mąż. Ale jakoś trzeba ją przygotować na to, co się może zdarzyć. I tak będziemy przecież chcieli ją prosić o pomoc w identyfikacji.

Komisarz wpadł na pewien pomysł.

– Wie pan co? Niech pan się skontaktuje z Jarosławem Ciesielskim z Raszyna. Zna go pan? – Policjant przytaknął. – To jego rejon, no i zdążył już poznać wdowę.

– Dobrze – powiedział Wojdyga. – Czemu nie? Nikt nie lubi przekazywać takich wiadomości. Może jemu będzie łatwiej z nią rozmawiać.

– Dokąd prowadzi ta droga? – spytał Zakrzewski.

– Na Krakowiany, ale jest lepsza droga, asfaltowa. Jak się wyjedzie za parkiem, trzeba skręcić w prawo i pojechać główną drogą, nie na Parole. A tędy to można dojechać na skróty do leśniczówki.

– Zwłaszcza dobrym terenowym samochodem.

– Na przykład toyotą RAV4 – zauważył Nowak.

– Pojadę pogadać z leśniczym – powiedział Zakrzewski. – Zapytam go o podejrzane auta na tej drodze. Tylko, kurna, co mi może powiedzieć? Nie jeździ przecież po lesie i nie sprawdza śladów opon.

Karol westchnął ciężko.

– Zobaczę też, co u niego stoi w garażu – dodał.

Robert Nowacki z laboratorium podszedł do aspiranta.

– To pańscy ludzie? – Miał na myśli dwu policjantów, którzy porzucili łopaty i zajęli się paleniem papierosów.

– Tak.

– Można? – rzucił technik. Wojdyga potakująco skinął głową. – Hej, panowie, nie opierdalajcie się, tylko ruszcie się do roboty.

– Czego mamy szukać? – zapytał jeden z mundurowych.

– Foliowych worków. Kawałków ubrań. Miejsc, które mogły być niedawno rozkopane. Miejsc, gdzie trawa nie jest taka gęsta jak w okolicy. Jeżeli coś znajdziecie, wołajcie mnie.

Nowacki popatrzył na Nowaka i Zakrzewskiego.

– Duszno. – Otarł pot z czoła. – Front idzie. Będzie burza.

Podinspektor Morawski zebrał wszystkich na popołudniowym spotkaniu.

– Rozmawiałem z CBŚ – zaczął. – Nie mamy potwierdzenia, że nasz Hindus był elementem siatki zajmującej się handlem ludźmi lub przemytem uchodźców z Azji. Natomiast jeżeli chodzi o porwania... W naszym kraju operują, współpracując z polskimi gangami, rezydenci mafii kalabryjskiej, uważanej za najsprawniejszą obecnie organizację przestępczą w Europie, a może i na świecie, zwłaszcza po tym, jak mafia sycylijska została znacznie osłabiona. Ta grupa z Kalabrii nazywa się... – Morawski sprawdził w notatkach. – 'Ndrangheta. Porwania dzieci bogatych biznesmenów zawsze były ich specjalnością. Uprowadzonych przetrzymywano w górach, w masywie Aspromonte. – Podinspektor niemal upajał się włoskimi nazwami, przywołującymi na myśl południowe słońce, oliwne gaje i wioski przytulone do górskich zboczy, pełne tajemniczych mężczyzn oraz starych kobiet ubranych na czarno... Nowak skarcił się w myślach za uleganie tym samym fantazjom. Tu jest Warszawa.

– Ale chyba nie prowadzą tego interesu poza granicami? Mówię o porwaniach? – spytał Zakrzewski. – To lokalny biznes, wszyscy przez nas dotychczas zatrzymani to przecież Polacy. Mówię o obcinaczach, o „Mokotowie", o całej reszcie.

Morawski spojrzał surowo na podwładnego.

– Oczywiście, że nie prowadzą. To, słusznie zauważyłeś, lokalny biznes, w ich wypadku również.

Uprowadzenia to nie tylko biznes, ale i forma walki między gangami. Wzajemne porwania ważnych osób w organizacji – albo członków ich rodzin – służyły temu, by zastraszyć, by zmusić do rezygnacji z jakiejś działalności albo do oddania terytorium. Zatem w pewnym sensie tu również chodziło o biznes, o umowy, o zasady funkcjonowania na rynku. Czasami jednak celem była po prostu fizyczna eliminacja przeciwnika. Tak zwana komisja, czyli organ koordynujący sycylijskiej mafii, zabroniła wykorzystania kidnapingu nie tylko jako metody walki wewnętrznej, ale także jako źródła przychodu. Niejednokrotnie okazywało się bowiem, że uprowadzono syna polityka albo przemysłowca, który uczestniczy w skomplikowanej sieci powiązań z bossami świata przestępczego. Wewnętrzne wojny wygrali jednak ci, którzy zlekceważyli zalecenia Komisji – ludzie najbardziej bezwzględni i niecofający się przed niczym. Polscy gangsterzy, zwłaszcza ci młodsi, najwyraźniej brali z nich przykład. Zapominali o tym, że eskalacja przemocy wewnątrz organizacji doprowadza do jej rozpadu. Nowak zastanawiał się nad tym, gdy Morawski prowadził miniwykład o przestępcach z Kalabrii.

– 'Ndrangheta zarabia przede wszystkim na operacjach międzynarodowych – kontynuował podinspektor. – Na handlu narkotykami, zwłaszcza na przemycie kokainy do Europy. No i na handlu bronią.

– A w Polsce?

– W Polsce, z tego, co mi przekazano, współpracują z naszymi grupami przestępczymi, jeżeli chodzi o dystrybucję narkotyków. Poza tym, podobnie jak w wielu krajach, inwestują w legalne przedsięwzięcia. Hotele, ośrodki wypoczynkowe, restauracje. – Potoczył wzrokiem po zebranych. – Nieruchomości.

– Nieruchomości? Szwed? – rzucił Drzyzga.

– Niedwuznacznie dano mi do zrozumienia, że działalność pana Magnusa Rytterberga, a raczej okoliczności zawierania umów przez jego firmę z polskimi kontrahentami, są bardzo interesujące nie dla CBŚ, lecz dla CBA.

– Czyli ktoś chce udupić jakiegoś byłego kolegę partyjnego – burknął Zakrzewski.

– Powstrzymasz się od komentarzy? – spytał Morawski.

– Już się nie muszę powstrzymywać.

– Zaraz – powiedział Nowak. – Czyli my sobie, a oni sobie? Oni będą szukać osób, którym Szwed albo ktoś z jego otoczenia wręczył łapówkę, a my będziemy musieli pracowicie szukać zabójcy jego syna po jakichś dziurach i spelunach? I pewnie jeszcze chcą informacji na temat przebiegu śledztwa?

– Według prawa jesteśmy zobowiązani do pomocy w zakresie właściwości CBA. Czyli w kwestii przekazywania korzyści majątko wych. A także zwalczania działalności godzącej w interesy ekonomiczne państwa.

– Gdyby naprawdę ją chcieli zwalczać, musieliby zlikwidować parę ministerstw – odparł Nowak.

– A jeżeli CBA by schwytało zabójcę, powinno oddać go nam – dodał niezrażony Morawski. – Proste. Prędzej to my musielibyśmy udowadniać, że zabójstwo wiąże się z korupcją. Jeżeli potrzebujemy dostępu do materiałów CBA, możemy o to wystąpić za pośrednictwem komendanta. Dobrze. Wróćmy do konkretów. Co z tym pentagramem? Sataniści?

– Rozmawiałem z paroma świrami, tymi, których nazwiska dostaliśmy od Romka Kowalskiego – powiedział Drzyzga. – Za jego radą przejrzałem również fora internetowe związane z death metalem, black metalem, a nawet okultyzmem. Zalogowałem się na paru z nich jako... Ghromovladny.

Nowak parsknął śmiechem.

– No i?

– Nikt nie wspominał tam o śmierci Szweda. Nikt nawet o niej nie napomknął, czyli zapewne chłopak nie miał nic wspólnego z tym środowiskiem. Po prostu słuchał dziwnej muzyki i tyle, był zwykłym fanem.

– Fora internetowe? – spytał Morawski. – A on sam nie brał udziału w dyskusjach?

– Eksperci przeanalizowali jego komputer, w tym pocztę elektroniczną. Rzeczywiście, miał wśród zakładek w przeglądarce strony zespołów metalowych. Ale to wszystko. Może był gdzieś zarejestrowany, na przykład w skandynawskich serwisach, ale nie mamy żadnych haseł ani loginów. Gustav Rytterberg był za to zapisany na listę dyskusyjną poświęconą religii i drugą, o literaturze angielskiej. Nic podejrzanego.

– A narkotyki? Co z tym... Grubym?

– Nie możemy namierzyć faceta. Ten diler, Maks, znał go tylko z pseudonimu. Komórka milczy, a zestawienia od operatora mówią, że telefon nie był włączany od trzech tygodni.

– Ten Maks was wyrolował. Przyciśnijcie go trochę. Nie bierze towaru znikąd.

– Próbowałem – powiedział Drzyzga. – Zaklina się, że brał narkotyki od Grubego. Ostatnio właśnie jakieś dwa, trzy tygodnie temu.

– Dziwne. To musi mieć w domu niezły skład. Obserwujmy go.

– Zapierdala... Przepraszam, szybko jeździ na rowerze po całym mieście – dodał Marcin. – Nie dogonimy go w korkach. Można pilnować go przy domu.

– Jeżeli sądzicie, że coś nam to da... – Morawski sceptycznie popatrzył na zebranych. – Nie wiem, czy ten trop nas dokądś doprowadzi.

– A mamy inne?

– To było pytanie retoryczne? Od ciebie zależy, czy będziemy mieli inne, komisarzu Nowak. Co z Hindusem?

– Dziś będzie sekcja. Tych zwłok znalezionych pod Młochowem.

– Czy istnieje możliwość, że to ten człowiek, który został porwany trzy lata temu?

– Ciało leżało w ziemi kilka tygodni. Oczywiście to mógłby być on, ale nie wyobrażam sobie, żeby bandyci mogli tak długo faceta przetrzymywać.

– No tak. Poczekamy zatem na identyfikację zwłok. W sumie nie wiadomo co lepsze, odnalezienie porwanego trzy lata temu czy zaginionego dwa miesiące temu – westchnął podinspektor. – Co zrobiliście na miejscu?

– Cóż, zaczynamy wywiad w okolicy. Młochów, Rozalin, Krakowiany, Parole. Nawiasem mówiąc, leśniczy niczego nie widział. Jeździ, owszem, terenówką, ale rumuńską. Aro. Czyli taką, jaką kupiła policja w ustawionym przetargu – zauważył złośliwie Zakrzewski.

Morawski nie skomentował ostatniego zdania.

– Samochodu w dalszym ciągu nie odnaleziono?

– Nie – powiedział Nowak.

– Drogówka wie, że ma zatrzymywać takie auta do kontroli? „Trzeźwy Poranek", i tak dalej?

– Oczywiście.

– To pewnie irracjonalne, ale... przyszło mi do głowy, że może to nie człowiek, ale samochód jest tu najważniejszy. Może został skradziony po to, żeby wykorzystać go w jakiejś akcji terrorystycznej? Wiem, że ten... Indus, Hindus... – Morawski wzruszył ramionami. – Wiem, że nie był muzułmaninem, ale... Słyszeliście, że w sobotę samochód wyładowany kanistrami z benzyną wjechał w terminal lotniska w Glasgow? To był jeep cherokee. Toyota chyba jest trochę mniejsza, ale równie przydatna do przeprowadzenia ataku.

Nowak przyjechał do domu późnym wieczorem. Wracał od ojca. Andrzej Nowak był zmęczony po nieprzyjemnych badaniach, głównie układu pokarmowego. Przeżył już gastroskopię i kolonoskopię, dziś jeszcze miał prześwietlenie klatki piersiowej i kolejne badanie EKG. Na szczęście to już koniec. Ojciec powiedział, że właściwie to nie zrozumiał, co mówili lekarze w swoim fachowym żargonie. Wypadało wierzyć, że nie kłamie, zresztą nie mógł, przecież obiecał, że pokaże wyniki.

Wyniki badań laboratoryjnych... Nowak przypomniał sobie raport z sekcji odnalezionego w lesie ciała. Komisarz nie brał udziału w oględzinach, do Zakładu Medycyny Sądowej poszedł tym razem Zakrzewski. Nie znaleziono głębokich ran, jeżeli były jakieś tkanki zmiażdżone przez uderzenia, rozkład utrudnił ich identyfikację. Kręgosłup szyjny nie został złamany. Medyk wydobył pocisk, który został przekazany do laboratorium, do badań balistycznych. Miejmy nadzieję, że broń była już zarejestrowana w bazie.

Znowu jakiś telefon. Numer nieznany.

– I co, psie? – Czy to był ten sam głos, co poprzednio? Chyba tak.

– Dużo masz jeszcze tych telefonów, ty ćwoku mazowiecki? Tanie minuty czy coś podobnego?

Ciężki oddech w słuchawce.

– Nie pogrywaj ze mną, psie.

– Pierdol się, chuju – powiedział Nowak i rozłączył się. Czekał. Krótko.

– Tak?

– Mówiłem, kurwa, nie pogrywaj ze mną, psie pierdolony.

– Nie masz szans na pracę w biurze obsługi klienta. A teraz powiedz, o co chodzi.

– Już ci mówiłem. O cudzoziemca.

Ten sam człowiek, a w każdym razie ten sam gang.

– Rumuna? Wietnamczyka? Szweda? Hindusa? Czy mógłby pan być bardziej precyzyjny? – spytał komisarz.

– Kurwa, przecież wiesz, że chodzi o brudasa! Wykopaliście go i wystarczy.

Facet znał numer komórki Nowaka. To nie była w zasadzie tajna informacja, bo komisarz podawał go różnym osobom. Ciekawe wprawdzie, od kogo bandyta uzyskał numer, ale jeszcze bardziej interesujące było to, skąd wiedział o znalezieniu zwłok V.S. Srinivasana.

– A dlaczego mam się przestać tym interesować?

– Bo zajebiemy ciebie i tę twoją dziewunię z Białołęki. Najpierw ją, potem ciebie.

– Pierdol się, skurwielu – Nowak nie miał nigdy problemów z mówieniem tego, co naprawdę myśli. Nie przerwał tym razem połączenia, choć miał chęć rzucić telefonem o ścianę. Co za ścierwo. Granica? Łatwo przekroczyć granicę, naprawdę łatwo.

– Słuchaj, psie. Są rzeczy ważne i mniej ważne. Umiesz rozróżnić?

– O! Ładne. Myślałeś o założeniu zespołu hiphopowego?

– Co?

– Gówno. Nie boję się ciebie. Dlaczego dzwonisz? Kto ci kazał?

– Nie dowiesz się. Po prostu nie zajmuj się biznesem, bo to nie twoja działka. Rozumiesz? Pomyśl.

Koniec rozmowy.

Biznesem? Nowak spojrzał w okno. Jakim biznesem, na litość? Materiałami tekstylnymi, odzieżą sportową? Dlaczego ten facet w ogóle dzwonił do niego? Śledztwo i tak zostało wszczęte przez prokuratora. Policjanci będą musieli prowadzić rutynowe czyn-

ności, wykorzystując to, co udało im się już ustalić w trakcie dochodzenia w sprawie zaginięcia. Czy bandyta musi dzwonić na policję
z informacją o tym, że życzy sobie świętego spokoju? Bez sensu.
Dzwonią do Nowaka, bo chcą, żeby rozpoczął poszukiwania właśnie tam, gdzie chcą go skierować. Słowo klucz: biznes. Dobrze, że nie
„różyczka".

5

Jadąc następnego dnia do komendy, Nowak rozmyślał o wieczornym
telefonie. Podczas rozmowy czuł tylko gniew oraz zawodową, służ-
bową ciekawość. Nie bał się wtedy ani o siebie, ani o swoją kobietę,
był jedynie wściekły, że jakiś bandyta w ogóle ośmiela się o niej mówić. Niepokój przyszedł później. Nowak nie mógł zasnąć, a wszystkie pytania Kasi zbywał lekceważącym „nic, nic". Była zła, ale nie
podjęła już więcej prób dowiedzenia się, o co chodzi. Zastanawiał
się, czy groźby były realne; był prawie pewien, że nie, chciał wierzyć,
że nie. Celem rozmowy było skierowanie policji na niewłaściwy
trop.

Rano, zanim Kasia wyszła z domu, Nowak wziął kluczyki od jej
toyoty pod pretekstem, że zostawił w bagażniku teczkę z dokumentami. Obejrzał uważnie auto, schylił się nawet z latarką i zbadał pod-
wozie. Rozejrzał się jeszcze po okolicy, żeby zobaczyć, czy na ulicy
Hanki Ordonówny nie parkuje jakiś samochód z podejrzanymi pa-
sażerami. Wrócił do mieszkania, pożegnał się z Kasią i wyszedł na
balkon. Uspokoił się dopiero wtedy, kiedy zobaczył, jak biała corolla
wyjeżdża z bramy i włącza się do ruchu.

Nowak miał powody, żeby obawiać się o zdrowie i życie swoich bliskich. Nie tylko Kasi, także ojca, choć z innych przyczyn.
Odtworzył w pamięci wczorajszą rozmowę z młodą lekarką. Był na
dziewczynę zły, bo najpierw nie chciała z nim gadać, mówiąc, że jest
strajk i pracuje jak na ostrym dyżurze. Nakrzyczał na nią bez sensu,
a potem przeprosił. Powiedziała, że nie chce wyjeżdżać do Anglii,

bo trzyma ją tu rodzina i przyjaciele. To znaczy ci z przyjaciół, którzy jeszcze nie wyjechali. Komisarz nie przyznał się, gdzie pracuje, zwłaszcza po tym, kiedy opowiedziała o ostatnich przepychankach pielęgniarek z policjantami pod kancelarią premiera. Wyszedł ze szpitala z myślą, że nikt nie zasługuje na to, by być skazanym na państwową służbę zdrowia. Nie tylko jego ojciec, także lekarze i pielęgniarki.

Najważniejsze, że Andrzej Nowak wracał nazajutrz do domu i że czuł się zadziwiająco dobrze jak na swój wiek. Alarm wcale nie został odwołany, bo nie było jeszcze wszystkich wyników i końcowej diagnozy. Ważne, że państwowa służba zdrowia mimo strajku przeprowadziła kompletny zestaw badań. Może zatem istniała jakaś sprawiedliwość w Rzeczpospolitej, może wiele lat płacenia składek ubezpieczeniowych do czegoś ten system zobowiązywało, może cała ciężka praca jego ojca nie była „chuja warta", jak śpiewał Kazik. Dlaczego emeryci z Niemiec zawsze wyglądali jakoś tak wesoło, różowiutko i sympatycznie w tych swoich dzierganych sweterkach i dżinsach, dlaczego zachowywali się tak, jakby połowa życia była jeszcze przed nimi? Ech, to niesprawiedliwe, przecież przegrali wojnę.

– Ma pan córkę, panie komisarzu? – spytał sierżant Kwiatkowski. – Dzwoniła jakaś dziewczyna. Bardzo młody głos. Powiedziała, że ma na imię Karolina. Jakieś ptasie nazwisko... Wrona. Zostawiła numer.

– Dzięki, już go mam – powiedział Nowak.

Usiadł przy swoim biurku i wystukał ciąg cyfr, myląc się dwukrotnie.

– Karolina? Tu Adam Nowak z Komendy Stołecznej Policji. Chciałaś ze mną rozmawiać.

– Tak. – Głos tym razem mocny i zły. – Ta kobieta ze zdjęcia... Wiem, kto to jest. To kochanka Magnusa Rytterberga. Nazywa się Joanna Skoczylas. Pracuje w... W jakiejś firmie sprzedającej cement, w polskiej firmie. Jest asystentką prezesa czy coś. – Powiedziała to z pogardą, tak jakby sugerowała, czym pani Skoczylas naprawdę się zajmuje. Ciekawe.

– Wiedziałaś wcześniej, prawda? Znałaś jej nazwisko – stwierdził Nowak. – Tylko z jakiegoś powodu nie chciałaś o tym powiedzieć. Dlaczego?

Słychać było, jak dziewczyna szybko oddycha.

– Jeżeli kłamałam, to czy coś mi za to grozi?

– Nie.

– Na pewno?

– Nikt się o tym nie dowie. Mamy przecież ważniejszy problem. Powiedz.

– Bo dowiedziałam się... – Krótka chwila wahania. – Dowiedziałam się, że próbowała uwieść Gustava.

– Próbowała?

Długie milczenie.

– Tak, próbowała. I udało jej się. Przepraszam. – Dziewczyna zakończyła rozmowę.

Nowak odłożył słuchawkę. No to świetnie. Jeżeli to naprawdę kochanka Magnusa Rytterberga, może być kluczem do jego tajemnic i do zagadki śmierci Gustava. Kluczem... szwedzkim. Może się też okazać, że to ona zamordowała młodego człowieka albo zleciła zabójstwo. Motyw, środki, sposobność? Z tej trójki najistotniejszy jest motyw. Alkohol, narkotyki, miłość, pieniądze, albo też dowolna kombinacja tych czynników.

Nowak przygotował wniosek do operatora z żądaniem ustalenia numeru, z którego do niego wczoraj telefonowano, po czym sam zadzwonił w nietypowej sprawie. Magnus Rytterberg długo zwlekał z odpowiedzią. Kolejna osoba, która rozważa, jak bardzo się jej opłaci mówienie różnych rzeczy, zwłaszcza komuś, z kim nie została wcześniej zawarta żadna umowa. Błąd, proszę pana, zawarł pan umowę z państwem, które na dobre i na złe reprezentuje komisarz Nowak. W bardzo ograniczonym sensie, nawiasem mówiąc, i raczej na złe niż na dobre.

– Tak, to prawda – powiedział w końcu Szwed. – Nie zdradziłem państwu nazwiska tej osoby, bo nie chciałem narażać na szwank jej opinii. Informacja o moich kontaktach z nią mogłaby jej zaszkodzić zarówno w pracy zawodowej, jak...

– ...jak i w życiu osobistym – dokończył komisarz. – Tak?

– Oczywiście, że tak. – W głosie Rytterberga zabrzmiała irytacja. – Są sfery życia prywatnego, które powinny pozostać niedostępne dla innych. Są pewne decyzje, które ludzie podejmują z własnej nieprzymuszonej woli. Ich skutki mogą być jednak bardzo różne, w zależności od wiedzy innych osób dotyczącej tych decyzji.

Interesujący opis tego, na czym polega zdrada i jej ukrywanie przed światem. To samo można przecież powiedzieć o przestępstwie. Wydaje się, że biznesmen interesował się przede wszystkim własną wygodą i spokojem, nie zaś ochroną prywatności innych osób.

– Rozumiem pański wywód, ale dla mnie oznacza to tylko tyle, że udzielił pan fałszywych informacji policjantowi prowadzącemu śledztwo w sprawie zabójstwa pańskiego syna. – Nowak musiał wziąć dłuższy oddech po wypowiedzeniu skomplikowanego zdania w obcym języku. Wcale nie był pewien, czy sformułował je poprawnie. – Zastanawiam się, co panem kierowało.

– Przecież przed chwilą panu powiedziałem. Cóż, z tego wynika, że również jestem gotów ponieść konsekwencje swoich decyzji. Decyzji o tym, że powiedziałem nieprawdę.

– Panie Rytterberg... – powiedział Nowak. – Nie przeciągajmy tego, dobrze? Przyjmuję, że z jakichś powodów nie chciał pan dopuścić, żeby pański związek z Joanną Skoczylas wyszedł na jaw. Z mojej strony może pan liczyć na dyskrecję. I nie chcę mówić na razie o żadnych konsekwencjach prawnych. Interesuje mnie jedno: jak mogę znaleźć tę kobietę? Co powinienem o niej wiedzieć?

– Jeżeli pan przypuszcza, że może mieć jakiś związek ze śmiercią Gustava, to... – Szwed nagle urwał.

– To co?

– To śmieszne. Nie widzę żadnego motywu – powiedział Rytterberg.

Nie widzę, ale nie wykluczam. W głosie Szweda nie było stuprocentowej pewności.

– Zazdrość? Może chciwość?

– Zamierza pan wyliczyć wszystkie grzechy główne?

– Nie – parsknął Nowak. – Myślę o możliwych scenariuszach. Pańska... przyjaciółka mogła mieć nadzieję na małżeństwo z panem. Mogła chcieć wyeliminować konkurentów zarówno uczuciowych, jak i finansowych. Wiem, głośno myślę, nie mam podstaw do...

– Oczywiście, że nie ma pan podstaw! – przerwał gniewnie Szwed. – To absurd! Nasz związek, nasz układ, był dobrze zdefiniowany, zrozumiały dla obu stron.

Układ, umowa. Znowu umowa. Umowy czasami są zrywane, co Rytterberg musiał przecież wiedzieć. Stąd pewnie jego dystans i mimo wszystko brak przekonania do opinii, które wygłaszał o innych ludziach. Nowak nie podzielił się z nim swoim wnioskiem.

– Gdzie pracuje, gdzie mieszka? Jak mogę do niej dotrzeć?

Rytterberg podał nazwę firmy i adres mieszkania w centrum Warszawy. Niestety, jak się okazało, Joanna Skoczylas wyjechała razem z prezesem swojej firmy na jakieś rozmowy handlowe czy konferencję w Czechach. W Pradze, nie na Pradze.

Nowak miał jeszcze jedną sprawę do załatwienia w ten pochmurny wtorek, i to właśnie na prawym brzegu Wisły. Podjechał w okolice placu Leńskiego, to jest – tfu, precz z komuną – placu Hallera. Zrobił dwa kółka, zanim znalazł właściwy budynek. Zaparkował na Jagiellońskiej koło sklepu meblowego o sympatycznej nazwie „Sęk". Rozejrzał się. Jedno emeryckie tico, jakieś ople i audi – złom sprowadzony z Niemiec – ale też chrysler PT Cruiser, no i volvo c30 wymalowane w płomienne wzory. Pełen przekrój społeczny. Nie zauważył jednak nigdzie białego forda mondeo.

Minął niebieskie ogrodzenie pawilonu reklamującego się jako „Centrum Dekoracyjne" i wszedł od razu w bramę domu numer 7/9, tuż przy szczytowej ścianie. Adres był troszkę mylący – trzypiętrowy budynek wyginający się w kształt litery L przypisano do Ratuszowej, choć dłuższy bok przylegał do Jagiellońskiej. Nowak rozejrzał się. Pośrodku podwórka znajdował się mały, porośnięty drzewami skwerek z kilkoma ławkami, otoczony prehistorycznymi oponami wkopanymi w ziemię. Nieco dalej i niżej rząd garaży odcinał posesję od bazy samochodowej Poczty Polskiej. Na podwórku stało kilkanaście aut, jednak nie było wśród nich tego, które Nowak spodziewał się znaleźć.

Szukał numeru mieszkania, patrząc na tabliczki nad wejściami do kolejnych klatek schodowych. Drzwi jednej z nich – w części budynku od strony Ratuszowej, do której jeszcze nie dotarł – otworzyły się nagle i wyszedł z nich wysoki mężczyzna. Cudownie. Nie trzeba będzie odwiedzać jego mieszkania i naruszać miru domowego.

Andrzej Malanowski ruszył szybkim krokiem w kierunku bramy. Miał tylko jedno wyjście do wyboru, bo za krótkim skrzydłem prostopadłym do Ratuszowej teren był zagrodzony. Mężczyzna nie zauważył komisarza, który cofnął się do bramy i przeszedł szybko kawałek chodnikiem w stronę Brechta. Nowak zatrzymał się i czekał. Gdy Malanowski wyszedł z bramy i skierował się w przeciwną stronę, podążył za nim. Białe mondeo stało zaparkowane na chodniku, prawie na samym rogu Jagiellońskiej. Zdaje się, że jazda po chodniku jest zabroniona.

Dopadł go przy samochodzie i rzucił na maskę.

– Co...? – rzucił zaskoczony Malanowski. Usiłował odepchnąć napastnika.

– Policja! – wrzasnął Nowak. – Nie szarp się! Ręce do tyłu! Już!

– A, to ulubiony komisarz. Popierdoliło cię kompletnie? Czego chcesz?

– Ręce do tyłu, mówię! – Nowak skuł go kajdankami. – Stęskniłem się. To już prawie dwa tygodnie.

Malanowski wyglądał na zdezorientowanego. Nie na tyle jednak, żeby nie utrudnić życia policjantowi.

– Ej, ten zboczeniec mnie napastuje! – krzyknął głośno. – Na pomoc!

Nikt nie zareagował. Tylko staruszek po drugiej stronie ulicy zatrzymał się i przyglądał z wyraźnym zainteresowaniem. Zwrotniczy z szarej budki na rogu Jagiellońskiej i Ratuszowej również opuścił na chwilę posterunek, udając, że płucze termos z herbatą. Nowak chwycił Malanowskiego za głowę i uderzył nią w maskę. Na tyle mocno, że włączył się alarm, a na białym lakierze pojawiło się kilka kropel krwi. Miał nadzieję, że nie złamał mu nosa. A jeżeli nawet...

– Widzisz, stary? Nikt ci nie pomoże. – Nowak pchnął go jeszcze raz na maskę forda. Malanowski stęknął ciężko. – Nawet wajchowy.

– Jaki, kurwa, wajchowy?! Czego chcesz, pedale?

– Skąd macie mój numer? Komu go dałeś?

– Jaki numer? Nie znam żadnego numeru, nie znam nikogo!

– Zaraz sprawdzimy. – Nowak lewą ręką przytrzymał Malanowskiego na masce, a prawą przeszukał kieszenie jego spodni. Znalazł kastet i kluczyki od samochodu. Oraz komórkę.

– Wsiadaj. – Komisarz wyłączył sygnał pilotem, otworzył samochód i wepchnął jego właściciela do środka, na miejsce pasażera. Wziął telefon i zadzwonił do siebie, żeby zapisać numer przestępcy. Nie czekał, aż zgłosi się poczta głosowa i przerwał wybieranie połączenia, po czym skasował swój numer z listy połączeń wychodzących. Sprawdził jeszcze, czy Malanowski nie dzwonił do niego wcześniej. Nie dzwonił. Nowak przejrzał inne połączenia i zanotował numery. Matka. Stefan. Asia. Gruby. Gruby 2. Gruby? Niejednemu psu Burek. Jak widać, co najmniej dwóm.

Tymczasem Malanowskiemu udało się przesunąć na miejsce kierowcy. Dosięgnął głową do kierownicy i zaczął uderzać w przycisk klaksonu. Niech cię szlag. Nowak otworzył drzwi i szarpnął go za koszulę.

– Przestań, do kurwy nędzy. Chcesz więcej policjantów?

– Tak, kurwa, chcę! – wrzasnął przestępca. – Niech przyjadą. Nie masz żadnych papierów na to, żeby mnie przeszukiwać. I nie masz prawa mnie bić, fiucie. Złożę skargę. I to ciebie zamkną, nie mnie.

Nowak spojrzał na budkę zwrotniczego. Facet musiał mieć łączność z centralą Tramwajów Warszawskich. Może już poinformował o incydencie.

– Jasne. – Nowak nachylił się do ucha przestępcy. – Przepraszam pana bardzo. Zaszła pomyłka. To było tylko kontrolne, obywatelskie zatrzymanie. Ale jeżeli spróbujecie tknąć mnie lub kogokolwiek z moich bliskich... – Nie chciał oczywiście podawać imienia Kasi. – Jeżeli cokolwiek się stanie, będziesz pierwszym, który za to odpowie. Możesz mieć na karku całą policję. Albo jeśli wolisz, jednego policjanta. Mam kolegę, który wydłubał oko jednemu bandycie.

Odrobina przesady nikomu nie zaszkodziła.

– Oko? – stęknął zdezorientowany Malanowski.

– Oko. Facet odchodzi właśnie na emeryturę. Może będzie chciał mieć drugie do kolekcji. To jak? No?

Malanowski milczał.

– Dobra. Zabieram kajdanki, są na moje nazwisko. Rozumiesz, nie mogą zginąć, bo będę miał kłopoty.

– Spierdalaj.

– Sam spierdalaj. Wytrzyj gębę. Szerokiej drogi.

Przestępca tylko splunął za komisarzem. Trzasnął drzwiami i ruszył z piskiem opon. Zajechał drogę autom na Ratuszowej i od razu skręcił w Jagiellońską w stronę alei „Solidarności". Na czerwonym świetle, mimo że nie świeciła się już zielona strzałka w lewo.

Nowak połączył się z centralą.

– Podinspektor Morawski? Będę potrzebował kogoś z sekcji operacyjnej. Albo z dochodzeniowo-śledczego.

Po zakończeniu rozmowy przeszedł na drugą stronę i usiadł na chwilę na ławce na dziedzińcu kościoła Matki Boskiej Loretańskiej. Nie wiedział, czy postraszył właściwego człowieka. Ale nawet jeżeli to nie Malanowski odpowiada za wieczorne telefony, obraca się w odpowiednim towarzystwie. Jeżeli gość chce wrócić do biznesu związanego z uprowadzeniami dla okupu, warto go było przycisnąć.

Nowak nie palił i w tym momencie nieco tego pożałował. Palacze mają zawsze swoje trzy minuty relaksu, raz na jakiś czas. Jemu zostawało tylko świeże, wilgotne powietrze. Nad miasto nadchodziła ulewa, tym razem od wschodu. Komisarz wstał i przyjrzał się napisowi na pamiątkowym kamieniu. Obejrzał figurę Matki Boskiej z 1919 roku, jak głosił napis na cokole. Potem przeczytał historię kościoła wywieszoną w gablocie przy wejściu. No proszę. Widać od Szwedów w Warszawie nie ma ucieczki. Od Rosjan, Niemców też nie, ale nie podejrzewał, że również Francuzi brali udział w rozbiórce miasta. Cholerni cudzoziemcy.

Inni

1

W środę rano Robert Nowacki skontaktował się z „terrorem".

– Zidentyfikowaliśmy broń, z której wystrzelono ten pocisk. Nabój 9 × 19 mm Parabellum, a pistolet to Glock 17 albo 19. Został wykorzystany w strzelaninie pod Pruszkowem. W zasadzie to nawet nie była strzelanina, tylko próba egzekucji. Samochód podjechał pod sklep nocny, w którym robił zakupy jeden niesympatyczny obywatel. Dostał od kolegów dwa strzały w brzuch i jeden w udo. Przeżył.

– Pamiętam.

– No to pamiętasz także, że sprawców ani broni nigdy nie odnaleziono. Coś wam wtedy nie wyszło?

– Wszystko nam nie wyszło. W okolicy działało kilka małych grup przestępczych, z których każda chciała wyrwać swój kawałek tortu. Oczywiście wytypowano podejrzanych, ale mieli alibi.

– A ten gangster, jak on się nazywał... – Przez telefon było słychać, jak Nowacki uderza w klawiaturę. – Oracz, Roman Oracz. Nic wam nie powiedział?

– Nie mam żalu do nikogo.

– Jasne. Takie żarty między kolegami, panie władzo.

– Co wiadomo o samym zabójstwie?

– Kula została wystrzelona z odległości dwu metrów, może półtora. Przeszła między żebrami i zatrzymała się w mięśniu sercowym. Precyzyjny strzał, tylko jeden. Śmierć musiała nastąpić natychmiast, a w każdym razie bardzo szybko.

– Egzekucja.

– Tak, egzekucja, wcześniej przygotowana i wykonana przez fachowca. Dobra, przesyłam ci raport. Zrób z nim, co chcesz.

– Zrobię, jak zwykle.

– Powodzenia.

Komisarz najpierw pojechał do Wołomina, by zabrać ojca ze szpitala. Andrzej Nowak był nieco zmęczony i sfrustrowany; zaczął od tego, że nakrzyczał na syna. Sam bym dotarł do domu – mówił. – Nie zawracaj sobie głowy. Cieszył się jednak z tego, że już wraca, że nie musi leżeć w szpitalu. Był zadowolony także z diagnozy: wrzody żołądka. Tylko.

Nowak odwiózł ojca do Radzymina. Zahaczyli po drodze o sklep, żeby zrobić podstawowe zakupy, zwracając tym razem baczną uwagę na zgodność produktów z zalecaną dietą. Odwiedzili także aptekę.

Nowak pożegnał się z ojcem, zbywając milczeniem jego burczenie na temat oszukiwania Pana Boga. Ruszył ponownie do Warszawy, w kierunku tych wieżowców, które widział ze szpitalnego okna. Zapomniał wziąć do samochodu muzykę – dawno niesłuchany *Lodger* Davida Bowie został na szafce w przedpokoju – i dlatego zajął się rozmyślaniami o futbolu. Do Polonii przyszedł właśnie nowy czarny zawodnik, niejaki Obem Marcelinus, a może Marcelinus Obem. Nowak westchnął. Przydałby się raczej Obafemi Martins. Niespodziewanie przypomniał mu się Waldek Skorupka, spiker, a potem członek zarządu Polonii. I wcale nie chodziło o jego popisy krasomówcze, ale o fakt, że jako jedyny przedstawiciel klubu piłkarskiego pojawił się kiedyś na meczu rozegranym przez zawodników pochodzących z Afryki na błoniach Stadionu Dziesięciolecia, gdzie zresztą wielu z nich – ci, którzy mieli mniej szczęścia – musiało dorabiać sobie jako handlarze albo tragarze.

Od paru lat był to całkiem poważny problem, związany z handlem ludźmi w Europie. Sprytni agenci, skauci działający na własną rękę, za to przedstawiający się jako wysłannicy wielkich klubów, jeździli po krajach takich jak Nigeria, Wybrzeże Kości Słoniowej czy Ghana, szukając młodych talentów. Chłopak, skuszony wizją wielkich zarobków, eleganckiego domu, samochodu i oczywiście kariery prowadzącej wprost do Manchesteru United albo Barcelony, podpisywał wszystkie papiery, które podetknął mu agent. Zawodnicy jechali potem do Europy na testy do klubów w takich krajach jak Belgia, Holandia, Chorwacja czy właśnie Polska. Jeżeli agent sprzedał dwu, trzech z pięciu piłkarzy, biznes zwracał mu się z nawiązką. Ci, którymi się nikt nie interesował, musieli radzić sobie sami. Oczywiście zgodnie z umową, którą podpisali i której treść dopiero teraz do nich docierała. Nieważna wiza, brak środków do życia? Ich problem. W Brukseli czy Amsterdamie mogli zarobić, handlując narkotykami dla bossów nigeryjskich gangów. Sprzedaż dresów na największym stadionie w stolicy IV Rzeczpospolitej i tak nie była najgorszą z rzeczy, które mogły ich spotkać.

Komisarz podjechał na ulicę Łucką. Jan Żurek kiedyś opowiadał mu, skąd się wzięła nazwa tej ulicy – Nowak już nie pamiętał całej historii poza tym, że miasto Łuck nie miało z tym nic wspólnego. Przypominał sobie tylko to, że po wojnie komuniści chcieli ją zmienić na Łódzką, żeby się, nie daj Boże, nie kojarzyła z utraconymi Kresami. Firma, która miała niewątpliwy zaszczyt być głównym sponsorem (a jej prezes właścicielem) Polonii Warszawa, postawiła tutaj wielki apartamentowiec, jak teraz mówiono na bloki mieszkalne. Wyróżniał się on tylko rozmiarem, a kształtem przypominał szafę. Nowak znalazł wolne miejsce pod samym budynkiem, za błyszczącym czarnym hummerem. Parkując „w kopertę" bardzo uważał, żeby nie stuknąć drogiego wozu. Pół biedy, jeżeli to gangster albo raper ze złotymi łańcuchami i piątką kolegów. Ale samochód mógł przecież należeć do jakiegoś posła.

Zanim wybrał numer na domofonie, musiał przejść obok strażnika siedzącego za kontuarem. Facet w czarnym mundurze otaksował go wzrokiem i chyba uznał, że niektórzy lokatorzy stosują zbyt luźne kryteria doboru swoich gości. Nowak wjechał na piętnaste piętro. Piętnaste, wysoko, widok z okna musiał tu być niezły. Z korytarza nie mógł jednak tego docenić. Zadzwonił do drzwi wskazanego mieszkania.

Otworzyła kobieta ze zdjęcia, Joanna Skoczylas. Rozpoznał ją od razu, ale dopiero teraz mógł się jej przyjrzeć z bliska. Warto było. Trójkątna twarz. Ładne, prostokątne okulary w dość grubej, choć wąskiej oprawce. Mocne, pełne, ale nie wyzywające usta. Ciemne, długie włosy, opadające ładnymi falami na odsłonięte ramiona. Dekolt jej czarnej bluzki nie był specjalnie śmiały, ale sama bluzka na tyle dopasowana do ciała, że Nowak mógł dość dokładnie zobaczyć kształty, które bez wątpienia mogły zwrócić uwagę Magnusa Rytterberga. Jego syna również. Może nie tylko ich. Spódnica z czarnego materiału kończyła się nieco powyżej kolan, a były to bardzo piękne kolana. Nie mówiąc o łydkach. Nowak zastanawiał się nad udami, ale po chwili przestał, gdyż jak powszechnie wiadomo, komisarz policji z erekcją traci swoją czujność zawodową.

– Dzień dobry. – Podał jej rękę. Uścisnęła ją niezbyt mocno, wręcz delikatnie. – Komisarz Adam Nowak z Komendy Stołecznej.

– Joanna Skoczylas.

– Wiem – odparł niezbyt mądrze. Uśmiechnęła się. Punkt dla niej.

– Zapraszam.

Nowak spojrzał na posadzkę. Prawdziwa klepka ze szlachetnego drewna. E tam, wielkie mi co. U niego w bloku na Piaskach też była prawdziwa klepka. Trzydziestoletnia. Z dobrego, polskiego drewna. Z prawdziwego dębu, być może. Po ostatniej powodzi się nieco zdefasonowała.

– Czy powinienem zdjąć buty? – spytał.

– Nie, nie musi pan. – Zdziwiła się nieco.

– Wie pani, słyszałem, że chyba w Toruniu komendant nakazał policjantom idącym na interwencję zdejmowanie butów przed wejściem do mieszkania. Jesteśmy kulturalną instytucją, jak pani widzi.

Znowu uśmiech. To taka gra wstępna, dla przełamania lodów. Na razie nie wiedział, czy w ogóle potrzebna; nie ustalił przecież jeszcze, z kim tak naprawdę ma do czynienia. Za chwilę przyjdzie pora na kolejny rytuał.

– Proszę usiąść. Napije się pan czegoś?

Właśnie.

– Herbaty, jeśli można. Czarnej.

Krzątała się przy blacie w kuchni, a raczej w aneksie kuchennym, pełnym nowoczesnych szafek i sprzętów. Dominował tam biały kolor, a w zasadzie biel i metal, matowy metal. Współczesne wzornictwo, zwane „dizajnem". Nowak rozejrzał się po mieszkaniu. Wyglądało na niezbyt duże, ale... wyposażone. Takie słowo przyszło mu na myśl. Cóż, pasowało także do jego właścicielki.

To nie było miejsce, w którym warto było sprawdzać katalog płyt. Coś tam leżało na metalowych półeczkach pod plazmowym telewizorem wiszącym na ścianie, obok smukłych kolumienek (metal z akcentami drewnianymi, w kolorze identycznym jak podłoga), ale Nowak mógł się założyć, że nie znajdzie tam ani jednej płyty, która znajdowała się w jego kolekcji, i co najwyżej jedną ze zbiorów Kasi. Do tego mieszkania pasowali Michael Bolton i Kenny Loggins ze swoimi rozbudowanymi solówkami i równie skomplikowanymi fryzurami.

– Zapali pan? – spytała.

– Nie palę.

– A ja mogę?

Nowak skinął potakująco głową.

– Jest pani u siebie.

– Tak, jestem u siebie. – Spojrzała mu prosto w oczy. – Słucham pana.

– Domyśla się pani, dlaczego tu jestem. Gustav Rytterberg nie żyje, pani była na jego pogrzebie. Na mszy... nabożeństwie żałobnym.

– Widział mnie pan? I znalazł na podstawie zdjęcia? Kto panu podał moje nazwisko?

– Znalazłem panią, to wystarczy. Dlaczego zginął Gustav?

– Słucham?

– Dlaczego zginął? Dlaczego komuś na tym zależało?

– Nie wiem. Między nami jest... było jakieś dziesięć lat różnicy. Nie znałam jego kolegów, przyjaciół, dziewczyny.

– Ale nie traktował pani, hm, z wyższością? Wiedział przecież o pani istnieniu.

– Tak. – Kobieta zamilkła na chwilę. – Tolerował moją obecność. Nie interesowało go specjalnie to, jakie decyzje podejmuje jego ojciec.

Joanna Skoczylas bez zdziwienia przyjęła do wiadomości, że komisarz zna jej rolę w życiu Magnusa Rytterberga.

– Gustav miał jakieś problemy? Może coś pani opowiadał?

– Była w nim jakaś... desperacja. Zgoda na rzeczywistość, rozumie pan? Taka zimna, szwedzka osobowość.

Och, doprawdy? Cóż za diagnoza. Sztuczność bijąca ze słów tej kobiety była irytująca. Joanna Skoczylas miała inne zalety, które pewnie równoważyły tę przypadłość. Nowak jednak przyszedł po to, żeby panią wysłuchać, nie oglądać.

– Czy to prawda, że uwiodła pani Gustava Rytterberga?

Trafił. Przez chwilę nie wiedziała, co powiedzieć.

– Uwiodła! – żachnęła się. – Nie wiem, kto panu coś takiego powiedział. Czy wolna, niezależna, atrakcyjna kobieta musi od razu być opisywana takimi epitetami?

– To nie epitet. To czasownik, podkreśla działanie. Niezależna kobieta, jak pani przed chwilą o sobie powiedziała, powinna się z tego cieszyć.

– Może i tak. Ale to trochę poniżające, prawda? Uwiodła... – Skoczylas strząsnęła popiół z papierosa i pokręciła głową. – A nie może pan przyjąć do wiadomości, że Gustav mógł się we mnie zakochać?

– A nie przyjmuje pani do wiadomości, że miał tylko osiemnaście lat? W tym wieku łatwo poczuć, że się jest zakochanym.

– Mówi pan z własnego doświadczenia? Pamięta pan to jeszcze?

– Każdy pamięta. – Nowak wzruszył ramionami. – Ale nie o mnie mówimy.

– Może szkoda.

– Gustav Rytterberg miał osiemnaście lat – powtórzył Nowak, nie podejmując gry. To on miał panować nad sytuacją. – Tylko osiemnaście. Mogła go pani dość łatwo dopisać do listy swoich trofeów.

– No wie pan! Trofeów! Chce mnie pan obrazić?

– Zamierzam rozmawiać i dzielę się z panią różnymi wrażeniami.

– Taki z pana znawca dusz ludzkich? Gustav nie był taki niewinny, miał już kilka kobiet przede mną. Nie uwiodłam go ani on się nie zakochał we mnie. To była świadoma decyzja dwojga ludzi. Można powiedzieć: umowa.

Umowa. Znowu to słowo, słowo klucz. Nawet anonimowy bandzior podkreślał, że biznes jest najważniejszy.

– A narkotyki?

– Słucham?

– Brała pani narkotyki, razem z Gustavem, w czasie jednego ze spotkań. LSD. Tu, w tym mieszkaniu, albo w Wilanowie.

– Skąd pan wie?

– Z policji – burknął. – Proszę mi powiedzieć o tych narkotykach.

– To był jego pomysł – powiedziała po chwili.

– Na pewno?

– Tak. To on miał kontakt do dilera. Mnie to na co dzień nie interesuje.

Spojrzał na nią. Pewnie ma rację. Na razie nie potrzebuje silnych wrażeń, wystarczy kosmetyczka i aptekarz. *Spa and wellness*.

– No i?

– No i co? Zaliczyliśmy mały odlot. *Good trip*, jak powiedział. Jak się skończył, kochaliśmy się jeszcze dwa razy – odparła, patrząc na niego wyzywająco.

– A wcześniej?

– Też dwa razy. Albo nawet trzy.

– Zgodnie z umową?

Jego słowa można było odebrać jako zwykłą ironię albo obelgę. W zależności od tego, kogo potraktować jako klienta w tej umowie. Ale Joanna Skoczylas nie odpowiedziała.

– Kiedy to było? Pani i Gustav, kiedy ostatnio...

– W lutym – odparła szybko.

Ciekawe, w jakim stopniu zdążyła poznać Gustava. Czy znała jego ciało i duszę. Ciało... Nowak spytał o tatuaż.

– A, to... – Lekceważący gest. – Różne rzeczy robi się w młodości. Pewnie pan myśli, że ma to coś wspólnego z kultem szatana. W żadnym razie. Podobał mu się ten znak, bo miał różne... Różne znaczenia kulturowe. Tak mi powiedział. Mówił, że pentagramy są w godłach i na flagach wielu krajów. Nawet Włochy mają pięcioramienną gwiazdę w herbie, wie pan?

– Heineken ma nawet czerwoną – odparł Nowak. – Znaczenia kulturowe. Inteligentny młody człowiek, tak?

– Tak. Inteligentny i wrażliwy.

– Czy bał się czegoś... kogoś?

– Nie. Nie bał się życia, które przecież dopiero zaczynał. Traktował je jak ciekawą zabawę. Eksperyment.

Anja Rytterberg użyła tego samego określenia.

– A jak na pani eksperyment zapatrywał się Magnus Rytterberg? Wiedział o tym? Nie miał pani na wyłączność?

Kobieta spojrzała na komisarza z zaskoczeniem.

– Jest pan bezczelny, wie pan?

– Ale za to wyrozumiały. Proszę mówić.

– Nie, nie wiedział. Tak sądzę. Pan mu o tym powiedział?

– Na razie nie. Przecież dopiero od pani uzyskałem potwierdzenie, że to prawda.

– Niech pan mu tego nie przekazuje, dobrze? Może pan to obiecać?

– Obiecać zawsze mogę – odparł Nowak i wzruszył ramionami.

Patrzyła przez chwilę na komisarza, jakby zastanawiając się, czy warto dalej negocjować i do jakich argumentów sięgnąć w razie potrzeby.

– Spytał pan, czy Magnus miał mnie na wyłączność? – podjęła. – Wie pan, prawdę mówiąc, ani on mnie, ani ja jego.

– To nie było objęte umową?

– Nie – westchnęła. – Byliśmy przyjaciółmi. Na pewno. Mogliśmy zwrócić się do siebie w każdej chwili. Nie tylko po to, żeby uprawiać seks. Nieważne, co pan o tym myśli.

Umowa o przyjaźni? Przerabialiśmy już to w historii. Nie brzmiało to wiarygodnie. Nic dziwnego, że policjanci muszą wypytywać o stan majątkowy przy zgłoszeniach kradzieży samochodów. Może pani też chce coś upozorować?

– Czy Magnus Rytterberg chciał się z panią ożenić?

– Nie mówiliśmy o ślubie.

– Jego związek z panią Anją nie wygląda najlepiej. Zdaje się, że dojdzie co najmniej do separacji. Wiedziała pani o tym?

– Oczywiście. To było takie... małżeństwo z rozsądku. Przynajmniej z jego strony.

– O ile wiem, wchodziły w grę całkiem istotne uczucia – powiedział komisarz, patrząc uważnie na rozmówczynię. – I to z obu stron. Zna pani tę historię?

– Nie. Ale te uczucia pewnie nie są już... aktualne. Inaczej byśmy się nie spotkali, ja i Magnus, zgadza się?

– Pan Rytterberg nie ma już żadnej rodziny, prawda?

– Mówił coś o siostrze, która mieszka na północy Szwecji.

– Siostra zapewne nie jest głównym spadkobiercą. Żona, nowa żona, mogłaby odziedziczyć całkiem sporo.

Skoczylas zerknęła na policjanta ze zdumieniem.

– Proszę mnie nie rozśmieszać. Sugeruje pan, że miałam jakiś interes w... Nie może mi to przejść przez gardło. W wyeliminowaniu Gustava?

– A miała pani?

– Nie miałam! – niemal krzyknęła. – Magnus na pewno sporządził testament, nie wykluczam, że go teraz zmodyfikował. Ale ja go nie znam. I nie chcę znać.

– Żadnych pobudek materialnych, innymi słowy. To piękne. Umowa, ale bez obciążeń finansowych.

– Mam dobrą pracę, stałe źródło dochodów. Pracę – powtórzyła z naciskiem, żeby ustrzec się złośliwego komentarza Nowaka.

Komisarz podszedł do okna, nie tylko po to, żeby przez chwilę nie wdychać dymu z mentolowych papierosów. Pora obejrzeć widok z piętnastego piętra. Na wprost widać było Muzeum Powstania Warszawskiego w dawnej elektrowni tramwajowej oraz biurowce, które wyrosły, a właściwie wciąż wyrastały, w miejscu dawnych fabryk wzdłuż Kasprzaka. Zniwelowany teren po Waryńskim. Gdzieś po lewej był ten nowy budynek, w którym pracowała teraz Kasia, a za nim wielki kwartał zajęty przez Dom Słowa Polskiego. Wkrótce pewnie kupi go jakiś deweloper. Na prawo za to widać było placyk, na którym do niedawna stały Wojskowe Zakłady Graficzne. Gdyby się nieco wychylić z okna i spojrzeć jeszcze bardziej w prawo, można by zobaczyć kawałek terenu warszawskich browarów, z których pozostało tylko kilka budynków, magazyny, stara słodownia. Ginęły drukarnie i fabryki, a zamiast nich niespodziewanie pojawiały się... nieruchomości. Właśnie. Nieruchomości. Gospodarka, głupku.

– Pomówmy zatem o pracy. Pani praca ma coś wspólnego z materiałami budowlanymi. Czy śmierć Gustava też może być z tym związana?

– Z cementem?

– Z nieruchomościami. Z wygranymi albo przegranymi przetargami, w których brał udział Magnus Rytterberg, a raczej jego firma.

– Nigdy nie rozmawialiśmy o biznesie. – Joanna Skoczylas zapaliła następnego papierosa.

– Ale pani firma zawierała kontrakty ze Svea-Brick, prawda?

– Tak. Przy tej okazji się poznaliśmy. W czasie oficjalnych rozmów między naszymi firmami. Między prezesami naszych firm.

– Z których jednym był pan Rytterberg?

Skinęła głową. Nowak ponownie usiadł przy stole.

– Czy ktoś mógł go szantażować? Próbować coś wymusić, porywając jego syna?

– Porwanie? A to było porwanie? – Zdziwiła się.

– Nie odpowiedziała pani na pytanie o szantaż – zauważył komisarz.

– Nic nie wiem na ten temat.

– Magnus Rytterberg nigdy się pani nie zwierzał ze swoich problemów? Nie był załamany, zły, wstrząśnięty?

– Każdy ma lepsze i gorsze dni.

Nowak mógł to potwierdzić. Niektórzy mają nie tylko gorsze dni, ale i gorsze lata.

– Każdy ma też jakieś tajemnice.

Skwitowała to lekceważącym gestem.

– Może. Ale jeżeli Magnus je miał, to dobrze je ukrywał, także przede mną.

– To na czym polegał państwa związek? Czysty układ, tak? – Nowak nie dał jej dojść do słowa. – A pani? Pani nie mogła być jedną z takich tajemnic?

– Tutaj, w Polsce? – Wzruszyła ramionami i uśmiechnęła się. – Żartuje pan, prawda? Nie jesteśmy aż tak głęboką prowincją, żeby zaglądanie ludziom do rozporków i do łóżek było metodą walki.

– Chyba że politycznej – odparł komisarz. – No dobrze, przyjmijmy, że w Polsce panuje duża swoboda obyczajowa. A w Szwecji?

– Nie wie pan, jakie są stereotypy?

– Wiem. Ale czy w Szwecji fakt, że szef dużej firmy ma kochankę zatrudnioną u kontrahenta, nie podważa jakoś jego wiarygodności? A może ktoś z konkurencji, z pani branży, chciałby, żeby takie informacje wyszły na jaw?

– To poważne zachodnie firmy. Nie. – Pokręciła głową. – Mówię panu, że nic o tym nie wiem.

Nowak był rozczarowany. Joanna Skoczylas albo rzeczywiście nic nie wiedziała, albo starała się zbywać go ogólnikami. Kto mógł mieć klucze do tajemnic Szweda, jeżeli nie osoba, która dzieliła z nim łóżko? Tylko że to Anja Rytterberg wspominała o miłości, a ta kobieta opowiada tylko o umowie.

– Mogą być też inne tajemnice – powiedział Nowak. – Czy Magnus Rytterberg jest alkoholikiem?

Tak, była zaskoczona. Nie samą informacją, ale faktem, że komisarz w ogóle o tym wspomniał.

– Miał problem z alkoholem – przyznała. – Ale wiedział o tym.

– Bił panią?

– Nie, w żadnym razie. On zawsze... Zawsze się kontrolował. Czasem tylko zamykał się w sobie.

– Nie mogło mu to zaszkodzić w pracy? Informacja o tym, że cierpi na tę... przypadłość?

– Dopóki wypełniał swoje obowiązki, wszystko było w porządku.

– Mówi pani w czasie przeszłym, jak o Gustavie – zauważył Nowak. – Czy spotykali się państwo ze sobą teraz, po śmierci Gustava, a właściwie po tym, jak pan Rytterberg się o niej dowiedział?

– Raz.

– Jak się zachowywał?

– Nie wiem, czy powinnam o tym mówić – zawahała się.

– Proszę mówić. Szukam morderców, nie sensacji.

– Rozpłakał się – powiedziała po chwili. – Mówił, że nie umie sobie poradzić. Że znalazł się w takim miejscu w życiu, z którego nie ma ucieczki. Bo z samego szczytu nie ma ucieczki, rozumie pan? Nie można ruszyć się w żadną stronę, żeby nie zejść niżej, w dół. Żeby nie spaść.

Nowak pokiwał głową.

– Parę minut temu powiedziała pani, że się pani nie zwierzał ze swoich problemów.

Spojrzała na niego, zła, że przyłapał ją na drobnej niekonsekwencji, a może bardziej na to, że się do tego przyczepił.

– A co to pana obchodzi? Szuka pan przecież mordercy, prawda?

– Na wszelki wypadek powiedziałem „morderców".

Nowak wstał.

– To chyba wszystko na dziś. Gdyby pani uznała, że jednak o czymś powinna mi pani powiedzieć, proszę o kontakt.

Uścisnęła mu rękę na pożegnanie. Piękna kobieta, to prawda. Ale zła.

Mam Grubego – powiedział Drzyzga, wchodząc do pokoju.

– Nie chwal się – rzucił Zakrzewski.

– Bardzo zabawne. Zgłoś się do telewizji. Tylko która cię przyjmie? Mam Grubego, mówię. Tego od Maksa.

– Kto to taki?

– Nazywa się Aleksander Gruszka.

– I mówią na niego Gruby? A nie Grucha? – zdziwił się Nowak.

– Mówią też na niego Hardy.

– Sugerujesz, że będzie się z nim ciężko rozmawiało?

– Nie. Hardy jak Oliver Hardy. Flap. Ksywka „Gruby" odpowiada jego, że się tak wyrażę, fizyczności.

– Masz na myśli jego tłustą mordę? – Nowak patrzył na zdjęcie na wydruku, który przyniósł Marcin. Morawski pewnie by go skrzyczał za marnowanie papieru i tonera. Po co drukować, skoro można go znaleźć w bazie.

– Sprawdzałeś ten telefon, który ci podałem? – spytał Nowak. Chodziło o jeden z numerów, które znalazł w komórce Malanowskiego.

– Tak. Właśnie dzięki temu go namierzyliśmy. To ten sam człowiek.

– *Wun-der-bar*! – wykrzyknął Nowak. – Dorwać Grubego! Jedziemy do dziada.

Drzyzga powstrzymał go ruchem ręki.

– Chwileczkę – powiedział. – To nie jest w Warszawie.

– Zdążyłem się do tego przyzwyczaić. Najbardziej majętni obywatele naszego miasta wynoszą się poza jego granice. Mają dość miejskiego zgiełku, wyścigu szczurów i tak dalej. Po czym stoją po dwie godziny w korkach, w obie strony.

– Najbardziej majętni i najszlachetniejsi – mruknął Marcin.

– Ta. Gdzie mieszka Gruby? Jeżeli nie w Łodzi, to damy radę.

– W Ożarowie. Mazowieckim, ma się rozumieć.

– Tam gdzie „Pershing" miał dom?

– Tamże.

Nowak opowiadał po drodze o wizycie u Joanny Skoczylas. Zmęczyło go to spotkanie.

– Nie podoba mi się ta laska. To znaczy, owszem, podoba mi się. Jak by powiedział kolega Zakrzewski, niezła dupa. Cała reszta zresztą też. Ale jest w niej coś fałszywego, sztucznego.

– Jak we wszystkich kobietach – powiedział Drzyzga, raczej do siebie niż do Nowaka.

– Co? – Nowak zdziwił się. Nie wiedział, skąd u kolegi taki przypływ mizoginizmu. – To wynik długich przemyśleń czy doświadczenia? Marcin, a ty w ogóle masz żonę?

– Miałem. I nie mam w domu akwarium, ale mam psa.

Nowak popatrzył na Drzyzgę. Chciał rozmawiać tylko o obcych kobietach. Trudno.

– No, mów o babie – zachęcił go Marcin.

– Sądzę, że dzięki niej dotrzemy do ludzi, którzy zabili Gustava Rytterberga. Jego ojciec nic nam nie powie, a raczej powie tylko to, co będzie chciał.

– Pamiętasz, mówiliśmy, że te palce to kara za dotknięcie czegoś albo kogoś. Może nasz Magnus ukarał syna za dobieranie się do skarbów, które były przeznaczone tylko dla niego. Chłopak stracił palce, ale zamiast wyciągnąć z tego wnioski, zrobił jakiś błąd i wyciągnął... No, umarł. Potem upozorowano zabójstwo. – Drzyzga skupił wzrok na drodze przed nimi. – No dobrze, przepraszam. Poniosła mnie wyobraźnia. To nie ten rodzaj człowieka, który zlecałby okaleczenie własnego syna, i to na dodatek jakimś miejscowym rzeźnikom.

– Zgoda. Dla niego najważniejsza jest umowa. Jeżeli coś nie zostało ustalone wcześniej i jawnie zapisane, to jest dozwolone.

– Właśnie, tym bardziej z lokalnymi egzekutorami nie zawarłby takiego kontraktu, bo nie miałby pewności, że warunki umowy zostaną dotrzymane. Chyba że któryś z jego podwykonawców czy współpracowników korzystał wcześniej z ich usług.

– Myślisz, że jednak mógł mieć do czynienia z naszymi bandytami?

– Może. – Drzyzga wzruszył ramionami. – Może miał czyjąś wizytówkę w portfelu. Ale przynajmniej zgadzamy się co do tego, że wykonawcy wyroku są gdzieś tutaj, prawda?

– Prawda. Przecież wyłowiono go z Wisły, nie z Bałtyku.

Minęli brzydki, lecz wielki hotel i ogromną bryłę nowoczesnego kościoła przy trasie poznańskiej. Skręcili w prawo.

– Czekaj, co jest za tym murem? – zapytał Nowak. – Widzę reklamę sklepu z farbami, ale to wygląda na stary dworek. O, jakiś pomnik.

– Nie wiesz? – zdumiał się Drzyzga. – To tutaj podpisano kapitulację powstania warszawskiego 3 października.

– Tutaj?

Warszawa rozciąga się daleko poza swoje granice administracyjne. A przecież byli ledwo piętnaście kilometrów od centrum. Warszawa rozciąga się poza... Warszawę.

– Tutaj – odparł Marcin, skręcając w lewo. Nie wiadomo, czy była to odpowiedź na pytanie Nowaka, czy stwierdzenie, że są już na miejscu.

Podjechali pod willę otoczoną wysokim ogrodzeniem. Biała tabliczka na furtce przedstawiała rottweilera, a napis głosił: „Jeżeli on cię nie zagryzie, to ja cię zastrzelę". Przyjemniaczek. Nie wiadomo, czy taki stosunek do świata ułatwiał mu prowadzenie interesów. Druga tabliczka głosiła bowiem: „Hammer. Sprzedaż odżywek sportowych". Ciekawe, czyli facet handluje też sterydami.

Zadzwonili. Pies pojawił się znikąd i właściwie rzucił na furtkę tak, że skrzynka pocztowa na ogrodzeniu zadzwoniła o pręty. Cofnęli się.

– Słucham – burknął głos w domofonie.

– Pan Aleksander Gruszka? Jesteśmy z policji. Z Komendy Stołecznej. Chętnie byśmy z panem porozmawiali.

– Muszę was wpuszczać?

– Nie. Może pan nas zastrzelić. Albo rzucić w nas tym kundlem.

Znów jakieś niezrozumiałe burknięcie. Po chwili otworzyły się drzwi i u szczytu schodów pojawił się facet. Duży facet. Facet, który zajmował mnóstwo przestrzeni. Gdyby postawić go obok kościoła i hotelu, dorównałby im kubaturą, choć zająłby pewnie ostatnie miejsce, jeżeli chodzi o estetykę bryły.

– Komisarz! – warknął.

Policjanci spojrzeli na siebie. Dwu komisarzy. Trzech?

Pies niechętnie wbiegł na schody i stanął przy swoim panu, wciąż ujadając.

– Właź – rozkazał Gruszka psu. – Moment – dodał, chyba pod adresem Nowaka i Drzyzgi.

Drzwi zamknęły się, słyszeli tylko okrzyki i szczekanie. Po chwili znów pojawił się w nich właściciel domu.

– Już.

Zabrzmiał brzęczyk przy furtce. Weszli do przedpokoju, a właściwie do wiatrołapu.

– Dzień dobry panu – powiedział Nowak serdecznie.

– Gdybyśmy się znali nieco lepiej, mógłbym powiedzieć: „Cześć, Gruby!" – dodał Drzyzga.

– Nie mamy nic przeciwko pańskiej tuszy – dodał Nowak. – Każdy ma prawo do wyrażania swojej... eee... osobowości w dowolny sposób.

Gruszka patrzył na nich nieco zbaraniałym wzrokiem. Pies wściekał się za zamkniętymi drzwiami pokoju, a może zejścia do piwnicy.

– Co to jest? – spytał w końcu. – W coś mnie chcecie wkręcić? Jeżeli chcecie, to do rzeczy. Nie mam czasu.

– Podobno handlujesz narkotykami.

– Odżywkami dla kulturystów.

– Tak, jasne.

– Chcecie przeszukać dom? Macie nakaz? Wszystko, co mam, jest legalne.

– Założymy się? – zapytał Nowak, który wcale nie był pewien, czy wszystkie sprzedawane przez Gruszkę specyfiki zostały dopuszczone do obrotu.

– Tak, kurwa, załóżmy się.

– Andrzej Malanowski? Znasz takiego człowieka? Ksywka „Mały". Zaopatruje się u ciebie.

Nowak blefował, bo na potwierdzenie tych domysłów miał tylko numer telefonu zapisany w komórce przestępcy z Pragi. Na dodatek zasugerował, że to od niego uzyskał namiary na Grubego. Niech sobie chłopaki podyskutują. Wrabianie Maksa jako detalisty było bez sensu, na dodatek mogło się skończyć dla chłopaka tragicznie.

– Nie znam.

– Ciekawe, bo on ma twój numer telefonu.

– A ja znam numer 997, a też was do tej pory nie widziałem. – Gruby wzruszył ramionami, a w zasadzie górną częścią ciała. – Może faktycznie coś u mnie kupował. Mówiłem, że mam firmę.

– Fajnie, że masz firmę. Popieramy przedsiębiorczość i jesteśmy za wprowadzeniem podatku liniowego. – Nowak uśmiechnął się. – Taka firma daje wolność, nie? Nie masz szefa, który cię może wyrzucić. Skrytykować.

– A ty nie masz szefa, prawda? – spytał Drzyzga.

– Bo taki szef to może być niezła zakała. Nie zrobisz tego, co trzeba, albo nie wykażesz się wynikami... I może cię ukarać. Urwać jaja.

– Albo obciąć palce. Dać kulkę w łeb. W dowolnej kolejności.

Gruby łypał na nich ponuro, nieco zdezorientowany. To nie był sympatyczny Flap. Podrapał się w lewe przedramię. Widniały na nim jakieś tatuaże. Więzienne? Niekoniecznie. Nowak nie znał się na tym zbytnio, ale były tam jakieś symbole kojarzone z nordycką mitologią. Może i z nazistami. Runy? Tak, na pewno było tam *sig*. Pojedyncze, nie podwójne.

– O jakich palcach mówicie?

– O takich, jakie masz na końcu tych górnych wałków, które wystają ci z ciała.

– Dla kogo pracujesz, Gruby? – spytał Drzyzga.

– Lubisz heavy metal? – To pytanie zadał Nowak.

– Co? O co wam chodzi?

– Czy lubisz heavy metal. Black metal. Może interesujesz się czymś takim. – Wskazał tatuaże. – To przecież też pogaństwo.

– Co?! Metal? Nienawidzę tego śmiecia. Wszystkich popaprańców trzeba zapędzić do roboty.

– Wujek Samo Zło. – Nowak pokiwał głową. – A nie chciałbyś mieć jakiegoś innego wzoru? Może masz gdzieś pentagram?

– Taa, na dupie. I jeszcze gwiazdę Dawida. Nienawidzę tego śmiecia, mówiłem. Dziesięć lat temu kasowało się takich na ulicy. Zabić takiego to łaska dla świata.

Nowak przyjrzał się Grubemu.

– Łaska? Byłbyś gotów to zrobić?

– Dla kogo pracujesz, Gruby? – powtórzył Drzyzga.

– Interesujesz się kulturą Północy? – znów Nowak.

– Co?

– Te tatuaże. Runy – powiedział Nowak. – A znasz jakichś ludzi z Północy? Skandynawów?

– Nie.

– Na pewno? Nie znasz jakiegoś Szweda, który miał niewłaściwe tatuaże?

– I może na dodatek nie płacił za towar, który rozprowadzałeś? – włączył się Drzyzga.

– Co robisz, jeżeli ktoś ci nie płaci? Zabiłbyś czy obciął palce?

– Dla kogo pracujesz, Gruby?

– Twój kolega się zaciął – Gruszka zwrócił się do Nowaka. – O co wam chodzi? Nie znam żadnego Norwega. Nikomu nie obciąłem palców. Dla nikogo nie pracuję, tylko dla siebie. I kurwa, dla rodziny.

– Kurwa, dla rodziny? No to, kurwa, gratulujemy.

– Ktoś stąd? Z Pruszkowa? Kto ci dał koncesję? Gdzie jest magazyn? – kontynuował Marcin.

– Sprzedaję odżywki. Chcecie obejrzeć faktury? Zobaczyć adresy dystrybutorów?

– Jasne. Dawaj. Przecież jesteś gotów nam pomóc, nie?

Gruby potoczył się do jednego z pokojów, zawalonego pudełkami, puszkami odżywek, papierami i segregatorami. Na podłodze pod biurkiem zawalonym stertami opakowań stał komputer. Monitor był przykryty gazetą.

– Ale chlew – zauważył Nowak.

Widać było, że Grubego zaraz rozniesie wściekłość. Nie powiedział jednak ani słowa, tylko rzucił im kilka dokumentów, jakby wydzielał ochłapy swojemu psu. Policjanci zanotowali adresy firm, z którymi współpracował Gruszka.

– Jeszcze przyjdziemy – powiedział Drzyzga.

– Możecie mnie nie zastać.

– Słucham? Dobrze. Zadzwonimy wcześniej.

Wrócili do wąskiego przedpokoju. Pies zaczął znów warczeć i ujadać. Kilka razy walnął ciałem o zamknięte drzwi.

– Czego właściwie ode mnie chcecie? Bo nie bardzo zrozumiałem. Mam jakieś zarzuty?

– Od tego jest prokurator. Nie przyszliśmy cię zatrzymać.

– Na razie – powiedział dwuznacznie Drzyzga i odwrócił się na pięcie. Nowak podążył w jego ślady. Wsiedli do samochodu i spojrzeli na siebie.

– Dorwać Grubego.

– Już go mamy. Sądzisz, że...

– Nie wiem – odparł komisarz. – Ale kierunek wydaje się słuszny.

2

Zakrzewski położył Nowakowi na biurku listę pracowników agencji ochrony „Magnum 44", która pilnowała przedsiębiorstwa Srinivasana i Sharmy.

– Co, znowu chcesz podzielić się przesłuchaniami?

– Nie. Przyjrzyj się nazwiskom. Może któreś rozpoznasz.

– Oracz! – mruknął Nowak. – „Dyrektor techniczny". Zaskakujący zbieg okoliczności. Czekaj, ale on był przecież karany! Prawomocnym wyrokiem za przestępstwo umyślne. Zatem nie powinien pracować w firmie ochroniarskiej, tak mówi ustawa, nie?

– Tak, ale to znaczy, że nie może być pracownikiem ochrony pierwszego ani drugiego stopnia. Specjalnie mu wymyślili to stanowisko, tak myślę. Dyrektor... Podlega mu co najwyżej sekretarka, nikt więcej, i wszystko jest zgodne z prawem. Dobra, patrz dalej. To nie jest jedyny zbieg okoliczności.

– Badyn?

– Tak.

– Tak jak ten sąsiad? Znaczy, ogrodnik od sąsiadów?

– Tak, ale to nie on. Tamten jest Jacek, a ten tutaj to Tadeusz.

– Brat?

– Sprawdziłem, brat. Już nie dyrektor, nawet nie zastępca pionka. Zwykły ochroniarz.

– Coś o nim wiemy?

– Nie był karany. Ale jest znany w okolicy. To znaczy, wszyscy go znają. Praca w firmie ochroniarskiej nie jest jego jedynym zajęciem. Ma jakiś warsztat samochodowy, naprawia też maszyny rolnicze. Poza tym sprowadza samochody z Niemiec na prywatne zamówienie. Nic luksusowego, zwykły handel.

– Dziupla – rzucił Nowak.

– Tego nie powiedziałem. Nie mają nic na niego w Raszynie.

Nowak przypomniał sobie, co powiedziała Zawistowska o dziuplach i policjantach.

– To o niczym nie świadczy.

– Mnie to mówisz? Wiem. To jak? – Zakrzewski spojrzał na Nowaka. – Jedziesz ze mną?

– Dokąd tym razem? Znowu gdzieś na zadupie?

– Zadupie, zadupie. Warszawiak sianem napchany. – Zakrzewski oskarżycielsko pokazał palcem na Nowaka. – Wykopało cię daleko za Wisłę, prawie tam, skąd pochodzisz, więc nie marudź o prowincji. Dziś znowu Raszyn.

– Mam dużo roboty – powiedział Nowak, patrząc na kolejny raport z Wydziału do Walki z Przestępczością Gospodarczą. Lista przedsięwzięć, w których brała udział firma Svea-Brick na terenie Polski. Lista kontrahentów i podwykonawców, w Polsce i za granicą, uzyskana ze szwedzkich serwisów giełdowych. No i jeszcze raporty operacyjne z inwigilacji Malanowskiego i Gruszki... Mały i Gruby. Flip i Flap.

– Jasne. Wszystko na mojej głowie. Ty wziąłeś Szweda, a mnie została Azja. Ty odwiedzasz piękne babki, a ja muszę rozmawiać z jakimś bucem z dziurami w brzuchu. Poprosiłbym Morawskiego o kogoś do pomocy, ale nie będę już dziada nigdy o nic prosił. Jadę. Cześć.

Piękne babki. Cóż za staroświecki mężczyzna, chociaż był kiedyś w milicji. Nowak zadzwonił do jednej ze wspomnianych kobiet. Nie miał do niej zaufania, ale nie chodziło przecież o zaufanie, tylko o zdobycie informacji.

– Czy jest coś nowego, co chciałaby pani powiedzieć? O Gustavie, o Magnusie Rytterbergu?

A może o sobie, chciałoby się dodać.

Joanna Skoczylas zastanawiała się przez dłuższą chwilę. Nowak słyszał jej niespokojny oddech po drugiej stronie.

– Halo?

– Tak, słyszę pana. Nie wiem tylko, czy warto o tym mówić, bo to plotka, niepotwierdzona informacja.

– Co to takiego?

– Coś o Gustavie... To jest o Magnusie. O nich obojgu. Obu. – Była zdenerwowana.

– Proszę powiedzieć.

– Anja Rytterberg nie była jego prawdziwą matką.

– Mamy już tę informację.

– Tak? A co pan powie na to, że Magnus nie był ojcem Gustava? Nowak zmartwiał. Że jak? Co to było? Rodzina zastępcza do kwadratu?

– Jak to?

– Tylko tyle mi powiedział.

– Kto?!

– Gustav, oczywiście. Magnus Rytterberg nie był jego ojcem. Nie znam szczegółów.

– Nie pytała pani?

– Pytałam, ale nie chciał mi powiedzieć. Może jego matka, Mikaela, miała kogoś. – Joanna Skoczylas unikała chyba słowa „kochanek". – Może spotykała się z innym mężczyzną, a Magnus mimo wszystko postanowił uznać jej dziecko.

– A Magnus Rytterberg? – Nowak ciągle był w szoku po tym, co usłyszał. – Rozmawiała z nim pani na ten temat?

– Nigdy – odparła stanowczo. – Bałam się. Niech pan sam go zapyta.

– Bała się pani? Przecież byli państwo ze sobą dość blisko.

– Wiem, że się pan do tego przyczepi. Ale... Niektóre sprawy nie były elementem umowy. Niepisanej umowy. – Odetchnęła ciężko. – Może pan teraz inaczej oceni moje postępowanie. Bo ostatnio zgłaszał pan pewne wątpliwości natury moralnej.

Rozłączyła się.

Jezu Chryste. Nie ma czegoś takiego jak rodzina Rytterbergów. Nie ma i nigdy nie było nikogo takiego jak Gustav Rytterberg, syn Magnusa. Jest szwedzki teatrzyk objazdowy.

Nowak zadzwonił do Anji Rytterberg, do Sztokholmu. Długo milczała, kiedy powiedział o Gustavie. Nie chciała uwierzyć. Nie wiedziała o niczym, takiej tajemnicy nie zdradził jej ani Magnus, ani Mikaela. Byli bardzo szczęśliwym małżeństwem, narodziny Gustava przyjęli z radością.

Karolina Wrona powiedziała niewiele. Na razie Nowak wolał nie przekazywać jej informacji, która mogła okazać się przecież fałszywa. Zapytał o relacje między Gustavem i jego ojcem, o to, jak chłopak się o nim wypowiadał.

– No... Gustav mówił czasami, że czuje, jakby jego ojciec był kimś obcym. Jakby w ogóle nie był jego ojcem, tylko... pełnił funkcję ojca. Zajmował stanowisko ojca, tak właśnie powiedział.

– Mówił o nim z pogardą, ze złością?

Nowakowi przyszedł do głowy nieco szalony pomysł. Może Gustav Rytterberg zapłacił za zorganizowanie swojego zabójstwa po to, by upokorzyć przybranego ojca? Nie. To bez sensu. To był inny człowiek, zupełnie inny.

– Nie, w żadnym razie. Z szacunkiem, a może i ze współczuciem.

– Czego mu współczuł?

– No, nie wiem. Może tego, że pije.

239

Magnus Rytterberg był nieosiągalny. Udało się porozmawiać jedynie z jego asystentem. Benedykt Zawadzki powiedział, że przekaże prośbę o kontakt z komendą stołeczną, ale oczywiście nie obiecuje, że biznesmen znajdzie czas na spotkanie z policjantami. Komisarz dał do zrozumienia, że raczej będzie musiał, jeżeli nie chce zostać oskarżony o uchylanie się od zeznań.

Nowak odłożył słuchawkę. Magnus Rytterberg jest rzeczywiście nieosiągalny. Obcy, niedostępny, oddalony od wszystkiego. Czy zależało mu na życiu Gustava, jego syna, a właściwie nie-syna?

Wieczorem, przy kolacji, Nowak streścił Kasi to, czego się dowiedział. Była równie wstrząśnięta.

– Nie. Nie wierzę. Takie rzeczy się nie zdarzają. To nie może być prawda.

– W życiu czasem zdarzają się sytuacje nieprawdopodobne. Słyszałaś o tej dziewczynce rzekomo porwanej w Czechach? Przy tamtej historii nasza szwedzka rodzina to nic takiego. Zbiór nieszczęśliwych zbiegów okoliczności. Przyznaję, bardzo nieszczęśliwych, ale...

– Nie żartuj – przerwała mu. – Cały problem polega na tym, że to nie jest rodzina, chyba że wyłącznie w sensie prawnym. To miejsce, w którym każdy gra tylko swoją rolę, a raczej pełni jakąś funkcję, z określonymi prawami i obowiązkami oraz wynagrodzeniem. Ojciec i mąż, który nie jest ani ojcem, ani mężem. Kobieta, która udaje żonę i matkę.

– I chłopak, który nie jest niczyim synem. Wszyscy dobrowolnie zgadzali się na funkcjonowanie takiego układu. – Nowak potrząsnął głową.

– To nie rodzina, to... bardziej przypomina teleturniej – dodała Kasia. – Odpadają kolejni uczestnicy. Po kilku tygodniach nie ma już nikogo, kto był na początku. Zostają tylko reguły i nazwa. Wszyscy nowi gracze godzą się na pewne zasady i starają się ich przestrzegać.

– Ale jak można się na to zgadzać?! Postaw się na miejscu Anji Rytterberg. Wytrzymałabyś w takim związku? Z facetem, którego kochasz, a który cię tylko toleruje, bo przypominasz mu miłość jego życia?

– Nie wytrzymałabym. W każdym razie na pewno niezbyt długo.

– No właśnie. A oni żyją ze sobą od prawie dziesięciu lat. Hm, właściwie to określenie „żyją ze sobą" jest bardzo na wyrost. To rzeczywiście układ. Przedsiębiorstwo?

Kasia odchyliła się na krześle. Nowak trochę żałował, że podzielił się z nią przygnębiającymi historiami z życia cudzoziemców. Świadomość, że inni mają kiepsko, nie zawsze jest nam potrzebna.

– Ta kobieta musi żyć w cichej desperacji – powiedziała w końcu. – Dopiero śmierć Gustava skłoniła ją do odejścia, prawda?

– Chyba tak. Jej życie, jej decyzja. Boże, ludzie naprawdę potrafią komplikować proste sprawy.

– Widać nie są takie proste. Chłopak miał jeszcze gorzej. Dziwię się, że nie popełnił samobójstwa... – Kasia przerwała na chwilę i popatrzyła na Nowaka. – A może jednak to zrobił?

– Obcinając sobie dwa palce, strzelając w tył głowy i skacząc nago do Wisły? Nie wydaje mi się. Cóż, brutalnie mówiąc: tak, teraz już Gustav ma gorzej, bez wątpienia. Ale za życia? Mógłby się buntować przeciwko rodzinie, jak to zwykle się dzieje w jego wieku, tylko po co? Skoro to, czemu mógłby się przeciwstawiać, po prostu nie istniało. Rodzina? Jaka rodzina?

– To teraz ja zapytam: dałbyś radę wytrzymać jako syn, którego nikt nie chce? Nikt nie kocha?

Nowak nie zastanawiał się długo nad odpowiedzią.

– Tak. Gdybym miał osiemnaście lat, dałbym radę. Wcześniej... nie wiem. A później byłoby mi już wszystko jedno.

– Jesteś pewien, że potrafiłbyś się z tym uporać?

– Pewności nie ma nigdy. – Nowak lekko się uśmiechnął. – Ale myślę, że przeżyłbym. Rozumiesz, jesteś nikim, więc możesz zostać każdym. Milion możliwości! To pasuje do opisu jego osobowości, do tego, co mówiła o nim Anja Rytterberg, co opowiadała Karolina. Gustav lubił eksperymentować.

– I co, posunął się za daleko?

– Może. Może nadepnął komuś na odcisk. A może po prostu krzywo spojrzał na jakiegoś przypadkowo spotkanego bandziora w pubie i nie umiał odpowiedzieć na jego zaczepki po polsku. Zdarzają się nieprawdopodobne historie, ale wiele z nich ma bardzo prozaiczny koniec.

– Jest jeszcze jedna osoba w tym układzie.

– Tak, największa niewiadoma w równaniu. Magnus Rytterberg. Facet, który prowadzi życie zgodnie z zamierzonym planem i którego w zamian los pozbawia wszystkiego. Rytterberg może tylko dalej grać rolę, pełnić funkcję, udawać. A kiedy już nie wytrzymuje, zaczyna płakać w kościele.

– I pije, tak?

– I pije... – Nowak odsunął butelkę z porterem, żeby się nie kojarzyła.

Kasia zaczęła zbierać naczynia ze stołu. Pomógł jej.

– Gdzie będziesz szukał rozwiązania? W rodzinie?

– Rodziny nie ma, pani nadinspektor. Nie wiem. – Pokręcił głową. – Ale raczej chodzi o pieniądze. Użyłbym nawet słowa „należności". Pasuje do każdego rodzaju interesów.

Nowak dopił piwo. Kasia poszła do ich aneksu kuchennego, znacznie przytulniejszego niż ten u Joanny Skoczylas, i wróciła stamtąd z imbrykiem herbaty owocowej. Przez miesiące wspólnego życia zmiękczyła komisarza na tyle, że tolerował pachnące wynalazki. Chętnie zresztą napił się malinowego naparu, nawet jeżeli herbatka zawierała jedynie sztuczny aromat, a nie suszone owoce.

– Wiesz, że przez te dwa lata mało opowiadałeś o swojej rodzinie? – powiedziała. – Choćby o tym, jaki był twój ojciec, kiedy jeszcze mieszkaliście razem. Mało mówiłeś o mamie, o tym, jak ci się żyło z bratem. Nie mam rodzeństwa, to nie wiem, jak to jest.

– Było, minęło. Nie ma co opowiadać. Pełniliśmy swoje funkcje, najlepiej, jak się da.

– Skoro nie chcesz wracać do przeszłości, to nie wracaj, ale...

– Bez przeszłości nie zrozumiemy teraźniejszości, tak? – wpadł jej w słowo. – To samo mówi twój ojciec, kiedy opowiada o naszym mieście.

– Dobrze. – Westchnęła. – Co słychać u twojego taty?

– Dzwonił dzisiaj. Czuje się w miarę dobrze, bierze lekarstwa. Ma tylko problemy z zasypianiem. To przez ten wiatr. Ach, posłuchaj... – Nowak pstryknął palcami. – Piotr przyjeżdża.

– Jaki Piotr? Twój brat?

– Tak. Z całą rodziną. To znaczy z żoną i z dziećmi. Zaproponował, żebyśmy się umówili na spotkanie w jakiejś sympatycznej knajpie. Wybierzesz coś? Ja się nie znam...

– Zaraz, chwileczkę, a kiedy przyjeżdżają?

– No, ojciec coś mówił, że przylatują w piątek wieczorem.

– W ten piątek? Adam, to przecież już jutro!

– Co? A... tak, faktycznie, masz rację. – Nowak był zdziwiony. Stracił rachubę czasu. – Ojciec mówił, że Piotr znalazł jakiś tani lot i skorzystał z okazji.

23.55. Jeszcze jeden telefon. Może znowu ojciec?

– Halo?

Cisza.

– Pojebało cię? Mamy ciało. Niedługo będziemy mieli mordercę. Nie boję się ciebie.

Znów cisza. Zróbmy zatem coś niewybaczalnego: powtórzmy stary dowcip.

– Pani Jadziu, to pani? – spytał Nowak. – Trzy słowa od ojca prowadzącego. W zasadzie cztery...

– Uważaj. – Męski głos. Wyraźny, czysty, ostry. Inny niż ten, który ostatnio wypowiadał groźby.

– Uważaj? Na co mam uważać?

– Uważaj i tyle.

Sygnał. Nic więcej. Krótka rozmowa. Żadnych obelg. Ostrzeżenie. Poważne ostrzeżenie. Ale od kogo?

Prokurator Jackiewicz nerwowo potarł czoło.

– No, nie wiem – powiedział. – To są prywatne sprawy Magnusa Rytterberga. Nie możemy go przesłuchiwać bez wyraźnego powodu.

– Jak to, bez wyraźnego powodu? – Nowak oburzył się. – Musimy zweryfikować tę informację, prawda?

– Ale po co? Jaki to ma związek z zamordowaniem jego syna?

– Sądzę, że ukrył przed nami porwanie Gustava. Sądzę, że nie zależało mu na jego życiu, że traktował go tylko jak ubogiego krewnego, którego należy wspierać.

– To poważny zarzut. Nie mamy żadnych powodów, żeby tak uważać. Choć rzeczywiście, według dotychczasowych ustaleń, Gustav Rytterberg cieszył się dość dużą niezależnością, jak na tak młodego człowieka. – Prokurator przerwał na moment. – Zbyt dużą niezależnością, jeżeli chce pan usłyszeć moje zdanie. Nie pozwoliłbym swojemu synowi, nawet adoptowanemu, na kompletny brak kontaktu ze mną.

– A ma pan syna?

– Dwóch. I córkę. A pan?

– Świetnie – odparł Nowak, nie odpowiadając na pytanie Jackiewicza. – Wobec tego niech pan sobie wyobrazi sytuację, w której syn to nie jest nazwa relacji w rodzinie, najbliższej, jaka tylko może być. W wypadku naszego Szweda to nazwa stanowiska. To funkcja, posada w rodzinnej firmie, z odpowiednim uposażeniem i z obowiązkiem sporządzania co jakiś czas raportów z życia. Jak w spółce notowanej na giełdzie.

Nowak nie był pewien, czy metafora ze świata biznesu przekona prokuratora. Wymiar sprawiedliwości ostatnio bywał raczej w opozycji do tego środowiska.

– Istotnie, to niezwykła sytuacja. Nie spotkałem się jeszcze z czymś takim.

– A z czymś takim jak współdzielenie kobiety przez ojca i syna?

– Współdzielenie? A cóż to za określenie?

– Przykre, ale prawdziwe. – Nowak wzruszył ramionami.

– Na razie opowiadała o tym tylko ta dziewczyna, Karolina, tak?

– Oraz osoba, o której mówimy, czyli Joanna Skoczylas.

– Pan Ryttterberg nie odniósł się w żaden sposób do tej informacji?

– Nie miałem okazji go o to zapytać. I między innymi o tym chciałbym z nim porozmawiać. Może Magnus Rytterberg postanowił pozbyć się swojego przybranego syna z nader prostej przyczyny. Zazdrość jest całkiem dobrym motywem zbrodni.

– To już poważniejsze oskarżenie.

– Nie powiedziałem: zabić. Wystarczy zaniechać działania wtedy, kiedy jest niezbędne. Wychodzi na to samo.

Prokuratur zapatrzył się w stół. Poprawił obrączkę na serdecznym palcu lewej dłoni. Lewej? Wdowiec, a może Europejczyk pełną gębą?

– Nie. – Jackiewicz pokręcił głową. – Jeszcze nie dzisiaj. Jeżeli uda się wam zdobyć więcej informacji, przesłucham go ponownie. Na razie nie widzę takiej konieczności.

– A jeśli się nie uda?

– No cóż... Tak, wtedy również. Zgoda.

Nowak wiedział, że musi porozmawiać ze Szwedem, i zrobi to tak szybko, jak to możliwe, nawet bez prokuratora. Poradzi sobie, w końcu zna języki obce, choć wciąż myśli po polsku. Pomysł spotkania wyszedł od Nowaka. Musiał się przyznać przed sobą ze wstydem, że po raz kolejny obudził się w nim pochowany dawno temu kobieciarz, miłośnik inteligentnych kobiet o nieco zimnych rysach. Zatem zamiast do policyjnej stołówki przeszedł się na przystanek przy Grubej Kaśce i podjechał tramwajem pod Zamek Królewski. Udało się znaleźć wolny stolik w Pizza Hut, mimo że była pełna turystów.

Grażyna Lothe wyglądała jak ostatnio, czyli... Cóż, po prostu wspaniale. Jej blond włosy spadały na ciemnobordowy sweterek, który doskonale podkreślał jej delikatne, ale bardzo kobiece kształty.

Nowak jęknął w duchu, po raz kolejny zresztą. Porozmawiajmy może lepiej o pogodzie. O tym, że znowu jest pochmurno i wieje silny wiatr. Skąd to się bierze?

Z sąsiednich stolików dobiegały głosy rozmów w różnych językach: po angielsku, niemiecku, portugalsku i chyba po niderlandzku. Do Warszawy zjeżdżają w lecie tłumy ludzi zwiedzających Polskę, Europę Wschodnią, w wypadku Japończyków czy Amerykanów – Europę. W letnią niedzielę pewnie połowa spotykanych w śródmieściu osób to cudzoziemcy, wyposażeni w swoje plecaki, przewodniki, aparaty i paski z kieszeniami na dokumenty. W zależności od tego, jak bogaty jest plan podróży, Warszawie poświęcają więcej lub mniej czasu. Plan z reguły szybko kieruje ich do Krakowa, bardziej rozreklamowanego i według przewodników ciekawszego i piękniejszego. Wielu mieszkańców Warszawy uważa zresztą tak samo. A szkoda.

Ciekawe, jaki obraz miasta zabierali ze sobą turyści. Pewnie zapamiętywali przede wszystkim chaos komunikacyjny. Właśnie zaczęły się remonty, w tym ten największy – modernizacja torów tramwajowych w Alejach Jerozolimskich. Na moście Śląsko-Dąbrowskim samochody nie mogły wjeżdżać na torowisko, żeby nie blokować tramwajów, ale wielu cwaniaków próbowało ignorować ciągłą żółtą linię. Na początku policja musiała wciąż tego pilnować, nie zawsze skutecznie. Korki i problemy z komunikacją to w Warszawie równie dobry temat do rozmowy jak pogoda.

– Jak widzę, co się dzieje, mam wrażenie, że na rogatkach miasta ze wszystkich stron należałoby postawić tablice z napisem: REMONT. NIECZYNNE DO ODWOŁANIA. Przynajmniej teraz, na czas wakacji.

– To chyba trzeba by zamknąć Warszawę na pięć lat – zauważył Nowak. – Aż do Euro.

– Euro? Sądzi pan, że nam się uda?

– Musi się udać. Nie mamy innego wyjścia.

Patrzył, jak Grażyna Lothe pracowicie kroi kawałki puchatego ciasta. Eksplorator w akcji.

– Dlaczego pani chciała zostać archeologiem? Czy mama panią do tego namawiała?

– Ależ skąd! Zdecydowanie odradzała. Powiedziała, że przez jedną czwartą czasu będę siedzieć w deszczu albo w upiornym słońcu z notatnikiem i szpachelką, a resztę zajmie mi ślęczenie przy źle oświetlonym biurku sprzed pięćdziesięciu lat nad czasopismami sprzed lat trzydziestu.

– I co, miała rację?

– Tak. – Roześmiała się ponownie. – Sprawdziło się wszystko, co do joty. Ale było jeszcze coś, co spowodowało, że wybrałam ten zawód. Pamięta pan jeszcze jakieś lektury szkolne?

– Dwie. *Jak Wojtek został strażakiem* – odparł Nowak. – No i *Lalkę*.

– Jasne, i ta pierwsza zmieniła pana życie. Postanowił pan służyć społeczeństwu.

– Nie, wie pani, zawsze bałem się ognia. Jeżeli któraś mnie zmieniła, to raczej ta druga. Ostatnio przypomniałem ją sobie rok temu i dzięki temu znów inaczej spojrzałem na Warszawę. Na to, co się tu zdarza wciąż, na co dzień.

– O, to ładne, co pan mówi. A ja zawsze chciałam wiedzieć, co było kiedyś. I najbardziej pamiętam *Szwedów w Warszawie* Przyborowskiego. Czytał pan?

– Nie przypominam sobie. Wolałem wtedy Pana Samochodzika.

Klasnęła w dłonie. Podobała mu się coraz bardziej.

– Tak, też go lubiłam! A Przyborowski to taki zapomniany autor, kiedyś bardzo popularny. Patriota i powstaniec styczniowy. Za życia prawie tak znany jak Sienkiewicz, choć na Nobla pewnie nie zasługiwał. To zwykła książka przygodowa, ale z trupami.

– Powinna mnie więc zainteresować, tak?

– Nie, no nie przesadzajmy, to powieść dla młodzieży. Oj, wszystko tam jest. Informacje zapisane szyfrem w starych książkach... I podziemia, tajemnicze przejścia ciągnące się od Bramy Nowomiejskiej aż do Zamku Królewskiego, a potem nad Wisłę. I krypty kościelne, szkielety, nietoperze i szczury. Jejku, tam są fajne legendy, opowieści, takie drobiazgi jak to, że Zygmunt III Waza chorował na podagrę i chiragrę. To choroby wyższych sfer, wie pan? Przychodziła do niego jakaś mazowiecka baba, zielarka, czarownica. Ponoć i sam mistrz Twardowski bywał na Zamku.

Nowak wolał nie pytać, co to takiego ta chiragra. Na pewno jakieś paskudztwo, ale cóż, królowi wolno chorować, na co tylko chce.

– A czy... Czy naprawdę są takie podziemia?

– No, tej tajemniczej drogi z Nowego Miasta ani mama, ani ja nie znalazłyśmy. – Uśmiechnęła się. – Jest dużo legend na ten temat. I większość takich historii to wyłącznie legendy, niestety. Krążą od stuleci. Już jakieś sto pięćdziesiąt lat temu carski namiestnik powołał specjalną komisję... Widzi pan, znowu komisja. Badali podziemia katedry, ale nie znaleźli żadnych tajemnych przejść, tylko krypty z trumnami.

– Ludzie lubią legendy. Wydrążone miasto: Warszawa.

– Tak, tak. Ale przynajmniej wiadomo, skąd się biorą te opowieści: na Starym Mieście znaleziono kilka wielopoziomowych piwnic, sporo jest zasypanych gruzem z kolejnych wojen, pożarów i przebudów. No i są kanały ściekowe. Jeden, który prowadzi z piwnic wschodniego skrzydła Zamku, pod skarpą aż do ujścia poniżej Arkad Kubickiego, jest świetnie zachowany. Po zakończeniu remontu arkad pewnie będzie można do niego zajrzeć.

Jak każdemu miłośnikowi futbolu wszystkie nazwiska Nowakowi kojarzyły się automatycznie z piłkarzami i trenerami. Ale to nie ten Kubicki, na szczęście.

– Czyli ma pani teraz to, co pani chciała mieć już w dzieciństwie. Szwedów w Warszawie.

– Tak, ma pan rację! – Roześmiała się ponownie. A po chwili zmarszczyła nos i powiedziała: – „Takiego dajfeldreku zadamy tym zamorszczykom, że popamiętają przez wieki mazurską łapę!".

– Słucham?

– Zapamiętałam to zdanie. Jest piękne, nieprawdaż?

– Tak. – Miło było się z nią zgodzić. – Wie pani, ja też zajmuję się ostatnio Szwedami w Warszawie.

I opowiedział Grażynie Lothe o zwłokach wyłowionych z Wisły, oszczędzając drastycznych szczegółów i unikając nazwisk. Słuchała z uwagą. Nowak wyjaśnił, że praca policjanta rzadko polega na pościgach samochodowych i strzelaninach. Jak w archeologii: papiery, czasami komputer. Analizy, wnioskowania, typowania i sprawdzenia – to nie brzmi specjalnie romantycznie, prawda? Czyli również siedzenie przy biurku, może nawet nie tak starym jak w jej wypadku. I czasami także łażenie po błocie. Jak zauważyła pani doktor na pożegnanie, to było spotkanie dwojga profesjonalistów bez złudzeń, ale wciąż lubiących swoją pracę. Ani Brudny Harry, ani Indiana Jones w spódnicy. Nowak poprosił o informowanie go na bieżąco o wynikach archeologicznego śledztwa.

Wyposażony w krzyż i szablę Szwed patrzył na miasto z wyrzutem. Na Nowaka niekoniecznie. Komisarz czuł się rozgrzeszony. Nie pytał przecież pani doktor o męża, dzieci i o stosunek do kanadyjskich rockmanów. Rozmowa miała dostarczyć... Cóż... wiedzy, tak, to właściwe słowo.

No, prawie rozgrzeszony. Wybacz, Zygmunt, ale to naprawdę piękna kobieta. Komisarz policji powinien trenować pamięć i zapamiętywać twarze ludzi, a ta twarz zdecydowanie była godna zapamiętania.

Podinspektor Morawski znów był wkurzony.

– Dlaczego dopiero teraz mówisz o tych telefonach?!

– Dlatego że zacząłem się bać o życie swoich bliskich.

– A wcześniej się nie bałeś?

– Nie. Jestem policjantem. – Nowak wolał nie mówić o intuicji. O tym, że człowiek wyrzucający z siebie parę bluzgów może być mniej niebezpieczny niż ktoś, kto milczy. Język zawodowego bandyty wcale nie musi być językiem menela.

– Jasne! Policjantem. Zanotowałeś przynajmniej godziny połączeń?

– Skąd. – Nowak pomachał komórką. – Ja nie. Telefon sam to zrobił. Już zresztą dowiedziałem się, skąd dzwoniono poprzednim razem.

Były cztery telefony: jeden głuchy, dwa pełne kwiecistych wyzwisk i jeszcze jeden, najbardziej niepokojący. Ciekawe, o pierwszym połączeniu Nowak przypomniał sobie w ostatniej chwili przed przekazaniem zapytania do operatora – mogła to być przecież zwykła pomyłka. Okazało się, że faktycznie trzy pierwsze połączenia wykonano z tego samego aparatu na kartę, czyli niezarejestrowanego na żadną osobę ani firmę, z tego samego numeru. Podano lokalizację komórki, czyli obszar, z którego zainicjowano połączenie: ktoś dzwonił z Janek. Nowak powiedział o tym.

– Podejrzewam, że tym razem to ktoś inny.

– No i co? Mam sporządzić kolejny wniosek do operatora, czy sam sobie poradzisz?

– Poradzę sobie – mruknął Nowak.

– Znakomicie. – Podinspektor spojrzał jeszcze na komisarza. – Uważaj z tym Szwedem.

– Mam uważać? To samo mówił mi wczoraj ten bandyta. Co masz na myśli?

– Powiązania.

Zaczyna się.

– Wierzysz w istnienie „układu"? Jednej sieci powiązań, w którą wmieszani są ludzie biznesu, służb specjalnych, politycy i gangsterzy?

– Nie, młody człowieku. Wierzę w wiele układów. Wiele splatających się ze sobą sieci. – Nareszcie przełożony przemówił ludzkim głosem. – Sprawdzasz te firmy? Te, z którymi współpracował Szwed?

– Tak, siedzimy nad tym z Marcinem. To trochę nie nasza branża, prawdę mówiąc. Warto by mieć na stałe kogoś z PG w tym śledztwie. Oni wiedzą, gdzie szukać, bo...

– Któraś z transakcji wydaje się wam podejrzana? – przerwał podinspektor. – Któraś z działek została zaskakująco drogo albo zaskakująco tanio sprzedana, jakieś niespodziewane pozwolenie na budowę?

– Sumy, o których mówimy, i tak przekraczają wyobraźnię zwykłego człowieka – zauważył Nowak. – Ja naprawdę nie wiem, ile to jest „milion złotych". Mogę sobie przeliczyć na różne towary, ale...

– Jakieś konkrety? – Morawski niecierpliwił się.

– No, trochę tak z sentymentu zwróciłem uwagę na te planowane osiedla na Żoliborzu Przemysłowym.

– Gdzie to jest?

– Powązki. Burakowska, Rydygiera, Przasnyska...

– A, już wiem. Niedaleko Arkadii, tak?

Nowak westchnął w duchu. Podinspektor pochodził z Białegostoku i podobnie jak wielu mieszkańców stolicy orientował się w mieście według położenia centrów handlowych. Nie tylko przyjezdni tak robili. Zresztą jeśli się dobrze zastanowić, co było w tym złego? Może kiedyś ludzie też mówili: za domem braci Jabłkowskich, dwie kamienice od cukierni Gajewskiego albo...

– Komisarzu?

– Tak, tak, oczywiście – Nowak znów skupił się na rozmowie. – Tam właśnie jest sporo terenów, o które starają się deweloperzy, w tym Svea-Brick. Mają już zresztą jedną działkę przy Przasnyskiej. Ratusz wkrótce zacznie wydawać decyzje o warunkach zabudowy.

– To jest dobra okazja, żeby nastąpić na odcisk paru ludziom, którzy do tej pory działali bez większych kłopotów. Pora ruszyć święte krowy. Także w ratuszu, w tym ratuszu, jasne? Informuj o swoich wszystkich podejrzeniach. I o groźbach, dobrze?

Zatem jednak układ. Ale Morawski mógł mieć rację, niestety. Święte krowy chętnie przechadzają się po ulicach różnych stolic, nie tylko New Delhi.

– Dobrze – odparł Nowak.

– Wierzę też w profesjonalizm tego zespołu... Tej sekcji – kontynuował Morawski. – Mimo że niektórzy z jej członków dawno powinni odejść z policji. Nie chciałbym, żeby musieli również odejść inni.

Nowak odprowadził go wzrokiem. Inni? A może tylko pan nie chciałby stąd odchodzić, panie podinspektorze?

Przyszły emeryt miał za to nieco bardziej konkretne informacje.

– Rozmawiałem z Tadeuszem Badynem – powiedział Zakrzewski. – Kawał skurwysyna.

– Mówisz tak o większości ludzi, których spotykasz – stwierdził Nowak. – Zajrzałeś do warsztatu?

– Tak. To w zasadzie murowana obora, nie warsztat. Ale faktycznie zamiast krów jest tam podnośnik. Nie pytaj, czy widziałem ten samochód w obejściu. Rzuciłby mi się w oczy.

– Gość miał jakieś problemy? Kradzione auta?

– Już ci mówiłem, że nie. Samochody sprowadza z Niemiec jako kierowca, laweciarz. Sam ich nie sprzedaje, przynajmniej oficjalnie. Występuje jako przedstawiciel komisu w Raszynie, pewnie bierze prowizje od sprzedanych w Polsce wozów. Oczywiście gdybyś chciał, może ci prywatnie ściągnąć niezłe audi za trzy tysiące.

Po rozmowie o milionach Nowak był nieco zdezorientowany w kwestii obowiązujących systemów płatniczych.

– Czego trzy tysiące?

– Złotych. Pamiętasz, jakiś czas temu urząd skarbowy chciał się przyczepić do komisów, które sprzedawały samochody po dwieście euro. To znaczy faktura była wystawiana na taką sumę, żeby uniknąć akcyzy.

– To auto za trzy tysiące zostanie wyklepane przez naszego mechanika?

– Jak najbardziej. I na pewno będzie wyższej jakości, niż było na miejscu, w jakiejś tam Turyngii. I będzie miało przebieg, jaki sobie tylko życzysz.

Nowak zastanowił się.

– Scenariusz wydaje się dość prosty. Jego brat, Jacek, pracuje jako ogrodnik w Falentach. Ma cały czas oko na dom Hindusa, zna jego rozkład dnia, wie, kiedy wyjeżdża z domu do pracy. Jeżeli stanie się coś niespodziewanego, może w każdej chwili dać znać przez telefon. Tadeusz Badyn dostaje zamówienie na toyotę RAV4 od jakiegoś handlarza albo sam chce ją komuś opchnąć...

– Jakiemuś Białorusinowi na przykład.

– Na przykład – zgodził się Nowak. – No i 9 maja nadarza się sposobność.

– Też na to wpadłem, ma się rozumieć. Sprawdziłem, ogrodnik był u siebie, w gospodarstwie.

– Pamiętam, że tak mówił. Co na to sąsiedzi?

– Nie zaprzeczają. Wszyscy składali zeznania po zaginięciu Srinivasana.

– Mówię o sąsiadach Badyna, nie Hindusa.

– Nikt już niczego nie pamięta. – Zakrzewski machnął ręką. – Dziś jest już 6 lipca. Ludzie mają inne problemy na głowie. Niedługo żniwa, nikt nie myśli o tym, co się zdarzyło dwa miesiące temu. W każdym razie obaj są na miejscu, żaden z Badynów nigdzie się nie wybiera, pytałem.

– Do Niemiec też nie? Może kłamali? – zauważył Nowak.

– Co ty nie powiesz? – burknął Karol.

– Ufasz miejscowym?

– Mieszkańcom? Tubylcom? Tambylcom?

– Nie. Policjantom – powiedział Nowak.

– Nikomu nie ufam. Powiedziałem ci, że kawał skurwysyna z tego mechanika. Będziemy go obserwować. Nasi ludzie, nie ci z Raszyna.

– *À propos* prac na roli... Co z Oraczem?

– Każdy orze, jak może. Zniknął. Rozmawiałem z jego żoną, a raczej z tym czymś, co pełni jej obowiązki.

– Co?

– No dobra, to jego ślubna żona, nawet jest w ciąży z trzecim bachorem. W każdym razie nie ma gościa. Wyjechał w interesach.

– Kiedy i dokąd?

– Tydzień temu. A teraz uważaj, bo zrobi się ciekawie. Do Szwecji.

Nowak gwizdnął.

– Zaskakujący zbieg okoliczności.

– I tak, i nie. Pod Malmö mieszka jego brat, Stefan. Jest w bazie danych Interpolu. Podejrzenia o udział w handlu ludźmi. Siedział raz, za bójkę w restauracji.

– Zostawiliśmy tam kogoś? Pod domem Oracza? – spytał Nowak.

– Tak. I wystąpimy do prokuratora o założenie podsłuchu jego żonie.

– Sądzisz, że Oracz uciekł przed oskarżeniem o morderstwo?

– Sądzę, że ta jego bladź nie kłamała. On naprawdę pojechał do Szwecji robić interesy. Chuj wie z kim, może z ruską albo estońską mafią – odparł Zakrzewski. – Wiesz co? Jeżeli ktoś się zachowuje jak prawdziwy morderca, to prędzej ten Badyn. Nigdzie nie uciekał, nic złego nie robił, ciężko pracuje na roli. Uprawia ziemię. Podejrzane bydlę.

Nowak czekał. Zaparkował samochód na ulicy Polanki, to jest, psiakrew, Biedronki, na Polanki mieszkał ktoś inny, do tego w innym mieście. Minął go samochód firmy ochroniarskiej. Ponury obywatel w czarnym mundurze przyjrzał mu się uważnie. Trudno, przy następnym kółeczku pokaże swoją legitymację, może facio da spokój. No już, już, jedź sobie dalej, palancie. Nowak zmienił płytę w odtwarzaczu. *Zenyatta Mondatta*. Komercha? Może i tak. Ale w końcu firma The Police zobowiązuje. Zresztą, daj Boże dzisiaj coś takiego. Dochodziła 19.30. Większość Polaków kojarzyła tę porę z „Dziennikiem Telewizyjnym". Nowak też. Na szczęście ta większość za jakiś czas wymrze. Nowak razem z nią. No, gdzie jesteś, Magnus? Kolejny pracoholik. Miejmy nadzieję, że nie kupił sobie klubu piłkarskiego, bo wtedy już nie będzie mieć czasu na nic. Jak się nazywa właściciel West Ham United? Jakoś podobnie. Eggert Magnússon. Ale to chyba nie Szwed.

Volvo Rytterberga pojawiło się piętnaście minut później. Samochód zatrzymał się pod bramą po drugiej stronie ulicy. W środku były dwie osoby, kierowca oraz pasażer na tylnym siedzeniu, chyba właśnie biznesmen. Nowak czekał, aż ktoś uruchomi automat, ale ku jego zdziwieniu Rytterberg wysiadł z samochodu. Trzymał w ręku teczkę, szary płaszcz miał przewieszony przez ramię. Nachylił się jeszcze do otwartego okna i coś mówił do szofera. Potem ruszył do furtki z kluczami. Volvo nie odjeżdżało.

Nowak wysiadł z samochodu i szybko podszedł do Szweda.

– *Herr* Rytterberg... – zaczął.

Kierowca natychmiast wyskoczył z auta i chwycił Nowaka za ramię.

– Słucham pana? – rzucił groźnie.

– *It's OK* – powiedział Rytterberg. – *It's a policeman.*

Szofer, który najwyraźniej pełnił również funkcję ochroniarza, niechętnie puścił Nowaka. Dobrze ubrany, choć niezbyt sympatyczny gość, podobny trochę do trenera Michniewicza, z tym że nieco młodszy. Wysoki, o głowę wyższy od Nowaka. Drzyzga już go przepytywał. Jak on się nazywał? Kruczek? Jakoś tak. Niestety, człowiek o nieposzlakowanej opinii, niekarany, pracownik firmy Rytterberga.

– O co chodzi? – spytał Szwed po niemiecku. – Mówiłem już, że jeżeli chcecie ze mną rozmawiać, powinien się zgłosić prokurator.

– Niestety, prokurator jakoś z panem nie chce rozmawiać. Musi panu wystarczyć oficer policji.

– O co pan chce mnie zapytać?

– O Joannę Skoczylas. I o Gustava.

Rytterberg spojrzał poważnie na Nowaka.

– Mówiłem, że...

– Czy to prawda, że Gustav nie był pańskim synem?

Lewy policzek Szweda lekko drgnął. Nowak nie zauważył wcześniej tego tiku.

– Niech pan wejdzie – powiedział rozkazująco. – Nie rozmawiajmy na ulicy.

Rytterberg poprowadził go do jadalni. Rzucił płaszcz na oparcie jednego z krzeseł, sam usiadł na sąsiednim. Wskazał miejsce komisarzowi.

– Skąd pan to wie? – spytał.

– Czy to prawda?

– Anja panu powiedziała? Nie mogła wiedzieć, chyba że... – Szwed jakby nie dosłyszał pytania. – Powiedziałem to tylko Gustavowi. Nikomu innemu.

A więc jednak.

– Dlaczego pan uważa, że to ona?

– Anja była dla Gustava najbliższą osobą. Jego matką według prawa. Pełniła taką funkcję, a on to zaakceptował. Lubił ją na swój sposób. Jeżeli nie ona, to kto mógł to panu zdradzić? Ta dziewczyna? Jakiś przyjaciel?

Nowak patrzył uważnie na Rytterberga. Jego małżonka, wciąż małżonka, nie powtórzyła mu treści rozmowy z Nowakiem. Powiedzieć czy nie? Jeszcze nie teraz.

– Jak to się stało? Czy pana poprzednia żona...

– Nie – odpowiedział natychmiast, nie dając Nowakowi skończyć zdania. – Nie. To był nasz syn.

– Adoptowany?

– Tak – odparł Rytterberg po dłuższej chwili. – Tak, adoptowany. Pomyślałem, że osiągnął ten wiek, że powinien to wiedzieć. Wie pan, uważam, że i tak zrobiłem to za późno. Nie można żyć w fałszu przez tyle lat, nie można tak długo udawać. To jest niedobre dla wszystkich stron.

– Kłamie pan – powiedział Nowak.

– Słucham?

– Dobrze pan usłyszał: kłamie pan. Pańska żona wspomniała, że Mikaela Svensson urodziła swoje dziecko, że byli państwo szczęśliwymi rodzicami.

Szwed pokręcił głową.

– Dobrze. Nie będę ukrywał tego przed panem, to nie ma sensu. Ale liczę na dyskrecję. Tak, Gusten nie był moim dzieckiem. Biologicznie nie był. Formalnie jak najbardziej tak.

– To znaczy, że... – Nowak nie zrozumiał w pierwszej chwili. A potem zastanowił się. „Spójrz na kalendarz", mówiła Kasia.

– Tak, proszę pana. Staraliśmy się o dziecko, bardzo. Bez skutku. Z pewnymi wyrokami, decyzjami losu albo, jeśli pan chce tak to ująć, z wolą Boga, trzeba się po prostu pogodzić, bo nie są zależne od nas. – Rytterberg lekko uderzył dłonią w blat stołu. – Okazało się, że nie mogę mieć dzieci. Oczywiście rozważaliśmy adopcję, ale Mikaela bardzo chciała urodzić. Bardzo. Dlatego podjęliśmy decyzję o skorzystaniu z banku nasienia...

Nowak zastanawiał się, jak taki człowiek jak Magnus Rytterberg przyjmuje porażkę w dowolnej dziedzinie. Czy potrafi się z nią potem pogodzić, zracjonalizować ją, znieczulić nie tyle na samo zdarzenie, ile na myśl o nim. Najwyraźniej Rytterbergowi nie do końca się to udało. Próbował uciec w alkohol. Ten środek, niestety, zamiast zwiększać dystans do życia jeszcze bardziej rozpuszcza warstwę ochronną. Zwłaszcza w Polsce, gdzie jest ogólnie dostępny.

– Powtarzam, panie komisarzu: liczę na dyskrecję. A do pana mam tylko jedno pytanie: skąd pan o tym wie?

Nowak rozważał możliwe skutki udzielenia odpowiedzi, skutki dla wszystkich zainteresowanych. To był świat ludzi zawierających umowy; czy dodatkowe okoliczności spowodują możliwość zerwania którejś z nich? Tak. A zagrożenia dla stron? Może tak, może nie.

– Już wymieniłem dziś to nazwisko. Powiedziała mi o tym Joanna Skoczylas.

– Ona? Gustav jej to powiedział? Dlaczego?

– Byli kochankami.

– Co?!

– Joanna Skoczylas i pański syn, Gustav, byli kochankami. Wiedział pan o tym?

Szwed walnął pięścią w stół. Z całej siły, tak jakby chciał zniszczyć nie tylko mebel, ale i rękę. *Swedish design* widać nie zawsze się sprawdza. Nowak postanowił zadać następne, najistotniejsze pytanie.

– *Herr* Rytterberg, czy zataił pan przed organami ścigania informację o porwaniu pańskiego syna?

Biznesmen jeszcze nie doszedł do siebie.

– Co? Czy pan oszalał?!

– Pytam, czy...

– Uważam naszą rozmowę za zakończoną, panie komisarzu. Jeżeli chcą mi panowie zadawać dalsze pytania, odmawiam rozmowy bez udziału tłumacza i prokuratora. – Rytterberg wstał. – Wypuszczę pana z domu.

Volvo już nie stało pod domem. Nowak poszedł do swojego samochodu, zastanawiając się, czy Szwed pojedzie teraz do Joanny Skoczylas. Komisarz zmienił płytę na *Set the Twilight Reeling*. Znowu Lou Reed. Odczekał do końca *Trade In*. Świetny kawałek. „Dziecko wychowane przez idiotę, ten idiota potem staje się tobą". Magnus Rytterberg zapewne rozpoczął teraz opróżnianie butelki whisky.

Nowak ruszył do domu. Lou Reed deklamował *Sex With Your Parents*. To akurat nie było o problemach rodzinnych, lecz o republikanach. Cóż, artysta, wolno mu.

Piłeś – powiedziała Kasia tuż po tym, jak ją ucałował na powitanie. Wrócił strasznie późno, ale i tak był pierwszy w domu. Już to kiedyś przerabiał. Ale... to i tak był normalny dom.

– Tak, ale niedużo – odparł Nowak. – Gibraltar. Prestidigitator. Długie susy sadzi Bąk.

– W porządku, wierzę ci. – Spojrzała na butelkę. – Boże, co to jest? Aż tak źle nam się chyba nie powodzi?

– Jakiś porter, którego nie znałem. Z Chełma. Chyba nie kupię po raz drugi, ale dlaczego uważasz, że to... O matko! – Zdziwiony patrzył na butelkę, na której widniał dumny napis „Black Power". – No popatrz, nie zauważyłem. Myślałem, że to „black porter".

– *Say it loud, I'm black and I'm proud*! – Zmarszczyła brwi. – Masz jakiś problem, białasie?

Nowak ponownie nacisnął przycisk „play" w odtwarzaczu.

– Ło! Co to jest, na litość boską?! – zapytała Kasia. – Czego ty słuchasz?

– Tego. – Popchnął w jej stronę opakowanie CD.

Kasia z niedowierzaniem patrzyła na zdjęcie przedstawiające bladą, rudowłosą syrenę i fioletowego efeba pośród wodorostów.

– Hm, ale zaburzeń erekcji na razie nie masz. Przynajmniej dziś rano tego nie stwierdziłam. W dalszym ciągu podobają ci się kobiety.

– Zwłaszcza jedna, wciąż i nieodwołalnie – powiedział Nowak, całkiem szczerze. – To Marc Almond. Marek Migdał. Świętej pamięci Tomek Beksiński też go lubił.

– Ale to kicz straszny...

– Oj, może i tak. Ale głos ma niezły, chociaż facet czasami za bardzo szarżuje, zwłaszcza jak się zabiera za Brela. To taki artysta kabaretowy, rozumiesz. Z dekadenckiego kabaretu.

– Boże, a ty masz do mnie pretensje, że słucham Michaela Bublé... – Kasia popatrzyła na niego sceptycznie.

– Wyprzedaż była – dodał usprawiedliwiająco. – *Eyes of a girl, lips of a girl, could it be you or a call from my soul* – zaśpiewał.

– To kiedyś działało na kobiety?

– Na jedną tak – przyznał.

– Opowiesz mi coś o tym? Czy znowu usłyszę, że to zamierzchła przeszłość?

– Och, bo to zamierzchła przeszłość. *Could it be you, be you*?! – Wskazał ją palcem.

Kasia załamała ręce nad postępującym upadkiem moralnym zdolnego oficera warszawskiej policji.

– To szantaż, prawda? – Spojrzała na niego z rozbawieniem. – Dobra, kupię ci tę koncertową płytę Neila Younga jeszcze przed urodzinami. Wydanie specjalne, z DVD. Tylko przestań śpiewać. Bo zawołam policję.

– To ja jestem policja – wychrypiał głosem Bogusława Lindy. – Jestem hetero i nie boję się żadnej muzyki. Jakie DVD? – zainteresował się. – *The Last Waltz*? Ten film, na którym wyretuszowali mu kokainę koło nosa?

– No, to, o czym mówiłeś...

– A, koncert w Fillmore East. Dobra, już nie śpiewam! – sięgnął po pilota i nacisnął przycisk z kwadracikiem.

– Co to jest? – Dopiero teraz zauważyła kwiaty w wazonie. Trzy żółte róże.

Centra handlowe to jednak dobry wynalazek, choć sprzedają tam czasami dziwne piwo.

– Kwiaty – stwierdził Nowak.

– Widzę. Dla mnie? Z jakiej okazji?

Z powodu wyrzutów sumienia, droga kobieto. Z powodu pożądania żony... być może niczyjej żony, co jest bardziej niebezpieczne.

– Z miłości. Miłości i bezgranicznego szacunku. Żółty to ulubiony kolor osób niezrównoważonych psychicznie. Przepraszam. – Roześmiał się. – Odbija mi palma, jak mawia mój ojciec.

– Palma? Ma już liście. Znów je przyczepili, sama widziałam.

4

Bardzo dobre miejsce wybraliście – powiedział Piotr Nowak swoim przyjemnym barytonem, młodszym i mniej zmęczonym niż głos Johnny'ego Casha. – Podoba mi się teraz w Warszawie, takie miejsca jak to są zagospodarowane, ludzie otwierają stylowe knajpy. Tylko dlaczego ona się nazywa „Florian"?

– No jak to, przecież to patron strażaków!

W tym momencie na dziedzińcu Koszar Mirowskich rozległo się wycie syreny, z remizy wyruszał na akcję wóz strażacki. Obaj bracia odwrócili głowy i spojrzeli na siebie, po czym parsknęli śmiechem. Widać pomyśleli o tym samym: o pierwszym, chłopięcym odruchu. Chcieli zrobić to, co zrobił trzynastoletni Andreas: podbiec do okna i zobaczyć czerwony samochód z drabiną i strażaków w złotych hełmach. No, już nie złotych, nie takich pięknych jak te, które leżały na belkach u powały dużej sali „klubowej", jak mówiła kelnerka, która sprawdzała rezerwację. Pomysł spotkania się w tym miejscu wyszedł od Kasi. Mówiła, że przyszła tu kiedyś na lancz, na danie dnia za piętnaście złotych, i spodobało jej się. Zwłaszcza pozostałe pozycje menu, choć cokolwiek droższe.

Byli w komplecie, a nawet w nadkomplecie. Piotr ze swą belgijską żoną, Marieke, ich synowie, Paul i Andreas. Andrzej Nowak w całkiem niezłym stanie, choć najwyraźniej nieprzyzwyczajony do tego „luksusu", jaki według niego oferowała restauracja w centrum Warszawy. Był też Jan Żurek, który początkowo nie chciał się nigdzie z nimi wybierać.

Mówił, że to rodzinna biesiada, że będzie czuł się skrępowany. Ale dał się w końcu przekonać, Andrzej Nowak miał dzięki temu partnera do rozmowy.

– Z knajpami jest już znacznie lepiej, ale jeszcze nie do końca dobrze – powiedziała Kasia. – Brakuje jeszcze takich małych barów, gdzie można wyskoczyć na tani obiad, zwłaszcza tu, w tej okolicy, gdzie jest dużo biurowców.

– Gdzie teraz pracujesz? – zainteresował się Piotr.

– Całkiem niedaleko, w budynku na Prostej, w nowej siedzibie mojej firmy – powiedziała. – Da się przeżyć, jest bistro na Pańskiej, na Żelaznej, jest Turek na skwerku... No i stołówki. Myślałam nawet o tym, żeby zrobić przewodnik dla japiszonów, najlepiej stronę internetową o takich miejscach. Bufety przy hurtowniach, w dawnych socjalistycznych biurowcach. W Impexmetalu, w starym gmachu wydawnictwa MON. – Spojrzała na Adama. – Stołówki policyjne... Rozumiecie, taki regularny przewodnik z informacją o tym, gdzie i o której formują się kolejki, gdzie jest taniej, gdzie lepsza fasolka, kto się specjalizuje w schabowym z kapustą. Jakieś forum, gwiazdki, oceny...

Wyraźnie zapaliła się do tego pomysłu. Jej mężczyzna mógł być z niej dumny. I był.

– Będziecie mieli więcej imigrantów, to i restauracje się pojawią – powiedział Piotr Nowak. – Chińskie, wietnamskie, indyjskie już podobno są, prawda?

– Tak. Tureckie, libańskie, moja ulubiona gruzińska knajpka na Puławskiej, i pewnie wiele innych – powiedziała Kasia. Komisarz tylko potwierdził skinieniem głowy.

Nie chciał mówić z pełnymi ustami. Jadł tatara. Wymieszał całkiem niezłe mięso z kawałkami ogórka, cebulki, pieczarek, z musztardą i oczywiście z jajkiem. Andrzej Nowak patrzył tęsknie na talerz swojego syna. Jeżeli chodzi o surowe mięso, to według internisty nawet patrzenie na nie było niezdrowe.

– Brakuje też porządnej żydowskiej restauracji. W tym mieście to dziwne, prawda? – rzucił Jan Żurek.

– Najbliższa jest chyba w Krakowie, na Kazimierzu. – Kasia uśmiechnęła się. – Ważne, że ludzie zaczęli chodzić na obiady na miasto, że traktują to jako coś normalnego. Oczywiście tylko ci, których na to stać. I ci, których dało się do tego przekonać, jak pana Nowaka.

Kasia mogła mieć na myśli zarówno komisarza, jak i jego ojca.

– Kurczę, pamiętam parę pięknych knajpek na Targowej, tam to można było zjeść prawdziwego tatara – włączył się Andrzej Nowak. – Flaczki. Zimne nóżki, obowiązkowo z setką wódki. Ech...

– Tato, ty pracowałeś na Pradze? Gdzieś niedaleko Wileńskiego? – spytał Piotr.

– W fabryce narzędzi lekarskich, na Grodzieńskiej. U Manna, tam, gdzie tata. To znaczy wasz dziadek.

– Tak... Pamiętam, że mówił „u Manna". Skąd to się wzięło? – Adam Nowak nie pamiętał już rodzinnych wspomnień.

– Przed wojną właścicielem był Alfons Mann, a przynajmniej nazwisko było w nazwie firmy. Po wojnie ją upaństwowili, ma się rozumieć, ale chyba nie od razu.

– Chyba byłeś wtedy dość młody?

– Ano młody... Ale na piwko już się chodziło.

Wszyscy to zrozumieli. Piwko łączyło pokolenia.

– O, ja też tam bywałem. Ale dziesięć lat wcześniej niż pan – zauważył tramwajarz. – Po robocie szło się na przykład do „Małych Inwalidów". Barek taki był, nieduży, stało się przy barze. Róg Ząbkowskiej i Targowej, obok kawiarni „Kolorowa".

– Pamiętam! – rzucił Andrzej Nowak. – Pamiętam.

– „Inwalidzi"? Skąd nazwa?

– Obie knajpy prowadziła spółdzielnia inwalidów. Czasami się mówiło „U Kulasów". – Żurek roześmiał się. – W „Małych" pracował Stasio, najszybszy kelner w mieście. Przyjmował zamówienie od jednego klienta, brał pieniądze od drugiego i robił kawę dla trzeciego.

– „Staszek szybki jest" – rzucił Adam Nowak.

– Co?

– Nic, nic, niektórzy tak mówią. W sumie nie wiem dlaczego.

– Handlarze złotem się tam spotykali, załatwiali interesy. A przed wejściem Paramonow kogoś postrzelił czy napadł, już nie pamiętam... O Paramonowie słyszałeś? – Jan Żurek zwrócił się do komisarza. – Uczyli cię na tych kursach policyjnych?

– Na kursach? Nie wiem, to chyba ty mi pierwszy o nim opowiadałeś, tato... Tato?

– Co? – Andrzej Nowak przez chwilę wyłączył się z rozmowy. Rozmowa o nieistniejących od dziesięcioleci knajpkach pobudziła go do wspomnień.

– Paramonow, pamiętasz? Pierwszy bandyta, który napadał z bronią w ręku. Pierwszy po wojnie oczywiście. Pamiętam, że babcia nas nim straszyła, kiedy rozrabialiśmy. No i wierszyk: „Osobno ręka, osobno głowa, to jest robota Paramonowa".

– Tak. – Ojciec roześmiał się. – Racja. Śpiewali o nim piosenki... O zbójach zawsze legendy krążyły, nie?

Nowak przypomniał sobie *Murder Ballads* Nicka Cave'a. Billy Kid, Butch Cassidy, Jesse James i inni. Bohaterowie ludowi oraz inspiracja dla artystów.

– Nieco dalej, w stronę obuwniczego i apteki kolejowej, byli tak zwani „Duzi"... „Duże Inwalidzi", jak mawiali starsi. Normalna restauracja, z dwiema salami, ze stolikami – kontynuował Żurek. – Pamiętam, grywał tam wieczorami akordeonista. Miał czerwony włoski akordeon. Duży, koncertowy, wiecie, taki z registrami... Fajne były czasy. Chodziło się do tych knajp, a niech to... – Żurek spojrzał w okno i zamilkł na moment.

To normalne. Jedno wspomnienie przywoływało następne, a to z kolei całą masę innych zdarzeń, twarzy i możliwości, które kiedyś na chwilę zaistniały. Wspomina się nie jedną przeszłość, ale całe światy równoległe.

– Fajne?

– Powiedział pan „fajne czasy"?!

– Jak to „fajne"?

Obaj bracia i Kasia oburzyli się jednocześnie, mimo wszystko, dla zasady. Andrzej Nowak tylko pokiwał głową z miną: „Ech, młodzi".

– Kiedy to było? – spytał w końcu Adam Nowak.

– Czekaj... Początek lat pięćdziesiątych. Tak, macie rację, droga młodzieży, średnio przyjemnie było. – Żurek popatrzył na wszystkich. – Ciężko, po wojnie, no i ta demokracja ludowa się już zmieniała w coś gorszego. Ale każdy żył, jak mógł.

– Były jeszcze wtedy jakieś prywatne knajpy? Przecież bitwa o handel już się zaczęła. O usługi też, nie?

– Niby tak, ale bary istniały. O, na przykład „U Marynarza". Bar! To była speluna właściwie. – Andrzej Nowak machnął ręką. – Właściciel był podobno marynarzem. Straszny grubas, chyba najcięższy człowiek w Warszawie.

– Tak, przypominam sobie! – wykrzyknął Żurek. – Mieszkał róg Ząbkowskiej i Markowskiej, naprzeciwko Monopolu. Miał specjalnie wzmacnianą płytę balkonową, rozumiecie, żeby się pod nim nie zarwało. Jezu, rękę to miał grubą jak udo normalnego człowieka.

– Tak było, tak było.

Nowak popatrzył na ojca. On sam pamiętał co najwyżej cukiernię przy przystanku autobusu linii 170. No i „Prażankę", w której czasami pojawiało się piwo z Braniewa albo nawet z Żywca. I drobny hazard z czasów, w których nie było jeszcze Ligi Mistrzów i nie istniały firmy bukmacherskie.

– Mam głównie wspomnienia z totolotka koło poczty – powiedział. – W bramie, pamiętasz...

– Pewnie, że pamiętam. Zawsze tam grałem.

– Ja nawet wygrałem pięćset tysięcy. Trafiłem trzynastkę w ligę angielską, byłem już na studiach wtedy, chyba ci się chwaliłem.

– Tak, jeszcze niedawno wszyscy byliśmy milionerami – roześmiał się Andrzej Nowak. – Też kiedyś tam wygrałem, czwórkę trafiłem w totka. A w następnej bramie była kiedyś kolektura, wiesz, totalizatora wyścigów konnych. Dzwonili na Służewiec i od razu były wyniki. Ale na koniach to ja się nie znałem.

– Hazardziści. – Piotr Nowak roześmiał się. – Na szczęście nie cała rodzina jest tym dotknięta.

Starszy z braci Nowaków powiedział coś po niderlandzku do żony i synów, którzy od kilkunastu minut rozmawiali tylko ze sobą, wyłączeni z opowieści o historii warszawskiej gastronomii. Przyszła pora na zamówienie dań głównych, a właściwie pierwszego i drugiego dania, bo znaleźli się oczywiście chętni na zupę razową z chleba i bulion marchwiowy.

Chłopcy oglądali wiszące w sali stare zdjęcia koszar, ulicy Chłodnej, strażaków w akcji. Na fotografiach widać było nieistniejącą już wieżę obserwacyjną. Kasia dzieliła uwagę między Marieke, sympatyczną, zaokrągloną kobietę z ciemnymi włosami, a Andrzeja Nowaka i swojego ojca, dlatego co chwilę przechodziła z angielskiego na polski. Ale tylko do czasu, bo Jan Żurek i Andrzej Nowak znaleźli temat do rozmowy.

Wspomnienia, podobne, lecz jednak trochę różne. W końcu dzieliło ich nie tylko pięć lat życia.

Adam i Piotr wyszli na chwilę na świeże powietrze.

– Boże, jak się najadłem. Nie myślałem, że te polędwiczki będą tak sycące.

– Jeżeli w menu wyraźnie jest napisane „w cieście piwnym", należy się tego spodziewać, a nie marudzić – zauważył Adam.

– Masz rację, sam tego chciałem. À propos piwa, smakowało ci to, co przywiozłem?

Piotr mówił o belgijskim Rodenbach Grand Cru, którego kilka butelek podarował bratu.

– Mowa! Rewelacja. Czegoś takiego u nas nie można kupić. Takie owocowe, dzikie, prawie kwaśne.

– Marieke mówi, że to ulubione piwo jej ojca. – Piotr wyciągnął paczkę papierosów. – Palisz?

– Na co dzień? Nie, jakoś nigdy się nie nauczyłem. Ale gdy się bardzo zdenerwuję...

– Przecież ciągle się denerwujesz. Fajki pasowałyby do ciebie. Widzę cię w pokoju przesłuchań, jak siedzisz na krześle ustawionym oparciem do stołu. Zaczynasz drugą paczkę, zaciągasz się i wypuszczasz kłąb dymu w twarz aresztanta. Czekasz, aż facet się złamie i zacznie sypać.

– Masz bujną wyobraźnię – powiedział komisarz.

– To przydatne w życiu. – Piotr Nowak uśmiechnął się. – A ja palę, póki mogę. Czasami papierosy, czasami fajkę. Ale dziś nie zabrałem.

Fajka rzeczywiście pasowała do brodatej, spokojnej twarzy Piotra, do jego okularów, nawet do głosu.

– Pamiętam, że za komuny jedyne dobre tytonie pochodziły z Holandii.

– No tak, Amphora. I jeszcze tytoń na skręty.

– Moment. Dlaczego powiedziałeś: palę, póki mogę? – Adam Nowak zaniepokoił się. Spojrzał na brata. – Chorujesz?

– Nie, no co ty! Ale wiesz... Holandia to dziwny kraj, z jednej strony bardzo, bardzo liberalny, jeżeli chodzi o obyczaje, a z drugiej najbardziej podatny na polityczną poprawność. Wiesz, ochrona środowiska, zdrowy tryb życia, no i wszędzie zakaz palenia. Na szczęście teraz Holendrzy odreagowują to szaleństwo.

Adam Nowak wzruszył ramionami.

– Taki sobie wybrałeś kraj do życia. Holandia chyba zawsze była miejscem wymiany myśli i towarów.

– Masz rację. Tam życie zawsze toczyło się wokół handlu, a nie ma handlu bez wolności. Może stąd to rozluźnienie obyczajowe.

– Pewnie tak – uśmiechnął się Adam. – Marynarze z różnych stron świata potrzebują rozrywek i używek. I przywożą własne.

– Spłycasz. Historia nie opiera się na używkach.

– Trochę tak. Ale nie byłoby kolonii, gdyby nie handel przyprawami. I używkami.

– No i ludźmi.

– Słusznie. – Adam Nowak zerknął na brata. – Jako policjant powinienem był sam to powiedzieć.

Piotr spokojnie palił papierosa. Sprawiał wrażenie człowieka zadowolonego z miejsca, w którym się znalazł, z drobnych przyjemności, na które może sobie pozwolić.

– No i co, jak ci się żyje w tym liberalnym królestwie?

– Wiesz, mam czterdzieści cztery lata – odparł Piotr. – Jestem już zadomowiony, zakorzeniony, znają mnie w okolicy, mówię po niderlandzku, może trochę z dziwnym akcentem, ale nie dziwniejszym niż Chińczycy, którzy pracują w naszym laboratorium. Jestem tamtejszy. Zresztą widzę, że ty i ojciec patrzycie na mnie jak na kogoś innego, na człowieka stamtąd, z Zachodu.

– No co ty... Jak to: stamtąd?

– Nie zaprzeczaj. Rozumiem to. Nie mieszkam tu, nie żyję waszymi problemami. Ja już jestem nietutejszy. Nie chodzę na polskie wybory, wiesz? Czuję, że nie mam prawa decydować o tym, co się dzieje w Polsce. Próbowałem czytać serwisy, oglądać telewizję, żeby zrozumieć, o co chodzi w waszym... w polskim życiu politycznym. Ale przestałem nawet rozumieć język, którym mówią posłowie. Agresywny, głupi, napuszony, cały czas dyskusje o jakichś sztucznych problemach, o historii sprzed czterdziestu lat.

– Agresywny? A gdzie nie jest agresywny? W Polsce przynajmniej nie zabija się polityków.

– A, mówisz o Fortuynie? Wiesz, ja jestem przybyszem, a też się z nim zgadzałem. Co z tego, że przyjeżdżają ludzie z różnych stron świata, skoro się zamykają we własnych gettach, nad którymi nie ma kontroli, które są groźne. – Piotr Nowak zaciągnął się i spojrzał na brata. – Dziewczyna może zostać zabita przez współplemieńców za cudzołóstwo i nigdy, nawet jako policjant, wyposażony we władzę, którą daje ci państwo, nie dotarłbyś do morderców. Kobieta może rytualnie zostać zgwałcona przez krewnych...

Krytykujesz publicznie islam, jak Theo van Gogh, to cię zakatrupią na ulicy.

Komisarz przypomniał sobie rozmowę z Anją Rytterberg i to, co mówiła o meczetach.

– Ja przyjechałem dość dawno, większość kłopotów mam za sobą – kontynuował Piotr. – Ale wiesz, że teraz rząd chce wprowadzić przymusowe kursy integracyjne dla ludzi z nowej Europy, z nowych krajów Unii? Dla Polaków, Czechów, Bułgarów. Rozumiesz, chcą nas traktować jak Arabów, Azjatów, jak ludzi z Afryki. Trzeba się uczyć kultury i zwyczajów. I podstawowych rzeczy: jak się zapisać do lekarza, jak załatwić sprawy na poczcie, w banku, jak zdobyć pracę. No i język, musisz znać język. To akurat popieram, pamiętam, jak mi było trudno na początku... A na końcu zdajesz egzamin. Oblejesz, płacisz pięćset euro. Oblejesz po raz drugi, płacisz tysiąc. Praktyczni ludzie. – Piotr Nowak westchnął. – Ja też przecież musiałem wystąpić o prawo stałego pobytu, po pięciu latach mogłem się o to w końcu ubiegać. Pamiętam, że za wniosek policzyli pięćset guldenów. Mogłem odżałować te kilka setek, ale dla tych wszystkich imigrantów, którzy stali w kolejkach, uciułanie takiej sumy to poważna sprawa. – Machnął ręką lekceważąco. – Nieważne, nauczyłem się już rozumieć, że to ich problem.

– Chcesz tam zostać na zawsze? Wystąpisz o paszport, o obywatelstwo?

– Może. Kolejny wydatek, ale ułatwi nieco życie. Właściwie jeżeli chodzi o podróżowanie po Europie, to w sumie niewiele. Ale pewnie to zrobię, w końcu i tak tu nie wrócę. – Piotr pokazał ręką przed siebie, na kościół św. Karola Boromeusza. Na mokrą, zroszoną deszczem trawę na skwerze, drzewa targane wiatrem, na błyszczący bruk.

Adam Nowak pamiętał, że był tu na jednym z pierwszych spacerów z Kasią. Towarzyszył im wtedy Jan Żurek, który pokazywał stare szyny tramwajowe na Chłodnej. Zamienić to miejsce na Utrecht, Dublin czy Southampton...

Można, tylko po co?

– Ja też się zasymilowałem w Warszawie – powiedział. – Dawno temu. Ale tu ciągle są ludzie, dla których istotne jest to, kto jest prawdziwym warszawiakiem. Nawet niektórzy kibice mojego klubu. No bo rozumiesz, Pruszków, Otwock, Falenica...

– ...to jest Legii klub kibica! – dokończył Piotr. – Pamiętam. Głupoty wygadujesz. Wiesz, co to jest „Czterech Śpiących"? Dworzec Południowy? Umawiasz się pod misiami? To jesteś warszawiak. Poza tym... Daj spokój. Dziadek urodził się w Warszawie, pradziadek też. Pradziadek leży na Powązkach, podobnie jak jego ojciec. Jesteś bardziej warszawiakiem niż większość ludzi, którzy tu pracują i mieszkają. A jeśli tu pomieszkają nieco dłużej, też staną się warszawiakami, oczywiście pod warunkiem że będą chcieli. Nie muszą nawet uczyć się nowego języka, jak ja.

– Z tymi cmentarzami masz rację. Nigdy się tak dobrze nie jeździ po Warszawie, jak na Wszystkich Świętych.

Ulice pustoszały przed 1 listopada. Mieszkańcy miasta wyjeżdżali odwiedzać groby swoich bliskich, które na ogół znajdowały się poza Warszawą.

– Wiesz co, Adam? To wszystko są sztuczne problemy. Wszystkich Świętych... Zobacz, jak to Polacy, zeszliśmy na temat grobów: które lepsze, a które gorsze. Wszystkie są jednakowo dobre, moim zdaniem, a miasto potrzebuje świeżej krwi. Co z tego, że ta krew przypływa kolejką marecką albo grójecką i nie zawsze jest świeża, czasami bywa trochę zepsuta.

– To samo mówi mój teść. Nie-teść – poprawił się Adam Nowak. – Czasami jeszcze zwraca się do mnie „ty przez most Kierbedzia wołami wożony"... To z Wiecha. Ale tych kolejek, o których wspomniałeś, już nie ma. Grójecka jeszcze czasami jeździ z Piaseczna do Tarczyna, z turystami.

– No, domyślam się, że nie ma, zwłaszcza mareckiej. Jestem starszy, pamiętam ją o cztery lata dłużej niż ty. Samowarek... – Piotr roześmiał się. – Widać, że masz w rodzinie tramwajarza.

– Jeszcze nie w rodzinie...

– Oby wkrótce. Życzę ci tego, młody.

– Nie jestem taki młody.

– Dobra, Adam... – Piotr zgasił trzymany wciąż w ręku niedopałek i spojrzał na brata. – Fajnie, że jesteś tutaj. Wiesz, przy ojcu. Dziękuję, że mu pomagasz.

– Ta pomoc nie jest znów tak wielka, nie przesadzaj.

– Nie przesadzam. Ale dobrze, dość tego klepania po ramieniu, skoro nie chcesz. Komisarz nie ma uczuć. – Piotr uśmiechnął się złośliwie. – Wobec tego powiedz, kiedy zmienisz pracę.

5

Jechali Czerniakowską od południa. Minęli ogrodzenie wodociągów i piękną, podwójną kamienicę pod numerem 126a. Skręcili w Zaruskiego za liceum Sobieskiego, tuż przy barakach Straży Miejskiej. Na wąskiej drodze, na grobli właściwie, poczuli się jak w jakimś parku krajobrazowym. Po prawej widzieli leżące w dole korty tenisowe, budynek restauracji ze sklepikami, przypominający nieco pawilon na Szczęśliwicach. Za to po lewej między drzewami połyskiwała powierzchnia zarośniętego basenu portowego. Pływała po nim nawet jakaś łódka, zauważyli człowieka w stożkowatym wietnamskim kapeluszu machającego wiosłem, a raczej kijem, jak flisak.

Minęli stojący pod mostem Łazienkowskim samochód Straży Miejskiej. Znudzeni strażnicy otworzyli wszystkie drzwi, żeby do auta dostało się nieco chłodniejszego, wilgotnego powietrza. Było ciepło, ze dwadzieścia pięć stopni. Na rozległej zielonej powierzchni po obu stronach mostu leżało sporo ludzi. Pojedynczo lub parami, w strojach kąpielowych lub w podkoszulkach, młodzi i starzy. Niektórzy odważnie opalali się, a właściwie smażyli jak na patelni. Niektórzy czytali, choć było to trudne, bo słońce świeciło wyjątkowo nieprzyjemnie, ostro; dlatego miłośnicy lektury raczej uciekali w cień. Kilka osób leżało obok swoich rowerów, inni woleli od razu skoczyć na piwko do restauracji na barce, tuż obok przystanku tramwaju wodnego, który być może tego dnia nawet kursował. Między ludzi wlatywały zmęczone wrony i wszędobylskie sroki oraz małe pliszki szukające jedzenia. Poniedziałek, lato w mieście.

Policjanci wjechali przez bramę portu, między dwie niebieskie kotwice, mimo znaku zakazu na bramie.

– Mamy pozwolenie od bosmana? – Nowak roześmiał się po przeczytaniu treści tabliczki.

– Jesteśmy w końcu policją, nie? Postaram się nie przekroczyć pięciu kilometrów na godzinę – odparł Marcin Drzyzga. – Wszystko zgodnie z przepisami. Ryb w porcie łowić też przecież nie zamierzamy.

– Bywałeś tu wcześniej?

– Jasne. Tam też jest ośrodek harcerski. – Drzyzga machnął ręką za siebie. – Minęliśmy go. Ale pamiętasz przecież, że ja jestem raczej prawobrzeżny. Z Pragi, nie z Warszawy, jak mawiają źli ludzie.

Zaparkowali i weszli między baraki, mniej lub bardziej prowizoryczne hangary, w których przechowywano łodzie i łódki. Wokół niektórych kręcili się jacyś ludzie.

– Tam. – Drzyzga wskazał budyneczek z kratami w oknach. Na szybach było widać nazwy producentów sprzętu motorowodnego. To tutaj mieścił się sklepik prowadzony przez niejakiego Mateusza Janczurę, lat trzydzieści pięć. Malanowski odwiedził go dwukrotnie w ciągu ostatnich paru dni. Janczura od paru lat nie sprawiał nikomu kłopotu. Wcześniej, owszem, zdarzało mu się. Godzenie w porządek lub spokój publiczny albo umyślne niszczenie lub uszkadzanie mienia. Czytaj: walka z policjantami pod stadionem pobliskiej Legii. Wczoraj, w niedzielę, tacy ludzie jak on wywołali zadymę w Wilnie, zrywając mecz pucharowy drużyny, której rzekomo kibicowali. We wszystkich stacjach telewizyjnych i w gazetach dziennikarze mówili tylko o tej zarazie, zbulwersowani kolejną kompromitacją Polski w Europie. Janczury w Wilnie nie było. Zresztą policjantów nie interesowała jego chuligańska przeszłość – to drobiazg, zwykłe wykroczenia. Ciekawsze były jego późniejsze dokonania: dostał sześć miesięcy w zawiasach za pobicie człowieka na ulicy. No, ale to wszystko przed trzydziestką. Teraz się ustatkował, co oznaczało tyle, że od jakiegoś czasu nie zwrócił uwagi policji ani prokuratury.

Weszli do budynku. Nowak poczuł się trochę jak w swoim starym bloku: byli w korytarzu, po obu stronach białych ścian znajdowały się niebieskie drzwi, w większości zamknięte, z jakimiś wywieszkami. Pierwsze z nich były jednak otwarte i prowadziły do małej kanciapy. Na metalowych regałach leżały używane silniki do łodzi, trochę części i nieznanych Nowakowi akcesoriów. Na małym stoliku stał radiomagnetofon grający letnią, dyskotekową sieczkę.

– Szukacie panowie silnika do łodzi? – krzyknął niski mężczyzna, stojący na drabinie pod oknem, przy najwyższej półce. Zszedł na dół i ściszył radio. Rzeczywiście niski, ale silny, napakowany. Jego oczy były nieco skośne, mongolskie. Tak jakby je cały czas mrużył. Brzydki skurczybyk, nie da się ukryć.

– Owszem. Najlepszy i najnowszy ma być – powiedział Nowak.

– Z nowych sprowadzam tylko yamahę. Czterosuw, dwusuw? Z bezpośrednim wtryskiem? No dobra, ale zacznijmy do tego, jaką łodzią panowie będą pływać. Sportową, tak?

– My tylko na ryby. Taka mała łódka. Będziemy pływać po Wiśle, przy brzegu.

– Po Wiśle? – Janczura spojrzał podejrzliwie. – A jaka moc panów interesuje?

– Ze sto koni – rzucił Nowak, zanim Drzyzga go powstrzymał.

– Sto? A co panowie będziecie łowić? Miecznika? Rekiny? – burknął facet. – No dobra. Dosyć żartów. O co chodzi?

– Jesteśmy z policji. – Mina faceta mówiła, że doskonale o tym wie.

– No i?

– Robił pan interesy z różnymi ludźmi.

– Robiłem i robię. Z tego żyję. Coraz więcej osób stać na takie zabawki. Trzeba się na tym znać.

– I pan się zna?

– Tak, znam się. – Spojrzał na nich bezczelnie.

– Interes się kręci, co?

– Jakoś idzie. – Janczura wzruszył ramionami. – Zresztą tutaj to mam tylko magazyn. Czasami ktoś przyjdzie, w końcu wodniaków w sezonie tu nie brakuje. Ale interesy to ja robię w internecie. A co, urząd skarbowy chce mi się dobrać do dupy?

– Nie. Ale faktycznie, chcieliśmy pogadać o klientach, którzy tu przychodzą.

– Zwłaszcza że jednym z nich jest niejaki Andrzej Malanowski, ksywka „Mały". Zna go pan?

– A jeżeli tak, to co?

Nie potwierdził i nie zaprzeczył. Trzeba się do tego przyczepić.

– To nic. Czego chciał Malanowski? Kupuje łódkę?

– A może płaci mu pan haracz?

To była lekka prowokacja. Janczura nie wyglądał na człowieka, którego Malanowski mógłby w pojedynkę zastraszyć, w każdym razie nie siłą fizyczną ani posturą. To tak, jakby... Jakby Crouch chciał szantażować Carraghera.

– Nie znam człowieka – odparł właściciel sklepiku.

– Na pewno? Może pan sobie jednak przypomni? – Nowak pokazał zdjęcie Malanowskiego.

– Był tutaj, zgadza się. Ale mówię, nie znam go.

– Czego chciał?

– Tego, co wy. Silnika do łódki. Ale dwa konie mu wystarczyły. – Łypnął złym wzrokiem na Nowaka.

– Wędkarz? – spytał Drzyzga. – Dlaczego tutaj szuka silnika? Tu, w Porcie Czerniakowskim? Tłucze się na drugi brzeg rzeki tylko po to, żeby kupić jakiś używany motorek? Może jednak jesteście panowie kumplami?

– Nie wydaje mi się. Coś jeszcze? Bo nie mam za dużo czasu.

Policjanci spojrzeli na siebie. Wydawało się, że czego jak czego, ale czasu było w tym sklepie więcej niż towaru.

– To jak? – powiedział Janczura. – Może chcecie czterosuw V8, pięć i trzy dziesiąte litra? Trzysta pięćdziesiąt koni. Po prostu bestia. Tegoroczna nowość, mogę panu sprowadzić na specjalne zamówienie. – Pokazał palcem na Nowaka. – Chce pan prospekt?

– Bestia? Dzięki – odparł komisarz.

– Zabiłby pan człowieka? – zainteresował się nagle Drzyzga.

Janczura zaniemówił.

– Co?

– Pytam, czy zabiłby pan człowieka. Pobić do nieprzytomności pan kiedyś potrafił. Tak, że gość się potem męczył przez wiele lat.

– Wy też potraficie – powiedział wolno Janczura. – Tylko was za to nie ukarzą. Zawsze spłynie po was jak gówno po kaczce. Własne nie śmierdzi, prawda? A zwykły człowiek, taki jak ja, musi przez całe życie znosić wasze przypierdalanie.

– Potrafiłby pan?

– Nie. Idźcie już sobie.

– A gdzie pan mieszka, panie Janczura?

– W Karczewie.

– O, ładnie, nad Wisłą – zauważył Drzyzga. – Dobra droga spławna, nie?

– Co?

– Nic, nic.

– Ciężko się panu jeździ, nie? Cały ruch przez most Łazienkowski. Albo Siekierkowski – wtrącił Nowak.

– Mój problem.

– Może Wisłą byłoby szybciej? Ma pan łódź?

– Mam.

– W domu?

– Nie. Teraz jest tutaj, w porcie.

– A skąd pan miał kasę na dom i na łódź? Z tego interesu? Nie wygląda to na wielki biznes.

– Ciężka robota, w Polsce i w Reichu. Taka, jakiej pewnie szanowni panowie nigdy nie zaznali.

– A narzędzia? – Drzyzga nie dawał za wygraną. – Co trzeba mieć, żeby obciąć palce? Wystarczą szczypce do cięcia drutu?

– Czego wy chcecie? Jakie palce?

– Nie wyjeżdża pan w najbliższym czasie z Warszawy i okolic?

– Nie, bo co?

– Skontaktujemy się z panem.

Tak. Jakoś Nowak z Drzyzgą nie potrafili zdobywać nowych przyjaciół. Może to wina Zakrzewskiego. Kto z kim przestaje, takim się staje.

– Sądzisz, że gość robi w tym biznesie? – spytał Nowak, kiedy wracali do samochodu.

– Mówisz o uprowadzeniach?

– Tak, a o czym? Przecież nie o silnikach!

– Dobra, nie denerwuj się – mruknął Drzyzga. – Wieczorem się ochłodzi. Faktycznie, nic nie wiemy. Ale wiemy, że ma dom pod Warszawą. Można tam trzymać człowieka.

– Prokurator pozwoli przeszukać ten dom?

– A o to już nie mnie pytaj, tylko Jackiewicza.

– Nie wiem, czy to dobra taktyka.

– Kafelków i fug chyba nie wymienił w całości, żeby zmyć ślady krwi. Choć pewnie i tak gówno znajdziemy. Nie są tacy głupi, żeby zarzynać ludzi w łazience.

– Ja nie o tym – powiedział Nowak. – Nie wiem, czy to dobry pomysł. Przyłazić do takich gości i ich straszyć. Będą się bardziej pilnować. Trzeba by ich jeszcze trochę poobserwować.

– Zawsze jest szansa, że spanikują i zrobią coś głupiego.

– Jasne. A Gruby coś zrobił?

– Ten z Ożarowa? Na razie nie. Zdaje się, że zawiesił handelek. To dobrze, nie?

– Znaczy że co, jesteśmy jak sklepowa?

– Słucham?

Nowak znowu wracał pamięcią do PRL-u.

– Wiesz, pamiętam panie w fartuchach w samach. Były nie po to, żeby łapać złodzieja za rękę, ale po to, żeby ludzie nie kradli. Prewencja w socjalistycznym społeczeństwie.

– Co to jest, analogia? Trudne słowo? Czujesz się jak sklepowa?

– Trochę tak – przyznał Nowak.

– Nie bój się. Wobec tego zrobimy jak sklepowa. Złapiemy mordercę na kradzieży batonika.

Wracając ulicą Zaruskiego, pomachali jadącemu z przeciwka kierowcy opla i elegancko go przepuścili na wąskiej drodze. Młodszy aspirant Marek Szewczuk uśmiechnął się nieznacznie.

Nowak spojrzał na wyświetlacz wyciszonej komórki. Jedenaście nieodebranych telefonów. Kasia. Miała dziś siedzieć w domu, żeby pracować nad jakimś dokumentem. Nad „kwitem", jak mówiła. Zadzwonił natychmiast.

– Co się stało?

– Jesteś. Wreszcie jesteś. Ja... – urwała.

– Co się stało, na litość boską? – Nowak poczuł, że zmienił mu się głos. Krew uderzyła mu do głowy, wyobraźnia zaczęła natychmiast tworzyć najgorsze z możliwych scenariusze. „Wiemy, gdzie mieszkasz".

– Zostałam napadnięta. Przyjedź tu.

– Gdzie: tu?!

– Tu, na Tarchomin, na Białołękę. Na komisariat.

Byli oboje w małym pokoiku zastawionym szafami, w komisariacie na Myśliborskiej. Nowak siedział na blacie biurka, a właściwie stolika. Dla Kasi znalazło się krzesło.

– Wyszłam pobiegać, bo już nie wytrzymywałam siedzenia w domu, nawet na balkonie. Miałam słuchawki na uszach, nie słyszałam, jak się zbliżają. Było ich dwóch. Już ich opisałam temu sierżantowi. Jeden w takich wojskowych spodniach i zielonym podkoszulku, drugi w białym. Obaj w adidasach. Widziałam ich nogi, kiedy mnie przewrócili.

– Gówniarze?

– Nie, Adam, to nie były naćpane nastolatki. To dwu silnych, nafaszerowanych sterydami bandytów. – Kasia jęknęła. – Przewrócili mnie. Szarpałam się i próbowałam krzyczeć, ale przycisnęli mi twarz do ziemi. Do ziemi, rozumiesz? Ściągnęli mi spodnie i... – Pokręciła głową i głos uwiązł jej w gardle. Zaczęła szlochać. – Nie.

– Co: nie?!

– Nie chcę o tym mówić.

– Dotykali cię?

– Tak, kurwa, dotknęli mnie! – wybuchła. – I zrobili zdjęcie.

Nowak zacisnął dłoń w pięść i walnął w blat. Dwa razy. I jeszcze raz.

– Skurwysyny! – wrzasnął.

– Nie, nie zgwałcili mnie, jeżeli o tym myślisz. – Popatrzyła na niego z wyrzutem. – A co, chciałbyś, żeby tak było? Chciałbyś, żeby stało się to, co najgorsze, żeby było tak źle, jak tylko się da? Żebyś miał powód do wściekłości?

– Co ty wygadujesz? O czym w ogóle mówisz?

Jezu, nie. To jest takie proste, tak łatwo byle ścierwo może dotknąć i zniszczyć wszystko.

– Zachowali się jak ci gówniarze w szkole w Gdańsku. Ale już ci mówiłam, że to nie byli gimnazjaliści, tylko bandyci. Czułam, że mogą zrobić wszystko, mogą mnie nawet zabić.

– Co mówili?

– Chcesz, żebym ci to wszystko opowiedziała, słowo po słowie? Chcesz usłyszeć te wszystkie wyzwiska, którymi mnie obrzucono? Kurwa, pizda, zdzira i suka? Chcesz usłyszeć, co mi chcieli wsadzić w dupę? I to, jak mówili, że następnym razem obleją mnie benzyną i podpalą?

Nowak zacisnął dłoń w pięść. Skurwysyny.

– Jakim następnym razem?

– Nie wiem, Adam, na litość boską, nie wiem, o co im chodziło. Za mało ci jeszcze?

– To było ostrzeżenie. Dla mnie.

– Dla ciebie, dla ciebie, zawsze myślisz, że chodzi o ciebie! – krzyknęła. – Wiesz, co to jest upokorzenie? Wiesz? Nigdy tego nie zrozumiesz! A ty mówisz o sobie. Myślisz, że to jakaś gra.

– Bo tak jest, Kasiu. To moja wina. Gdyby nie ja, nikt by na ciebie nie napadł. Chodzi o mnie. – Chciał ją przytulić, ale drgnęła i zesztywniała, kiedy się do niej zbliżył. Zatrzymał się. – Przepraszam, masz rację, jesteś teraz najważniejsza. Żadne śledztwo nie ma tu nic do rzeczy.

– Tak, najważniejsza, jasne. Jezu, Adam, jak bym chciała ci wierzyć.

– Co? A dlaczego nie wierzysz? Jestem z tobą. Nie ma już niebezpieczeństwa – skłamał.

Kasia skierowała niewidzący wzrok w okno.

– Jak mogę ci wierzyć? Z kim się spotkałeś w piątek w restauracji na placu Zamkowym?

Chryste Panie! Farsa w środku tragedii. Wyjaśnianie tego, czego nie trzeba było wyjaśniać. Koleżanka siostry koleżanki widziała i mówiła, że... I tak dalej.

– To ekspertka. – Skłamał, przecież Grażyna Lothe nie pracowała dla policji. – Archeolog. Już ci opowiadałem. O rekonstrukcji twarzy i o Szwedach.

– Owszem, opowiadałeś, ale zawsze używałeś rodzaju męskiego. Archeolog powiedział, archeolog uważa, archeolog przypuszcza...

– Nie używam tych feministycznych określeń. „Archeolożka", jak to brzmi. – Nowak wiedział, że gada głupoty i czuł się zażenowany. – Daj spokój.

– Jesteś jedynym mężczyzną, do którego chcę mieć teraz zaufanie. Dlatego pytam!

Ktoś zapukał do drzwi. Sierżant Graboś zajrzał do pokoju. W samą porę.

– Musimy spisać zeznanie – powiedział, spoglądając to na komisarza, to na Kasię.

– Zeznanie – powtórzył Nowak.

– Przecież pan wie.

– Wiem. Niech pan zostawi nas jeszcze przez chwilę, dobrze? Ja wszystko zanotuję, a żona podpisze.

Policjant spojrzał na Nowaka. Chyba zrozumiał, że nie ma co z nim teraz dyskutować.

– Dobrze.

– Znajdźcie ich – powiedział Nowak. – Zróbcie wszystko, ale ich znajdźcie.

– To było dwie godziny temu. Już musieli uciec.

– Kurwa, po dwu latach udało się znaleźć jakiegoś gówniarza, który zabrał komórę dziecku ruskiego dyplomaty. Żona policjanta jest ważniejsza niż stosunki międzynarodowe. Przecież to było dzisiaj, tu i teraz!

– Niech się pan nie denerwuje. Na szczęście nic się nie stało.

– Jak to, kurwa, nic się nie stało?

– Tak, tak, przepraszam, rozumiem... – Policjant speszył się nieco. Ale potem twardo spojrzał na Nowaka. – Proszę posłuchać, wysłałem tam dwa patrole, które powinny być dziś zupełnie gdzie indziej.

– Gdzie do ciężkiej cholery, na parkingu pod „Biedronką"? Grafik się wam przez to zepsuł?! Policja ma być tam, gdzie coś się dzieje. Chryste... – Nowak znów musiał walczyć z całym światem. Odetchnął. – Dziękuję. Dobrze, że pan ich wysłał. Niech przepytują staruszków z psami, dzieci na rowerkach, kurwa, wszystkich.

Jedźcie już – powiedział Drzyzga, kiedy już wyszli z kanciapy. Życie policjanta toczy się w kanciapach. – Zostanę tu jeszcze przez chwilę i zobaczę, czy chłopakom uda się znaleźć kogoś pasującego do rysopisu.

– Dotrzesz bez kłopotu do domu?

– Dam sobie radę. Ktoś mnie podrzuci do chaty albo do autobusu. Mieszkam po tej stronie Wisły.

– Dzięki za pomoc.

– Spoko. Jedźcie – powtórzył cicho Drzyzga i wskazał podbródkiem Kasię. – Zaopiekuj się nią.

– Wiem. Muszę. – Nowak też zniżył głos. – Jak co dzień.

– Ważne, żeby zdać sobie z tego sprawę w odpowiednim momencie.

Nowaka lekko zatkało.

– Długo nad tym myślałeś?

– Ze trzy lata – odparł Marcin, nie patrząc na kolegę. – Dobra, już nie kombinujmy. Trzymajcie się.

Nowak zadzwonił jeszcze do psychologa. Psycholożki.

– Przyjadę do was z samego rana. A ty bądź dziś z nią, to najważniejsze – powiedziała Anna Perkowska. – Przez cały czas.

– Ale... To wszystko przeze mnie.

– Bzdura! Ty ją napadłeś? Nie. To siedź cicho.

– Ale to informacja dla mnie. Ktoś nie zawaha się przed niczym, żeby mnie wyeliminować, i to w taki sposób, żeby najbardziej bolało.

– Wiem, że czujesz się współwinny. Nic na to nie poradzimy. A raczej poradzimy, ale nie teraz, bo teraz nie ty jesteś najistotniejszy. Dzwoniłeś do niej do pracy? Powinna trochę odpocząć, ale nie dłużej niż dzień, dwa. Niech wszystko wróci do normy. Zajmie się robotą, to pozwoli się zagoić ranie. Tylko Kasia musi mieć pewność, że ma w tobie oparcie.

– Tak, dzwoniłem – odparł Nowak. Postanowił nie mówić o podejrzeniach Kasi wobec niego. I tak to w końcu wyjdzie na jaw.

Spali razem, w jednym łóżku. Razem, ale jednak osobno. Kasia wzięła ziołowe tabletki uspokajające – nawet jeśli to placebo, to może jej pomóc. Raz na jakiś czas zamykała się w sobie i zaczynała płakać. W końcu powiedziała niewyraźne „dobranoc" i zasnęła. Nowak nie mógł usnąć; próbował się do niej przytulić, ale odepchnęła go przez sen. Wstał i wyszedł na taras. Ziemia pachniała deszczem, który niespodziewanie spadł wieczorem. Nowak usiłował przekonać sam siebie, że rzeczywiście nic się nie stało, a w każdym razie, że mogło być znacznie, znacznie gorzej, mogli jej wyrządzić fizyczną krzywdę, okaleczyć na zawsze. Zabić. Zacisnął dłoń w pięść i uderzył w poręcz. To prawda, poniżony człowiek może przez wiele miesięcy walczyć ze swoją pamięcią, z bólem, ze wspomnieniem upokorzenia, którego doznał, czasami może już nigdy nie dojść do równowagi psychicznej. Człowiek, z którego zrobiono kalekę, ma dużo trudniej. Ale co z tego? To nie był przecież jakiś abstrakcyjny „człowiek", tylko jego kobieta, tak, jego żona, mimo że nie zawarli ślubu i nie planowali na razie tej ceremonii. Nawet tak dziś o niej mówił temu sierżantowi na komisariacie: żona. Była jedynym kawałkiem normalnego świata, który mu się trafił w życiu, osobą wartą tego, by o nią walczyć. Nie mógł jej stracić.

Ktoś miał jednak na ten temat inne zdanie.

22.10. Znowu.

– Mówiłem ci, żebyś uważał.

I koniec. Ten sam zły, zimny głos.

Książę

1

Zostawcie nas.

– Naprawdę chce pan tu być z nim sam?

– Ma skute ręce i nogi – powiedział Nowak. – No i jest przecież podgląd. Podsłuch.

Wąsaty strażnik wzruszył ramionami i popatrzył na ubranego w czerwony kombinezon aresztanta.

– Dobrze. Jak pan sobie życzy.

Strażnicy wyszli. Nowak i Mariusz „Opalacz" Cichoń zostali sami. Komisarz był zdenerwowany. Nie wiedział, czy przyjazd do aresztu śledczego to dobry pomysł. Z jednej strony chciał zostać z Kasią w domu, i tak spędził tam pół dnia w oczekiwaniu na psychologa. Ale za wszelką cenę musiał też coś zrobić. Szukać ludzi, którzy napadli na jego dziewczynę. Pierwszy i najważniejszy podejrzany, czyli Malanowski, zniknął.

– Przypomniałeś sobie coś o Szwedzie? Rozmawiałeś z kimś na ten temat?

– O jakim Szwedzie? Jestem odcięty od świata i z nikim nie rozmawiam. To się wam udało.

– Nie jesteś odcięty. Macie adwokata.

– Macie? Widzisz podwójnie? – Cichoń patrzył bezczelnie na komisarza. – Nie powinienem z tobą rozmawiać bez niego.

– Nie pytam o to, co wiąże się z twoim procesem. Pytam o Gustava Rytterberga.

– Nie znam. Żyd?

– Przecież mówiłem. Szwed.

– Tym bardziej nie znam.

– Pokazywałem ci niedawno jego zdjęcie.

– Ostatnio pytałeś o jakiegoś bambusa.

– O Szweda też.

– Nie pamiętam.

– Dobrze. Powiedzmy, że ci wierzę. Mecenas Majchrzak nie musi wam dostarczać serwisu informacyjnego. Gustav Rytterberg, syn Magnusa Rytterberga, przedsiębiorcy budowlanego. Wyglądało to na waszą robotę. Obcięte palce, kula w głowę.

– Naszą? „Nas" już nie ma.

– Wiem. Dlatego pytałem, kto został. Kto przejął po was biznes. Kogo wykształciliście.

– Coś ostatnio odpowiedziałem?

– Nie.

– No widzisz. I dalej nie mam nic do powiedzenia.

– Powiedzmy, że ci wierzę – powtórzył Nowak. – Zostawmy to. Pomyśl, jak mi pomóc. Zostań moim konsultantem technicznym.

Cichoń spojrzał ze zdumieniem na komisarza.

– Co?

– Jest trup. Mówiłem, ma obcięte palce. Został zamordowany strzałem z pistoletu w tył głowy.

– No i?

– No i nie wiemy nic o porwaniu, o uprowadzeniu. Nikt nic nie widział, nikt nic nie pamięta. Nie było też żądania okupu. Co z tym zrobić?

Cichoń najwyraźniej kalkulował. Rozmawiać? Nie bał się raczej, że zostanie posądzony przez kumpli o współpracę. Bał się podstępu prokuratorów, którzy chcą wyciągnąć od niego obciążające zeznania.

– Czasami może się nie udać – powiedział po chwili.

– Jak to?

– Tak to. Ktoś przesadzi i ktoś umrze. Ktoś nie chce płacić, albo płaci za mało.

Za dużo zaimków, ale może trochę prawdy.

– Ktoś?

– No, ktoś. Mówię dość jasno, nie?

– Powiedzmy.

– A skąd macie pewność, że nie było porwania? – powiedział nagle Cichoń. – Mogły iść rozmowy i się nie zakończyć.

– Negocjacje, tak? Z waszej strony negocjacje są proste. Milion euro albo kulka w łeb.

– A jak ktoś nie ma? To choćby się i zesrał, to nie da, prawda? Ach, jasne. Doceniamy możliwości płatnicze naszych klientów. Słusznie, negocjacje, jeżeli już są prowadzone, to wtedy, kiedy o sprawie dowie się policja. Albo ma się rozumieć, między konkurencyjnymi gangami.

– Załóżmy, że ten ktoś jednak ma.

– I jest trup, tak? To znaczy, że ktoś grał nieczysto. – Cichoń nagle stał się rozdrażniony, agresywny. – Po co gadamy? Już wystarczy. Zawołaj strażników.

Jeszcze nie teraz. Wróćmy do zaimków.

– Moja żona została napadnięta. To ktoś z was?

– Co?

– Napadnięto moją żonę. Pytam, czy macie z tym coś wspólnego. Czy ktoś z was to zlecił i po co?

– Po co? – Cichoń tylko wzruszył ramionami. – No właśnie, po co? Kim ty właściwie jesteś? Kogo obchodzisz?

– To ja zadałem to pytanie.

– Więc sam sobie odpowiedz. Strata czasu. Twojego i mojego.

– Znasz Andrzeja Malanowskiego? Z Pragi, z Jagiellońskiej? – Nowak niespodziewanie zmienił temat.

– Kogo?

– Andrzej Malanowski. „Mały". Z „Mokotowa".

– To w końcu z Mokotowa czy z Pragi?

– Dobrze wiesz, o czym mówię. Znasz go? Siedział za porwanie jednego Chińczyka. Twoja branża. – Nowak pokazał aresztowanemu zdjęcie Malanowskiego. Kasia Żurek już je widziała, ale nie rozpoznała na nim napastnika.

– Pamiętam – niespodziewanie powiedział Cichoń.

– O, to miłe. Więc go znasz, tak?

– Wódki z nim nie piłem.

– A co?

– Pracowaliśmy razem.

– Gdzie? Pracowaliście czy tyraliście?

– Robiliśmy. – Cichoń przybrał złośliwy wyraz twarzy. – Ale nie w tym, za co tu siedzę. Wystarczy.

– Dobra. – Nowak westchnął. – Kiedy go widziałeś ostatnio?

– Dawno temu. Nie pamiętam.

– A Joannę Skoczylas? Tę kobietę. – Nowak pokazał kolejne zdjęcie, spod kościoła. Na próbę. Intuicja czy coś.

– To jego dupa, nie?

Nowak spojrzał na Cichonia i na zdjęcie.

– Słucham?

– Jego dupa. Małego. Malanowskiego. Pamiętam ją. Wozili się trochę po mieście.

Intuicja okazała się przydatna. Cichoń znów poczuł się bezpieczniej, komisarz przestał pytać o niego. I nagle zrobiło się ciekawie.

– Kiedy się wozili? Kiedy to było?

– Ja wiem? Dawno. Na tym zdjęciu jest starsza. Kiedy to było, z pięć lat temu...

– Poznałeś ją?

– Osobiście? Nie. – Cichoń roześmiał się. – Tak całkiem osobiście nie.

– Jaka to była kobieta?

– Kobieta? Takie coś, to wtedy jeszcze nie była kobieta. Laska. Młoda suka. Nikt. Ale była ambitna. Nie dała się przestawiać. Chciała być kimś, coś tam studiowała. Małego szybko zostawiła. Może był za mały dla niej, rozumiesz?

– Rozumiem – powiedział Nowak. – Zaczynam rozumieć.

Pojawił się kolejny element układanki, ale drugi niestety zdążył wpaść pod szafę. Nikt nie wiedział, gdzie jest Malanowski. Jak mawiała babcia Nowaka, był, ale się zmył. Nie wychodził z domu przez dwa dni. Sierżant Kwiatkowski próbował zajrzeć do niego przy okazji wizyty listonosza, ale nic to nie dało, nikt nie otwierał drzwi. Ani sierżant, ani inni policjanci obserwujący dom nie widzieli, jak przestępca opuszcza budynek. Po krótkiej dyskusji doszli do wniosku, że Malanowski wymknął się, kiedy podjechała ciężarówka firmy przeprowadzkowej.

Dali ciała, niestety.

– Drugie wyjście – przypomniał sobie Nowak. – W tym budynku są drzwi od strony Ratuszowej, między sklepami.

– Widział pan, żeby ktoś tamtędy wchodził? – odparł sierżant Kwiatkowski. – Prowadzą do sklepów. Przejście do klatki schodowej jest zamknięte.

– Może facet po prostu umarł – zauważył Drzyzga.

– Bardzo zabawne. Będziemy stać pod drzwiami i czekać na smród?

– Nie będziemy czekać na smród. Wejdziemy tam wcześniej.

– Jackiewicz się ucieszy.

– Prokurator? Nie ma daleko. Ta sama ulica.

Przyszły kolejne informacje na temat tego, skąd dzwoniono do Nowaka. Oczywiście telefonu, tego krótkiego, po napadzie na Kasię, nie zdążyli jeszcze sprawdzić, ale przypuszczenia komisarza okazały się słuszne: czwarte połączenie, z 5 lipca, było z innego numeru niż pozostałe, choć również z telefonu na kartę. Lokalizacja dzwoniącego też była inna: komórkę obsługiwała stacja bazowa w Lesznowoli. Niedaleko Janek, skąd były pierwsze połączenia. Niedaleko także od Hindusa. Błogosławiona Siwula z Wisznu Woli... Właśnie. Badania DNA potwierdziły, że znalezione zwłoki to ciało V.S. Srinivasana. Śledztwo w sprawie jego śmierci nie przyniosło jednak przełomowych ustaleń. Badyn pracował w firmie ochroniarskiej i dalej prowadził warsztat. Sprzedał kawałek swojego pola sąsiadowi, to jedyna istotna zmiana w jego życiu. Zakrzewski rozmawiał nawet ze strażakami i listonoszami z Młochowa, dopytując się o samochód Hindusa, chodził po warsztatach w Rozalinie, szukał samochodu w komisach, oczywiście bez skutku. Roman Oracz, człowiek z dziurami w brzuchu (i jedną w udzie), nie wrócił jeszcze ze Szwecji. Nic jednak nie wskazywało na to, że on i zamordowany obywatel Indii współpracowali ze sobą, w szczególności zaś, że mieli coś wspólnego z przerzucaniem azjatyckich uchodźców na zachód i na północ Europy.

Joanna Skoczylas była dziś ze swoim prezesem w Poznaniu. Niech to szlag trafi. Spróbował do niej zadzwonić na komórkę, ale nie odpowiadała. Gdy skontaktował się z Kasią, nie od razu odpowiedziała na jego pytanie.

– Kasiu?

– Słyszę, słyszę. Zastanawiam się. Jak się czuję? Lepiej. Pogadałam z żywym człowiekiem, z kobietą.

– Z Anią?

– Tak, i tylko z nią. Pomogła mi ta rozmowa, wiesz? Widać, że to fachowiec, a na dodatek z poczuciem humoru. Nie roztkliwia się nad nikim.

Kasia robiła między zdaniami krótkie przerwy. Krótkie, ale dłuższe niż zwykle, trwające kilka oddechów.

– Ale...

– Nie ma żadnego „ale". Gdzie się dzisiaj włóczyłeś?

– Wiem, powinienem zostać w domu i...

– Ale nie zostałeś, to chyba nawet lepiej. Opowiedz coś.

– Nie wiem, czy powinnaś...

– Opowiedz! O czymkolwiek – przerwała mu po raz kolejny.

– Nie mam żadnej ciekawej historii o Szwedach. Mogę ci powiedzieć o jednej kobiecie.

– Archeolożce?

– Nie. O kobiecie, która nie myśli o karierze naukowej.

– Może być.

Powtórzył to, czego udało mu się dowiedzieć na temat Joanny Skoczylas. Zaznaczył, że trzeba to jeszcze potwierdzić.

– Muszę z nią jeszcze pogadać – powiedział na koniec. – Nie umiem jednoznacznie ocenić tej baby.

– To przyjedź do swojej i z nią porozmawiaj – odparła.

Wieczorem Kasia zasnęła tak jak poprzedniego dnia. Obok, lecz odsunięta, wciąż daleko od Nowaka.

Krzyczała przez sen.

2

Znowu Łucka. Nowe apartamentowce i rozpadające się kamienice. Wiklinowy fotel przy bramie, pod dachem zbitym z desek. W podwórku: prostowanie felg i jakaś tajemnicza maszyna. Stara Warszawa walcząca z nową pośród pustych, czekających na zabudowę terenów: ziemia obiecana, ziemia niczyja. No, nie niczyja, bo już dawno sprzedana.

Na piętnastym piętrze budynku z numerem piętnastym mieszkała pewna ambitna kobieta. Dziś występowała w dużych, przyciemnianych okularach. Siniak na lewym oku było jednak widać.

– Kto panią uderzył? – spytał Nowak. – Magnus Rytterberg?

– Nic mi się nie stało.

– Dowiedział się o pani i Gustawie?

– Przyszedł pan... na interwencję domową? Chce pan zdjąć buty?

– Niech się pani nie denerwuje. Jeżeli pani uważa, że to ode mnie się o tym dowiedział, to...

– To mam rację. – Zapaliła papierosa. – Pańskie słowo nie liczy się kompletnie. Jest pan zwykłym urzędnikiem skorumpowanego państwa.

– Nie przypominam sobie, żebym coś pani obiecywał. Ja tylko pracuję.

– Tak, jasne. No, słucham. Czego pan chce? Zaraz muszę jechać do pracy, prawdziwej pracy.

– Czy to prawda, że była pani kiedyś związana z Andrzejem Malanowskim, znanym jako „Mały"?

Zesztywniała. Wściekle zmięła papierosa w popielniczce i podeszła do okna.

Wczesne środowe przedpołudnie przyniosło nad Warszawę tylko chmury.

– Czy to prawda? – powtórzył.

– To już historia – odpowiedziała. – Nie mam z tym nic wspólnego. Nie kontaktuję się z tym człowiekiem.

– Wie pani, że był skazany za udział w uprowadzeniu biznesmena? Chińczyka?

– Nie interesuje mnie ani jego przeszłość, ani przyszłość. Teraźniejszość również. Mam pracę, już panu mówiłam.

Nowak obserwował Joannę Skoczylas. Była wtedy o kilka lat młodsza, ale pewnie już zbyt ambitna, zbyt inteligentna, by odpowiadała jej rola dziewczyny faceta „z miasta", na dodatek, co tu kryć, raczej pośledniej rangi. Wiedziała, czym to się może skończyć. Pieniądze będą dostępne tylko wtedy, gdy kochanek zechce łaskawie wydzielić je ze stosownej puli. Kobieta nie będzie mieć żadnej pewności, że ma mężczyznę na wyłączność, a czasami sama potraktowana zostanie jak towar, jak przedmiot, który można odsprzedać albo pożyczyć kolegom na jeden wieczór. Nawet jeśli stworzą coś na kształt związku prezentującego się jako para przed światem zewnętrznym, nawet jeśli wezmą ślub w Las Vegas albo na górze Synaj, na końcu może być samotność, bo dawni koledzy postanowią wyeliminować wspólnika albo zatroszczy się o niego wymiar sprawiedliwości. Wtedy zabraknie środków do życia, a uroda, która do tej pory mogła załatwić tak wiele, zacznie powoli znikać. Trochę jak w wypadku piłkarza, który odniósł poważną kontuzję i nigdy już nie będzie mógł wrócić na boisko, a nie pomyślał wcześniej o zdobyciu innego zawodu.

Odwróciła się.

– Co pan tu jeszcze robi? Nie mam panu nic do powiedzenia. Nie utrzymuję kontaktu z ludźmi z tamtego środowiska.

– Jest pani pewna?

– Słucham?

– Pamięta pani byłego ministra sportu? Przypomina sobie pani jego śmierć nad Wisłą? Znana sprawa. Ktoś wtedy wykorzystał jedną kobietę. Pamięta to pani?

– I co z tego?

– Może panią ktoś wykorzystuje. Tylko jeszcze pani o tym nie wie.

– Nie chcę już z panem rozmawiać. Do widzenia.

Nowak czekał. Joanna Skoczylas nie wychodziła z budynku. Patrzył uważnie na samochody, które wyjeżdżały z bramy podziemnego parkingu. Nie pamiętał, jakim autem jeździła, ale nie zdołał jej dostrzec za kierownicą żadnego z nich. Pod budynek podjechało czarne audi a6, parkując na środku jezdni. Kierowca włączył światła awaryjne i wyszedł z wozu. Krępy, krótko ostrzyżony, w brązowej skórzanej kurtce. Zapalił papierosa. Nowak przyjrzał mu się uważnie. Już go kiedyś widział, na pewno. Ale gdzie i kiedy? Od strony pasażera wysiadł facet w szarym garniturze. Tego komisarz rozpoznał od razu. Benedykt Zawadzki, asystent i sekretarz Magnusa Rytterberga. Mężczyzna wszedł do budynku i po kilkunastu minutach zjawił się ponownie, w towarzystwie Joanny Skoczylas. Zamienili parę słów z kierowcą i wsiedli do auta. Nowak ruszył za nimi. Audi skierowało się do Żelaznej, a potem do zwężonych Alej Jerozolimskich i na wprost przez rozkopany plac Zawiszy, najwyraźniej kierowca nie chciał czekać w kolejce do skrętu w lewo. Pojechali do Wawelskiej, a potem trasą do alei Niepodległości. Nadłożyli drogi, ale ominęli kolejny remont torów tramwajowych, tym razem przed GUS-em. Nowak starał się nie tracić ich z oczu, mimo że jechali dość szybko. Skręcili w Domaniewską i przejechali na drugą stronę Wołoskiej. Komisarz domyślił się, dokąd zmierzali. W jednym z nowych szarych biurowców mieściła się siedziba firmy, w której pracowała Joanna Skoczylas. Zatrzymał się przed barierką parkingu strzeżonego, na który wjechało audi – nie chciał dyskutować z ochroniarzami. Samochód Nowaka blokował nieco przejazd, ale nie trwało to długo. Cała trójka, łącznie z kierowcą, przeszła po chwili przez obrotowe drzwi budynku.

Magnus Rytterberg niespodziewanie zaprosił komisarza do siebie, do domu. Chciał przekazać mu jakieś ważne informacje. Nowak nie wspomniał o pobitej twarzy, żeby nie powiedzieć wprost, hm, o podfonarzonym ślipiu pani Joanny. Czekał, aż gospodarz naleje sobie whisky, tym razem z butelki, nie z eleganckiej karafki.

– Słyszał pan o *sacco di Palermo*? – spytał Szwed.

Cóż, widać trzeba było uzbroić się w cierpliwość.

– Nie.

– Złupienie Palermo. Tak jak *sacco di Roma* w 1527 roku. Uczył się pan historii?

– Tak – mruknął Nowak. Oczywiście o Rzymie coś kiedyś czytał, ale... Właśnie: coś, kiedyś. – Proszę mówić dalej. O co chodzi z tym Palermo?

– Palermo to stolica Sycylii, to pewnie pan wie. O tym, że alianci bombardowali włoskie miasta w czasie drugiej wojny światowej, też zapewne pan słyszał. Palermo również zostało tym dotknięte, ale nie tak bardzo jak inne miasta. – Rytterberg perorował, trzymając w ręku szklankę. – W każdym razie jedna trzecia pałaców z XVII i XVIII wieku uległa zniszczeniu. Problem w tym, że trzydzieści, czterdzieści czy nawet pięćdziesiąt lat po wojnie w wielu miejscach ruiny były wciąż ruinami. Domyśla się pan dlaczego?

– Mafia?

– Mafia. – Rytterberg skinął głową. – Don Vito Ciancimino, fryzjerczyk z Corleone, gość z zabójczym wąsikiem, zajmował się przetargami publicznymi za czasów burmistrza Salvo Limy, zaprzysiężonego członka mafii. W latach pięćdziesiątych i sześćdziesiątych. Wie pan, że w ciągu pierwszych czterech lat jego urzędowania wydano cztery tysiące dwieście pozwoleń na budowę nowych budynków?

– No i?

– Trzy czwarte z nich trafiło do pięciu osób podstawionych przez mafię. Niektórzy z nich byli zwykłymi majstrami budowlanymi, nikim więcej.

– Rozumiem. To właśnie złupienie Palermo?

– Jak najbardziej. Pozwolono na stopniowe niszczenie starych pałaców. Biedniejszych mieszkańców nakłaniano do przenoszenia się do bloków na peryferiach, zbudowanych oczywiście przez mafię. Bogatsi postawili wille w centrum, na ruinach. W Palermo przez dwadzieścia lat ludność zwiększyła się dwukrotnie. Ale w samym centrum zmniejszyła o dwie trzecie.

– Zabito miasto – powiedział Nowak.

– Tak, prawie zabito. Ale nie jest tak łatwo zamordować miasto, wie pan o tym przecież, mieszkając w Warszawie. Powiedzmy, że pozbawiono je sporego kawałka duszy. A to była tylko Sycylia! Przez lata Włochy miały największe na świecie zużycie cementu na jednego mieszkańca. Na świecie! Widzi pan? Cement słusznie kojarzy się z mafią. Ale nie tak jak w amerykańskich filmach, z topieniem ludzi w rzece... – Rytterberg przerwał. O jedno skojarzenie za dużo. Znów napił się whisky.

– Zna pan historię prowadzenia interesów w... – Nowakowi znów zabrakło słów. Nożeż... Piłka. Do metalu. – W niskich... zapuszczonych cywilizacyjnie rejonach. Czy chce pan powiedzieć, że...

– Tak – odparł od razu Rytterberg. – Nie macie tutaj wprawdzie tak rozbudowanego państwowego mechanizmu finansowania inwestycji, ale każdy może uszczknąć coś dla siebie. Każdy! Przez najbliższe pięć lat przekona się pan o tym doskonale.

– Co w tym złego – powiedział Nowak po chwili. – Skoro na końcu będą nowe drogi, budynki, stadiony... Zniszczenia już mieliśmy. W pewnym sensie również dzięki aliantom.

Szwed nie od razu odpowiedział. Znów wypił łyk whisky. Po chwili przyniósł butelkę wody.

– Czytałem kiedyś artykuł o planowaniu centrów wielkich miast – zaczął. – Były tam dwa zdjęcia, zestawione obok siebie: śródmieście Phenianu i śródmieście Seulu, no, powiedzmy, jedna z głównych ulic w Seulu. Na zdjęciu z Korei Północnej była szeroka, wysadzana drzewami aleja, wielkie, planowo rozmieszczone, choć cokolwiek toporne budynki. Widać było jednak plan, zamysł, ideę urbanistyczną. Był tam porządek, ład, może totalitarny, ale jednak ład. Nie muszę panu mówić, co było w Seulu: dom na domu, biurowiec obok domu mieszkalnego, tłok, chaos i wszechobecne, krzykliwe reklamy. Rozumie pan? Pełna wolność, przynajmniej gospodarcza, kończy się zawsze chaosem.

– No i? Mam z tego wyciągnąć jakiś wniosek? Wie pan, że jestem policjantem, nie architektem?

Szwed wykonał jakiś gest, być może wyrażający pijackie zrozumienie dla komisarza, dla policji i dla całego świata, a być może po prostu lekceważący.

– Chciałem tylko panu powiedzieć, że w Warszawie jest jeszcze gorzej. Wasza stolica wygląda trochę jak Phenian, trochę jak Seul. Nieco porządku pamiętającego lata trzydzieste, nieco totalitarnego ładu lat pięćdziesiątych, a reszta to chaos, elementy układanki, które kompletnie do siebie nie pasują, które są dostawiane byle jak, bez planu. Collage, wyklejanka!

Nowak chciał zaprotestować. Jak to? Układ ulic, główne szlaki komunikacyjne, to, co jest pod spodem, jest często znacznie, znacznie starsze. Ale weź tu gadaj z pijakiem.

– To dobrze czy źle? – spytał tylko. – Chce nam pan udzielić jakiejś cennej porady?

– Porady? Nie. Sami sobie musicie radzić. Polacy potrafią przystosowywać się do warunków, słyniecie z tego przecież. Co więcej, sami jesteście o tym przekonani. Planować też umiecie, choć często zamiast zaprojektować coś z długoletnim wyprzedzeniem, wolicie szybko zarobić i mieć dużo pieniędzy. Rozumiem to. – Machnął znów ręką. – Ja nie udzielam rad, ja również korzystam z tego chaosu, który wam najwyraźniej odpowiada. Bo to nie tylko brak ładu, tu jest również życie, dynamika. Tego nie znajdę w Szwecji. Lubię u was działać.

– Czyli to jest pański wkład w *sacco di Varsavia*? – powiedział Nowak.

– Tak. – Magnus Rytterberg roześmiał się. – To jest mój wkład w to przedsięwzięcie. Kolejny klocek do waszej chaotycznej układanki. Skoro mogę na tym zarobić, skoro mi na to pozwalacie, nie muszę mieć skrupułów. I zapewniam pana, że moje elementy tego puzzle'a są znacznie lepszej jakości niż wiele innych, czy to starych, czy nowych.

Rytterberg znów nalał whisky do szklanki. Uniósł ją i przyjrzał się bursztynowemu płynowi. Pokiwał głową i odstawił szklankę na blat.

– Będzie pan tu dalej pracował? Czy chce pan wrócić do Szwecji?

– Ma pan na myśli to, czy mogę dalej wykonywać swoje obowiązki po tym, co się stało, po śmierci Gustava? – spytał Szwed. – Jeszcze nie wiem. Jestem wolnym człowiekiem. Wiem, że się pan oburzy na takie postawienie sprawy, ale nie dbam o to. Mogę zrobić, co chcę.

Rytterberg niespodziewanie chwycił szklankę i wypił jej zawartość jednym haustem. Wzdrygnął się i znów sięgnął po butelkę.

– Pozbawiono mnie wszystkiego, co miałem cennego, wszystkiego, co kochałem albo starałem się kochać – kontynuował. – Teraz nikt już nie jest w stanie mnie zastraszyć w jakikolwiek sposób. Jestem wolny – powtórzył. – Nie boję się nikogo ani niczego.

– A Boga?

– Jeżeli istnieje, to owszem, tak. Ale musi mi to jeszcze udowodnić. Starał się, nie powiem, ale jakoś nie osiągnął na razie swojego celu. Nikt mi nie może już zadać bólu! – krzyknął Rytterberg, wyraźnie pijany. Nowak miał nadzieję, że nie będzie musiał powstrzymywać jego agresji.

– Czy ma pan w domu broń? Pistolet? – Komisarz już kiedyś o to pytał. Dziś bał się po prostu niepotrzebnego incydentu.

Rytterberg zrozumiał to po swojemu.

– Nic mi nie sprawi bólu, mówię panu. Czy myśli pan, że mógłbym popełnić samobójstwo? Teraz?

– Nic takiego nie powiedziałem.

– A pan? Jaka jest pańska wytrzymałość na ból? Sprawdzał pan kiedyś? Robią wam jakieś testy w policji?

Masz ci los. Po tej ilości alkoholu ludzie mają skłonność do monologów z okazjonalnym udziałem chóru. W Polsce wiąże się to z zadawaniem pytań typu: „No nie mam racji, Stefan? Nie mam racji?!". Rytterberg nie czekał na odpowiedź.

– Skoro mówimy o bólu, czy wie pan, co to jest *Schwedentrunk*?

– Pijany Szwed? – zaryzykował Nowak.

– Nie. – Magnus Rytterberg roześmiał się. – Ale zrozumiałem ironię. Nie o to chodzi, choć wiąże się z piciem, ale raczej przymusowym. To nazwa tortury stosowanej przez szwedzkich żołnierzy w czasie wojny trzydziestoletniej. Skrępowanej ofierze wsadzano w usta klin tak, żeby nie mogła ich zamknąć, a potem przez lejek pojono ją cieczą. Żołądek i jelita rozszerzały się do granic możliwości, czasami pękały. Ból był potworny. Zwłaszcza wtedy, kiedy dodatkowo zgniatano takiego człowieka deskami.

– To była kara?

– Kara albo sposób na wymuszenie czegokolwiek. Jedzenia, kosztowności. Wskazania, gdzie można znaleźć córkę wójta. Choć na pewno byli tacy, co robili to dla czystej przyjemności. Jeżeli ofiara miała szczęście, była pojona wodą. Czasami były to pomyje, czasami mocz albo gnój.

– Po co mi pan to opowiada?

– Po to, żeby pan wiedział, że prowadzenie interesów ze Szwedami może być kłopotliwe.

– Nie rozumiem. Grozi mi pan?

Rytterberg zaniósł się pijackim, cokolwiek histerycznym śmiechem.

– Ja miałbym panu grozić? To bezsensowny pomysł, panie Nowak. Chciałem tylko powiedzieć, że zanim zaczęliśmy sprzedawać meble i telefony komórkowe, narobiliśmy trochę szkód w Europie. Niemcy wciąż pamiętają nazwę tej odmiany tortur. – Rytterberg przez chwilę patrzył w podłogę. – Ale my przecież pracujemy w różnych dziedzinach. Nie chcę panu grozić, tylko pomóc.

– Nie sprawia pan wrażenia zainteresowanego znalezieniem morderców Gustava.

– Nie chcę wiedzieć, kto konkretnie zabił człowieka, który został moim synem. Jak się nazywał ten, który przystawił mu pistolet do głowy. Co to zmieni? Nic. Chłopak już nie wróci. Chyba że pan wierzy, że się gdzieś błąka w przestrzeni między naszym światem a królestwem niebieskim, oczekując na to, że wreszcie znajdziemy jego zabójcę. Dobrze, rozumiem, że to należy do pańskich obowiązków i bardzo to doceniam. Nawet mam niespokojne sumienie, bo ktoś obcy, policjant z obcego kraju, bardziej się tym przejmuje niż ja. – Rytterberg pokiwał głową. – Ale wie pan, w moim kraju wciąż nie udało się wykryć mordercy Olofa Palmego. Wątpię, żeby to kiedykolwiek udało się ustalić. Ta tajemnica wisi nad nami, ale samo jej rozwiązanie nie jest tak ważne. Najistotniejszy jest sam fakt morderstwa, to, że poczuliśmy nagle, że mieszkamy w innym kraju. Że nie jest to już dobre, bezpieczne miejsce, w którym żyliśmy dotąd.

Rytterberg bawił się szklanką. Już nie pił. Nowak miał go w tej chwili serdecznie dosyć. Nie obchodzili go zamordowani politycy, urbanistyka i skandynawskie tortury. Na litość boską, panie Szwed, kończ pan!

– Moja sytuacja również zmieniła się po śmierci Gustava. Muszę się nauczyć z tym żyć, tak jak my wszyscy, mówię o Szwedach, nauczyliśmy się żyć ze świadomością, że społeczeństwo i państwo jest inne. Muszę znaleźć jakieś pozytywne strony mojej sytuacji, nie mam po prostu innego wyjścia. Docenić wolność.

– Chyba się nie rozumiemy, panie Rytterberg. Muszę pana pożegnać. Przyjdę kiedy indziej, gdy będzie pan w stanie udzielić mi jakichś informacji. – Nowak ruszył do wyjścia. – To nie ma sensu. Nie wiem, po co pan mnie tu wzywał.

– Niech pan poczeka – powiedział Szwed.

Komisarz odwrócił się. Wbrew pozorom uważał, że dowiedział się ciekawych rzeczy, choć nie doszli na razie do konkretów. Może teraz przyszła na nie pora.

– Tak?

– Dlaczego panu tak na tym zależy? Na znalezieniu morderców mojego syna? – Ostatnie słowo Rytterberg wymówił ze szczególnym naciskiem. – Koniecznie chce pan, żeby sprawiedliwości stało się zadość?

– Skądże! Po prostu na tym polega moja praca. To akurat powinien pan zrozumieć.

Nowak wrócił na swoje krzesło.

– Może panu pomogę. – Rytterbeg zapatrzył się w ścianę. Znów segregował informacje i wybierał te, które był w stanie ujawnić. – Wie pan, jestem właścicielem małej firmy.

– Svea-Brick to mała firma? – Nowak uniósł brwi.

– Nie, nie mam na myśli Svea-Brick. Mówię o innej mojej spółce. Täcke Investments.

– *Tekke*? To nazwisko pana wspólnika?

– Nie. To taki żart. *Täcke* oznacza po szwedzku kapę. Narzuta. Niech pan sobie wyobrazi poszewkę złożoną z wielu kawałków, każdy w innym kolorze, każdy z innego materiału. Jak to się mówi, *patchwork*. Nasza firma właśnie tym się zajmuje.

– Tekstyliami? – Czyżby Szwed zaczął robić interesy w tej samej branży, co Hindus?

– Nie. – Szwed roześmiał się. – Śledzimy dokładnie rynek nieruchomości w krajach Nowej Europy, zwłaszcza w dużych miastach, i wykupujemy działki położone w atrakcyjnych miejscach.

– Rozumiem. Zwłaszcza w takich, w których planowana jest jakaś inwestycja?

– Tak, ale nie tylko. Szukamy także nieruchomości zajętych przez komornika, wystawianych na licytację. Czyli należących do firm mających kłopoty finansowe. To bardzo często niezwykle atrakcyjne tereny.

– I co dalej?

– To zależy, panie komisarzu. Dorzucamy elementy do naszej układanki i zastanawiamy się, co i komu sprzedać, i jaki wybrać do tego moment. Zachowujemy się trochę jak kolekcjonerzy kart z portretami słynnych piłkarzy. Mamy lepsze i gorsze karty. Niektórych pozbywamy się niechętnie, a niektórych brakuje nam do kompletu i jesteśmy gotowi za nie sporo zapłacić.

– Jesteśmy? Czy chce pan skierować podejrzenia na pana wspólników? To Polacy?

– Ależ nie! To obywatele Szwecji i nie mam wobec nich podejrzeń. Raczej... Wobec tych, którzy robią z nami interesy tutaj, na
miejscu. W Warszawie.

Nowak zastanawiał się, jaki jest związek firmy Rytterberga ze
Svea-Brick. Czy była ona klientem tej korporacji? Spółką od niej
zależną? Czy tylko prywatnym hobby Szweda?

– Czy może pan mi podać jakieś nazwy, nazwiska?

– Mogę. Prześlę je panu mailem.

Komisarz zastanawiał się, co skłoniło Rytterberga do ujawnienia
tych informacji. Chciał coś wygrać, bez wątpienia. Ale co? Może po
prostu chciał wyeliminować innych miłośników narzut zszywanych
z kawałków Nowej Europy. A może to jednak on kazał zabić swojego
przybranego syna i dopiero teraz uznał, że policja rzeczywiście bierze takie wyjaśnienie pod uwagę.

– Sądzę, że to chyba wszystko, co mógł pan dziś ode mnie usłyszeć – powiedział Rytterberg. – Przepraszam, ale powinniśmy zakończyć spotkanie.

Nowak znów skierował się do wyjścia. Usłyszał trzask. Odwrócił
się i zobaczył, że szklanka, którą trzymał w ręku Rytterberg, pękła.
Nie widział, czy na jego dłoni pojawiła się krew.

– Nic się nie stało – powiedział Szwed. – Niech pan już idzie.

Kasia również próbowała udowodnić, że nic się nie stało.

– Nie przejmuj się, nie analizowałam już tego, co się stało. Nie
chcę pamiętać tych skurwysynów. – Odetchnęła, znów spojrzała
gdzieś w bok, na ścianę. Jej rysy nagle stwardniały. Spojrzała na Nowaka, który jej się przyglądał z niepokojem. Widać było, że nie mówi
prawdy.

– To dobrze, bo...

– Mówię ci, że nie chcę pamiętać! I nie będę! – Krzyknęła. Dopiero po chwili napięcie znikło, po kolejnym głębokim wdechu.

– Rozmawiałaś z Anią?

– Wczoraj i dziś. – Wzruszyła ramionami. – Mówiłam ci, że to
dobra kobieta.

– Co dziś robiłaś?

– Pracowałam. Kończyłam to, co zaczęłam w poniedziałek. Dokument.

– Jaki?

– Od kiedy cię to interesuje? Ważny dokument. Model wymagań biznesowych.

– Nie rozumiem.

– Wiem, że nie rozumiesz. Nigdy się nie starałeś zrozumieć.

Nowak nie chciał dyskutować o modelach.

– Kiedy chcesz wrócić do pracy?

– Jutro albo pojutrze. Z jednej strony w domu mogę się łatwiej skupić nad tym kwitem... – Kasia wskazała na komputer z otwartym dokumentem zawierającym jakieś tabele. – Ale ciągnie mnie do ludzi. Już zresztą do paru osób dzwoniłam.

– Mówiłaś komuś o tym, co się stało?

– Tak, Pawłowi.

– To twój szef?

Znowu się zirytowała.

– Jeszcze się nie nauczyłeś?! Tak, mój szef.

– Często się reorganizujecie – dodał dla usprawiedliwienia.

– Jasne. Sam się zreorganizuj, dziadu.

Jak ci pomóc, kobieto, skoro chcesz sobie poradzić ze wszystkim sama? Zupełnie jak ojciec. Nowak dotknął jej ramienia. Tym razem nie uciekła.

– Poradzimy sobie – powiedział.

– Poradzimy? – Spojrzała na niego. – Dobrze. My sobie poradzimy.

– Przepraszam, wiem, że chodzi o ciebie.

– Nie, nie, masz przecież rację. Musimy walczyć o liczbę mnogą. Inaczej to nie ma sensu.

Nowak i Zakrzewski wysiedli z samochodu i rozejrzeli się. Na placyku pokrytym szarą kostką stało tylko kilka aut. Pół godziny temu słońce znów przebiło się przez chmury. Czwartek, 12 lipca.

– Widzisz? – Zakrzewski pokazał czarne ślady opon na bruku.

– No.

– Chłopaki ze wsi kręcą bączki.

– Zachowaj powagę. W końcu to miejsce pochówku.

– Dobrze, że mi o tym powiedziałeś. Wygląda jak lotnisko.

Cmentarz w Antoninowie był jeszcze dziwniejszy niż ten na Wólce Węglowej, który na początku wielu ludziom kojarzył się właśnie z lotniskiem, pustą przestrzenią, na której kończyło się miasto i na której był ostatni adres setek jego mieszkańców. Wólka stała się przez lata równie tłumnie odwiedzanym – oraz, hm, zasiedlonym – terenem, co Powązki czy Cmentarz Bródnowski. Do całkowitego zapełnienia brakowało jeszcze sporo, ale było to już znane miejsce w granicach Warszawy, gdzie na Wszystkich Świętych i w Zaduszki przychodziło mnóstwo ludzi, gdzie wyrósł mały biznes przycmentarny, gdzie przed bramą można było kupić znicze, kwiaty, pańską skórkę i snickersy. Tutaj zaś wszystko wyglądało inaczej, wszystko było zaplanowane, bez chaosu, o którym mówił Rytterberg. To był po prostu nowy cmentarz na nowe czasy.

Szli wyłożonymi kostką alejkami wzdłuż drzewek przyciętych w równe kule i innych, młodych, rachitycznych, chronionych przez drewniane konstrukcje przypominające bramki do krykieta. Większość kwater na tej ogromnej przestrzeni była pusta, sieć alejek dzieliła teren na zielone prostokąty trawników, jak wielką planszę do gry w go. Tu i ówdzie posadzono skromne krzaczki, które kiedyś zamienią się w zielony żywopłot. Zakrzewski i Nowak odruchowo skierowali się tam, gdzie było więcej grobów. Minęli proste krzyże stojące na małych pryzmach – pochowano tu ludzi samotnych, opuszczonych i bezdomnych. W wielu miejscach widniały tabliczki „NN mężczyzna" lub „NN kobieta". Niektóre kwatery były już zajęte przez normalne groby, którymi opiekowały się rodziny zmarłych, na tablicach można było przeczytać nazwiska polskie, wietnamskie, chińskie i ormiańskie. Nagrobki ładne i brzydkie, wielkie i skromne, ponure i ciekawe – mogli prześledzić najnowsze trendy w biznesie kamieniarskim. Był obelisk stylizowany na XIX wiek i kamień z portretem młodego człowieka na deskorolce. Zwyczaj wykuwania nazwisk na pomnikach jeszcze za życia zapobiegliwych właścicieli najwyraźniej nie zanikł. Policjanci przeszli w stronę przysypanego ziemią i porośniętego wrzoścami kopca, który okazał się kościołem. Spod ziemi wystawały zakończone krzyżami piramidy świetlików i przypominająca wieżę obserwacyjną straży pożarnej dzwonnica. Doszli do kolumbarium.

Nowak spojrzał na tablice umieszczone na ścianach niektórych nisz. „Czaszka ludzka", „szczątki ludzkie"... Ciekawe, czy archeolodzy też urządzają pochówki znalezionych przez siebie kości, czy też trafiają one do miejsca mniej malowniczego niż ta rozległa poczekalnia czyśćca: do magazynów jako skatalogowane eksponaty. Trzeba by zapytać Grażynę Lothe... Nie, nie teraz. W najbliższym czasie lepiej jej o nic nie pytać.

Nie spodziewali się wielu żałobników i rzeczywiście, było tylko kilka osób. Pani Barbara, żona zamordowanego V.S. Srinivasana. Zapłakana córeczka, a obok syn, Wiktor, poważny, pewnie niewiedzący, że jest teraz najważniejszym mężczyzną w rodzinie. Obok niego stał starszy człowiek, którego Nowak pamiętał z portretu wiszącego na ścianie. Zatem ojciec zmarłego, dziadek Wiktora.

Policjanci stanęli w pewnym oddaleniu od grupy żałobników. Ich ciemne spodnie i marynarki, założone specjalnie na tę okazję, stanowczo nie pasowały do białych strojów, w których pojawili się wszyscy pozostali. Hindusi w jasnych szatach sięgających kostek. Davinder Sharma, obok jeszcze jeden mężczyzna, może brat Srinivasana. Bieżański w letniej, białej marynarce, krawacie i koszuli. Ich żony również ubrane były w jasne kolory. Do Nowaka i Zakrzewskiego podszedł aspirant Ciesielski, który wybrał na tę okazję najbardziej neutralny strój, czyli mundur.

– To nie jest najważniejsza ceremonia. Najważniejsza była kremacja – powiedział.

Nowak przypomniał sobie sceny z indyjskich filmów. Pogrzeb Rajiva Gandhiego widziany dawno temu w telewizji.

– Spalili go na stosie drewna?

– W Polsce? – Ciesielski pokręcił głową. – Poza krajem Hindusom wystarczy zwykły piec w krematorium i mała rodzinna uroczystość.

– Kremacja... Dałbyś się spopielić? – spytał Nowaka Zakrzewski.

– Ja wiem? Chyba tak. Jakoś czyściej to wygląda niż zasypanie trumny w ziemi i wydanie wszystkiego na pastwę robaków.

– A dym nad okolicą, zatruwanie środowiska? A efekt cieplarniany?

– Przestałbyś pieprzyć głupoty. Przynajmniej teraz.

– Dobra, dobra. Ja oczywiście nie mam nic przeciwko. Powiem, żeby tak ze mną zrobili. Przynajmniej po śmierci nie będę się rozpychać jak inni.

Ciesielski wyglądał na zirytowanego tymi pogaduszkami.

– To nie jest typowy pochówek – powiedział, wskazując głową na żałobników. – To wynik kompromisu między panią Barbarą a rodziną zmarłego.

– Kompromisu? – Nowak spojrzał na aspiranta. – Rozumiem. Czy oni przypadkiem nie wrzucają prochów do Gangesu? Tak miało to wyglądać? Mieli je wsypać do rzeki?

– A gdzie mają wrzucić, do Utraty? Polskie prawo na to nie pozwala.

– A w domu? Nie można trzymać w domu, nad kominkiem? Dobre miejsce – powiedział Zakrzewski.

– Można, ale pochować w końcu trzeba – zauważył aspirant. – Ojciec Srinivasana bardzo chciał, żeby prochy syna zabrać do Indii.

– I tam do Gangesu?

– W jego wypadku od razu do oceanu. Ale pani Barbara się nie zgodziła. Mówi, że jej dzieci mają prawo wiedzieć, gdzie jest pochowany ich ojciec. Mają prawo odwiedzać go na Wszystkich Świętych, postawić znicz jak inni, jak ich rówieśnicy w Polsce.

– Zgodził się, jak widać.

– To nowoczesny człowiek. Ważne, że kości nie wracają do ziemi. Zresztą u nich i tak nie wszystkie grupy i kasty palą zwłoki po śmierci. Dzieci mają zwykłe pogrzeby, prawie takie jak u nas. No i muzułmanie...

– Skąd pan to wszystko wie?

– Rozmawiałem z panią Barbarą. Trzeba jej pomóc, prawda? Zasługuje na to – powiedział Ciesielski.

Nowak przyjrzał się aspirantowi. Facet powiedział to całkiem szczerze. Dobry policjant, wzór cnót obywatelskich? Nie sprawiał do tej pory takiego wrażenia.

Ojciec Srinivasana wziął na ręce Wiktora Ajaya tak, by mógł on dosięgnąć niszy, w której stała urna z prochami jego ojca. Powiedział chłopcu coś na ucho. Wiktor dotknął podstawy urny i rozpłakał się. Dziadek, również z trudem powstrzymujący łzy, postawił go na ziemi, chłopiec uciekł szybko do matki. Robotnicy zbliżyli się z wózkiem, na którym leżały cegły i plastikowa miednica z zaprawą.

Groby to problem, jak słusznie powiedział Piotr Nowak. To z reguły nad grobami dochodzi do konfliktu kultur, jak choćby tutaj. O ziemię z grobami przodków toczą się wojny i spory, a groby z wojen sprzed kilkuset lat wciąż mają wpływ na teraźniejszość. Nowak doszedł do wniosku, że ten pomysł z Gangesem nie był głupi, może z Wisłą też by się udało. Policjanci nie przyjechali tu jednak po to, żeby rozmawiać o zaletach kremacji. Chcieli przede wszystkim porozmawiać z Davinderem Sharmą, który dzwonił wczoraj w sprawie gróźb wobec niego i wobec jego rodziny.

– Szukacie panowie tu kogoś? Czy tylko chcecie przyjrzeć się uczestnikom pogrzebu? – spytał Ciesielski.

– Poza wdową nie ma tu kogo oglądać – burknął Zakrzewski. – Owszem, jeden człowiek nas interesuje.

– Teraz pan przejmuje śledztwo? – spytał Ciesielski

– Raczej tak. Kolega będzie bardziej zajęty przy innej sprawie.

– Pojedziemy do mnie, do Raszyna? Na komisariacie znajdzie się miejsce do pogadania.

– Poradzimy sobie.

– Nie to nie. – Aspirant wzruszył ramionami. – Do zobaczenia.

Policjanci złożyli kondolencje Barbarze Zawistowskiej. Srinivasan senior przyglądał im się podejrzliwie. Westchnął i wzruszył ramionami. Sharma powiedział mu coś na ucho. Starszy mężczyzna pokiwał głową ze zrozumieniem. Sharma lekko skinął głową w stronę policjantów.

Rozmowa toczyła się po polsku. Nowak stał przy oknie. Zakrzewski siedział obok Hindusa przy stole, w jego domu w Raszynie.

– To nie jest dobry kraj – powiedział Davinder Sharma. – To miejsce, gdzie... w którym wszyscy skaczą sobie do gardeł, jak wilki. Zawiść jest straszna. Nic dziwnego, że nie możecie sobie poradzić z gangami. Z wymuszeniami.

– Jak to nie możemy sobie poradzić? – Zakrzewski oburzył się. – Ilu gangsterów już siedzi? Ile grup żeśmy rozbili? Nie wszystkie akcje są takie, że można wysłać kamerę i pokazać to w wiadomościach. Zwłaszcza jeżeli łapiemy bandytę, a nie lekarza, którego nie lubi minister.

– To nie jest dobry kraj – powtórzył Sharma, jakby w ogóle nie usłyszał, albo nie zrozumiał odpowiedzi policjanta. – Tu jest zawiść. Między ludźmi, taka zwykła. A jak jest pan cudzoziemiec, to większa. Brudas, mówią, czarnuch. Małpa.

– Mówią tak na pana w pracy, w firmie, w urzędach? Przecież chyba nie, prawda? To pańskie uprzedzenia – powiedział Nowak.

– Uprzedzenia? Moje? Nie, panie komisarzu, oni, ci ludzie, oni tak myślą. To jest w ich oczach. Oni patrzą na ciebie i mówią: „Spadaj, czarnuchu, my wiemy lepiej".

Nowak westchnął. Zaraz facet powie, że wszyscy Polacy to anty-semici. A wszystko przez jakąś babę, która krzywo na niego spoj-rzała w urzędzie skarbowym. Nie przejmuj się, stary, wszyscy tak mają.

– Niech pan powie o tych telefonach, dobrze?

– To był zły głos. Mówił, że podpalą mój dom, zgwałcą żonę i porwą dzieci. Porwą i zabiją.

– Chyba że...?

– Słucham?

– Stawiali jakieś warunki, powiedzieli, kiedy tego nie zrobią? Chcieli od pana haraczu?

– Nie... Nie pieniądze. Chociaż tak, pieniądze, i to dużo. Mam sprzedać swoje udziały w firmie. Za dziesięć procent wartości.

– Zawsze to dziesięć procent – mruknął Zakrzewski pod nosem, ale Nowak zgromił go wzrokiem.

– Komu? Komu ma pan je sprzedać?

– Ludziom, których wskażą. Wskaże.

– Wymienili jakieś nazwisko?

Hindus milczał.

– Panie Sharma, czy mówili panu, z kim powinien pan rozma-wiać albo kto się z panem skontaktuje?

– Mówił, tak.

– Jakie nazwisko padło? Powie pan wreszcie?

– Tomasz Bieżański – powiedział Sharma, patrząc wprost na Nowaka. – Nasz wspólnik. Mój wspólnik.

Zakrzewski uniósł głowę. Nowak podszedł bliżej i usiadł obok niego.

– Czy to on dzwonił?

– Nie, skąd, nie on.

– Czy kiedykolwiek wcześniej pan Bieżański proponował panu kupno udziałów, czy chciał przejąć całą firmę?

– Tak.

– Czy było to powodem jakiegoś konfliktu? Tomasz Bieżański groził panu albo pańskiej rodzinie?

– Ależ skąd.

– Rozmawiał pan z nim w ostatnich dniach?

– Próbowałem. Nie rozumiał, o co mi chodzi. Ja go znam. Znam jego rodzinę. Przecież razem zakładaliśmy ten interes. To uczciwy facet.

Trzech wspólników... Nowak znowu przypomniał sobie *Ziemię obiecaną*. Ja nie mam nic, ty nie masz nic. Jednego wspólnika w tym interesie już nie było.

– Na tyle uczciwy, na ile pozwalają warunki – włączył się Zakrzewski.

No właśnie. Podobno Reymont też nie był święty. Wyłudził odszkodowanie za wypadek na kolei i mógł dzięki temu skupić się na pracy literackiej.

– Rozmawiał pan z miejscową policją? Z aspirantem Ciesielskim? Zgłaszał pan to? – spytał Nowak.

– Nie. – Sharma pokręcił głową.

– Dlaczego? Przecież ostatnio pan wspominał, że wszystkie problemy zgłaszają panowie do lokalnego komisariatu, że policjanci pomagają we wszystkim...

– Wszystkie drobne problemy – uściślił Hindus. – Tak powiedziałem. A to nie jest drobny kłopot. To nie jest wybita szyba w samochodzie. Ja się po prostu boję. Boję się, że na komisariacie gangster też może mieć swojego człowieka.

Sharma przeszedł nagle na angielski. Patrzył na Nowaka.

– Boję się o swoją rodzinę, proszę pana. Chcę być pewien, że nic nie stanie się mojej żonie ani dzieciom. Na razie to były tylko telefony, ale wiem, że są tacy, którzy są w stanie zrobić to, co zapowiadają. Bez żadnych skrupułów, bez wyrzutów sumienia, z zimną krwią. Pan wie, że tacy ludzie istnieją, prawda?

– Wiem – potwierdził Nowak.

Dwie godziny później z Karolem Zakrzewskim skontaktował się Jarosław Ciesielski. Ktoś dzwonił do niego z informacją, że Tomasz Bieżański widziany był w okolicach Rozalina w toyocie RAV4.

W czarnej toyocie, takiej, jaką jeździł V.S. Srinivasan. Zakrzewski zaklął, znów musieli wracać do Raszyna po to, żeby usłyszeć nagranie z policyjnego automatu. Nowak nie był w stanie powiedzieć, czy zna ten głos. Może to był ten sam człowiek, którỳ wcześniej dzwonił z Janek. Może. Numer był w każdym razie z puli *pre-paid*, czyli znów zwykły telefon na kartę. Inny niż ten, z którego dzwoniono do Nowaka. Komisarz przypomniał sobie, co napisano w raporcie, który mówił o tamtych połączeniach. Operatorzy założyli „alerty na eventy" związane z tymi numerami. W tłumaczeniu na ludzki język oznaczało to, że policja dostanie informacje o połączeniach realizowanych z wybranych numerów tak szybko, jak to możliwe.

Alerty i przypomnienia. Ktoś powinien chyba ustawić to Magnusowi Rytterbergowi, bo zapowiadany mail od niego jeszcze się nie pojawił. Ciekawe, czy na liście firm był Emdev-M, na który zarejestrowano obserwowane wczoraj przez Nowaka audi.

Po kolejnej rozmowie z psychologiem Kasia była w znacznie lepszej formie.

– Jak... – zaczął Nowak.

– Wiesz co, Adam? – Nie pozwoliła mu nawet zapytać. – Zdarza mi się pokłócić z kimś w pracy albo na drodze. Są takie dni, że humor ci popsuje jakiś opryskliwy cham. Usłyszę parę nieprzyjemnych słów albo mam poczucie, że popełniłam błąd, poczucie winy, że nie zrobiłam czegoś na czas albo sama kogoś obraziłam. Czekaj, nie przerywaj, wiem, co chcę powiedzieć. Wystarczy potem wrócić do domu ze świadomością, że mam z kim podzielić się tym, co się zdarzyło, niezależnie od tego, jak błahe to może się później wydawać.

– Wiem. Nie jestem pewien, czy dobrze się sprawdzam jako deska do odbijania problemów, ale się staram.

– Adam, chciałabym, żebyś czuł się kimś więcej niż deską! – oburzyła się.

– Przepraszam.

– No właśnie. Jestem babą i chcę opowiedzieć, ten typ tak ma. Jak się wygadam, to już jest OK. A potem muszę się porządnie wyspać, żeby mózg się uspokoił. Następnego dnia wczorajsze problemy już są mało istotne.

– A ten? To chyba coś gorszego niż kłótnia w tramwaju, prawda?

– No właśnie. To nie kłótnia ani obmacywacz w autobusie. Samo macanie nie jest najgorsze, rozumiesz, o co mi chodzi? Zboczeniec to tylko zboczeniec. Ale ktoś, kto cię obrzuca wyzwiskami, ktoś, dla kogo jesteś nikim, zerem, kto może cię zniszczyć, zabić, poniżyć w dowolny sposób... To jest straszne.

Wzdrygnęła się. Spojrzała na swoje dłonie, a potem odetchnęła kilka razy.

– Jeszcze przedwczoraj było ciężko – podjęła. – Dziś już czuję, że dam radę. Jutro chcę wracać do roboty. Nie będę siedzieć tutaj ani udzielać w telewizji wywiadu jako ofiara przestępstwa. Nie zapraszaj tu żadnej „Gorącej linii" czy czegoś podobnego. Od razu po stłuczce trzeba przecież usiąść za kierownicą, nieprawdaż, komisarzu?

– Jesteś pewna?

– Tak. Przecież sam nie zarobisz na benzynę i jogurciki.

– Cha, cha. – Nowak obruszył się na niby. Dobrze, że żartowała. To naprawdę silna kobieta. – Będę cię odwoził, dobra? Nie chcę, żeby coś ci się stało po drodze.

– Wypchaj się.

– Co, nie masz do mnie zaufania?

– Trochę nie mam. Dziwi cię to?

Nowak nie zamierzał się kłócić.

– Przepraszam, jak Boga kocham.

– Jasne, Boga. Nie mieszaj go w to, bo w niego nie wierzysz.

– Cóż, wciąż zastanawiam się, czy istnieje. Ale naprawdę przepraszam. Zabiorę cię jutro do pracy, dobrze? I odbiorę. Nie wiem, czy uda się załatwić stałą ochronę, ale... Kurde, mogę wziąć urlop. – Kasia gapiła się na niego, kiedy próbował zaplanować najlepsze rozwiązanie.

– Wiesz co? Byłam kiedyś w jakimś fast foodzie w czasie burzy. Walnął piorun, zgasło światło w całej dzielnicy. Wszyscy pracownicy zaczęli nagle biegać po restauracji. Nic nie mogli zrobić, ale każdy chciał czuć się przydatny i robić coś ważnego. Zabezpieczać teren. Ty zachowujesz się tak samo.

– Jesteś ważniejsza niż niedojedzone hamburgery. Chcę, żebyś wiedziała, że jestem przy tobie.

Spojrzała na niego.

– *Main hoon na!* – powiedzieli jednocześnie i roześmiali się.

Ten film zdołali obejrzeć na DVD. Kasia przysunęła się bliżej. Operacja „Pojednanie" trwa.

– Tak, jesteś przy mnie. I to właśnie jest niepokojące.

4

Nowak zaparkował na podwórku domu przy Jagiellońskiej. Podszedł do opla stojącego pod śmietnikiem i zapukał w szybę.

– Może pan zwolnić miejsce – powiedział. – Posiedzę tutaj.

– Jak pan sobie życzy, panie komisarzu – odparł sierżant Piotr Kwiatkowski.

– Co u naszego obiektu? Hm, figuranta?

– Był na Łuckiej 15. Wrócił do domu o dwudziestej trzydzieści cztery.

– Sam?

– Tak.

– Gdzie zaparkował?

– Tutaj.

Nowak rozejrzał się.

Było jeszcze na tyle jasno, że mógł dojrzeć białe mondeo Malanowskiego.

– Widział pana?

– Chyba nie. Nie rozglądał się specjalnie.

– Ktoś go odwiedzał?

– Nie zauważyłem. Do klatki wchodzili raczej tylko mieszkańcy bloku.

– Dobra. To niech już pan wraca do żony. Niepokoi się pewnie.

– Przyzwyczaiła się.

– Tak się tylko panu wydaje, panie sierżancie – odparł Nowak. – Niech pan już jedzie, bo zaraz jakiś wkurzony lokator porysuje panu samochód. Policja już zajmuje dwa miejsca.

– Dobra. To spadam. Do widzenia.

– Do widzenia. A, zaraz... Chce pan?

Nowak poczęstował sierżanta kupionymi w cukierni na placu Hallera pączkami. Spośród rozmaitych ciastek i ciasteczek wybrał to, co leżało na ladzie w pojemniku z napisem „towar wczorajszy". W zamierzchłych czasach, kiedy jego babcia piekła pączki na tłusty czwartek, też lubił poczekać dzień, dwa, żeby się trochę postarzały.

Sierżant odjechał, a Nowak wsiadł do samochodu. Piątek – i to piątek trzynastego – był dniem bogatym w wydarzenia. Udało się bowiem uzyskać decyzję prokuratora w sprawie przeszukania domu Tomasza Bieżańskiego i jego biura w Sękocinie. Co więcej, rzeczywiście znaleźli kluczyki do samochodu w siedzibie firmy, w szufladzie biurka! Do kluczyków był przymocowany bardzo charakterystyczny brelok: tańczący hinduski bóg w kole. Wdowa rozpoznała go natychmiast. *Nataraja*, powiedziała. Zatrzymali Bieżańskiego, który oczywiście twierdził, że nie ma pojęcia, skąd się wzięły kluczyki. Był przekonany, że ktoś usiłuje go wrobić we współudział. Nigdy nie jeździł samochodem Srinivasana, nawet za jego życia, nie wie, gdzie auto się teraz znajduje. Może potwierdzić wszystko, co mówił do tej pory w trakcie dochodzenia. Żąda ponownego przesłuchania pracowników i ochroniarzy. Czy ktoś go ostatnio próbował zastraszyć? Nie. Czy przyznaje się do szantażowania Davindera Sharmy? Oczywiście, że nie! Zakrzewski mu chyba uwierzył, bo sprawy nie rozwiązywały się same, łatwo i szybko. W firmie ochroniarskiej był zatrudniony przecież gangster. Nie, nawet nie zatrudniony: jak się okazało, prowadził działalność gospodarczą i miał tylko umowę o współpracy. Takie czasy, gangsterom też nikt nie chce płacić ZUS-u, nawet jeżeli są dyrektorami technicznymi. Karol wziął ze sobą dwu ludzi, z którymi jeszcze nigdy nie pracował. Zaczęli od przesłuchania ochroniarzy, w tym Tadeusza Badyna, i od przeglądania zapisów z kamer na terenie zakładu.

Ale to nie wszystko. Wieczorem okazało się, że Andrzej Malanowski znów pojawił się w swoim mieszkaniu na Pradze. Nowak odebrał Kasię z pracy i zawiózł do domu, a potem wziął jej toyotę. Postanowił pojechać na Jagiellońską i czekać, a nie chciał rzucać się w oczy w swojej służbowej octavii. Zastanawiał się teraz, czy iść do Malanowskiego i go nastraszyć. Zdecydował, że tak zrobi, ale najpierw poczeka godzinę albo półtorej. Nadchodziła noc, może pojawi się ktoś, kto będzie chciał robić z Malanowskim jakieś interesy. Ale zajrzeć do mieszkania warto. Tylko, kurde, szkoda, że prokurator Jackiewicz nie wydał na razie postanowienia o przeszukaniu. Dlaczego zwlekał? Od śmierci Szweda upłynęło już sporo czasu, fakt, jeden dzień nie robił różnicy, ale jeżeli Malanowski będzie chciał coś ukryć...

Nowak pokręcił głową. Półtorej godziny... Sprawdził, co Kasia ma w odtwarzaczu. R.E.M. Nic to, posłuchamy Trójki albo Radia Jazz, może nadają coś fajnego. Komisarz był w dobrym nastroju mimo ostatnich ponurych wydarzeń. Najważniejsze, że Kasia wróciła do pracy, rano ją tam zawiózł, zatem został jej szoferem i bodyguardem. Dookoła, w mieście, wszystko zmierzało w dobrym kierunku. Czwórka znów skręcała na placu Bankowym. Na stadionie Polonii ruszył remont budynku i trybuny głównej, a do drużyny przyszedł Radosław Gilewicz. Niektórzy mówili nawet o awansie do ekstraklasy, bo parę drużyn nie spełniało wymagań PZPN, a parę innych bankrutowało (awans przy zielonym stoliku? nie uchodzi, psiakrew, trzeba grać i wygrywać).

Obok Nowaka, po prawej stronie, zaparkował z charakterystycznym pomrukiem silnika fioletowy volkswagen polo. Miał z tyłu przyciemniane szyby oraz zdjęte oznaczenia producenta. Tuningowany. Na przednich siedzeniach widać było dwu młodzieńców.

Jeden z nich wysiadł z wozu i obrzucił toyotę Nowaka oraz samego komisarza podejrzliwym spojrzeniem. Komisarz zanotował numer rejestracyjny volkswagena i również przyjrzał się mężczyźnie, który skierował się do budynku. Nie znał tego człowieka. Zauważył, że facet wszedł do innej klatki schodowej niż ta, w której było mieszkanie Malanowskiego.

Z radia w volkswagenie rozległ się nagle marsz Mendelssohna. Po chwili został już tylko jednolity podkład klawiszy, któremu towarzyszył elektroniczny beat. Pieśń poświęcono najwyraźniej najpiękniejszemu, co może związać dwoje ludzi w nowoczesnym społeczeństwie, czyli miłości i małżeństwu. Cóż, volkswagen polo i disco polo. Nowak odruchowo zaczął stukać palcami w kierownicę w czasie refrenu.

O-o-o
Dla mnie luty, dla ciebie maj,
ty mi śnieg, a ja słońce dam.
Złociste promienie, ode mnie dla ciebie,
dzień za dniem.
O-o-o
Dla mnie róże, dla ciebie bzy,
ty mi noc, a ja tobie dni,
Na wysokim niebie złociste promienie płoną.

I na koniec znowu marsz weselny. Ten utwór znał akurat dość dobrze, już raz go słyszał w urzędzie stanu cywilnego na swoim ślubie, nie mówiąc o paru kościołach, w których małżeństwa zawierali krewni, koledzy, koleżanki, przyjaciele i przyjaciółki. Zwłaszcza byłe przyjaciółki. Eleanor Rigby i Adam Nowak, zawsze w tylnych ławkach. Szkoda, że Mendelssohn nie napisał marsza rozwodowego, mógłby zdobyć popularność i spadkobiercy kompozytora zgarnialiby tantiemy.

Chłopak z volkswagena nacisnął coś na odtwarzaczu. Poleciało to samo, tylko znacznie głośniej.

O-o-o
Dla mnie róże, dla ciebie bzy,
ty mi noc, a ja tobie dni,
Na wysokim niebie złociste promienie płoną.

– Kurwa! Z dupy ci wyłażą złociste promienie! – wrzasnął Nowak i walnął pięścią w podsufitkę. Przymknął nieco okna w samochodzie. Na wszelki wypadek, bo nikt go oczywiście nie usłyszał przy imprezie rozkręconej na cały regulator. Jeżeli puszczą to po raz trzeci, zabije ich bez skrupułów. Nie ma obawy, prezydent go na pewno ułaskawi. Chociaż z drugiej strony, kto go tam wie, wyglądał na człowieka, który może się wzruszyć przy tej pieśni.

Nowak był akurat przechylony w prawo; właśnie zauważył, że ktoś zbliża się do volkswagena. Nie zwrócił uwagi na to, co się działo za nim, nie spojrzał w lewe lusterko. Jakiś człowiek szarpnął za klamkę i otworzył drzwi po stronie kierowcy. Nowak natychmiast odwrócił głowę. Błąd. Ktoś prysnął mu gazem w twarz. Komisarz zaczął się krztusić. Silne ręce wyciągnęły go z samochodu. Nie mógł nawet krzyknąć, dławił się tylko i charczał. Nie padło ani jedno słowo. Nowak zobaczył tylko nogi napastników, chyba dwie pary. I znów pojawiły się ręce. Uderzyły jego głową o drzwi toyoty. „Jezu, jeszcze to, Kasia mnie zamorduje", to pierwsza myśl, która przyszła mu do głowy. I znowu uderzenie. Widział przez chwilę oczy mężczyzny w kominiarce. I worek, który zakładali mu na głowę.

Nowak ocknął się. Nie wiedział, gdzie go przywieźli. Siedział. Jego głowa opierała się o coś twardego. Beton? Przed sobą, gdzieś daleko, widział pojedyncze światła. Blask przesłaniały gałęzie. Spojrzał w górę. Ciemność. Czyli dach. Wokół czuł zapach ziemi, mokrego betonu, trawy. Psich i kocich odchodów.

– Obudził się – usłyszał głos. Znany głos.

Dostał cios w twarz, pięścią uzbrojoną w kastet. Nowak poczuł, że ma rozciętą skórę, poczuł krew spływającą po policzku. Ale zrozumiał, że nie chcą go zabić.

Drugie uderzenie, z drugiej strony, przy samej wardze. Może pierwszy wniosek był zbyt optymistyczny. Nowak stęknął i splunął krwią, gdy nagle drugi napastnik kopnął go w brzuch. Kopać jest łatwiej, nie trzeba się wtedy schylać. Nowak jęknął z bólu. Przez pół minuty usiłował złapać oddech.

– Już zdążyliście wrócić z Wilna? – spytał. – Wypuścili was?

Chwila milczenia. Było ciemno, domyślał się, że bandyci spojrzeli na siebie. A potem znów kopnięcie w żołądek. I jeszcze jedno, w krocze.

– Mówiłem ci, psie, żebyś uważał. – Nowak usłyszał głos tego, który stał z tyłu. Najwyraźniej nie brał udziału w biciu. Był tu szefem. Ten głos też znał. Rozpoznał go od razu: to głos z ostatniego telefonu. Tego bez inwektyw. Teraz jak widać był mniej kulturalny.

– O co wam, kurwa, chodzi? – powiedział.

– Nie udawaj idioty – szef odezwał się po chwili. – Wiesz, o co nam chodzi.

Nowak nie był wcale tego pewien. Zaryzykował zatem i wybrał najbardziej oczywiste rozwiązanie. Powiedział prawdę.

– Nie wiem. Jak Boga kocham.

Znów kopnięcie.

– Zostaw – padł rozkaz. Nowak znów dochodził do siebie przez pewien czas.

– Nie rozumiem. – Pora na coś więcej niż tylko prawda. – Czuję się jak na szwedzkim kazaniu. O co wam chodzi?

Szef roześmiał się.

– Widzisz, psie, jednak załapałeś.

– Co?

– Szwedzi.

– O co wam chodzi?

– Masz się odpierdolić od Magnusa Rytterberga. To nie twoja branża.

– Mam trupa. Szukam mordercy.

– To szukaj sobie. Ale nie znajdziesz.

– Chyba już znalazłem. To wy.

– Ty kurwo... – rzucił znów jeden z bandytów. Drugi zachowywał milczenie. Jeżeli któryś z nich zrobi karierę w tym biznesie, to właśnie on.

– Zostaw... – warknął znów ten najważniejszy. – Mylisz się – powiedział do komisarza.

– Nie jestem jakoś przekonany – odparł Nowak. – Dlaczego mam zostawić w spokoju pana Rytterberga? To on was nasłał?

Milczenie.

– Masz już jednego trupa. Możesz mieć drugiego albo i trzeciego. Najpierw zabijemy twoją panią Kasię.

– Ale nie od razu – rzucił znów szeregowy. Kto to był? Malanowski? – Najpierw ją wyruchamy. I to nie raz. Będziemy mieli parę dni czasu, nie?

– Zamknij pysk, ty głupie ścierwo – rzucił Nowak. Jęknął, kiedy kopnięcie trafiło go w szyję, tuż pod szczęką. Ręce skrępowane z tyłu uniemożliwiały obronę.

– A potem jej ojca. A potem twojego ojca – powiedział całkiem poważnie szef.

Nie powstrzymywał już swojego żołnierza. Przykucnął przy Nowaku. Komisarz widział tylko zarys głowy w kominiarce. Poczuł zapach potu i skóry. Nie ludzkiej skóry, tylko ubrania. Skórzane kurtki były modne wśród gangsterów jakieś piętnaście lat temu. To musiał być człowiek starej daty.

– Zrozumiałeś?

– Tak – powiedział Nowak.

– To świetnie. Mądry pies. Dostaniesz cukierka na zgodę. Przytrzymajcie go, bo mnie ugryzie – zwrócił się do podwładnych.

– Nie szkoda towaru dla niego? – spytał domniemany Malanowski.

– Jedna sztuka. Wliczone w koszta, nie przejmuj się.

Drugi, ten milczący, popchnął Nowaka na ziemię, po czym chwycił go za nos i za podbródek. Komisarz zaciskał zęby najmocniej, jak potrafił. Wysoki uderzył go kolbą pistoletu w czoło. Krew, znowu krew. Nowak usłyszał dźwięk odbezpieczanej broni. Przyłożyli mu ją do głowy.

– Otwórz pysk, kurwo, i ssij.

Grozili mu śmiercią, więc to, co go czekało, nie mogło być zabójcze. Komisarz otworzył usta. Poczuł, że ktoś się do niego zbliża. Dowódca podszedł i szybko wrzucił mu coś niedużego do gardła. Zacisnęli mu szczęki. Dobrze, że nie próbował tego wypluć, bo mogli mu przy tym odciąć kawałek języka. *Schwedentrunk*?

– Nie uduś się tylko. – Facet w skórzanej kurtce roześmiał się. Cukier? Kostka cukru. Tak to smakowało. Rozpuszczała się szybko. Nie mógł wypluć tego, co zostało, bo napastnicy cały czas trzymali jego głowę.

– W sumie strata czasu na takiego pajaca. Nie wiem, dlaczego mamy się z tobą tak pieprzyć. Wiesz, że tu była rzeźnia? Tu, w tym miejscu? Ja bym cię zajebał od razu, ale... – Szef wzruszył ramionami. – Miłej podróży, komisarzu.

– Mogę się na niego odlać? – To na pewno Malanowski. Głos miał podniecony, jakby nie do końca panował nad sobą. Naćpany?

– Spierdalamy stąd. Teraz, już – powiedział ostro szef. – Nie ma czasu na zabawę.

Któryś z bandytów na odchodne mocno kopnął komisarza. Trafił w plecy, w prawy bok. Odeszli, coś mówili po drodze, Nowak nie rozumiał słów. Usłyszał trzykrotny trzask drzwi w samochodzie i odgłos zapalanego silnika.

Dźwignął się, ocierając plecami o szorstki beton. Próbował przeciąć taśmę, którą skrępowano mu ręce. Jak pan Zagłoba, kurwa mać, w kij związany. Zdarł sobie tylko skórę z nadgarstków. Ale przynajmniej stanął na nogach. Jeszcze raz. Poczuł, jak taśma wyrywa mu włosy z grzbietu dłoni i zwija się w kleisty sznur. Udało się go zdjąć.

Narkotyk zaczynał działać. Jedna pigułka i jesteś większy, druga – i jesteś mniejszy. Pan Gąsienica palący nargile. W rzeźni? Przecież to jest rzeźnia. Kanał, którym odpływała krew z zarzynanych zwierząt, nagle pojawił się na środku podłogi. Rynsztok. Biegły nim szczury, jeden za drugim, równiutko. Mądre i urocze, jak ten na okładce płyty Stranglersów.

Słup, o który Nowak do tej pory się opierał, nie był już twardy, stał się mokry i oślizły. Betonowa podłoga i betonowy dach zamieniły się w brudną, porośniętą pleśnią konstrukcję. To jest dworzec kolejowy. Nie, autobusowy! Tylko gdzie są pasażerowie, gdzie autobusy? Wszystkie już odjechały. Nowak wiedział, że musi poszukać rozkładu jazdy. Ale gdzie, w tej ciemności? W oddali widać było światło, tylko on tkwił w trójwymiarowej czarnej wyspie. Duży, mroczny bąbel w przestrzeni. Po lewej było więcej światła, ale straszył tam ogromny demon z wyciągniętą łapą. Potwór był odwrócony tyłem, lecz w każdej chwili mógł wyczuć zapach człowieka i pożreć go w całości. Nie, tam nie wolno iść.

Nowak nie wiedział, czy potrafi się ruszyć. Rozumiał, że jeżeli światła zmienią pozycję, będzie to oznaczało, że się przemieścił. Kręciło mu się w głowie, a właściwie w tym, co jeszcze niedawno nią było. Nie czuł bólu ani zimna. Spróbował. Określił mniej więcej granice swojego ciała i nakazał mu wykonać kilka kroków. Może więcej? Program dwunastu kroków. To ważne, żeby było ich dwanaście. Zamknął oczy, żeby świat nie wykonywał obrotów dookoła niego. Potknął się i upadł po sześciu krokach.

Otworzył oczy, żeby przeanalizować obraz. Tak, chyba nastąpiła lekka zmiana. Demon wciąż stał, ale nie ruszał się, nie chciał atakować. Nowak bał się go panicznie. Trzeba iść jak najdalej od niego, przed siebie, tam też jest światło i mniej szumu, mniej hałasu. Światło, złociste promienie. *What a wonderful way to go.* Udało się, przejdziemy kolejne odcinki. Nie wolno tylko patrzeć na to, co zostało z Rzeźni. Tam siedzą pomniejsze demony, jest ich za to sporo. Szczury uciekły, ale to, co zostało, mogło być znacznie, znacznie gorsze. Mogło zjeść ludzkie oczy, żeby widzieć, bo samo nie miało oczu. Duchy zabitych zwierząt? Może. Raz na jakiś czas ciemny kształt wybiegał stamtąd i powracał do stada. Dalej, dalej. Co to za miejsce? Co to za miasto? *Su-la-wi di-le-jo.*

Teren się zmienił. Teraz Nowak był w korytarzu, w ogromnym korytarzu. Przyjrzał się jego ścianom. Lekko pulsowały światłem. To nie był korytarz, to był kanał. Nie kanał ściekowy, tylko morski. Droga wodna, którą zbudował jakiś inżynier w Warszawie sto lat temu. Po czarnej, gęstej wodzie pod stopami można było chodzić, trzeba tylko uważać na statki. Oto pierwszy z nich: przemknął, wydając przeraźliwy dźwięk. Dlaczego tak szybko? Gdzie holownik? Holownik nadpływał dopiero teraz. Ostrożnie, nie można zostać zmiażdżonym przez ten mały stateczek. Nowak wiedział, że wystarczy patrzeć tylko w jedną stronę, bo kanał był jednokierunkowy. Z Wisły do Wisły. Woda, powierzchnia, po której chodził, stała się grząska i nieprzyjemna. Patrzyły na niego oczy ludzi, którzy tu zatonęli. Spojrzał w górę. Pustułka zawisła z krzykiem nad brudnym, grząskim, błotnistym terenem. Zakręciło mu się w głowie. Ze ścian kanału wychodziły twarze, dziwne, ani męskie, ani kobiece. Anioły? Tak, anioły. Anioły grawitacji. Jedna ze ścian była wielka, zimna, lecz żywa, pulsowała, oddychała. Nowak spojrzał w górę. Trzymetrowa Alicja? O nie, coś znacznie, znacznie większego.

– Kim jesteś? – spytał. Wydawało mu się, że spytał.

Ściana nie udzieliła żadnej odpowiedzi. Była czymś, co udawało inną rzecz. Może to budynek? Budynek, który naprawdę nie jest budynkiem. Taki, który udaje całkiem inny gmach. Tak. Ale budynki nie oddychają.

Ten był żywy, wielki i groźny.

– Kim jesteś?! – wrzasnął.

Ściana pochyliła się nad nim. Była szara, ale miała w sobie glinianą duszę, z cegieł. Nowak przyjrzał się jeszcze raz i zrozumiał. To był golem. Wielki, żydowski golem z imieniem wypisanym hebrajskimi literami na sercu. Z rozkazem, z programem działania. Wystarczy usunąć jedną literę, z przodu albo z tyłu, żeby umarł, żeby się rozpadł. Z której strony ma być ta litera? Po hebrajsku pisze się od prawej do lewej, tak? Znaki były zbyt wielkie, jeden człowiek sobie nie poradzi, nie da się ich usunąć. Nowak wysunął rękę i spróbował dotknąć golema. Dłoń zagłębiła się w wilgotną masę. Szybko cofnął dłoń, bojąc się, że golem pochłonie go na zawsze. Nie chciał stać się kawałkiem ciała potwora. Bał się go. Wiedział, że golem jest ociężały jak niedźwiedź, którego nie można drażnić, bo wtedy okaże się nad wyraz agresywny, zwinny i szybki.

Na dłoni pozostała maź. Śluz? Paskudna, półpłynna masa. Przyjrzał się jej i zrozumiał, że to mózg Gustava Rytterberga. To, co z niego zostało. Krzyknął, powstrzymując ogarniające go obrzydzenie. Nie zwymiotował jednak. Wsadził rękę w grząskie dno kanału. Szara masa zniknęła, roztopiła się w wolno toczącym się nurcie. Widać na nim białe znaki, ale to nie szachownica, ta gra ma inną planszę. Za to postacie, które podchodzą, to figury szachowe, ale jakieś takie skrzywione, dziwne, kolor ich nieznany. Strasznie małe, są tu tylko pionkami, na pewno.

Biały skoczek mówi wspak, lecz nie po hebrajsku. Nowak nie rozumie. Pora powiedzieć ludziom w białych fartuchach: co za dużo, to niezdrowo. Ale oni nie są biali, to nie lekarze, to marynarze. Marynarz z rzeźni, Kapitan Wołowe Serce, wielki i gruby. Taki, że może się pod nimi załamać płyta balkonowa. Matka pięść, zawsze spokojna, matka pięść, zawsze na czas. Marynarze? Ze statku? Obsługa techniczna.

Wiedzą, gdzie jest maszynownia.

– Szalom – powiedział Nowak, podnosząc rękę. – Wyłączcie golema.

5

Nowak po raz kolejny w ciągu paru godzin odzyskał przytomność i rozejrzał się wokół. Jęknął cicho. Bolała go głowa. Czuł płytkie, ale bolesne rany na twarzy. Poczuł nagle wszystkie kopniaki i ciosy, które wymierzyli mu napastnicy. Ruszył rękami i pomacał bandaże, którymi obwiązano mu głowę.

– Gdzie ja jestem?

– Szpital Przemienienia. Jesteś na prawym brzegu Wisły. – Nowak znał ten głos. Na szczęście nie był to żaden z anonimowych rozmówców, tylko jakiś policjant. Ale który? Komisarz stęknął ciężko i dźwignął się z leżanki. Zobaczył aspiranta z pobliskiego komisariatu rzecznego. Piotr Brzozowski patrzył z troską na komisarza.

– Skurwysyny były wyjątkowo bezczelne. Pobili cię pod samym nosem policji. Wiesz, gdzie cię znaleziono?

– Gdzie?

– Na Sierakowskiego. Tuż pod hotelem policyjnym. Znasz ten budynek? Taki stary, wielki, żydowski gmach.

– Jezu... – jęknął Nowak. Pamiętał z grubsza swoje halucynacje. – Golem.

– Co?

– Nic, nic.

Nowak zrozumiał, że widział gmach przedwojennego akademika, którego najbardziej znanym lokatorem był Menachem Begin, przyszły premier Izraela. Napis na sercu potwora to po prostu płaskorzeźby. Część z nich tworzyła zarys drugiego, mniejszego budynku. W czasie wojny tam właśnie przeniesiono Szpital Przemienienia, w którym obecnie się znajdował. W 1944 roku lekarze próbowali uratować uczestników zamachu na Kutscherę, rannych w walce i przewiezionych na Pragę. Po wkroczeniu Sowietów w gmachu mieściła się katownia NKWD i UB. Obecnie hotel policyjny, sąsiadujący z siedzibą CBŚ.

– Powiadomiono kogoś?

– Twój wydział. Zaraz będzie tu Marcin Drzyzga. Ma przywieźć twoją dziewczynę.

– A skąd pan... Skąd się tu wziąłeś?

– Wymieniłeś kilka nazwisk, kiedy cię zatrzymano. Krzyczałeś, że jesteś z Komendy Stołecznej. I usiłowałeś mówić po niemiecku. Moje nazwisko też podałeś, dlatego mnie ściągnęli. Miałem akurat dyżur.

– Jezu, kto mnie zatrzymał? Policja?

Brzozowski skinął głową.

– Nikt z nich mi nie przywalił? – spytał Nowak. – W końcu byłem wtedy tylko narkomanem. Ale chyba niezbyt agresywnym.

– Nie wygłupiaj się. Wyglądałeś tak, że nikt nie chciał nawet cię dotykać. Mam twoją legitymację – powiedział aspirant, uprzedzając pytanie komisarza. – Miałeś broń przy sobie?

– Miałem.

– To znaczy, że ci ją zabrali.

– Kurwa mać.

– Nie przejmuj się. Ważne, że żyjesz.

Komisarz spróbował wstać. Zakręciło mu się w głowie i usiadł ponownie.

Cholera jasna.

– Co z Malanowskim?

– Z kim?

No tak, przecież Brzozowski nie wiedział, o kogo chodzi.

– Malanowski, czyli...

Zaskrzypiały drzwi.

– Malanowskiego nie ma. Zniknął – powiedział Marcin Drzyzga.

– Cześć – powiedziała Kasia. – Boże, jak ty wyglądasz!

Nowakowi udało się wstać.

Podbiegła do niego i chciała go przytulić, uścisnąć. Powstrzymała się w ostatniej chwili, bojąc się chyba, że zrobi mu krzywdę. Położyła tylko ręce na jego biodrach. Odwzajemnił się tym samym. Po chwili znów musiał usiąść.

– Boli cię?

– Trochę. Zwłaszcza wtedy, kiedy mówię. I gdy ruszam głową. I kiedy siadam.

– Mogłeś nie żyć.

– Mogłem. Ale żyję, widocznie mogę się im jeszcze przydać. I nie chcą mieć na koncie martwego gliniarza.

– Czego mogą chcieć? I kto?

Nowak wiedział, że nie może powiedzieć zbyt dużo. Następna runda, jeżeli do niej dojdzie, może przynieść ofiary.

– Nieważne. Im dalej od tego będziesz, tym lepiej.

– Skoro tak uważasz... – Przyjrzała się jego twarzy. – Co ci zrobili?

– Rozcięta skóra, parę siniaków. Prawdę mówiąc, dużo siniaków. No i dostałem w łeb.

– Na szczęście nie wykryto żadnych obrażeń wewnętrznych – wtrącił Brzozowski.

– Uderzyli cię w głowę? Może masz wstrząśnienie mózgu? Nie powinieneś tu zostać do jutra? Co mówią lekarze?

Powstrzymał jej pytania ruchem ręki. Znów pomógł mu aspirant.

– Lekarze mówią, że powinien poleżeć parę dni.

– Nie będziemy przecież obciążać podatników, nie? – Nowak zirytował się.

– Adam, powinieneś zostać.

– Dam sobie radę.

– Przestań! Zawsze wiesz, co jest dla ciebie lepsze. W ogóle nie można się o ciebie zatroszczyć. A mnie najchętniej zamknąłbyś teraz pod szklanym kloszem.

– Miałaś gorsze przejścia.

– Daj spokój. Mnie tylko zbluzgali.

– Nie tylko. – Nie powinien był tego mówić. Miała się wyleczyć z ran. Nowak zamknął na chwilę oczy, a w jego głowie znów pojawiły się jakieś dziwne obrazy.

– Ciebie poniżono bardziej – powiedziała Kasia.

– No co ty. Ja to jakoś przeżyję.

– Ja też. Jestem silna.

– Dobra, mamy remis. Jeden do jednego. – Nowak spróbował się roześmiać. – Przy okazji zaliczyłem niezły odlot. Podali mi jakiś narkotyk.

– Jaki narkotyk?

– Pewnie LSD. Widzisz? Życie policjanta jest pełne nowych doświadczeń. Ale nie czuję się teraz jak John Lennon, niestety. Raczej jak młody Rytterberg. To nie był *good trip*... – Nagle coś mu się przypomniało. *Trip*, podróż. – O kurwa.

– Hę?

– Przepraszam. Zaraz będę przepraszać jeszcze bardziej. Samochód! Twoja corolla została przecież na Jagiellońskiej. Była otwarta.

– Daj spokój. To nie jest teraz najważniejsze.

– Ale to znaczy, że tego samochodu już nie ma!

– Skąd wiesz? Poza tym był ubezpieczony. Nikt nam chyba nie zarzuci, że chcemy wymusić odszkodowanie, prawda?

– A kluczyki? – zaniepokoił się Nowak.

– Miałeś je przy sobie – powiedział Brzozowski i podniósł je z blatu metalowej szafki.

– Damy znać patrolowi, niech sprawdzą, czy jeszcze stoi – powiedział Drzyzga i podniósł się do wyjścia.

– Poczekaj – powiedział Nowak.

Przypomniał sobie volkswagena polo i piosenkę o złocistych promieniach. Jeżeli toyota zniknęła, mamy pierwszych podejrzanych albo świadków. Nie mógł sobie przypomnieć numeru rejestracyjnego. Chyba go zapisał, ale notes został w samochodzie. Nożeż... Powiedział o tym.

– Dobra. Jeżeli znajdziemy samochód, znajdziemy i tę kartkę.

Brzozowski pożegnał się z Nowakiem i wyszedł razem z Marcinem.

Nowak opowiedział Kasi o narkotycznych wizjach.

– Widzisz? Inteligentny facet nawet halucynacje ma ciekawsze niż inni. Opowiedz to tacie, na pewno to doceni. I jeszcze sprzeda ci parę interesujących historii o tych okolicach.

– Mój czy twój ojciec?

– Faktycznie, obaj mogą coś powiedzieć o Pradze.

Patrzył na nią uważnie. To może dziwne, ale... Cieszył się, że został napadnięty. Ten żart z remisem nie był wcale taki głupi. Dzięki temu nie będzie musiała wracać pamięcią do swojego upokorzenia. Nie, nie chodzi o wspólne rozpamiętywanie zdarzeń, to nie terapia grupowa. Ale najważniejsze, że tworzą właśnie grupę, taką najmniejszą, dwuosobową. *Najmniejszy oddział świata, ty i ja.* No i dobrze, że mogą liczyć na pomoc paru policjantów, choćby tych, którzy byli w tym pokoju, czego niestety pewnie nie może powiedzieć większość napadniętych dziewczyn, stykających się z bezduszną procedurą i głupimi uśmieszkami.

Drzyzga wrócił na salę.

– Idźcie się pomodlić do św. Floriana. Stał się cud.

– Floriana? – Nowakowi w pierwszej chwili skojarzyło się to z restauracją. A, oczywiście, są przecież koło praskiej katedry. – Jaki cud?

– Twoja... Wasza toyota stoi na miejscu. Z niedomkniętymi drzwiami. Nawet płyta jest w odtwarzaczu.

– Rzeczywiście cud. Na Pradze, w piątek wieczorem?

– Odczepcie się od Pragi – burknął Drzyzga. – Cywilizacja zachodnia nie kończy się przy zoo.

– Aha! Zawsze mówiłam, że japończyków nie kradną! – krzyknęła Kasia.

– Zależy jakich. – Drzyzga wziął kluczyki od toyoty. – Zaraz cię zabiorę, to dwa kroki stąd.

– Dzięki – powiedziała Kasia. – Adam, zostań do niedzieli albo chociaż do jutra. Proszę cię, zadbaj o siebie. Przyjadę po ciebie. Jesteś tu bezpieczny?

– Mam nadzieję. Ale przecież mogę wyjść. – Znów wstał i znów poczuł nudności. Musiał usiąść, ale nie mógł się oprzeć o ścianę, bo głowa od razu mu odlatywała. Cholera. – *Who's gonna drive you home tonight*?

– No widzisz, rzeczywiście powinieneś tu zostać. Mówisz językami i na dodatek cytujesz popowe piosenki z najgorszych czasów. Komisarz Drzyzga mnie odwiezie. Nie będziesz chyba zazdrosny.

– Gdyby pochodził z Mokotowa, pewnie byłbym.

Sobota przyniosła parę wyjaśnień. Po pierwsze, Nowaka wypuszczono po południu ze szpitala, na jego wyraźne żądanie. Po drugie, znaleziono wielbicieli piosenek weselnych. Dwaj młodzieńcy z Bródna okazali się zwykłymi piątkowymi imprezowiczami. Przyjechali po dziewczyny. Ten, który siedział w aucie, powiedział, że widział dwu napastników. Dżinsy, ciemne podkoszulki, kominiarki na twarzach. Jeden z bandytów był wyraźnie niższy. Chłopak, który wszedł do klatki schodowej i wracał z koleżankami, zobaczył jeszcze wybiegającego z klatki schodowej wysokiego mężczyznę, którego rysopis odpowiadał Malanowskiemu. Kiedy wybiegł? Już po tym, jak samochód odjechał. Jaki samochód? Opel frontera. Stał tam wcześniej, czy przyjechał? Stał wcześniej. Nowak usiłował sobie przypomnieć to auto, ale nie pamiętał go. Numer? No co pan. Jak stwierdził drugi chłopak, zmyli się szybko, bo klimat się robił niespokojny. Drzyzga porozmawiał jeszcze z dziewczynami z Jagiellońskiej. Jedna z nich rozpoznała Malanowskiego, choć nie miała całkowitej pewności. To tyle w kwestii miłośników złocistych promieni. Po trzecie, okazało się, że Magnus Rytterberg poleciał do Sztokholmu na kilka dni.

Równolegle toczyło się śledztwo w sprawie Hindusa, którym zajął się teraz Zakrzewski. Prokurator niechętnie zgodził się na złożenie wniosku o aresztowanie Bieżańskiego. Niechętnie, bo kluczyki pojawiły się po prostu znikąd. Prawdę powiedziawszy, nie było jeszcze dowodu, że sam kluczyk pasował do samochodu Srinivasana, na razie nie udało się tego ustalić w polskim przedstawicielstwie Toyoty. Breloczek, owszem, był ten, co trzeba. Sprawdzono dyżury pracowników ochrony w firmie Hindusa. Badyn patrolował teren na zewnątrz zakładu, nie zbliżał się do biura zajmowanego przez Bieżańskiego. Z telefonu, z którego dzwoniono na komisariat w Raszynie, nikt później już nie korzystał: ani z karty, czyli tego numeru, ani z samego aparatu. Mógł to być kradziony egzemplarz, do jednorazowego wykorzystania. Zlokalizowano jednak miejsce, z którego dzwoniono. Co ciekawe, z Janek, czyli z tej samej lokalizacji, z której ktoś telefonował do Nowaka. Davinder Sharma od pogrzebu Srinivasana nie otrzymał nowych pogróżek.

Poniedziałek mógł przynieść dalsze wyjaśnienia, ale najpierw przyniósł upał. Nowak jechał samochodem z zamkniętymi szczelnie oknami i błogosławił klimatyzację. 16 lipca w jego ulubionej środkowoeuropejskiej stolicy nie dało się po prostu wytrzymać: gorące powietrze waliło prosto w twarz po wyjściu na dwór. Kasia lubiła taką pogodę, nawet w mieście – było sucho, ale nie duszno. Rzeczywiście, na dziś nie zapowiadano burzy. Bo jeżeli chodzi o śledztwo, Nowak szykował się na całkiem poważne wyładowania. Nie miał na myśli dochodzenia w sprawie napaści na policjanta, przynajmniej nie tylko. Chodziło o śledztwo w sprawie zamordowania Gustava Rytterberga.

Rano Nowak rozmawiał z podkomisarzem Jackiem Witkowskim z PG, na Wolskiej, w pokoju z pięknym widokiem na cmentarz. Nowak patrzył na nazwisko, które pojawiło się w raporcie. Wszystko zaczynało się układać w całość. To, co wiedział do tej pory o przedsięwzięciach, w których brał udział Magnus Rytterberg, o firmach, których był formalnym lub nieformalnym współwłaścicielem; to, co w końcu przekazał sam Szwed, i to, co wcześniej mówiła Joanna Skoczylas. Witkowski pokazał ciąg transakcji, które doszły do skutku, i spróbował narysować sieć powiązań personalnych oraz własnościowych między polskimi firmami biorącymi udział w operacjach. Powiedział także o kilku interesujących transakcjach, które nie zostały przeprowadzone, przynajmniej na razie.

Jeszcze jeden telefon do wydziału kryminalnego, a potem do CBŚ, do Michalskiego.

Nowak podjął decyzję.

– Wiesz, co robisz? – spytał Zakrzewski. – Jesteś pewien?

– Niczego już nie jestem pewien.

– Mam jechać z tobą?

– Nie. To nie będzie kurtuazyjna pogawędka ze starymi znajomymi.

– Odpieprz się, nie jestem jego znajomym – rzucił Karol. – Mówiłeś Morawskiemu?

– Nie.

– Będzie chryja, jeżeli okaże się, że się pomyliłeś.

– Już jest. Przecież bandyci zabrali mi broń.

– Daj spokój. To tylko wpis w bazie danych.

– Sam mówiłeś, że po tym człowieku można spodziewać się wszystkiego. Zaraz się okaże, że zaopatruję gangsterów w pistolety i wylecę ze służby razem z tobą. – Nowak wzruszył ramionami. – I tak będzie chryja. Nawet jeżeli okaże się, że mam rację.

Dopiero dziś w Warszawie dawało się odczuć, że zaczęły się wakacje. Nie było tak dużych korków jak zwykle w powszedni dzień; przez ulice centrum przelewał się znacznie mniejszy strumień pojazdów. To samo działo się na wylotówkach. Nowak szybko dojechał do Magdalenki.

Brama willi, furtka, domofon bez przycisku.

Jesteś obserwowany, to my decydujemy, kogo wpuścić. Nowak już tu kiedyś był.

– Tak? – zabrzmiał ponury głos.

– Policja. Zastałem pana Władysława Mytnika?

– Legitymacja.

– Słucham?

– Proszę pokazać legitymację. Wyciągnąć przed siebie. Wyżej.

Cisza. Ciekawe, co się dzieje, jeżeli ktoś nie przejdzie wstępnej selekcji. Może nieproszonym gościom spada na łeb ważący szesnaście ton odważnik.

Po dwu, trzech minutach oczekiwania rozległ się brzęczyk i Nowak mógł wejść na teren posesji. Ochroniarz czekał na tarasie.

– Tylko szybko – powiedział. – Pan Mytnik ma dziś ważne spotkanie.

– Ja też, misiu – odparł Nowak. – Prowadź do swojego szefa.

Ochroniarz nie ruszył się z miejsca.

– Prosto. Tam.

– Gość w dom, Bóg w dom – powiedział jowialnie potężny mężczyzna stojący na końcu korytarza. Trzeba było przejść przez całą jadalnię, ciągle zresztą ohydnie urządzoną. *Polish design*, bazarowy gust. Dresiarz w wersji XXL.

– Zapraszam – dodał gospodarz. Wyciągnął rękę, ale Nowak jej nie uścisnął. W oczach faceta pojawiła się na moment wściekłość, przebłysk jego prawdziwego charakteru. Władysław Mytnik, znany jako „Myto" lub „Mydło", a najczęściej jako „Powidło". Trzeba docenić gangsterskie poczucie humoru. Gra rymowanych skojarzeń jak w cockneyu. Sam Mytnik w eleganckiej białej koszuli wyglądał znacznie lepiej niż dom, w którym mieszkał, no i lepiej niż wtedy, kiedy Nowak był tu ostatnio. Gangster nie był już gruby, za to być może zamawiał kulturystyczne odżywki u Grubego.

Weszli do pokoju, który pełnił funkcję gabinetu i centrum dowodzenia. I palarni, sądząc po cierpkim zapachu tytoniu z cygar. Usiedli.

– Adam Nowak, z Komendy Stołecznej, tak? Dalej wydział zabójstw, terroru kryminalnego i zabójstw, prawda? – Mytnik nie czekał na odpowiedź. Wiedział, z kim rozmawia. – Już raz u mnie byliście, z Karolem Zakrzewskim. Co u niego? Doszły mnie słuchy, że ma kłopoty. Emerytura czy coś...

Ciekawe. Doszły go słuchy.

– Owszem, czy coś.

– A panu co się stało? Jakiś wypadek?

– Owszem, wypadek. Spadłem z motocykla.

Pobili mnie twoi ludzie, Powidło. Zaraz do tego dojdziemy.

– A, też lubi pan motory. Fajne, ale niebezpieczne. Łatwo można zedrzeć sobie skórę. I połamać kości. Zostać sparaliżowanym na zawsze. Albo zginąć.

– Podobno pan nie ma czasu. Przejdźmy do rzeczy.

– Słucham. – Mytnik odchylił się w fotelu.

– Zna pan Magnusa Rytterberga, panie Mytnik? Czy któraś z pana firm robi z nim interesy?

– Rytterberg? To Niemiec?

– Nie. Szwed.

– A czym się zajmował? Elektronicznym sprzętem powszechnego użytku? Samochodami ciężarowymi?

– Nie zajmował, ale zajmuje. Budownictwo mieszkaniowe i nie tylko. Svea-Brick.

– Znana firma, znana. Jakieś nieszczęście go dotknęło ostatnio, prawda? Chodziły takie słuchy. – Znowu te słuchy. – Ale niestety, młody człowieku, ja nie robię w nieruchomościach.

Ty nie, nikt z twoich znajomych też nie, oczywiście. Wynajmujecie nazwiska, które prowadzą za was interesy. Od agencji nieruchomości do firm deweloperskich.

– Konkurencja za duża. Trudno wystartować w branży – dodał Mytnik.

Nowak uznał, że ma już dosyć udawania, ma dosyć tej kulturalnej i miłej rozmowy.

– Zabiłeś jego syna, Powidło. Zabiłeś Gustava Rytterberga.

Mytnik nie okazał zaskoczenia. Gładko przeszedł do nowego tematu. Elastyczność i umiejętność adaptacji, oto główne zalety nowoczesnego biznesmena.

– Nigdy w życiu nikogo nie zabiłem. – Gangster oburzył się. – A ty?

Nowak znał odpowiedź na zadane pytanie. Na razie była prosta. Ciekawe, jak długo jeszcze taka pozostanie.

– Dlaczego kazałeś go porwać? Dlaczego twoi ludzie obcięli mu palce?

– O czym ty mówisz? – Mytnik spojrzał na komisarza ze zdumieniem. Może udawanym.

– Nie mogłeś z nim negocjować inaczej? Wyczerpały się wszystkie legalne możliwości?

– Negocjować? O czym ty mówisz, do kurwy nędzy?!

– Chcesz kupić Port Praski. Ty i twoi kumple chcecie mieć ten teren. Chcecie zarobić na inwestycjach budowlanych. Zbudować tam apartamentowce i osiedla. Namiastka wielkiego świata w centrum Pragi. Przyczółek cywilizacji nad Wisłą.

– Skąd ten pomysł?

– Firmy twoich figurantów rozmawiają oficjalnie ze Svea-Brick i z samym Rytterbergiem. Jeden z twoich ludzi jest związany z kobietą, obecnie asystentką pewnego ważnego prezesa i kochanką naszego Szweda. Zadziwiające zbiegi okoliczności. Na dodatek wywieźliście mnie do rzeźni, na teren, który pewnie też chcesz mieć na własność. Jakże subtelna aluzja! Dzięki, doceniam, że mnie nie zabiliście.

– Mówiłem, że to konkurencyjny rynek. Niebezpieczny. Można dostać po łapach, jeżeli ktoś nie wie, jak wystartować. – Mytnik ostrzegawczo podniósł palec. – I nie tylko po łapach. Całe rodziny źle wychodzą na nieudanych inwestycjach.

Zrozumieliśmy się.

– Kurwa mać. Wiesz co, Powidło? Ty nie istniejesz. Ciebie nie ma. Nie przyjmuję do wiadomości, że takie gówno jak ty decyduje o moim życiu. Nie wiem, gdzie masz kumpli, ale nie zamierzam się poddać. Myślisz, że nie wiem, że to ty stoisz za napadami na mnie i na moją żonę? Zrób tak jeszcze raz, a cię wykończę.

– Możesz powtórzyć?

– Proszę bardzo. Skopię twój bebech na śmierć.

– Zabijesz mnie?

– Nie potwierdzam. I nie zaprzeczam.

– Nagrało się – powiedział Mytnik. – Nagrało się, cała rozmowa. Ja bardzo uważałem, co mówię. Ty nie, młody człowieku. Taki teraz jest zwyczaj, rozumiesz? Kupiłem sobie mały, poręczny japoński dyktafon i używam go, kiedy tylko potrzebuję, oczywiście bez wiedzy rozmówcy. Zawsze lepiej mieć podkładkę. Dupochron, jak mawiają w biurach. Ale to nie moja dupa wymaga ochrony.

Mytnik wycelował palec w komisarza.

– To ty nie istniejesz, rozumiesz? Jesteś nikim. Nikim. Detektyw, kurwa twoja mać. Spadaj stąd.

Wstał i chwycił Nowaka za koszulę. Wypchnął go za drzwi.

– To też się nagrało?

– Może. Do widzenia. Nie przychodź już do mnie, młody człowieku. Spierdalaj.

Dwaj postawni ochroniarze, a raczej żołnierze, zbliżyli się, zaalarmowani głośną rozmową.

Mytnik powstrzymał ich gestem.

– Nie jestem już taki młody, Powidło. Ale jedna sekunda mojego życia jest więcej warta niż ty. Mieszkasz w gównie i gównem się otaczasz. – Nowak zatoczył ręką koło. – I zginiesz kiedyś w kupie gówna.

Mytnik nie wytrzymał.

Podszedł szybko do Nowaka i znów chwycił za koszulę pod szyją. Pchnął go na ścianę, komisarz nie zdążył zachować równowagi. Upadł obok szafki w stylu Ludwika, numer nieznany. Na pewno nie Ludwika Dorna.

Ochroniarze zbliżyli się do szefa.

– Dam sobie radę sam – wrzasnął gangster. – To jest nikt, widzicie? Nikt.

– Skoro nikt, to nie widzą – zauważył komisarz.

– Nie bądź taki cwany, psie.

Mytnik pochylił swoje wciąż masywne cielsko nad Nowakiem. Przybliżył twarz do twarzy policjanta.

– Nie tacy jak ty próbowali mi grozić. Ale większość mi nie grozi, tylko załatwia ze mną interesy. Ty też. Byłeś tu dwa lata temu, z kolegą. Z Karolem Zakrzewskim. W zamian za pomoc obiecaliście nie zwracać uwagi na to, co się dzieje w mojej firmie. I nie chodziło o zatrudnianie ludzi na czarno.

Nowak pamiętał, że dzięki informacjom Mytnika udało się zatrzymać podejrzanego o popełnienie morderstwa w tramwaju. Jak się zresztą okazało, facet, pracujący jako kierowca w firmie będącej własnością gangstera, nie miał nic wspólnego z zabójstwem.

– No i co z tego? Wtedy też to nagrałeś?

– A i owszem.

– Myślisz, że coś mi zrobisz?

– A co, jeszcze ci mało? Chcesz jeszcze raz pojechać do rzeźni? Razem ze swoją kobietą? Tym razem już na pewno stamtąd nie wrócicie.

Dzięki, Powidło.

– Myślisz, że nie mogę nic zrobić? – dodał Mytnik. – Nie masz pojęcia, jakich ludzi znam. Nie masz pojęcia, komu jeszcze pomogłem.

– Co ty powiesz, sklonowałeś prezydenta? – zainteresował się Nowak.

Mytnik roześmiał się.

– Podobasz mi się, kurwa. Masz pierdolone poczucie humoru. Ale nic ci to nie pomoże. Inni już się na tym przejechali.

Nowak zrozumiał, co to może oznaczać.

– Czekaj, Powidło. Ten diler... Ten, którego zabito siedem lat temu. Jeden z jego zabójców stracił oko.

– Bo go pobili policjanci. Coś z tym trzeba zrobić. Prawa człowieka, te sprawy.

– To twój człowiek, tak? Pracował dla ciebie? Albo przejąłeś go teraz, kiedy postanowiłeś usunąć niewygodne osoby?

– Nie potwierdzam. – Mytnik skrzywił się, przedrzeźniając wypowiedź Nowaka.

Podniósł się i sapnął.

– Nie potwierdzam – powtórzył. – Kurwa, zachciało ci się bawić w błędnego rycerza. Muszę ostatnio rozmawiać z samymi pojebami. Jesteś jak ten Szwed, wiesz? Nic do niego nie trafiało. Wiedział swoje. Książę niezłomny, nie chciał nawet rozmawiać z kimś takim jak ja. Mógłbym zabić całą jego rodzinę, i tak miał wszystko w dupie. Takich ludzi trzeba eliminować, kurwa żeż mać!

Gangster ciężko oddychał. Nowak doprowadził go do furii. Trzeba uważać, bo facet jest gotów na wszystko, na pewno na coś, czego konsekwencje będą poważniejsze niż wypadku na motocyklu. Mytnik już się jednak uspokajał. Jest szansa, że wyżyje się na kimś innym niż komisarz.

– A teraz prosimy pana o opuszczenie terenu. Odprowadźcie go do wyjścia – gospodarz rozkazał ochroniarzom. – Kulturalnie, ma się rozumieć. Wstaniesz czy trzeba ci pomóc?

Nowak został wypchnięty za ogrodzenie willi Mytnika. Dowlókł się do samochodu i usiadł za kierownicą. Odetchnął ciężko i uśmiechnął się pod nosem. Rzeczywiście, sprytni ludzie ci Japończycy. A Chińczycy, którzy robią podróbki markowych towarów, są jeszcze sprytniejsi. Nowak wyciągnął z kieszeni koszuli mały dyktafon.

Wyspa

1

Nowak nie mógł spać. „Łóżko jest zbyt duże bez ciebie", jak śpiewał przed laty pewien policjant, który niedawno znów porzucił artystyczną emeryturę. Kasia wyjechała poprzedniego dnia wieczorem na szkolenie do Londynu. Dobrze jej, ma niezłą robotę... Odpocznie też od Warszawy, od ostatnich wydarzeń. I od swojego faceta, który robił się coraz bardziej poirytowany i rozdrażniony, a na dodatek nie chciał wyjaśnić przyczyn tego stanu. Na szczęście nie miało to nic wspólnego z archeologią.

Słońce już dawno wstało i przyglądało się Warszawie, zastanawiając się, ile upału miasto jest jeszcze w stanie znieść. Na razie było ładnie, rześko. Można optymistycznie patrzeć na rozpoczynający się dzień, przynajmniej teraz, bo potem spaliny i pył zmieszają się z gorącym powietrzem. Mieszanka, którą będą oddychać przyjezdni i miejscowi, mieszkańcy i turyści. Niektórym z nich może to nawet zaszkodzić.

Nowak umył się i ogolił, po czym zszedł po schodach (to w końcu tylko trzecie piętro) na parking. Ruszył pustymi ulicami, w zasadzie równolegle do Wisły. Przejechał nad wejściem do kolejnego portu – Żerańskiego – i dalej prosto Jagiellońską. Nie wybrał drogi przez wciąż rozkopane rondo Starzyńskiego, skierował się w prawo, na Wybrzeże Helskie. Jechał wzdłuż ogrodzenia zoo, myśląc o tym, jak dawno już nie odwiedzał tego miejsca. Ostatnio chyba na wagarach w liceum, kiedy urwali się w kilka osób z przysposobienia obronnego i przyjechali do Warszawy. Trzeba tu przyjść na spacer, kiedy już zrobi się spokojnie, zobaczyć, co się zmieniło, odwiedzić czarną jaguarzycę i jej dzieci. A właśnie, dzieci, może faktycznie już na nie najwyższa pora? Tyle że wtedy o spokoju mowy nie będzie, panie Nowak.

Komisarz nie wjechał od razu w Okrzei, postanowił obejrzeć port. Mógł wprawdzie, łamiąc przepisy, skręcić w lewo na Wybrzeżu Szczecińskim i zaparkować pod komisariatem rzecznym, lecz dziś nie miał żadnej sprawy do Brzozowskiego. Pewnie zresztą by go o tej porze nie zastał. Minął zatem komisariat i dziką część portu, porośniętą lasem łęgowym, po czym skręcił w Sokolą. Ledwie minęła szósta, a w okolicy Stadionu już kręcił się spory tłumek. Nowak musiał zahamować i poczekać chwilę, bo z lewej strony ruszyła przez jezdnię grupa Wietnamczyków ciągnących wózki, takie platformy na kołach zastawione równymi stosami kartonowych pudeł; każdy z ładunków miał pewnie ze trzy metry wysokości. Z parkingu na bazar, z zielonych i brązowych bud będących magazynami do innych zielonych i szarych bud, czyli sklepików. Nowak odczekał, aż karawana przejdzie i pojechał dalej. Skręcił w Zamoyskiego, mijając wietnamskie ośrodki, parkingi i bramę portu. Dojechał do Kępnej i skręcił we Wrzesińską. Zaparkował na Okrzei i ruszył w kierunku długiej betonowej konstrukcji, stojącej pośrodku wielkiego zielonego obszaru, porośniętego z rzadka trawą, pojedynczymi krzakami i bliżej nieokreślonymi drzewkami. To tutaj, na teren dawnej rzeźni, przywieźli go bandyci. Hala rzeczywiście wyglądała jak terminal jakiegoś dworca, a biorąc pod uwagę otoczenie i historię tego miejsca – raczej stacji zaprzęgów ciągniętych przez woły. Nowak rozmawiał z Drzyzgą, który sporą część młodości spędził na ulicy Kłopotowskiego, wtedy jeszcze Karola Wójcika. Marcin nie pamiętał już rzeźni, ale jego ojciec ponoć wspominał stada wielkich szczurów biegających po okolicy. Nowak przypomniał sobie swoje wizje. Rowek do odpływu krwi musiał być produktem jego wyobraźni wspomaganej przez narkotyk, bo dno hali było gładkie. Ale szczury widział, a raczej słyszał. W takim miejscu musiało ich wciąż być sporo, chyba że przegoniły je koty.

Wciągnął powietrze do płuc, usiłując przypomnieć sobie zapachy tamtej nocy. Rzeczywiście, poczuł woń kocich odchodów, zapach ziemi, i to wszystko. Było sucho, tylko lekki powiew nieco chłodniejszego powietrza od strony Wisły niósł trochę wilgoci, ale to nie była tutejsza wilgoć. Wtedy, po deszczu, było tu mokro, na betonie zrobiły się kałuże. Coś jeszcze wtedy czuł, jakiś ludzki zapach... Pot. I skóra. Tak, skóra, materiał, z którego była zrobiona kurtka jednego z napastników. Skóra? Noce i niektóre dni były chłodne. Nie dziś, oczywiście, ale... Zaraz. Kogoś ostatnio widział w skórze, tylko kogo? Tego człowieka, który wiózł Joannę Skoczylas i Benedykta Zawadzkiego z Łuckiej na Domaniewską. Jeszcze nie udało się ustalić jego tożsamości. Czy mógł być jednym z napastników? Może. Nowak musiałby usłyszeć jego głos. Trzeba się tym koniecznie zająć.

Na pustym placu pojawiali się pojedynczy ludzie. Jakaś dziewczyna w bezrękawku narzuconym na T-shirt wyprowadzała na spacer pudla. Młody człowiek w sportowym stroju biegł w stronę pomnika kościuszkowca, ponurego demona z rojeń komisarza. Ktoś wyszedł z dużej kamienicy położonej nieco wyżej, na wale biegnącym wzdłuż basenu portowego, i ruszył w kierunku Okrzei i Kłopotowskiego, pewnie na przystanek lub na parking. Nowak podszedł do starego budynku, wciąż poznaczonego śladami pocisków z drugiej wojny. Trzy piętra, w zasadzie nawet cztery, bo przyziemie było bardzo wysokie. Dom miał adres przy Zamoyskiego, ale regularnej ulicy tu nie było. Chodnik prowadził wzdłuż wąskiego pasa ogródków działkowych, niektóre z nich były zaśmiecone i opuszczone, na innych za to kręcili się ludzie; w gołębnikach gruchały piękne białe ptaki. Nowak skręcił w prawo, w stronę Wisły. Zajrzał przez zamkniętą na kłódkę bramę. Pordzewiała zielona tablica reklamowała klub turystyki wodnej „Delfin". Po drugiej stronie basenu portowego widać było hurtownie i magazyny, o których wspominał Brzozowski. To teren, na który ostrzyli sobie zęby Władysław Mytnik i Magnus Rytterberg. Port Praski. Wilcza wyspa, *wołczij ostrow'*, tak to miejsce nazywało się na dawnych planach opracowanych przez Lindleyów.

Teren wyspy, a później półwyspu, utworzony był przez starorzecze i główny nurt Wisły.

Nowak zdążył zajrzeć do jednej z książek pożyczonych dawno temu od nie-teścia (pożyczonych i oczywiście niezwróconych, dodajmy). Port zaczęto budować w latach dwudziestych. Według początkowych planów miał składać się z dziewięciu basenów. Ostatecznie powstały tylko trzy, z których jeden nigdy nie otrzymał murowanych nabrzeży (i dzięki temu mieszkały przy nim bobry i lisy, jak opowiadał Brzozowski). Tam, gdzie miała być stocznia, mieścił się teraz Stadion Dziesięciolecia. Po wojnie Port Praski wciąż funkcjonował. Statki wycieczkowe wyruszały stąd w rejsy nawet do Gdańska, ale istotniejszy od turystyki był przeładunek towarów. To właśnie tu przypływały barkami transporty Unrry. Jan Żurek wciąż trzymał mąkę, cukier i kakao w starych prostokątnych puszkach z amerykańskiej pomocy...

Od 1989 roku w zasadzie nic stąd nie pływało, zresztą już wcześniej Port Żerański przejął funkcje portu przeładunkowego. Dziś teren służył Wietnamczykom, wędkarzom i policji. Firma, która przejęła ten teren od miasta na początku lat dziewięćdziesiątych XX wieku, wpadła w zeszłym roku w poważne kłopoty i komornik zajął jej udziały w Porcie Praskim. Zostały zlicytowane, a większą część kupiła firma Täcke Investments, choć pewien hiszpański inwestor też złożył atrakcyjną ofertę. Ciekawe, czy ktoś, kto w końcu to zabuduje, pozostawi komisariat rzeczny? A jeśli tak, to jak na teren dawnego portu będą wpływać policyjne motorówki? Przecież poziom wody koło bloków i biurowców nie może się niebezpiecznie zmieniać, musi więc powstać śluza. Nowak nie wiedział, jaki jest aktualny plan zagospodarowania tych terenów, a właściwie czy takowy w ogóle istnieje. Najpierw słyszał coś o drapaczach chmur, potem zdaje się projekt wyrzucono do kosza i zaproponowano niską zabudowę. Nowe władze miasta zapewne miały jakąś koncepcję, ale na razie jej publicznie nie zdradzały.

Nowak dotarł na płytę pod pomnikiem i przysiadł u stóp wielkiej postaci. Teraz, kiedy nie widział kościuszkowca, w krajobrazie wyróżniały się biało-zielony biurowiec, nazywany przez Drzyzgę „termometrem", oraz duży budynek z czerwonej cegły, z poczerniałymi dziurami okien i spalonym dachem. Według Marcina była to stara fabryka wyrobów metalowych. Piotr Brzozowski też o niej wspominał, spaliła się kilka lat temu. Nowakowi znów przypomniała się *Ziemia obiecana*. „W tej chwili pali się Grosman, w nocy spalił się Goldstand, jutro spali się na pewno Feluś Fiszbin...". Uśmiechnął się pod nosem. Ostatnio przecież wspominał Reymonta i jego dwa złamane żebra, które w raporcie lekarskim zamieniły się w żeber dwanaście. Jan Żurek znalazł dodatkowe szczegóły tej historii. Okazało się, że Reymont leżał w tym samym szpitalu, do którego przywieziono Nowaka. Szkoda, że komisarz nie wykorzystał pomysłu wybitnego pisarza na uzyskanie odszkodowania.

Nawiasem mówiąc, Nowak i Kasia założyli ostatnio coś w rodzaju nieformalnej grupy ochrony ojców przed złem. Jan Żurek nic nie wiedział o napadzie na córkę, Andrzej Nowak nie miał pojęcia, że jego syn został pobity. Jak śpiewał Młynarski: „Po co babcię denerwować, niech się babcia cieszy...".

Ciekawe, czy tereny dawnej rzeźni też są w kręgu zainteresowań Rytterberga i Mytnika. Chyba tak, bo w dotychczasowych planach zabudowy łączyły się z portem w jedną całość. Może będą chcieli coś uszczknąć także przy okazji budowy Stadionu Narodowego, oczywiście pod warunkiem że władze miasta ostatecznie ulokują go na Pradze. Jeżeli tak się nie stanie, sytuacja będzie jeszcze bardziej interesująca, bo ratusz sprzeda zapewne deweloperom Stadion Dziesięciolecia i jego okolice. Zamiast bud z towarami wyrosną tam nowe – z przeproszeniem – apartamentowce. Właśnie o najbliższych pięciu latach, o okresie dzielącym Warszawę i całą Polskę od mistrzostw Europy w piłce nożnej, mówił Szwed. Faktycznie, może dojdzie do *sacco di Polonia*.

Nowak ruszył w kierunku samochodu. To będzie gorący dzień, nie tylko dosłownie: również w komendzie, kiedy Morawski usłyszy nagranie od Mytnika. Komisarz przeszedł wzdłuż rozpadającego się, dziurawego płotu z desek, okalającego zrujnowaną fabrykę na

Krowiej. Ta ruina wieczorami mogła przyciągać różnych ludzi. Ciekawe, czy jest tu bezpiecznie. Niedaleko mieści się policja, nawet jej, hm, najważniejsza jednostka w Polsce, ale jakoś nie przeszkodziło to w napadzie na komisarza. Nikt tego terenu przecież nie pilnuje. Żaden ochroniarz w czarnym kombinezonie, żaden ponury facet w skórze.

Nowak zatrzymał się nagle. Coś nagle zaskoczyło w jego głowie. Nie ma jak spacer nad Wisłą, jak Boga kocham. Kierowca w skórzanej kurtce. Komisarz już sobie przypomniał, gdzie go wcześniej widział. Dwa lata temu, u Mytnika. Wówczas był to prosty żołnierz, ochroniarz. Odźwierny gangstera.

Co ty sobie myślisz? – warknął podinspektor Morawski. – Bawisz się w Brudnego Harry'ego? Prywatna wojna?

– Nie rozumiem.

– Chcesz wyręczać CBŚ?

– To jest nasza sprawa – odparł Nowak z przekonaniem. – Pozbawienie wolności ze szczególnym udręczeniem. Zabójstwo. Nie interesuje nas cała działalność Mytnika i ludzi, którzy dla niego pracują i którym płaci. Ani tych, którzy płacą jemu.

– No dobrze, jest konkretna sprawa. A gdzie są dowody?

– Mamy nagranie. Przecież Mytnik mówi, że ze Szweda nic się nie dało wyciągnąć, że był nieprzekupny.

– Takie słowo nie padło. Nawet nie można mu zarzucić usiłowania korupcji.

– Podżeganie do popełnienia zabójstwa. Karane tak samo jak zabójstwo.

– Gdzie są dowody, pytam?! – Morawski nie krył irytacji. – Nie mamy pewności, że Mytnik maczał palce w porwaniu młodego Rytterberga. Poszedłeś tam po to, żeby dowiedzieć się, kto cię pobił. I to wszystko.

– I tego akurat się dowiedziałem – zauważył Nowak.

– Dobrze. Możemy go oskarżyć o napaść na funkcjonariusza policji. O podżeganie do napaści. Pytanie tylko, czy chcemy.

Jak to, do ciężkiej cholery? O co tu w ogóle chodzi?

– Czekaj. Zaraz. Sugerujesz, że z jakiegoś powodu nie chcemy go zamknąć?

– Skoro go na razie nie zamknęliśmy, to może jeszcze nie chcemy, prawda? Nożeż kurwa mać! – Wszyscy spojrzeli ze zdziwieniem. Morawski chyba po raz pierwszy publicznie zaklął. – Co to ma być?! Mamy śledztwo. Szukamy sprawców zabójstwa tego chłopaka, a ty jedziesz sobie jak gdyby nigdy nic do faceta do domu i mówisz mu to wprost. Wiesz co? To z boku wygląda tak, jakby policjant układał się z gangsterem.

– Niczego mu nie proponowałem.

– I dobrze. Za to zdążyłeś mu grozić śmiercią.

– Przesadzasz. To... nadużycie semantyczne. Niech się skurwiel trochę podenerwuje. Przecież to on kazał zabić Gustava Rytterberga. Może otaczać się drogimi przedmiotami i pić dobrą whisky, a i tak pozostanie chamem. Może udawać biznesmena, a działać będzie tylko tak, jak umie. Wyżej dupy nie podskoczysz, jak mawiała moja babcia.

– Nie przeczę, mógł zlecić to morderstwo, ale...

– Ale o co chodzi? – zdziwił się Nowak. – Skoro to zrobił, to przecież już wie. Nie zdradziłem żadnej tajemnicy.

– Za to ci, którzy wykonali dla niego to zlecenie, dostaną od szefa informację, żeby się przez pewien czas nie wychylali. Diabła tam, nie wychylali, mogą po prostu zniknąć. Dajcie mi faceta, który przyłożył Szwedowi lufę do głowy. Najpierw on, innych znajdziemy później.

– Po pierwsze, jeden już się wychylił – zaprotestował Nowak. – Mówię o Malanowskim.

– Uczepiłeś się tego faceta jak rzep psiego ogona. Na razie nie zrobił nic złego poza tym, że zniknął naszym ludziom sprzed nosa. Ale przecież nie było nakazu zatrzymania, więc nawet nie możemy powiedzieć, że uciekł, prawda?

– On był jednym z ludzi, którzy mnie napadli, dziwnym zbiegiem okoliczności pod jego domem.

– Poznałeś go? Jesteś pewien?

– Wydaje mi się, że rozpoznałem jego głos. Jego sylwetkę. Rozpoznał go jeden ze świadków na Jagiellońskiej. Przecież już to mówiłem!

– Ja na razie jestem pewien tylko tego, że funkcjonariusz Komendy Stołecznej Policji... – Morawski spojrzał na Nowaka – ...został w piątek napadnięty i że znaleziono go na środku ulicy, w stanie pod wpływem bliżej nieznanych środków odurzających. Bez służbowej broni.

Masz ci los, ten znowu swoje. Niestety, ma rację. Kto uwierzy naćpanemu gliniarzowi?

– To co z tym Malanowskim? Przypominam, że na pewno jest związany ze sprawą. Chodzi mi o Joannę Skoczylas, która twierdzi wprawdzie, że...

– Dziś będzie nakaz przeszukania jego mieszkania.

Morawski czasem potrafił zaskoczyć jakimś konkretem.

– Co z komórką?

– Rejestrujemy rozmowy.

– Taki pięciodniowy podsłuch, z przerwami, czy była decyzja sądu?

– Na razie włączamy i wyłączamy, prokurator zezwolił. Dziś powinna być decyzja sądowa o rejestrowaniu rozmów. Z tym że Malanowski jest na tyle sprytny, że przestał już używać tego telefonu.

– Przyszły dane od operatora?

– Przyszły. Jak mówię, nigdzie nie dzwonił.

– A czy ktoś próbował dzwonić do niego?

– Nie mamy jeszcze takich danych. Potrzebujecie, to przygotujcie wniosek. Podpiszę go. Ale kto może do niego dzwonić, na litość boską? Ciotka, której zapomniał powiedzieć o zmianie numeru? – Morawski skrzywił się. – Dobrze. Jacyś inni podejrzani?

– Jeszcze Janczura – powiedział Drzyzga.

– Co Janczura? Kto to jest Janczura? – Morawski nie zrozumiał.

– Janczura, ten gość, który kumplował się z Malanowskim. Sprowadza silniki Yamahy.

– Jakie silniki?

– Silniki do łodzi. Przecież mówiłem – Drzyzga trochę stracił cierpliwość. To było u niego dość rzadkie. – Byliśmy u niego. Jest objęty wyrywkową obserwacją. Próbowaliśmy przede wszystkim namierzyć Malanowskiego, ale oczywiście nie spotkali się.

– Dlaczego mamy go sprawdzać?

– Dlatego, że ma dom.

– Każdy ma jakiś dom – burknął pod nosem Zakrzewski.

– Dlatego, że ma dom w Karczewie – powtórzył Drzyzga. – Niedaleko Wisły. Szwed mógł być tam przetrzymywany. Dlatego że ma łódź, która mogła posłużyć do przetransportowania zwłok na środek rzeki.

– Każdy ma jakiś dom – powiedział podinspektor. Zakrzewski parsknął śmiechem. Morawski spojrzał na niego ze zdziwieniem. – Dobrze. Porozmawiam z prokuratorem.

– To jeszcze Gruby. On też ma dom i...

– Gruby?

– Aleksander Gruszka z Ożarowa. Też u niego byliśmy...

– A, Gruszka. Też będzie nakaz przeszukania.

Drzyzga zerknął na Nowaka. Co się dzieje? Ich przełożony najwyraźniej wziął sobie do serca hasło wystawy, którą reklamowały powieszone w zeszłym tygodniu na PKiN-ie wielkie portrety przodowników pracy. 802% normy.

– Co jeszcze, panowie? Jaki macie plan działania, oczywiście poza udziałem w przeszukaniach?

– Trzeba porozmawiać z Joanną Skoczylas – powiedział Nowak. – Chciałbym się dowiedzieć, co ją łączy z tym ochroniarzem od Mytnika. Z tym facetem, z którym ją widziałem w audi. Firmy Emdev-M, na którą jest zarejestrowany samochód, nie ma na liście Rytterberga.

– Gdzie się mieści ta firma?

– Ma adres w Markach. Pojadę tam. No i jeszcze jedno: nie wiemy, jaka jest w tym wszystkim rola Benedykta Zawadzkiego.

– To sekretarz Magnusa Rytterberga, prawda? Delikatna sprawa. Pamiętajcie, że nie prowadzimy dochodzenia związanego z przestępstwami przeciwko obrotowi gospodarczemu. Nie interesuje nas Port Praski ani inne tereny nad Wisłą. Interesuje nas to, dlaczego w Wiśle pływały zwłoki.

Aha, żart. Nie ostatni, jak się okazało.

– Ale oczywiście zwracajcie uwagę na wszelkie informacje, które przy okazji, hm, wypłyną. To może pomóc jakiejś innej jednostce w prowadzonym dochodzeniu.

Drzyzga pokiwał głową. Zakrzewski wykonał palcami gest przeliczania pieniędzy.

– Dobrze – kontynuował podinspektor Morawski. – Mamy dwa podobne śledztwa, w obu wypadkach znaleziono zwłoki obcokrajowców, w obu nie ma pewności, że chodzi o porwanie. I w obu sprawach jedynymi dowodami rzeczowymi są ciała. Co z Hindusem?

– W wypadku Hindusa mamy jeszcze grób – zauważył Zakrzewski.

– Świetnie. A czy coś nam daje ta wiedza?

– Nic. Poza tym, że ktoś go wykopał – burknął Karol.

– Więc proszę przejść do rzeczy.

– Się robi. Owszem, parę osób łaskawie nam doniosło, że jest taki jeden obywatel, co to po nocach gdzieś jeździ i wraca późno, ma pieniądze, dobry samochód, więc cholera go wie, pewnie jakiś lepszy cwaniak. Mógł także po nocy wykopać grób, nie?

– Jeden obywatel?

– Tak. To znaczy, trzech obywateli, każdy inny. W tym zdaje się jeden taki, który wcześniej doniósł na swojego sąsiada.

– Sprawdziliście ich?

– Tak. Jeden z nich zresztą mieszka w Falentach niedaleko Badyna.

– Którego Badyna? – zainteresował się Nowak. – Ogrodnika czy mechanika?

– Obu. Mają domy po sąsiedzku. No więc, tego, sprawdziliśmy te zgłoszenia, nazwiska tych facetów. Nie wydaje się, żeby dwaj z nich mieli coś wspólnego z Hindusem.

– A trzeci?

– Pamiętacie, Barbara Zawistowska, żona Srinivasana, opowiadała, że kiedyś, tuż po tym, jak się sprowadzili do Falent, ktoś dzwonił do nich z pogróżkami. Ktoś, kto wcześniej miał chrapkę na tę działkę. W sklepie mówili, że to jeden z miejscowych gospodarzy, Andrzej Wiekiera. Jego nazwisko padło w tych donosach.

– Zaraz. Jak to w sklepie?

No tak, facet, który orientuje się w mieście według supermarketów, zapomniał już o istnieniu małych rodzinnych sklepów. *Cornershops*, na razie jeszcze nieprowadzone przez Pakistańczyków.

– No w sklepie. W spożywczaku. Tam najwięcej można się dowiedzieć o ludziach, nie?

– I co?

– Coś jest na rzeczy. Widać, że facet nie lubił Hindusa. W ogóle nie lubi chyba wszystkich Azjatów, którzy osiedlili się w okolicy. – Zakrzewski wzruszył ramionami. – Może dlatego, że hoduje krowy i nie ma za bardzo zbytu na wołowinę, he, he...

– Konkrety! – Morawski zniecierpliwił się.

– Krowy są jak najbardziej konkretne. Więc ten Wiekiera rzeczywiście chciał kupić ziemię, którą mu sprzątnął sprzed nosa Srinivasan z rodziną. Mógł być wkurzony. No, ale to było pięć lat temu. Nic nie wskazuje na to, że mógł go zabić. Nie utrzymywał kontaktów z Hindusem.

– Czas ran nie leczy. Co to za facet?

– Chciwy i agresywny, tak o nim mówią. To znaczy, używają nieco innych określeń, ale nie będę powtarzał.

– Przesłuchałeś go?

– Oczywiście. Cham i palant, faktycznie. Ale nie przyznaje się do tych telefonów, nie mówiąc o czymś poważniejszym.

– Kto na niego doniósł? – W czasach telefonów komórkowych trudno było o skuteczny anonimowy telefon. Trzeba było nieco więcej sprytu, jak w wypadku tych, którzy wydzwaniali do Nowaka i do Sharmy.

– Sąsiad, oczywiście. Taki jeden, któremu nasz Wiekiera wcześniej podrzucał śmieci na posesję. Mamy w każdym razie faceta na oku.

– Bieżański nie przyznaje się do winy? – spytał, a w zasadzie stwierdził podinspektor.

– Zdecydowanie nie. I właściwie robimy to, czego zażądał, czyli jeszcze raz przesłuchujemy pracowników i ochroniarzy. Sprzątaczki też. Mamy nagrania monitoringu od ochrony, ale widać tylko, kto wchodzi i kto wychodzi z budynków. Nie ma kamer na korytarzach budynku biurowego.

Morawski dopytywał dalej.

– Ten gangster, były gangster, Oracz, jest dyrektorem firmy ochroniarskiej, prawda?

– Tak. Wywiad ma dostarczyć więcej danych na temat grupy, do której należał. Facet nie wrócił jeszcze ze Szwecji, nawiasem mówiąc. Męczyłem po raz kolejny tego drugiego Badyna, mechanika i ochroniarza. Nic nie wie o kluczykach ani o samochodzie. – Zakrzewski zaczerpnął powietrza. – Moim zdaniem jesteśmy już bliżej niż dalej. Albo Bieżański kłamie, albo kłamie ktoś z pracowników. Prędzej czy później ktoś zrobi coś głupiego.

– Może i zrobi – odparł podinspektor. – Kto tam teraz jest na miejscu?

– Nowy narybek. Pawlak.

Nowak jęknął w duchu. Młodszy aspirant Daniel Pawlak nie miał niestety tak zniewalającego uśmiechu jak były premier, wyróżniał się za to fryzurą w stylu Cristiano Ronaldo i tym, że z rana – jak mawiał, dla naładowania akumulatorów – słuchał *Psałterza wrześniowego*. Zakrzewski chyba zauważył minę kolegi, bo dodał:

– Tak, na niektóre kobiety to działa. Dlatego wysłałem go, żeby jeszcze raz przepytał sąsiadki Srinivasana. I sąsiadów też. Wiecie, na zasadzie: dbamy o bezpieczeństwo, w trosce o państwa dobro, srała baba, i tak dalej. Straszna historia z tym Hindusem, oczywiście, pracujemy nad tym, mamy nawet wytypowanych podejrzanych. A czy może pani ostatnio coś ciekawego słyszała albo zauważyła?

Nowak wiedział, że do tej rozmowy musi dojść. Drzyzga podszedł do niego po spotkaniu.

– Adam, posłuchaj, pal diabli Morawskiego, ale dlaczego ja nie wiedziałem o tym, że jedziesz do Mytnika?

– Co, że niby we dwóch raźniej?

– Tak. Łatwiej zabić jednego policjanta niż dwóch.

– Zabić? Przesadzasz.

– Prowokowałeś go.

– Trochę.

– Jasne – rzucił Drzyzga bez przekonania. – Karolowi powiedziałeś, dokąd się wybierasz. Pracujemy razem czy nie?

– To moja Kasia została napadnięta. Przepraszam, działałem nieracjonalnie. Miałem powody. Niektóre jeszcze widzisz na mojej gębie.

– Weź nie gadaj głupot. Przecież słyszałem nagranie. Pytałeś przede wszystkim o Szweda.

– No i w końcu usłyszałem odpowiedź, prawda? Jego usta wyrzekły to imię.

– Nie, nie wyrzekły. Słyszałem wyraźnie. Powiedział: „jesteś jak ten Szwed". Nawet wkurwiony, Mytnik wie, co mówić. Nadaje się na polityka.

– Znasz kogoś w CBA? – zapytał nagle Nowak.

– Nie. Gdybym znał, pewnie bym tam pracował. Kasa jest trochę większa. Dlaczego pytasz? Sądzisz, że przeciwko Mytnikowi toczy się jakieś inne postępowanie?

– Na pewno jest jakieś dochodzenie. Ale nie wiem, czy akurat przeciwko niemu, rozumiesz? I nie wiem, czy w CBA. Wiesz, zanim pojechałem do Magdalenki, rozmawiałem z Wiktorem Michalskim.

– Ce-Be-Eś.

– Ano tak. Chciałem się dowiedzieć, czy Mytnik jest u siebie, w swoim gnieździe. Próbowałem Michalskiego podpytać o różne rzeczy, ale nie chciał gadać przez telefon. Moglibyśmy z nim porozmawiać dziś lub jutro.

2

Jeszcze tego samego dnia, we wtorek, weszli do mieszkania Malanowskiego.

– Mała szansa, że cokolwiek znajdziemy – powiedział prokurator Jackiewicz. Stali na korytarzu i czekali, aż technicy zakończą pracę. Wiedzieli, że znajdują się w mieszkaniu przestępcy, ale niekoniecznie w miejscu popełnienia przestępstwa. To nie było miejsce zbrodni, gdzie trzeba szybko zebrać wszystkie ślady niezbędne dla znalezienia sprawcy. Odciski palców Andrzeja Malanowskiego zostały przecież zarejestrowane dawno temu, nie musieli też mieć jego DNA do badań. Niepotrzebne było zbieranie wszystkich chusteczek, zapalniczek, sztućców, ręczników, śmieci z kubła i papieru toaletowego z łazienki. Szukali śladów ofiary. Szukali też notatek, adresów, telefonów.

– Jeżeli ktoś przetrzymywał tu Szweda, mogły zostać jakieś pojedyncze włosy, ślady krwi – odparł Nowak. – Jakieś przedmioty.

– Przedmioty – prychnął Jackiewicz. – Szwedzkiego paszportu raczej nie znajdziecie. Coś zginęło z domu Magnusa Rytterberga? Jakaś rzecz należąca do niego, albo do chłopaka? Nie wiem, aparat fotograficzny, walkman, odtwarzacz MP3...

– Nie, nic nie zginęło. Zresztą, prawdę mówiąc, nie sądzę, żeby Magnus Rytterberg dokładnie wiedział, co ma i w co się ubiera jego syn. Chyba że mu to osobiście podarował. W takim wypadku zapewne umieścił rzecz w uaktualnianej na bieżąco ewidencji prezentów. – Jackiewicz spojrzał na komisarza ze zdziwieniem. – Może coś rozpozna. Pokażemy mu.

– Sąsiedzi opowiedzieli coś ciekawego? Jakieś okrzyki, odgłosy szamotaniny, wołanie o pomoc?

– Nie.

– Może się boją?

– Może. – Nowak sceptycznie pokręcił głową. – Ale tu żyją całkiem normalni ludzie, którzy nie wyglądają na zastraszonych. Pod

Malanowskim od roku mieszka małżeństwo z dwojgiem dzieci. Dziewczyna jest nawet sympatyczna. Mówiła, że słyszeli czasem głośną muzykę, odgłosy kroków kilku osób, rozmowy. Wrzasków ani jęków nie pamiętają. No, raz. Ale inne odgłosy, które temu towarzyszyły, raczej nie wskazują na porwanie...

– A na co, na pieprzenie?

Prokurator chyba postanowił być bezpośredni.

– Słucham? Tak, proszę pana. Pieprzenie.

– Ten człowiek handlował narkotykami?

– Nie. Był raczej użytkownikiem. Klientem.

– Tego Gruszki z Ożarowa, tak?

– Tak. Dziś przeszukujemy jego dom. A co z Janczurą?

– To ten facet od łodzi i silników? Jutro do niego pojedziemy. Jeżeli panowie uważają, że możemy coś u niego znaleźć... – Prokurator wzruszył ramionami.

– Jutro? Może być za późno. Jeżeli to jest jedna grupa, ktoś mógł Janczurę ostrzec. Jesteśmy chyba dosyć widoczni, prawda?

– I co? Ten człowiek będzie chodził z lupą i szukał włosów Szweda? Niech pan nie przesadza, komisarzu.

– Zwłoki Gustava Rytterberga musiały przypłynąć z południa – zauważył Nowak. – Karczew jest na południe od Warszawy.

– Mniej więcej. – Jackiewicz zirytował się. – Śledzicie Janczurę?

– Tak. Dzisiaj tak. Powinien być w Porcie Czerniakowskim.

– No to dobrze. Będziecie wiedzieli, czy robi coś nietypowego. W razie potrzeby interweniuję.

Z kuchni dobiegły jakieś okrzyki. Policjant z kamerą wideo opuścił próg pomieszczenia i wszedł głębiej do środka.

– Co się stało? Możemy już wejść? – zapytał prokurator, ocierając pot z czoła. Chyba chciał stąd uciec jak najprędzej. Jak wszyscy. Temperatura w pomieszczeniu była na pewno niższa niż na zewnątrz, ale za to wilgotność nieco większa. W mieszkaniu znajdowało się kilka osób, zrobiło się strasznie duszno.

– Tak, tak – rzucił Robert Nowacki. – Mamy coś.

Nowak i Jackiewicz weszli do mieszkania. Podłogę w przedpokoju pokrywała brązowa terakota. W kuchni była inna, czerwona. Nowak zauważył proste, ale nawet eleganckie meble, robione bez wątpienia na zamówienie, trochę sprzętu. Raczej mieszkanie japiszona niż bandyty. To, co trzymał w ręku jeden z techników, też mogło się znajdować u przedstawicieli różnych grup społecznych.

– Towar – powiedział technik, ważąc w dłoni foliową torebkę z białym proszkiem. Może kokaina od Grubego?

– Gdzie to znaleźliście?

– Między szafką kuchenną a zlewem jest kawałek płyty, taki ekran. U dołu, poniżej jest jeszcze jedna płytka. Nie jest przyklejona, tylko wciśnięta. Jak się wsadzi nóż i pociągnie do siebie, otwiera się schowek.

– Coś tam jeszcze było?

– Nic.

Komisarz spojrzał na Roberta Nowackiego.

– Mogę rozejrzeć się po mieszkaniu?

– Jasne.

Nowak zajrzał do pokoju pełniącego funkcję salonu. W ściance działowej od strony kuchni znajdowało się okno, a właściwie prostokątny otwór. Gotowe dania można było tędy podać prosto na stół. Ruskie, ruskie kto prosił? Nikt, same przyszły.

Na ścianie salonu wisiał telewizor, a właściwie tak zwana plazma, poniżej stał zestaw kina domowego. W niskiej szafce pod ekranem leżały płyty DVD z jakimiś pornosami. Książek nie było. Stół, dwa krzesła, no i fotel, kanapa. Tak zwany wypoczynek. Tak zwana plazma i tak zwany wypoczynek. W sypialni było właściwie tylko łóżko, miało co najmniej metr sześćdziesiąt szerokości. To tu zapewne Andrzej Malanowski uskuteczniał wspomniane przez prokuratora pieprzenie.

O dziwo, płytki znajdowały się na podłodze każdego z pomieszczeń. Nie parkiet, nie wykładzina, tylko właśnie płytki. W każdym z pomieszczeń kolor posadzki był inny. W łazience pewnie niebieski. Nowak otworzył drzwi i zajrzał do środka. Bingo.

Zadzwonił telefon. Drzyzga.

– Wleźliśmy do piwnicy Grubego w Ożarowie – poinformował Marcin. – Narkotyków nie było, znaleźliśmy za to składzik płyt DVD.

– Kulturyści i trening fitness?

– Też. Ale jest cała sterta pornografii w ilościach hurtowych. Nie muszę dodawać, że pirackich. Stary, czego tu nie ma. *Anal Odyssey, Killing Me Softly with His Dong, Another Prick in the Hole Part 2...* – Drzyzga odczytywał tytuły. – Wiesz, to, co wymieniłem, to w zasadzie normalne filmy. Ładne okładki, lista aktorów i tak dalej. Ale są tu rzeczy całkiem amatorskie. Wszelkie możliwe konfiguracje, dzieci i zwierzęta najprawdopodobniej też. Ktoś to będzie musiał obejrzeć. Już mu współczuję.

– Pornosy, mówisz? – Nowak spojrzał na płytki rozrzucone pod ekranem. Gruby najwyraźniej dostarczał nie tylko środków chemicznych, był także dystrybutorem strawy duchowej. – Poczekaj chwilę.

Rozłączył się.

– Robert, weźcie te płytki, dobrze?

– Podłogowe? Niezły ma gust jak na prostego bandytę, nie? Jeszcze ten cokół sobie pierdyknął dookoła wszystkich ścian. Pewnie puścił w środku kable.

– Nie podłogowe, kurwa żeż mać, że tak powiem, ale te błyszczące. Z filmami.

– Oczywiście, że weźmiemy – obruszył się Nowacki. – A co, chcesz zobaczyć, jakie układy lubi nasz kolega?

Nowak zadzwonił ponownie do Drzyzgi.

– Długo będziesz tam jeszcze siedział?

– Nie wiem. Z godzinkę, dwie. Zależy, czy Gruby utrzyma swojego brytana, czy nie.

– Stawia się?

– Pies na początku się trochę awanturował, ale już jest spokojny. A Gruby nie ma wyjścia, musi być potulny. A co?

– Teraz jadę do Marek, potem chciałbym się spotkać z Joanną Skoczylas.

– Każdy by chciał.

Kolega z Pragi zrobił się niezwykle dowcipny. Może znalazł sobie kobietę.

– Nie myślę o seksie oralnym, tylko o tym, żeby ją przycisnąć.

– Aha. Klasycznie, innymi słowy.

Najwyraźniej nie znalazł.

– Spadaj. Chciałbym wiedzieć, czy jest wtyką Mytnika i co ma do tego Zawadzki. Ten sekretarek Szweda.

– Dobra. Zdzwonimy się. Albo daj znać przez radio, jak będziesz wracał do Warszawy. Nie wiem, ile mi to tutaj zajmie. Protokół zatrzymania rzeczy, takie tam. Ty masz lepiej, bo nie gapi się na ciebie pieprzony właściciel tych pieprzonych rzeczy. Ani jego wściekły pies.

W bazie danych nie udało się znaleźć zdjęcia dawnego ochroniarza Mytnika, tego faceta, którego Nowak widział w zeszłym tygodniu z Joanną Skoczylas i Benedyktem Zawadzkim. Karol Zakrzewski też nie znał człowieka. Nowakowi przyszedł do głowy głupi pomysł, żeby ponownie pojechać do Mytnika i zaszantażować go nagraniem. Mytnik miał pamięć do nazwisk i do twarzy, dzięki temu zresztą odniósł sukces w biznesie. Wiedział, jak dobierać współpracowników, dlatego rzadko się ich pozbywał.

Morawski w ogóle nie chciał o tym słyszeć.

– Daj spokój. Nie możesz tego zrobić. Zabraniam.

– Ale...

– Wszystko w swoim czasie. Nikt nie ucieknie.

– Może jednak ucieknie. Europa jest otwarta i dosyć duża.

– Pozostaw swoje wątpliwości dla siebie, dobrze?

Co jest? Przełożony wiedział coś o Mytniku. Coś, o czym nie chciał mówić.

– Dobrze – mruknął Nowak. – Dowiem się, kto to jest, choćbym miał zagrozić komuś klapsem w pupę albo ukraść jego dowód osobisty.

Oczywiście najpierw należało sprawdzić samochód, którym ostatnio poruszał się ten facet. Biuro firmy Emdev-M w Markach mieściło się w małej willi. Mapa wywieszona w sekretariacie pokazywała inwestycje firmy w Warszawie i okolicach, na pierwszy rzut oka wyglądało to jak schemat rozmieszczenia dziewiętnastowiecznych fortów, opasujących kolejnymi, coraz ciaśniejszymi pierścieniami centrum stolicy. Atak na miasto, *sacco di Varsavia*. Nikomu nie trzeba było dawać klapsa: sekretarka poinformowała Nowaka, że autem przemieszcza się obecnie Jakub Bartoszewicz. Dyrektor działu administracji, a jakże. Gdzie go można znaleźć? Na jednej z budów, tu recepcjonistka pokazała na mapę. Albo w nowym biurze, na Domaniewskiej, wkrótce się tam przenosimy. Właściwie to powinien tam być, bo nadzoruje przeprowadzkę firmy. Dziewczyna podała adres tego samego budynku, w którym mieściła się korporacja zatrudniająca Joannę Skoczylas.

– Może mnie pani połączyć z dyrektorem Bartoszewiczem?

Dziewczyna wystukała cyfry na klawiaturze i podała słuchawkę Nowakowi.

– Tak? Słucham?

Komisarz przerwał rozmowę. Recepcjonistka spojrzała na niego ze zdziwieniem.

– Pomyliłam numer?

– Nie. Wszystko w porządku.

Dyrektor działu administracji? Rzeczywiście, pomyłka. To był głos człowieka, który dzwonił do komisarza z pogróżkami. Faceta w skórzanej kurtce. Szefa bandytów, którzy pobili Nowaka na Pradze.

Nowak czekał na Marcina Drzyzgę pod biurowcem na Domaniewskiej. Ochroniarz dostał propozycję nie do odrzucenia i musiał go wpuścić na parking. Na zewnątrz upał znosiło się nieco lepiej niż w zamkniętych, nieklimatyzowanych pomieszczeniach. Gorące powietrze wypełniały spaliny, kurz, pył. Wydawało się, że dźwięki dobiegające z Wołoskiej – szum samochodów, niecierpliwe klaksony,

hamowanie tramwajów – mieszały się z miejskimi zapachami, tworząc komunikat dla wszystkich zmysłów naraz, wymagający od od-
biorcy wysokiego stopnia synestezji albo po prostu zameldowania
w Warszawie. Ktoś, kto mieszkał w tym mieście (i nie traktował go
jedynie jako miejsca zatrudnienia), był do tego zapachu, do tej mie-
szanki, przyzwyczajony. Rozumiał ją. Miasto odwdzięczało się, jak
mogło: biurowce rzucały cień.

Jakub Bartoszewicz, lat trzydzieści dwa. Oskarżony do tej pory
tylko raz, w procesie grupy przestępczej związanej z wymuszeniami
haraczy na przedsiębiorcach w okolicach Warszawy, w 2004 roku.
Sąd nie znalazł dowodów winy, jedyna osoba, która rozpoznała Bartoszewicza w toku postępowania przygotowawczego, nie była już
tego pewna w trakcie procesu. Powiązania z Mytnikiem wtedy nie
rozpatrywano. Najwyraźniej stary Powidło wziął go do siebie, gdy
szukał nowych ludzi do współpracy. Z pozoru wyglądało to na szybką
i udaną karierę, w końcu przez dwa lata z ochroniarza Bartoszewicz
awansował na dyrektora w jednej z firm budowlanych, które należały
do Mytnika, bo taką bez wątpienia musiało być Emdev-M. Formalnie
oczywiście firmy te należały do jakichś figurantów – cóż, jeżeli chodzi o bycie figurantem, to i sam Mytnik miał niejakie doświadczenie.
Bartoszewicz został ambasadorem Mytnika, jego namiestnikiem,
buldogiem pilnującym obejścia. Człowiekiem od brudnej roboty.

Wkrótce pojawił się Drzyzga. Nowak zreferował Marcinowi to,
co przekazała centrala na temat Bartoszewicza.

– Zatrzymujemy go?

– Tak.

– Idziemy razem? Powinniśmy.

– Pójdę sam.

– Idziemy razem. To niebezpieczny skurwiel. Sam się o tym
przekonałeś. Wezwałeś radiowóz?

– Wezwałem. A ta kobieta?

– Pogadamy z nią później. Teraz powiemy jej, żeby informowała
nas za każdym razem, gdy wybiera się poza Warszawę. Niech się
baba boi.

Wnętrze biurowca było światem, w którym zbudowano zapowiadaną niegdyś przez Lecha Wałęsę drugą Japonię, przynajmniej jeżeli chodzi o powietrze. Japońska klimatyzacja działała bez zarzutu. Na dziewiątym piętrze było nieco gorzej, pewnie nie została włączona albo ktoś otworzył okna. Szklane drzwi z nazwą firmy były otwarte, u dołu ktoś wetknął drewniany klin, żeby się nie zatrzasnęły.

– Gdzie możemy znaleźć pana Bartoszewicza? – Drzyzga zwrócił się do faceta siedzącego na podłodze obok stert płaskich pudeł zawierających biurowe meble. Gość właśnie przybijał plecy do jakiejś szafki.

– Bartoszewicza? A, tego... pana. Gdzieś tu się kręcił. Tam, na końcu korytarza... – Facet machnął ręką uzbrojoną w młotek. – Tam ma być jego kanciapa.

Weszli bez pukania. Jakub Bartoszewicz stał przy oknie i żywo gestykulując, gadał przez telefon komórkowy. To była rozmowa biznesowa.

– Kurwa, powiedz chujowi, że jeżeli nie dostaniemy tego papieru, to... – urwał. – Zaraz. Mam gości.

– Halo, czy Kuba? – rzucił Drzyzga.

– Czego chcecie?

– Ciebie, skurwielu – powiedział Nowak.

Facet mierzył go wzrokiem. Wiedział, że nie może powiedzieć zbyt wiele. Zobaczymy, jak długo wytrzyma.

– Czego chcecie? Naprawdę nie mam czasu.

– Długo już pracujesz dla swojego patrona? Ze trzy lata, a może i dłużej, co?

– No już. Spierdalać. Bo wezwę strażników.

– Słyszałeś? – Nowak spytał Drzyzgę. – Obraża nas. Na to jest paragraf.

– Nie przedstawiliście się nawet. Nie mam obowiązku z wami gadać.

– Dwóch policjantów przeciwko jednemu bandycie – poinformował go Marcin. – Mamy przewagę.

– Pamiętam cię – powiedział Nowak. – Zapamiętałem głos. To łatwe.

– Co ty powiesz? Zgłoś się do teleturnieju.

Nim Marcin zdążył go powstrzymać, Nowak skoczył i z całej siły uderzył przestępcę czołem w podbródek. Zizou, wersja warszawska. Bartoszewicz zachwiał się i upadł.

– Adam! – wrzasnął Drzyzga i chwycił go za rękę. Nowak oddychał ciężko.

– Puść. Masz rację. Szkoda zdrowia na skurwiela. – Roześmiał się i popatrzył na Bartoszewicza, który wstawał zaskoczony z podłogi, masując się po brodzie. – Widzisz? To ja mówię o twojej matce, nie ty o mojej.

– Co ty, kurwa, pierdolisz?

– Dawaj telefon.

– Telefon? Mam tutaj – podniósł rękę. – Chcecie zadzwonić na 112?

– Jesteś zatrzymany pod zarzutem napaści na policjanta.

– Zarzutem? Twój kolega jest prokuratorem? Coś nie widzę.

– Prokurator się znajdzie.

– Mecenas też.

– Nie wątpię. Idziemy, szkoda czasu.

Drzyzga rozejrzał się po pokoju. Na klamce uchylnego okna wisiała letnia marynarka. Obmacał jej kieszenie w poszukiwaniu broni, ale jej nie znalazł. Bartoszewicz popatrzył na policjantów z pogardą i ruszył w kierunku drzwi.

– Dlaczego kazali ci zabić Szweda? – spytał niespodziewanie Drzyzga.

Mężczyzna zatrzymał się.

– Chcecie mnie zajebać, tak? Wrobić w coś? Nie znam żadnego Szweda.

– To prawda, już go nie znasz. Został tylko jego tatuś.

– Jestem dyrektorem administracyjnym tej firmy. Właściwie dyrektorem technicznym. Mam tu robotę.

– Tak, kurwa, dyrektorem. Wiesz co? Ty nie jesteś nawet technicznym. Zabiłeś go, Kubuś.

– To jaki ma być ten zarzut? Chyba sami nie wiecie. No już, drogie panie. Chodźmy.

– No weź, bo nie wytrzymam – mruknął Nowak. Już rozumiał Zakrzewskiego i jego wybuchy. Sam będzie niedługo taki jak on.

– Spokojnie, Adam, on tylko na to czeka – powiedział Drzyzga. Zwrócił się do Bartoszewicza: – Mordercy przodem. Już!

Bartoszewicz tylko się roześmiał.

– Ludzie honoru. Wiecie, dlaczego mówią na was „psy"? Każdy pies zrobi wszystko za kawałek żarcia. Jeżeli zobaczy, że coś żresz, podejdzie do ciebie i będzie skamlał. Z wami jest tak samo. Wiecie, jak was łatwo skorumpować? W Warszawie czy pod Warszawą, wszystko jedno. Założymy się, że jutro wrócę do domu?

Nowak spojrzał na Drzyzgę. Bartoszewicz na razie nie powiedział złego słowa o jego siostrze, ale przecież komisarz nie miał siostry.

– Policz za mnie do dziesięciu, dobrze? – powiedział.

Golden brown texture like sun...
Nowak odebrał telefon.

– Mam dane z wywiadu kryminalnego – powiedział podekscytowany Zakrzewski. – Słuchaj, ten Oracz, no, wiesz, ten postrzelony gangster...

– Poczekaj chwilę.

Nowak siedział na komendzie i wypełniał formularze związane z zatrzymaniem Bartoszewicza. Przed chwilą rozmawiał z prokuratorem, a teraz musiał szybko przełączyć się na inne śledztwo. Inne dane, inni podejrzani, inne poszlaki, inny zestaw ludzi. Nie Szwed, tylko Hindus. Polacy. Oracz, strzelanina, pistolet. Brat w Szwecji. Jasne.

– Już mogę?

– Wal.

– Ten Oracz chciał podobno kupić firmę od Hindusa.

– Od Srinivasana?

– Tak. A co ciekawe, ani ten drugi fakir, Sharma, ani nasz nieszczęsny Bieżański tego nie potwierdzają.

– Zaraz. Jak to?

– Tak to. Wydaje się, że Oracz chciał, i nadal chce, robić jakieś większe interesy ze swoim bratem, tym, u którego wciąż jest. W Szwecji, jak pamiętasz. I potrzebuje przykrywki. Może pralni pieniędzy, ale prędzej magazynu. Punktu przerzutowego niedaleko nieujarzmionej stolicy naszej udręczonej ojczyzny.

– Oracz groził Srinivasanowi?

– No widzisz, kurna, tu jest pewien problem. Podobno nie. To miała być legalna transakcja. Legalna i całkiem opłacalna dla właściciela. Nie żadne dziesięć procent albo zabijemy twoje dzieci, nic z tych rzeczy.

– Srinivasan nie chciał sprzedać?

– Nie chciał.

– Oracz podchodził do pozostałych współwłaścicieli? Rozmawiał z nimi? Nie, przecież powiedziałeś, że nie. Dziwne. – Nowak zastanawiał się. – Nie wiedzieliśmy, że Srinivasan został porwany i zamordowany, prawda? Zatem procedura uznania go za zmarłego mogła trwać dość długo. Przecież sąd wydaje takie orzeczenie dopiero po dziesięciu latach od zaginięcia. Nie wiem, jakie są zasady funkcjonowania spółki, pewnie mogą zmienić statut, właścicieli, udziałowców, ale...

– Może Oracz uznał, że nie musi tego robić. On już tam jest. Został przecież dyrektorem firmy ochroniarskiej.

– Dyrektorem technicznym.

– Pies go trącał. W każdym razie właściciele zawarli z nim umowę, wpuścili go do siebie.

– Pewnie musieli. Nie mieli innego wyjścia.

– Kupili sobie spokój, na pewno – zgodził się Zakrzewski. – Wymuszanie haraczy to przeżytek, skoro można zawrzeć umowę, nie? Ale masz rację. Jeżeli jest w środku i dba o bezpieczeństwo, to może zrobić wszystko, w szczególności zadbać o swoje interesy.

– O wprowadzenie luk w systemie bezpieczeństwa.

– Właśnie.

– Wobec tego nie musiał Hindusa zabijać – zauważył Nowak.

– Rzeczywiście. Chyba że nie chciał mieć świadka. Pytanie, czy warto aż tak ryzykować w sytuacji, gdy interes jeszcze nierozkręcony, cokolwiek bracia Oracze... Oraczowie planują.

– Ludzie albo narkotyki.

– Też tak przypuszczam. Tymczasem musimy sprawdzać inne ślady. I teraz uważaj: nasz Beckham potrafi jednak robić wrażenie na kobitkach – powiedział Zakrzewski.

– Kto?!

– No, ten nowy chłoptaś. Pawlak.

– Ach, jasne. Cóż takiego udało mu się zrobić?

– Zrobić, mam nadzieję, nic – odparł Karol. – Natomiast jedna z sympatycznych sąsiadek, zresztą tym razem narodowości polskiej, powiedziała, że pani Srinivasan, Zawistowska-Srinivasan, zaczęła ostatnio gdzieś jeździć.

– Domyślam się przecież, że pani Srinivasan nie siedzi przez cały czas w domu.

– Domyślam się, że się domyślasz, ale może dasz mi skończyć, hę? No więc pani Basia nie tylko jeździ w różne miejsca, ale też z nich wraca. I to czasem całkiem późno. Ostatnio o drugiej w nocy, z niedzieli na poniedziałek. Czyli wczoraj. Szybko się kobita zakręciła, nie?

– Masz pewność? – Nowak poczuł się w obowiązku stanąć w obronie czci obcej kobiety. Chociaż wiedział, że żona Hindusa wcale nie musiała się zakręcić, jak powiedział Karol, dopiero teraz.

– Nie, no, nie mam. Jeździ sama i wraca sama. Podpytywaliśmy, z kim się może spotykać. Właściwie to nasz Romeo pytał, ale sąsiadka nie wie. Niedługo się dowiemy, nie przejmuj się.

...lays me down
With my mind she runs
Throughout the night...

– Tak? – burknął do telefonu, nawet nie patrząc, kto dzwoni. Błąd.

– Poczekam, aż będziesz miał czas i chęć pogadać – powiedziała Kasia i rozłączyła się.

Oddzwonił natychmiast. W końcu to nie policja płaci za roaming.

– Przepraszam. Mam ciężki dzień.

– To ja przepraszam. Ale nie lubię, jak jesteś opryskliwy, i tyle. Przecież troszczę się o ciebie. Wszystko w porządku?

– To zależy.

– Pytam, czy jesteś cały i zdrowy. Ostatnio nie byłeś.

– Jestem równie cały, jak poprzednio. Nie ma niebezpieczeństwa. – Tego akurat nie był pewien. – Jak szkolenie?

– Ujdzie. Cały dzień zajęty, ale jest ciekawie. I fajni ludzie. Egipcjanin, Francuz, dwoje Rosjan, Norweg, Chorwatka i Fin – wyliczała. – Multi-kulti.

– Byliście gdzieś w mieście?

– E, niestety, całe szkolenie odbywa się w jednym miejscu, w hotelu koło lotniska.

– W tym samym, w którym mieszkasz?

– Tak. Restaurację i basen też mamy na miejscu, więc nie muszę nigdzie wychodzić. Królowej raczej nie zobaczę, trudno.

– Może kiedyś razem pojedziemy do Londynu? Tak jak do Paryża, na parę dni.

– Co, chcesz spotkać swoich byłych kolegów na budowie?

– Nie. Sam się, kurde, zatrudnię. Zdaje się, że sprawa Kuby Rozpruwacza wciąż nierozwiązana.

– Dobrze, dobrze. Żartowałam. – Roześmiała się gdzieś po drugiej stronie. – Poszukam tych płyt, o których mówiłeś, ale dopiero przed odlotem. Kupić ci koszulkę Chelsea? Jak się nazywa ten piękny Murzyn? Drogba, tak?

– Obejdzie się. Moim idolem był zawsze Paul Gascoigne, z innego klubu.

– Ten pijak, który bił żonę? Współczuję.

– *Niekotoryje liubiat jewo nie tol'ko za eto.* Kiedy wracasz, w sobotę?

– Tak. Nic się nie zmieniło.

– Dobrze. Będę cię prosił o pewną przysługę. – Nowak pomyślał o tym, że Bartoszewicz mógł być jednym z napastników z Tarchomina.

– Brzmi nieźle. Jaką przysługę? Seksualną?

– Nie. Tak! Ale nie tylko.

– O co chodzi?

– Powiem ci, jak wrócisz.

– Dobrze. – Kasia westchnęła cicho. – Buziaczki.

– Buziaczki, zdecydowanie.

3

Władysław Mytnik jest informatorem CBA – powiedział inspektor Wiktor Michalski. – Tyle wiem.

Znów siedzieli pod pomnikiem kościuszkowca. Nowak i Drzyzga spotkali się ze swoim byłym przełożonym, który pracował nieopodal, w siedzibie Centralnego Biura Śledczego. Dwa lata temu mówił, że chce odejść z firmy, no i proszę, na razie się na to nie zanosiło. Znów było gorąco, choć wiał lekki wiatr.

– Kręcą sprawę na kogoś?

– Zawsze to robią. – Michalski wzruszył ramionami. Nie zmienił się zbytnio, przynajmniej fizycznie. Szpakowaty, dość niepozorny mężczyzna w cywilnym ubraniu.

– Chodzi o jakiegoś polityka?

– Nic nie wiem. Podobno to dyrektor z urzędu miasta, z dawnych władz. Obecnie znany poseł opozycji.

– Czyli coś jednak wiesz – mruknął Nowak.

– To tylko pogłoski.

– Ale prokurator się o nich dowie w swoim czasie. I nie zrobi nic. Innymi słowy jesteśmy w dupie. – Drzyzga wyrzucił niedopałek i przydeptał go podeszwą.

– To zależy. Macie dowody?

– Tylko nagranie z rozmowy. To, które zrobiłem w Magdalence.

– Czy Mytnik mówi wprost: „Kazałem zabić Gustava Rytter-berga"?

– Nie.

Michalski potrząsnął głową. Odblask słońca w jego okularach na moment oślepił Nowaka.

– No to nie macie dowodów. Szukajcie od tej strony, co zwykle. Musicie znaleźć wykonawców wyroku.

– Masz coś więcej poza tą ojcowską radą? – spytał Drzyzga. – Przecież szukamy. Ale utknęliśmy.

– Może laboratorium coś odkryje po analizie tego, co zebrano u Malanowskiego i Grubego – rzucił Nowak.

– Jest jeszcze Bartoszewicz. I Janczura.

– Bartoszewicz mówił o tym, żebym nie zajmował się Szwedem. Wtedy, kiedy mnie tam napadli. – Nowak wskazał betonową kon-strukcję w oddali.

Michalski popatrzył w stronę rzeźni.

– Byłeś pod wpływem narkotyków. Możesz nie odróżniać halu-cynacji od tego, co widziałeś naprawdę.

– Przecież wiesz, że tak było.

– Ja ci wierzę. Ale dowodów wciąż nie macie. A ten Zawadzki, o którym mówiliście? Asystent Szweda? – spytał Michalski. – Nie przycisnęliście go? Mógł być dla gangsterów głównym źródłem informacji. Cały czas jest w pobliżu Szweda. A jego kierowca?

– Z kierowcą rozmawialiśmy wielokrotnie. To były żołnierz. Wojskowy – wyjaśnił Drzyzga na wszelki wypadek. – Jest czysty.

– Nikt nie jest czysty. Informacje można sprzedać bez pozosta-wiania odcisków palców. Czasami nawet oddać je za darmo.

– Ale najtrudniej udowodnić, że ktoś te informacje przekazał – zauważył Nowak.

– Było już w naszym kraju parę wojen na billingi – odparł in-spektor. – I kilka następnych się szykuje.

– Zawadzki nie kontaktował się z gangsterami, przynajmniej nie przez telefon. Sprawdzaliśmy. Prędzej się... Pewnie zna kochankę

Rytterberga. Tak podejrzewam po wczorajszej rozmowie – powiedział Drzyzga. – Mówiła, że Bartoszewicza poznała przy okazji kontaktów z firmą Emdev-M. Nie wcześniej. Sprawdzimy.

– Sprawdzajcie. W tym wam już nie pomogę. – Michalski podniósł się z ławki. – Muszę iść.

Nowak patrzył na spalony dach starej fabryki na Krowiej.

– Jeżeli Morawski zabroni składania zawiadomienia do prokuratury, złożę pozew cywilny – powiedział. – Nie daruję skurwielowi. Mam na myśli Mytnika i jego fagasa.

– I będziesz brał udział w procesie już jako cywil. Zwykły obywatel. Chcesz wylecieć z Firmy jak Karol Zakrzewski? Mytnik na pewno powyciąga wszystko, co ma, wszystkie zaniedbania i nadużycia policji. A dziennikarze pomogą mu zrobić z tego użytek. Na pewno zostaną poinformowani, nie obawiaj się.

– Chcę znaleźć morderców Gustava Rytterberga. Za to mi płacą.

– Innym płacą więcej – zauważył sucho Michalski. – Do zobaczenia.

Jednostka, w której pracował inspektor, pomogła „terrorowi" całkiem oficjalnie, lecz w sprawie innego śledztwa. CBŚ przekazało więcej informacji na temat Romana Oracza, który dziś miał wrócić do Polski. Okazało się, że kontaktował się z pewnym biznesmenem z Pakistanu, którego zatrzymano kiedyś w Warszawie za przemyt – tym razem nie ludzi, lecz narkotyków. Zakrzewski nie mógł złożyć elementów tej układanki w całość. Kierunek – geograficzny, czyli Indie i Pakistan – niby się zgadzał, ale powiązań nie można było odtworzyć. Działalność firmy produkcyjno-handlowej V.S. Srinivasana i przestępcze przedsięwzięcia braci Oraczów wydawały się kompletnie osobnymi sprawami. Jednym łącznikiem była firma ochroniarska, w której Roman Oracz był dyrektorem, technicznym oczywiście. Drugim, ważniejszym, pistolet, z którego strzelano do obu mężczyzn.

Drzyzga pojechał na przeszukanie do Karczewa. A może do Karczewia?! Nie, do Karczewa, na pewno. Nowak rozmawiał z Benedyktem Zawadzkim w siedzibie Svea-Brick. Szwed był niedostępny.

„Ważne negocjacje", powiedział asystent. Cóż, z braku laku dobry i opłatek, jak mawiała babcia komisarza.

– Czy zetknęli się panowie w kontaktach biznesowych z Jakubem Bartoszewiczem?

– To jeden z pracowników firmy Emdev-M – odparł natychmiast Zawadzki. – Wydaje mi się, że go poznałem.

Zwykłych pracowników? O dyrektorze, nawet działu administracji, tak się nie mówi.

– Widziałem pana w ubiegłą środę. Jechali państwo z Łuckiej na Domaniewską. Bartoszewicz, pan i Joanna Skoczylas.

– Jestem śledzony?

– Powiedziałem tylko, że państwa widziałem.

– A tak, jechaliśmy na spotkanie. Do siedziby firmy pani Skoczylas.

– Czy pan reprezentował Magnusa Rytterberga?

– Owszem.

– A prawnik?

– Jestem prawnikiem z wykształcenia – odparł Zawadzki.

– Ciekawe, bo ostatnio pan twierdził, że nie ma pan kompetencji. Podczas przesłuchania.

– Specjalizuję się w prawie cywilnym i budowlanym, nie karnym.

– Co to były za rozmowy?

– To tajemnica handlowa.

– Domyślam się. A ogólnie?

– Ogólnie rzecz biorąc, dotyczyły kwestii podwykonawstwa i dostaw materiałów w jednej z inwestycji realizowanych przez Svea-Brick.

– Przez Svea-Brick czy przez Täcke Investments?

– Słucham?

– Nie zna pan nazwy tej firmy? Jej współwłaścicielem jest Magnus Rytterberg.

– Jestem zatrudniony przez Svea-Brick – powiedział Zawadzki. – Pomagam swojemu szefowi tylko w tej części jego pracy.

– Negocjował pan z Bartoszewiczem?

– Właściwie nie. Miał pełnomocnictwo do złożenia podpisu pod umową, to wszystko. Ale... – Zawadzki zawahał się. – Odniosłem wrażenie, że to raczej... typ ochroniarza niż dyrektora.

Tak, ochroniarza. Może policjanta?

– Kawał chama, innymi słowy?

– Tak. – Zawadzki wydął wargi. – Dobrze pan to ujął.

– Czy zetknęli się panowie w trakcie swojej... działalności na terenie Polski z niejakim Władysławem Mytnikiem?

Zawadzki zmarszczył brwi.

– Nic mi nie mówi to nazwisko. Może pan Rytterberg coś wie.

– Czy kiedykolwiek był pan obiektem szantażu ze strony Jakuba Bartoszewicza lub innych osób? Czy mieli panowie jakieś kontakty z osobami, o których było wiadomo, że są powiązane z przestępczością zorganizowaną?

– Nie. – Zawadzki zdecydowanie pokręcił głową. – W wypadku podejrzenia popełnienia przestępstwa poinformowalibyśmy właściwe organy, prawda?

Niekoniecznie, panie Benedykcie.

– Czy zna pan któregoś z tych mężczyzn? – Nowak pokazał rozmówcy zdjęcia Janczury, Malanowskiego i Gruszki.

– Nie przypominam sobie.

– Nie zna ich pan czy też nie jest pan pewien?

– Nie znam.

Nowak westchnął.

– Proszę pamiętać: koniecznie chcę porozmawiać z panem Magnusem Rytterbergiem. Tym razem w obecności prokuratora.

– Przekażę mu tę informację.

– To pilne.

Nowak na odchodnym odwrócił się do Zawadzkiego.

– Proszę powiedzieć, tak szczerze, jak mężczyzna mężczyźnie, czy coś pana łączy z Joanną Skoczylas?

Jeden z tych mężczyzn był oczywiście policjantem i czekał na odpowiedź. Zawadzki zastanawiał się chwilę. Kilka chwil.

– Nie muszę odpowiadać na pytania natury osobistej.

– W takim razie zazdroszczę. Dziękuję panu – powiedział Nowak.

Ciekawe, czy Magnus Rytterberg o tym wie. Ciekawe zresztą, czy cokolwiek go jeszcze obchodzi.

Nowak spojrzał na wyświetlacz komórki, wyciszonej podczas spotkania. Marcin Drzyzga dobijał się do niego pięć razy.

– Co jest?

– Zatrzymaliśmy Janczurę – powiedział podekscytowany Marcin. – Chcieliśmy dowodów, mamy je. Niedługo sam zobaczysz.

W komendzie Drzyzga podszedł do jego biurka.

– Chodź do mnie. Teraz, natychmiast, szybko.

Przy jego komputerze piętrzyła się sterta płyt w papierowych kopertach.

– Co to jest? Ze zbiorów Grubego? *Asshole Farts Back*?

– Przeszukaliśmy dom Janczury w Karczewie. Znaleźliśmy to u niego w piwnicy, dokładniej w kotłowni. Wiesz, gdzie było? W specjalnej skrytce, w podłodze. Pod legowiskiem dla kotów, czyli przykryte dwoma starymi kocami. Nie ufam kociarzom – przerwał Drzyzga. – A tam koty miały obróżki z układem zbliżeniowym. Rozumiesz, żeby tylko one mogły przejść przez klapkę.

Nowak popatrzył na kolegę ze zdumieniem.

– To było w hermetycznie zamkniętym pudle – kontynuował niezrażony Drzyzga. – Taśmy i płyty. Widziałem tylko fragmenty nagrań, ale zapewniam cię, że nie chcesz tego oglądać w całości. Tortury i egzekucje, jak najbardziej prawdziwe.

– Na sprzedaż? Legendy o *snuff films* są prawdziwe?

– Nie, nie na sprzedaż. Raczej chodzi o szantaż.

Zgodnie z prawem, świadkiem koronnym w procesie grupy przestępczej może zostać tylko osoba, która nie była zamieszana w zabójstwo. Jak zatem uzyskać gwarancję, że członek gangu nie zacznie kiedyś sypać kolegów, korzystając przy tym z ochrony prawnej? Nagrać morderstwo, które popełnia albo przy którym asystuje.

– Będziemy musieli to obejrzeć. Nawet jeśli nie chcemy – powiedział Nowak.

– Wiem przecież. CBŚ też już poprosiło o dostęp do kopii. Będziemy mieli sporo roboty. Ale dla nas najważniejsze jest nagranie z 4 maja 2007. Dokładniej rzecz ujmując, kopia na płycie jest z 4 maja, natomiast datownik na taśmie został, jak sam zobaczysz, ustawiony na 2 maja.

Nowak zobaczył młodego człowieka ubranego w lekką bluzę i spodnie od dresu. Klęczał na ziemi, na czarnej płachcie, chyba foliowej, bo błyszczała w świetle lampy. Reflektor musiał być umieszczony na stałe gdzieś niedaleko od osoby, która to filmowała: cienie nie tańczyły na ścianach, więc lampa nie znajdowała się na obudowie kamery. Operator dokonał zbliżenia na twarz chłopaka, który spojrzał wprost w obiektyw.

– Zatrzymaj – rzucił Nowak.

Na ekranie widniała twarz Gustava Rytterberga, prawie taka, jaką widzieli na zdjęciach przekazanych przez jego rodziców. Twarz człowieka przerażonego? Może. Chłopak nie bronił się, nie krzyczał. Płakał. Nie szlochał, po prostu z oczu płynęły mu łzy.

– Tak – powiedział Drzyzga. Żaden dodatkowy komentarz nie był potrzebny. – Oglądamy dalej?

Nowak skinął głową. Młody Rytterberg wypowiedział jakieś zdanie, chyba po szwedzku. Trzeba będzie znaleźć tłumacza.

Kamerzysta cofnął się i pokazał mężczyznę z pistoletem w ręku. Wysoki, w ciemnym swetrze przylegającym do ciała, w dżinsach. Malanowski. Miał niepewną minę. Znów padło jakieś niewyraźne słowo, ale gdzieś z zewnątrz, spoza kadru. Kamerzysta chyba odruchowo skierował się w stronę wypowiadającego te słowa. Zobaczyli niską, krępą postać. Facet w zapiętej wysoko pod szyją bluzie z kapturem narzuconym na głowę. Po sekundzie znów ujęcie wróciło na Malanowskiego, trzymającego w ręku pistolet.

– Stój. Cofnij i daj zbliżenie.

– Moment. – Drzyzga walczył z oprogramowaniem. – Już.

W świetle lampy widać było tylko fragment osłoniętej twarzy, prawe oko i nos, które na powiększeniu zamieniły się w zbiór plam w różnych odcieniach szarości. Oko było wąskie, podłużne, nieco skośne.

– Janczura – powiedział Nowak.

– Też tak myślę.

– Osłania nieco twarz, ale pewnie to nie jest jego pierwszy występ w takim filmie. Poza tym sam fakt, że tę kolekcję nagrań znaleźliśmy u niego w domu, wystarczy, żeby go skazać.

Obejrzeli ciąg dalszy i nieuniknione zakończenie. Widzieli, jak Malanowski oddycha ciężko, po czym gwałtownie chwyta Rytterberga za lewe ramię i pochyla go do przodu. Widzieli, jak przykłada mu pistolet do głowy i naciska spust. Widzieli rozpryskującą się na płachcie krew. Zbliżenie na głowę Szweda i na twarz Malanowskiego, który skończył właśnie swój rytuał inicjacji, a może raczej coś w rodzaju badań okresowych. Zdobył sprawność mordercy. Nagranie urywało się w tym momencie.

Nowak spojrzał na kolegę.

– Poznajesz ten pokój? Czy to jest któreś z pomieszczeń w piwnicy domu Janczury?

– Nie wiem. Przeglądałem to kilka razy. Tam chyba nie ma okien i naturalnego światła. Faktycznie, za kotłownią jest taki pokój, Janczura ma tam magazyn. Rupieciarnię.

– Jak dużą?

– Trzy na trzy metry. Może nawet większą.

– Puść jeszcze raz – powiedział Nowak. – Widzisz? To by się zgadzało. Zatrzymaj. Oni są w rogu. Tam musi być włączona lampa. Czy gdzieś było gniazdko elektryczne? Kontakt?

– No... Chyba było. Sprawdzę na naszej taśmie.

– Jest też oświetlenie na suficie.

– Pamiętam, rzeczywiście było. Zwykły plafon z supermarketu. Widać, że niedawno założony. Nie było w nim kurzu ani owadów.

Oglądali dalej.

– O! – Tym razem Drzyzga zatrzymał nagranie. – Tutaj. Kratka wentylacyjna. Tu, ten okrągły otwór. W pomieszczeniu nie ma okien, ale wentylacja na pewno jest. Widziałem to, na pewno. To jest to miejsce.

– Cofnij jeszcze raz, do twarzy Rytterbega – powiedział Nowak.

Spojrzał ponownie w oczy człowieka, który za chwilę umrze. Czy tak wygląda człowiek, który się boi śmierci? Może Gustav nie bał się samego strzału w głowę. Płakał, bo wiedział, że już nie będzie żył, że to koniec wszystkiego, koniec możliwości, koniec szans.

Wiedział też, że jest sam.

Bartoszewicz miał rację. Sąd nie przychylił się do wniosku prokuratora o aresztowanie, uznając, że nie zachodzi niebezpieczeństwo zacierania śladów i grożenia świadkom, zwłaszcza że świadków uprowadzenia i pobicia Nowaka nie było. Kurde, kolejny raz w ciągu paru tygodni sąd wypuszcza sprawcę napadu na policjanta. Trochę się pospieszyli z tym wnioskiem, mogli potrzymać Bartoszewicza jeszcze dobę. Ale facet i tak nic nie powiedział. Ściągnął mecenasa Majchrzaka i tyle. Nie odpowiadał na pytania związane ze sprawą zabójstwa Szweda, w związku z którą przecież nie postawiono mu żadnych zarzutów. Twierdził, że nie wie nic o Rytterbergu, słyszał o nim, wiedział, że jego firma robiła interesy ze Svea-Brick, ale to wszystko.

Nowak towarzyszył Bartoszewiczowi od wyjścia z sądu do komendy. Potem postanowił go śledzić. Przestępca wziął taksówkę i pojechał na Domaniewską. Siedział tam do dziewiętnastej. Potem ruszył swoim czarnym audi do Galerii Mokotów. Nowak pomyślał, że Bartoszewicz będzie próbował go zgubić na wielopoziomowym parkingu. Był tak skupiony na tylnych światłach audi, że dwukrotnie wymusił pierwszeństwo na skrzyżowaniach, co wywołało gniewną minę i pukanie się w czoło jakiegoś ojca rodziny przewożonej nieco sfatygowanym escortem oraz przerażenie ładnej dziewczyny za kierownicą citroëna c3.

Kiedy audi się zatrzymało, Nowak gwałtownie skręcił na pierwsze wolne miejsce, zmuszając jadący za nim samochód do hamowania i nerwowego trąbienia. Pochylił się w lewo, przybierając nienaturalną i niewygodną pozycję po to, by zobaczyć Bartoszewicza. Widział go przez szyby stojącego dwa miejsca dalej mercedesa. Bartoszewicz wysiadł z samochodu i rozejrzał się uważnie. Skierował się do wejścia. Nowak odczekał chwilę i ruszył za nim. Weszli na drugie piętro centrum handlowego, gdzie znajdowały się bary. Facet usiadł w ogródku restauracji Jeff's i coś zamówił. Nowak kupił sobie cheeseburgera w McDonaldzie, usiadł i czekał. Bartoszewicz przeglądał jakieś papiery, trzy razy gdzieś dzwonił. Odebrał telefon. Zjadł swoje danie – chyba też hamburgera, ale jakiegoś takiego z odświstem – i zniecierpliwiony spojrzał na zegarek. Jeszcze raz wyciągnął komórkę i przeprowadził krótką rozmowę, a w zasadzie był to monolog. Zły odłożył komórkę na stół, dokończył piwo, może nawet bezalkoholowe, po czym zapłacił i wyszedł.

Bartoszewicz nie wybierał się na szczęście do kina. Nowak podążył za nim na parking, rozpoczynając kolejny etap warszawskiego pościgu wśród kropiącego lekko deszczu. Nie było mowy o tym, żeby stracić z oczu jakiś samochód; korki oraz kolejne zwężenia i objazdy, nazywane przez znajomego taksówkarza „obłatwieniami", skutecznie spowalniały wszelkie brawurowe akcje. Przez most Łazienkowski udało się przejechać w miarę szybko, potem skręcili na Wał Miedzeszyński. Nowak w ostatniej chwili przejechał na żółtym (no dobra, już było czerwone) przy Zwycięzców, inaczej zgubiłby jadące przed nim audi. Minęli trzy kolejne mosty. Bartoszewicz skręcił w Okrzei i pojechał do Targowej, a potem do Ratuszowej i Jagiellońskiej.

Dokąd zmierzał, do mieszkania Malanowskiego, które wciąż było pod obserwacją? Nie, bo nie skręcił w bramę. Wjechał w zatoczkę, tam, gdzie Nowak niedawno parkował. Nie znalazł miejsca i skręcił od razu w plac Hallera, potem w Skoczylasa i wjechał w ślepe zakończenie ulicy Brechta. Nowak zaparkował pod zabitą deskami apteką i wyszedł, chowając się w bramie, właściwie w przejściu o ścianach wyłożonych luksferami, które kilkadziesiąt lat temu mogły wyglądać ładnie i nowocześnie. Komisarz założył, że Bartoszewicz będzie chciał wejść od strony Jagiellońskiej. Czekał.

Nazwa „Brechta", jak uświadomił go kiedyś Drzyzga, większości warszawiaków płci męskiej pochodzących z prawego brzegu Wisły kojarzyła się z Wojskową Komendą Uzupełnień, która się tu mieściła, z nieprzyjemnymi badaniami i ponurymi kazaniami na temat tego, jak można ubiegać się o odroczenie „na rolnika" i „na żywiciela". Ciekawe, z czym jeszcze kojarzy się młodzieży ta nazwa. Pewnie z popularnym od niedawna czasownikiem „brechtać", czyli „śmiać się", bo przecież nie z niemieckim dramaturgiem. Dziwne, że żaden chwilowy naprawiacz przeszłości nie wyrzucił stąd jeszcze starego komunisty. Bartoszewicz na pewno nie znał historii Mackiego Majchra, choć również miał na sumieniu parę niewyjaśnionych spraw. Pojawił się po drugiej stronie i skierował do pierwszej klatki budynku. Otworzył drzwi kluczem i wszedł. Nowak miał nadzieję, że okna mieszkania Bartoszewicza wychodziły na podwórko. Po chwili rzeczywiście zobaczył, jak rozświetliło się dotychczas ciemne okno na trzecim piętrze. Może to nie przypadek.

Zaczął kropić deszcz. Komisarz skontaktował się z Drzyzgą, a potem przez centralę z policjantem siedzącym pod domem Malanowskiego. Okazał się nim sierżant Kwiatkowski. Nowak powiedział, gdzie jest i co robi. Choć prawdę mówiąc, jeszcze nie do końca wiedział, co zamierza.

Podszedł do wejścia i nacisnął klamkę. Drzwi ani drgnęły. Spojrzał na tabliczkę z numerami domów na klatce. Wybrał drugi z podanego przedziału.

– Tak? – rozległ się głos starszej kobiety.

– Niech będzie pochwalony Jezus Chrystus – powiedział Nowak łagodnie. – Ksiądz Janusz z parafii Matki Bożej Loretańskiej. Ja na czwarte piętro, z wiatykiem do chorego.

– Tu nikt nie choruje.

– Niezbadane są wyroki pana. Wczoraj nie chorował, dziś już tak. *Heute rot, morgen tot*, jak mawiają Niemcy.

– W naszej parafii nie ma księdza Janusza – powiedziała kobieta. – Wzywam Straż Miejską.

Jasna cholera. Przesadził z tymi Niemcami. Wybrał następny numer.

– Ulotki z pizzerii chciałbym zostawić.

W tym momencie zobaczył, że przy drzwiach zamocowano specjalną skrzyneczkę na reklamowe śmieci. Tym bardziej się zdziwił, kiedy zabrzmiał sygnał domofonu. Głupie. Sam nigdy nie otwierał roznosicielom ulotek.

Poszedł na trzecie piętro. Szybko zlokalizował mieszkanie, w którym zapaliło się światło. Przybliżył ucho do drzwi. Solidne, antywłamaniowe. Nie dało się podsłuchać żadnej rozmowy. Zadzwonił. Otworzył Bartoszewicz. Nowak przyjrzał się jego twarzy. Bandyta szybko wytarł ręką nos. Ach, jasne, też chciał wyretuszować sobie kokainę, jak na filmie. Tym o The Band, nie o bandytach.

– Zabawa? – spytał Nowak. – Jest ktoś u ciebie?

– Co cię to obchodzi? Nie muszę cię wpuszczać. Jestem u siebie w domu.

– Nie mieszkasz tutaj. A to znaczy, że nie dopełniłeś obowiązku meldunkowego.

– Strasznie, kurwa, zabawne, po prostu leję z uciechy. Czego chcesz? Pewnie wejść? To wchodź. Dla ciebie też się coś znajdzie. Na razie nie mam gości, ale zaraz będą. Lepiej, żebyś mendził teraz i wyszedł, zanim przyjdą. No, już. – Bartoszewicz zaprosił go szerokim gestem. – Pan dyrektor zaprasza.

Nowak powstrzymał się od komentarza. Rozejrzał się po mieszkaniu. Meble i sprzęty przypominały te, które znajdowały się w mieszkaniu Malanowskiego. Zamiast płytek były jednak panele. Na szklanym stoliku stała popielniczka wypełniona niedopałkami oraz butelka wódki. I dwie szklanki.

Nowak usłyszał jakieś odgłosy z przedpokoju. Drzwi od łazienki! Obrócił się na pięcie, ale Bartoszewicz zastąpił mu drogę. Komisarz odepchnął go z całej siły i wrócił do drzwi. Spóźnił się. Wysoki facet znajdował się już na zewnątrz i zaczął zbiegać po schodach. Malanowski.

– Stój! – ryknął Nowak. – Policja!

Malanowski był młodszy, zbiegał sprawnie i szybko. Komisarz słyszał jego oddalające się kroki. Kiedy wypadł z klatki schodowej, zobaczył, że bandyta jest już w przejściu od strony ulicy Skoczylasa (Skoczylas? Znów to nazwisko). Nowak pognał za przestępcą. Biegli przez obie jezdnie i szeroki trawnik, między zaparkowanymi samochodami, w stronę piaskowożółtego budynku Urzędu Marszałkowskiego.

– Stój, bo strzelam! – Nowak nie zamierzał użyć broni. Krzyknął właściwie tylko po to, żeby zwrócić uwagę ewentualnych świadków. W urzędzie na pewno byli strażnicy. Może nawet ktoś jeszcze pracował, na drugim piętrze paliło się światło.

Udało mu się tylko przestraszyć chłopaka z psem, który biegiem ruszył w stronę ulicy Borowskiego. Chłopak z psem. Gdzie jest Drzyzga? Gdzie Kwiatkowski czy ktoś inny, kto siedział pod sąsiednim budynkiem na Jagiellońskiej? Dlaczego nikt nie złapał Malanowskiego przy wejściu? Nowak wbiegł przez kolejną bramę, a w zasadzie przejście na podwórko. Gdzie Malanowski? Komisarz zatrzymał się na chwilę i uspokoił oddech. Nie słyszał kroków uciekającego człowieka. Gdzie tu się można ukryć? Jezu, wszędzie. Pewnie gdzieś dalej od państwowego budynku. Nowak spojrzał przed siebie. Za ogrodowymi drzewami, w świetle lamp umieszczonych nad wejściami do budynków, bielała budka śmietnika. Policjant podszedł do ściany, starając się nie robić hałasu. Niestety potknął się o deski i kartony, upadł na lewe kolano, zawadzając nogą o jakieś ostre krawędzie. Jasna cholera.

Po drugiej stronie śmietnika ktoś znów ruszył do ucieczki. Nowak podniósł się szybko i wyskoczył zza białej budki. Malanowski stał pod drzwiami lecznicy dla zwierząt, przy ścianie upstrzonej napisem CHWDP, wyjątkowo ortograficznym. Idealne miejsce do zakończenia pościgu.

– Stój! – krzyknął ponownie komisarz. – Jesteś zatrzymany!

Nowak zrozumiał niebezpieczeństwo dopiero po chwili. Malanowski przecież zatrzymał się, zanim policjant do niego krzyknął. Pierwszy pocisk uderzył w ścianę śmietnika. Nowak padł na ziemię i przetoczył się w stronę jednego z zaparkowanych tu samochodów. Poczuł zapach mokrego betonu i ziemi. Padł drugi strzał, komisarz usłyszał odgłos pękającej szyby i włączającego się alarmu w samochodzie obok. Trzeci pocisk odbił się od bruku... od trylinki gdzieś przed nim. Przed nim. Malanowski znów uciekał. Nowak podniósł się. Dokąd pobiegł, w stronę kolejnego przejścia, w stronę budynku, w którym miał siedzibę austriacki konkurent Rytterberga? Nie, w lewo. Chciał zgubić pogoń jeszcze na tym rozległym i nieco gorzej oświetlonym podwórku. Był gdzieś między drzewami? Nowak przysunął się do ściany stojącego pośrodku placu budynku, tego z lecznicą. Biegł wzdłuż niego, potknął się o płotek na rogu. Utrzymał równowagę i pobiegł w stronę wyjścia na plac Hallera, tam, dokąd zmierzała postać w białej koszuli.

– Stój! – krzyknął Nowak po raz ostatni.

Malanowski popełnił błąd. Zamiast wybiec na plac, odwrócił się i strzelił jeszcze raz. Gdzieś obok komisarza.

Nowak wyprostował rękę i nacisnął spust. Jeden, dwa, trzy strzały. I nic. Było słychać już tylko dźwięk alarmów samochodowych. I syreny radiowozów. I szczekanie psów.

Podszedł do leżącego człowieka. Jeden postrzał w brzuch, jeden... w głowę. Trzeci pocisk chyba uderzył w ścianę. Malanowski nie żył, krew wokół jego ciała zaczęła tworzyć kałużę. Nowak rozejrzał się i przestał rozumieć to, co się wokół niego dzieje. Odbierał tylko bodźce słuchowe. Ktoś biegł. Ktoś coś krzyczał. Nowak rozpoznał głos sierżanta Kwiatkowskiego.

Odszedł od ściany i oparł się o rosochate drzewo. Zgiął się wpół i zwymiotował. Zabił człowieka. Po raz pierwszy i ostatni. Pierdolić Abu Ghraib. To jest inny kraj, inne miasto. To nie pustynia, tu trzeba z tym żyć.

Wyprostował się powoli i odetchnął kilka razy. Głęboko, spokojnie. Nie zwracał uwagi na okrzyki policjantów, na błysk niebieskich świateł radiowozów, które przyjechały z Cyryla. Pojawił się Marcin Drzyzga. Podszedł do komisarza i położył mu rękę na ramieniu. Coś do niego mówił, ale Nowak nie słyszał. Cały czas trzymał w dłoni pistolet. Nowy walther P99, wydany przez Wydział Zaopatrzenia Komendy Stołecznej po podpisaniu przez komisarza stosownej liczby formularzy. Gdyby Nowaka sklasyfikowano jako typowo „biurkowego" policjanta, dostałby stare P64. Czuł ciężar broni i magazynku, który miał już dwanaście, nie piętnaście nabojów. Tuzin.

Nowak spojrzał na ścianę, na której ktoś wymalował nazwę zespołu, a może to był tylko zrozumiały dla niektórych żart. *Los Banditos*. Jak się nazywała ta kapela, którą słyszał na Szczęśliwicach? Criminal Amigos.

– Wiem, kto zabił Hindusa – powiedział do Marcina.

– Co?

– Wiem, kto zabił V.S. Srinivasana.

4

Pierwsza – i pewnie ostatnia – egzekucja wykonana przez Malanowskiego została zapisana w postaci cyfrowej, na zawsze. Strzał Nowaka nie. Komisarz jechał pustymi ulicami na Białołękę, kompletnie otępiały i znieczulony na to, co się działo wokół niego. Jak przez mgłę pamiętał składanie zeznań, tłum ludzi, którzy wylegli na ulicę, żeby popatrzeć, jak policjanci zabierają ciało. Bartoszewicz uciekł, sierżant Kwiatkowski nawet go nie zobaczył. Zaalarmowano wszystkie komisariaty na terenie województwa, a także posterunki graniczne. Możliwe, że kolejny obywatel będzie chciał opuścić nasze państwo, dołączając do rzeszy specjalistów na emigracji. Za parę miesięcy Schengen, część granic zniknie. Bartoszewicza zgarnie sierżant policji z Kadyksu albo karabinier z Brindisi, który zatrzyma samochód bandyty, żeby zwrócić uwagę na przepaloną żarówkę w reflektorze.

Nowak wszedł do domu, zajrzał do zamrażalnika i wyciągnął butelkę finlandii, którą dostali kiedyś od znajomych i której jakoś nigdy nie mieli okazji rozpocząć. Otworzył ją i nalał kieliszek – musiał sobie przypomnieć, gdzie Kasia trzyma kieliszki – i od razu wypił. Nalał następny. Skandynawska choroba?

Była trzecia nad ranem. Wybrał numer Kasi. GMT, czyli minus jedna godzina. W zasadzie chyba GMT plus jedna godzina? Czas letni.

– Co się stało? – powiedziała zaspanym głosem. – Jezu...

– Obudziłem cię z pierwszego snu, z głębokiego snu.

– Tak, obudziłeś. Zgadłeś! Wygrałeś lodówkę napoju Hoop Polonia. Co się stało? – zawahała się. – Coś z ojcem?

– Nie. Ojciec zdrowy. Wszystko w porządku.

Powiedzieć? Nie powiedzieć?

– Strzelali do mnie.

– Co?!

– Strzelał do mnie zabójca Szweda. Znaleźliśmy go... Ja go znalazłem. Drzyzga go widział na taśmie, z egzekucji – plątał się Nowak.

– Adam? Nic ci się nie stało?

– Nie, nic. Dzwonię z domu, wszystko w porządku.

Nie mówić.

– Schwytaliście go?

– Nie. Tak. On nie żyje.

– Jak to nie żyje?

– Nie żyje, normalnie. Trup! – krzyknął Nowak. – Nieboszczyk. Ta papuga jest martwa.

Zrozumiała.

– Czy ty...?

– Tak.

Milczała przez chwilę.

– Broniłeś się. Mogłeś zginąć. Jesteś policjantem, prawda? Nie egzekutorem. Miałeś prawo to zrobić.

– Przepraszam, nie chciałem ci...

– Chciałeś. Po to jestem. Opowiedz, jak to wyglądało.

– Na pewno chcesz tego słuchać? Nie będziesz mogła zasnąć.

– Już nie śpię. Mów.

I Nowak opowiedział, co się zdarzyło.

– Zabiłeś naćpanego mordercę. I tak dostałby co najmniej dwadzieścia pięć lat – powiedziała po chwili.

– Raczej dożywocie. Widziałaś już tego człowieka, pamiętasz? Wtedy na Szczęśliwicach, kiedy wyszedłem z koncertu.

– No i co z tego? Widziałam... Czekaj, on mógł mieć coś wspólnego z napadem na mnie?

– Mógł. Ale nie poznałaś go na zdjęciu.

– No to już nikogo nie napadnie. Adam, przeżyjemy to.

– Chcesz żyć z zabójcą?

– Nie piernicz. Zachowujesz się jak baba.

– Jasne – powiedział bez przekonania.

– Jesteś silnym mężczyzną.

– Ty też – odciął się.

– Bardzo śmieszne. Wrócę niedługo.

– Kocham cię.

– Tere fere. Ja ciebie też. – Kasia przerwała na chwilę. – Opowiadałam o tobie jednemu koledze.

– Jasne, i mówiłaś, że jesteś ze mnie dumna. Jakiemu koledze? – zainteresował się. – Archeologowi?

– Ech... Temu Finowi ze szkolenia. Powiedziałam, jakiej słuchasz muzyki, i polecił mi jedną kapelę. Czekaj... Jak ona się nazywała? Zapisałam... Już wiem. Archie Bronson Outfit. Znasz?

– Nie, skąd. Zestarzałem się.

– Przywiozę ci. – Kasia westchnęła. – Dasz sobie radę.

– No.

– I sam wiesz co.

– Ja ciebie też – powtórzył.

Po chwili wybrał numer Karola Zakrzewskiego. Przerwał połączenie, zanim usłyszał sygnał w słuchawce. Pierwsza decyzja: niech to poczeka do rana. Podszedł do zlewu z kieliszkiem wódki.

Nie rozczulajmy się nad sobą. Oglądał pan nie te filmy, co trzeba, panie komisarzu. Po chwili jednak przypomniał sobie, co mówiła jego babcia. „Cukier krzepi, wódka jeszcze lepiej". Na dodatek nigdy nie dopuszczała do tego, żeby cokolwiek się w domu marnowało. Nowak uśmiechnął się i podniósł kieliszek do góry. Druga decyzja.

– Trzeba szanować pracę innych ludzi – powiedział na głos. – Zdrowie wszystkich Finów!

Janczura spojrzał ponuro na policjantów.

– Malanowski? Mały? Nic dobrego z niego by nie wyszło. Staczał się. Za dużo brał tego białego świństwa. Polubił je.

– Staczał się, jasne. Porządny morderca nie może być pod wpływem narkotyków. Kto wam zlecił zabójstwo Gustava Rytterberga? – spytał Drzyzga.

Przestępca nie odpowiadał.

– Kto wam zlecił zabójstwo Gustava Rytterberga?! – Nowak pochylił się nad przestępcą. Krzyczał. Czuł się kiepsko, bolał go żołądek i gardło. Na dwu kieliszkach się nie skończyło, było ich co najmniej pół tuzina. Janczura odsunął nieco głowę, jakby nie chciał czuć oddechu policjanta.

– Prywatna inicjatywa – odparł po chwili przesłuchiwany.

– Akurat. Mamy taśmy. Jest na nich sporo ludzi. To gang Mytnika.

– Kto to jest Mytnik? – spytał Janczura.

– A kto to jest Leo Beenhakker? A kto to są bracia Kaczyńscy? A kto to jest Doda? – dodał Nowak.

– Co?

– Gówno. Nie udawaj, że nie znasz Mytnika. Pseudonim „Powidło".

– Ładny.

– Nie za bardzo, prawdę mówiąc. Znasz go. Wszyscy go znają.

– Nie znam – powiedział twardo Janczura. – Nie znam.

Drzyzga westchnął.

– Trzymasz się wersji, że to prywatna inicjatywa. Dobrze. W takim razie ile chcieliście za niego zgarnąć? – spytał.

– Dwa i pół miliona euro – rzucił Janczura.

– Nieźle. Dlaczego Szwed nic nam o tym nie mówił?

Janczura znowu zagapił się w stół.

– No? – zachęcił Drzyzga.

– Rytterberg nie chciał z nami gadać.

– Jak to: nie chciał gadać? Przecież porwaliście jego syna!

– Gówno go to obchodziło. Nie dało się z nim rozmawiać.

– Skorzystaliście z najlepszych wzorów. Obcięliście chłopakowi palce. Nie przekonało go to? – spytał Marcin.

– I co mieliśmy z nimi zrobić? Wysłać na *poste restante*?

– Nie rozumiem – powiedział Drzyzga po chwili.

– Mówię, że Szwed nie chciał z nami rozmawiać. Miał wszystkich i wszystko w dupie. Właśnie, kurwa, trzeba było wsadzić mu te paluchy w dupę. Też nie wiadomo, czyby zauważył.

– Kto rozmawiał z Rytterbergiem? Osobiście Mytnik? Powidło? – wrzasnął Nowak. To on dziś robił za złego gliniarza.

– Mówię, że nie znam żadnego Mytnika.

– To kto ci wydawał polecenia?

– Bartek.

– Bartoszewicz? Jakub Bartoszewicz?

– Tak.

Dobre i to. Bartoszewicz był człowiekiem Mytnika.

– To on trzymał kamerę? – Drzyzga włączył się ponownie.

– Jaką kamerę?

– To on filmował zabójstwa? Zabójstwo Szweda?

– Nie pamiętam – burknął Janczura.

– Dużo takich scen widziałeś? – Przestępca milczał. – No?

– Tylko jedną. Znaleźliście mnie jeszcze na jakimś nagraniu? Chyba nie?

– Przypomnij sobie. Czy Bartoszewicz był przy śmierci Rytterberga? – dopytywał Drzyzga.

– Nie pamiętam.

– Kto trzymał kamerę?

– Była na statywie.

– Nie była.

– To nie wiem. – Janczura wzruszył ramionami.

– Znasz Joannę Skoczylas?

– Kto to taki?

– Kiedyś dziewczyna Malanowskiego. Kochanka Rytterberga. Znasz?

– Nie znam.

– Musiałeś znać.

– Nie musiałem.

Ściana. Nowak pokręcił głową.

– Wiedziałeś, że cię obserwujemy? – spytał.

– Tak. Nie było trudno zauważyć. Ale nie robiliście tego przez cały czas.

– Dlatego udało ci się wyrwać i mnie pobić na Pradze?

Do zarzutu współudziału w zabójstwie Gustava Rytterberga dojdzie napaść na policjanta.

– Nie było mnie tam.

– Akurat. Byłeś, tylko nie odezwałeś się ani słowem. Sprytnie.

– Nie było mnie tam.

– Ale wiedziałeś, że chcą mnie pobić? Przecież Bartoszewicz tam był. Malanowski. A ty z nimi.

– Nie było mnie tam – po raz kolejny powiedział Janczura.

– Powtarzasz się. Tam, to znaczy gdzie? Na terenie dawnej rzeźni, prawda? Dlaczego chcieliście mnie pobić? Napadliście też na moją żonę. Nie myśl, że ci to ujdzie na sucho.

– Byłeś za blisko Szweda – powiedział w końcu Janczura.

Nowak zachował spokój. Nie mógł sobie teraz pozwolić na żaden błąd.

– Ale przecież wiesz, że nie chodziło o porwanie. Nawet nie o zabójstwo. Byłem za blisko czegoś innego.

Przesłuchiwany podniósł głowę. Zdziwienie?

– Ktoś chce kupić samą rzeźnię i tereny w pobliżu. Chodzi o port. Wiesz coś o tym?

– Nic nie wiem. Dwa i pół miliona euro, mówiłem.

– Kto prowadził negocjacje? Bartoszewicz?

Janczura nie odpowiedział.

– Gdzie jest Jakub Bartoszewicz?

– Uciekł wam, tak? – Przestępca ożywił się.

– Znajdziemy go. – Nowak postarał się, żeby zabrzmiało to przekonująco. – Zatem?

– Skąd mogę wiedzieć?

Nowak walnął pięścią w blat. Wstał i podszedł do ściany. Janczura obserwował go kątem oka.

– Gdzie jeszcze macie takie dziuple, jak ta twoja? – spytał Marcin.

– Dziupla? To jest mój dom. Jeszcze mi go nie możecie zabrać. Chcielibyście, ale na razie nie macie prawa.

Policjanci przejrzeli wczorajsze nagrania z monitoringu. Udało się wyłapać czarne audi Bartoszewicza. Jechał Wałem Miedzeszyńskim na południe, w kierunku Józefowa. Tam ślad się urywał. Nie znaleziono ani samochodu, ani jego kierowcy.

– Gdzie trzymaliście porwanych?

– Jakich porwanych? Był tylko Szwed.

– Nie udawaj idioty. A taśmy?

– Taśmy niczego nie dowodzą. To elektronika. Wszystko może być zmontowane. Mówiłem, że mnie tam nie ma.

– Prawie nie ma. Prawie czyni wielką różnicę – powiedział Nowak, chyba cytując jakąś reklamę. – Zatem? Mieliście tam jeszcze jakiś inny dom? Chałupę? Sracz?

– Tam?

– W Karczewie. W Otwocku, w Józefowie, w Emowie...

– Ja nic nie wiem – rzucił Janczura. – Nie znam nikogo, kto ma tam dom.

– Sprawdzimy. – Oczywiście robili to od wczoraj. Drzyzga postanowił przyjrzeć się nawet Benedyktowi Zawadzkiemu, który przecież Bartoszewicza znał. Facet stracił pewność siebie, którą okazywał do tej pory. Ale nie był w stanie pomóc. Nie miał domu pod Warszawą, choć przyznawał, że właśnie się za takim rozglądał.

A w jego dwupoziomowym apartamencie, w budynku niedaleko Dworca Południowego, to jest przy stacji metra Wilanowska, przestępca na pewno się nie ukrywał.

– Sprawdzajcie – Janczura tylko wzruszył ramionami.

Po przesłuchaniu Nowak podszedł do Zakrzewskiego.

– Prywatna inicjatywa. Pierdolenie w bambus, jak się mówi w naszym mieście.

– Tak to się mówiło pięćdziesiąt lat temu – burknął Karol.

– Nieważne. Facet nie powie, że pracuje dla Mytnika.

– Może nie wie? Jedna z podstawowych zasad konspiracji: znać tylko członków swojego oddziału i dowódcę.

– Jasne. Ale wyobrażasz sobie członka podziemnej organizacji, który nie wie, po której jest stronie? Fakt, zna się bezpośredniego przełożonego, ale także nazwę państwa, za które się walczy. I jego komendanta.

Zakrzewski nie wyglądał na przekonanego

– Porównujesz Mytnika do de Gaulle'a? Ryzykowne. Najemnika nie interesuje prezydent. Najemnika interesuje kasa i łupy. Niewielu zabija dla przyjemności.

– Niektórzy tak. Przecież wiesz.

Zakrzewski po chwili spojrzał uważnie na kolegę.

– Zabiłeś człowieka.

– Tak.

– I jak się z tym czujesz?

– Nieźle. Chciałbym to zrobić po raz kolejny. – Nowak prychnął. – Kurwa, a jak mam się czuć? Paskudnie. Jakoś funkcjonuję. Staram się przekonać sam siebie, że jestem po właściwej stronie.

– Jesteś. Przynajmniej facet nie stracił oka.

– Masz rację.

– Zaprowadzą cię do psychologa?

– Tak. I tak bym poszedł. Dobra, są ważniejsze sprawy. Opowiadaj o Hindusie.

Zakrzewski zaczerpnął powietrze w płuca.

– No więc...

– Nie zaczyna się zdania od „no więc".

– A w mordę chcesz? No więc, obserwowaliśmy Oracza na lotnisku. Czekała na niego żona i jeszcze jeden facet, którego zidentyfikowaliśmy jako Stanisława Mariańskiego, pseudonim...

– Pewnie „Marian".

– Brawo. Mariański jest w bazie CBŚ jako podejrzany o udział w przemycie narkotyków z Azji. Nasz kolega Michalski jest bardzo zainteresowany tym, co kręcą bracia Oracz. A teraz uważaj: pozostajemy w rodzinie. Podobno Oracz, ten tutejszy, czyli Roman, ma powiązania z Mytnikiem. Bracia są na dość wysokim szczeblu w hierarchii, ale nie działają całkowicie na własną rękę.

– Grupa kapitałowa – powiedział Nowak. – A co to ma wspólnego z naszym Hindusem?

– Przypuszczam, że Oracz wrócił do pomysłu przejęcia firmy. Stąd telefony z pogróżkami do Sharmy. Bieżański miał być następny do odstrzału. No, może nie dosłownie. A, nawiasem mówiąc, został wczoraj wypuszczony za poręczeniem majątkowym.

– Uważasz zatem, że Bieżański to ofiara, a nie figurant, jak mówią jego podwładni. Może jednak jest człowiekiem Oracza? Szantaż, łapówka... – Nowak przypomniał sobie rozmowę sprzed paru tygodni. To, co biznesmen opowiadał o mafii, wymuszeniach, o bezsilności prawa i braku zaufania do policji. Mówił wtedy szczerze.

– Nie sądzę. Facet nie popełnił żadnego przestępstwa. Nawet nie wiemy, czy pożądał żony wspólnika swego.

Nowak uważnie spojrzał na kolegę.

– Tak... No właśnie. A co z tym, o czym ci powiedziałem? Może do Sharmy dzwonił jednak ktoś inny.

– Powoli. Zaraz będzie tu nasz Leonardo. Sam ci powie.

Do sali wszedł Daniel Pawlak. Jezus Maria. Władca żelu. Prawdziwy policjant nie może tak wyglądać.

– Miał pan rację, panie komisarzu – powiedział do Zakrzewskiego. – Barbara Zawistowska rzeczywiście się z nim spotyka.

Karol spojrzał na Nowaka.

– Widzisz?

Wszystko zaczynało układać się w zaskakujący obrazek. Kolejna rodzinna grupa z nowymi osobami wklejanymi w miejsce tych, którzy odeszli.

– To co, nie obzieleniamy się i zatrzymujemy go dzisiaj? – spytał Pawlak.

– Odwiedźmy najpierw Badyna – powiedział Nowak.

– Po co chcesz tam jechać?

– Nigdy chyba mnie nie widział, ale może słyszał. Chciałbym sprawdzić, czy znam jego głos. A potem wpadnę z Anią do pani Srinivasan.

– Z jaką Anią?

– Z Anią Perkowską. Z psychologiem.

Głos Szweda w słuchawce był komisarzowi bez wątpienia znany.

– Czego pan chce, panie Nowak?

– *Herr* Rytterberg, zgodnie z tym, co mówiłem, chciałbym z panem porozmawiać. W obecności prokuratora.

– W jakim charakterze miałbym tam wystąpić? Znów jako świadek?

– Tak.

– Kłamie pan. Nie może mi pan tego zagwarantować.

– Nie kłamię. Nikt panu nie zarzuci, że nie zawiadomił pan policji lub prokuratury o przygotowaniach do zabójstwa. – Nowak był przekonany, że jeżeli nawet tak by się stało, prawnicy Rytterberga łatwo poradzą sobie z takim zarzutem. – Choć nie wątpię, że prokurator będzie dopytywał o to, czy porywacze się z panem kontaktowali. Będzie pytał o groźby, które kierowano pod pańskim adresem. O palce.

– Nie dostałem żadnych palców! – wybuchnął Szwed. – Nigdy nie zamierzałem rozmawiać z bandytami. Z żadnego kraju.

– Ale domyślał się pan, że pana syn może już nie żyć, panie Rytterberg. Zgłaszając jego zaginięcie, podał pan informację o tych...

o metalu... o elementach ortopedycznych. – Nowak nie mógł znaleźć właściwego określenia po niemiecku. – Czyli o czymś, czego nie widać.

W słuchawce znów zapadła cisza.

– Halo. Czy...

– Nigdy nie zamierzałem rozmawiać z bandytami – powtórzył Szwed. – Z żadnego kraju.

Nowak wkurzył się. Bo kto nie był ni razu człowiekiem, temu człowiek nic nie pomoże.

– To wiemy. Zajmuje się pan przecież przede wszystkim budowaniem ścian.

– Słucham?

– Woli pan nie dostrzegać rzeczy, które nie są dla pana wygodne. I nie tylko rzeczy. Nie widzi pan ludzi. Nawet własnego syna. – Komisarz przypomniał sobie twarz Gustava Rytterberga na moment przed śmiercią. Ostatnie słowa, które wypowiedział: o tym, że jeszcze jest za wcześnie, że jeszcze nie teraz.

– Niech pan się nie bawi w psychologa, panie Nowak – powiedział ostro Magnus Rytterberg. – Nie może mnie pan o nic oskarżyć. Na szczęście odpowiadam tylko przed swoim sumieniem. I przed Bogiem, jeżeli istnieje.

Jasne. Znów ten pieprzony Bergman. Zaraz, a czy on jeszcze żyje?

– Znaleźliście zabójców mojego syna?

– Tak. Ten, który go zastrzelił, nie żyje. Zginął w czasie akcji policji. – No dobrze, zróbmy z tego skandynawski dramat. – Ja go zabiłem, jeżeli to pana interesuje.

Po drugiej stronie przez chwilę nie było słychać żadnego dźwięku. Dalej, graj swoją rolę, człowieku.

– Halo?

– Wyjeżdżam dziś do Szwecji – dodał Rytterberg po chwili, znacznie spokojniejszym głosem.

– Na długo?

– Tak.

– Ma pan dość naszego kraju?

– Nie. Nie chodzi o pański kraj. W każdym razie nie tylko o pański kraj i pańskie miasto.

– Będziemy się z panem kontaktować.

– Życzę powodzenia.

Szwed zatem chciał zniknąć. Co gorsza, zniknął też Bartoszewicz. Zadzwonił Drzyzga, który koordynował poszukiwania bandyty.

– Jestem w Starej Wsi – powiedział.

– Której? Pod Warszawą jest ich parę.

– Jezu, tutaj, niedaleko Otwocka. W końcu Bartoszewicz uciekał w tę stronę. Było akurat zgłoszenie o porzuconym audi.

– No i?

– Już się wyjaśniło, to jakiś inny samochód, ukradziony wczoraj w Otwocku. Nie wiem, czy Bartoszewicz zdołał uciec, ale jeżeli to zrobił, to nie swoim audi. Nie widzieliśmy go ani na dwójce, ani na szosie lubelskiej. Samochód musi być gdzieś tutaj, ukryty w dziupli, albo w lesie.

– Przyciśnij miejscowych.

– Że co proszę? Mieszkańców?

– Nie. Policjantów.

– Poproś o pomoc, chciałeś powiedzieć?

– Nie. Przyciśnij.

– OK, rozumiem. – Drzyzga przełknął ślinę. – Gorąco tutaj.

– Tu też.

– Co z Mytnikiem?

– Gówno! – krzyknął Nowak. – Przepraszam. Nie możemy go ruszyć. Zaraz wyjedzie z Polski, rozumiesz? Będziemy mogli go dorwać dopiero wtedy, jak zmieni się władza. Choć i tego nie jestem pewien. Facet zna wszystkich. Skoro nawet obecna ekipa korzysta z jego usług, to nie ma co mówić o pozostałych.

– Co chcesz zrobić? – spytał po chwili Marcin. – Pogadać z dziennikarzami? Ryzykowne.

Ostatnia rzecz, którą mógłby zrobić policjant, i to tylko wtedy, jeżeli byłby przekonany o jakości dowodów, które udało mu się zebrać. Ale wówczas szybko pożegnałby się z pracą.

– Zgłupiałeś? Morawski już mi pokazywał stronę w internecie.

– „Z pijanego gangu"?

– Coś w tym rodzaju. O zatrzymaniu policjanta z Komendy Stołecznej, komisarza Adama N., na warszawskiej Pradze. Pod wpływem narkotyków, w piątek 13 lipca.

– Może ktoś ze szpitala chciał dorobić do pensji.

– Może. Dobra. Dzwoń, jeżeli uda ci się coś ustalić. Mam jeszcze jedną sprawę do załatwienia.

Zakrzewski otarł pot z czoła. Wciąż było duszno, mimo że nad Warszawę i okolice po raz kolejny nadeszły szare chmury. Znowu będzie burza.

– Tadeusz Badyn pracował w firmie, w której zatrudniony był Roman Oracz, ale sam nie był człowiekiem Oracza. Robił drobne interesy z samochodami, nawet nie zawsze kradzionymi. Miał spokój w swojej dziupli, bo odpalał działkę komu trzeba.

– I tak po prostu został zatrudniony u Oracza?

– Tego jeszcze nie udało się ustalić – powiedział Pawlak. – Krążą słuchy, że Stefan Oracz, ten, który jest w Szwecji, miał jakieś zobowiązania w stosunku do ojca Badynów. Facet zmarł trzy lata temu.

– Jakie słuchy? Jakie zobowiązania?

– Jakieś. Kto by tam zrozumiał ludzi ze wsi? – Pawlak wydął wargi.

Zakrzewski tylko uśmiechnął się pod nosem.

– Zobowiązania rodzinne i wendeta to jakieś pierdoły z innego świata – powiedział. – Jesteśmy pod Warszawą. Tu liczy się kasa.

– Wszędzie liczy się kasa – zauważył Nowak.

– No właśnie. Dlatego ważniejsze niż długi wobec jakiegoś wiejskiego nieboszczyka są układy z kimś, kto ma władzę. Jakąś władzę, nawet malutką. Choćby z tym facetem, do którego jedziemy. Kurde, chociaż jakby się dobrze zastanowić, pewnie proboszcz ma większą... – Zakrzewski zawsze był antyklerykalny.

– Ale proboszcz nie ma dostępu do broni. Zwłaszcza takiej, która zaginęła – powiedział Nowak. – Nie może ukryć samochodu i poprosić kogoś o podrzucenie kluczyków.

– A nasz lokalny muczaczas może. – Pawlak pokiwał głową.

– Kto?!

– Widzisz? On jest lepszy niż twoja babcia – rzucił Zakrzewski do Nowaka. – I na dodatek skuteczny.

– Sądzicie, że facet na nas czeka?

– Na pewno wie o tym, że zatrzymaliśmy Tadeusza Badyna. To było wczoraj, na jego terenie. Ale może jeszcze nie wiedzieć pod jakim zarzutem.

– O czym?

– O śmierci Srinivasana Visvanathana Sankarana – popisał się Pawlak.

Mężczyzna milczał.

– Możemy?

– Kochaliście kiedyś kobietę? Tak naprawdę kochaliście? – powiedział nagle aspirant Jarosław Ciesielski.

Policjanci spojrzeli po sobie.

– Tak. Ja tak – odezwał się Nowak. – A zabił pan kiedyś mężczyznę?

5

Od rana było pochmurno, padało co jakiś czas. Ale wieczorem zrobiło się fajnie. To jeszcze nie jesień. Ostatnie chmury wisiały nad Zamkiem Królewskim (ani słowa o szkieletach), nad kolumną Zygmunta, nad kościołem św. Anny, podświetlane żółtym blaskiem słońca, znajdującego się już za horyzontem, i żółtym blaskiem miasta, zasłaniającego ów horyzont.

– 9 września – powiedział Drzyzga. – Zawsze to lepiej niż jedenasty, bo się nie kojarzy. Jaki to znak zodiaku?

– Bura suka – rzucił Zakrzewski. – Czego ci życzyć?

– Jak to czego? Zdrowia, pieniędzy i derby w ekstraklasie.

– Ciężko będzie, Gwardia jest na razie w piątej lidze.

– Cha, cha, bardzo śmieszne. Dziś Polonia wygrała pięć do zera! – pochwalił się Nowak.

– Z kim?

– Z Pelikanem Łowicz.

– Z Pelikanem, mówisz? Sam widzisz, gdzie jest twoja drużyna – mruknął Karol. – Dobra, nie obrażaj się. Wszystkiego najlepszego, stary dziadu. Witaj po drugiej stronie.

Wręczyli mu torbę z prezentami. Nowak zajrzał do środka. Czarny Johnny Walker. Może być. I jeszcze coś, mały pakunek zawinięty w kolorowy papier. Wyglądało na płytę.

– Rozpakuj. Nie wiedzieliśmy, co wybrać, ale to chyba lubisz.

The Rolling Stones, *Forty Licks*. Podobno składanki są dobre dla gospodyń domowych. Ale dla tego zestawu Nowak mógłby do końca życia szorować podłogi i zmywać gary.

– I tytuł pasuje. Może być?

– Jasne. Strasznie się cieszę. To było najważniejsze wydarzenie w tym roku.

– Mówisz o koncercie na Służewcu?

– Jezu, tak...

Nowak na zawsze zapamięta moment, kiedy scena z muzykami zaczęła nagle wyjeżdżać w stronę widowni, tworząc wyspę w morzu ludzi. A wcześniej dwa kawałki zaśpiewane uroczo przez niezniszczalnego Keitha Richardsa, człowieka, który rzekomo wciągał nosem prochy swojego ojca. A wcześniej *Midnight Rambler* i dialog z publicznością. I od samego początku wrażenie, że zna się wszystkich tych ludzi stojących pod sceną. *Tso zah tsoodovnah notz.* Kasia i Nowak zasłużyli na takie „zresetowanie" tuż po dramatycznych wydarzeniach z lipca. Może wbrew temu, co powiedział Lennon, Beatlesi nie byli popularniejsi od Jezusa... Ale Stonesi na pewno byli bardziej znani niż papież, zwłaszcza ten obecny.

– Siadajcie. – Nowak wyrwał się z chwilowej rockandrollowej ekstazy. – Możecie jeść i pić, ile dusza zapragnie. To znaczy, w sumie za jakieś trzy stówki.

Siedzieli w jednej z dolnych sal pubu „Pod Baryłką" na Mariensztacie. Zarezerwowali stół pod ścianą. Cóż, w zasadzie wszystkie stoły stoją tu pod ścianą.

Po chwili pojawił się Roman Kowalski z żoną. Podarowali Nowakowi książkę, historię zimnej wojny.

– Pouczające – podziękował.

– Masz już to chyba? – powiedziała cicho Kasia.

– Nie, to było o wojnie zimowej, nie zimnej. Nie mylić z północną. – Nowak zwrócił się do Kowalskich: – Udało wam się wyrwać? Dzieciaki zostały z babcią?

– No co ty. Szkoda babci. – Magda Kowalska roześmiała się. – Filip jest już prawie dorosły, przynajmniej tak uważa. Da sobie radę, okiełzna Michałka. Tak, „okiełzna" to właściwe słowo. W razie czego ma zadzwonić, przy czym „w razie czego" oznacza sytuacje bardziej poważne niż trzęsienie ziemi.

Na stole pojawiały się kolejne potrawy i kolejne szklanki piwa. Barman miał najwyraźniej pewne problemy z szybką realizacją zamówień, a na dodatek co jakiś czas znikał zza kontuaru.

– No, gdzie jest moja kiełbasa, do cholery? – Zakrzewski niecierpliwił się. – Jeszcze się pewnie zaraz dowiem, że musztardy zabrakło.

– Nie przygotowali się na taki przerób. Chłopak musi biegać z każdym zamówieniem na górę.

– To niech biega szybciej – burczał Karol. – Wszyscy dobrzy barmani wyjechali do Londynu czy co...

– Żebyś wiedział. Na drzwiach co drugiej knajpy napis, że szukają kelnerów i kucharzy.

– To niech z tego Londynu przyjadą Hindusi. Zasługujemy na taką kuchnię – rzucił Drzyzga.

– Uważaj, bo niedługo mogą przyjechać, żeby budować nam stadiony. I zostaną. Sam widziałeś, że niektórzy zostają tu na zawsze. Dobra, ani słowa o pracy.

– No i niech zostają, kurna, tylko niech te stadiony ktoś zbuduje – ożywił się Nowak. – Może na przykład Ukraińcy, skoro już łatają dachy i malują ściany w prywatnych domach. To w końcu też ich mistrzostwa.

– Masz ci los, ten tylko o piłce – powiedziała Magda Kowalska. – I tak dobrze, że nie rozmawiacie o waszych dochodzeniach.

– Nie będziemy – zapewnił Nowak. – O wszystkim, tylko nie o tym. Są moje urodziny, ma być przyjemnie, a jeżeli ktoś będzie mówił o pracy, stawia kolejkę.

– Nie, mój drogi, dziś to ty stawiasz, zapomniałeś już o tym?

– To jest fajne miejsce – powiedział nagle Drzyzga, przyglądając się wiszącym w gablotkach podstawkom pod piwo. – Pamiętam, że po maturze we „Władku" przyszliśmy tu w parę osób.

– O! Na kremówki? – zainteresował się Zakrzewski.

– Na koniak... albo gin? – Drzyzga się zamyślił. – Nie, gin piłem parę dni później. Wiesz, ojciec koleżanki z naszej klasy był dentystą i stać go było na lepsze alkohole. Zajrzeliśmy do jego barku... Spróbowałem wtedy ginu po raz pierwszy w życiu.

– Tutaj piłeś koniak? Przecież to piwiarnia.

– Oj, wtedy to była inna knajpka, malutka, z jedną salką. Jakżeż ona się nazywała? „Marysieńka"? A może „Cichy Kącik"? Chyba tak. Pub jest tutaj dopiero od piętnastu lat.

– Dopiero?! Już od piętnastu! – powiedział Nowak, który po raz pierwszy pojawił się tu wprawdzie nieco później, ale jeszcze zanim zaczął pracować w policji. Przypomniały mu się opowieści ojca o praskich barach i spelunkach. Piętnaście lat to kawałek czasu, ale jakoś do tej pory nie słyszał legend o żadnym nowym „Marynarzu" czy „Kulasach". Może za rzadko bywa w knajpach. – Słuchajcie, kiedyś tu były piwa... Polskie, przede wszystkim polskie. Wszystko, co docierało do Warszawy z miejsc, o których istnieniu wcześniej nie wiedzieliśmy. Małe browary, rozumiecie. Zaczernie czy inny Zwierzyniec. No i potem porter żywiecki, z beczki, ale to już parę lat później. A teraz... – Nowak zajrzał do menu, które walało się na stole. – Chyba wszystko z jednego koncernu. Dobrze, że chociaż tego franziskanera importują. – Postukał paznokciem o szklankę.

Magda Kowalska opowiadała o tym, że w jej szkole utworzono specjalną klasę złożoną z dzieci czeczeńskich uchodźców. Mówiła, że właśnie idzie na szkolenie, organizowane przez miasto, poświęcone różnicom kulturowym. Muzułmańskie dziewczynki odmawiały udziału w lekcjach wuefu, jeżeli nie mogły nosić strojów zakrywających całe ciało. Nowak usiłował opowiedzieć o piątkowym meczu rugby, który obejrzał w telewizji, o dzielnych Argentyńczykach, którzy niespodziewanie pokonali Francję, ale nikt nie chciał go słuchać. Wszyscy żyli futbolem i golem Jacka Krzynówka, zapewniającym zwycięski remis w meczu z Portugalią. Nikt na szczęście nie mówił o Mytniku, który wyjechał z Polski w bliżej nieokreślone miejsce. O Bartoszewiczu, którego podobno widziano w Berlinie. Nie mówiono też o Joannie Skoczylas, której nie postawiono żadnych zarzutów, bo nie było dowodów na jej współudział w przygotowaniu zabójstwa Gustava Rytterberga. Nie rozmawiano również o podinspektorze Morawskim, który popadł w niełaskę komendanta stołecznego. Zmiany, zmiany, zmiany.

W pewnym momencie Nowak uświadomił sobie, że Kasia gdzieś zniknęła. Zdawało mu się, że wyszła do toalety, ale to było już ponad dziesięć minut temu... Chyba.

– Poczekajcie – powiedział. – Idę odetchnąć. Nie przeszkadzajcie sobie.

Stała przed wejściem. Patrzyła gdzieś w dal, może na czerwone lampiony chińskiej restauracji, a może gdzieś w górę, na dachy i oświetlony szczyt kościoła św. Anny. Na portret Matki Boskiej Częstochowskiej. Była jakaś obca. Kasia, nie Matka Boska.

– Widzisz tam, po lewej? – wskazał stronę rynku z zegarem w narożnej kamienicy. – Taki gzymsik, półeczka między oknami? To dla pana kota. Żeby mógł przechodzić sobie z pokoju do pokoju.

– Fajnie. – Nawet się nie uśmiechnęła.

– Co ci jest?

Potrząsnęła głową.

– Nic.

– Co się dzieje? – stanął przed nią i chwycił za ramiona. Za mocno. Natychmiast zwolnił uścisk.

– Nic się nie dzieje. Baw się, to twoje urodziny.

– Powiedz, o co chodzi?!

– Nie krzycz. – Obejrzała się. – Ludzie usłyszą.

– Koledzy siedzą pod ziemią.

– Tak, ale niestety, a raczej na szczęście, przychodzą tu nie tylko twoi koledzy.

Twoi koledzy. Ci z innego świata.

– Chodzi ci o to, że to tylko moi znajomi? I to głównie policjanci? Anna, psycholog, przepraszam, psycholożka, nie mogła przyjść, jej facet... mąż, partner, kochanek, konkubent, kohabitant jest chory. Mogliśmy ściągnąć Artura i Martę, ale nie wiem, czy przyjęliby zaproszenie.

– A pytałeś ich o to? Nieważne. Zresztą Marcin jest fajny. Kowalski też. Nie o to mi chodzi.

– A o co?

– Tak się tylko zastanawiam... Do czego ci jestem potrzebna?

– No, przychodzi mi do głowy parę pomysłów... – zaczął Nowak, ale urwał i spojrzał na Kasię. *Déjà vu*. Już kiedyś był taki dialog. W poprzednim życiu.

– Masz pracę, którą szanuję, ale z którą nie chcę mieć nic wspólnego... – kontynuowała.

– A miałaś. Rozumiem to doskonale. Przecież wiesz, jak mi przykro...

– Tak, wiem. Ale to tylko jedna sprawa, nie chodzi mi przecież o bandytów, o to całe zło, z którym się zetknęłam. Ty też nie wyszedłeś z tego bez szwanku, prawda? – Nowak skinął głową. Nie widział, czy to zauważyła. – Adam, chodzi o nas. Siedzę tak sobie tutaj, słucham cię i wydaje mi się, że tak naprawdę wolisz być sam. Nawet jak jesteś z nimi, z kolegami, policjantami, to jesteś sam. Masz mnóstwo płyt, trochę książek i piwo w lodówce. I czasami mam wrażenie, że to ci w zupełności wystarcza. Potrzebna ci jestem tylko jako alibi. Chcesz udowodnić sobie i światu, że potrafisz mieć normalne życie.

– Nie mów tak. Krzywdzisz i siebie, i mnie.

– Nie chcę nikogo krzywdzić, trochę mi tylko smutno. Zastanawiam się, co będzie za rok, o czym będziemy rozmawiać.

– Myślisz o dziecku, tak?

– Adam! – żachnęła się. – Dziecko, dziecko. Sam jesteś dziecko. Typowy policjant. Dla ciebie wszystko jest proste.

Déjà vu do kwadratu. Nowak wsłuchiwał się w szum fontanny, turkot kół samochodów na kostce Nowego Zjazdu. Głosy policjantów z radiowozu, który zaparkował na jezdni.

– Nie, nie myślę o dzieciach, przynajmniej nie teraz – podjęła Kasia. – Po prostu zależy mi na przyszłości. Nie jest mi obojętne, co się z nami stanie.

– Mnie też.

– To rób coś, do cholery! Pracuj nad tym. Sprawdzasz, dlaczego giną ludzie, dobrze, ale nie daj zginąć nam. Ja mam jeszcze trochę siły, ale kiedyś może mi jej zabraknąć.

– Pracuj, pracuj... – Obok nich przemknął jakiś wieczorny rowerzysta, jego kask błysnął w świetle latarni. Anioł? – Jak to sobie wyobrażasz? Oboje musimy coś z tym zrobić. Będziemy rozmawiać.

Parsknęła śmiechem.

– To brzmi jak wstęp do przesłuchania. Dobrze, może mam zły dzień. – Spojrzała na komisarza i wzięła go za rękę. – Trochę wypiłam i gadam niepotrzebne rzeczy. Psuję ci święto, przepraszam.

– Miotły, miotły... – rzucił Nowak żałośnie.

To część ich prywatnego kodu, składającego się z tego, co widzieli albo słyszeli razem. Tym razem przywołał wspomnienie staruszka z rowerem, przesiadującego przed wejściem do delikatesów w centrum handlowym w Jankach. Właśnie tak smutno zachwalał swój towar. Rzecz jasna kupili u niego miotłę, oczywiście zupełnie niepotrzebną.

Kasia uśmiechnęła się. Nowak spróbował ją pocałować. Nie broniła się. Bariera chwilowo zniknęła, ale może powrócić. Pewnie powróci.

– Śmierdzisz piwem – mruknęła.

– A ty kaszanką.

– Błeee – wykrzywiła usta.

– *Stand by me.*

– Że co proszę?

– Dzisiaj są też urodziny Otisa Reddinga. Czekaj... – Zastanowił się. – Ale to chyba nie jego piosenka.

– Znowu zaczynasz. Dobra, chodźmy już na dół. Ratujmy Warszawę.

Spojrzał na nią ze zdumieniem.

– Przed czym?

– Przed kim. Przed komisarzem Drzyzgą. Już próbował grać *Sto lat* na pianinie. A ostatnio odgrażał się, że po następnym piwie wsiądzie do samochodu i pojeździ po wiadukcie Markiewicza. Wyperswaduj mu to.

– *Midnight Rambler*, psiakrew. Wracamy.

Podziękowania

Lista osób, które mi pomogły w trakcie pracy nad *Wilczą wyspą*, jest całkiem spora. Ania Tuszewska udostępniła mi książkę *Saska Kępa* Hanny Faryny-Paszkiewicz oraz – przede wszystkim! – przekazała wiele cennych uwag dotyczących powieści i dodała trochę wspomnień z prawej części miasta. Krzysiek Kroszka i Bartek Zdrodowski opowiedzieli mi o swoich rejsach po Wiśle, a Włodek Piwowar o stronach, w których spędził kawałek życia. Ania i Andrzej Derlaccy podzielili się wrażeniami z lektury pierwszej wersji *Wilczej wyspy*. Aniu, Twoje uwagi redaktorskie były bardzo profesjonalne! Dzięki Przemkowi Michalskiemu odkryłem In Extremo i piosenkę *Herr Mannelig*. Adamowi Sobolewskiemu dziękuję za „nie-teścia", a p. Wojciechowi Mannowi za brokuły, choć on akurat wspominał o marchwi.

Nieocenioną pomocą była dla mnie rozmowa z p. Pawłem Brzezińskim z Komisariatu Rzecznego Policji w Warszawie oraz zgłoszone przez niego uwagi do roboczej wersji powieści. Wiele informacji otrzymałem także od p. Andrzeja Browarka z Zespołu Komunikacji Społecznej Komendy Stołecznej Policji. Dziękuję także p. Jerzemu Garusowi z Działu Badań Archeologicznych Zamku Królewskiego w Warszawie za kilka ciekawych informacji i wskazanie źródeł na temat znalezisk archeologicznych na terenie stolicy. Z kolei Mateusz Osiadacz przekazał mi sporo zabawnych spostrzeżeń dotyczących praktycznych stron pracy archeologa „na wykopkach". Wielu rzeczy o Wiśle i warszawskich portach dowiedziałem się z artykułów

Przemka Paska i Aleksa Kłosia, publikowanych na łamach „Gazety Wyborczej" oraz „Stolicy".

Ciekawe informacje o współczesnej Szwecji można znaleźć nie tylko w kryminałach Henninga Mankella, wydawanych przez W.A.B., ale także na przykład w książeczce *Spokojnie, to tylko Szwecja*, opublikowanej w 2007 roku nakładem Newsweek Polska. Dla mnie jednak najistotniejsze były osobiste uwagi i przemyślenia, którymi podzieliła się ze mną Cecilia Stenström. *Tusen tack, Cissi!* Dzięki Tobie ostatnie słowa Gustava R. mają jakiś sens. Z kolei Piotr Nowak mógł opowiedzieć o życiu w Holandii także dlatego, że kilka lat temu Ewa Hekstra-Nowacka napisała mi co nieco o tym, jak może czuć się Polak w obcym kraju. Powodzenia, rzeczywiście nie ma przeciętniaków wśród władysławiaków!

W czasie pisania *Wilczej wyspy* zaglądałem do wielu książek. Warto wymienić tu *Korzenie miasta* Jerzego Kasprzyckiego i Jerzego S. Majewskiego, *Wizytówki Warszawy* Haliny Cieszkowskiej i Krystyny Kreyser oraz *Historię Warszawy* Mariana Marka Drozdowskiego i Andrzeja Zahorskiego. Historię *sacco di Palermo* opisał między innymi Peter Robb w książce *Midnight in Sicily*. Polecam, choć nie jest to optymistyczna lektura.

Za wszelkie błędy rzeczowe, które może mi wytknąć wnikliwy czytelnik, ponoszę jednak odpowiedzialność wyłącznie ja.

Jestem bardzo wdzięczny wszystkim tym, którzy podtrzymywali mnie na duchu w trakcie pisania tej książki, a zwłaszcza pomogli mi poradzić sobie z (umiarkowanym) sukcesem mojej pierwszej powieści i nie szczędzili słów zarówno uznania, jak i krytyki, ma się rozumieć konstruktywnej. Jeżeli kolejny tom cyklu o Adamie Nowaku zostanie dobrze przyjęty, będzie to w dużej mierze zasługą Filipa Modrzejewskiego, który podjął się jego zredagowania i z którym mi się bardzo dobrze współpracowało.

Oczywiście największe podziękowania należą się Lilianie, nie tylko za jazdę jej samochodem po trylince. Także za wsparcie oraz za codzienne, nie zawsze łatwe rozmowy, które doskonale przygotowują do tworzenia dialogów, zwłaszcza między kobietą i mężczyzną.

Ojcu, tradycyjnie, dziękuję za wspomnienia.

Wszystkie przedstawione postaci i wydarzenia są fikcyjne, a ich podobieństwo do rzeczywistych osób i zdarzeń jest wyłącznie dziełem przypadku, to samo dotyczy wymienionych w książce firm. W szczególności opis transakcji i przekształceń własnościowych związanych z terenami Portu Praskiego nie odpowiada stanowi faktycznemu i jest wytworem mojej wyobraźni. Tak się zresztą składa, że równocześnie z pisaniem przeze mnie ostatnich rozdziałów powieści warszawski ratusz kończył przygotowywanie kolejnej wersji planu zagospodarowania tego miejsca. Miejmy nadzieję, że tym razem doczeka się on realizacji.

Tomasz Konatkowski
lipiec 2007– grudzień 2007, kwiecień 2008
Warszawa i okolice

Spis rzeczy

W książce wykorzystano fragmenty następujących utworów:

s. 87 – *God's Gonna Cut You Down*, utwór tradycyjny, w wersji z płyty *American V: A Hundred Highways* Johnny'ego Casha; s. 117 – Henryk Sienkiewicz, *Ogniem i mieczem*, tom I, Warszawa 1996; s. 162 – Bohumil Hrabal, *Czuły barbarzyńca: teksty pedagogiczne*, przeł. Aleksander Kaczorowski, Izabelin 1997; s. 187 – *Small Town*, autorzy tekstu: Lou Reed i John Cale; s. 187 – *Lola (chce zmieniać świat)*, autor tekstu: Lech Janerka; s. 195 – *Telefony*, autor tekstu: Grzegorz Ciechowski; s. 248 – Walery Przyborowski, *Szwedzi w Warszawie*, Warszawa 1987; s. 259 – *Desperate Hours*, autor tekstu: Marc Almond; s. 312 i 313 – *Promienie grupy* Tarzan Boy; s. 317 – *Wonderful Way to Go* z płyty zespołu New Model Army *Strange Brotherhood*; s. 333 – *The Bed's Too Big Without You* z płyty zespołu Police *Regatta de Blanc*; s. 337 – Władysław St. Reymont, *Ziemia obiecana*, tom 2, Warszawa 2000; s. 337 – *Po co babcię denerwować*, autor tekstu: Wojciech Młynarski; s. 355 i 357 – *Golden Brown*, autorzy tekstu: The Stranglers (Jean-Jacques Burnel, Hugh Cornwell, Jet Black i David Greenfield); s. 383 – Adam Mickiewicz, *Dziady, część II*, Warszawa 1986.

Ponadto w książce wykorzystano przetłumaczone przez autora (czasem swobodnie) fragmenty następujących utworów: s. 170 – *White Rabbit* grupy Jefferson Airplane, autorka tekstu: Grace Slick; s. 258 – *Trade In*, autor tekstu: Lou Reed; s. 319 – *White Coats* z płyty zespołu New Model Army *Thunder and Consolation* (wersja CD); s. 319 – *Mother Fist*, autorzy tekstu: Marc Almond i Annie Hogan; s. 333 – *The Bed's Too Big Without You*, autor tekstu: Sting.

Redaktor serii: Dariusz Sośnicki
Redakcja: Filip Modrzejewski

Korekta: Anna Hegman, Alicja Chylińska, Aleksandra Berka
Projekt okładki i stron tytułowych: Krzysztof Rychter

Fotografia wykorzystana na okładce:
© Tomasz Robert Mazur, mazurskiwiatr.tumblr.com

Skład i łamanie: Tekst – Małgorzata Krzywicka

Druk i oprawa: Interdruk, Warszawa
Wydrukowano na papierze Creamy vol. 2,
dostarczonym przez **zing**

Grupa Wydawnicza Foksal Sp. z o.o.
00-372 Warszawa, ul. Foksal 17
tel. 22 828 98 08, 22 894 60 54
biuro@gwfoksal.pl
gwfoksal.pl

ISBN 978-83-280-2161-7